이백의 시에 나타난 자서전

An Autobiography in Lee Baek's Poetry

이 저서는 인하대학교의 지원에 의해서 연구되었음

이백의 시에 나타난 자서전

An Autobiography in Lee Baek's Poetry

윤인현 지음

경진출판

책머리에

한시漢詩하면 당연 당唐나라 시대의 시를 최고로 친다. 그리고 시인이라고 하면 당나라 현종玄宗 시대를 살았던 이백李白과 두보杜甫를 첫째로 꼽는다. 그 최고의 시대 최고의 시인인 이백의 자서전自敍傳을 그가 남긴 시를 통해 살펴보려고 한다. 그가 남긴 시는 현재 1,100여 편이다. 이백은 우리에게 알려진 그 너머에는 신비에 싸여 있는 시인이기도 하다. 그래서 그가 남긴 글을 통해 현실적인 생활인으로서의 이백에 접근해보려고 한다. 그러면 시선詩仙으로 존칭되는 이백은, 우리네 삶과 어떻게 다른지 아니면 우리네 인생과 별반 다르지 않았는지도 드러나게 될 것이다.

시詩는 우리 얼굴에 자리 잡은 주름살 같은 것이다. 삶의 흔적이 얼굴 주름살로 나타나듯이 시에도 시인들이 살아온 지난 시절의 이력履歷이 담겨 있다. 그 삶의 이력을 하나하나 따라가다 보면 희노애락喜怒哀樂을 느껴 감동뿐만 아니라 위로도 받을 수 있다. 또한 어떻게 살아야 하는지 삶의 방향도 가늠해볼 수 있을 것이다. 나의 유년 시절과 장정 시절은 대시인과 어떻게 달랐으면, 어떤 점은 같았는가를 통해 미래의 삶의 방향도 가늠해볼 수 있기 때문이다. 아니면 이백의 행적을 통해 지금 나의 삶이 바른 방향으로 나아가는지 아니면 예상했던 삶의 여정은 아닌지 등을 확인할 수도 있을 것이다. 따라서 이 책이

독자들의 삶에 방향등 역할을 할 수 있는 지남철指南鐵이 되었으면 하는 바람이다.

이백의 조상은 감숙성 농서 지방에 살았다. 그런데 무슨 일인지 그의 5세대 조상은 본적인 농서 진안지방을 떠나 서역에 위치한 안서 도호부였던 쇄엽碎葉(키르키스스탄 비슈케크)으로 이주하였고, 이백은 지금의 중앙아시아 키르키스스탄 쇄엽에서 701년에 출생하였다. 그곳에서 5세까지 살다가 중국 사천성(면주) 강유(창읍) 청련향으로 이주하여 유년기를 보냈다. 이 시기 제자백가와 경서 및 시문학 작품 등을 섭렵하였고, 이후 20대 무렵 출사出仕를 위해 1차 만유漫遊의 길을 떠났다. 만유 기간 동안 산천경개를 유람하면서 각 지역의 문사는 물론 도사들과 교류를 통한 출사의 길을 모색하다가 불혹不惑을 지나 42세 무렵 당나라 궁궐에 입성하였다. 만유란 당대의 명사들과 사회적 교류를 통해 자신의 시문의 능력도 확인하고 문명文名을 얻게 되면서 출사出仕를 위한 한 방법으로 이용하던 추천의 한 방식이었다. 그리고 만유 기간 동안, 각 지역의 지방관이나 명사들을 찾아다니는 것은 물론 그 지역의 도사道士들을 방문하기도 하였다. 도사를 방문한 목적은 주로 추천을 받기 위한 행위였다. 당나라 궁중에 들어가 당唐 현종으로부터 들은 이야기가 이양빙李陽氷의 「초당집서草堂集序」에 "경卿은 포의布衣의 신분으로, 짐(당 6대, 현종)이 (그대) 이름을 익히 알고 있는데, 본디 (그대가) 도의道義를 쌓지 않았다면 어떻게 여기에 미칠 수 있었겠는가?卿是布衣, 名爲朕知, 非素蓄道義, 何以及此"라고 한, 구절이 있다. 이는 이백이 이미 도교의 도의에 조예가 깊었음을 보여준 것이다. 따라서 현종이 이백을 궁중으로 불러들인 것은 도교를 숭상하고 교리에 조예 깊은 그를 통해 신선을 구할 목적이었던 것이다. 세상을 위해 경륜을 펼치고 싶었던 이백의 포부와 기대감과는 달랐다.

어쨌든 추천으로 어렵게 출사했던 이백은 자신의 재능을 제대로 펼쳐 보이지도 못하고 좌절감만 안고 당나라 궁중을 떠나야 했다. 44세 무렵 궁궐에 나온 이백은 제2차 유람을 행하면서 재차 출사할 기회를 엿보았지만, 뜻을 이루지는 못하고 간신들이 판을 치는 현실 정치의 혐오로 도교의 도사를 만나고 신선 사상까지 동경하게 되었다. 그러나 도교의 신선의 만남이나 도록을 받아 도사가 되는 적극적 행위는 신선이 되기 위한 목적보다 모두 추천을 위한 행위로 보아야 할 것이다. 당시 당나라 궁중의 분위기가 도교를 숭상하던 때이다. 이런 시대상과 사회적 분위기로 인해 이백은 현실적 선택을 하였던 것이다.

이처럼 이백은 추천을 받기 위한 목적으로 도사 도록을 받기도 하고 지방의 명사나 관리자를 만나고 다니던 중, 55세 되던 755년에 안녹산의 난亂이 일어났던 것이다. 난이 일어나자 여산廬山 지방으로 피난하여 난국을 관망하고 있던 중, 현종의 16번째 아들 영왕 이린의 막부에 들어 경세제민經世濟民의 길을 걷고자 하였다. 하지만 오히려 황족 간의 싸움에 연루되어 반역 죄인으로 강서성 심양(지금의 구강)에 있는 감옥에 갇히는 신세로 전락하였다. 이후 귀주성 야랑으로 귀양가다가 장강 삼협 백제성 부근에서 석방되는 우여곡절을 겪게 되었다. 이런 현실에서도 여전히 출사出仕를 위해 자신을 추천해줄 것을 강하 태수 위량재韋良宰에게 부탁하지만 뜻을 이루지 못하자, 안휘성 일대를 유람하였다. 그러나 이미 60세를 넘긴 노인이 된 이백이었다. 이백은 달을 따다가 장강長江에 익사溺死한 것이 아니라 762년 62세의 나이로 안휘성 당도當塗에서 병환으로 생生을 마감하였다.

이백李白(701~762)의 생애는 보통 5기로 나눈다. 1기는 유년 시절로 20세까지이고, 2기는 20세부터 42세까지로 당나라 궁중에 들어가기까지이다. 3기는 42세부터 44세까지로, 당나라 궁중에서 한림공봉을 지내던 시절이다. 4기는 44세부터 55세까지로, 당나라 궁중에서 쫓겨난 뒤 2번째 유람하는 시기이다. 5기는 55세부터 62세로, 일생을 마치기까지이다. 이 기간(755~762)에 안사의 난(안녹산과 사사명의 난, 755~763)이 일어나 혼란이 가중되던 시기이기도 하다. 여기서는 유년 시절과 장정 시절, 그리고 출사했던 시절과 재차 유람의 시절 그리고 안녹산의 난으로 인한, 인생 후반기 고난의 시절 등으로 나누어 살펴보고자 한다.

후대인들이 시선詩仙이라 칭하는 이백의 삶을 그가 남긴 한시를 통해 살펴, 지금의 나의 삶이 감동받고 위로가 되어 조금이라도 삶에 보탬이 되었으면 한다. 그러면 이백도 기뻐할 것이다. 또한 이백의 삶이 도교 사상에 기운 신선 사상이 전부인지도 살펴볼 요량이다. 여기에 제시된 시는 비교적 그 연대가 확실하거나 연대를 추정할 수 있으면서도 이백의 행적을 읽을 수 있는 작품 위주로 선정했음을 미리 밝혀둔다. 작품의 창작 시기가 다소 이견이 있는 작품도 있는데 대세를 따르면서 경우에 따라서 근래 연구자들의 주장을 우선순위로 두었다. 또한 이백의 삶의 행적에 필요한 부분은 산문도 아울러 살펴볼 것이다. 그리고 『이백전시집李白全詩集』 상上·중中·하下(誠進社, 1978)가 기본 텍스트이고, 일부 산문 글은 왕기王琦 주注, 『이태백전집李太白全集』을 대상으로 하였다. 산문은 이백의 사상은 물론 그의 시 세계를 이해하는데, 도움이 되기 때문이다. 아울러 지금까지 이백 한시를 논한 기존 연구서를 참조하였고, 시 창작 연대를 추정하는 데는 이영주 외2 역주, 『이태백 시집』 권1~7을 참조하였다.

동문 수학한 동학同學들의 모임에서 이런저런 이야기 끝에 요즘 '이백李白의 시詩에 나타난 자서전自敍傳'을 집필 중이라고 하자, 대뜸 한 동학이 이백은 당나라 방탄소년단BTS이다. 책 제목을 '당나라 방탄소년단 이백'으로 하면 좋겠다고 하자, 모여 있던 동학들이 좋은 아이디어라고 찬동하였다. '당나라의 방탄 이태백(BTL)'이라, 세계문학뿐만 아니라 그 시대 문화를 선도한 부분이 있기에 방탄소년단의 이미지가 없지 않다는 생각까지 들었다. 하지만 이번은 이백의 일대기를 살펴보는 것으로 만족하고, 기회가 되면 '당나라 방탄 이태백(BTL)'을 한번 낼 볼 요량이다. 좋은 아이디어를 제공한 동학들이 감사하다. 끝으로 이 책뿐만 아니라 몇 권을 책을 출판할 수 있도록 흔쾌히 응해주신 경진출판 양정섭 사장님께도 감사의 마음을 전한다.

2023. 1. 31.

경강鏡江 윤인현尹寅鉉

차례

이백의 유년(幼年) 시절

이백의 유년(幼年) 시절

문학文學이나 명저名著의 내용을 공부할 때는 그 작품의 내용도 중요하지만, 그 작품을 잉태해낸 작가의 행적 역시 중요하다. 이는 작품 파악과 연구에 있어 중요시되어야 할 것이 무엇인가로 대두된다. 문학 작품이나 명저를 읽는 이유는 그들로부터 새로운 가치를 이끌어내고 배워 더 나은 삶을 살아가는데 밑바탕이 되기 위해서일 것이다. 그런 이유로 그 작품을 생성해낸 작가의 일생을 살펴보는 것은 아주 중요한 일 중의 하나이다. 그래서 명저나 훌륭한 작품을 생산해낸 작가의 사상 또는 뜻을 아는 것은 작품의 내용을 파악하는 것 이상 중요한 일이기도 하다. 왜냐하면 작가가 나타낸 사상 또는 뜻의 심천深淺에 따라 작품의 우열優劣이 드러나기 때문이다. 사상이나 뜻이 높지 않은 사람이 아무리 글재주를 부려도 위대한 작품은 나올 수가 없는 것이다. 그리고 삶의 행적이 도덕적이지 못한 작가의 글은 허위로 비춰져 감동을 상쇄시킬 뿐만 아니라 후대의 나쁜 영향까지 남길 수도 있다. 이런 여러 가지 이유로 작가론은 문학 연구에서 중요한 작업

중의 하나인 것이다. 따라서 이백李白의 한시漢詩에 나타난 행적을 통해 그의 삶의 궤적을 살펴보고자 하는 것이다. 그러면 작품론과 작가론을 동시에 행할 수 있기 때문이다.

또한 독자는 글쓴이가 나타내고자 한 뜻을 제대로 이해하고 감상하기 위해서는, 평소에 부단히 학문적 역량을 쌓아 둘 필요가 있다. 그 첫 번째 행보가 독서에서 시작된다고 해도 과언이 아니다. 글에 대한 배경 지식이 축적되면 글쓴이의 본뜻을 거슬러 미루어 보는 이의역지以意逆志의 태도가 필요하다. "이의역지以意逆志"는 『맹자孟子』「만장萬章」장상章上, '성덕盛德'장章에 나오는 말로, '자기 생각으로써 글쓴이의 뜻을 거슬러 미루어본다.'는 의미이다. 글쓴이의 뜻을 자신의 생각과 사상을 보태 더 나은 가치로 승화시켜, 자기의 가치관을 완성시켜 나갈 수 있다는 말이다. 마치 여행에서 실경 70%에 상상 30%를 더할 때 여행의 묘미가 최고인 것처럼, 독자의 배경 지식이 더할 때 독서의 효과도 배가 될 수 있다는 것이다. 이백의 시와 그의 행적을 통해 더 나은 삶의 가치로 활용할 수 있다면 이 또한 이의역지以意逆志로 승화될 것이다. 이런 여러 가지 이유로 인해 이백李白의 작가 연구가 필요한 것이다.

작품은 작가가 남겨 놓은 삶의 모습이면서 흔적이다. 그 삶의 흔적을 통해 그 작가의 일생을 되돌아보면서 어떤 삶이 올바른 삶인지, 어떻게 살아야 바르게 살 수 있는지 등 그 방법의 일부를 살펴볼 수 있다. 그래서 작품 또는 한시漢詩를 알게 되면, 희노애락의 일상적인 삶의 문제뿐만 아니라, 사리에 통달하여 학문이며 정치·외교 등 세상을 살아가고 다스리는 일에 이르기까지 모든 일에 익숙해질 수 있는 역량과 융통성이 생기며, 인생의 지극한 도道를 터득할 수 있다. 따라서 선인先人들은, 한시가 세상을 살아가는 바른 길을 제시할 뿐만 아니라 성정 순화에도 이바지할 수 있다고 하였다. 좋은 시 한 편이 온 세상을 훈훈하게 할 수 있는 것처럼, 선인들의 훌륭한 한시 한 편이 무한한 감동을 줄 수도 있을 것이다. 따라서 이백李白의 한시에도 후대인들에게 전할 분명한 깨우침이 있을 것이다. 그리고 그 한시를 창작한 작가의 전기적 고찰을 아울러 살펴, 훗날의 이백이 남긴 한시 전체를 제대로 감상할 수 있는 배경이 될 뿐만 아니라, 삶의 귀감龜鑑이 될 수 있게 하기 위해서이다.

그럼 시선詩仙이라 칭송되는 이백의 시작품은 어떤 삶의 배경에서 나오게 된 것일까?

첫 번째 유년 시절은 촉蜀 중 시기로 5세에서 20세(705~720)에 해당된다. 그 이전의 시기는 행정 구역상 안서도호부安西都護府의 쇄엽碎葉 곧 지금의 키르키스스탄 비슈케크 동쪽에 위치한 토크마크에서 서남쪽 8킬로미터 떨어진 아크베심 지역에서 태어나, 상인商人이었던 아버지를 따라 5세 때 촉蜀 지방인 면주綿州(지금의 사천성四川省) 창융昌隆(지금의

키르키스스탄의 정경이다.

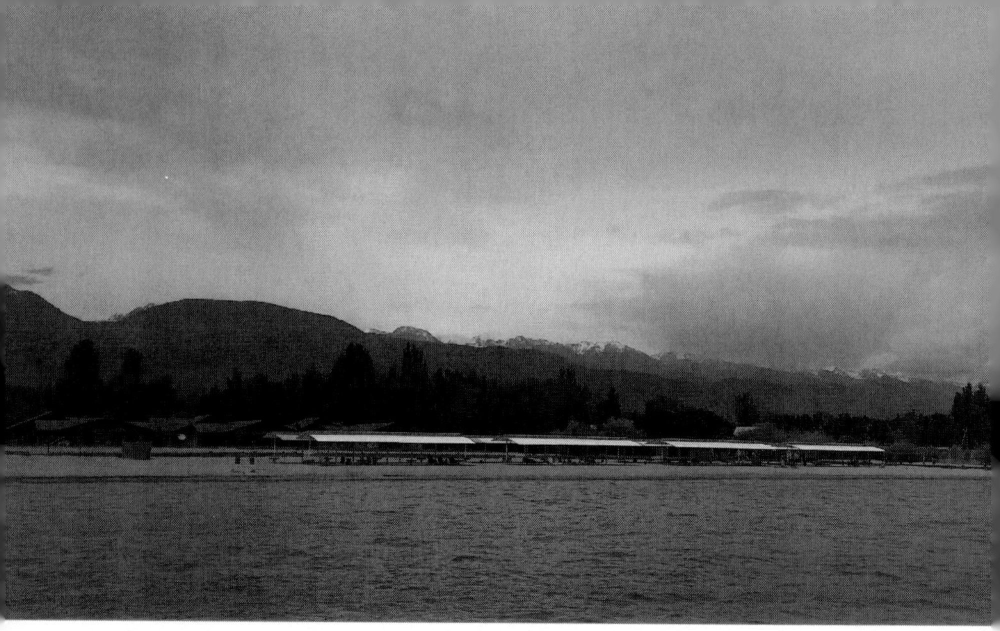

키르키스스탄의 이식쿨 호수, 멀리 설산(雪山)이 보인다. 이백이 태어난 쇄엽 아크베심은 이식쿨 호수로부터 약 20리(8km)

강유)으로 이사하여 살았던 시기이다. 이백의 선조는 오호십육국五胡十六國의 하나인 서량西凉 곧 양涼나라 창건자 무소왕武昭王 이고李暠의 9대 손孫이며, 본적은 농서隴西(지금의 감숙성) 성기成紀(지금의 천수天水)였다. 수隋나라 말엽에 난리가 많아지자 난을 피해 이백의 선조가 서역의 쇄엽으로 이주한 후, 성을 숨기고 이름까지 바꾸어 5세대를 살다가, 당唐나라 중종中宗 신용神龍 원년인 705년에 이백의 부친인 이객李客이 식솔을 이끌고 촉蜀의 면주 창융의 청련향으로 이주해 와서 살았다. 따라서 이백은 고향은 사천성

천산(天山)에서 흘러내리는 물이 강을 이룬다. 산 등성이에는 염분(鹽分)이 많아 풀이나 나무가 자라지 못한다.

강유라 할 수 있다.

이백의 선조대 내력을 알 수 있게 해주는 기록이 이양빙李陽氷이 쓴 「초당집서草堂集序」이다. 이양빙은 이백의 당숙 곧 5촌 아저씨뻘 친척이었고, 이백이 죽기 전에 자신의 몸을 의탁했던 분이기도 하다. 이백에게 원고를 받아 문집을 냈다고 했지만, 지금은 전하지 않고 「초당집서」만 전[1]한다. 그곳에 집안 내력과 유년 시절의 이야기가 〈서문〉의 첫 부분에 나온다.

> 이백은 자가 태백으로 농서(지금의 감숙성) 성기(지금의 천수) 사람이다. 양무소왕 이고의 9대 손이다. 대대로 벼슬하여 세상에 드러났다. 중간에 무고하게 조지條支(서역에 있었던 나라 이름)로 쫓겨나 성姓과 이름을 바꾸었다. 5세 때 서민이 되었고, 그 후로는 대대로 크게 빛을 내지 못하였으니 한탄스럽다. 신용 연간 초(중종 신용 원년 705년)에 촉蜀 땅으로 몰래 돌아와 다시 이李씨 성을 찾고 백양伯陽을 낳았다. 이백이 출생할 때 그의 모친이 장경長庚(태백성)이 품에 들어오는 꿈을 꾸었기 때문에 이름을 백白, 자字를 태백太白이라 지었다. 세상 사람들은 이백이 태백의 정기를 타고났다고 하였다.[2]

이백의 조상 내력과 출생담을 알려주는 자료이다. 여기서 이백을

---

1) 지금 전하는 이백의 시는 1,100여 수이다. 이백의 시문집으로 당나라 위호(魏顥)가 편찬한 『이한림집(李翰林集)』과 이양빙이 편찬한 『초당집(草堂集)』이 있으나 지금은 전하지 않는다. 현존하는 것 중에 가장 오래된 것은 북송(北宋) 때 악사(樂史)가 편찬한 『이한림집』 30권과 북송(北宋) 때 송민구(宋敏求)가 편찬한 『이태백집』 30권이 있다.

2) 「草堂集序」. "李白字太白, 隴西成紀人. 涼武昭王暠九世孫. 蟬聯珪組, 世爲顯著. 中葉非罪, 謫居條支, 易姓與名. 自然窮蟬至舜, 五世爲庶, 累世不大曜, 亦可歎焉. 神龍之始, 逃歸於蜀, 復指李樹, 而生伯陽. 驚薑之夕, 長庚入夢, 故生而名白, 以太白字之. 世稱太白之精, 得之矣."

농서 성기 사람이라고 한 것은 그의 조상의 원적이 농서(감숙성) 성기(천수)라는 말이다. 이백의 선조는 촉 땅 곧 사천성에 몰래 들어와서 이백을 출생한 것으로 되어 있다. 하지만 이백의 출생은 사천성이 아니라 5년 전 키르키스스탄 쇄엽이고, 사천성에 들어온 해는 이백이 5살 될 무렵이다.

유년 시절을 보낸 중국 촉 땅 사천성 성기의 강유는 이백이 학문을 익혔던 곳이다. 「상안주배장사서上安州裵長史書」에 "5세 때 60갑자를 외웠고(五歲誦六甲오세송육갑) 10세 때에 제자백가를 보았다(十歲觀百家십세관백가)." 라고, 이백 자신을 소개하였다. 그리고 사학私學의 일종인 사숙私塾, 곧 초등교육을 사천성에서 받았다. 당唐나라를 건국한 고조 이연은 수隋나라 때 행하던 과거제도를 재실시하고 인재양성을 위해 학교도 세웠다. 당 태종도 공자孔子를 섬기고 유가儒家 사상을 중시하는 교육을 실시하였으며, 6대조인 현종대에도 중앙과 지방에 학교를 두어 교육에 중점을 두었다. 현종은 도교도 과거 시험 과목으로 택하였다. 이런 시대적 배경으로 이백도 어린 시절부터 사학을 할 수 있었다.

쇄엽은 지금의 키르키스스탄 비슈케크 동쪽에 위치한 토크마크 지역의 아크베심이다. 이백이 5세 무렵에 사천성 강유 청련향青蓮鄕으로 온 이후에는 가학家學으로 공부를 했다고 추정하는 이유는, 「상안주배장사서上安州裵長史書」에서 밝혀 놓았기 때문이다. 이미 5세에 육갑을 외울 정도였고, 10세 이후 경서經書뿐만 아니라 제자백가諸子百家들의 사상을 습득하였으며,[3] 시부詩賦를 창작하였을 뿐만 아니라 검술을 익히기도 하였다[4]고 했다. 유년 시절에 60갑자를 외우고 경서經書와 제자백가諸子

3) 이백(李白)이 안육에 있을 때 배장사(裵長史)에게 보낸 편지 글 「상안주배장사서(上安州裵長史書)」에서 5세에 60갑자를 외웠고 10세 때 제자백가를 섭렵했다고 하였다.

百家를 공부할 정도면, 일부 연구자들이 주장하는 이백의 서역西域 호인胡人(아랍인) 출생설은 설득력이 떨어진다. 육갑과 경서, 그리고 제자백가는 한족漢族이 아니면 어린 나이에 습득하고 이해하기 쉽지 않기 때문이다. 그리고 이백이 「여한형주서與韓荊州書」에서 "비록 일곱 자도 못 되는 키지만(雖長不滿七尺)"이라고 스스로 밝힌 것처럼, 자기의 키는 7척도 안 된다고 하였다. 당나라 때 1척尺이 24.5cm이면, 이백의 키는 약 170cm 정도 된다. 만약 서역의 호인胡人이거나 어머니가 서역의 혼혈인이라고 했다면, 키가 더 컸을 것이다.

장성하면서 이백은 촉지방의 명승지를 유람하였으며, 익주자사益州刺史였던 문장가 장사長史 소정蘇頲을 만나, 이백 자신의 시부가 사마상여司馬相如에 비견할 만하다는 칭찬을 듣기도 하였다. 그리고 『장단경長短經』의 저자이면서 도사道士였던 조유趙蕤로부터 왕도王道와 패도覇道의 통치술을 배우기도 하였다. 이후 이백은 관중管仲과 제갈량諸葛亮을 흠모하여, 그들처럼 제왕을 보좌하면서 세상을 다스리는 정치에 뜻을 두었다. 또한 이백은 젊어서 용맹스럽고 호방하며 의협심이 있는 사람인 임협任俠을 숭상하여 검술을 익혔으며, 일찍부터 당시 유행하던 도교에 관심이 있어 아미산峨眉山(3,092m)에 올라 도사道士들과 교유하면서 신선 사상의 영향을 받았다. 이 무렵 당나라 조정은 도교 숭상의 절정기였다.

10대 무렵에 관한 일화가 송宋나라 축목祝穆이 편찬한 『방여승람方輿勝覽』에 전한다. 이백이 미주眉州의 상이산象耳山에서 공부할 때 그만 싫증이 나, 집으로 돌아갈 생각을 하고 하산을 하는데, 청련향 근처에서 성姓이 무武라는 노인을 만나게 되었다. 노인이 시냇가에서 쇠로 된

---

4) 이백이 형주장사(荊州長史) 한조종(韓朝宗)에게 보낸 편지 「여한형주서(與韓荊州書)」에서 15세에 검술을 좋아하였다고 하였다.

안휘성 마안산시 청산에 위치한 이백의 시선성경(詩仙聖境) 입구에 그려져 있는 마저성침(磨杵成針)의 그림이다. 무(武) 노인이 절구공이를 가는 모습을 유년의 이백이 물끄러미 바라보고 있다.

절구공이를 숫돌에 갈고 있었다. 이유가 궁금한 이백이 무엇 때문에 절구공이를 갈고 있느냐고 물으니 바늘을 만들기 위해서라고 대답했다. 이에 이백은 크게 깨달은 바가 있어, 다시 산을 올라 학문에 정진하였다는 이야기이다. 이 일화로 만들어진 고사성어가 '마저성침磨杵成針', 곧 '절구공이를 갈아 바늘을 만든다.'는 뜻으로, '끈기 있게 노력하면 언젠가는 성공할 수 있다.'는 의미이다. 이 마저성침磨杵成針 일화가 보여주듯이 시선詩仙도 하루아침에 만들어진 것이 아니다. 우리 일반인들의 인생처럼 꾸준히 노력했을 때 뜻을 이룰 수 있다는 교훈이다.

15세 무렵 이백의 생활을 알 수 있게 하는 내용은 「여한형주서與韓荊州書」에 "열다섯 살에 검술을 배워 제후諸侯(지방관)들을 두루 찾아다니며 출세의 길을 구하였고"5)라는 구절과 「결객소년장행結客少年場行」에 유년기의 생각을 읽을 수 있는 내용이 있다.

안휘성 마안산시 청산에 위치한 이백의 시선성경(詩仙聖境) 입구의 모습이다. 시선성경 안쪽에 이백의 묘지가 있다.

5) 李白, 「與韓荊州書」, 『古文眞寶』 “十五에 好劒術하여 徧干諸侯하고”.

결객소년장행結客少年場行: 협객의 어린 시절을 노래함

자연마紫燕馬(명마) 황금빛 눈동자,	紫燕黃金瞳자연황금동,
히힝 거리며 검푸른 갈기 흔드네.	啾啾搖綠鬉추추요록종.
동틀 무렵 서로 달리고 좇아서,	平明相馳逐평명상치축,
낙양성 동문에서 의리 맺었네.	結客洛門東결객낙문동.
어린 나이로 검술을 배우니,	少年學劍術소년학검술,
백원공白猨公도 우습게 알지.	凌轢白猿公능력백원공.
구슬 옷에 비단 띠 끌며,	珠袍曳錦帶주포예금대,
비수로 오홍검(오나라의 보검) 찼다네.	匕首插吳鴻비수삽오홍.
예부터 만 명을 대적할 용맹에,	由來萬夫勇유래만부용,
이를 차고 있으니 영웅의 기풍이 생겨나네.	挾此生雄風협차생웅풍.
극맹劇猛(한나라 협객)과 같은 이와 친교를 맺고서,	託交從劇孟탁교종극맹,
술 마시러 신풍(장안의 이름난 술집)에 갔네.	買醉入新豐매취입신풍.
웃으며 술 한 잔 비우고,	笑盡一杯酒소진일배주,
도성 저자에서 사람을 죽였네.	殺人都市中살인도시중.
‘역수 차갑다’는 노래(형가의 역수가)에 부끄럽게,	羞道易水寒수도역수한,
부질없이 해로 하여금 무지개를 뚫었네(사람을 죽임).	從令日貫虹종령일관홍.
연나라 태자의 일 이루지 못하고,	燕丹事不立연단사불립,
헛되이 진시황 궁궐에서 죽었다네.	虛沒秦帝宮허몰진제궁.
무양은 진시황 보고 사색이 되었으니,	武陽死灰人무양사회인,
어찌 함께 공을 이루랴.	安可與成功안가여성공.

위의 시는 말을 타고 검을 찬 협객의 호기로운 모습과 뜻을 크게 지니고 술을 좋아하면서도 사람까지 죽일 수 있는 담력, 그리고 대담한 성품을 지닌 협객으로서의 일을 수행할 수 있는 사람을 노래하였다. 이백의 소년 시절의 대담한 성품을 알 수 있게 하는 시이다. 낙양성 동쪽에서 명마를 타고 검술을 익혀 협객의 무리들과 어울려 다녔다. 그러면서 이백 자신은 진秦시황제를 살해하려다가 실패한 형가와 무양과는 다르다는 것을 그들의 고사를 통해 드러내었다. 마치 그 당시의 새로운 인물형인 협객형을 그렸다. 오늘날에 비하면 신세대의 사고쯤으로 읽혀진다. 연나라 태자의 자객이 되어 역수를 건너면서 부른 노래로 「역수가」이다. "바람 소리 소슬하고 역수의 물은 차가워라(風蕭蕭兮易水寒풍소소혜역수한), 장사 한 번 가면 다시 돌아오지 못하리(壯士一去不復返장사일거불부반)."가, 그 「역수가」의 내용이다. 이백은 이 「역수가」를 인용하면서 연나라 태자 연이 자객으로 보낸 형가와 그 무사인 무양의 고사를 통해, 진시황제 살해를 실패한 그들과는 다름을 드러내고자 하였다.

연燕나라 태자와 진시황제가 왕이 되기 전 두 사람 모두 조趙나라 볼모[인질]의 처지였다. 그런데 두 사람 모두 자기 나라로 돌아갔으나, 나중에 연나라 태자 단은 다시 진秦나라 볼모로 가게 되었던 것이다. 예날 조나라 볼모로 있을 때 친했던 두 사람이었는데, 지금 진나라 왕이 된 정政(진나라 시황제가 되기 전 이름)이 서운하게 대했던 것이다. 그래서 진나라를 탈출한 단은 연나라로 돌아와서 진秦왕 정政을 살해할 생각을 하였던 것이다. 그 일을 성공하기 위해 발탁한 인물이 형가이고 무양이었던 것이다. 진秦나라에서 연燕나라로 귀순해 온 번오기의 목과 연나라의 요충지인 독항의 지도를 가지고 진나라로 행했던 형가와 무양이었다. 그러나 무양의 두려움으로 인해 진시황제 살해 계획이 탈로가 났던 것이다. 진시황제께 번오기의 목과 독항의 지도를 바치던 자리에서 무양의 두려움으로 인한 몸 떨림으로, 계획이 수포로 돌아갔던 것이다. 따라서 이백은 그 두려움에 사로잡힌 무양 같은 존재는 되지 않겠다는 다짐을 보였다. 이백은 진시황제를 살해하려다 실패한 그들과 다르다는 것이다. 소년 시절의 만용蠻勇일 수도 있지만, 10대 이백의 당당함이 느껴진다.

이백은 각 지역을 두루 다니는 기간에 늘 검을 차고 다녔다. 또한 그의 글에 보검에 대해서 언급한 예도 있다. "높은 관에 칼을 차고서 한 형주께 허리 굽혀 인사드렸지(高冠佩雄劍고관패웅검, 長揖韓荊州장읍한형주)",[6] "허리춤에 연릉검 차고 옥허리 띠에 구슬 장식 도포 입었네(腰間延陵劍요간연릉검, 玉帶明珠袍옥대명주포)."[7] 등이다. 이백의 이런 태도는 그의 협객다운 의리 사상과 무관하지 않다.

15세 이후 이백은 고향 근처에 위치한 대광산大匡山(또는 대천산戴天山) 대명사大明寺에 들어가 독서를 하였다. 공자孔子가 정리했다는 『시경詩經』 시를 비롯하여 전국시대 초나라의 충신 굴원屈原의 『이소離騷』와 악부시樂府詩 등을 섭렵[8]하였다. 개원 7년(719) 19세에 지은 시 한 편을 감상해 보자.

방대천산도사불우訪戴天山道士不遇: 대천산 도사를 방문했는데 만나지 못하다

물소리 속에 개 짖는 소리 들리고, 　　犬吠水聲中견폐수성중,
복숭아꽃은 이슬 짙게 머금고 있네. 　　桃花帶露濃도화대로농.

---

6) 李白, 「憶襄陽舊游贈馬少府巨」.

7) 李白, 「敘舊贈江陽宰陸調」.

8) 이해원, 『이백의 삶과 문학』, 고려대학교 출판부, 2002, 44쪽 참조.

나무 우거져 이따금 사슴 보이고, 樹深時見鹿수심시견녹,
계곡의 한낮인데도 종소리 들리지 않네. 溪午不聞鐘계오불문종.
야생 대나무는 푸른 산기운을 가르고, 野竹分青靄야죽분청애,
튀는 샘물은 푸른 봉우리에 걸렸네. 飛泉挂碧峰비천괘벽봉.
도사가 간 곳을 아는 이가 없으니, 無人知所去무인지소거,
시름에 겨워 두세 그루 소나무에 기대노라. 愁倚兩三松수의양삼송.

인간 세상과 단절된 분위기의 시이다. 대천산 입구에는 개 짖는 소리와 물소리가 섞여 들린다. 조금만 더 들어가니 도화가 이슬을 머금었다. 이미 그곳은 이상세계의 무릉도원武陵桃源이다. 그래서 사슴은 보이지만, 인간 세상에 들리는 종소리는 들을 수 없다. 안개가 낀 폭포수는 푸른 산봉우리에 걸려 있는데, 도사는 어디를 갔는지 알 수 없어 소나무에 기대어 서 있다. 대천산은 사천성 강유현 서쪽에 위치한 산으로 일찍이 이백이 이곳 대명사大明寺에서 독서를 하였다고 한다.

소나무에 기대선 채 시름겨운 것이 젊은 시절 이백의 모습이다. 신선 사상을 동경은 하지만 그렇다고 무작정 몰입하는 것도 아니다. 그래서 고민스럽다. 신선 세계와 인간 세계의 경계선에 서 있기 때문이다. 신선의 세계로 갈까? 아니면 속세에 남을까? 이러지도 저러지도 못하고 기로에 선 이백, 경계선인 소나무에 기대고 서 있는 그 자체가 10대 말末 이백의 모습이다.

역시 10대 말 무렵 쓴 시이다.

심옹존사은거尋雍尊士隱居: 옹 존사 은거지를 방문하다

많은 봉우리 푸른 하늘 찌르는 듯, 群峭碧摩天군초벽마천,

소요하다 보면 몇 해나 되었는지 알 수 없네. 逍遙不記年소요불기년.
구름 헤치고 옛길 찾아가다가, 撥雲尋古道발운심고도,
나무에 기댄 채 샘물 소리 듣네. 倚樹聽流泉의수청류천.
꽃그늘 따스한 곳에 청우青牛 누워 있고, 花暖青牛臥화난청우와,
소나무 높은 가지에 백학白鶴이 졸고 있네. 松高白鶴眠송고백학면.
이야기 오가는 가운데 강물은 어둑해져, 語來江色暮어래강색모,
홀로 찬 안개 속을 내려왔네. 獨自下寒煙독자하한연.

푸른 산봉우리 하늘을 찌르는 듯 그 산속을 소요逍遙하시느라 세월歲月을 잊으신 분이 있다. 그 분을 뵙기 위해 구름 헤치고 옛길 찾아가면서, 나무에 기댄 채 흐르는 물소리도 듣는다. 꽃그늘 아래 따스한 곳에 청우青牛가 누워 있고, 소나무 높은 가지에 백학白鶴이 잠을 자는 곳이다. 이야기 오가는 가운데, 강江가에는 어느덧 저녁노을이 지고 안개 속 썰렁한 길을 나 홀로 돌아왔다.

이백이 옹 존사의 은거지隱居地를 찾아가는 과정과 주변 경관景觀을 묘사描寫하였다. 청우青牛가 누워 있고 백학白鶴이 잠을 자는 도교적 이상 세계이다. 그러면서 시의 마무리는 해가 떨어질 때까지 이야기를 나누었지만, 끝내 은둔자와 함께 하지 않고 쓸쓸히 하산하였다는 이야기이다. 홀로 하산했다는 말은 은둔자가 되어 산속에 홀로 도를 닦는 삶에는 어느 정도 거리감을 두었다는 것이다. 이백의 10대 삶이 어디를 지향하고 있는지 알 수 있는 시이다.

20세 무렵에 쓴 시도 감상해보자.

등금성산화루登錦城散花樓: 금성[촉의 성도]의 산화루에 올라

해가 금성錦城을 비추니, 日照錦城頭일조금성두,

아침 햇살 산화루에 흩어지네. 朝光散花樓조광산화루.
금장식 창문 사이에 수놓은 문이 있고, 金窓夾繡戶금창협수호,
구슬발은 은고리에 매달려 있네. 珠箔懸銀鉤주박현은구.
날 듯한 계단으로 푸른 구름 속에 올라, 飛梯綠雲中비제록운중,
눈 닿는 곳까지 바라보니 근심 다 사라지네. 極目散我憂극목산아우.
저녁 비는 삼협으로 몰려들고 暮雨向三峽모우향삼협,
봄 강물은 쌍류(비강과 유강)를 휘감네. 春江繞雙流춘강요쌍류.
오늘에야 산화루에 한번 올라 바라보니, 今來一登望금래일등망,
마치 하늘 꼭대기에 올라 노니는 듯하네. 如上九天遊여상구천유.

금성錦城은 촉蜀 지방의 성도城都를 가리키는 말이다. 촉에서 나는 비단이 천하의 명물이기에 '비단 금' 자字를 사용하여, 촉의 수도 성도城都를 금성錦城이라고 칭한 것이다. 성도에 위치한 산화루에 올라 감회를 읊었다. 먼저 전반부는 햇살 받은 산화루의 모습을 그렸다. 햇살 받은 산화루에 황금창과 진주가 달린 주렴이 문에 드리워져 있다. 그리고 산화루에 오르는 계단은 많고 가팔라서 하늘에 오르는 느낌이라고 하였다. 그러면서도 눈길 닿는 먼 곳을 바라보니 시름이 사라지고 하늘에 노니는 것 같다고 하였다. 후반부는 산화루에 올라 느끼는 감회와 하늘 끝까지 올라 신선을 동경하는 듯한 모습이다. 이백이 산화루에 올라 근심을 잊어버리고 하늘에 노니는 듯한 신선의 기분을 내고 있다.

이때 이백이 지니고 있던 근심은 무엇일까? 아마도 소정蘇頲의 천거에 아무런 소식이 없기에 느끼는 심리일 것이다. 720년 개원 8년에 예부상서禮部尙書로 있던 소정蘇頲이 익주자사益州刺史로 성도成都에 부임하였다. 이때 약관弱冠의 이백李白이 소정을 만났던 것이다. 소정은 이백의

문장을 읽고 그의 천재적인 재능에 감탄하면서 한나라 무제 때 성도 출신이면서 문장가인 사마상여司馬相如에 비견할 만하다고 칭찬하였던 것이다. 이후 소정이 촉蜀 지역 인재를 당나라 조정에 천거할 때 문장가 이백도 추천했던 것이다. 기쁜 소식을 은근히 기다렸는데, 아무런 소식이 없기에 멀리 장안 쪽을 근심스럽게 바라보고 있는 것이다. 도교적 은거隱居보다는 출사出仕에 더 적극적이다.

이렇듯 10대와 20대 초반의 이백은 가학家學으로 경서經書와 제자백가서諸子百家書를 탐독하였으며, 산천을 유람하면서 신선의 세계를 동경하기도 하였다. 한편으로는 검술을 익혀 심신을 단련하였고, 주변의 이름 난 도사도 찾아뵈었다. 뿐만 아니라 명사들을 찾아뵙고 그들로부터 문장에 대한 조언도 받고 칭찬도 들었다. 이백의 이와 같은 일련의 행위들은 장차 출사出仕의 뜻을 굳혀가는 계기로 작용하게 되었다.

이 시기에 쓴 시로 현재 전해지는 것은 10여 수 정도이다.

이백의 장정(壯丁) 시절과 만유(漫遊)

이백의 장정(壯丁) 시절과 만유(漫遊)

장정壯丁은 옛 문헌에 나오는 말이다. 『통지通志』에 "21세가 '丁정'이 되고[二十一爲丁이십일위정]"라는 구절이 있고, 『예기禮記』 「곡례曲禮」 상上에 "나이 30세를 이르기를 '壯장'[三十曰壯삼십왈장]"이라고 한 구절이 있다. 그래서 '장정壯丁'은 20~30대를 지칭하는 말이 되었다. 여기서는 이백의 장정壯丁 시절의 시를 통해 그 시절의 모습을 살펴보고자 한다. 일반적으로 이백의 일대기로는 2기에 분류된다.

대체로 둘째 시기(724~742)는 24세부터 42세로, 집을 떠나 만유漫遊하는 시기이다. 만유는 중국 천하를 유람하면서 식견도 넓히고 각 지방의 명사들과 글재주를 겨루면서 자신의 이름을 알려, 차후 추천을 통한 출사의 길을 모색하는 방법 중의 하나였다. 이런 이유로 당시 문사들이 세상을 자유롭게 유람하면서 시도 짓고 자천의 글을 지어 지방의 수령들에게 올렸던 것이다. 이백도 만유의 방법을 통해 명성을 얻어 추천받아 벼슬자리에 나아가고자 하였다. 당나라 시절에는 벼슬자리에 나아가는 방법이 추천 말고도 공식적인 과거시험 제도가 있었다. 그러나 이백은 과거 제도의 방식을 선택하지 않았다. 아마도 자유분방한 기질의 이백은 틀에 박힌 형식적인 글쓰기에는 관심이 없었을 것이다. 과거 시험을 위한 문장은 일반적인 글짓기와는 다르기 때문이다.

20대 초반의 이백은 중국 천하를 유람하면서 세상 구경과 더불어 견문을 넓히면서 출사의 기회를 엿보았다. 그러나 만유를 통한 출사의 기회는 얻지 못하고 호북성 안육에 정착하게 되었던 것이다. 그때 이백의 나이가 27세였다. 이 호북성 안육에서 재상을 지낸 허어사許圉師의 손녀와 결혼하여 10년을 살았는데, 이 기간 동안에도 호복의 양양襄陽, 하남의 낙양洛陽과 산서山西의 태원太原 등지를 유람하였다. 36세 이후에는 가족과 함께 거처를 동노東魯 임성任城, 지금의 산동山東 제녕濟寧으로 옮기고 이백 자신은 계속해서 천하를 유람하였다.

이백은 안육에서 10년 동안 결혼 생활에도 출사의 길을 모색하였다. 그 기간 동안 쓴 시를 살펴보아도 세상에 뜻을 둔 시가 많다. 『맹자孟子』에 나오는 "사람이 어려서 배우는 것은 커서 행하고자 하는 것이다."[1]라고 한 것처럼, 학문하는 궁극적 목표는 자신이 배운 것을 바탕으로 도道를 세상에 펼치는 것이다. 만약 뜻한 대로 세상에 도를 펼치지 못하면, 홀로 몸을 닦고 자연과 더불어 살아가기도 한다. 그렇다고 해서 완전히 세상을 등진 채 은둔하지는 않는다. 여전히 세상에 대한 관심을 지닌 채 세상이 맑아지기를 기다리는 것이 유가儒家의 선비들이 지닌 기본적인 태도였다. 도가 서지 않은 혼란한 시기에 능력도 미치지 못하는 것을 발휘하려고 했다가는 더 큰 혼란을 가져 올 수 있기 때문이다. 그래서 세상이 장차 맑아지기를 기다리면서 때를 기다리는

---

1) 『孟子』, 「梁惠王」章下, '巨室'章. "人, 幼而學之, 壯而欲行之."

것이다.

20대 초반 이백이 유주渝州(지금의 중경)를 유람할 때 유주 자사 이옹에게 바친 시가 있다.

상이옹上李邕: 이옹에게 올립니다.

대붕은 어느 날 바람과 함께 날아오르며,	大鵬一日同風起대붕일일동풍기,
단숨에 곧장 구만 리를 날아오릅니다.	扶搖直上九萬里부요직상구만리.
설령 바람이 멎어 때때로 아래로 내려오더라도,	假令風歇時下來가령풍헐시하래,
오히려 날개로 바닷물을 흔들 수 있습니다.	猶能簸卻滄溟水유능파각창명수.
세상 사람들 나를 보고 늘 특이하다고 여기고는,	時人見我恆殊調시인견아항수조,
내 호언장담 듣고도 모두 냉소합니다.	見余大言皆冷笑견여대언개냉소.
선보(공자)께서도 오히려 후배를 두려워하라 했거늘,	宣父[2]猶能畏後生선보유능외후생,
대장부(이옹)는 젊은 사람 무시하면 안 될 것입니다.	丈夫未可輕少年장부미가경소년.

20대 혈기 왕성한 이백의 모습이다. 전반부에서는 『장자莊子』 「소요유逍遙遊」에 나오는 대붕大鵬을 인용하여 이백 자신에 비유하였다. 대붕이 한 번 날아오르면 구만 리를 가고, 바람도 일지 않아 바다에 내려앉을 때에도 날개로 파도를 칠 정도이다. 이런 큰 새에 이백 자신을

2) 선보(宣父)로 독음을 읽어야 한다. 이때 '父'는 '노인 보'자로 접미사이다. 인물의 특징을 나타내는 '보'로 '떡보'·'울보' 등에 쓰이는 접미사인 것이다. 738년 당 현종은 공자를 왕으로 추봉하여 '문선왕(文宣王)'의 시호를 내렸다. 이후 공자를 선보(宣父)로 칭하였다.

비유했다는 것이다. 그래서 세상 사람들이 대붕에 비유한 이백 자신을 호언장담豪言壯談하는 놈으로 여겨 비웃는다고 하였다. 그러면서 공자는 후생가외後生可畏를 말했는데, 유주(중경) 자사 이옹 당신은 공자의 태도와 다르게 세상 사람들이 비웃듯이 나를 무시하면 안 된다고 하였다. 요즘의 신세대다운 사고이다. 나이와 상관없이 능력으로 사람을 대해 주라는 말이다. 이처럼 이백은 당나라 당시 신세대의 사고를 지녔던 인물이다.

이백은 사천성 유주 자사(지금의 중경) 이옹을 방문하여 추천을 받고자 하였는데, 환대를 받지 못했던 것 같다. 그래서 『장자』「소유」편에 나오는 대붕을 소재로 자신의 원대한 포부를 드러내었다. 그러면서 후생가외後生可畏를 통해 이백 자신을 무시하지 말라고 큰 소리치고 있다. '후생가외'는 노력하는 후배에야 말로 두려워할 만하다는 뜻이다. 20대 이백의 기개와 약간의 방자함도 함께 느껴진다. 25세 짓고 42세에 재창작한 「대붕부」에도 위의 시와 비슷한 내용이 나온다.

후생가외後生可畏는 『논어論語』「자한子罕」편篇 '가외可畏'장章에 나오는 말이다. "공자께서 말씀하시기를, '뒤에 난 사람들이 가히 두려워할 만하니, 앞으로 올 사람들이 우리와 같은 지금 사람만 못한 줄을 어찌 알리오? 사십·오십이 되어서도 소문나는 일이 없으면, 이 또한 족히 두려워할 만하지 못할 따름이다'라고 하셨다."[3]를 용사用事[4]한 경우이다. 공자가 노력하는 후배들을 인정하였듯이 이옹도 큰 포부를 지닌 이백 자신을 깔보지 말아달라는 말이다. 20대 이백의 포부와 자신감

---

3) 『論語』「子罕」篇 '可畏'章. "子曰, 後生이可畏니 焉知來者之不如今也리오. 四十五十而無聞焉이면, 斯亦不足畏也已니라."

4) 용사(用事)는 작법평어류 용어로, 경서(經書)의 내용이나 고사(故事), 역사적 사실, 고인명(古人名), 관명(官名) 등을 인용하여 새로운 의미를 부여하는 시창작 방법 중의 하나이다.

이 하늘을 찌른다. 또한 이 같은 용사 방법은 이백의 유년 시절의 독서량도 알 수 있게 한다. 『장자莊子』와 『논어論語』의 내용을 용사의 방법으로 시 창작에 활용할 정도면 독서량을 짐작하고도 남을 정도이기 때문이다. 이처럼 경서經書의 내용을 문학 작품에 인용하여 새로운 의미 곧 신의新意를 드러내는 작법평어류가 용사 작법인 것이다.

이백이 20대 출사의 길을 모색할 때, 당나라 조정은 도교 사상의 장려를 넘어 숭상하였다. 특히 현종은 도교를 신봉하여 장안과 낙양 각 주에 현원황제묘玄元皇帝廟를 세우고 도교를 관장하는 숭현학崇玄學을 두었으며, 도교들에게는 『노자老子』·『장자莊子』·『열자列子』 등을 배우도록 장려하였다. 이백도 이런 사회적 분위기로 도교에 관심을 가졌을 뿐만 아니라 도교적인 시도 지었던 것이다.

등아미산登峨眉山: 아미산에 오르다

촉 땅에 신선이 사는 산이 많지만,	蜀國多仙山촉국다선산,
아미산이 아득하여 필적하기 어렵다.	峨眉邈難匹아미막난필.
두루 유람하여 한 번 올라 바라보더라도,	周流試登覽주유시등람,
빼어남과 기괴함을 어찌 다 알겠는가?	絶怪安可悉절괴안가실.
짙푸른 산봉우리 하늘에 의지해 펼쳐 있고,	靑冥倚天開청명의천개,
화려한 경관은 그림에서 나온 듯하네.	彩錯疑畫出채착의화출.
사뿐히 올라 자줏빛 노을 완상하노니,	泠然紫霞賞영연자하상,
과연 비단 주머니의 도술(신선이 되는 도술)을 얻었네.	果得綿囊術과득면낭술.
구름 사이에서 옥으로 만든 퉁소를 불고,	雲間吟瓊簫운간음경소,
바위 위에서 보석으로 장식된 비파를 타네,	石上弄寶瑟석상농보슬.
평생 바라는 작은 숭상하는 것이 있었는데,	平生有微尙평생유미상,

즐겁게 웃다보니 이로써 다 이루었네. 歡笑自此畢환소자차필.
신선이 된 기운이 얼굴에 있는 듯하여, 煙容如在顏연용여재안,
세속의 번뇌가 홀연 사라졌네. 塵累忽相失진누홀상실.
만일 양을 탄 이를 만난다면, 儻逢騎羊子당봉기양자,
손을 붙잡고 밝은 태양을 넘어가리라. 携手凌白日휴수능백일.

위의 시는 이백이 유주渝州(중경) 유람을 마치고 성도로 돌아와 아미산을 오른 20대 초반의 나이에 지은 것으로 추정된다.[5] 아미산의 경관을 찬미하고 신선다운 풍취를 얻은 것을 기뻐하고 있다. 다분히 신선 사상이 반영되었다. 이는 당시 당나라의 분위기가 도교를 권장하던 시대이기에 가능했던 것이다. 사회적 분위기는 당나라 황실의 권장으로 도교를 숭상하고 신선이 되는 도술이 있다고 여겨, 장생불사長生不死를 추구하는 풍조가 만연하였기 때문이다. 특히 황실의 황제인 현종이 도교를 신봉하던 때이다. 당나라 황실은 조상으로 받드는 노자老子(이이李耳, 노담老聃)에게 태상현원황제太上玄元皇帝의 존호를 올리고, 노자의 『도덕경道德經』을 민가에 두루 비치시켰을 뿐만 아니라 과거시험의 과목으로 채택하게 하였다. 그리고 도교를 연구하는 기관인 숭현학崇玄學을 둔 것은 물론 장안과 낙양에 현원황제묘玄元皇帝廟, 곧 노자의 사당을 세워 도교를 장려했던 것이다. 이런 시대적 분위기에 이백도 동화되어 신선사상에 관심을 두었을 것이다. 위의 시 중 "연용煙容"은 환각제를 흡입한 몽롱한 상태를 이르는 말이다. 여기서는 도사가 되기 위한 의식으로 단사를 먹어 신선의 경지에 들어간 듯이 생각된

5) 이영주·임도현·신하윤 역주, 『이태백 시집』 권6, 學古房, 2015, 6쪽. 개원 8년(720), 20살의 이백이 성도를 노닌 후에 지은 작품으로 추정하였다.

다는 것이다. 이백은 평소에 신선이 되고자 하는 작은 희망이 있었는데, 아미산에 올라 웃고 즐기다 보니 신선이 된 듯한 기분이 든다고 하였다.

촉 땅에는 신선이 사는 산이 많지만 아미산만 한 산도 없다. 그 모습은 절묘하고 기이한 풍경이며 짙푸른 산봉우리가 하늘에 맞닿아 있는 듯하다. 그런 산을 가볍게 올라 비단 주머니 도술을 얻었다. '비단 주머니 도술'은 신선이 되는 도술의 의미이다. 『한무내전漢武內傳』에 의하면 한무제漢武帝가 서왕모西王母와 상원부인上元夫人이 전수한 선경仙境을 자줏빛 비단 주머니에 넣어두었다고 했는데, 이백이 이 고사의 내용을 인용하였다. 그리고 작은 바람은 아미산에서 신선처럼 보석 거문고를 타고 신선의 도술을 익혀 신선처럼 사는 것이다. 그런데 아미산에 올라 '웃고 떠드는 사이에 신선이 된 듯하다.'고 하였다.

'양을 탄 사람'은 갈홍葛洪이 쓴 『열선전列仙傳』에 나오는 고사로, 주나라 갈유葛由가 나무로 양을 깎아 팔았는데, 한 번은 양을 타고 촉 땅으로 들어가서 아미산에 오르는 촉의 왕후 귀족들을 따라갔다가, 신선이 되어 하늘로 올라갔다는 이야기이다. 이런 이야기를 인용한 이유가 이백 자신도 신선이 되어 하늘로 올라가고픈 심정 때문일 것이다.

신선 사상을 흠모하며 노닐던 아미산도 이별하고, 삼협으로 떠나면서 지은 「아미산월가峨眉山月歌」가 있다.

아미산월가峨眉山月歌: 아미산 달을 노래하다

아미산의 가을 반달,	峨眉山月半輪秋아미산월반륜추,
달빛 평강강에 비춰 물 따라 흐르네.	影入平羌江水流영입평강강수류.
밤에 청계를 떠나 삼협[6]으로 향하는데,	夜發淸溪向三峽야발청계향삼협,
그대 그리며 못 본 채 유주渝州로 내려간다.	思君不見下渝州사군불견하유주.

24살(724) 이백이 촉 지방의 아미산(3,092m)을 떠나 유주(지금의 중경)로 향하면서 지은 7언 절구이다. 아미산 위에 가을 반달이 떠 있고, 달그림자는 평강강(지금의 청의강)에 비치어 물과 함께 흐른다. 밤에 청계에서 삼협으로 향할 때, 달이 협곡에 가리어 보이지 않는다. 삼협은 협곡이라, 협곡 안에서 하늘의 달이 보이지 않는다는 말이다. 이제나 볼까 저제나 달을 구경할까 하며 기대감으로 삼협을 지나는데 어느 듯 날이 새고, 나는 유주(중경)로 간다는 것이다. '그대'는 달을 이른다. 아미산과 장강長江의 지류인 평강강, 사천성 건위현의 청계역 그리고 삼협과 유주(중경)에 이르는 긴 여정이다. 시에서는 자기가 지나가는 지명을 연결시키면서도, 그 연결이 매끄럽고 어색함이 없다. 고향을 떠나는 서운함과 달을 보지 못하는 안타까움이 절묘하게 지명 속에 녹아 있다. 그래서 만고

장강(長江) 삼협(구당협)의 모습이다.

장강 삼협(구당협)에 위치한 백제성의 모습이다. 『삼국지연의』에 나오는 내용으로, 유비가 제갈공명에게 어린 유선을 부탁하고 유명(幽明)을 달리한 곳이다. 유비 탁고의 장소이다.

6) 삼협(三峽)은 장강삼협으로 사천성 봉절(奉節)에서 호북성 의창(宜昌)사이에 있는 구당협(瞿塘峽)·무협(武俠)·서릉협(西陵峽)을 이르는 말이다.

백제성 안 유비 탁고의 장면으로, 밀납으로 재현해 놓았다. 병세가 완연한 유비와 두 눈을 부릅뜬 제갈량, 그리고 어린 유선의 모습이다.

의 절창絶唱이라는 평을 받는다.

사천성을 벗어나면서 쓴 시도 있다.

도형문송별渡荊門送別: 형문을 건너와서 송별하다.

멀리 형문산을 배로 건너와서,	渡遠荊門外도원형문외,
초나라 땅에 와 놀고 있네.	來從楚國遊내종초국유.
산은 평야를 따라 사라지고,	山隨平野盡산수평야진,
강은 넓은 광야로 들어가 흐른다.	江入大荒流강입대황류.
달이 비치니 하늘의 거울이 날아온 듯,	月下飛天鏡월하비천경,
구름이 이니 신기루가 맺히는 듯.	雲生結海樓운생결해루.
사랑하는 고향의 강물은,	仍怜故鄉水잉린고향수,
만 리 뱃길을 전송하네.	萬里送行舟만리송행주.

이백이 고향인 파촉을 떠나 멀리 형문荊門(호북성 의도현) 밖으로 건너와서 지금 초나라 땅으로 들어섰다. 고향 산천과 다르게, 드높던 산은 평야를 따라 펼쳐지다 점점 사라지고, 험준한 산 사이를 흐르던 강은 드넓은 평원으로 흘러들어 유유히 흐른다. 달빛이 강물에 비치니 하늘의 거울이 날아온 듯하고, 구름이 일어나니 바다 신기루가 맺히는 듯하다. 만 리까지 함께해 온 사랑스러운 고향의 강물은 마치 나를 전송하는 듯 흘러간다. 향수의 정을 고향 강물인 장강長江에 의탁하였다. 이렇게 이백은 고향 강물의 배웅을 받으면서 초나라 지역으로 접어들고 있다.

고향 강유 지방을 떠난 이백은 25세에 파 지방에 도착하여 바라본 광경을 악부시로 남겼다.

파녀사巴女詞: 파수 지역 여인의 노래

파수는 마치 화살같이 급하고,	巴水急如箭파수급여전,
파 땅의 배는 날아가듯 떠간다.	巴船去若飛파선거약비.
열 달 동안 삼천리를 갔으니,	十月三千里십월삼천리,
낭군님은 어느 해나 돌아오시려나.	郎行幾歲歸낭행기세귀.

이백은 유년 시절 살던 사천성인 성도와 아미산을 떠나(724년) 유주(중경)를 거쳐 삼협을 경유한다. 위의 「파녀사巴女詞」는 강유 고향을 떠난 다음 해인 725년 파 지방(지금의 중경시와 호북성 경계 부근)에 도착하여 우연히 바라 본 광경을 민가풍民歌風으로 지은 시이다. 내용을 보면 아마도 그 지역 정서가 담긴 노래가 있었던 것 같다. 그 내용은 파수 가에 사는 여인이 오랫동안 돌아오지 않는 임을 그리워한다는 것이다. 여기에 이백은 화살처럼 빠른 세월을 속절없이 흘러가는 파

수巴水(지금의 중경에서 삼협에 이르는 장강 구간)에 비유하여 파 지방 여자의 한스러움과 기다림을 그려냈다. 이별은 언제나 슬프다. 모든 것을 남겨두고 떠나가야 하는 모순矛盾으로서 떠남은 빠르고 다시 돌아옴은 느려서 떠나가는 사람보다 보내는 여인의 마음을 더욱 안타깝게 한다. 화살같이 빠른 강물에 날아갈 듯한 배가 낭군님을 싣고 삼천리 밖으로 갔으니, 그 임은 언제 돌아올 수 있을까? 애달픈 여인의 끝없는 기다림이 느껴진다. 20대 이백의 낭만적 모습이 담긴 시이기도 하다.

725년 경(25세) 무한(무창) 지역을 유람하면서 지은 시도 감상해보자.

강하행江夏行: 강하의 노래[7]

예전에 아리땁던 모습을 생각하면,	憶昔嬌小姿억석교소자,
춘심도 스스로 견뎌냈지요.	春心亦自持춘심역자지.
좋은 지아비 만나 시집간다면,	爲言嫁夫壻위언가부서,
오래도록 그리워할 일 없을 줄 알았지요.	得免長相思득면장상사.
장사꾼에게 시집갈 줄 누가 알았으리요,	誰知嫁商賈수지가상고,
사람으로 하여금 근심으로 괴롭게 한다오.	令人却愁苦영인각수고.
부부가 된 이래로,	自從爲夫妻자종위부처,
고향에 머문 적이 일찍이 없었다오.	何曾在鄕土하증재향토.
지난해 양주로 내려갈 때,	去年下揚州거년하양주,
황학루에서 작별하였지요.	相送黃鶴樓상송황학루.
눈은 멀어지는 돛을 바라보았고,	眼看帆去遠안간범거원,
마음은 강물 따라 좇아갔지요.	心逐江水流심축강수류.

7) 728년 작이라는 설도 있음.

다만 일 년 만이라고 기약하더니, 只言期一載지언기일재,
세 번의 가을이 지나갈 줄 누가 알았으리요. 誰謂歷三秋수위력삼추.
첩으로 하여금 애간장 끊어지게 하여, 使妾腸欲斷사첩장욕단,
당신을 한恨 하지만 정은 끝이 없네요. 恨君情悠悠한군정유유.
좌우에 거주하는 이웃들 함께 떠났어도, 東家西舍同時發동가서사동시발,
북으로 남으로 가도 한 달을 넘기지 않았요. 北去南來不逾月북거남래불유월.
우리 집 낭군은 어디 계시는지 알지 못하고, 未知行李遊何方미지행리유하방,
편지 써 보내도 소식조차 없네요. 作箇音書能斷絕작개음서능단절.
때마침 남포로 달려가서, 適來往南浦적래왕남포,
서강에서 오는 배에 소식을 물으려 해요. 欲問西江船욕문서강선.
술파는 아가씨를 때마침 만나는데, 正見當壚女정견당로녀,
붉게 단장한 이팔청춘이네요. 紅妝二八年홍장이팔년.
마찬가지로 한 사람의 부인인데, 一種爲人妻일종위인처,
유독 나만이 슬픔 속에 살아가네요. 獨自多悲悽독자다비처.
거울을 대하면 금방이라도 눈물 떨구고, 對鏡便垂淚대경편수루,
사람을 만나면 다만 울 것 같아요. 逢人只欲啼봉인지욕제.
차라리 경박한 사람을 만나서, 不如輕薄兒불여경박아,
조석으로 오래 같이 다니는 것만 못하네요. 旦暮長追隨단모장추수.
장사꾼의 아내 되어 후회스럽고, 悔作商人婦회작상인부,
청춘을 긴 이별 속에 보내고 있네요. 青春長別離청춘장별리.
지금 한창 사랑을 주고받을 때인데, 如今正好同歡樂여금정호동환락,
당신이 떠났으니
꽃다운 용모 누가 알아줄까요? 君去容華誰得知군거용화수득지.

이백이 장강 가에서 본 장사꾼 아내의 모습과 심리를 노래한 시이

다. 장사꾼인 남편이 장사를 떠난 지 3년이 되어도 돌아오지 않자 원망의 마음을 담아 그 남편을 기다린다는 내용이다. 이는 당시 호북성 강하(무창, 무한) 장강 가에 사는 젊은 아낙네의 심리이면서 생활상일 것이다. 얼마나 외로웠으면 차라리 난봉꾼의 아내가 되어 매일 함께 지내는 것이 낫다고 했겠는가? 젊은 새댁의 외로움이 극에 달했다. 25살의 이백이 그들의 슬픈 사랑의 감정을 잘 표착하여 애잔하게 표현하였다. 청춘 시절 시선詩仙의 감성이 돋보인다.

장강 삼협을 지나 이백은 1년여를 장강 중류를 유람하고 가을에 형주로 가면서 「추하형문秋下荊門」을 지었는데, 25살 때의 이백의 생각을 읽을 수 있는 시이다.

추하형문秋下荊門: 가을에 형문으로 내려가다

형문산에 서리 내려 강가 나무 앙상하니,	霜落荊門江樹空상락형문강수공,
근심 없이 베돛을 가을바람에 걸었네.	布帆無恙掛秋風포범무양괘추풍.
이번 길은 농어회 때문이 아니라,	此行不爲鱸魚膾차행불위노어회,
스스로 명산이 좋아 섬중으로 가는 것이라네.	自愛名山入剡中자애명산입섬중.

고향 촉을 떠나 1년이 지난 후, 호북성 형문에서 동정호 방면으로 향할 때 쓴 시이다. 그래서 고향 생각이 날 뻔도 한데, 오히려 고향으로 가지 않고 장강 상류에 위치한 절강성 섬중(섬계, 절강성 소흥시 조아강 상류)으로 갈 것을 다짐하고 있다. 고향의 이미지는 농어회로부터 시작된다. 서진西晉 때 장한張瀚(258~319)의 고사 때문이다. 장한이 고향인 남쪽 오吳나라를 떠나 북쪽 수도 낙양에서 벼슬살이를 하고 있었다. 가을바람이 불자 "지금쯤 고향(강소성 소주)에서는 순나물(고수나물)과 농어회를 먹는 계절인데, 그 맛있는 것도 못 먹으면서 무엇

을 바라는 것일까? 인생에서 귀한 것은 자기 마음에 만족을 얻는 것인데, 마음에도 없는 벼슬자리가 무엇이란 말인가?"라고 반문하면서 그 길로 벼슬을 내놓고 고향으로 돌아갔다는 이야기이다.

그러나 위의 시에서 이백은 자신의 이번 여행은 장한과 같이 농어회(고향)가 생각나서 떠나는 여행길은 아닌 것이다. 이 길은 농어회(고향 생각) 때문이 아니다. 그러면 무엇 때문일까? 스스로 명산을 사랑하여 섬중剡中(소흥)에 들어간다고 하였다. 이는 일종의 반어적 표현으로 정말 산수자연에 은둔한다는 것이 아니라, 세상을 유람하면서 장한의 행적과는 반대의 길을 걷고자 한다는 의미이다. 고향을 떠난 원래의 목적이 자신의 뜻을 실현하려는 목적이었다. 그것은 출사出仕하려는 목적과 같다. 뜻을 지닌 유자儒者는 세상을 바로잡는 것이 궁극의 목적이다. 그래서 유람도 시작되었고 도사의 만남도 이루어졌던 것이다. 이와 같은 이백의 행적은 앞으로 천거를 통해 출사의 목적을 달성해야 하기 때문이다. 그래서 고향으로 돌아가지 않겠다는 것이다.

상업의 중심지인 형주의 수도 강릉에 도착한 이백은 도교를 신봉하는 원단구를 만나게 되었고, 전 초나라 도읍지인 영성의 유적을 유람하기도 하면서 강릉 지방의 민간 노래를 듣고 매료되기도 하였다. 형주는 지금의 호북성 형주(강릉) 일대를 가리킨다.

형주가荊州歌: 형주의 노래

백제성白帝城 가에는 풍파風波가 심해서,	白帝城邊足風波백제성변족풍파,
오월의 구당협瞿塘峽을 누가 감히 건너리요.	瞿塘五月誰敢過구당오월수감과.
형주에서는 보리가 익을 때 누에는 나방이 되고,	荊州麥熟繭成蛾형주맥숙균성아,
명주실 뽑으며 임 생각하니 마음만 심란하네.	繰絲憶君頭緒多조사억군두서다.

뻐꾸기 울며 날 때 첩(아내)은 어찌하리오. 獲穀飛鳴奈妾何획곡비명나첩하.

악부시樂府詩이다. 악부시는 민간에서 부르는 민요를 한시 형식으로 재창작한 것을 이르는 말이다. 이백은 이 시에서 민간 민요에서 사용하는 쌍관어雙關語 수법을 사용하였다. 누에가 뽑아내는 실絲의 의미를 '생각 사思'로 환치하면 '보리 익고 뻐꾸기 우는 계절에 임 생각이 절로 난다.'가 된다. 여기서 '군君'을 '고향'으로 환치하면 '고향 생각이 절로 난다.'는 의미도 된다. "획곡獲穀"은 시구鳲鳩와 같은 의미로 뻐꾸기이다.

이백의 악부시는 육조 악부민가의 영향을 받았다. 육조 악부시의 특징은 상인과 소시민의 생활과 감정을 표현한 것과 남녀의 애정을 노래한 것들이다. 이 악부시의 대표적인 작품 하나를 더 감상해보자.

장간행長干行: 남경 진회하 마을의 노래(장간의 노래)

저의 머리카락이 이마를 막 덮을 적에, 妾髮初覆額첩발초복액,
꽃을 꺾으며 문 앞에서 놀았죠. 折花門前劇절화문전극.
그대는 죽마竹馬를 타고(친구로) 와서는, 郎騎竹馬來낭기죽마래,
침상을 뱅뱅 돌며 푸른 매실로 장난쳤죠. 遶牀弄青梅요상농청매.
장간長干(남경 진회하) 마을에 함께 살면서, 同居長干里동거장간리.
두 꼬맹이 사이엔 허물이 없었죠. 兩小無嫌猜량소무혐시.
열네 살에 당신의 아내가 되어, 十四爲君婦십사위군부,
수줍어 얼굴을 일찍이 들지 못했죠. 羞顏未嘗開수안미상개.
고개를 숙인 채 어둔 벽을 향해 있으면서, 低頭向暗壁저두향암벽,
천 번 불러도 한 번도 돌아보지 못하였지요. 千喚不一回천환불일회.
열다섯에 비로소 미간을 폈지만(뜻을 나타냄), 十五始展眉십오시전미,
함께 티끌과 재 되기를 원했어요(함께 의지함). 願同塵與灰원동진여회.

항상 기둥을 껴안는 믿음(약속 지킴)을 가졌기에,	常存抱柱信상존포주신,
어찌 망부대望夫臺에 오를 줄을 알았나요?	豈上望夫臺기상망부대.
열여섯에 당신은 멀리 행상을 떠나,	十六君遠行십육군원행,
구당협의 염예퇴灩澦堆(암초)로 갔지요.	瞿塘灩澦堆구당염여퇴.
오월엔 좌초를 조심해야 하고,	五月不可觸오월불가촉,
원숭이 하늘 향해 슬피 울죠.	猿聲天上哀원성천상애.
문 밖에 인적이 끊긴 뒤라,	門前遲行跡문전지행적,
가는 곳마다 이끼가 끼었죠(이별한 지 오래됨).	一一生綠苔일일생녹태.
짙은 이끼를 쓸지 못한 채,	苔深不能掃태심불능소.
낙엽은 가을바람에 일찍도 지네요.	落葉秋風早낙엽추풍조,
팔월에 나비가 나와서는,	八月胡蝶來팔월호접래,
쌍쌍이 서쪽 뜰에 날아다니네요.	雙飛西園草쌍비서원초.
이에 느꺼워 첩의 마음은 아파,	感此傷妾心감차상첩심,
앉은 채로 수심에 잠겨 홍안만 늙어가네요.	坐愁紅顔老좌수홍안노.
조만간 삼파三巴(사천성 동부)로 내려오시면,	早晚下三巴조만하삼파,
미리 집으로 기별이나 해주세요.	豫將書報家예장서보가.
길이 멀다 않고 환영하리니,	相迎不道遠상영부도원,
곧장 장풍사長風沙(안휘성 안경 장강변)로 오세요.	直至長風沙직지장풍사.

남조南朝 때 건업建鄴(지금의 남경南京) 근처에서 유행하던 일반 백성들이 부르던 노래로써 청상곡사淸商曲辭(악부시 12가지 분류법 중 하나) 중의 하나이다. 장간長干은 당시의 동네 이름인데, 지금의 남경시 중화문中華門 바깥 진회하秦淮河 남쪽이다.

장사꾼의 아내가 남편에게 보내는 편지 형식의 노래이다. 이러한 내용은 장강長江을 중심으로 수운업이 발달한 육조六朝(오·동진·송·제·양·진 등으로 229년부터 589년까지 약360년 기간 동안의 왕조) 이래 많이 나온 악부시이다. 악부시는 남성에 비해 행동반경이 넓지 못하고, 감정 표현도 소극적이고 수동적인 경향이 강했던 당시 여성들의 여린 정서가 담겨 있다. 이백은 강남에서 삼을 기르고 누에를 쳐 길쌈하고, 연밥을 따는 등 힘써 일하는 강남의 아리땁고 청순한 여인들의 삶을 눈여겨보았던 것이다. 그들의 삶의 애환을 악부시로 표현했는데, 특히 이백은 악부시에서 그들의 독수공방 처지를 누구보다도 애처롭게 묘사해내었다. 그 중에서도 「장간행長干行」은 어릴 적 소꿉 친구였던 사내를 신랑으로 맞이하여 신혼생활을 그린 시이다. 시적화자인 부인은 겨우 사랑의 감정을 알아가게 될 무렵 장사길 떠난 남편의 대한 그리움과 걱정을 곡진하게 풀어놓았다. 어릴 때 죽마고우竹馬故友로 자랐고 14살에 자연스럽게 혼인을 하게 되었으며, 결혼 초에는 부끄러워 눈도 마주 치지 못했다는 것이다. 결혼 1년쯤 겨우 사랑의 감정을 알아 갈 때쯤 남편은 생활인으로 장삿길에 올랐다는 것이다. 그래서 바람만 불어도 걱정이고 낙엽이 질 때는 남편 생각이 더 간절하다는 내용이다.

"포주신抱柱信"은 『장자莊子』 「도척盜跖」편에 나오는 미생尾生의 이야기이다. 미생이 어느 여자와 다리 밑에서 만나기로 약속하여, 먼저 다리 밑에서 기다렸다. 그런데 비가 와 강물이 불어났다. 미생은 여자와의 약속을 지키기 위해 다리를 껴안고 있다가 불어난 강물에 빠져 죽었다는 이야기이다. 이 고사에서 유래하여 포주신抱柱信은 약속을 지킨다는 의미로 사용되었다.

제2수도 있는데, 이는 중당中唐 시절 이익李益(748~827)의 작품이라는 설이 있다. 하지만 『이태백집李太白集』이나 『전당시全唐詩』에 이백의 작품으로 되어 있어, 소개하기로 한다.

장간행長干行 2수

생각건대 제가 깊은 규방 속에서,	憶妾深閨里억첩심규리,
먼지인지 안개이지 분간도 못했어요.	煙塵不曾識연진불증식.
장간 사람에게 시집가서,	嫁與長干人가여장간인,
모래사장에서 바람결만 바라보네요.	沙頭候風色사두후풍색.
오월 남풍이 불어올 때면,	五月南風興오월남풍흥,
그대 파릉巴陵으로 내려간 일을 생각하네요.	思君下巴陵사군하파능.
팔월 서풍이 일어날 때면,	八月西風起팔월서풍기,
그대가 장강을 출발한 줄로 상상하지요.	想君發揚子상군발양자.
가나오나 슬픔이 어떠할까?	去來悲如何거내비여하,
짧은 만남에 이별은 기네요.	見少別離多견소별리다.
상담湘潭에는 언제나 오시려나,	湘潭几日到상담궤일도,
저는 풍파를 넘는 꿈을 꾸어요.	妾夢越風波첩몽월풍파.
지난 밤 일진광풍 쓸고 가더니,	昨夜狂風度작야광풍도,
강어귀 나뭇가지 꺾어놓았어요.	吹折江頭樹취절강두수.
물은 질펀하고 아득하게 펼쳐졌는데,	淼淼暗無邊묘묘암무변,
길 떠난 이는 어디 계실까요?	行人在何處행인재하처.
뜬구름같이 날랜 말 타고 가서,	好乘浮雲驄호승부운총,
난이 핀 동쪽 물가에서 아름답게 만나요.	佳期蘭渚東가기난저동.
원앙새는 푸른 부들 위에서 다정히 놀고,	鴛鴦綠蒲上원앙녹포상,
비취새는 비단 병풍 속에서 사랑하고 있네요.	翡翠錦屏中비취금병중.
가련도 하네요, 내 나이 열다섯 때는,	自憐十五余자련십오여,

얼굴빛이 복사꽃처럼 아름다웠지요. 顏色桃花紅안색도화홍.
어쩌다 장사꾼의 아내가 되어, 那作商人婦나작상인부,
강물도 근심, 바람도 근심이네요. 愁水復愁風수수부수풍.

시집오기 전에는 날씨에 별 관심이 없었다. 그런데 어쩌다 장사꾼에게 시집와서는 일기와 강물에 신경이 쓰인다는 것이다. 그래서 요즘 장사꾼의 아내는 강가에 나와서 날씨까지 염려하면서 남편을 기다리는 것이 예사 일이 되었다는 것이다. 5월 남풍이 불면 남편은 파릉으로 내려갈 것으로 여기고, 8월 서풍이 불면 남편은 장강長江을 떠날 것으로 짐작하고 있다. 남편은 물건을 사고팔 때 그 슬픔은 얼마나 클까? 우리들의 만남은 적고 이별의 날은 많기 때문이다. 나는 꿈을 꾸는데, 남편이 풍파를 만나는 꿈을 꾸었다. 광풍이 불어 강가의 나뭇가지 다 부러지고 강물은 불어 아득히 끝도 없는데, 지금 남편은 어디에 계실까? 나는 날아가는 구름같이 빠른 말을 타고 남편이 장사하는 곳, 난초가 피는 동쪽까지 가서 남편을 멋지게 만나고 싶다. 원앙새 한 쌍은 푸른 물가에서 놀고, 물총새 한 쌍은 비단 병풍 속에서 속삭이는 것을 보니 부럽기 짝이 없다. 그리고 스스로 가엾은 생각이 드는 것은 15살 복사꽃처럼 예쁜 얼굴이었는데, 어쩌다 장사꾼의 아내가 되어 홍수 걱정, 강풍强風 걱정 속에 날들을 보내려 하니 더욱더 서글프다.

이백이 남경을 여행하면서 그곳 주민들로부터 들은 노래들을 점화點化[8]하여 더욱 감동적으로 읊었다. 특히 제1수는 시선詩仙의 경지가

8) 점화(點化)는 남의 문학 작품이나 노래를 자기 작품에 인용하여 새로운 의미를 부여하는 작법평어류이다.

중국 남경시 고진회(古秦淮) 거리의 지금 모습이다.

중국 남경 고진회(古秦淮) 거리의 공자사당 입구로, 남경 부자묘(南京夫子廟)의 현판이 보인다.

느껴지는 시이기도 하다. 어린 나이에 소꿉친구와 결혼한 사연과 결혼 후의 남편에 대한 염려, 그리고 그리움이 애절하게 잘 표현되었기 때문이다.

이백의 「장간행長干行」은 조선시대에도 인기가 있었다. 조선시대 여류문인인 허난설헌이 이백의 「장간행長干行」을 모방하여 「장간행長干行」

남경 진회의 모습과 공자묘의 주변 모습이다. 작은 배를 타고 진회를 유람할 수 있다.

이라는 시를 짓기도 하였다.

장간행長干行: 장간의 사랑 노래

허난설헌許蘭雪軒

집은 장간 마을에 있고요, 家居長干里가거장간리,
장간 길을 오가고 했지요. 來往長干道내왕장간도.
꽃을 꺾어 낭군에 묻기를, 折花問阿郞절화문아랑,
어때요, 첩의 모양이 예뻐요? 何如妾貌好하여첩모호.

조선시대 최고의 여류 시인의 한 분인 허난설헌이 남긴 애정시이다. 남편과 함께 마을길을 걷다가 예쁜 들꽃을 보고, 그 꽃을 꺾어 남편에게 "자기야 내가 예뻐, 꽃이 예뻐"로 묻고 있다. 정말 현대의 낭만적 분위기가 전달되는 시이다. 이런 감각적이고 독창적인 허난설헌의 시를 요즘 연구자들은 이백의 「장간행長干行」 시도 파악하지도 않은 채 표절된 작품으로 간주看做하였다. 허난설헌이 취한 것은 시적 의미 일부와 제목이다. 제목은 일치하니 표절이라고 할 만하다. 그렇지만 허난설헌의 「장간행長干行」은 사랑 노래쯤으로 읽힌다. 그렇지만 그 내용은 이백의 「장간행長干行」과 전혀 다른 맛이 나는 시이다. 이백의 「장간행長干行」은 소꿉친구로 지내던 두 사람이 부부가 되었으며, 남편이 장삿길에 올라 그 애타는 기다림의 노래이다. 하지만 허난설헌의 시는 다정한 부부의 애정이 활짝 된 시이다. 그러니 표절이라고 할 수 없다. 그 시적 소재와 의미 일부를 가져다 활용하였지만 새로운 의미를 부여하였기 때문에 환골탈태換骨奪胎가 된 것이다. 이런 것을 시적 평어류로 평하기를 점화點化되었다고 하는 것이다. 남편 김성립과 애정 관계가 원만하지 않았던 허난설헌이 아마도 남편과의 관계를 시에 나오는 삶의 형태로 꿈꾸었던 것 같다. 그래서 허난설헌의 「장간행長干行」은 화목한 부부의 사랑 노래인 것이다. 그러니 표절도 아니다.

이백은 남악 형산을 유람하던 중 원단구로부터 소개받은 도교 상청파上淸派 사마승정司馬承禎(647~735)을 만나게 되고 그로부터 큰 격려를 받은 후 도교와의 관계는 예전에 비해 더 돈독해진다. 사마승정은 당나라 황실의 측천무후와 예종, 그리고 현종의 부름으로 당나라 황실로부터 후한 대우를 받았던 인물이다. 이처럼 당나라 황실과 관련이 있는 사마승정과의 인연은 이백이 출사를 위한 한 방편이었을 것이다. 훗날 도사 오균과 도교에 귀의한 옥진공주의 추천으로 당나라 황실에 입성하였기 때문이다. 또한 744년 당나라 황실로부터 쫓겨났을 때, 도교의 도사에게 도록道籙을 전수받기도 하였다. 아마도 그 당시 사회적 분위기나 당나라 황실의 성향을 고려해서 도교에 의지하여 재출사의 길을 모색하고자 했던 것이 이백의 의도였을지도 모를 일이다.

이백은 724년에 친구 오지남吳指南과 남쪽의 초楚 땅으로 여행을 떠나는데, 먼저 사천의 아미산峨眉山, 성도成都 부근의 평강강平羌江, 청계淸溪·삼협三峽의 장강長江을 따라 유주渝州(지금의 사천성 중경重慶), 동정호洞庭湖 등을 구경하였다. 그런데 725년 친구 오지남이 동정호 부근에서 죽었다. 친구의 죽음을 슬퍼하면서 친구의 안식을 위해 최선의 노력을 기우려 친구에 대한 의리를 다 하였다. 이후 금릉金陵(지금의 남경南京)·광릉廣陵(지금의 양주揚州)·여매汝梅·운몽雲夢을 거쳐 727년에 안육安陸의 수산壽山에 정착하였다.

25살 무렵(725년) 동정호 근처에서 죽은 친구 오지남의 대한 일화를 보면, 이백의 인물됨을 짐작할 수 있을 것이다.

> 예전에 촉 땅의 벗 오지남과 함께 초楚를 유람하는데 지남이 동정호 가에서 죽었습니다. 이백이 소복을 입고 통곡하는 것이 마치 형제를 잃은 듯했습니다. 한여름에 시체에 엎드려 우는데 눈물이 다하니 피가 이어 나왔습니다. 길가는 사람이 듣고 모두 마음 아파하였습니다. 사나운 호랑이도 앞에 와서는 굳게 지키고 움직이지 않았습니다. 마침내 임시로 호숫가에 초빈하여 두고 곧 금릉(남경)으로 갔습니다. 몇 년이 지나 와서 보니 힘줄과 살이 아직도 있었습니다. 이백은 눈물을 닦으며 칼을 들고는 (시체를) 몸소 발라내었습니다. 뼈를 싸서 하염없이 걷다가는 지고 뛰었습니다. 자나 깨나 계속 가지고 다니면서 몸과 손에서 떠나지 않게 하였습니다. 마침내 돈을 구걸[개丐]하여 악성 동쪽에 장사지내 주었습니다. 고향 길은 멀고 혼백을 돌볼 사람이 없으므로 예에 따라 이장함으로써 붕우의 정을 밝혔습니다. 이는 이백이 사귐을 중시하고 의리를 귀하게 여기기 때문입니다.[9]

25살 이백의 의리를 단적으로 알 수 있게 하는 일화이다. 함께 초나라 땅인 남쪽을 유람하던 고향 친구 오지남이 갑자기 동정호 부근에서 죽자 장례의 예를 갖추어 가매장한 후, 몇 년 후 다시 돌아와, '마침내 돈을 구걸하여 장례를 치렀다(遂丐貸營수개대영 葬於鄂城之東장어악성지동)'는 내용이 있는 것을 보면 일설에 '이백이 30만 냥의 돈을 다 탕진했다'는 설은 믿기 어려운 이야기로 들린다. 이백이 30세 때 쓴 「상안주배장사

9) 王琦, 『李太白全集』, 北京: 中華書局, 1977. 「上安州裵長史書」, "昔與蜀中友 人吳指南同遊於楚, 指南死於洞庭之上, 白禫服慟哭, 若喪天倫. 炎月伏屍, 泣盡而繼之以血. 行路聞者, 悉皆傷心. 猛虎前臨, 堅守不動, 遂權殯於湖側, 便之金陵. 數年來觀, 筋肉尚在. 白雪泣持刃, 躬申洗削, 裹骨, 徒步, 負之而趨. 寢興攜持, 無輟身手, 遂丐貸營, 葬於鄂城之東. 故鄉路遙, 魂魄無主, 禮以遷窆, 式昭朋情. 此則是白存交重義也."

중국 강서성 구강 서쪽에 있는 여산(廬山)의 모습이다.

서上安州裵長史書」에 예전에 양주揚州를 유람하면서 30여만 냥의 돈을 다 써버린 적이 있다고 하였다. 이는 이백의 과장된 표현일 수 있다.

25살 되던 725년 가을 이백은 동정호를 유람한 후 금릉(남경)으로 가는 도중에, 강서성 여산廬山에 올라 오로봉을 바라보게 된다.

등여산오로봉登廬山五老峰: 여산 오로봉을 오르다

여산의 동남쪽에 오로봉은,	廬山東南五老峰여산동남오로봉,
푸른 하늘 금빛 연꽃을 깎아낸 것이라네.	靑天削出金芙蓉청천삭출금부용.
구강의 풍광이 한 눈에 들어오니,	九江秀色可攬結구강수색가람결,
내가 장차 이곳 산림에 은거하려네.	吾將此地巢雲松오장차지소운송.

아직도 마음을 정하지 못한 상태이다. 아름다운 곳을 보면 그 아름다운 곳에 은거하고 싶어 하기 때문이다.

은거하고자 했던 자연에서 나와 25~26살 무렵, 친구와 이별하는 시가 있다. 먼저 금릉(남경)을 떠나 양주(광릉)로 떠날 때 친구들과 이별하는 시를 감상해보자.

금릉주사유별金陵酒肆留別: 금릉 주막에서 작별하다

봄바람이 불어와 버들꽃 향기 주막에 가득하고, 風吹柳花滿店香풍취유화만점향,
오 땅 미녀가 술 걸러 객을 불러 맛을 보이네. 吳姬壓酒喚客嘗오희압주환객상.
금릉의 자제들 와서 전송하니, 金陵子弟來相送금릉자제래상송,
가려다가 가지 않고 각자 술잔을 다 비우네. 欲行不行各盡觴욕행불행각진상.
그대는 동쪽으로 흘러가는 강물에 물어보시게, 請君試問東流水청군시문동류수,
이별하는 정과 강물 중 어느 쪽이 더 긴지를. 別意與之誰短長별의여지수단장.

금릉 땅 봄날 주막거리의 모습이 절로 그려진다. 주막집 주모가 새로 거른 술을 따르고 강남 땅 도련님 술꾼들이 자꾸자꾸 술을 권함에, 쉽게 자리를 뜨지 못하는 이백이다. 그래서 장강의 강물보다 이별의 아쉬움이 더 길다.

이번에는 광릉[양주]에서 친구와 헤어지면서 지은 시를 감상해보자.

광릉증별廣陵贈別: 광릉에서 헤어지며 주다

옥병에 좋은 술을 사서, 玉瓶沽美酒옥병고미주,
몇 리를 가서 돌아가는 그대를 보내네. 數里送君還수리송군환.
수양버들 아래 말을 매어 놓고, 繫馬垂楊下계마수양하,
큰길에서 술을 마시네. 銜盃大道間함배대도간.

하늘 끝에는 초록빛 물이 보이고, 天邊看綠水천변간녹수,
바닷가에는 푸른 산이 보이네. 海上見靑山해상견청산.
흥이 다하면 각자 헤어지는 것이니, 興罷各分袂흥파각분메,
어찌 이별의 얼굴로 취해야 할 것인가? 何須醉別顔하수취별안.

광릉은 지금의 강소성 양주시이다. 금릉(남경) 땅 벗보다 광릉(양주) 땅 벗이 더 정이 간다. 맛있는 술을 사가지고 몇 리나 따라와서 한길가에 말을 매어 놓고 전별연을 벌이기 때문이다. 당시 양주 지방의 신세대들의 이별 법인 것 같다. 양주(광릉)의 대명사격인 수양 버드나무 아래 말을 매어 놓고 큰길가에서 옥병의 술을 마시는 풍경으로, 푸른 하늘과 푸른 물, 푸른 산이 보인다고 하여 광활한 풍경을 그렸다. 그리고 이별의 안타까움을 굳이 드러내지 않고 즐겁게 마시면서 흥이 다하면 자연스럽게 헤어지면 될 것이라고 하였다. 신세대 이백의 젊은 날의 호방함이 느껴지는 장면이다. 이후 이백은 여산廬山을 오르고 월越 지방을 유람하였다.

이백은 개원 14년(726) 26세 되던 해에 강서성 구강 남쪽에 위치한 여산廬山에 올라 여산폭포에 대한 시 2수도 남겼다.

여산(廬山)에 있는 삼첩천(三疊泉)폭포이다.

망여산폭포수望廬山瀑布水: 여산폭포수를 바라보면서

서쪽으로 향로봉에 올라, 西登香爐峯서등향로봉,

남쪽으로 폭포수를 바라보네.	南見瀑布水남견폭포수.
흐르는 물줄기 3백 길이나 걸려,	挂流三百丈괘류삼백장,
수십 리 골짜기로 뿜어낸다.	噴壑數十里분학수십리.
갑자기 번개가 날아 스치는 것 같고,	欻如飛電來홀여비전래,
은연히 흰 무지개가 일어난 것 같네.	隱若白虹起은약백홍기.
처음에는 은하수 떨어졌나 놀랐는데,	初驚河漢落초경하한락,
절반은 구름 속에 숨은 것 같네.	半灑雲天裏반쇄운천리.
우러러보니 형세가 갑자기 웅장해져,	仰觀勢轉雄앙관세전웅,
장하다 조물주의 공이로다.	壯哉造化功장재조화공.
바다(파양호) 바람이 불어 멈추지 않으니,	海風吹不斷해풍취부단,
장강의 달은 비추면서 또 공허하다.	江月照還空강월조환공.
공중에서 쏘아대는 물줄기는 어지러이,	空中亂潨射공중난총사,
양쪽에 이끼 낀 벽 씻어 내리네.	左右洗青壁좌우세청벽.
나[飛비]는 구슬은 가벼운 노을에 흩어지고,	飛珠散輕霞비주산경하,
흐르는 물거품은 커다란 돌에 스치네.	流沫沸穹石유말비궁석.
그리고 나 이런 명산을 즐기노니,	而我樂名山이아낙명산,
마주 대하니 마음이 더욱 한가롭네.	對之心益閑대지심익한.
구슬 같은 물에 양치질함은 물론이고,	無論漱瓊液무론수경액,
또한 먼지 묻은 얼굴도 씻을 수 있다네.	還得洗塵顔환득세진안.
바야흐로 원래부터 좋아하던 바에 맞으니,	且諧宿所好차해숙소호,
인간 세속 떠나기를 영원히 바란다네.	永願辭人間영원사인간.

해가 향로봉 비치니 자줏빛 안개 피어나고,	日照香爐生紫煙일조향로생자연,
멀리 폭로를 바라보니 긴 내가 걸려 있네.	遙看瀑布掛長川요간폭포괘장천.
날아 흘러 곧장 밑으로 3천척이나 되니,	飛流直下三千尺비류직하삼천척,

아마도 은하수가 하늘에서 떨어지는 듯하네. 疑是銀河落九天의시은하낙구천.

서쪽으로 향로봉에 올라 남쪽으로 여산폭포를 바라본다. 그 폭포수는 물줄기 길이가 3백 길이나 되고 수십 리 골짜기로 흘러내린다. 여산폭포가 문득 번쩍이는 번개같이 다가오더니 어느 결에 흰 무지개가 걸쳐 있다. 처음에는 하늘에 있는 은하수가 떨어졌나 하고 놀랐는데, 우러러보니 그 형세가 갑자기 웅장해져 조물주의 공이 위대함을 보겠다. 그때 바다(파양호) 바람이 쉴 새 없이 불어오고 장강을 비친 달이 또한 공허하다. 공중에서는 폭포수가 어지러이 쏟아져 좌우의 이끼 낀 절벽을 씻어 내고, 구슬같이 튀는 물방울은 가볍게 낀 노을에 흩어지며, 그 흐르는 물거품이 큰 바위를 덮는다. 나는 원래 명산을 즐기는데, 지금 이 여산폭포를 대하자 마음은 더욱 한가롭고, 그 아름다운 폭포수로 양치질함은 물론, 또한 인간 세상의 찌든 때를 말끔히 씻어 낸다. 이런 아름다운 자연의 세계를 원래 좋아하였으니 인간 세상을 영원히 떠나고 싶을 뿐이다.

햇빛이 향로봉에 비치니 향로에서 자줏빛 연기 나는 듯하고, 향로봉 위에는 붉은 안개가 끼어 있다. 그리고 멀리 여산폭포가 앞내처럼 걸려 있는 듯이 보인다. 여산폭포에서 쏟아지는 물줄기가 3천척이나 되는 듯이 곧장 흘러내리니, 마치 하늘 높이 있던 은하수가 떨어져 내리는 것 같다. 여산폭포의 아름다움과 웅장함이다.

여산廬山은 주周나라 때 광속匡俗이 은둔하던 곳이었다. 은둔하던 광속에게 정왕定王이 출사를 명하였으나 응하지 않자 사자使者를 보냈다. 왕의 심부름꾼이 그가 살던 곳을 방문하니 광속은 이미 신선이 되어 하늘로 오르고 빈 초려草廬(오두막집)만 남아 있었다. 그래서 후세인들이 '오두막 려'자와 '메 산'자를 합쳐 여산廬山이라고 부르거나, 광속匡俗

여산폭포를 오르는 케이블카이다. 저 멀리 여산폭포와 향로봉이 보인다.

이 살던 산, 또는 오두막이라 해서 광산匡山 혹은 광려匡廬 등으로 부르게 되었다. 여산廬山의 주봉은 1,474m의 한양봉漢陽峯이고, 그 아래에 향로봉이 있다.

1연은 멀리서 바라보는 향로봉과 여산폭포를 그렸다. 그러면서 후반부에서는 인간 세상을 벗어나고픈 뜻을 은연중에 드러내었다. 2연은 세상 사람들에게 회자(膾炙)되는 연이다. 역시 향로봉과 여산폭포에 대한 묘사이다. 자줏빛 연기가 피어나는 향로봉의 신비한 모습과 3천척이나 되는 여산폭포를 통해, 이백이 지녔던 큰 기상과 웅장한 포부를 살필 수 있다. 그런데 1연에서 살핀 것과 같이 현실은 뜻대로 되지 않아 자꾸 그 현실을 벗어나고픈 것이다. 그래서 여산폭포가 있는 명산을 즐기고 이런 명산을 바라보고 있으면 마음이 한가롭다고 하였다. 이것이 20대의 이백의 또 다른 모습이기도 하다.

여산폭포의 낙하(落下) 모습이다.

강서성 여산폭포와 향로봉을 배경으로 한 이백의 동상이다. 이백이 칼을 차고 있다.

여산폭포 아래쪽 파양호의 모습이다.

동정호와 악양루의 정경이다.

호남성 악양루와 그 주변의 모습이다.

이백은 26세에 강소성 소흥에 와서 월越나라 구천句踐이 쌓았다는 고소대에 올랐다. 오吳나라 부차夫差는 월나라 구천과 싸워 이긴 공으로 미인 서시西施를 얻어 고소대를 쌓고 향락을 즐겼다. 그러나 패배한 월나라 구천은 상담嘗膽하면서 군사력을 길러 결국 최후의 승자가 되었다. 이백은 와신상담臥薪嘗膽[10]의 주인공들의 이야기가 있는 월나라 옛터인 회계 지방을 둘러보았다.

월중람고越中覽古: 월나라 옛터를 둘러보며

월왕 구천이 오나라를 격파하고 돌아갈 때,	越王句踐破吳歸월왕구천파오귀,
의로운 전사들이 모두 금의환향하였네.	義士還鄕盡錦衣의사환향진금의.
꽃과 같은 궁녀들도 봄 궁전에 가득했지만,	宮女如花滿春殿궁녀여화만춘전,
다만 지금은 오직 자고새만이 날고 있네.	只今惟有鷓鴣飛지금유유자고비.

월越나라 구천이 회계지치會稽之恥를 씻기 위해 10여 년간 상담嘗膽과 절치부심切齒腐心하여 마침내 오나라 부차를 고소성에서 사로잡아 항복을 받아내고 돌아왔다. 그때 함께했던 충성을 다한 전사戰士들과 금의환향錦衣還鄕하였다. 그리고 최후의 승자 구천을 섬기던 꽃 같은 궁녀들이 봄날의 궁전에 가득했다. 그런데 지금은 황폐화되어 자고새(메추라기와 비슷한 새)만이 이리저리 날고 있다. 과거와 현재를 대비하여 역사의 허망함을 드러내었다.

이백이 찾았던 고소대는 이미 허물어져 맥수지탄麥秀之嘆을 느끼게 하였다. 26세의 이백은 고소대姑蘇臺에 와서, 회고시 한 편을 더 남겼다.

소대람고蘇臺覽古: 고소대에서 옛터를 둘러보며

옛 궁원과 황폐한 소대엔 버들가지 새롭고,	舊苑荒臺楊柳新구원황대양류신,
마름 따며 부르는 노래 춘정을 이기지 못하네.	菱歌淸唱不勝春능가청창불승춘.
다만 지금은 오직 서강의 달만이 남았는데,	只今惟有西江月지금유유서강월,
일찍이 오왕의 궁녀들 비추었지.	曾照吳王宮裏人증조오왕궁리인.

---

10) 와신상담(臥薪嘗膽)은 오나라 부차의 와신(臥薪)한 이야기와 월나라 구천의 상담(嘗膽)한 이야기가 합쳐져 하나의 고사가 된 고사성어이다. '섶으로 된 땔감에 누워' '쓸개를 맛본다'는 뜻으로 원수를 갚거나 마음먹은 일을 이루려고 괴로움과 어려움을 참고 견디어낸다는 뜻이다.

춘추시대 말기 오나라 왕 부차가 서시를 비롯한 궁녀들과 살던 궁전은 지금은 황폐화되어 자취만 남아, 버드나무들만 무성할 뿐이다. 그리고 마름 따는 여인들의 노랫소리에 춘정을 억누를 수가 없다. 지금은 오직 서강[장강]을 비추는 달만이 남아 있는데, 저 달도 옛날에는 오나라 궁중의 예쁜 궁녀들을 비추던 달이었다. 인사는 변해도 자연은 영원하다는 말이다. 26세의 이백의 세계관이다.

이백은 오나라 궁궐터였던 고소대에서도 역사의 무상감을 느꼈다. 춘추시대 오나라의 그 화려했던 궁궐은 폐허가 되었으며 미모의 궁녀들은 흔적 없이 사라져 오직 버드나무만이 실가지를 늘려 떨리고 무성하게 자라고 있다. 고소대 근처에는 마름 따는 아낙네들의 노랫소리가 들려 봄의 감정을 느끼게 하지만, 오로지 저 달만이 옛날과 변함없이 서강을 비추고 있다. 절로 인생무상人生無常이 느껴진다.

이백이 이 무렵에 쓴 것으로, 고향 생각에 잠겨서 쓴 명시도 있다.

정야사靜夜思[11]: 고요한 밤의 고향 생각

침상 머리에 밝은 달빛,	牀前明月光상전명월광,
땅 위에 내린 서리인가 의심했네.	疑是地上霜의시지상상.
고개 들어 명월을 보다가,	擧頭望明月거두망명월,
고개 떨구고 고향을 그리네.	低頭思故鄕저두사고향.

타향에서 대낮같이 밝은 가을 달을 보니, 고향 생각이 저절로 난다. 달빛이 너무 좋아 아침 서리가 내린 듯 온 세상이 하얗게 보이는 밤이다. 우리의 소설 「메밀꽃 필 무렵」의 달밤의 정경이다. 소금을 뿌려

11) 「정야사(靜夜思)」는 이백이 30대 말 양주(揚州)에서 지었다는 설도 있음.

놓은 듯 신비로운 달밤인데, 이백의 달밤도 서리가 내린 듯 온통 하얀 밤이다. 저 하얀 빛의 달이 고향 하늘과 고향 집을 비추고 있다. 달을 매개로 하여 떠나온 고향 땅과 고향 사람과 가족들을 잇고 있다.

이백은 27세(개원 15년, 727)에 양주에서 호북성 안육安陸으로 와서 고종高宗 때 재상이었던 허어사許圉師의 손녀와 결혼하고, 산동성 동노 임성으로 떠나던 736년까지 가정을 꾸리며 살았다. 이 무렵 이백의 "시문이 제법 무르익었고",[12] 맹호연孟浩然(689~740)도 만났다.

이백이 호북성 안육에 오게 된 이유를, 어린 시절 아버지 권유로 읽게 된 사마상여司馬相如의 「자허부子虛賦」에 나오는 운몽雲夢 대택大澤, 곧 큰 연못을 보기 위해서라고 하였다. 또 53세에 지은 「추어경정송종질단유여산서秋於敬亭送從姪耑遊廬山序: 가을에 경정산에서 여산으로 유람 가는 종질 단을 전송하며 서문을 쓰노라」 첫 부분에서 "내가 어릴 적 부친께서 나에게 「자허부子虛賦」를 읽도록 하셨는데, 내심으로 그것을 우러러보았지. 성인이 되어 남쪽으로 운몽雲夢(못)을 유람하고 칠택七澤(못)의 장관을 구경하였고, 안육에서 술을 마시며 은거하였는데 헛되이 10년의 세월을 보냈다."[13]라고 한 것처럼, 안육安陸에 오게 된 이유와 머문 해 수가 소개되어 있다.

옛날 재상 집안에 장가를 든 이백은 아마도 천거를 염두에 둔 정략적 결혼을 생각한 것은 아닐까? 그의 출사의 의지가 결혼을 기점으로 적극적으로 바뀌기 때문이다. 그 이전만 해도 출사와 은거의 경계에서 마음을 정하지 못한 듯한 모습을 보인 경우가 많았기 때문이다.

---

12) 「여한형주서(與韓荊州書)」 "三十成文章".

13) 王琦, 『李太白全集』, 北京: 中華書局, 1977. 「秋於敬亭送從姪耑遊廬山序」. "余小時, 大人令誦子虛賦, 私心慕之. 及長, 南遊雲夢, 覽七澤之壯觀. 酒隱安陸, 蹉跎十年."

먼저 안육에 왔을 때 지은 시를 감상해보자. 아마도 결혼 전인 26세 무렵으로 추정된다.

산중문답山中問答」: 산속에서의 문답

묻노니, 그대는 왜 푸른 산에 사는가?	問余何事棲碧山문여하사서벽산,
웃으며 답은 안 했지만, 마음은 절로 한가롭네.	笑而不答心自閑소이부답심자한.
복사꽃 뜬 물이 아득히 흘러가니,	桃花流水窅然去도화유수요연거,
별천지이지 인간 세상 아니라네.	別有天地非人間별유천지비인간.

"벽산碧山"은 호북성 안육에 있는 산이다. 벽산에 살면서 이상세계인 무릉도원武陵桃源을 그리워하고 있다. 이백이 아직도 이상세계인 무릉도원을 그리워하고 있다는 것은 아직 장가들지 않은 시기로 보아야 할 것이다. 이 시에서 그려내고 있는 것은 속세를 벗어난 선경仙景이다. 이미 푸른 산에 동화되어 있는 화자는 번거로운 인간 세상의 번민을 뛰어넘은 상태로 그윽한 미소가 있을 뿐이다. 그 미소는 맑은 물에 떠가는 복숭아꽃의 이미지와 한데 어울려 '비인간非人間', 곧 '별천지'의 경지에 이른다. 스스로 물음을 던질 수 있는 정신적인 여유와 자연에 동화되어 사는 삶에 대한 만족 속에서 동양적 자연 친화 사상을 뚜렷하게 드러내었다. 복숭아꽃의 이미지로 무릉도원을 상기시키는 시적 표현과 물음에 답하지 않고 웃음을 짓는 태도가 시선詩仙의 경지이다. "도화유수桃花流水"는 동진東晉 때의 도연명陶淵明이 지은 「도화원기桃花園記」에서 그 뜻을 차용해 쓴 것이다. 어부漁夫 도진이 강물에 떠내려 오는 복사꽃을 따라가 보니, 이상세계인 무릉도원이 나타났다는 것이다. 그 동양적 이상세계인 무릉도원을 이백은 바라보고 있다. 그리고 사람들이 '왜 벽산에 사냐?'고 묻는데, 대답 대신 웃음으로 답하였다.

아직까지 망설이는 모습이다.

27세 때(727) 이백의 생각을 읽을 수 있는 산문이 「대산수답맹소부이문서代壽山答孟少府移文書」이다. 의인화된 수산壽山이 맹소부의 편지글에 답하는 형식이다. 수산은 지금의 중국 호북성 안육시 동북쪽 25km 지점에 있는 산으로, '옛날 산 근처에 사는 사람들이 모두 100세까지 살 수 있었기 때문에 수산壽山이라 하였다.'고 한다. 맹소부는 이백이 촉을 떠나 동쪽으로 양주를 유람할 때 친분을 맺은 친구로 알려져 있다. '소부少府'는 고을의 현위縣尉로 고을 수령인 현령을 보좌하는 직위이다. 맹소부는 양주의 현위였다. '이문移文'은 공문의 일종으로, 동료들 사이에서 이견이 나오면 깨우침과 지적에 사용하는 문장의 한 종류이다. 문장의 내용은 상대방을 기분 나쁘지 않도록 의견을 온화하게 전달하면서 상대방의 관점을 바꾸도록 하는 데 중점을 둔다. 그래서 이백도 맹소부가 관점을 바꿀 수 있도록 온화한 관점을 유지하기 위해 수산壽山을 의인화하여 3인칭의 방법으로 전달하였다.

글 내용 중에 "삼산오악三山五嶽의 아름다움을 극찬하시면서 저는 작은 산으로 이름도 없고 덕도 없다고 말씀하셨습니다."14)라는 내용으로 보아, 맹소부가 이백이 은거하고 있는 안육의 수산은 이백 자신이 은거할 만한 곳이 못 된다고 하였다. 이에 이백은 수산의 지리적 위치와 산세의 웅장함, 그리고 산물의 풍부함을 소개하면서, 수산壽山이 비록 작지만 무산巫山·여산廬山·천태산天台山·곽산霍山 등에 뒤지지 않는다고 하였다. 두 번째 단락에서 노장老莊의 학설을 통해서 산이 크고 작은 것으로 대비하여 논할 것은 못 된다고 하였다. 세 번째 단락에서는

14) 王琦, 『李太白全集』, 北京: 中華書局, 1977. 「代壽山答孟少府移文書」. "而盛談三山五嶽之美, 謂僕小山無名無德而稱焉."

강태공과 부열의 고사를 통해 인재가 궁벽한 곳에 있더라도 위정자는 인재를 찾아내고 알아볼 수 있어야 한다고 하였다. 이백의 정치적 출사出仕의 생각이 잘 드러난 마지막 단락을 살펴보자.

근래에 은자 이백이 아미산으로부터 왔는데, 그 용모가 선풍도골이고 자신을 굽히지 않고 남에게 사정을 하지 않는 점으로 말하면, 소보巢父와 허유許由 이래 이백 혼자뿐입니다. 규룡(뿔이 없는 용)이 서린 듯 거북이가 호흡하는 듯이 이 산(수산)에 은둔해 있습니다. 저는 일찍이 그가 녹기금을 어루만지고, 푸른 구름에 누워 지내고, 옥즙을 마시고, 선약을 먹게 하였습니다. 얼마 되지 않아, 동안童顔이 되어 갈수록 젊어지고, 하늘로부터 받은 원기는 더욱 더 풍성해져 장차 긴 칼 들고 하늘 저편에 기대서서 활을 부상 나무에 걸어두고 천하를 부유하고 팔방의 끝까지 가로지르고 광대무변한 우주를 떠나고 멀고 망망한 구름 위를 오르려 하였습니다. 얼마 되지 않아, 이백은 하늘을 우러르며 장탄식을 하며 자신의 친구에게 말하였습니다. '나는 아직 그렇게 떠날 수가 없습니다. 나와 그대는 뜻을 얻으면 천하 사람을 구제하고, 뜻을 얻지 못하면 홀로 자신을 지켜야 합니다. 어찌 그대의 보랏빛 노을을 먹고 그대의 푸른 소나무로 그늘로 삼고 그대의 난새와 학을 타고 그대의 규룡을 몰고 단번에 날아올라 방장산과 봉래산의 사람이 될 수가 있겠습니까? 이렇게는 아직 할 수 없습니다. 서로 더불어 붉은 글씨로 된 책을 말고, 옥 거문고를 궤짝에 넣고, 관중과 안영의 담론을 펴고, 제왕의 책략을 꾀하고, 지혜와 능력을 발휘하여 보필함으로써 온 천하를 크게 안정시키고, 온 나라가 청정하고 순일하게 되기를 원합니다. 왕 섬기는 도리를 완수하고 부모를 명예롭게 하는 의리를 다하고서는, 범려와 장량과 더불어 오호를 떠돌며 창주에서 노니는 것은 어려운 것이 아닙니다. 저의 숲 아래에서 은거하는 바가 어찌 중요하지 않겠습니까? 반드시 이백의 총명을 배양하고 올바른 기풍을 더하고 경치를 빌어 문장으로 발현할 수 있다면, 설사 봄에 수많은 꽃이 가득 피웠다가 지더라도 종신토록 여한이 없게 하겠습니다.

만약 산귀신·나무귀신·독사·맹호가 있다면 사방의 황량한 곳으로 쫓아보내 들판에서 찢어 죽여 형체와 자취가 모조리 사라지게 하여 집의 뜰에 침범 못하게 하겠습니다. 또한 맑은 바람을 보내어 문전을 쓸게 하고, 밝은 달은 모시고 앉게 하겠습니다. 이것이 바로 현자를 양성하는 마음으로, 알차면서도 부지런한 것입니다. 맹 선생님, 맹 선생님. 저를 깊이 책망할 정도는 아니지 않습니까? 내년 봄에 이 바위로 저를 찾아오시지요.[15]

위의 글은 27세의 이백이 안육에서 결혼한 후 봄에 쓴 글이다. 비교적 그 당시 이백의 사상과 삶의 지향점을 알 수 있게 한다. 요임금 때 은둔자 소보巢父[16]와 허유처럼, 이백 자신은 선풍도골의 용모를 지녔고 지조도 있는 인물로 소개하였다. 그러면서 한때는 신선이 되어 푸른 구름 위로 올라가고자 하였다. 그러나 이것이 잘못 된 것임을 알았고 이제는 천하를 구제해야 함을 알았던 것이다. 그래서 관중과 안영처럼 제왕을 잘 보필하여 세상을 한 번 다스려 보고 싶은 것이다.

---

15) 위의 글, "近者逸人李白自峨眉而來, 爾其天爲容, 道爲貌, 不屈已, 不干人, 巢由以來, 一人而已. 乃虬蟠龜息, 遁乎此山. 僕嘗弄之以綠綺, 臥之以碧雲, 嗽之以瓊液, 餌之以金砂. 旣而童顏益春, 眞氣愈茂, 將欲倚劍天外, 挂弓扶桑, 浮四海, 橫八荒, 出宇宙之寥廓, 登雲天之眇茫. 俄而李公仰天長吁, 謂其友人曰, 吾未可去也. 吾與爾達則兼濟天下, 窮則獨善一身, 安能飡君紫霞, 蔭君青松, 乘君鸞鶴, 駕君虬龍, 一朝飛騰, 爲方丈蓬萊之人耳, 此方未可也. 乃相與卷其丹書, 匣其瑤瑟, 申管晏之談, 謀帝王之術, 奮其智能, 願爲輔弼, 使寰區大定, 海縣淸一. 事君之道成, 榮容, 豈不大哉. 必能資其聰明, 輔以正氣, 借之以物色, 發之以文章, 雖煙花中貧, 沒齒無恨. 其有山精木魅, 雄虺猛獸, 以驅之四荒, 磔裂原野, 使影跡絕滅, 不干戶庭. 亦遣淸風掃門, 明月侍坐. 此乃養賢之心, 實亦勤矣. 孟子孟子, 無見深責耶. 明年青春, 求我於此巖也."

16) 소보(巢父)의 '보(父)'는 '노인 보'자로 접미사이다. 머리카락이 새집을 지은 듯이 부스스한 모습의 노인이라는 뜻이다.

출사하여 이후 세상이 안정되면 전국시대 월나라 범려와 한나라 장량처럼 스스로 물러나 산수 자연에 은거한다는 것이다. 곧 이백 자신이 '제왕을 보좌하고 세상을 구한다.'는' 정치적 포부와 '공이 이루어지면 몸은 물러난다.'는 공성신퇴功成身退의 생각을 드러냈다. 이처럼 27세의 이백은 자신의 정치적 포부와 삶의 지향점을 분명히 밝혔다. 이백은 그의 인생지향과 정치포부를 유가적 입신출세와 세상이 안정되면 자연에 은거하는 삶을 드러내었다. 위의 글에 나타난 '제천하濟天下(세상을 구제하고)'의 정치포부와 '공성신퇴功成身退'의 지향점은 또한 이백 시문 전체를 관통하는 사상이기도 하다.

이백은 안육에 와서 약 10년(727~736) 정도 살았다. 안육에서 결혼생활을 하면서도 하남의 남양南陽, 임여臨汝와 낙양洛陽 등을 유람하였다. 안육의 결혼 생활을 알게 하는 시 한 편을 감상해보자.

증내贈內: 아내에게 주다

일 년 삼백육십 일,	三百六十日삼백육십일,
날마다 곤드레만드레 취했네.	日日醉如泥일일취여니.
비록 이백의 부인이 되었지만,	雖爲李白婦수위이백부,
어찌 태상의 처와 무엇이 다르리.	何異太常妻하이태상처.

이백이 27살 무렵에 아내인 허씨 부인에게 준 해학적인 시이다. 매일 술을 마셔 정상적인 부부생활이 어려웠던 모양이다. '태상의 처'의 '태상'은 후한後漢 때 인물인 주택周澤으로, 제사와 예악을 주관하는 관리였다. 주택은 어느 날 병이 들어 제사를 주관하지 못하고 자리에 눕게 되었다. 병든 소식을 듣게 된 처가 남편을 찾아오자, 주택은 제사의 금기를 어겼다고 그의 처를 감옥에 가두었다. 이런 주택의 행동을

보고 당시 사람들이 말하기를, '세상에 잘못 태어나 태상의 처가 되었다네, 1년 360일 중 359일은 재계하고, 하루는 술에 취해 있다네.'라고 하였다. 지금 이백이 태상처럼 정상적인 결혼 생활을 못하고, 늘 술에 취해 있다는 것이다. 아마도 출사의 기회를 얻지 못해서 술로 세월을 달래고 있는 듯하다.

창작된 시기는 정확하게 유추할 수 없지만 술에 대한 시를 감상해 보자. 이백의 삶에서 술은 떼려야 뗄 수 없는 음식이기도 하다.

대주부지待酒不至: 술 사러 보낸 아이 오지 않고

옥 술병에 푸른 실 매어,	玉壺繫青絲옥호계청사,
술 사러 보냈는데 왜 이리 늦을까?	沽酒來何遲고주내하지.
산의 꽃들이 나를 향해 웃으니,	山花向我笑산화향아소,
딱히 술 마시기에 좋은 때일세.	正好銜盃時정호함배시.
저녁 무렵 동창 아래서 술 따르다 보면,	晚酌東窓下만작동창하,
노니는 꾀꼬리 다시 이리 날아오겠지.	流鶯復在慈유앵부재자.
봄날 산들바람과 취한 사람이,	春風與醉客춘풍여취객,
오늘 따라 더욱더 잘 어울리겠지.	今日乃相宜금일내상의.

술 심부름 간 아이는 오지도 않는데, 그 술을 기다리면서 취흥을 미리 말한 것이다. 화창한 봄 날씨이고 꽃들이 만발하여 주변 풍경은 술 마시기 아주 좋은 때이다. 동쪽 창가 아래에서 한잔할 요량이면 노란 꾀꼬리도 다시 이곳으로 날아올 것이다. 또한 취한 나와 봄바람도 잘 어울린 것이다. 술을 기다리면서 미리 봄날과 봄밤 취흥을 상상해보았다.

우인회숙友人會宿: 벗과 함께 묵으며

천고의 시름을 씻어 버리려고, 滌蕩千古愁척탕천고수,
눌러앉아 백 병의 술을 마시네. 留連百壺飮유련백호음.
좋은 밤에는
마땅히 고상한 이야기가 있어야 하고, 良宵宜淸談양소의청담,
달이 밝아 잠을 이루지 못하네. 皓月未能寢호월미능침.
술 취해 빈 산에 누우니, 醉來臥空山취래와공산,
천지가 곧 이부자리라네. 天地卽衾枕천지즉금침.

좋은 벗을 만나 삶의 흥취를 노래하였다. 뜻이 맞는 친구들끼리 산속에 모여 술을 마시고 게다가 달 밝은 밤이다. 또한 주고받는 이야기는 명리를 떠난 맑고 고상한 이야기로 더욱 잠들지 못하게 한다. 술과 이야기로 천고의 시름을 잊고 빈 산에 누우니 천지가 이부자리 같다. 세상사에 얽매이지 않는 이백의 호방한 면을 엿볼 수 있는 시이기도 하다. 술로 세상 근심을 풀고 있다. 땅이 잠자리고 하늘이 이불이다. 이만한 호기가 어디에 있겠는가?

20대 후반 이백은 호걸 및 유협들과 교류하였는데, 그 무렵에 쓴 시에는 역사적인 인물에 대한 추앙이 두드러지게 나타난다. 이 무렵 쓴 시로 협객을 표현한 작품을 감상해보자.

협객행俠客行: 의롭고 씩씩한 기개가 있는 사람의 노래

조나라 협객은 명주 갓을 쓰고, 趙客縵胡纓조객만호영,
오나라 검이 서리와 눈처럼 빛난다. 吳鉤霜雪明오구상설명.
은 안장은 백마를 비추고, 銀鞍照白馬은안조백마,
날쌔기가 마치 유성 같다. 颯沓如流星삽답여류성.

열 걸음에 한 사람을 죽이고, 十步殺一人십보살일인,
천 리를 가도 막을 자가 없다. 千里不留行천리불유행.
일 끝내고 옷 털고 가서, 事了拂衣去사료불의거,
몸과 이름 깊이 감춘다. 深藏身與名심장신여명.

한가하면 신릉군과 술을 마시고, 閑過信陵飮한과신릉음,
칼을 벗어 무릎 앞에 가로 놓았다. 脫劍膝前橫탈검슬전횡.
장차 구운 고기
주해(신릉군의 문객)에게 먹이고, 將炙啖朱亥장자담주해,
술잔을 후영(신릉군의 문객)에게 권하였다. 持觴勸侯嬴지상권후영.
석 잔이면 승낙을 말하고, 三杯吐然諾삼배토연낙,
오악을 오히려 가볍게 여긴다.(승낙이 중하다) 五岳倒爲輕오악도위경.
눈이 흐려지고 귀가 달아오른 후, 眼花耳熱后안화이열후,
뜻과 기운은 무지개처럼 피어난다. 意氣素霓生의기소예생.

조나라 구하려고 휘두르니, 救趙揮金槌구조휘금추,
한단이 먼저 흔들려 놀란다. 邯鄲先震驚한단선진경.
천 년 동안 두 장사가, 千秋二壯士천추이장사,
대량성에 명성이 자자하다. 烜赫大梁城훤혁대량성.
설령 죽어도 협객의 뼈는 향기로워, 縱死俠骨香종사협골향,
세상 영웅들에게 부끄럽지 않다. 不慚世上英불참세상영.
누가 능히 서각 아래에서 誰能書閣下수능서각하,
백발이 되도록 양웅처럼
『태현경』을 쓰며 지낼 것인가? 白首太玄經백수태현경.

위의 시는 3단락으로 나눌 수 있다. 첫 번째 연은 협객俠客(의롭고 씩씩한 기개가 있는 사람으로 의협심이 있음)의 모양새와 출중한 무술의 실력 있는 면과 명리名利를 따지지 않는 자유분방한 모습을 그린 것이다. 두 번째 연은 고사를 인용하여 신릉군·후영·주해 3명의 협객을 찬양하였다. 위魏나라 신릉군信陵君은 전국戰國시대 사군四君 중에 한 분이다. 제齊의 맹상군孟嘗君(전문田文, ?~B.C.279), 조趙의 평원군平原君(조승趙勝, ?~B.C.250), 초楚의 춘신군春申君(황헐黃歇, ?~B.C.238)과 함께 이른바 '전국사군戰國四君'이라 칭한다.

기원전 260년 진秦나라 소양왕昭襄王(소왕昭王이라고도 함)은 장평長平에서 조趙나라 군대에 큰 승리를 거두고, 기원전 257년에는 조나라의 도성인 한단邯鄲을 포위하였다. 위기에 빠진 조나라는 초楚·위魏 등의 주변 나라들에 도움을 청하였다. 위나라 신릉군의 누이는 조나라 혜문왕惠文王의 동생인 평원군平原君 조승趙勝의 부인이었다. 그래서 평원군은 위魏나라 안리왕과 신릉군에게 여러 차례 사신과 편지를 보내 구원을 요청하였다. 안리왕은 진비晉鄙를 장군으로 하여 10만의 군사를 조나라에 원군으로 파견하려 했으나, 진秦나라의 위협을 두려워하여 진비 장군에게 업鄴에 머무르며 사태를 좀 더 지켜보도록 하였다. 이에 신릉군이 다시 조나라에 군대를 서둘러 파견해야 한다고 간언하였으나, 안리왕은 따르지 않았다. 그래서 신릉군은 후영侯嬴의 계책에 따라, 안리왕의 총애를 받는 여희如姬의 도움을 받아 병부兵符를 훔쳐 진비 장군의 병권兵權을 빼앗았다. 이 과정에서 왕의 명령을 의심하는 진비를 백정 주해朱亥가 살해하였던 것이다. 그리고 신릉군은 진비 휘하의 군대를 이끌고 초楚나라와 조趙나라의 군대와 연합하여 진秦나라의 군대를 물리치고 조나라를 위기에서 구했다. 여기에서 '절부구조竊符救趙'라는 고사성어故事成語가 생겼다. 이는 '병부를 훔쳐 조趙나라를 구하다'라는 뜻으로 '큰 목적을 위해 절차나 정리情理 등을 무시한다.'는 뜻이다.

세 번째 연은, 두 장사 곧 후영과 주해에 대한 칭송이 대량大梁(위나라 수도)에 자자하다는 것이다. 그래서 협객은 의義를 행하다가 죽어도 책상 앞에서 글이나 쓰는 양웅揚雄보다는 낫다는 것이다. 이백 자신은 양웅처럼 살지 않겠다는 의지의 표현이다.

이백의 젊은 시절 생각을 엿볼 수 있는 시이다. 머리가 희도록 치국治國에 대한 이론을 내세웠던 양웅보다는 실천적 행동을 취하는 후영과 주해 같은 협객을 중용한 위나라 신릉군이 더 멋지다는 것이고, 이백도 그런 삶을 살고 싶다는 것이다. 그러면서도 신릉군같이 인재를 등용해줄 군주가 없는 현실이 안타깝다.

결혼한 후 28세의 이백은 맹호연과 무한의 황학루를 유람하기도 하였는데, 그때(728년) 맹호연과 이별하면서 지은 시가 있다.

황학루송맹호연지광릉黃鶴樓送孟浩然之廣陵: 황학루에서 맹호연을 광릉(양주)으로 보내면서

내 친구는 서쪽에서 황학루를 떠나고,	故人西辭黃鶴樓고인서사황학루,
안개처럼 꽃 만발한 3월 양주(광릉)로 내려간다.	煙花三月下揚州연화삼월하양주.
외로운 돛단배의 먼 그림자가 창공에서 다 하고,	孤帆遠影碧空盡고범원영벽공진,
오직 장강만이 하늘가로 흐르더라.	惟見長江天際流유견장강천제류.

양주 땅으로 가는 맹호연을 전송하는 시이다. 그런데 이별의 이미지는 없다. 오히려 나도 꽃 피는 양주 땅으로 가보고픈 심정을 보인

시이다. 한 편의 그림을 보는 듯하다. 꽃피는 삼월에 안개 같은 꽃들은 장강 가에 활짝 피어 있고, 그 장강에 배를 띄운 맹호연이 서쪽 무한에서 동쪽으로 향해 양주로 가고 있다. 처음에는 배 한 척이 가물가물 보이더니, 어느 새 푸른 하늘로 사라져 버렸다. 그리고 다만 저 멀리 장강만이 수평선 너머로 흐른다. 배와 강, 그리고 하늘, 한 편의 그림이 저절로 그려진다. 그러면서 보내는 이의 그리운 감정을 '외로운 돛단배 하늘가로 사라진다.'라고 하여, 그 정情이 끝 간 데가 없다.

이백의 시문이 세상에 알려지기 시작했는지 맹호연과 이별한 후 729년 안주의 도독都督 마공馬公은 이백을 초청하였으며, 이백의 시문을 "맑고 웅대하고 자유분방하여 아름답고 빼어난 말들이, 유창하여 막힘이 없고, 명확하여 도리에 맞아, 구구절절 사람들을 감동시킨다."[17] 라고 극찬하였다. 또한 이백은 '배 장사에게 올린 편지 글'[18]에서 마공이 이백 자신을 풍훤에 비유하였다면서, 자신도 풍훤처럼 배 장사를 빛나게 할 수 있음을 보여, 자신의 출사出仕 의지를 보이면서 천거薦擧해 줄 것을 당부하였다. 풍훤은 맹상군의 식객이었는데, 나중에 맹상군을 제齊나라 재상에 다시 나아가게 한 인물이다. 이렇듯 안육의 삶은 만유와 천거의 삶을 병행하였다. 「상안주배장사서上安州裴長史書」는 이백 30세 무렵에 쓴 산문이다. 먼저 29세 때 쓴 「상안주이장사서上安州李長史書」를 살펴 20대 후반 이백의 삶을 살펴보고자 한다. 산문에는 이백의 삶과 사상을 이해하는 데 중요한 정보가 담겨 있기 때문이다.

---

17) 李白, 「上安州裴長史書」. "淸雄奔放, 名章俊語, 絡繹間起, 光明洞徹, 句句動人."

18) 「上安州裴長史書」.

상안주이장사서上安州李長史書: 안주 이 장사에게 올리는 글

이백은 특출하여 여러 사람들과 다르며 비범한 사람입니다. 설사 이렇다 하더라도, 일찍이 역대의 전적들을 두루두루 보았고 백가百家(제자백가)를 보았습니다. 성현에 이르러 용모가 서로 닮은 사례가 매우 많습니다. 유약有若(공자의 제자로 공자 사후에 유약이 공자를 닮은 관계로 남은 제자들이 공자처럼 떠받들어 모셨다고 함, 『논어論語』에서 유자有子로 호칭됨)은 공자와 닮았고, 기신紀信(한나라 때 대장군, 한왕漢王이라 칭하여 항우에게 거짓으로 항복하여 유방을 구한 장수)은 한漢 고조高祖 유방劉邦과 닮았으며, 유뢰지劉牢之(동진東晉 때 장군)는 위무기魏無忌(위무기는 유뢰지의 외삼촌)와 닮았고, 송옥宋玉(전국시대 초나라 사람, 초나라 양왕襄王은 송옥이 굴원을 닮았다고 하여 싫어했음)은 굴원屈原과 닮았습니다. 높은 관직에 있으며 막중한 책무를 맡고 계시는 그대(이李 장사長史, 안주 장사 이경지)를 멀리서 바라보고 속으로 위흡魏洽(안육에 사는 사람으로 이백과 친한 사이)이 아닐까 생각하여 곧장 다가가려고 황급히 채찍을 들었는데 우물쭈물하는 동안에 미처 피하지 못하였습니다. 게다가 이치는 그릇되게 판별하면 잘못이 생기고 사물은 그 외형이 비슷하면 가짜를 진짜로 여기게 되니, 오직 (그대처럼) 재덕才德이 높아 관대한 사람이라야 이런 경우를 너그럽게 용서할 수 있습니다.

저는 어려서부터 매우 주도면밀하고 신중하였으며, 송구스럽게도 반드시 올바른 사람이 되는 바른 길을 들은 바 있습니다. 저는 어두운 곳에 들어가서도 누군가를 속이지 않고, 어두울 때 길을 가더라도 입장을 바꾸지 않습니다. 지금 소인은 오해로 인하여 잘못을 저지르고 외형이 비슷하여 진짜로 여긴 족적을 밟았지만, 그대께서는 온화하시어 불쌍히 여기시고 돌보아 주신 은혜를 베풀어주셨습니다. 추상같은 위엄을 거두시고 겨울의 해와 같은 따뜻함을 베풀어주셨습니다. 눈이 맑고 밝은 용모는 온화하시고, 노기 띤 안색을 드러내지 않으셨습니다. 비록 대장군 위청衛青(한漢나라 대장군)이 급암汲黯(한나라 장유)의 오만무례 앞에서 분함을 삭였다 하더라도, 덕행을 손상시킨 것은 아니옵니다. 사공司空 원봉袁逢이 조일趙壹(한漢나라 원숙元淑)에게 읍을 받았지만, (그대와 대비하면) 그는 어질다고 할 수 없습니다. 당신의 한 마디 말로 저에 대한 책임추궁이 면제되었으니, 천만 번을 죽을지라도 감사함을 이루 다 표현할 수 없습니다.

저는 홀로 장검을 차고 누구에게 의지할 수 있으리오? 슬프게 노래하며 스스로를 연민해 하고, 바쁘게 돌아다니느라 편안하게 지낼 틈이 없었으니, 앉은 자리가 따뜻할 겨를도 없었습니다. 객지를 떠돌며 고향에서 멀리 떨어진 곳에 기거하고 있으니 무엇을 우러러 볼 수 있겠습니까? 뜬구름과 같아서 의탁할 곳이 없으니, 남쪽으로 가려해도 어디로 갈지 모르고, 북쪽으로 가려해도 갈 길을 찾지 못합니다. 친구 하나가 멀리 여수汝水에서 객지 생활하다가 근자에 운성[안육安陸] 땅으로 돌아왔는데, 어제 그 친구를 만나 술을 마셨습니다. 술 한 잔에 웃음 한 번, 통쾌하게 취흥을 즐겼습니다. 황하 이북의 맛좋은 술을 몽땅 들이키고, 중산中山 땅의 맛좋은 술도 배불리 마셨습니다. 마침 이른 아침인지라 눈이 어질어질하였고, 이른 아침의 흐릿한 기운도 아직 걷히지 않았고, 이루離婁(이주離朱로 동진東晉 때 눈 밝은 사람)처럼 밝은 눈도 아니었고, 왕융王戎(서진西晉 때 인물로 죽림칠현竹林七賢의 한 사람)처럼 해를 보아도 어질어질 하지 않는 눈도 아니었습니다. 때문에 두 눈이 반은 부릅떠지고 반은 감겨져 침침한 상태에서 비틀비틀 앞으로 나아갔습니다. 이것은 제齊나라 장공莊公이 사냥 나갔을 때 사마귀가 기세 등등 하게 그 팔뚝을 펼쳐서 그의 수레를 막은 것과 무엇이 다르겠습니까? 다행히 그대의 어거하는 사람들이(장사 이경지의 주변 사람들) 큰 소리로 부르며 뛰어와서 시시비비를 가려주었습니다. 그대의 문으로 들어서서 허리를 굽혀 인사를 드리고, (술이 반쯤 깨어나니)

놀라 혼비백산할 지경이었습니다. 일찍이 위魏의 서막徐邈은 금주령을 어기고 술에 취하였지만 인정을 받았는데, 위나라 왕은 (그를 벌하지 않고) 오히려 그를 현명한 자로 여겼습니다. 무염녀無鹽女(제나라 추녀로 나중에 왕후가 됨)는 용모가 추하였지만 오히려 총애를 얻게 되어, 제나라 왕은 그녀를 후대하여 왕후로 삼았습니다. 저는 무지하고 망령된 사람이니, 어떻게 그들에 비할 수가 있겠습니까? 심지어 위로는 『시경』「국풍」에서 말한 바 사람이 예의가 없다면 가죽이 있는 쥐만도 못하다는 기롱을 생각하고, 아래로는 『주역』에서 말한 바 호랑이 꼬리를 밟으면 잡아먹힌다는 두려움을 가지게 되었습니다. 저의 견문이 넓지 않음을 불쌍히 여겨주시고 예를 갖추어 저를 보내주셨습니다. 운 좋게도 그대께서 동해군수 왕안기가 야금을 어긴 영월甯越(배움에 몰두하는 사람)의 죄를 태형으로 다스려 위엄을 세우려 하지 않았던 것처럼 저를 용서하여 주셨기에 저는 왕공과 같은 그대의 은덕을 깊게 입었습니다. 저는 (그대의 은덕을) 마음에 깊이 간직하고 뼈에 새기고, 물러나 돌아와서 저의 큰 잘못을 생각하니, 제 마음은 차가워졌다 뜨거워졌다 하여 어찌할 바를 몰랐습니다. 이로써 낮에는 저의 그림자에 부끄러워하고, 밤에는 혼백에 부끄러웠습니다. 앉으나 서나 불안하여 한가롭게 있을 수 없었고, 그지없이 부들부들 떨며 안절부절못하였습니다.

엎드려 생각건대 군후君侯(장사 이경지에 대한 존칭)께서는 밝음은 가을 달을 넘어서시고, 부드러움은 화풍和風(봄바람)과도 같사오며, 문단의 먼지를 털어내시고, 문아를 떨쳤습니다. 육기陸機(서진西晉 때 문인)는 태강太康(서진西晉 때 연호 280~289) 때의 걸출한 선비이지만, 군후와는 어깨를 나란히 할 수가 없습니다. 조식曹植(위나라 조조의 아들)은 건안建安(동한東漢 헌제獻帝 유협劉協의 연호 196~220) 때의 뛰어난 재사才士이지만, 단지 수레를 받들 뿐입니다. 천하의 호걸과 준사들은 일치하여 바람처럼 달려가서 그대에게 의지하고 있지만, 저는 영민하지 못하여 그저 마음속으로만 그대의 박학하고 깊이 있는 말씀을 경모하고 있습니다.

어찌 혜강嵇康처럼 뜻을 얻지 못해 낙담하여, 사리에 부합되지 않은 행동을 했겠으며, 예형禰衡(후한後漢 때 인물, 조조와 형주 자사 유표·강하 태수 황조를 능멸하다 황조에게 26세 때 처형되어 앵무주에 묻힘)처럼 광망狂妄하여 스스로에게 치욕을 주는 짓을 했겠습니까? 한 번 그대의 온화한 안색에 무례를 범하게 되었기에 평생토록 부끄러움을 느끼게 되었습니다. 외람되게 향초 물로 머리 감고, 가시나무를 지고, 문하에 가서 죄를 청하옵니다. 혹시라도 질책하지 않으시고, 저의 우매함을 불쌍히 여겨주시고, 만약 제가 칼에 엎드려 죽고 갓끈을 매고 죽을 수 있게 된다면 군후의 은덕에 감사할 뿐입니다. 하루밤새 힘써 십운十韻으로 된 「춘유구고사春遊救苦寺」 시 일수一首, 팔운八韻으로 된 「석암사石巖寺」 시 일수一首, 삼십운三十韻으로 된 「상양도위上楊都尉」 시 일수一首를 지었습니다. 언사와 뜻이 광포하고 조야하지만, 귀중하다 여길 만한 점은 저의 심정을 드러낸 것입니다. 그대께서 보고 들으시는데 경솔하게 방해를 주는 것이지만 꼼꼼히 보아주시기를 바라고 간청합니다.[19]

---

19) 王琦, 『李太白全集』, 北京: 中華書局, 1977. 「上安州李長史書」“白, 嶔崎歷落可笑人也, 雖然, 頗嘗覽千載, 觀百家, 至於聖賢, 相似厥衆, 則有若似於仲尼, 紀信似於高祖, 牢之似於無忌, 宋玉似於屈原. 而遙觀君侯, 竊疑魏洽, 便欲趨就, 臨然擧鞭, 遲疑之間, 未及迴避. 且理有疑誤而成過, 事有形似而類眞, 惟大雅含弘, 方能恕之也.

白少頗周愼, 忝聞義方, 入暗室而無欺, 屬昏行而不變. 今小人履疑誤形似之跡, 君侯流愷悌矜捨之恩. 戢秋霜之威, 布冬日之愛. 睟容有穆, 怒顔不彰. 雖將軍息恨於長孺之前, 此無慚德, 司空受揖於元淑之際, 彼未爲賢. 一言見冤, 九死非謝.

白孤劍誰託, 悲歌自憐, 迫於恓惶, 席不暇暖. 寄絶國而何仰, 若浮雲而無依, 南徙莫從, 北遊失路, 遠客汝海, 近還鄖城, 昨遇故人, 飮以狂藥, 一酌一笑, 陶然樂酣, 困河朔之清觴, 飫中山之醇酎. 屬早日亦何異抗莊公之輪, 怒螗螂之臂, 御者趨召, 明其是非. 入門鞠躬, 精魄飛散. 昔徐邈緣醉而賞, 魏王卻以爲賢 無鹽因醜而獲, 齊君待之逾厚. 白, 妄人也, 安能比之.上掛 國風相鼠之譏, 下懷周易履虎之懼. 慭以固陋, 禮而遣之. 幸容甯越之辜, 深荷王公之德. 銘刻心骨, 退思狂, 五情冰炭, 罔知所措. 晝愧於影, 夜慚於魄. 啓處不遑, 戰跼無地.

「상안주이장사서」는 개원 17년(729)에 이백(29세)이 결혼하여 안육安陸에 살 때 안주安州의 장사長史 이경지李京之에게 보낸 글이다. 그 내용은 자신의 소개로 시작하여 행차 수레에 부딪친 것에 대한 사죄를 빌면서 한편으로는 자신의 재능을 소개한 자기추천서의 성격도 지닌다. 윗글 중 밑줄 친 부분은 이백 자신의 이력과 처지, 재능을 소개한 부분이다. 전체를 5단락으로 나누어 볼 수 있다.

첫 번째 단락에서 이백은 자신이 특출 나고 비범한 사람으로 소개하였다. 그러면서 역대의 서적을 두루 보았고 제자백가를 탐구하였다. 이처럼 이백은 먼저 자신의 사람됨과 공부 이력을 말한 후 장사 이경지의 행차 시 수레에 부딪치게 된 연유를 말하였다. 이 장사 당신께서 안육에서 알고 지내던 위흡과 닮았기 때문에, 달려가 인사를 나누려고 우물쭈물 하다가 무례를 범하게 되었다는 것이다. 그런데도 이李 장사長史께서는 재주와 덕을 지녔기에 나를 관대하게 용서해줄 것이라고 하였다.

두 번째 단락에서도 먼저 이백 자신의 인물됨을 소개하였다. 어릴 적부터 성격이 주도면밀하고 신중하였고 남을 속이지도 않을 뿐만 아니라 어려운 일이 닥쳐도 지조를 바꾸는 일이 없다고 하였다. 또 후반부에서는 이 장사에 대한 고마움의 표시로 나의 잘못을 눈감아 주는 아량을 베풀어 감사하다고 하였다.

세 번째 단락에서는 그 동안 객지를 떠돌아다닌 이백 자신을 소개

伏惟君侯, 明奪秋月, 和均韶風, 掃塵辭場, 振發文雅. 陸機作太康之傑士, 未可比肩 曹植爲建安之雄才,惟堪捧駕. 天下豪俊, 翕然趨風, 白之不敏, 竊慕餘論.

何圖叔夜潦倒, 不切於事情 正平猖狂, 自貽於恥辱. 一忤容色, 終身厚顔, 敢沐芳負荊, 請罪門下, 儻免以訓責, 恤其愚蒙, 如能伏劍結纓, 謝君侯之德. 敢一夜力撰春遊救苦寺詩一首十韻、石巖寺詩一首八韻、上楊都尉詩一首三十韻, 辭旨狂野, 貴露下情, 輕干視聽, 幸乞詳覽."

하면서 이제 겨우 안육에 와서 정착할 수 있었다고 하였다. 그러면서 새로 사귄 친구와 밤새도록 술을 마셔 아침까지도 술이 깨지 않아 이 장사의 수레와 부딪치게 되었다고 술회하면서 이 장사의 관대함에 고마움을 표하였다.

네 번째 단락에서 이백은, 이 장사의 문풍이 서진西晉 때 문인인 육기보다도 삼국시대 위나라 때 조조의 아들 조식보다도 뛰어난 사람이기에 이백 자신이 경모하게 되었다고 하였다. 이 같은 표현은 추천을 구하는 글에서 볼 수 있는 표현법이기도 하다.

다섯 번째 단락 역시 이백 자신의 잘못을 지적하면서 이 장사의 은덕에 감사하고 있다. 그러면서 자신의 시 짓는 능력을 보여주기 위해 3편의 시를 지어 의탁하고 싶은 심리를 드러내었다. 「춘유구고사春遊救苦寺」·「석암사石巖寺」·「상양도위上楊都尉」 등 이 세 수는 지금 전하지 않는다.

위의 글에서 이백은 역대 인물과 고사를 인용하여 글을 지어 자신의 잘못을 용서받을 뿐만 아니라 그 이면에는 자신의 문장력을 드러내기 위해 노력한 흔적을 보여주었다. 그리고 마지막에 지어 받쳤다는 3편의 시는 이 글을 쓴 목적이기도 하다. 자신의 글 짓는 재주를 상대방에게 알려 추천받고자 했던 마음이기 때문이다.

30세 때 안육에서 쓴 「상안주배장사서上安州裵長史書」도 살펴보고자 한다. 「상안주배장사서上安州裵長史書」도 「상안주이장사서上安州李長史書」와 아울러 전문全文을 소개하고자 한다. 두 글 모두 전문 번역하여 소개하는 것은, 독자들이 이 글들을 접하기 어려울 것 같기 때문이다. 또한 이 두 산문은 20대 후반과 30대 초반의 이백李白을 알 수 있게 하는 중요한 글이기도 하다.

상안주배장사서上安州裵長史書: 안주 배 장사에게 올리는 글

이백이 듣되, 하늘은 말하지 않아도 사시四時가 움직이며 땅은 말하지 않아도 만물이 생겨난다고 하였습니다. 이백은 사람일 뿐, 하늘도 땅도 아니니 어찌 말하지 않고도 알게 할 수 있겠습니까? 감히 심장을 가르고 간장을 쪼개어 일신의 일을 논하여 담소 거리 삼아 속마음을 밝히고자 합니다. 대략적인 내용만 거칠게 진술하여 분노와 번민을 일거에 떨쳐버리고자 하오니 오로지 군후(배 장사를 높이는 말)께서는 살펴보아 주십시오.

이백은 본디 금릉(남경)에 살며 대대로 호족 문벌의 명문가문이었습니다.[20] 저거몽손沮渠蒙遜의 난을 만나 함양으로 도망가 떠돌아다니다가 벼슬하여 우거하게 되었습니다. 어려서 장강과 한수 가에서 자랐으며 다섯 살에는 육십갑자를 암송하였으며 열 살에는 제자백가서를 보았습니다. 헌원軒轅(역사歷史가 있어 온 이래) 이래의 일들을 자주 들어 알고 있습니다. 항상 경적을 누비며 글쓰기를 게을리 하지 않아 지금까지 삼십 년(이 글이 이백 30세 때 글임을 알게 해주는 부분임)이 되었습니다.

남자가 태어나면 뽕나무 활과 쑥대 화살로 사방을 쏜다 하였으니 대장부라면 반드시 사방을 경영할 뜻이 있어야 함을 압니다. 이에 검을 지니고 고향을 떠나 부모와 이별하여 멀리 돌아다녔습니다. 남쪽으로는 창오의 들판 끝까지 가고 동쪽으로는 어둠의 바다를 건넜습니다. 동향 사람 사마상여가 운몽의 일을 크게 자랑하며 초楚에는 일곱 개의 늪이 있다고 말한 것을 보고 마침내 와서 보게 되었습니다. 그러다 허상공 댁의 부름을 받아 그의 손녀딸로 아내를 삼고 곧 이곳에 머문 지 삼 년이 흘렀습니

20) 곽말약은 『이백과 두보(李白與杜甫)』에서, '이 글에서 금릉은 이백의 9대 조인 이고(李暠)가 서량(西凉)의 도읍으로 세운 건강군(建康郡)'이라고 하였다. 동진(東晋)이 건강(建康)에 도읍을 정하고 금릉이라 불렀으므로, 이백은 서량의 건강을 '금릉'이라 불렀을 뿐이라는 것이다.

다.(결혼한 해가 727년임을 알 수 있음)

예전에 동쪽으로 양주揚州를 유람하다가 일 년이 못되어 삼십여 만의 금을 다 써버린 적이 있습니다.[21] 곤궁하고 실의한 선비들을 만나면 모두 다 구해주었기 때문입니다. 이는 곧 이백이 재물을 소홀히 여기고 베풀기를 좋아한다는 뜻입니다. 또 예전에 촉 땅의 벗 오지남과 함께 초楚를 유람하는데 지남이 동정호수 가에서 죽었습니다. 이백이 소복을 입고 통곡하는 것이 마치 형제를 잃은 듯했습니다. 한여름에 시체에 엎드려 우는데 눈물이 다하니 피가 이어 나왔습니다. 길가는 사람이 듣고 모두 마음 아파하였습니다. 사나운 호랑이도 앞에 와서는 굳게 지키고 움직이지 않았습니다. 마침내 임시로 호숫가에 초빈하여 두고 곧 금릉(남경)으로 갔습니다. 몇 년이 지나 와서 보니 힘줄과 살이 아직도 있었습니다. 이백은 눈물을 닦으며 칼을 들고는 (시체를) 몸소 발라내었습니다. 뼈를 싸서 하염없이 걷다가는 지고 뛰었습니다. 자나 깨나 계속 가지고 다니면서 몸과 손에서 떠나지 않게 하였습니다. 마침내 돈을 구걸하여 악성 동쪽에 장사 지내 주었습니다. 고향 길은 멀고 혼백을 돌볼 사람이 없으므로 예에 따라 이장함으로써 붕우의 정을 밝혔습니다. 이는 이백이 사귐을 중시하고 의리를 귀하게 여기기 때문입니다.

또 예전에 은자 동엄자와 민산의 남쪽에 숨어 사는데 이백이 은거한 지 수년에 저자에 나간 적이 없었습니다. 기이한 새들을 길러 천 마리가 되었는데 부르면 모두 손바닥으로 날아와 모이를 먹었으며 조금도 놀라거나 의심하지 않았습니다. 광한 태수가 소문을 듣고 기이하게 여겨 움막집까지 와서 친히 보았습니다. 그리고 유도과有道科(지방관이 추천하면 이

21) 오늘날 연구자들은 무게로 인해 30만 냥은 지니고 다닐 수 없는 양이라 해서, 이백의 과장된 표현으로 보고 있다.

후 왕이 시험보는 방식의 선발)에 두 사람을 천거하였으나 모두 나아가지 않았습니다. 이러한 것은 곧 이백이 고상함을 기르고 기심機心(남을 해치려는 마음)을 잊으며 자신을 굽히지 않았던 행적입니다.

또 전 예부상서 소공이 익주장사로 오셨을 때 이백은 길에서 명첩을 바치며 포의의 예로써 대하였습니다. 그랬더니 여러 신료들에게 말하기를, "이 사람은 천부적 재주가 빛나고 아름답다. 붓을 들면 멈추지 않는데 비록 풍력을 다 이루지는 못했지만 또한 수레에 가득 찰 거인의 풍골風骨(이백이 대가의 풍골이 있다는 뜻임)을 보여준다. 만약 학문으로써 더욱 넓힌다면 가히 사마상여와 비견될 수 있을 것이다."라고 하였습니다. 온 세상에 환히 알려져 모두가 이 이야기를 압니다. 이전에 이 군郡의 도독 마공馬公은 조야朝野에서 재능과 지혜가 걸출한 인물이었는데 한 번 만나 예를 다하자 (저를) 빼어난 인재로 인정해주셨습니다. 그리하여 장사長史 이경지李京之에게 "뭇사람들의 글은 마치 산에 안개와 노을이 없는 듯, 봄에 풀과 나무가 없는 듯하나, 이백의 글은 맑은 기운이 웅장하고 자유분방하며 빼어난 단락과 훌륭한 어휘가 잇달아 드러나고 밝고 명철하여 구절마다 사람을 감동시킨다."고 말하였습니다. 이는 곧 오랜 벗 원단元丹이 직접 들은 말입니다. 만약 소공과 마공 두 분이 어리석은 사람이라면 더 이상 무슨 말을 하겠습니까? 그러나 만약 어진 이를 어질다 여긴 것이라면 이백은 높이 살만한 점이 있는 것입니다.

"요순 이래로 이 시대에 인재가 가장 성세였으나 부인 한 명을 빼면 잘 다스리는 신하는 아홉뿐이다."라고 하였습니다. (무왕의 '잘 다스리는 신하 열 명亂臣十人'은 주공단周公旦·소공석召公奭·태공망太公望·필공畢公·영공榮公·태전太顚·굉요閎夭·산의생散宜生·남궁괄南宮适 등과 문왕文王의 어머니 태사太姒를 가리킨다.) 이로써 재주 있는 사람을 얻기가 쉽지 않음을 알 수 있습니다. 이백은 재야의 인물이나 문장을 제법 잘 씁니다. 오직 군후(배 장사)

께서는 잘 살피시어 검으로 위협하려는 듯한 기세를 보이지 말아주십시오. 감히 생각하건데 군후께서는 귀하고도 어지시어 매가 날아오르는 듯한 위엄과 호랑이가 바라보는 듯한 용맹함을 지니셨습니다. 치아는 조개껍데기를 엮어 놓은 듯 희고 가지런하시며 피부는 엉킨 기름기처럼 부드럽고 희십니다. 밝고 밝은 자태는 마치 옥산 위를 걷는 듯 찬연히 사람들을 비춥니다. 숭고한 뜻과 신중한 허락은 경사에 명성을 날리며 사방 제후들이 풍문을 듣고 은연중 탄복합니다. 검에 기대어 강개하시면 그 기세가 하늘의 무지개에까지 이릅니다. 달마다 천금을 써서 날마다 많은 빈객들과 연회를 베풉니다. 나시면 준마들이 날뛰고 들어오시면 젊은이들이 즐비합니다. 계신 곳이면 어디든 벗과 손님이 문전성시를 이룹니다. 그러므로 사람들이 노래하여 말하기를, "벗과 손님 어찌 그리 많은가, 밤낮으로 배 공의 문 앞에는, 배 공의 한 마디 추천 얻기 원하거늘 말을 몰아 화려한 수레 타고 갈 필요 없다네."라고 하였습니다. 이백은 군후께서 하늘과 땅 사이에 어떻게 이러한 명성을 얻게 되셨는지 알지 못하나 아마도 허락을 신중히 하고 어진 이를 좋아하시며 겸손함으로 인해 얻게 되신 것이 아니겠습니까? 만년에는 생각을 바꾸어 문원文苑에 마음을 두시니 그 천재적 능력은 보통 글 짓는 이의 경지를 뛰어넘습니다. 몸을 굽히시어 안주安州를 다스리는데 오로지 청렴하실 뿐입니다. 늠름한 위세 당당하니 아래로 만물을 두려워하게 하십니다.

이백이 공의 숭고하고 의로운 행적을 남몰래 흠모해 온 지 어느새 십년이 지났습니다. 그러나 구름 자욱한 산이 가로막아 알현할 길이 없었습니다. 지금에야 시운을 만나 후진이나마 좇을 수 있게 되니 옥안을 뵙고 말씀을 들은 것이 여덟아홉 차례입니다. 항상 마음을 토로하고 싶었으나 기구하여 쉽지 않았습니다. 어찌 갑자기 비방과 매도의 말들이 생겨나 모든 사람들이 입을 모아 헐뜯으며 이 보잘 것 없는 식객을 의심하여 위엄을 떨치게 될 줄 생각이나 했겠습니까? 그러나 무고함이 자명하니 어찌 뉘우침을 걱정하겠습니까? 공자께서 가라사대, "천명을 두려워하고 대인을 두려워하며 성인의 말씀을 두려워한다."라고 하셨습니다. 이 세 가지를 거친다면 귀신도 해치지 않을 것입니다. 사건의 진실이 규명되고 죄받는 것이 마땅하다면 난초탕에 몸을 씻고 향물로 머리 감은 뒤 스스로 가마솥에 몸을 던져 오로지 군후께서 사생을 주관하시게 할 것입니다. 그렇지 않으면 산과 바다를 떠돌며 구덩이나 계곡에 뒹굴며 죽을 것입니다. 어찌 밝은 눈으로 대담하게도 서신을 써서 스스로 변명할 수 있겠습니까? 예전에 왕동해(진대晉代 사람으로, 왕승)가 야밤 통금을 어긴 자에게 물었습니다. "어디에서 오는 길인가?" 대답하기를, "스승께 배우다가 날 저무는 줄 몰랐습니다."라고 하였습니다. 왕동해가 "내 어찌 영월甯越(배움에 몰두하는 사람)을 채찍질하여 위엄과 명예를 세우겠는가?"라고 말하였다 합니다. 생각하건대 군후께서는 사리에 통달한 분이시니 결코 그렇게 하지 않으실 것입니다.

원컨대 군후(배 장사)께서는 큰 기회를 내려주시어 마음을 활짝 여시고 마침내 옛정을 생각하시어 다시 한 번 빛나는 눈길을 받을 수 있게 해주십시오. 이백은 기필코 정성으로 하늘을 감동시키며 흰 무지개 띠로 태양을 꿰뚫어 곧장 역수를 건너도 차갑다 여기지 않을 것입니다. 만약 추상 같은 위세로 크게 노하시며 문하를 허락하지 않고 먼 길에 내쫓으신다면 이백은 무릎으로 걸어 나와 재배하고 떠날 것이며 서쪽으로 진秦 땅에 들어가 나라의 풍속을 살펴본 다음 영원히 군후와 이별하고 황곡을 타고 날아갈 것입니다. 어떤 왕공 대인의 문에서인들 장검을 두드리지 못하겠습니까?[22]

22) 王琦, 『李太白全集』, 北京: 中華書局, 1977. 「上安州裵長史書」. "白聞天不言而四時行, 地不語

역시 밑줄 친 부분은 이백의 재능과 처지를 드러낸 부분이다. 첫 번째 단락은 이 글을 올리게 된 까닭을 설명한 부분이다. 일신의 일을 논하여 속마음을 고백함으로써 배 장사에게 천거를 청하였다.

두 번째 단락에서는 자신이 서량의 이고 후손이면서 이미 5세 때

而百物生. 白, 人焉, 非天地, 安得不言而知乎. 敢剖心析肝, 论举身之事, 便當談笑, 以明其心. 而粗陈其大纲, 一快愤懑, 惟君侯察焉.

白本家金陵,世为右姓. 遭沮渠蒙逊难, 奔流咸秦. 因官寓家, 少長江漢. 五歲诵六甲, 十歲观百家, 軒轅以来, 颇得聞矣. 常横經籍书, 制作不倦, 迄於今三十春矣.

以爲士生則桑弧蓬矢, 射乎四方, 故知大丈夫必有四方之志. 乃仗劍去國, 辭親遠遊. 南窮蒼梧, 東涉溟海. 見鄉人相如大誇雲夢之事, 雲楚有七澤, 遂來觀焉. 而許相公家見招, 妻以孫女, 便憩於此, 至移三霜焉.

曩昔東遊維揚, 不逾一年, 散金三十餘萬, 有落魄公子, 悉皆濟之. 此則是白之輕財好施也. 又昔與蜀中友人吳指南同遊於楚, 指南死於洞庭之上, 白禫服慟哭, 若喪天倫. 炎月伏屍, 泣盡而繼之以血. 行路聞者, 悉皆傷心. 猛虎前臨, 堅守不動, 遂權殯於湖側, 便之金陵. 數年來觀, 筋肉尚在. 白雪泣持刃, 躬申洗削, 裹骨, 徒步, 負之而趨. 寢興攜持, 無輟身手, 遂丐貸營葬於鄂城之東. 故鄉路遙, 魂魄無主, 禮以遷窆, 式昭朋情. 此則是白存交重義也.

又昔與逸人东严子隐於岷山之阳, 白巢居数年, 不跡城市. 养奇禽千计, 呼皆就掌取食, 了無驚猜. 廣汉太守闻而異之, 诣庐亲觀, 因举二人以有道, 并不起. 此則白养高忘機, 不屈之跡也.

又前禮部尚书苏公出为益州长史, 白於路中投刺, 待以布衣之禮. 因谓群寮曰, “此子天才英丽, 下笔不休, 虽风力未成, 且见专车之骨. 若廣之以学, 可以相如比肩也.” 四海明识, 具知此谈. 前此郡督马公, 朝野豪彦, 一见盡禮, 许为奇才. 因谓长史李京之曰, “诸人之文, 猶山無烟霞, 春無草树. 李白之文, 清雄奔放, 名章俊语, 络绎间起, 光明洞徹, 句句动人.” 此则故交元丹, 亲接斯议. 若苏、马二公愚人也, 復何足陈 儻贤贤也, 白有可尚.

夫“唐虞之际, 於斯为盛, 有妇人焉, 九人而已.” 是知才难不可多得. 白, 野人也, 颇工於文, 惟君侯顾之, 無按剑也. 伏惟君侯, 贵而且贤, 鹰扬虎视, 齿若编贝, 肤如凝脂, 昭昭乎, 若玉山上行, 朗然映人也. 而高义重诺, 名飞天京, 四方诸侯, 闻风暗许. 倚剑慷慨, 氣干虹霓. 月费千金, 日宴群客, 出跃骏马, 入罗红颜, 所在之处, 宾朋成市. 故时人歌曰: “宾朋何喧喧! 日夜裴公门. 愿得裴公之一言, 不须驱马將华轩.” 白不知君侯何以得此声於天壤之间, 岂不由重诺好贤, 谦以得也. 而晚节改操, 棲情翰林, 天材超然, 度越作者. 屈佐鄖国, 时惟清哉. 稜威雄雄, 下慴群物.

白竊慕高义, 已经十年. 雲山间之, 造谒無路. 今也运会, 得趋末尘, 承颜接辞, 八九度矣. 常欲一雪心跡, 崎岖未便. 何图谤詈忽生, 衆口攢毁, 将恐投杼下客, 震於严威. 然自明無辜, 何忧悔吝. 孔子曰, “畏天命, 畏大人, 畏聖人之言.” 过此三者, 鬼神不害. 若使事得其实, 罪當其身, 则将浴兰沐芳, 自屏於烹鲜之地, 惟君侯死生. 不然, 投山竄海, 转死沟壑. 岂能明目张膽, 託书自陈耶! 昔王东海问犯夜者曰, “何所从来” 答曰, “从师受学, 不觉日晚.” 王曰, “吾岂可鞭挞甯越, 以立威名.” 想君侯通人, 必不爾也.

愿君侯惠以大遇, 洞開心颜, 终乎前恩, 再辱英盼. 白必能使精诚动天, 长虹贯日, 直度易水, 不以为寒. 若赫然作威, 加以大怒, 不许门下, 逐之长途, 白則膝行於前, 再拜而去, 西入秦海, 一观国风, 永辞君侯, 黄鹄举矣. 何王公大人之門不可以彈長劍乎.”

60갑자를 외울 정도고 10세에 제자백가서를 보았다고 하였다. 이는 이백이 한족漢族임을 은연중에 보여준 것이다. 60 갑자를 5세에 외울 정도고 10세에 제자백가서를 다 볼 수 있을 정도라면 아랍인이거나 오랑캐 족은 아닐 확률이 높기 때문이다. 일설에 혼혈인 아니면 아랍인으로 주장한 경우가 있다.

세 번째 단락은 이백 자신이 재물을 경시하고 베풀기를 좋아하며 사귐을 중시하고 의리를 소중히 여기는 품성을 지녔다고 설명한 부분이다. 양주를 여행하다가 곤궁하고 실의한 선비들을 만나면 가지고 있던 돈 30만 냥을 풀어 모두 다 구해주었다고도 하고, 또 친구 오지남이 동정호수 가에서 갑자기 죽자 그를 가매장한 후 몇 년 후 다시 와서 정식으로 장례를 치렀다는 일화도 소개하였다. 모두 의리와 우정을 중시했다는 말이다. 그런데 30만 냥은 무게가 상당하기 때문에 지니고 다닐 수 있는 양은 아니다. 아마도 과장적 수식에 능한 이백의 표현법일 수 있다. 아무튼 다른 사람에 대한 베풂에 대한 넉넉한 성품이었음은 알 수 있게 하는 부분이다. 또한 친구 오지남의 죽음에서 보여준 것처럼, 친구에 대한 우정과 의리도 상당했던 것 같다.

네 번째 단락은 고상함을 기르고 자신의 은거의 뜻을 굽히지 않았던 행적을 말한 부분이다. 기심機心은 남을 해치는 마음으로 『황제黃帝』편에 나오는 망기고사忘機故事에서 유래하였다. 어부漁夫가 고기잡이를 나가면 매일같이 갈매기들이 날아와 함께 놀다가 집으로 돌아올 때면 헤어지곤 하였다. 하루는 그 사실을 안 아버지가 갈매기 한 마리를 잡아 올 것을 부탁하였다. 약속한 아들은 바다로 나아가 고기잡이를 했지만, 갈매기가 한 마리도 다가오지 않았다. 갈매기가 어부와 함께 놀았던 것은 어부에게 갈매기를 해치고자 하는 마음 곧 기심機心이 없었기에 가능했던 것이다. 그러나 지금 아버지 부탁을 받고, '갈매기

한 마리를 잡고자 하는 마음' 곧 '기심'을 지니고 있자 갈매기들이 한 마리도 다가오지 않았다. 기심은 남을 해치고자 하는 마음을 지니는 것이고 그 기심을 버린 마음 곧 순수의 마음이 망기忘機인 것이다. 이렇듯 남을 해치고자 하는 마음을 가지지 않는 것이 망기忘機로, 이 이야기에서 생겨난 고사가 망기고사忘機故事이다. 이백도 망기의 마음을 지니고 있었기에 뭇 새들이 이백에게 다가와 모이도 먹을 수 있었다는 말이다. 그만큼 이백은 남을 해치고자 하는 마음도 없었다는 것이다. 이런 순수한 면을 보고 지방관이 유도과有道科에 추천하였지만, 이백은 나아가지 않았다. 아마도 시험이라는 방식에 얽매이기 싫었던 것 같다. 유도과는 지방관이 추천하면 이후 군왕이 시험 보는 방식의 선발이다. 자유분방하고 호방한 이백은 한 번도 과거 시험에 응하지 않았다.

다섯 번째 단락은 명사들이 이백의 탁월한 문학적 재능을 깊이 인정하고 칭찬한 부분이다. 익주 장사 소공은 이백과 같은 사천성 사람인 사마상여에 비견될 문장이라고 하였고, 도독 마공은 이백의 글은 생명력이 있는 글이라서 사람들에게 감동을 준다고 하였다.

여섯 번째 단락은 먼저 이백 자신이 문장을 잘 쓰는 사람이라고 소개하였다. 그러면서 배 장사裴長史의 뛰어난 용모와 남들이 따르는 위엄을 지닌 존재로 격찬하였다. 또한 완곡하게 인재를 아껴 줄 것을 당부하였다.

일곱 번째 단락은, 배 장사와 알고 지낸 지는 10여 년이 되었지만, 지금은 만나 뵐 올 수 없음을 먼저 토로하였다. 그리고 이백 자신이 문장으로 인해 사람들의 모함을 받아 억울한 누명을 쓰게 되었음을 말하면서 배 장사께서 잘 살펴 누명을 벗겨주기를 바라고 있다.

여덟 번째인 마지막 단락은, 배 장사에게 자기를 추천해줄 것을 간곡히 부탁하면서, 만약 추천이 허락되지 않는다면 미련 없이 이별을 고하고 서쪽 진秦나라 쪽을 떠나 영원히 군후와 이별할 것이라고 하였다. 그러면서 마지막으로 "어떤 왕공 대인의 문에서인들 장검을 두드리지 못하겠습니까?"라고 하여, 풍훤의 고사처럼 또 다른 이에게 자기의 요구 조건을 제시할 것을 은연중에 드러내었다. 『사기史記』와 『전국책戰國策』에 나오는 풍훤의 고사로, 장협탄長鋏彈의 이야기이다. 전국시대 제齊나라 맹상군의 식객이 풍훤이다. 그 풍훤이 맹상군으로부터 제대로 대접을 받지 못하자, 긴 검을 두드리면서 불평을 늘어놓았다는 말이다. 그러자 음식과 집, 그리고 벼슬까지 받았다는 이야기이다. 이백도 이번에 추천이 안 되면 또 다른 벼슬아치에게 가서 추천서를 받겠다는 것이다. 당나라 신세대다운 의지를 보이고 있다.

어찌된 상황인지 이백의 20대 후반과 30대 초반은 출사에 대한 욕구가 강했던 것 같다. 한 고장의 관리인 이 장사와 배 장사에게 간곡하게 추천서를 올렸던 것이 그것을 말해준다. 아마도 안육에서의 결혼 생활로 인해 출사가 더 간절했을 수도 있다. 아니면 결혼 생활로 인해 더 큰 포부와 야망이 꿈틀대고 있었던 것은 아니었을까?

30대 초반 이백이 장안에서 집으로 돌아오다 신평 누대에 올라 쓴 시가 있다.

등신평루登新平樓: 신평루에 올라

장안을 떠나 이 누대에 오르니,	去國登茲樓거국등자루,
귀향 생각에 늦가을이 애달프네.	懷歸傷暮秋회귀상모추.
하늘이 길어 저무는 해 멀고,	天長落日遠천장락일원,
강물이 맑아 물결치며 흐르는 물 차네.	水淨寒波流수정한파류.
진 땅의 구름은 고갯마루 나무에서 피어나고,	秦雲起嶺樹진운기령수,

북방의 기러기는 모래톱에서 나네. 胡雁飛沙洲호안비사주.
아득한 몇 만 리, 蒼蒼幾萬里창창기만리,
한없이 바라보니
　사람으로 하여금 근심케 하네. 目極令人愁목극영인수.

떠돌아다니다가 가족들이 있는 안육으로 돌아가는 도중에 섬서성 빈현에 위치한 신평 누대에 올라 쓴 시이다. 배경도 늦가을 해 저물 무렵이다. 그래서 더욱 타향에서 느끼는 쓸쓸함이 묻어난다. 가을 하늘은 더 멀어 보이고 해도 느리게 저물고 있는 듯하다. 가을 강물은 맑으면서 차다. 옛날 진나라 땅이었던 이곳 산마루를 바라보니 구름은 피어나고 북쪽 기러기는 모래톱을 날고 있다. 아득히 가족들이 사는 곳을 바라보니 몇 만 리 밖이고 그곳을 한없이 바라보니 근심만 가득하다. 객창감이 밀려온다. 자기가 바라던 뜻도 이루지 못하고 빈손으로 돌아가야 하는 이백의 처량한 모습이다.

30세 때 쓴 시 중에 재능이 있는데도 등용되지 못하는 이백 자신을 비유한 시도 있다. 「안주응성옥녀탕작安州應城玉女湯作」이다.

이 시에서는 먼저 옥녀탕의 신령스러운 모습과 뛰어난 효능에 대해서 말한 후 "황제의 순행을 받들 수 있을 터인데, 어찌하여 편벽한 곳에 떨어져 있어 홀로 조회하는 물을 따라, 바다를 향해 하찮은 물을 보내고 있는가?"[23]라고 하여, 이백 자신은 재능이 있는 데도 황제의 인정을 받지 못해 관직에 나아가지 못함을 한탄하였다. 현종 황제가 섬서성 여산驪山(검은 말처럼 생긴 산)에 있는 온천탕에 양귀비와 와서 온천을 한 것처럼, 이 옥녀탕도 황제가 와서 사용할 수 있는 온천수이

23) 「安州應城玉女湯作」 (…전략…) "可以奉巡幸, 奈何隔窮偏. 獨隨朝宗水, 赴海輸微涓."

다. 그런데 그냥 바다로 흘러버리고 만다. 이런 옥녀탕의 모습이 이백 자신과 같다는 것이다. 능력은 있는데 쓰이지 못하고 있다.

이백의 31살 때 쓴 시도 보자.

증신평소년贈新平少年: 신평新平 젊은이에게 주며

한신이 회음에 머물 때,	韓信在淮陰한신재회음,
동네 불량배들이 업신여겼지.	少年相欺凌소년상기릉.
몸을 굽신거리며 줏대 없어 보이고,	屈體若無骨굴체약무골,
씩씩한 마음은 믿는 것이 있었네.	壯心有所憑장심유소빙.
한 번 용안의 얼굴(유방) 뵙고,	一遭龍顏君일조용안군,
이로부터 일어나 큰 소리로 호령했네.	嘯咤從此興질타종차흥.
천금으로 빨래하는 아낙에게 보답하니,	千金答漂母천금답표모,
오랜 세월 모두가 감복하여 칭찬하네.	萬古共嗟稱만고공차칭.
나는 마침내 어떠한가?	而我竟何爲이아경하위,
추위와 고통이 계속 이어지네.	寒苦坐相仍한고좌상잉.
세찬 바람이 짧은 소매로 들어오니,	長風入短袂장풍입단메,
손을 집어넣어도 얼음을 품은 듯하네.	內手如懷冰내수여회빙.
옛 친구는 도와주지 않고,	故友不相恤고우불상휼,
새로 사귄 친구 어찌 불쌍히 여기리오.	新交寧見矜신교녕견긍.
호랑이가 우리에 갇힌 것 같고,	摧殘檻中虎최잔함중호,
굴레에 묶인 매 신세 같네.	羈紲韝上鷹기설구상응.
어느 때 바람에 구름 타고,	何時騰風雲하시등풍운,
날개 짓하며 펼 수 있을까?	搏擊申所能박격신소능.

위의 시에 나오는 신평新平은 당나라 때 빈주邠州로, 현재 섬서성 빈현

彬縣이다. 이 시의 전반부는 한신이 젊었을 때 동네 부랑배浮浪輩들에게 모욕당하고, 굶주림을 빨래하던 아낙이 도와줘서 견디어내다가 결국 한漢나라를 건국한 유방劉邦을 만나 출세를 하게 되었고, 어려울 때 도움 받은 이들에게 보답했다는 내용이다. 후반부는 이백 자신의 내용으로, 한신과 달리 자신의 재능을 알아주는 사람도 없을 뿐만 아니라 어느 누구의 도움도 없어 생계가 곤란할 정도라고 하였다. 그래서 이백 자신의 처지가 우리에 갇힌 호랑이 같고 굴레에 묶인 매 신세라고 하였다. 그래서 마치 신평의 젊은이에게 날개를 펼칠 수 있도록 도움을 청하고 있는 듯하다.

그래서 그런지는 몰라도 고향으로 가는 벗에게 보내는 시에는 출사의 어려움을 담았다.

송우인입촉送友人入蜀: 촉 땅으로 들어가는 벗을 보내며

듣자 하니 촉蜀으로 가는 길,	見說蠶叢路견설잠총로,
가파르고 험난하여 다니기 어렵다지.	崎嶇不易行기구불이행.
산이 얼굴 앞에 갑자기 치솟고,	山從人面起산종인면기,
구름은 말머리 사이에서 피어난다지.	雲傍馬頭生운방마두생.
향기 나는 나무는 잔도를 얽고,	芳樹籠秦棧방수농진잔,
봄 강물은 촉의 도성 감돌며 흘러가네.	春流繞蜀城춘류요촉성.
인생의 부침은 이미 정해져 있으니,	升沉應已定승침응이정,
점 잘 보는 군평君平에게 물을 거 없네.	不必問君平불필문군평.

촉 땅으로 가는 길이 얼마나 험악한가. 절벽을 가로지르는 잔도棧道를 걷다 보면 눈앞에 갑자기 산이 나타나고, 말이 구름 속을 뚫고 지나가는 것처럼 험난한 길이라네. 내 이미 그곳 지세를 잘 알지만

남들도 다 그렇게 말하더군. 그곳으로 떠나는 자네가 걱정스럽긴 하지만 너무 기죽진 말게. 잔도를 뒤덮은 꽃나무들이 정말 아름다우며, 굽이굽이 도성을 감고 흐르는 봄 강물은 또 얼마나 반짝이겠는가? 이 천혜의 선물을 허투루 지나칠 순 없지. 벼슬살이의 부침에도 안달복달할 거 없네. 어차피 운명은 정해져 있으니, 점괘가 용했다는 한나라 엄군평嚴君平 같은 점술가는 아예 찾지도 말게.

이백의 격려가 마치 자신의 경험담이자 자기 다짐 같다. 공명에 집착하지 않고 눈앞의 난관에 조바심치지도 말라는 푸근한 격려에 친구의 발걸음도 한결 가벼웠으리라. 마치 이백 자신에게 하는 말처럼 들린다. 31살의 이백이 벼슬길에 나아가기가 촉 지방으로 가는 길처럼 힘들다고 대놓고 하는 말처럼 들리기 때문이다.

31살 무렵 이백이 낙양과 남양에 머물면서 안육에 있는 아내를 그리워하며 지은 듯한 시도 있다.

기원 십이수 기십일寄遠 十二首 其十一: 멀리 부치다, 12수 중 11수

임이 있을 때에는 꽃이 집에 가득했는데,	美人在時花滿堂미인재시화만당,
임이 떠난 후에는 빈 침상만 남았네요.	美人去後餘空牀미인거후여공상.
침상 위 수놓은 이불은 개어놓은 채 잠자지 않고,	牀中繡被卷不寢상중수피권불침,
지금까지 삼 년 동안 남은 향기만 맡고 있어요.	至今三載聞餘香지금삼재문여향.
향기도 끝내 가시지 않고,	香亦竟不滅향역경불멸,
사람도 끝내 오지 않으니.	人亦竟不來인역경불래.
그리움에 누런 잎 떨어지고,	相思黃葉落상사황엽락,
흰 이슬은 푸른 이끼 적시네요.	白露濕青苔백로습청태.

사랑하는 사람이 집에 있을 때는 집안에 꽃이 가득했고 임이 떠난 후는 빈 침상만 남았다. 침상 위에는 개어놓은 이불이 3년째 그대로 있는데, 그 침상에는 아직도 임의 체취가 남아 있다. 그런데 임은 아직 오지 않았다. 아내의 그리움 속에 또 한 해가 지나가고 있다. 이 시는 마침 안육에 있는 아내가 이백을 기다리는 듯한 표현이다. 그 아내의 심정이 이백의 심정이었을 것이다. 그리움에 세월만 간다.

이백이 출사出仕를 위해 아내 곁을 떠나 나그네 신세를 면하지 못하고 있었지만, 출사도 마음대로 이루어지지 않았다. 그래서 그런지 개원 21년(733)에 숭산에 은거하는 원단구를 잠훈과 함께 찾아갔다. 그 때 지은 시를 감상해보자.

장진주將進酒: 술을 들게[24)]

그대는 보지 못했는가?	君不見군불견,
황하의 물이 하늘로부터 내려와	黃河之水天上來황하지수천상래
바다로 이르면 다시 돌아오지 못하는 것을.	奔流到海不復回분류도해불부회.
그대는 보지 못했는가?	君不見군불견,
고대광실 밝은 거울에 비친 백발을 슬퍼하는 모습을,	高堂明鏡悲白髮고당명경비백발,
아침에 비단 같은 검은 머리가 저녁에 눈과 같이 희게 된 것을,	朝如青絲暮成雪조여청사모성설,
인생의 뜻을 얻었으며 모름지기 즐길지니,	人生得意須盡歡인생득의수진환,
금 술항아리를 달빛 아래 공연히 두지 말라.	莫使金樽空對月막사금준공대월.

24) 「장진주(將進酒)」 시는 천보 3년인 744년에 이백이 당나라 궁중에서 쫓겨난 후 지었다는 설도 있음.

하늘이 나의 재주를 낸 것은
　반드시 쓰임이 있었어요, 天生我材必有用천생아재필유용,
천금을 다 쓰고 나면 다시 돌아오려니. 千金散盡還復來천금산진환부래.
양을 삶고 소 잡아 마음껏 즐길지니, 烹羊宰牛且爲樂팽양재우차위락,
응당 한 번 마심에 삼백 잔은 마셔야 하네. 會須一飮三百杯회수일음삼백배.
잠 선생, 岑夫子잠부자,
단구생아. 丹丘生단구생.
술잔을 멈추지 말고 술을 들게. 將進酒君莫停장진주군막정.
그대를 위해 노래 한 곡조하려니, 與君歌一曲여군가일곡,
청컨대 그대
　나를 위해 귀를 기울려 들어주시오. 請君爲我傾耳聽청군위아경이청.
멋진 음악과 귀한 음식
　족히 귀할 것도 없거니와 鐘鼓饌玉不足貴종고찬옥부족귀,
다만 오래도록 취해
　깨어나지 않기를 바랄 뿐이오. 但願長醉不願醒단원장취불원성.
예부터 성현들은 모두 적막했지만, 古來聖賢皆寂寞고래성현개적막,
오직 술 마시는 자 그 이름을 남겼을 뿐이네. 惟有飮者留其名유유음자유기명.
옛날 진사왕(조식)이
　평락관에서 잔치를 베풀 때, 陳王昔時宴平樂진왕석시연평락,
한 말에 만금이나 하는 술도 마음껏 마셨다네. 斗酒十千恣歡謔두주십천자환학.
주인은 어째서 돈이 적다고 말하는가? 主人何爲言少錢주인하위언소전.
그대와 대작하게 어서 빨리 술을 사 오시게. 徑須沽取對君酌경수고취대군작.
오색털의 준마와 五花馬오화마,
천금의 갖옷을, 千金裘천금구,
아이 불러 아름다운 술로 바꿔 오시게, 呼兒將出換美酒호아장출환미주,

그대와 더불어 만고의 시름을 녹여볼까 하노라. 與爾同銷萬古愁여이동소만고수.

이백의 호방함이 느껴지는 시이다. 저 하늘로부터 흘러내리는 황하도 한 번 바다에 도달하면 못 돌아오고 우리 청춘도 한 번 늙어지면 다시 젊어지지 못한다. 그러니 즐길 수 있을 때 즐기라는 말이다. 이백이 자신이 지녔던 뜻을 펼칠 수 없자, 이런 시를 지어 답답한 심정을 토로한 것 같다. 그래서 자신이 가지고 있는 귀한 물건으로 술로 바꾸어 마시면서 이 시름을 달래보자고 위로하고 있다. 평소에 품었던 공성신퇴를 쉽게 행할 수 없음을 깨닫게 되자, 술로 시름을 달래는 모습이다. 시의 내용과 태도가 낭만적인 자세를 취했지만, 그 속에 담긴 의미는 자신의 재주를 알아주지 않는 현실에 안타까워하는 이백의 모습이 보인다.

이백의 34세 전후로 안육에서 일가친척들을 모아 놓고 잔치를 베푼 일이 있었다. 그때 감정을 노래한 것이 「춘야연도리원서春夜宴桃李園序」이다.

춘야연도리원서春夜宴桃李園序: **봄밤에 도리원에서 노래하다(축사하다)**

무릇 천지는 만물을 맞이하는 나그네 집이고, 광음(시간)은 긴 시간의 지나가는 나그네인지라. 우리 뜬구름 같은 인생이 마치 꿈만 같으니, 즐거워하는 것이 몇 번이나 하겠는가? 옛사람이 촛불을 잡고 밤에 노는 것이 진실로 까닭이 있다. 하물며 볕 나는 봄이 나를 부르기를 아지랑이 뜬 경치로써 하고 대자연이 나에게 빌려주기를 문장으로써 하느니라. 복숭아꽃 오얏꽃이 피는 꽃동산에 모여서 하늘이 맺어준 인연 즐거운 일을 맞아서 노래하니, 뭇아우님들 빼어나고 빼어난 사람들은 모두가 사혜련이 되거늘, 내가 읊고 노래하는 것은 유독 사강낙에 부끄러울 손가? 깊숙이 자연을 즐기고 완상하는 것이 아직 끝나지 않았으며 고상한 담론이 연달아 맑구나. 구슬자리 펼쳐놓고서 꽃그늘 아래 앉자 신선술잔을 날려 보내며 달빛에 취하니, 좋은 작품이 없으면 맑은 회포를 어떻게 펼치리오. 만약 시가 이루어지지 않으면 벌주기를 금곡원 술잔 수에 의지하리라.[25]

「춘야연도리원서春夜宴桃李園序」는 일종의 축하 인사말로, 축사祝辭에 해당한다. 여기서의 '서序'는 사람을 전송할 때나 행사할 때 쓰는 글이다. 봄밤에 도리원에서 잔치를 벌이면서 쓴 글이라는 뜻이다. 아마도 종친회 아니면 몇몇 친척들이 모인 봄밤에 이백이 항렬이 높은 관계로 지은 글이다. 이 천지는 만물이 잠깐 머물다 가는 공간이고, 시간은 빠르게 흘러가는 나그네 같은 것이다. 그래서 뜬 구름 같은 인생은 즐거워하는 일이 많지 않으니 즐길 일이 있으면 즐기자는 내용이다. 그래서 이런 종친회를 맞이하여 노래하고 시를 짓는데, 능력 있는 아우님들에 비해 문장력이 없는 이백 자신이라고 하였다. 이는 남북조 동진東晉 시절 사령운과 사혜련의 일에 비유하여 자신의 문장력을 드러내었다. 강낙康樂 사령운謝靈運은 사촌 동생 사혜련謝惠連을 사랑하였는데, 그를 만나야 신바람이 나서 글을 잘 지었다고 한다. 여기서 이백도 뭇아우님들은 사혜련과 같이 모두 훌륭한데, 자신은 사령운처럼 문장력이 뛰어나지 못하여 부끄럽다는 것이다. 겸사를 통한 이백은 글짓는 능력을 십분 발휘하였다. 그리고 친척들이 다 모인 이 흥겹고

25)『古文眞寶』,「春夜宴桃李園序」. "夫天地者는, 萬物之逆旅요, 光陰者는, 百代之過客이라. 而浮生이 若夢하니, 爲歡이 幾何오. 古人이 秉燭夜遊는, 良有以也로다. 況陽春이 召我以煙景하고, 大塊가 假我以文章이라, 會桃李之芳園하여, 序天倫之樂事하니, 羣季俊秀는, 皆爲惠連이어늘, 吾人詠歌가, 獨慚康樂가. 幽賞이 未已에, 高談이 轉淸이라, 開瓊筵以坐花하고, 飛羽觴而醉月하니, 不有佳作이면, 何伸雅懷리오. 如詩不成이면, 罰依金谷酒數호리라."

즐거운 자리에 시를 짓지 못한다면 진晉나라 때 부자인 석숭石崇의 벌주로써 벌을 내리겠다고도 하였다. 진나라 때 거부巨富 석숭은 금곡원金谷園이라는 별장을 지어 놓고 명사들을 불러 모아 시 짓기를 하였는데, 만약 시를 짓지 못하면 벌주로써, 세 말의 술을 내렸다고 한다. 이백도 이 흥겨운 잔치 자리에서 아름다운 글을 짓지 못하면 벌주 내리기를 석숭의 금곡원 벌주의 술잔 수에 의지하겠노라고 하였다. 역시 이백다운 낭만적인 글이다. 30대 초반 이백의 풍류를 읽을 수 있는 글이기도 하다.

이백 34세 무렵에 지은 「여한형주서與韓荊州書」를 살펴보자.

여한형주서與韓荊州書: 한 형주에게 드리는 글

저, 이백은 듣자니 천하에 이야기 좋아하는 사람들이 모여서 말하기를 '살아생전에 만호를 지배할 수 있는 지방장관으로 임명되는 것보다 형주 지방을 다스리는 한 자사韓刺史(이름은 한조종韓朝宗)를 한 번 만나 뵙고 싶다.'라고 합니다. 어찌하면 사람들이 우러러 사모하기를 이와 같이 할 수 있습니까? 이는 한 자사께서 옛날 서주西周 초기에 정승이었던 주공周公의 풍모를 가지시어 인재를 급히 만나고 싶은 나머지 식사 중에 입에 씹던 밥도 뱉어놓고, 머리를 감다가도 물이 뚝뚝 떨어지는 머리칼을 움켜쥔 채 달려 나왔다는 고사故事를 몸소 실천하시었기 때문에, 온 나라의 호걸들이 앞 다투어 찾아오는 것이 아니겠습니까? 이는 자사이신 군후의 힘을 빌려 한 번 출세의 길에 오르면 그 명성이 열배는 더 높아지기 때문입니다. 이리하여 아직 때를 만나지 못한 걸출한 선비들이 모두 군후에게 이름을 알리고 평가를 받으려고 하는 것입니다.

한편 군후께서는 스스로 부귀한 신분인데도 교만하지 않으시고 인재가 가난하고 천한 신분이라고 해서 소홀히 여기지 않으시니, 옛날 전국시대에 평원군의 문하에 3천 명이나 되는 식객 중에 모수毛遂 같은 걸출한 사람이 주머니 속에 넣은 송곳이 밖으로 끝을 드러내겠다고 하면서 스스로 자신의 재능을 추천한 것처럼 저, 이백도 거두어 주신다면 그 송곳의 자루까지 밖으로 튀어나오도록 하는, 바로 그런 사람이 되겠습니다.

이백은 농서隴西(감숙성甘肅省, 진안秦安) 지방의 평민으로 초한楚漢(형주荊州, 서안西安) 지방을 떠돌아다니었습니다. 열다섯 살에 검술을 배워 제후諸侯(지방관)들을 두루 찾아다니며 출세의 길을 구하였고, 서른 살에 문장을 성취하여 경상卿相(중앙의 높은 벼슬)을 접촉하였습니다. 비록 일곱 자도 못 되는 키지만, 마음만은 만 명의 사나이를 압도할 만한 포부를 가지니 왕공대인王公大人(왕실 친척 어른)들이 모두 의로운 기운을 인정해주었습니다. 이는 모두 지난날의 자취이니 군후에게 어찌 하고 싶은 말을 다하지 않을 수 있겠습니까?

군후의 문장과 작문은 신의 총명에 짝할 만하고, 덕성과 행동은 천지를 감동시키며, 붓글씨는 천지조화에 참여한 듯하고, 학문은 하늘과 인간을 모두 연구해내었습니다.

바라건대 마음을 크게 열어서 제발 이 사람을 읍하는 예만 하고 거절하시지 말아주십시오. 그리고 걸쭉한 연회를 베풀어 맞이해주시고 고상한 이야기를 하라고 맡겨주신다면 하루에 만개의 글자로 문장을 만들라고 하셔도 길 떠나는 이가 말에 기대어 있는 동안 다 써서 올리겠습니다.

지금 천하에는 군후를 문장에 있어서 최고의 명령자로 생각하고, 인물을 평가하는 저울대로 여기어 한 번 군후에게 좋은 품평을 받으면 그 즉시 훌륭한 선비로 인정됩니다. 그러니 지금 군후께서는 뜰 앞에 한 자 남짓한 공간을 아끼지 마시고 이 이백으로 하여금 눈썹을 치켜들고 호방한 기운을 내뱉도록 하여 청운의 부푼 뜻을 고무해주시지 않으시렵니까?

옛날 왕자사(후한後漢의 왕윤)는 예주자사가 되어 임지에 도착하기도 전에 순자명(후한 때 인물)을 불러 벼슬을 주었고, 임지에 도착한 뒤에는 또 공문거(후한, 공융)를 불러서 썼습니다. 산도(진晉나라 사람으로 죽림칠현의 한 사람)는 기주 자사가 되고 난 뒤에 30여 명을 뽑아 썼는데, 이들 중에는 뒤에 시중과 상서 같은 높은 벼슬을 하게 되어 그 시대의 칭찬을 받기도 하였습니다. 그리고 군후께서도 첫 번째 엄협률(엄씨 성으로, 음악을 맡아보던 관리)을 뽑아 왕궁에 추천하여 비서랑 벼슬을 하게 되었고, 중간에 최종지(이름이 성보成輔로, 문장이 뛰어나 이백과 두보 등과 가까이 지냈음)나 방습조, 여흔, 허영지 등을 뽑아 썼는데 이 중 어떤 이는 재주로 알려지기도 하고 어떤 이는 청백리로 포상을 받았습니다.

이백은 늘 이들이 은혜를 입어 몸을 스스로 닦으며 충의로써 분발하는 것을 보았습니다. 이백은 이것으로 감격하였는데, 이는 군후께서 여러 사람들의 마음에 진심을 불어넣어 주었다는 것을 뜻하는 것입니다. 그리하여 이백도 다른 사람에게 가지 않고 국사인 군후에게 몸을 맡기기를 바랍니다. 만약 급하고 어려울 때 이용해주신다면 감히 하찮은 목숨이라도 바쳐 보답하겠습니다.

또한 사람이 요순처럼 완벽한 이가 못되니 누군들 다 훌륭할 수야 있겠습니까? 게다가 이백이 가지고 있는 지혜나 계획을 어찌 자랑할 수 있겠습니까마는 문장을 제작하는 일에 있어서는 그 동안 지은 작품이 두루마리 축으로 만들어져 있는데 곧 군후에게 보여 들리려고 하나 하찮은 기교로 만든 작품이 어른에게 합당하지 않을까 두렵습니다.

그러나 만일 서툰 글 솜씨라도 보아 주신다면 종이와 붓을 내려주시고 겸하여 글씨 쓰는 사람도 보내주십시오. 그러면 집안을 깨끗이 쓸고 잘 베껴 써서 올려드리겠습니다. 그리하여 청평 같은 칼과 견록 같은 옥이 뛰어난 감정가인 설혹薛燭이나 변화卞和에 의하여 훌륭한 가치가 발휘되었던 것처럼 군후께서도 이 하찮은 신분의 하류를 추천하여 크게 포장하고

꾸며 주시기를 오로지 바랍니다.[26)]

위의 글을 통해 보면, 이백이 안육에서 결혼 생활을 하면서 중국 고대 사회의 삶의 한 방편으로 자연 속에 살면서도 여전히 현실 정치에 대한 기대감을 드러낸 경우이다. 이백의 지금 삶이 이에 해당된다. 또한 이 같은 추천 당부는 당나라 때 지식인들의 정치적 패턴의 한 가지 방법이었다. 그러나 한 형주는 이백을 천거하지 않았다.

위의 내용 중에 이백 자신을 '농서 지방의 포의'로 소개한 부분이 있다. 이는 자신의 선조가 살았던 본本을 소개한 것이다. 이백이 '농서 지방의 포의'라고 한 것은 자신이 그곳에서 태어난 것이 아니라, 자칭 오호16국시대의 서량西涼의 시조인 무소왕武昭王 이고李暠의 후예라는 의미이다. 그리고 「증장상호贈張相鎬」 2수에 "본가농서인本家隴西人", 곧 "나의 원적原籍은 농서隴西 지방 사람이다."라고도 하였다. 따라서 지금까지 연구된 바를 종합적으로 분석해서 판단해보면, 이백의 조상은 농서 지방에 살았고, 이백은 키르키스스탄 쇄엽에서 출생하여 5세 무렵에

26) 李白, 「與韓荊州書」, 『古文眞寶』. "白 聞天下談士 相聚而言曰 生不用封萬戶侯. 但願一識韓荊州 何令人之景慕 一至於此. 豈不以周公之風 躬吐握之事 使海內豪俊 奔走而歸之. 一登龍門 則聲價十倍 所以龍蟠鳳逸之士 皆欲收名定價於君侯. 君侯不以富貴而驕之 寒賤而忽之, 則三千之中 有毛遂, 使白得穎脫而出, 卽其人焉. 白 隴西布衣. 流落楚漢 十五 好劍術 徧干諸侯, 三十 成文章 歷抵卿相, 雖長不滿七尺 而心雄萬夫. 皆王公大人 許與氣義 此疇曩心跡. 安敢不盡於君侯哉. 君侯制作 侔神明 德行動天地 筆參造化 學究天人 幸願開張心顔 不以長揖見拒 必若接之以高晏 縱之以淸談 請日試萬言 倚馬可待. 今天下以君侯 爲文章之司命 人物之權衡 一經品題 便作佳士 而今君侯 何惜階前盈尺之地 不使白 揚眉吐氣 激昂靑雲耶. 昔王子師爲豫州 未下車 卽辟荀慈明 旣下車 又辟孔文擧 山濤 作冀州 甄拔三十餘人 或爲侍中尙書 先代所美. 而君侯亦 一薦嚴協律 入爲秘書郞 中間崔宗之房習祖 黎昕許瑩之徒 或以才名見知 或以淸白見賞 白 每觀其銜恩撫躬 忠義奮發. 白 以此感激 知君侯推赤心於諸賢腹中 所以不歸他人 而願委身國士 儻急難有用 敢效微軀. 且人非堯舜 誰能盡善 白 謨猷籌畫 安能自矜 至於制作 積成卷軸 則欲塵穢視聽 恐雕蟲小伎 不合大人. 若賜觀芻蕘) 請給紙筆 兼之書人 然後退掃閑軒 繕寫呈上. 庶靑萍結綠 長價於薛卞之門. 幸推下流 大開奬飾 惟君侯圖之."

사천성 강유로 이사하여 유년시절을 보냈던 것이다. 이백은 24세 무렵 자랐던 사천성 강유를 떠나 출사의 길을 모색하기 위해 만유의 길에 올랐던 것이다.

아직 출사하지 못한 이백은 형주자사였던 한조종에게 자신을 천거해줄 것을 간절한 마음으로 호소하였다. '급하고 어려울 때면 아무 때나 불러달라'고 하여, 마치 오늘날 심부름센터의 직원이 고객들에게 호소하는 듯하다. 자존심도 체면도 놓아버린 이백의 모습이다. 하지만 그 글의 밑바탕에는 이백 자신의 재능과 문장에 대한 자부심이 깔려 있다.

이백이 안육에 머물고 있던 733년 당나라 조정은 다시 장구령張九齡(678~740)을 재상으로 임명하였다. 이백이 위의 글 「여한형주서與韓荊州書」에서 밝힌 것처럼, 당시 형주의 한조종에 대한 이백의 믿음은 대단하였다. "살아생전에 만호를 지배할 수 있는 지방장관으로 임명되는 것보다 형주지방을 다스리는 한 자사韓刺史를 한 번 만나 뵙고 싶다."라고 한 것만 보아도 한조종에 대한 기대감은 컸다. 그래서 이백도 734년 봄에 한조종에게 편지를 보내면서 자신도 모수毛遂처럼 스스로 추천하였던 것이다. 오늘날 신세대 같은 사고로 적극적이다.

사마천의 『사기』 「평원군 우경열전」에 보면, 모수에 관한 이야기가 나온다. 조趙나라 재상 평원군 조승趙勝이 인재를 초빙하여 3천 명을 거느리고 있었다. 그런데 진秦나라가 조나라를 침략하여 조나라 수도 한단邯鄲을 포위하자 평원군이 이웃나라 초楚나라에 지원군을 청하려 갈 때, 모수가 자청하여 데리고 갈 것을 요구한 것이다. 그러자 평원군이 "인재는 마치 주머니 속의 송곳처럼 그 재능이 밖으로 나타나거늘, 선생은 3년이나 있으면서도 그 재능을 드러내지 못했다. 이는 선생이 재능이 없는 것이 아닌가?"라고 하니, 이에 모수가 말하기를 "저는 오늘 처음으로 주머니에 넣어달라고 원하는 것입니다. 만일 일찍 주머니 속에 넣어주셨다면 송곳 끝뿐만 아니라 송곳 자루까지 벗어나와 있었을 것입니다."라고 하였다. 여기서 낭중지추囊中之錐, 곧 주머니 속의 송곳처럼, 뛰어난 재능이 있으면 반드시 밖으로 나타나 남의 눈에 띄기 마련이라는 고사성어가 생겨났다. 이백도 주머니 속에 넣어 달라는 것이다. 이 시기 이백은 한조종뿐만 아니라 친척인 이호李皓에게도 천거를 구하는 시를 지어 바쳤다.

증종형양양소부호贈從兄襄陽少府皓: 친척 형님 양양 현위 이호[27]께 드리며

머리 묶고 아직 세상물정 모를 때에도, 結髮未識事결발미식사,
사귀는 바는 모두 호걸영웅이랍니다. 所交盡豪雄소교진호웅.
진秦나라 물리치고 상도 받지 않았는데, 却秦不受賞각진불수상,
진비晉鄙(위나라 장수)를 치고
　어찌 공으로 여겼겠습니까? 擊晉寧爲功격진녕위공.
이런 것들은 작은 일로 족히 말할 게 되나요? 小節豈足言소절기족언,
물러나 용릉(안육)의 동쪽에서
　밭이나 갈 뿐이지요. 退耕舂陵東퇴경용릉동.
돌아와 보니 집안 살림이 형편없어, 歸來無產業귀래무산업,
먹고 사는 일이 구르는 쑥대 같습니다. 生事如轉蓬생사여전봉.
하루아침에 까만 가죽옷 해지고, 一朝烏裘敝일조오구폐,
백량(이천 냥)의 황금도 다 써버렸습니다. 百鎰黃金空백일황금공.
칼 두드리려 공연히 마음의 격앙했을 뿐, 彈劍徒激昂탄검도격앙,

27) 이백이 752年에 지은 「증림명현령호제(贈臨洺縣令皓弟, 임명 현령 이호(李皓) 아우에게 주며)」라는 글을 지었는데, 여기의 이호(李皓)와는 다른 사람이다.

문을 나서면 길이 막혀 있음을 슬퍼합니다. 出門悲路窮출문비로궁.
우리 형님 덕이 높은 선비시라, 吾兄青雲士오형청운사,
그렇게 승낙한 일은 지킨다고
　여러분들께 들어요. 然諾聞諸公연낙문제공.
그래서 도움의 말씀(천거의 부탁) 올리니, 所以陳片言소이진편언,
부탁의 말로 정을 통하는 것을
　귀하게 여기기 때문입니다. 片言貴情通편언귀정통.
아가위나무 꽃 같은 우애를
　형제간에 받아주지 않는다면, 棣華儻不接체화당부접,
기꺼이 가을 풀과 같은 신세가 되겠습니다. 甘與秋草同감여추초동.

위의 시에서 이백은 자기가 사귀는 인물이 영웅호걸임을 내세웠다. 그러면서 전국시대 제齊나라의 노중련을 제시하였다. 노중련은 조趙나라를 진秦나라로부터 구하는 큰 공을 세우고도 상 받기를 거절하고 은거했던 인물이다. 그리고 위魏나라 협객 주해朱亥는 위나라 장수 진비를 죽이고 신릉군의 은혜에 보답하기 위해 진秦나라를 공격하여 조나라를 위기에서 구한 인물이다. 이백도 이들처럼 나라를 위해 자신의 뜻을 펼친 후 동쪽 언덕으로 물러나 밭이나 갈면서 은거할 것이라고 하였다. 따라서 노중련과 같은 삶을 살겠다는 것이다. 벼슬자리에 나아가는 것은 자신의 부귀공명을 위한 행위가 아니고 나라를 위해 행하는 충절의 뜻이라는 것이다. 그래서 공을 세운 뒤에는 미련 없이 인간 세상의 부귀영화를 떠난 삶을 살겠다는 것이다. 그리고 전국시대 맹상군의 문객인 풍훤의 고사도 있다. 풍훤이 밥상에 생선이 없자 칼을 치면 불평을 말하자 생선을 차려주고 대우도 달리해주었다는 이야기로, 이후 큰 공을 세우게 되었다는 것이다. 그런데 이백 자신은

풍훤의 예처럼 맹상군같이 자신을 천거해줄 사람이 없어, 앞길이 막혀 슬프다는 것이다. 그래서 친척 형뻘인 양양의 현위인 이호에게 천거를 부탁한 것이다. 그러나 친척 형님도 천거를 해주지 않았다. 그래서 이백은 시름을 술과 유람으로 달래게 된다. 여기서도 이백은 하루아침에 황금 이천 냥을 다 허비했다고 하였다. 이도 이백의 과장적 수법의 표현이라 할 것이다.

악부시 「고풍오십구古風五十九」 중 제10수에는 노중련과 관련된 내용이 있다. 한 번 살펴보자.

제나라에 기개가 높은 이들이 있었는데,	齊有倜儻生제유척당생,
노중련이 특별히 높고 빼어났네.	魯連特高妙노련특고묘.
명월주가 바다 밑에서 나와	明月出海底명월출해저,
하루아침에 밝은 빛을 비추었네.	一朝開光曜일조개광요.
진나라를 물리쳐 명성을 떨쳤고,	却秦振英聲각진진영성,
후세 사람들로부터 추앙을 받았네.	後世仰末照후세앙말조.
천금의 상을 가볍게 여기고,	意輕千金贈의경천금증,
원컨대 평원군을 향해 웃었다네.	願向平原笑원향평원소.
나 또한 속세에 얽매이지 않는 사람이라,	吾亦澹蕩人오역담탕인,
옷소매 털고 더불어 어울릴 수 있다네.	拂衣可同調불의가동조.

이백의 삶을 관통하는 공성신퇴功成身退의 정신이 드러난 시이다. 제齊나라 노중련처럼 공을 세우고 나면 공치사하지 않고 물러나 한가한 삶을 살겠다는 내용이다. 전국시대 제나라에는 기개 높은 사람이 많았는데, 그 중 노중련이 특별히 뛰어난 사람이라고 하였다. 그리고 노중련 같은 재주가 뛰어난 사람이 하루아침에 나타나 세상을 밝게

했다고도 하였다. 노중련이 조趙나라에 머물고 있을 때, 진秦나라가 조나라를 포위하였다. 그러자 위魏나라는 신원연新垣衍을 조나라에 파견하여 진나라를 황제국으로 받들게 하였다. 이때 노중련이 신원연을 만나 진秦나라를 받드는 것은 이해득실에 맞지 않는 처사라고 설득하였다. 노중련으로 하여금 신원연이 설득 당했다는 소식을 전해들은 진나라 군대는 포위를 풀고 오십 리 후방으로 후퇴하였다. 이때 위나라의 신릉군 군대가 조나라를 구하러 오니, 진나라 군대는 마침내 물러났다는 이야기이다. 이에 조나라의 평원군은 공을 세운 노중련에게 벼슬을 내리려 했는데, 노중련이 사양하였고 또 천금을 주려고 하였으나 거절하고 조나라의 평원군 곁을 떠났다는 것이다. 이백도 이 노중련과 같이 공을 세운 후에는 아무 미련 없이 벼슬자리에서 물러나겠다는 다짐을 한 것이다. 이처럼 공성신퇴의 정신은 이백 삶의 신조信條였던 것이다.

34세 당시(734) 이백의 심정을 비교적 잘 드러낸 시가 「양양가襄陽歌」이다. 양양襄陽은 지금의 호북성 양번襄樊이다.

양양가襄陽歌: 양양 지방의 노래

석양이 현산峴山 서쪽에 지려 하는데, 落日欲沒峴山西낙일욕몰현산서,
모자 거꾸로 쓰고 꽃 아래에서 헤매네. 倒着接䍦花下迷도착접리화하미.
양양襄陽의 아이들 일제히 손뼉 치며, 襄陽小兒齊拍手양양소아제박수,
거리를 누비며 다투어 백동제(동요童謠) 부르네. 攔街爭唱白銅鞮난가쟁창백동제.
옆 사람 무슨 일로 웃느냐고 물으니, 傍人借問笑何事방인차문소하사,
산간山簡이 곤드레 취하여 웃어 죽겠다네. 笑殺山翁醉似泥소살산옹취사니.
가마우지 술 국자와 앵무새 모양의 잔으로, 鸕鷀杓노자표, 鸚鵡杯앵무배,
백년이면 삼만 육천 일을, 百年三萬六千日백년삼만육천일,

하루에도 모름지기 삼백 잔은 기울이야 한다네. 一日須傾三百杯일일수경삼백배.
멀리 한수 바라보니 오리 머리처럼 푸르러, 遙看漢水鴨頭綠요간한수압두록,
흡사 포도주가 처음 발효하는 것 같네. 恰似葡萄初醱醅흡사포도초발배.
이 강물이 만약 봄술(언 막걸리)로 변한다면, 此江若變作春酒차강약변작춘주,
쌓인 누룩으로 곧 조구糟邱의 대를 쌓으리라. 壘麴便築糟丘臺누국편축조구대.
천금 가는 준마를 어린 첩과 바꾸어서, 千金駿馬換小妾천금준마환소첩,
웃으며 금안장에 앉아 낙매가落梅歌 부르노라. 笑坐雕鞍歌落梅소좌조안가낙매.
수레 곁에 한 병의 술을 매달고, 車傍側挂一壺酒거방측괘일호주,
봉황 생황 용 피리 서로 행락을 재촉하네. 鳳笙龍管行相催봉생용관행상최.
이사가 함양의 시장에서 누런 개 한탄한 것이 咸陽市中歎黃犬함양시중탄황견,
어찌 달 아래에서 금술잔 기울임만 하겠는가? 何如月下傾金罍하여월하경금뢰.
그대는 보지 못했는가, 君不見군불견,
진晉나라 양공羊公의 한 조각 비석이, 晉朝羊公一片石진조양공일편석,
거북머리 깨져 떨어지고 이끼만 끼어 있네. 龜頭剝落生莓苔귀두발락생매태.
눈물 역시 떨어지지 않고, 淚亦不能爲之墮누역불능위지타,
마음 역시 슬퍼할 수 없네. 心亦不能爲之哀심역불능위지애.
청풍명월은 돈 주고 살 필요 없으니, 清風朗月不用一錢買청풍랑월불용일전매
옥산은 스스로 넘어지지 남이 밀어서가 아니네. 玉山自倒非人推옥산자도비인추.
서주의 술 국자와 역사力士의 술 항아리여, 舒州杓서주표, 力士鐺역사당,
이백은 이것들과 생사生死를 함께 하리라. 李白與爾同死生이백여이동사생.
양왕의 운우雲雨는 지금 어디에 있는가? 襄王雲雨今安在양왕운우금안재,
강물은 동으로 흐르고
원숭이는 밤에 슬피 우네. 江水東流猨夜聲강수동류원야성.

해질 무렵 술 취한 이백의 모습에 동요童謠인 백동제를 부르는 아이

들이 즐거워하고 있다. 일 년 내내 술을 마시며 그 술 취한 눈으로 바라보는 한수는 마치 포도주가 발효하는 것처럼 보인다는 것이다. 그러면서 위魏나라 조창曹彰이 준마가 탐나서 자신의 첩과 바꾸었다는 고사와 서진의 양호의 타루비 이야기, 죽림칠현의 혜강 고사와 그리고 이사李斯 이야기와 양왕襄王의 고사가 인용되어 낭만적인 분위기를 연출하였다.

서진 때 양호羊祜가 형주의 도독으로 있으면서 양양을 잘 다스렸다는 것이다. 그가 양양을 다스릴 때, 현산峴山에 자주 올라 술을 마시며 시를 지었다고 한다. 한 번은 그가 이곳에 올라 주위 사람들을 돌아보며 '우주가 있고 난 뒤에 이 산이 생겨났는데, 그 이후로 여러 어진 사람들이 이곳을 올라 멀리 바라보았으나 우리 같은 사람들이 얼마나 많았겠는가? 그런데 그 사람들은 모두 연기처럼 사라져서 사람을 애달프게 한다. 만일 100년 후 죽은 후에 지각이 있다면 영혼이 여전히 이곳을 오를 것이다.'라고 하였다.

그가 죽자 후대인들이 양호의 선정善政과 행적을 기념하기 위해, 현산에 비석을 세웠다. 그리고 보는 사람들마다 슬픔에 젖어 눈물을 흘렸기 때문에, 타루비墮淚碑라고 했다는 것이다. 그런데 지금은 그 비석이 깨지고 무너졌는데도, 눈물은 고사하고 슬픈 마음도 들지 않는다고 하였다. 이는 일종의 반어적 표현으로 이백 자신도 양호처럼 벼슬자리에 나아가 선정을 베풀고 싶다는 것이다. 그런데 현실은 그런 기회조차 주지 않아 슬퍼다는 것이다. 세월은 흘러 옛사람은 가고 없지만, 강물은 지금도 동쪽으로 흐르고 원숭이가 밤이면 슬피 울듯 사람들에게는 시름이 끝이 없다. 예부터 뜻 있는 일을 하여 이름을 전하는 사람은 술 마시는 사람들밖에 없다. 그러니 이백 자신도 매일 술이나 벗하고 뉘우침 없이 살다가 가겠다는 논리이다. 그러면서도 어떤 외부적인 힘도 이백 자신을 넘어지게 할 수는 없고 다만 술만 이백 자신을 넘어뜨릴 수 있다는 것이다. 다소 낭만적인 분위기가 느껴지는 시이지만, 이백이 인용한 고사의 내용을 잘 의미해보면, 출사의 의지가 밑바탕에 깔려 있음을 확인해볼 수 있는 시이다. 초나라 양왕이 무산 신녀를 만나 하룻밤 총애를 내렸듯이, 이백도 당시 황제인 현종으로부터 은총을 받고 싶은 마음이기 때문이다.

이백이 34세에 강하江夏(지금의 호북성 무한시로 황학루가 있는 곳)에 머물면서 많은 시를 지었는데 몇 편만 소개하면 다음과 같다.

강하송우인江夏送友人: 강하에서 벗을 보내고

비취색 구름 갖옷에 눈송이 점점 내리고,	雪點翠雲裘설점취운구,
그대를 황학루에서 보내네.	送君黃鶴樓송군황학루.
황학은 구슬 깃털을 떨치며,	黃鶴振玉羽황학진옥우,
서쪽 장안으로 날아가는구나.	西飛帝王州서비제왕주.
봉황은 낭간 열매(먹이감) 없으니,	鳳無琅玕實봉무랑간실,
무엇으로 멀리 가는 이를 전송할까?	何以贈遠游하이증원유.
배회하다가 그림자 돌아보고는,	徘徊相顧影배회상고영,
한강물에 눈물을 떨군다네.	淚下漢江流누하한강류.

이 시는 강하(무창, 지금의 무한시)의 황학루에서 친구를 전송하면서 지은 것이다. 이별하는 친구는 황학에 비유되어 날아가는 곳이 장안이다. 송별한 친구가 누구인지를 자세히 알 수 없으나, 장안으로 구슬 깃털을 떨치러 가는 것으로 보아 영전되어 간다. 봉황에 비유된 이백 자신도 친구처럼 장안으로 가고 싶다. 영전되어 가는 친구의 황학보다 더 큰 뜻을 품은 봉황이 이백 자신인 것이다. 그러나 현실은 어느

중국 호북성 무창의 황학루의 지금 모습이다. 한양과 한구 그리고 무창이 합쳐져서 지금의 무한시가 되었다.

누구도 자기를 천거해주지 않아 장강의 지류인 한강(한수)에 눈물을 떨구고 있는 것이다. 이백의 30대의 모습이다.

이 무렵 강하(무창)에서 송별한 시가 한 편 더 있다.

강하별송지제江夏別宋之悌: 강하에서 송지제와 헤어지다

초 땅의 물은 맑기가 허공 같고,	楚水淸若空초수청약공,
멀리 푸른 바다와 통해 있다네.	遙將碧海通요장벽해통.
사람은 천리 밖에 나눠지겠지만,	人分千里外인분천리외,
흥취는 한 잔 술에 담겨 있네.	興在一杯中흥재일배중.
계곡의 새들은 맑게 갠 날에 지저귀고,	谷鳥吟晴日곡조음청일,
강가의 원숭이는 저녁 바람에 불어대네.	江猿嘯晩風강원소만풍.
평소 눈물을 흘리지 않았건만,	平生不下淚평생불하루,

여기서는 눈물이 그치질 않네. 於此泣無窮어차읍무궁.

제목에 언급된 송지제宋之悌는 당나라 초기의 유명한 시인인 송지문宋之問의 동생이며 송약사宋若思의 아버지이다. 송약사는 이후 안녹산의 난 때 이백이 영왕 이린의 막부에 들어갔다가 반란죄로 심양 감옥에 갇혔을 때, 출옥을 도와준 인물이다. 송지제가 어떤 일에 연루되어, 지금의 베트남인 주연朱鳶으로 유배 가다가 강하에서 이백을 만났던 것이다. 이 시는 그때 이백이 송지제와 헤어지면서 지은 시이다. 송지제와의 이런 인연으로 인해 23년 후 이백은 그의 아들 송약사에 의해 도움을 받게 되었던 것이다. 인간사 거미줄처럼 얽혀 있다. 어느 인연인들 중요하지 않겠는가?

호북성 강하(무한)는 아니지만 호북성 적벽(포기현 장강 가)을 생각하면서 지은 시가 있다.

적벽가송별赤壁歌送別: 적벽을 노래하여 송별하다

두 용(손권과 조조)이 싸움으로
　자웅을 겨룰 적에, 二龍爭戰決雌雄이용쟁전결자웅,
적벽赤壁의 누선들을 말끔히 쓸어버렸네. 赤壁樓船掃地空적벽루선소지공.
거센 불길 하늘에 닿아 구름바다 비추며, 烈火張天照雲海열화장천조운해,
주유周瑜가 이곳에서 조공曹公을 물리쳤네. 周瑜於此破曹公주유어차파조공.
그대 푸른 장강으로 떠나가
　맑고 푸른 물 바라보면, 君去滄江望澄碧군거창강망징벽,
고래(손권과 조조)가 부딪힌 흔적이
　남아 있으리라. 鯨鯢唐突留餘跡경예당돌유여적.
하나하나 적어서 친구인 나에게 알려주시게, 一一書來報故人일일서래보고인,

나는 이로 인해 마음을 씩씩하게 하고자 하네. 我欲因之壯心魄아욕인지장심백.

적벽(赤壁)의 지금 모습이다.

이 시는 적벽赤壁을 보러 가는 친구를 송별하면서 지은 시이다, 시의 전반부는 적벽대전의 주 등장인물을 소재로 하여, 천하 영웅들의 모습을 형상화하였고, 후반부에서는 그곳 적벽에 가거든 적벽대전의 유적을 보게 되면 이백 자신에게 알려달라고 하였다. 곧 친구가 적벽의 현장을 보고서 그 웅장한 모습을 편지로 전해주면 나 이백은 그 편지를 보고서 마음을 씩씩하게 하겠다고 한 것이다. 이는 이백 자신도 그들처럼 천하를 평정하고픈 심정임을 은연중에 드러내었다. 따라서 이백 자신의 웅대한 포부까지 함께 드러낸 시이다.

최종지崔宗之와의 만남도 있었다.

수최오낭중酬崔五郎中: 낭중 최종지에게 화답하다

북방의 찬 구름이 하늘에 걸려 있고,	朔雲橫高天삭운횡고천,
만 리에 가을 기운 일어난다.	萬里起秋色만리기추색.
굳센 선비의 마음은 하늘 높이 날아올라,	壯士心飛揚장사심비양,
떨어지는 해에 공연히 탄식하네.	落日空嘆息낙일공탄식.
크게 소리 지른 뒤에 들판에 나서 보니,	長嘯出原野장소출원야,
스산한 찬바람이 불어온다.	凜然寒風生늠연한풍생.
운 좋게 태평한 세상을 만났지만,	幸遭聖明時행조성명시,
아직 공업을 이루지 못하였다.	功業猶未成공업유미성.

어찌하여 큰 뜻 품고 있으면서도, 奈何懷良圖내하회량도,
시름에 잠겨 홀로 앉아 있는가? 鬱悒獨愁坐울읍독수좌.
지팡이 짚고 영웅호걸 찾아 나서니, 杖策尋英豪장책심영호,
잠깐 말을 나누었는데도 나를 알아주시네. 立談乃知我입담내지아.
최 낭중은 사람들 중에서 빼어난 분, 崔公生民秀최공생민수,
까마득하니 푸른 구름 같은 모습이네. 緬邈青雲姿면막청운자.
글을 지으면 천지와 함께하고, 制作参造化제작참조화,
사물에 기탁해 읊으면 신령을 머금은 듯하네. 託諷含神祇탁풍함신기.
바다와 산도 오히려 기울어질 수 있지만, 海岳尚可傾해악상가경,
한 번 승낙한 말은 절대로 거두지 않는다네. 吐諾終不移토낙종불이.
이때에 서릿바람이 차가운데, 是時霜飈寒시시상표한,
기분 좋게 꽃핀 연못가에 올 수 있었네. 逸興臨華池일흥임화지.
일어나 춤추며 긴 검을 휘둘러, 起舞拂長劍기무불장검,
함께한 이들 눈 크게 뜨고 바라보았네. 四座皆揚眉사좌개양미.
마음껏 즐거워하시고는, 因得窮歡情인득궁환정,
나에게 새로 쓴 시를 주었네. 贈我以新詩증아이신시.
또 한만(이백)과 노닐 기약을 맺어서, 又結汗漫期우결한만기,
하늘 밖에 멀리서 기다리고 있다고. 九垓遠相待구해원상대.
몸 높이 들어 봉래산에 쉬고, 擧身憩蓬壺거신게봉호,
발을 씻으며 창해를 노닐려 하네. 濯足弄滄海탁족농창해.
이제 하늘 높은 곳까지 올라가면, 從此凌倒景종차릉도경,
한 번 가면 다시는 돌아올 일 없으리라. 一去無時還일거무시환.
아침에 명광궁(신선의 거처)에서 노닐다가, 朝游明光宮조유명광궁,
저물녘에 천문으로 들어갈 것이라네. 暮入閶闔關모인창합관.
다만, 오래도록 서로 소매 잡을 수 있다면, 但得長把袂단득장파메,

반드시 숭산일 필요는 없으리라.　　　　何必嵩丘山하필숭구산.

이백이 노래한 최종지는 두보가 노래한 음중팔선飮中八仙 중 한 사람으로, 상서예부원외랑·예부시랑·우사낭중 등의 벼슬을 지낸 인물이다. 이 시는 개원開元 22년(734) 가을, 이백이 낙양을 유람할 때 최종지를 만나 술을 마시며 교유를 시작하게 된 정경과 최종지의 인물됨을 묘사한 것이다.[28] 먼저 이백 자신이 공업을 이루지 못해 시름에 겨워 있다가 영웅호걸을 찾아나 섰는데, 첫 눈에 자신을 알아봐주는 최종지를 만나게 되었다는 것이다. 최종지는 이백에 대한 인물됨을 「증이십이贈李十二」에서 밝혔다. 최종지는 이백에게 보낸 시 속에서 "맑은 담론에 손뼉을 치고(淸論旣抵掌청논기저장), 오묘한 주장에 탄복하였으니(玄談又絶倒현담우절도)"라고 하였으며, "초와 한나라의 싸움을 말하며(分明楚漢事분명초한사), 왕도와 패도의 일이 분명해지고(歷歷王覇道역력왕패도)"와 같이 역사는 물론 왕도와 패도에 대해서도 분명하게 알고 있으며, "소매엔 비수를 숨기고(袖有匕首劍수유비수검), 품에는 무릉의 글을 품었네(懷中茂陵書회중무릉서)."라고 하여, 늘 공을 세우고 나서는 자연 속으로 떠날 준비를 하였다는 것이다. 그리고 시를 짓는 데 있어서도 이백은 '사마상여를 넘었다고 하면서 함께 숭산에 있는 자신의 별장으로 가서, 천 년을 갈 우의를 다져보자.'[29]고 청하였다. 그에 대한 이백의 답은 당신과 오래도록 우의를 다질 수 있다면, 반드시 숭산(도교의 이상 세계)일 필요는 없다고 하였다. 이는 현실을 떠난 이상세계보다 지금 현실이

28) 「수최오낭중(酬崔五郎中)」 시는, 731년 또는 747년 관직에 다시 나아가기 위해 지었다는 설도 있음.

29) 崔宗之, 「贈李十二」. "我家有別, 寄在嵩之陽. 子若同斯遊, 千載不相忘."

더 중요할 수도 있다는 것이다. 여전히 현실 지향적 태도이다.

이백은 734년에 낙양을 유람하게 된다. 낙양에 간 이유는 천거를 받기 위한 것이었으나 뜻을 이루지 못하였다. 결국 숭산에 은거하는 친구 원단구를 만났던 것이다. 당시 원단구의 생활상을 노래한 시가 있다.

제원단구산거題元丹丘山居**: 원단구의 산속 거처에 쓰다**

오랜 친구가 동쪽 산에 살며,	故人棲東山고인서동산,
스스로 산속의 아름다움을 사랑하네.	自愛丘壑美자애구학미.
푸른 봄날 빈 숲에 누워서,	青春臥空林청춘와공림,
환한 대낮에도 오히려 일어나지 않네.	白日猶不起백일유불기.
솔바람은 깃과 소매를 깨끗이 해주고,	松風清襟袖송풍청금수,
바위 연못은 마음과 귀를 씻어주네.	石潭洗心耳석담세심이.
그대가 세속의 시끄러움 없이,	羨君無紛喧선군무분훤,
짙은 노을 속에 편히 누운 것이 부럽네.	高枕碧霞裏고침벽하리.

원단구가 산속에 은거하는 삶을 그린 시이다. 원단구의 삶은 세속과 멀리 떨어진 은둔자의 생활이다. 화창한 봄날 빈 산에 누워서 한낮인데도 일어나지 않고 맑은 자연과 함께 하고 있다. 이백은 이런 원단구의 삶이 부러운 것이다. 출사의 뜻을 얻지 못한 이백은 심리가 편안하지 못했을 것이다. 그래서 그런지 자꾸 은거하는 원단구의 삶을 향하고 있다. 아마도 출사의 뜻을 얻지 못한 이백의 답답한 심정은 원단구의 삶이 부럽게 느껴졌을 것이다.

원단구는 당나라 현종의 누이동생인 옥진공주와도 연이 닿아 있었다. 훗날 이백이 당나라 궁중에 들어갈 때 옥진공주와 원단구의 도움도 있었다. 735년 이백이 낙양을 유람할 때 옥진공주와 관련된 시를 지었다. 감상해보자.

옥진선인사玉眞仙人詞: 옥진 선인의 노래

옥진의 선녀,	玉眞之仙人옥진지선인,
이따금 태화봉(화산)에 가시네.	時往太華峰시왕태화봉.
맑은 아침에 이 두드리며 도를 닦다가,	淸晨鳴天鼓청신명천고,
갑자기 용 두 마리 솟구쳐 오르시네.	飇欻騰雙龍표홀등쌍룡.
번개 치느라 손놀림 그치지 않고,	弄電不掇手농전불철수,
구름처럼 다녀 본래 자취가 없네.	行雲本無蹤행운본무종.
언젠가 소실산(숭산)에 들어가,	幾時入少室기시입소실,
서왕모를 응당 만나야 한다.	王母應相逢왕모응상봉.

위의 시에서 이백은 도사로서의 옥진공주를 그렸다. 선녀인 그녀는 도교의 성지인 화산도 가고, 이른 아침에 일어나면 도교의 양생법의 하나인 명천고법鳴天鼓法을 행하기도 한다. 아래 위 앞니 4개를 마주쳐 울리면서 입을 다물고 볼을 부풀려 깊은 소리를 내는 것이다. 그러다가 갑자기 바람을 일으켜 쌍용을 몰기도 하고 천둥 번개를 치게 하면서 동에 번쩍 서에 번쩍 하기도 한다. 그러면서 선녀의 우두머리 서왕모를 조만간에 만날 것이라고 하여, 도사로서의 옥진공주에 대한 기대감을 드러내었다. 당시 세태인 도교에 대한 믿음과 도사로서의 옥진공주의 모습을 그렸다. 이백과 옥진공주의 인연은 이렇게 이어지고 있었다.

735년 낙양을 떠돌 때 고향 생각도 났다.

「춘야낙성문적春夜洛城聞笛」: 봄밤에 낙양성에서 피리소리를 들으며

누구 집에서 부는 옥피리 소리인지,	誰家玉笛暗飛聲수가옥적암비성,
봄바람 타고 낙양성 가득 퍼지네.	散入春風滿洛城산입춘풍만낙성.
이 밤의 곡조 중 절류양을 들으니,	此夜曲中聞折柳차야곡중문절류,
누군들 고향 생각 일어나지 않겠는가?	何人不起故園情하인불기고원정.

어느 집에서인지 가늘게 들려오는 피리소리가 봄바람을 따라 낙양성에 두루 퍼진다. 이 피리소리라는 청각적 이미지로 인해, 고향 생각이 난 것이다. 절류양은 이별할 때 버드나무 가지를 꺾어 주는 풍습에서 유래한 말이다. 버드나무 가지는 아무 곳에 심어도 싹이 나듯이, 떠난 임이 다시 돌아오기를 바라는 마음을 담아 버드나무 가지를 꺾어 주었다고 한다. 또한 버들 류柳와 머물 유留가 발음이 비슷하여 머물러 달라는 의미도 있다. 절류양 곡조로 인해 고향을 떠날 올 때의 생각이 났던 모양이다.

735년 초여름에 이백은 낙양에서 태원太原(북경 근처)으로 떠났다. 그때 동행했던 인물이 안휘성 초군 참군이었던 원연元演이었다. 이백은 호방한 성격의 소유자인 원연과 막역지우莫逆之友로 지내며 1년을 함께 보냈다. 그런데 자기가 원하던 천거를 받지 못한 채 세월만 흘러가니, 계속해서 고향 생각이 났던 것이다.

태원조추太原早秋: 태원의 초가을

한해가 기울어가니 많은 꽃들 시들고,	歲落衆芳歇세락중방헐,
때마침 가을별인 대화가 흘러가네.	時當大火流시당대화류.
찬 서릿발은 북쪽 변경 밖에 일찍 내리고,	霜威出塞早상위출새조,
구름은 황하를 건너가며 가을빛으로 바뀌네.	雲色渡河秋운색도하추.

꿈은 국경 지방의 성에 비친 달을 맴돌고,	夢繞邊城月몽요변성월,
마음은 고향의 누대로 날아가네.	心飛故國樓심비고국루.
돌아갈 생각 분수(강물 이름)같이,	思歸若汾水사귀약분수,
흐르지 않는 날이 없어라.	無日不悠悠무일불유유.

위의 시는 35세의 이백이 지금의 북경 근처인 태원 지방에서 가을을 맞으며 멀리 호북성 안육 지방에 있는 아내와 자식을 은근히 그리워하는 내용이다. 그리하여 차가운 달이 높이 걸린 달밤에 도도히 흐르는 분수의 물결 소리를 들으며 가족을 그리워하는 마음을 강물에 의탁하였다. 그래서 끊임없이 흐르는 분수의 물결처럼 가족이 그리워하지 않은 날이 없다고 하였다. 가을 달밤에 느끼는 나그네의 객창감이다.

다음 해인 736년 봄에 태원(북경)을 떠나 안육 집으로 돌아왔다. 이백은 27세 때(727년) 안육에서 결혼한 후 이미 10년이 지난 것이다. 이백은 10년 동안 살았던 안육을 떠나, 허씨 부인과 새롭게 태어난 딸을 이끌고 동노東魯, 지금의 산동山東 연주兗州로 이사하였다(736년). 이후 이백의 가족은 이 산동의 동노에서 20여 년을 살았다.

동노東魯에 정착할 무렵(737년)에 지은 시가 있다.

오월동노행답문상옹五月東魯行答汶上翁: 오월 동노를 노래하여 문수 가의 늙은이에게 답하다.

오월 매실 막 누레지고,	五月梅始黃오월매시황,
누에치기 끝나 뽕나무들 횡하네.	蠶凋桑柘空잠조상자공.
노魯 땅 사람들 명주짜기 열중하여,	魯人重織作노인중직작,
베틀 북소리 주렴 드리운 창 울리네.	機杼鳴簾櫳기저명염롱.

나를 돌아보니 벼슬길에 나아가지 못해,	顧余不及仕고여불급사,
검술 배우러 산동으로 왔다네.	學劍來山東학검래산동.
채찍 들고 앞날을 묻다가,	擧鞭訪前途거편방전도,
문수가 늙은이 비웃음 사네.	獲笑汶上翁획소문상옹.
어리석은 늙은이 뜻있는 선비 홀대하고,	下愚忽壯士하우홀장사,
궁달 논하기에 아직 부족하네.	未足論窮通미족논궁통.
나는 한 방의 화살 편지로,	我以一箭書아이일전서,
능히 요성 취하는 공 세우리라.	能取聊城功능취료성공.
끝내 상 받지 않는 것은,	終然不受賞종연불수상,
시속 사람들과 휩쓸릴까 부끄러워서라네.	羞與時人同수여시인동.
곧은 길을 따라 서쪽(장안)으로 돌아가면,	西歸去直道서귀거직도,
석양이 어두운 무지개에 의해 어두워지겠지.	落日昏陰虹낙일혼음홍.
이번 가는 길에 그대 말 마시고,	此去爾勿言차거이물언,
구르는 쑥 되어도 달게 여긴다네.	甘心爲轉蓬감심위전봉.

산동성 연주에 문수汶水강 가에서 그곳 늙은이에게 답한 시이다. 5월 매실이 노랗게 익어 가고 누에는 뽕잎을 다 먹어 치워 뽕나무 가지만 앙상하다. 그리고 노 땅 사람들은 베짜기에 여념이 없는 한여름이 배경이다. 나 이백은 출사出仕도 못하였지만, 이곳 산동성 동노에 와서 검술을 배울 요량이었다. 그래서 말을 타고 가다가 어떤 노인에게 길을 묻다가 뜻밖에 비웃음을 받게 된 것이다. 우매한 노인이 큰 뜻을 지닌 이백 자신을 알아주지 않고 무시했던 것이다. 그래서 이백은 옛날 연燕나라 장수가 요성聊城을 1년 넘게 잘 지키다가 제齊나라 노중련의 화살 편지를 받고 자결하게 되었고, 그 후 제나라 전단田單은 그 요성을 차지하게 되면서 공이 있는 노중련에게 벼슬을 내리려 하자,

노중련이 바닷가로 떠났던 것이다. 이백 자신도 노중련 같은 공성신퇴功成身退의 자세가 되어 있다는 것이다. 그래서 장차 장안으로 가서 출사를 하게 될 것이다. 하지만 지금 장안은 석양이 무지개에 의해 어두워지듯이, 당나라 조정은 간신들로 인해 캄캄한 상황이다. 이런 조정이기에 아직 등용되지 못하고 쑥대처럼 떠돌고 있다고 한 것이다. 30대의 이백의 처지를 잘 드러낸 시이다.

동노에 정착한 이백은 공소보孔巢父·한준韓準·배정背政·장숙명張叔明·도면陶沔 등과 조래산에 모여 술로 세월을 보냈는데, 이를 죽계육일竹溪六逸이라고 하였다. 이들은 자연에 은거하는 인물들로 세속의 부귀영화에 큰 뜻이 없는 인물들이었다. 이들 중에 공소보만 당나라 덕종 때 어사대부의 벼슬을 했던 인물이다.

이백 가족이 동노東魯에 정착한 후 737년에 아들 명월노明月奴가 노중魯中에서 태어났다. 이름이 백금伯禽이다. 백금은 중국 주周나라 때 무왕의 동생인 주공의 아들 이름과 같다. 주 무왕으로부터 하사받은 노나라 땅의 제후가 백금으로, 이 지역 사람들이 존경하는 인물이었다. 당나라 이백도 노나라 땅 지역에 와서 아들 명월노를 낳고 그 이름을 백금으로 하였던 것이다.

737년 봄에 장구령이 재상의 자리에서 물러나 형주 자사가 되었다. 이때 이백은 「조노유嘲魯儒」를 지었다. 노나라 땅은 지금의 산동성 곡부曲阜 일대이다. 곡부는 공자의 고향이기도 하다. 그 지방에 거주하는 유자儒者를 조롱하였다.

조노유嘲魯儒」: 노魯 땅의 유자儒者를 조롱하다

노나라 늙은이 오경을 말하는데,	魯叟談五經노수담오경,
백발로 죽을 때까지 장구에만 매달린다.	白髮死章句백발사장구.

나라와 백성 구하는 책략을 물으면, 問以經濟策문이경제책,
오리무중에 빠진 듯 망연자실이네. 茫如墜煙霧망여추연무.
발에는 원유리(한나라 때 신발) 신고, 足著遠遊履족착원유리,
머리에는 방산 두건 쓴 채. 首戴方山巾수대방산건.
느릿한 걸음으로 큰 길만 고집하고, 緩步從直道완보종직도,
길 나서기도 전에 먼지만 일어난다. 未行先直塵미행선직진.
진秦나라 승상 이사는 秦家丞相府진가승상부,
도포 입은 선비를 배척했다네. 不重褒衣人부중포의인.
그대들은 숙손통도 아니니, 君非叔孫通군비숙손통,
나와는 본래 계통을 달리 하네. 與我本殊倫여아본수륜.
현실의 일을 통달하지 못한다면, 時事且未達시사차미달,
문수가로 돌아가 밭이나 갈아야지. 歸耕汶水濱귀경문수빈.

이백은 옛날 공자의 고향이었던 곡부 땅의 유자儒者들을 비판하고 있다. 세상 변화에 대처하지 못하고 오경 곧 『시경』·『서경』·『주역』·『예기』·『춘추』 등 장구章句의 글귀 외우는 데만 급급하고 나라 구하는 일에는 관심이 없기 때문이다. 차림새도 한나라 때 신던 신발과 두건을 쓰고 걸음 또한 팔자걸음으로 느릿느릿 걷는다. 그래서 진시황제 때 재상 이사李斯도 갓 쓰고 도포 입은 유자를 배척했다는 것이다. 그리고 한나라 때 고조가 노나라 땅 유자 30명을 초청하여 새로운 법도를 만들려고 하였다. 그때 한나라 박사였던 숙손통은 시대가 변화하여 옛 법도는 지금은 맞지 않는다고 주장했던 인물이다. 한 마디로 숙손통은 세상의 변화에 능동적으로 대처해 나갔던 인물이다. 그래서 이백은 숙손통은 같은 부류이고, 융통성 없고 고지식한 노나라 땅 유자들과 진나라 유자들은 한 통속이라고 한 것이다. 그래서 이백과 숙손

통은 그들과는 다르다고 하였다. 이백의 적극적인 세계관을 엿볼 수 있는 시이다.

출사해서 공을 이루려는 이백은 동노에서 현령과 은사 그리고 도사들을 만나면서 천거의 기회를 엿보았으나, 뜻을 이루지 못하고 결국 738년에 강소성 진강 지역의 운양雲陽에서 운하를 타고 낙양으로 향했다. 그런데 그 운양 지역의 백성들이 운하 건설에 강제로 동원되어 힘들게 노역하는 현장을 이백은 악부시로 지어 지배자의 횡포를 고발하기도 하였다.

정도호가丁都護歌: 정 도호의 노래

운양雲陽으로 거슬러 가는데,	雲陽上征去운양상정거,
양쪽 언덕에 장사꾼들 북적이네.	兩岸饒商賈양안요상고.
오 땅의 소, 달 보고 헐떡일 때,	吳牛喘月時오우천월시,
배 끌기가 어찌나 고달픈가?	拖船一何苦타선일하고.
물 탁해 마실 수 없고,	水濁不可飮수탁불가음,
단지 속 물마저 반쯤 흙이네.	壺漿半成土호장반성토.
한바탕 독호가督護歌 부르니,	一唱督護歌일창독호가,
마음 쓰라려 눈물 비 오 듯하네.	心摧淚如雨심최루여우.
많은 석공이 반석을 캐냈지만,	萬人鑿磐石만인착반석,
강기슭에까지 닿을 방법이 없네.	無由達江滸무유달강호.
그대 깎아 놓은 돌을 보면,	君看石芒碭군간석망탕,
눈물 훔치며 천 년을 슬퍼하리라.	掩淚悲千古엄루비천고.

위의 시는 운양의 근처 운하의 모습으로 장사꾼이 북적대는 장면을 먼저 소개하였다. 그러면서 '오우천월吳牛喘月', 곧 '무더운 오나라 땅의

소는 달만 봐도 숨을 헐떡거린다.'는 뜻으로, 무더위 속에 배를 끌어당기는 노동자들의 고달픈 삶을 노래하였다. 그 무더위 속에 물은 탁해 마실 수도 없다. 그리고 남조南朝시대 송宋나라 고조高祖 유유劉裕의 사위 서규지徐逵之가 노궤魯軌에게 죽임을 당하자, 고조의 장녀인 서규 부인이 남편의 장례를 주관했던 직독호直督護 정오丁旿에게 장례식의 진행 과정을 물었다고 한다. 서규 부인이 장례에 관한 일의 과정을 물을 때마다 정독호丁督護라고 부르는데 그 소리가 정말 애절했다고 한다. 후세 사람들이 그 애절한 소리에 따라 곡을 만들었는데, 그 곡명이 정도호丁都護이다. 따라서 여기서의 '도호가'는 운하 건설에 끌어온 남편들을 그리워하는 아낙네들의 눈물겨운 노래인 셈이다. 또 이백은 운하를 만들기 위해 깍은 놓은 큰 돌들을 옮길 생각을 하니 천년을 두고도 울음이 그칠 것 같지 않다고 하였다. 이처럼 이백은 낭만적인 시만 창작한 것이 아니라 소외 계층에 대한 연민의 정을 나타내는 참여적인 시를 짓기도 하였다.

이백은 739년 낙양을 떠나 회남淮南으로 가던 도중 지금의 하남 등봉登封인 영양潁陽에서 친구 원단구를 만났다. 그때 원단구와 헤어지면서 지은 시를 감상해보자.

영양별원단구지회양潁陽別元丹丘之淮陽: 영양에서 원단구와 헤어지고 회양으로 가다

나와 원단구는,	吾將元夫子오장원부자,
성은 다르지만 형제나 다름없다.	異姓爲天倫이성위천륜.
본래 부귀권세로 사귀지는 않았고,	本無軒裳契본무헌상계,
평소 안개와 노을(신선세계)로써 친했다.	素以煙霞親소이연하친.
일찍이 세상의 속박에 구속되어,	嘗恨迫世網상한박세망,

마음에 새긴 뜻을 모두 펴지 못했다. 銘意俱未伸명의구미신.
은자의 절개가 비록 춥고 괴로워도, 松柏雖寒苦송백수한고,
속세의 화려한 명성을 좇는 것을 부끄러워했다. 羞逐桃李春수축도리춘.
저자와 조정(명리를 구하는 곳)에서
덧없이 사노라, 悠悠市朝間유유시조간,
옥 같은 얼굴(젊은 시절)은
날마다 늙고 시들었다. 玉顔日緇磷옥안일치린.
함께 가진 뜻(신선술 연마)은
산보다 무겁지만(소중), 所共重山岳소공중산악,
세상에서 얻은 것(부귀영화)은
먼지보다 가볍다네. 所得輕埃塵소득경애진.
정신은 점점 황폐해지고, 精魄漸蕪穢정백점무예,
노쇠함이 기대며 따라오네
(곁을 떠나지 않는다). 衰老相憑因쇠로상빙인.
나에게는
비단 주머니의 비결(신선되는 비결)이 있어, 我有錦囊訣아유금낭결,
그대의 몸을 유지할 수 있다. 可以持君身가이지군신.
응당 황금약(신선들이 복용하는 약)을 먹고, 當餐黃金藥당찬황금약,
가서 자양의 손님(도사 호자양)이
되어야 하리라. 去爲紫陽賓거위자양빈.
만 가지 일을 모두 이루기는 어렵고, 萬事難並立만사난병립,
백년은 아침나절처럼 짧을 뿐이라네. 百年猶崇晨백년유숭신.
그대와 헤어지고 남동쪽으로 가니, 別爾東南去별이동남거,
아득하니 슬프고 괴로운 심사가 많네. 悠悠多悲辛유유다비신.
전에 가진 뜻을 바꾸지 말지니, 前志庶不易전지서불역,

먼 길(신선술 연마 길)이라도 좇기를 기약하네. 遠途期所遵원도기소준.
이제 그만 두고 돌아가는데, 已矣歸去來이의귀거래,
천진교(낙양에 있는 다리)에 흰 구름이 떠가네. 白雲飛天津백운비천진.

이백과 원단구는 성만 다른 형제와 다름없는 관계이다. 그리고 본래 부귀영화와는 거리가 멀고 평소 신선의 세계를 동경해 왔다. 일찍이 속세의 그물에 걸려서 마음속에 새긴 뜻인 신선이 되는 것을 모두 펴지 못해 한탄스럽다. 은자隱者의 고고한 절개가 비록 춥고 괴로워도 속세의 명성을 좇는 것을 부끄러워하였다. 명예와 부귀를 추구하면서 덧없이 사노라니 옥玉 같은 젊은 얼굴이 날마다 늙어 간다. 은거하면서 신선술을 연마하기로 한 뜻은 소중하지만 세상의 부귀영화는 먼지보다 하찮은 것이다. 정신은 점점 황폐화되고 노쇠함만 따라온다. 나에게는 신선이 되는 방책인 서왕모가 지녔던 비단 주머니가 있어 그대의 몸을 유지할 수 있으며, 응당 신선들이 먹는 황금약을 먹고 도사인 호자양의 손님이 되어야 한다. 만 가지 일 한꺼번에 모두 이루기 어렵고 백년은 해 뜰 때부터 아침밥 먹을 때까지인 아침나절처럼 짧기만 하다. 그대와 헤어지고 나 이백은 남동쪽 회양으로 가니, 아득하니 슬프고 괴로운 마음이 많다. 이전에 가진 뜻을 바꾸지 말고, 신선술을 연마하는 길을 따라 갈 것을 기약한다. 하지만 이제 그만 두고 돌아가는데, 낙양의 천진 다리 위에 흰 구름만 떠간다. 이백은 속세에 대한 미련이 여전히 남아 있다. 원단구는 원래 지녔던 신선술을 단념하지 말고 계속 연마하기를 바라면서 이백 자신은 속세로 돌아간다고 하였기 때문이다.

영양은 지금의 낙양 남동쪽에 있는 영양진이다. 회양은 지금의 하남성 회양현으로 영양의 남동쪽에 있다. 원단구는 이백과 아주 친한 도사道士로 성만 다른 형제라고까지 하였다. 이백은 도사인 원단구와 헤어지면서 쇠락해져가는 신세를 한탄하지만, 이를 신선술을 연마하면서 인간사인 생로병사를 극복하자고 결의를 다지기도 하였다. 그러면서 여전히 현실에 대한 미련으로 원단구처럼 산수자연에 은거도 못하는 심사이다. 그래서 이백의 만유漫遊는 계속되었다.

이백은 원단구와 헤어진 후 안휘성 마안산시 채석기를 거쳐 남경 백로주까지 이르게 된다. 이때 이백 자신의 처지를 읊은 시를 감상해 보자.

야박우저회고夜泊牛渚懷古: 밤에 우저 강가에 배를 대고서 옛일을 회고하다

우저산 앞 서강(장강)의 밤에,	牛渚西江夜우저서강야,
푸른 하늘에 조각구름도 없네.	青天無片雲청천무편운.
배에 올라 가을 달을 바라보니,	登舟望秋月등주망추월,
공연히 사장군을 그리워하네.	空憶謝將軍공억사장군.
나 역시 능히 높게 읊을 수 있지만,	余亦能高詠여역능고영,
이 사람(사장군)은 들을 수 없네.	斯人不可聞사인불가문.
내일 아침 배에 돛 달고 떠나면,	明朝掛帆席명조괘범석,
단풍잎이 어지러이 떨어지겠지.	楓葉落紛紛풍엽낙분분.

「야박우저회고夜泊牛渚懷古」는 과장이 없는 시로, 39세 이백의 서글픈 심정이 잘 표현되어 있다.[30] 이백이 배를 타고 서강(장강)을 유람하다가 우저기牛渚磯 곧 채석기采石磯에 잠을 자기 위해 배를 정박했던 것이다.

30) 「야박우저회고(夜泊牛渚懷古)」를 이백의 727년 작과 말년인 761~762년 작으로 보는 이도 있다.

우저기는 안휘성 마안산시 당도현에 위치한 산으로, 채석기라고도 한다. 이 우저기 지역 부분의 장강長江을 서강西江이라고 부른다.

동진東晉 때 사상謝尙(308~356) 곧 진서장군鎭西將軍으로 사장군謝將軍이라고도 하는데, 그 사상謝尙이 선성 지역에서 현령을 지냈다. 그가 어느 달밤 우저기에서 뱃놀이를 하는데, 어디서 영사시詠史詩 읊는 소리가 들려왔다. 사장군은 그 시 읊는 사람을 데려오게 하였는데, 세곡稅穀을 나르는 뱃사공 원굉遠宏이었다. 두 사람은 날이 샐 때까지 놀았고, 그 후 사장군의 추천으로 원굉은 벼슬자리에 나아가게 되었다.

이백은 채석기에 와서 자신의 신세를 돌아보게 되었던 것이다. 옛날에는 사장군같이 인재를 알아보는 사람이 있어, 적재적소適材適所에 사람을 등용했는데 지금은 사장군 같은 인재를 알아봐주는 사람도 없다는 것이다. 천리마는 세상 어디에도 있는데, 그 천리마를 알아봐주는 백락伯樂은 없다.

그래서 이백은 원굉처럼 목소리 높여 시를 읊을 수 있다고 한 것이

안휘성 마안산시 채석강 채석기(采石磯) 풍경도로, 장강(長江)과 쇄계하(鎖溪河)가 양쪽으로 둘러 흐른다. 그래서 채석기(우저기)는 삼각주 형태인 것이다.

쇄계하(鎖溪河)의 모습이다. 이 냇물을 건너야 채석기로 들어갈 수 있다.

다. 그런데 나의 시 읊은 소리를 들어줄 사람이 없어 그저 쓸쓸할 뿐이다. 이백은 가을 달처럼 자신의 재능을 알아 줄 사람을 갈망하고 있지만, 평민인 원굉의 재주를 알아보고 등용까지 한 그런 사장군 같은 사람은 이제는 없다. 그래서 공연히 그리워만 할 뿐 그저 쓸쓸하고 허망할 따름이다. 이백의 시는 호쾌하면서도 과장된 표현이 많이 있는데, 이 시는 담담한 어조이다. 그래서 더욱 슬퍼 보인다.

지금도 안휘성 마안산시 채석기에 가면 이백의 흔적이 많이 남아 있다. 채석기采石磯의 원래 지명은 우저기牛渚磯였다. 우저기는 '쇠자갈모래톱'이라는 뜻이다. 장강가에 있는 삼각주로 그곳에는 우저산이 있다. 소가 엎드린 모습의 삼각주라 해서 우저산이라 한다. 채석기에는 이백이 달을 잡으려다가 장강에 빠졌다는 착월대捉月臺와 의총衣塚 등이

채석기에 있는 태백루의 모습이다.

이백이 달을 따기 위해 강물로 몸을 던졌다는 연벽대(聯璧臺) 곧 착월대(捉月臺)이다.

채석기에 있는 이백의 의관총(衣冠塚)이다. 강물에 빠진 이백의 옷과 모자만 묻어 놓았다는 의관총이다. 비석에는 당 시인 이백 의관총(唐詩人李白衣冠塚)이라 되어 있다.

있을 뿐만 아니라, 적선루와 이태백기념관도 있다.

만유를 통한 추천을 원하였지만, 동진 때 인재를 알아보는 사장군 같은 위정자가 없기에, 못내 아쉬웠던 이백이다. 이렇게 장강을 따라 가다가 가을에, 지금의 호남성 악양인 파릉에서 영남으로 유배 가던 중, 현종玄宗의 대사면을 받고 다시 장안으로 되돌아가던 왕창령王昌齡을 만나기도 하였다. 39세(개원 27년)의 이백은 북쪽으로 계속 유람하여 양양 녹문산에 거주하는 맹호연을 찾아간다.

증맹호연贈孟浩然: 맹호연에게 주다

나는 맹부자를 사랑하노라,	吾愛孟夫子오애맹부자,
풍류가 천하에 소문났더라.	風流天下聞풍류천하문.
홍안에 헌면(벼슬)을 버리고,	紅顔棄軒冕홍안기헌면,
늙어서는 소나무와 구름 속에 누웠다네.	白首臥松雲백수와송운.
달에 취해서 성인에 꼭 맞고,	醉月頻中聖취월빈중성,
꽃에 홀려서 군주를 섬기지 않았다네.	迷花不事君미화불사군.
높은 산을 어찌 가히 우러러 보리요?	高山安可仰고산안가앙,
다만 이곳에서 맑은 향기를 본받을 뿐이네.	徒此揖淸芬도차읍청분.

나는 천하의 풍류가 있는 맹부자를 사랑한다. 젊은 나이에 벼슬을 버렸고, 늙어서는 자연과 더불어 살아간다. 달에 취해 자주 술에 어울리는 사람이고, 꽃에 홀려서 군주를 섬기지 않았다. 내가 높은 산 같은 맹호연을 어찌 감히 우러러 볼 수 있겠는가? 다만 이곳에서 맑은 향기를 본받을 뿐이다. 벼슬자리에 연연하지 않는 맹호연의 풍류를 이백은 찬양한 것이다.

5구에 나오는 "중성中聖"은 술을 상징한다. 중국 삼국시대 위나라 조조가 금주령을 내렸을 때, 술꾼들이 술을 일컫는 은어로 청주는 성인聖人에 비유하였고 탁주는 현인賢人에 비유한 이후로, 성인은 청주에 비유되었다. 이백도 6구의 "사군事君"에 대구가 될 수 있도록 술을 "중성中聖"에 비유한 것이다. '성인에 꼭 맞았다'는 말은 '술을 자주 마셨다'는 의미이다. 그리고 7구와 8구의 내용은 백아伯牙와 종자기鍾子期

의 고사인 지음知音을 용사用事한 것이다. 백아가 높은 산과 호탕하게 흐르는 대하大河를 연상하고 거문고를 타면 종자기는 그 의미를 알고 그 음악을 감상했다고 한다. 종자기가 백아의 음악성을 알아준 것처럼, 이백 자신도 맹호연의 높은 기상을 알아야 하는데 그렇지 못하다는 것이다. 그래서 다만 맹호연의 맑은 정신적 세계만 찬양할 뿐이라고 하였다.

이백이 맹호연을 얼마나 좋아했는지를 알게 하는 시이다. 맹호연이 은둔하던 양양의 녹문산으로 찾아갔으나, 만나지 못하고 이 시만 남겨놓고 떠났다고 전해진다. 맹호연은 다음해인 740년에 생을 마감하였다.

그런데 맹호연이 처음부터 벼슬살이를 멀리 한 것은 아니다. 맹호연이 40대 무렵 과거 시험에 낙방하고 절강성 전단강 유역을 떠돌 때 쓴 시를 한 번 살펴보자.

숙건덕강宿建德江: 건덕강에 묵다

맹호연孟浩然

배를 옮겨 안개 낀 물가에 정박하고,	移舟泊煙渚이주박연저,
날이 저물어 나그네의 수심이 깊어지더라.	日暮客愁新일모객수신,
들판이 넓어 하늘이 나무에까지 내려왔고,	野曠天低樹야광천저수,
강물이 맑아 달은 사람에 가깝더라.	江淸月近人강청월근인,

맹호연은 벼슬자리에 나아가야 하는데, 계속해서 과거 시험에 낙방을 한 것이다. 그래서 배를 타고 남쪽 지역을 떠돌다가 하룻밤 머물기 위해 안개 낀 물가에 배를 정박한 것이다. 날이 저물 무렵 배 안에서 멀리 하늘을 쳐다보니, 저 멀리 하늘이 나뭇가지까지 내려와 있고,

강물이 맑아 강물에 비친 달이 더욱 선명하게 보여 가깝게 느껴진다는 것이다. 그래서 근심이라고 하였다. 이는 맹호연 자신은 벼슬자리에 나아가야 하는데, 현실은 자꾸 자연인 은둔지로 향하고 있다는 것이다. 곧 맹호연 자신과 달이 가깝다고 한 것이 그것이다. 그래서 수심이 깊다. 이 시의 주제는 '수愁' 곧 '근심'인데 그 주제가 두 번째 구에 나왔다. 일종의 파격이다. 시의 내용처럼 맹호연이 처음부터 은둔을 지향했던 것은 아니다. 벼슬하려고 했는데 마음대로 되지 않아 어쩔 수 없이 자연에 은둔하게 되었던 것이다. 이처럼 당나라 때 문인들은 대부분 출사를 꿈꾸었던 것이다.

이백은 739년 가을에 파릉으로 유배 가던 가지賈至를 만나 동정호를 함께 유람하기도 하였다. 40세(740년) 이백의 모습을 보자.

독제갈무후전서회증장안최소부숙봉곤계讀諸葛武侯傳書懷, 贈長安崔少府叔封昆季: 제갈량전이란 글을 읽고 그 회포를 장안 현위 최숙봉崔叔封 형제에게 드리며

예전 한漢나라 도가 막바지라 말할 때,	漢道昔云季한도석운계,
여러 영웅들 바야흐로 싸우며 다투네.	群雄方戰爭군웅방전쟁.
각자 패권 도모하나 아직 우뚝 서지 못하고,	霸圖各未立패도각미립,
세력 이루어 영웅호걸 영입하네.	割據資豪英할거자호영.
적복부 받은 이(유비)가 쇠퇴한 국운 일으켜,	赤伏起頹運적복기퇴운,
와룡 선생 제갈공명을 얻었네.	臥龍得孔明와룡득공명.
그 당시 공명이 남양南陽에 있을 때,	當其南陽時당기남양시,
밭두둑과 이랑 몸소 친히 갈았지.	隴畝躬自耕농무궁자경.
세 번 찾아간 끝에 물고기와 물이 합류하니,	魚水三顧合어수삼고합,
세상 바뀔 기운 온 누리에 일어났네.	風雲四海生풍운사해생.
제갈공명은 촉 땅 민산에서 나라 세우고,	武侯立岷蜀무후립민촉,

장대한 뜻으로 함양(장안)을 삼키려했네. 壯志呑咸京장지탄함경.
어느 사람이 먼저 그를 인정했는가? 何人先見許하인선견허,
오직 최주평(제갈량을 알아봤지)뿐이었지. 但有崔州平단유최주평.
나 또한 초야에 묻힌 사람으로, 余亦草間人여역초간인,
자못 세상을 건질 마음을 품었다네. 頗懷拯物情파회증물정.
늦게나마 최숙봉崔叔封(최원崔瑗)을 만나, 晩途値子玉만도치자옥,
머릿결 희도록 고락을 함께 하려 하네. 華髮同衰榮화발동쇠영.
부탁한 뜻이 경세제민에 있어, 托意在經濟탁의재경제,
친교 맺음은 형제처럼 되었네. 結交爲弟兄결교위제형.
다만 관중과 포숙으로 하여금, 無令管與鮑무령관여포,
천 년 동안 홀로 이름 전하네. 千載獨知名천재독지명.

40대 이백은 여전히 경세제민經世濟民이 출사出仕의 목표임을 드러내고 있다. 일종의 교유시로 장안 현위를 지내던 최숙봉에게 자신을 능력을 알아봐 주고 오랫동안 사귈 것을 요청하였다. 최주평이 제갈량의 능력을 알아보고 유비에게 소개했던 것처럼, 최숙봉 당신도 나 이백의 재능을 알아봐 줄 사람이다. 그래서 관중과 포숙이 우정의 명성으로 세상에 자자하듯이 우리들도 그들 못지않게 우애를 다져야 한다고 하였다.

최주평이 유비에게 제갈공명을 추천하였고, 그 후 유비가 삼고초려三顧草廬해서 제갈공명이라는 인재를 발굴하여 천하를 평정했다는 것이다. 이백 자신도 제갈공명과 관중처럼 세상을 구제할 능력이 있다는 것이다. 그래서 황제를 보좌해 백성을 구제했던 제갈공명과 관중처럼 자신도 경국제민經國濟民을 하겠다는 간절한 마음을 드러내었다.

740(개원 28)년은 양귀비가 도사가 되어 호를 태진太眞이라고 하였으

며, 장구령이 사망한 해이기도 하다. 40세의 이백은 호남의 남양에서 최종지를 만나 숭산 아래 백수 강가에서 가을달과 강물 위를 떠내려가는 국화꽃을 바라보면서 호탕하게 놀기도 하였다.

이백이 40세 되는 해에 허씨 부인이 병으로 죽었다. 이후 이백은 3명의 여인과 살림을 차리기도 하였다. 그러나 정식으로 결혼한 것은 마지막 4번째 종씨 부인이었다. 42세에 유劉씨와 살림을 차렸으나 곧 헤어졌다. 유씨가 집을 나아 후 세 번째 여자는 노魯 땅의 어느 부인이었는데, 이백은 그와 동거하여 아들 파려頗黎를 낳았는데 사별하고, 50세 되던 해 정식으로 종宗씨와 결혼하여 살았다.

「행로난行路難」은 이백이 42세 되던 해[31]에 창작된 시이다.

행로난行路難: 인생 행로의 어려움

제1수	기일其一
금 술동이의 맑은 술이 만 말이나 있고,	金樽清酒斗十千금준청주두십천,
옥쟁반의 진수성찬 만전萬錢의 값이지만.	玉盤珍羞直萬錢옥반진수치만전.
잔 멈추고 젓가락 놓은 채 먹지 못하고,	停杯投箸不能食정배투저불능식,
검 빼 들어 사방을 둘러보아도 마음은 막막하네.	拔劍四顧心茫然발검사고심망연.
황하를 건너려니 얼음이 강을 막고,	欲渡黃河冰塞川욕도황하빙색천,
태항산을 오르려니 눈으로 인해 하늘이 어둡네.	將登太行雪暗天장등태항설암천.
한가하면 낚싯대를 푸른 시냇가에 드리우다가,	閑來垂釣碧溪上한래수조벽계상,
홀연히 또 배를 해 주변으로 가는 꿈을 꾸네.	忽復乘舟夢日邊홀부승주몽일변.

31) 「행로난(行路難)」을 44세 때 지은 작품으로 보는 연구자도 있음.

가는 길 어려워라, 가는 길 어려워라.	行路難행로난, 行路難행로난.
갈래 길 많은데, 내 갈 길은 지금 어디.	多岐路다기로, 今安在금안재.
거센 바람으로 파도를 깨는 날이 오리니,	長風破浪會有時장풍파랑회유시,
곧장 구름 같은 돛 달고 창해를 건너리라.	直挂雲帆濟滄海직괘운범제창해.

제2수	기이其二
큰 길은 푸른 하늘같이 트였지만,	大道如青天대도여청천,
나만 홀로 그 길로 나서지 못한다.	我獨不得出아독부득출.
부끄럽게 장안의 패거리를 쫓아다니며,	羞逐長安社中兒수축장안사중아,
닭싸움, 개 경주에 배와 밤 걸었기 때문이네.	赤雞白狗賭梨栗적계백구도리율.
칼 두드리며 노래하여 괴로운 소리 내고,	彈劍作歌奏苦聲탄검작가주고성,
세도가에 옷자락 끌며 지내는 것 마음에 맞지 않네.	曳裾王門不稱情예거왕문불칭정.
회음淮陰의 시정배들 한신韓信을 비웃었고,	淮陰市井笑韓信회음시정소한신,
한漢나라의 공경公卿들 가생賈生을 시기했지.	漢朝公卿忌賈生한조공경기가생.
그대는 보지 못했는가?	君不見군불견.
옛날 연燕나라 왕이 곽외郭隗를 존중하며,	昔時燕家重郭隗석시연가중곽외,
빗자루로 쓸고 몸을 굽히며 의심이 없었네.	擁彗折節無嫌猜옹혜절절무혐시.
극신劇辛과 악의樂毅는 은혜에 감격하여,	劇辛樂毅感恩分극신악의감은분,
간과 쓸개 꺼내어 충성을 다하여 재주를 다 받쳤네.	輸肝剖膽效英才수간부담효영재.
소왕昭王의 백골은 덩굴 풀 속에 엉켜 있으니,	昭王白骨縈蔓草소왕백골영만초,
누가 다시 황금대黃金臺를 쓸겠는가?	誰人更掃黃金臺수인갱소황금대.
갈 길 험난하니, 돌아가리라.	行路難행노난, 歸去來귀거래.

제3수 기삼其三

귀 있다고 영천潁川의 물로 귀를 씻지 말 것이요,	有耳莫洗潁川水유이막세영천수.
입 있다고 수양산의 고사리 캐 먹지 말라.	有口莫食首陽蕨유구막식수양궐.
빛을 숨기고 세상과 뒤섞여 무명을 귀하게 여기니,	含光混世貴無名함광혼세귀무명,
어찌하여 고고함을 구름과 달에 비기겠는가?	何用孤高比雲月하용고고비운월.
나는 예부터 현달한 사람들을 살펴보았더니,	吾觀自古賢達人오관자고현달인,
공 이룬 후 물러나지 않은 자 모두 몸을 망쳤다네.	功成不退皆殞身공성불퇴개운신.
오자서는 이미 오나라 강물에 버려졌고,	子胥既棄吳江上자서기기오강상,
굴원은 끝내 상수의 물속으로 몸을 던졌지.	屈原終投湘水濱굴원종투상수빈.
육기의 뛰어난 재주로도 어찌 스스로를 지키겠는가?	陸機雄才豈自保육기웅재기자보,
이사는 고통을 벗고 쉬려 하나 이미 늦었다네.	李斯稅駕苦不早이사세가고불조.
화정華亭의 학 울음소리 어찌 들을 수 있었으며,	華亭鶴唳詎可聞화정학려거가문,
상채의 푸른 매는 또 족히 말할 게 있겠나?	上蔡蒼鷹何足道상채창응하족도.
그대는 보지 못했는가?	君不見군불견,
오나라 장한이 삶을 달관한 사람이라 불리는데.	吳中張翰稱達生오중장한칭달생.
가을바람에 홀연히 강동으로 갈 생각했던 것을.	秋風忽憶江東行추풍홀억강동행.
단지 살아생전 한 잔의 술을 즐길 것이지,	且樂生前一杯酒차락생전일배주,
하필 죽은 후 천 년의 명성을 구하겠는가?	何須身後千載名하수신후천재명.

이백이 사천성 집을 떠나올 때가 24세 무렵이니, 약 18년이 지난 후에 지은 시이다. 시의 내용을 보면, 자신이 처음 품었던 출사의 뜻과는 현실적으로 차이가 있었던 것 같다.

1수의 내용을 살펴보자.

금 술동이에 맑은 술이 만 말이나 찰랑대고, 옥쟁반에는 훌륭한 안주가 담겨 있다. 이처럼 좋은 술과 훌륭한 안주를 두고 결국 나는 잔과 젓가락을 놓은 채 술과 음식을 먹지 못한다. 이에 분연히 칼을 빼 들고 사방을 둘러보아도 마음이 막막하기만 하다. 나는 황하를 건너고 싶지만, 얼음이 물길을 가로막고, 태항산을 오르고 싶어도 온 산에 눈이 가득하다. 옛날 강태공처럼 한가롭게 푸른 시냇가에서 낚싯대를 드리우다가 홀연히 다시 배를 타고 꿈속에서 태양 옆을 지나간다. 아! 인생길이 어찌도 이리 어렵단 말인가? 여러 갈래 길 가운데 내가 가야 할 길은 어디에 있는지 알지 못하겠다. 바람 불고 파도치는 시련이 있어도 나는 구름 같은 돛을 달고 창해로 나아가리라.

제2수도 보자.

큰 길은 푸른 하늘같이 넓고 넓건만, 어이하여 나만 홀로 그 길로 나가지 못하고 있는가? 장안長安 저자 거리에서 귀공자를 쫓아다니며, 왕의 눈에 들기 위하여 닭싸움과 사냥개 경기에 하찮은 것들을 내걸고 도박하는 것을 나는 수치스럽게 여겼다. 맹상군孟嘗君의 식객 풍훤馮驩처럼 울분에 싸여 칼을 빼어 들고 두드리며 강개한 노래로 괴로운 소리 내는 것과, 왕후나 권문세가의 문객이 되어 주위를 기웃거리며 기회를 엿보는 것은 내 성미에 맞지 않는다. 회음淮陰의 시정배들은 큰 인물이 될 한신韓信의 자질을 몰라보고 오히려 그를 비겁하다 비웃었고, 한漢나라의 공경公卿들은 가생賈生을 시기하여 모함하였으며, 왕王도 그를 멀리하였다. 그대는 보지 못했는가. 그 옛날 연燕나라 소왕昭王이 천하의 현사賢士를 초빙하기 위하여 곽외郭隗를 먼저 존중해 스승으로 모셨으며, 빗자루 들고 허리 굽혀도 아무런 의심이 없었다네. 이에 극신劇辛과 악의樂毅가 그 은혜에 감격하여 간을 빼내고 쓸개를 쪼개는 충심을 보이고, 자신들의 빼어난 재능을 아낌없이 바치지 않았던가? 이제 소왕昭王은 백골이 되어 넝쿨 풀 속에 엉켜 있으니, 현사賢士를 맞이하던 황금대黃金臺를 어느 왕이 다시 비를 들고 쓸겠는가. 가는 길 험난해라. 이제 모든 것을 단념하고 돌아가야 하는가?

제3수이다.

이 세상에서는 고결함을 지나치게 드러내서는 안 되니, 귀가 있어도 허유許由와 소보巢父처럼 영천潁川의 물에 씻지 말 것이요, 입이 있어도 백이伯夷·숙제叔齊처럼 수양산首陽山에서 고사리를 캐 먹는 일은 하지 말아야 할 것이다. 사람은 모름지기 자신의 빛을 감추고 재주와 지혜를 간직한 채 세상과 뒤섞여 무명無名의 삶을 귀하게 여겨야 할 것이니, 어찌 자신의 고고孤高함을 드러내어 저 하늘의 구름과 달에 스스로를 견줄 필요가 있겠는가? 예부터 현명하고 통달한 사람들을 내가 보았더니, 공명功名을 이룬 후 물러나지 않아 결국은 몸을 망치고 죽음에 이르렀다. 춘추시대 오나라 충신 오자서吳子胥 같은 이는 오강吳江에 그 시신이 버려졌고, 전국시대 초나라 충신 굴원屈原 역시 상수湘水 멱라수에 스스로 몸을 던졌다. 그리고 서진西晉 때 장군인 육기陸機는 뛰어난 재주를 지니고 있었지만 모함을 받아 살육을 당하였고, 진秦나라 이사李斯 또한 일찍 물러나지 않은 탓에 참형斬刑을 당하였다. 그러니 육기陸機가 어찌 화정華亭의 학 울음소리를 다시 들을 수 있었겠으며, 이사李斯가 상채上蔡에서 매를 가지고 토끼사냥을 할 수 있겠는가? 그대들은 들어보지 못했는가? 진晉나라 소주蘇州의 장한張翰 이야기를…. 그는 원래부터 성품이 광달曠達하여 제齊나라 왕, 경冏이 그에게 벼슬을 주었는데도 가을바람이 불어오자 문득 고향의 고수나물(순나물)·농어회·순채국이 생각나 즉시 벼슬을 버리고 고향집으로 돌아갔다. 그는 말하기를, "우선 생전에 한 잔 술 마시며 즐거움 누릴 뿐이지, 어찌 하필 죽은 뒤에 천년의 명성 남기려 하느냐?"고. 분명한 것은 벼슬살이하여 공을 이룬 후에는 공치사하지 않고 미련 없이 현실을 떠난다는 것이다. 그래서 고향에 돌아간 장한처럼 세월을 즐기겠다고 한 것이다.

「행로난」은 악부잡곡가樂府雜曲歌이다. 이 시는 이백이 궁중에 나아가지 못한 때에 창작된 시이다. 여전히 출사에 대한 미련이 담겨 있기 때문이다. 또한 오랜 세월 동안 출사하지 못했기에, 이백은 은거도 생각하고 있다. 이백의 「행로난」 제1수는 세상살이의 어려움 때문에 훌륭한 안주와 좋은 술을 대하고도 차마 먹지 못하고 마음만 아득해지는 느낌을 담아내었다. 황하를 건너려 해도 얼음이 길을 막고 태항산을 오르려고 해도 눈이 길을 막는다. 그래서 강태공처럼 때를 기다려 보다가 그 때를 잡아보고도 싶다. 그래서 지금의 이 바람 불고 파도치는 시련은 훗날 망망대해에 배를 띄우는 힘이 될 것이라고 하였다. 시련을 극복하면 더 큰 희망을 맞이할 수 있다는 이백의 포부이다. 때를 기다리는 이백의 모습이다.

제2수는 이백의 아픔을 노래한 연이다. 인재를 아끼는 소왕 같은 위정자가 없음을 한탄했기 때문이다. 이백은 떳떳하게 관직에 나아가 처음 품었던 경세제민經世濟民(세상을 다스리고 백성을 구제함)의 뜻을 펼쳐야 하는데, 투계鬪鷄와 사냥개의 경주에 돈을 걸거나 출세를 위하여 권문세족에게 빌붙어야 하는 부조리한 현실을 고발하였다. 뛰어난 재능을 지니고 있었지만 주위의 비웃음과 시기를 받아야 했던 한신韓信과 가의賈誼는, 당시 이백의 현실적 처지를 대변한다. 또한 천하의 현사를 초빙하기 위하여 몸을 굽혔던 연나라 소왕의 예우에 신하되기를 자처한 극신劇辛과 악의樂毅를 통하여 인재를 아끼지 않는 지금의 위정자를 비판하면서 아울러 이백 자신과 같은 인재가 등용되지 못하는 현실을 비판하였다. 황금대는 연燕나라 소왕昭王이 천금千金을 놓고 천하의 현인들을 초빙하였다고 전하는 대臺의 이름이다.

제3수는 너무 고고한 척해도 안 되고, 또 공을 세운 뒤에는 물러나야 함을 토로한 연이다. 그러면서 이백은 벼슬자리에서 물러나면 고향으로 돌아간 장한처럼 유유자적의 삶을 누리고 싶다고 하였다. 이는 이백이 추구했던 공성신퇴功成身退의 사상이다. 공을 세운 후에는 반드시 물러나 한가한 삶을 살겠다는 말이다. 공을 세우고도 물러나지 않으면 참변을 당할 수 있다는 것이다. 그 인물로 오자서·굴원·육기·이사 등 역사적 인물을 나열하였다. 허유와 소보, 그리고 백이와 숙제처럼 자연 속에 은거한 삶도 바라지 않는다고 하였다. 이백이 지향했던 삶이 어디에 있는지 정확히 밝혀졌다. 한림공봉(한림학사)으로 나아가기 직전의 이백의 심정이다.

이백은 742년 여름까지 산동성 동노東魯에 머물고 있었다. 이후 안휘성 회계로 들어가 도사 오균五筠과 함께 섬중(절강성 소흥)에서 은거하기도 하고, 또 지금의 양주 광릉으로 향하면서 은거하고 있던 상이常二를 만나기도 하였다. 항주에 가서는 조카 이량李良을 만나 바다를 유람하기도 하였다. 이백은 이 시기 절강성 소흥도 유람하였는데, 「서시西施」를 노래하였다.

춘추시대 말기 월나라의 절세미인絶世美人 서시西施가 살던 고향이 절강성 소흥 저라산이다.

「서시西施」

서시는 월나라의 빨래하던 아가씨,	西施越溪女서시월계녀,
저라산의 완사계浣紗溪에서 태어났다.	出自苧蘿山출자저라산.
빼어난 용모가 고금에 둘도 없어,	秀色掩今古수색엄금고,
연꽃도 옥 같은 얼굴에 부끄러워했지.	荷花羞玉顔하화수옥안.

푸른 물결 일으키며 빨래를 하며,	浣紗弄碧水완사농벽수,
절로 맑은 물결과 더불어 한가로웠네.	自與淸波閒자여청파한.
하얀 치아 좀처럼 보이지 않고,	皓齒信難開호치신난개,
나직이 부르는 노랫소리 구름 위로 올라갔지.	沈吟碧雲間침음벽운간.
구천句踐이 이 절세가인을 불러들이매,	勾踐徵絶豔구천징절염,
눈썹을 치켜세우고 오나라로 들어갔지.	揚蛾入吳關양아입오관.
오왕이 손을 잡고 관왜궁에 데리고 가니,	提攜館娃宮제휴관왜궁,
아찔하게 높은 곳이라 어찌 닿을 수 있으리오?	杳渺詎可攀묘묘거가반.
부차의 오나라를 물리치고 떠난 뒤로,	一破夫差國일파부차국,
천 년 동안 끝끝내 돌아오지 않았네.	千秋竟不還천추경불환.

절강성 소흥시 저라산(苧羅山)에 위치한 서시(西施)의 집이다.

저라산 서시의 집 앞을 흐르는 완사계의 지금 모습이다. 빨래하는 아낙네는 보이지 않고 유람선만 떠 있다.

절강성 소흥시 저라산 서시의 옛집인 서시고리(西施故里) 입구 매표소이다. 수표처(售票處)라는 안내 글씨가 보인다. 수표처(售票處)는 입장권 판매하는 곳이라는 뜻이다.

서시고리의 고월대(古越臺) 모습

서시전(西施殿)의 하화신녀(荷花神女)인 서시(西施)

서시고리 앞을 흐르는 완사계(浣紗溪)이다. 서시가 빨래하던 곳으로 물에 비친 서시의 모습에 반해 물고기들이 헤엄치는 것을 잊어 물속으로 가라앉았다는 일화가 전해지는 곳이기도 하다. 그로 인해 서시(西施)의 별명(別名)이 침어(沈魚)가 되었다.

춘추春秋시대에 오吳나라 왕 부차夫差와 월越나라 왕 구천勾踐과의 이야기로, 와신상담臥薪嘗膽의 주인공들이다. 위의 시는 월나라 구천이 회계산會稽山에서 벌어진 오吳나라 부차夫差와의 싸움에서 크게 패한 뒤 이른바 '상담嘗膽'을 하고 있을 때, 월나라 대부 범려와의 이야기를 배경으로 한 시이다. 범려가 절강성 소흥 지방의 저라산苧蘿山 자락에 있는 완사계浣紗溪에서, 빨래하던 나무꾼의 딸 서시西施를 발견하고, 궁으로 데려가서 교육시킨 뒤 오왕吳王 부차夫

오(吳)나라 왕 부차 앞에서 춤추는 서시의 모습이다. 소흥 월왕전에 있는 그림이다.

差에게 보내 원수를 갚을 수 있게 했다는 이야기이다. 이후 원수를 갚는데 공을 세운 서시가 월나라 구천에게 공치사 하지 않고 멀리 떠나 끝끝내 돌아오지 않았다는 이야기이다.

구천과 범려의 계책대로 오나라 왕 부차는 날마다 서시와 함께 영암산靈巖山에 있는 관왜궁館娃宮에서 취생몽사醉生夢死하는 세월을 보냈다. 이리하여 월나라 구천은 오나라 부차의 마부 일을 하다가, 천신마고 끝에 오나라를 탈출한 후 상담嘗膽을 통해, 마침내 회계에서의 치욕을 씻을 수 있었다. 그 뒤 범려는 서시를 데리고 오호로 들어가 자취를 감추었다는 이야기이다. 이 시는 이백李白이 이러한 서시西施의 행적을 생각하여 지은 것이다. 아마 이백 자신도 범려와 서시처럼 나라를 위해 헌신하고는 그 공을 자랑하지 않고 자연 속으로 떠날 것 같은 느낌을 주고 있다. 공성신퇴功成身退, 곧 '공이 이루어진 후 자연으로 물러나다'는 정신이 시에 드러나고 있다. 유가적 출사관인 선비정신과 통한다.

이백 당시에 출사出仕의 길은 두 가지 방법이 있었다. 하나는 과거시험을 치르고 등용하는 방법이고 또 다른 하나는 지방관의 추천으로 벼슬자리에 나아가는 방법이었다. 이백은 과거시험에 응하지 않았고, 추천을 받기 위해 여러 관리들에게 글과 구관시를 지어 바치기도 하였다. 731년 이백이 31살 되던 해에 종남산에 은거하며 당시 현종의 총애를 받던 사위 장게張垍에게 천거를 부탁하였기도 하고, 친구이면서 도사였던 원단구元丹丘의 도움을 받아 형주 장사 겸 형주 자사였던 한조종韓朝宗에게도 천거를 부탁하였지만, 모두 뜻을 이루지 못하였다. 결국 유람의 길로 들어선 이백은 수주隨州 도사 호자양胡紫陽을 만났고 후에 공소보孔巢父와 함께 산동의 조래산徂徠山에 들어가 '죽계육일竹溪六逸(공소보·한준·배정·장숙명·도면·이백)'과 함께 은거 생활을 하였다. 유람과 신선 추구의 생활 가운데서도 이백은 포부를 펼치기 위한 출사에 대한 기대와 천거에 대한 희망은 버리지 않았다.

이 당시의 이백은 자기 시작품에 『초사楚辭』와 악부가의 전통을 계승하여 풍부한 상상력, 자유로운 형식, 생동적인 언어와 참신한 표현으로 독창적인 시세계를 형성하였다.

대표적인 시 한 작품만 감상해보자.

천태효망天台曉望: 천태산에서 새벽을 바라보다

천태산은 사명산과 이웃하고,	天台隣四明천태인사명
화정봉은 백월에 가장 높은 봉우리.	華頂高百越화정고백월.
노을빛 적성산이 대문처럼 서 있고,	門標赤城霞문표적성하,
바다에서 뜬 달은 누각에서 머물고 있네.	樓棲滄島月누서창도월.
높이 올라와 멀리 바라보면,	憑高登遠覽빙고등원람,
바로 망망한 바다를 볼 수 있다네.	直下見溟渤직하견명발.
대붕은 날아 구름이 드리우고,	雲垂大鵬翻운수대붕번,
큰 자라 바다 속으로 들어가네.	波動巨鰲沒파동거오몰.
바람에 조수가 맹렬함을 다투니,	風潮爭洶涌풍조쟁흉용,
신령과 요물도 순식간에 오고 가네.	神怪何翕忽신괴하흡홀.
기이한 풍경 자취 하나 남기지 않아,	觀奇迹無倪관기적무예,
도를 배우고 싶은 마음 그치지 않네.	好道心不歇호도심불헐.
나뭇가지에서 붉게 익은 열매 따 먹고,	攀條摘朱實반조적주실,
단약을 먹어 신선이 되고 싶네.	服藥煉金骨복약연금골.
어찌해야 몸에서 날개가 돋아	安得生羽毛안득생우모,
오랫동안 봉래궁에서 소요할 수 있을까?	千春臥蓬闕천춘와봉궐.

천태산은 도교가 성행했던 곳이다. 절강성浙江省 천태현天台縣에 있다. 주봉은 화정봉華頂峰(해발 1,098m)이다. 불교 천태종天台宗과 도교 남종南宗의 발상지라 불종도원佛宗道源이라고 칭하기도 한다. 사명산四明山은 절강성浙江省 동쪽 영파寧波와 소흥紹興에 걸쳐 있는 산으로 금종산金鐘山이라고도 한다. 적성赤城은 천태현天台縣 북쪽에 있는 산 이름으로, 흙빛이 붉고 생긴 모양이 성채를 닮아 붙여진 이름이다. 공령부孔靈符는 『회계기會稽記』에서 '적성산석개적赤城山石皆赤, 상사운하狀似雲霞', 곧 '적성산은 바위 색깔이 모두 붉어, 형상이 노을에 물든 구름과 흡사하다.'라고 하였다.

천태산의 대문격인 적성산의 모습이다.

천태산 정상 화정봉에 위치한 화정정사의 모습이다. 천태지자대사당(天台智者大師堂)이라는 현판이 보인다.

이백이 이 천태산에 와서 신선 세계를 넘나들고 있다. 먼저 천태산의 모습을 형상화한 후 『장자』에 나오는 대붕을 통한 상상력으로 자유로운 삶을 희구하였다. 천태산 화정봉이 주봉임을 드러내고 그 천태산 입구에는 적성산이 대문처럼 서 있다고 하였다. 높이 올라와 멀리 바라보면 바로 망망한 바다를 볼 수 있고, 구름은 대붕의 날개와 같이 용솟음치듯 늘어

천태산 이백 독서당의 유적이다. 30대 후반 내지 40대 초반 이백이 천태산에 머물렀던 것 같다. 이백의 시 「천태효망天台曉望: 천태산에서 새벽을 바라보다」이 새겨져 있다.

지고, 파도에 따라 움직이는 큰 물결은 큰 자라처럼 가라앉는다. 바람과 파도는 마치 신선과 요물처럼 이리저리 빠르게 모습을 나타내고 있다. 이런 기이한 장관을 바라보지만 신선의 종적은 찾아볼 수 없다. 그래서 도道를 구하는 일도 쉴 수가 없다. 나뭇가지에 올라 붉은 과일을 따서 금골金骨로 환골탈태換骨奪胎하기 위해 붉은 과일을 넣어 만든 단약丹藥을 복용하고 싶다. 어떻게 해야 내 몸이 우화羽化가 되어 오랫동안 신선이 산다는 봉래산의 궁궐에서 아무런 구속 없이 자유로이 살 수 있을까?

이처럼 이백은 당시 널리 유행하던 도교에 영향을 받아 대붕과 같은 호방한 기상으로 자유롭게 영원히 사는 신선의 세계를 상상하면서 동경하였다. 이는 전국시대 남방의 문학인 『초사』 작품의 영향인 것이다.

이백이 마흔이 넘도록 출사를 하지 못해 애가 타는 시가 있다.

옥진공주별관고우, 증위위장경이수玉眞公主別館苦雨, 贈衛尉張卿二首: 옥진공주 별관에 장맛비 내리는 위위경 장기에게 드리다

제1수	기일其一
가을에 김장관(옥진공주 별관)에 앉았는데,	秋坐金張館추좌금장관,
잔뜩 날씨가 흐려 낮에도 개지 않네요.	繁陰晝不開번음주불개.
뿌연 허공에 비 기운이 자욱하더니,	空烟迷雨色공연미우색,
바라보던 차에 비가 후드득 내립니다.	蕭颯望中來소삽망중래.
어둑어둑 쏟아지는 비에 괴롭고,	翳翳昏墊苦예예혼점고,
깊이 잠긴 시름에 한탄이 몰아옵니다.	沈沈憂恨催침침우한최.
맑은 가을날 무엇으로 달래려나,	淸秋何以慰청추하이위,
백주를 잔에 가득 채웁니다.	白酒盈吾杯백주영오배.

시부詩賦 읊조리니 관중과 악의가 생각나지만,	吟詠思管樂음영사관악,
그 사람들 이미 재가 되었지요.	此人已成灰차인이성회.
혼자 술 따르며 애오라지 스스로 애썼는데,	獨酌聊自勉독작료자면,
누가 나라 경륜할 귀한 재목이라 했던가요?	誰貴經綸才수귀경륜재.
풍훤처럼 검을 튕겨 공자(맹상군)에게 작별을 고하노니,	彈劍謝公子탄검사공자,
생선도 못 얻어먹는 것이 정말로 애처럽습니다.	無魚良可哀무어량가애.

제2수	기이其二
지겹도록 비 내려 해뜬 날 그립고,	苦雨思白日고우사백일,
뜬구름 어찌하면 둘둘 말 수 있을까요?	浮雲何由卷부운하유권.
후직과 현왕 설은 하늘신과 뜻 맞추려는데,	稷契和天人직설화천인,
음양은 교만하여 건방 떠네요.	陰陽乃驕蹇음양내교건.
가을장마는 우물 뒤집은 것보다 심하고,	秋霖劇倒井추림극도정,
저녁안개는 깎아지른 산봉우리에 가로 놓여.	昏霧橫絕巘혼무횡절헌.
지척의 거리 가려 해도,	欲往咫尺塗욕왕지척도,
그러기엔 산천이 가로막힌 듯합니다.	遂成山川限수성산천한.
우당탕탕 물 내달리는 소리 들리고,	潨潨奔溜聞총총분류문,
많은 물이 거센 파도가 되어 흘러갑니다.	浩浩驚波轉호호경파전.
진흙탕이 길 가운데를 막아,	泥沙塞中途니사색중도,
소와 말을 구별할 수가 없습니다.	牛馬不可辨우마불가변.
배 고프면 빨래하는 아낙 따라가 얻어먹고,	飢從漂母食기종표모식,
한가하면 우릉의 죽간을 손질하는 신세입니다.	閑綴羽陵簡한철우릉간.
농가에서는 가을 채소철 만났는데,	園家逢秋蔬원가봉추소,
명아주잎·콩잎 눈에 차지도 않습니다.	藜藿不滿眼려곽불만안.

갈거미는 마음에 맺힌 생각 엮고, 蠨蛸結思幽소소결사유,
귀뚜라미는 쪼들리는 형편을 슬퍼합니다. 蟋蟀傷褊淺실솔상편천.
부엌에 푸른 연기 나지 않고, 廚竈無青煙주조무청연,
도마에 푸른 이끼만 자랍니다. 刀机生綠蘚도궤생록선.
젓가락 내려놓고 가죽옷 풀어헤쳐, 投箸解鷫鸘투저해숙상,
술로 바꿔 북당(안방)에서 취합니다. 換酒醉北堂환주취북당.
단도 출신 유목지가 평민으로 있을 때, 丹徒布衣者단도포의자,
의기 큰 기상은 아직 가늠할 수 없습니다. 慷慨未可量강개미가량.
어느 때나 황금 쟁반으로, 何時黃金盤하시황금반,
한 섬 빈랑(열매)을 올릴 수 있을까요? 一斛薦檳榔일곡천빈랑.
공을 이루어 옷 털고 떠나, 功成拂衣去공성불의거,
은자가 사는 물가에서 이리저리 노닐 것입니다. 搖曳滄洲旁요예창주방.

제1수에서는 먼저 가을장마가 지루하게 길어져 이백의 마음이 우울함을 표현하였다. 그리고 자신의 재능을 펼치려고 하지만 알아주는 사람이 없다고 하였다. 그래서 전국시대 제나라 맹상군과 풍훤馮諼의 고사처럼, 이백도 검을 튕겨 제대로 대접받고 싶다고 한 것이다.

제2수는 오랜 장마로 길을 나서지 못함을 서술하면서 자신의 궁색함을 토로하였다. 유목지의 이야기를 통해 이백 자신도 유목지처럼 성공한 후 은거를 하겠다고 하였다. 유목지는 결혼 한 후, 집이 가난하여 자주 처의 오빠 집에 가서 밥을 얻어먹었다. 어느 날 유목지가 밥을 다 먹고 난 후 빈랑을 달라고 하니, 처의 오빠가 빈정거리면서 "빈랑은 소화가 잘 되게 하는 열매인데, 그대는 늘 배가 고프다고 하면서 어찌 빈랑을 찾는가?"라고 핀잔을 주었다. 이후에 유목지가 단양丹陽의 관리가 되었을 때, 처의 오빠를 불러 후하게 대접을 했다는

고사이다. 이백도 출세하여 도움받은 이들에게 보답하고 싶은 것이다. 그리고 출사하여 공을 이루고 나면 자연으로 돌아가 은거하고 싶다고 하였다.

이백이 시를 올린 사람은 장기張垍이다. 장기는 영친공주와 결혼한 부마도위였다. 곧 옥진공주의 조카사위였다. 조남산 도관인 조성관이 옥진공주의 별장이다. 그 별장에서 옥진공주를 기다렸지만 만날 수가 없었다. 그래서 조카사위인 장기에게 시를 올렸던 것이다. 이 시 때문인지, 아니면 옥진공주의 도움 때문인지 이백은 이후 출사의 길로 나아가게 되었던 것이다.

"김장관金張館"은 권문 세도가의 집이란 뜻이다. 김장金張은 한나라의 김일제金日磾와 장안세張安世를 나타내는 말이다. 이 두 사람의 후손들이 대대로 현달했기 때문에 문벌집안을 상징하는 말이 되었다.

이백은 옥진공주의 별장에 와서 오랫동안 머물었지만, 옥진공주는 만날 수도 없었고, 변변한 대접도 못 받고 있었다. 그러나 이백의 이런 마음을 하늘이 알았는지 아니면 장기에게 보낸 시가 효과를 발휘했는지 그토록 기다렸던 출사의 기회가 찾아왔다. 742년 이백이 42세 되던 해 가을 무렵 유씨 부인과의 관계와 출사 직전의 모습을 알 수 있게 하는 시가 있다.

남릉별아동입경南陵別兒童入京**: 남릉에서 아이들과 이별하고 장안으로 들어가며**

백주가 처음 익을 때 산중으로 돌아오니,	白酒新熟山中歸백주신숙산중귀,
누런 닭이 기장을 쪼아 가을 맞춰 살쪄 있네.	黃雞啄黍秋正肥황계탁서추정비.
아이 불러 닭 삶아 안주하고 백주를 마시는데,	呼童烹雞酌白酒호동팽계작백주,
아이들은 기뻐 웃으며 내 옷자락을 잡아끄네.	兒女嬉笑牽人衣아녀희소견인의.
소리 높여 노래 부르며 취하여 스스로 위안하려,	高歌取醉欲自慰고가취취욕자위,

일어나 춤추며 지는 해는 그 붉은 빛을 다투네. 起舞落日爭光輝기무락일쟁광휘.
천자에게 내 뜻을 설득함이
늦은 것을 괴로워하여, 游說萬乘苦不早유세만승고부조,
채찍 치며 말에 올라 먼 길을 떠나려네. 著鞭跨馬涉遠道착편과마섭원도.
회계 땅 어리석은 부인이 주매신을 무시하니, 會稽愚婦輕買臣회계우부경매신,
나 역시 집을 떠나 서쪽 장안으로 들어가려하네. 余亦辭家西入秦여역사가서입진,
하늘 우러러 크게 웃으며 문을 나서 떠나니, 仰天大笑出門去앙천대소출문거,
내 어찌 초야에 묻혀 살 사람인가? 我輩豈是蓬蒿人아배기시봉호인.

742년 가을에 드디어 당唐나라 현종의 조서詔書(황제의 명을 알리는 글)를 받은 이백의 모습이다. 42세의 이백은 10여 년의 유랑으로 인한 지난날의 일들이 주마등처럼 스쳐 갔을 것이다. 조서詔書가 도착한 그 무렵 때마침 동노東魯 집으로 돌아오니 술은 익고 닭은 살이 올라 안주감으로 제격이었다. 이내 술이 올라 노래하고 춤추니 집안에 활력이 다 생겼다. 불혹不惑의 나이가 지나도 이렇다 할 벼슬자리도 구하지 못해 괴롭기도 하고, 자기의 뜻을 몰라주는 아내 유씨로 인해 마음이 편치 못했다. 그래서 주매신의 이야기를 통해 은근히 지금 동거하고 있는 유씨를 나무란다. 한나라 주매신이 독서에 열중하느라 호구지책糊口之策에 문제가 생기자 집을 나간 부인이었다. 훗날 주매신은 벼슬자리에 나아가게 되었고 집을 나간 부인에게도 은혜를 베풀었던 것이다. 주매신이 책을 읽어 결국 출세했듯이 이백 자신도 반드시 출세할 것이니, 지금의 동거인 유씨도 자기를 무시하지 말라고 경고하고 있다. 그러면서 이백은 의기양양 하여 장안으로 향하고 있다. 마지막 구에 나타난 이백의 호기가 하늘을 찌른다. 이백이 하늘을 우러러 크게 웃고는 '내가 어찌 초라하게 초야에 묻혀 지낼 사람인가?'라고

큰 소리를 치기 때문이다.

"주매신을 무시한 어리석은 아내"란, 한나라 무제 때 주매신과 그의 아내의 이야기이다. 부신독서負薪讀書 곧 '땔나무를 지고 책을 읽는다'와 금의환향錦衣還鄕 곧 '비단 옷을 입고 고향으로 돌아온다'의 주인공인 주매신은 가난하지만 늘 책을 손에서 놓지 않았고 마침내 성공하여 고향으로 돌아왔다는 말이다. 나무꾼인 주매신이 늘 책을 가까이 하자 아내가 집을 나가게 되었고 재혼까지 하게 되었다. 전 부인은 재혼하여 잘 사는데 여전히 주매신은 가난한 삶을 벗어나지 못하였다. 어느 날 주매신이 나뭇짐을 지고 어느 산소 옆을 지나는데 전 부인이 재혼한 남편과 성묘를 하고 있었다. 주매신을 본 전 부인은 그에게 음식을 제공하였다. 이후 주매신은 동향인 엄조의 도움으로 시중 벼슬에 나아가게 되었다. 그리고 고향인 회계 태수로 금의환향하였다. 그러나 전 부인은 성공하여 고향에 돌아온 전 남편의 도움을 받다가 그 모습이 부끄러워 생을 마감하였다. 이백과 지금 살고 있는 유씨 부인도 주매신의 어리석은 아내와 같다는 말이다. 생계의 곤란으로 이백과 사이가 좋지 않았던가 보다. 그래서 이백이 장안으로 가서 하루빨리 큰 벼슬자리에 올라 출세의 가도를 달리고자 하였는지도 모를 일이다. 어쨌든 이백은 유씨 부인과 살림을 차린 후 얼마 가지 않아서 헤어졌다. 이백의 궁핍한 삶이 전해진다.

위의 시에 나타난 것처럼 이백은 20대 이후 만유를 통한 등용을 원했는데, 드디어 궁궐에 입조하라는 조서를 받은 것이다. 시 곳곳에 기뻐하는 모습이 나타난 것처럼 그의 출사 길도 하늘을 향해 크게 웃을 수 있는지 기대가 된다.

한림공봉(翰林供奉) 시절의 이백

한림공봉(翰林供奉) 시절의 이백

셋째 시기(742~744)의 한림공봉(한림학사) 시절은 42세부터 44세까지이다. 42세에 당나라 궁중에 들어와서 44세에 당나라 궁중에서 쫓겨나는 해까지이다.

현종의 여동생인 옥진공주와 도사 오균, 친구 원단구, 그리고 하지장 등의 추천으로 한림공봉이 된 이백은 이 기간 동안 궁중에서 정치 참여를 시도하였다. 한림공봉 벼슬은 황제의 조서를 짓는 직책으로, 황제를 최측근에서 모실 수 있는 자리였다. 그런데 이백의 궁중 생활은 평탄하지 않았다. 유년 시절부터 품어 왔던 유교적 가치관에 따라 도道를 펼쳐보겠다는 생각은 실천도 하기 전에 궁중의 환관과 훈척 세력의 횡포로, 조정에 대한 실망만 하고 장안을 떠날 것을 생각하게 되었다. 특히 환관 고력사와 양귀비의 육촌 오빠 양국충의 횡포를 보면서 당나라 조정의 부패에 대한 비판을 시로 표현하기도 하였다.

이백이 장안에 입성한 시기는 언제일까? 장안 입성 시기가 730년과 740년 두 번이라는 주장도 있고, 세 번이라는 주장도 있다 그러면서

3차는 753년이라고 하였다. 2번이냐 3번이냐 학계의 논쟁은 여전히 진행 중이다.

이백은 742년 현종의 부름을 받고 궁중에 들어갔다. 현종이 이백을 한림공봉(한림학사)에 임명하였기 때문이다. 당나라 궁중 진출이 어떤 원인으로 가능하였는지는 그 학설이 여러 갈래이다. 오균의 추천이라는 설은 『구당서舊唐書』 「이백전李白傳」에 "천보 초에 회계 땅을 떠돌다가, 도사 오균과 함께 섬중(소흥)에 은거하였다. 오균이 조정으로 가서 이백을 추천하여, 오균과 함께 한림학사가 되었다."라는 기록이 있기 때문이다.

그러나 중국의 일부 학자들은 오균의 행적을 바탕으로 이백과 오균이 같은 시기에 한림학사가 될 수 없다고 하면서 『구당서』 「이백전李白傳」의 기록을 신뢰하지 않았다. 또 다른 학설은 하지장賀知章의 추천으로 보는 것이다. 『신당서新唐書』 「이백전李白傳」에 "천보 초에 이백이 하지장을 만났는데, 하지장이 이백의 문장을 읽고, 하늘에서 귀양을 온 적선謫仙이라 칭찬하고, 현종에게 이백을 천거하니, 현종이 불러 금난전金鑾殿에서 이백을 만나, 이백이 세상사를 논하고, 현종에게 글을 한 편 올려 칭송하였고, 현종은 그를 한림학사에 임명하였다."라고 되어 있기 때문이다.

그리고 당나라 궁궐에 입성 원인의 또 다른 원인으로는, 이백의 문장력이라는 것이다. 『구당서』 「현종기玄宗記」에 "이백은 박학하여 널리 사물에 통하여 문장이 뛰어나고, 군사의 지모와 무예도 갖추어 입경하도록 하였다."는 기록 때문이다.

마지막 학설은 원단구와 옥진공주와의 관련설이다. 위호魏顥의 「이한림집서李翰林集序」에 "이백이 오랫동안 아미산에 살았고, 도사 원단구와 함께 지영법사持盈法師(옥진공주)를 통해 천거되어, 이 때문에 장안에 들어와 한림학사가 되어 장안에 명성을 날렸다. 이백의 「대붕부大鵬賦」를 하지장이 읽고, 이백의 문장에는 풍골이 있어 적선자謫仙者라 불렀다."[1]라는 내용이 있다.

하지장이 이 작품을 보고 이백을 하늘로부터 쫓겨난 신선으로 보았다는 작품이 「대붕부大鵬賦」이다. 「대붕부는 원래 제목은 「대붕우희유조부大鵬遇希有鳥賦」였다. 이백이 「대붕우희유조부大鵬遇希有鳥賦」를 창작할 때 나이가 25세였다. 지금 전하는 「대붕부」 서문을 보면, "내가 예전에 강릉에서 천태산 도사 79세의 사마승정司馬承禎을 만났는데, 나(이백 자신)에게 선풍도골仙風道骨(신선의 풍모와 도사의 골상)이 있어 팔극의 밖에서 함께 정신의 여행을 할 만하다고 하였다. 그래서 나는 「대붕우희유조부大鵬遇希有鳥賦」를 지어 스스로 위안 삼았다. 이 부賦는 세상에 전해진 후 세간에서 종종 볼 수 있었다. 젊었을 때 지은 작품이 광달한 뜻을 다 드러내지 못해 불만이었기에 중년에는 이를 폐기하였다. 『진서晉書』를 읽다가 완수阮脩가 지은 「대붕찬大鵬讚」을 보고 마음속으로 내가 지은 것을 비루하게 여겼다. 그래서 기억을 되살려 지으니 예전에 지은 것과 많이 달라졌다. 지금 수고본에 다시 넣으니 어찌 감히 여러 문인들에게 전하려는 것이겠는가? 다만 후배들에게 보이고자 할 따름이다. 그 내용은 다음과 같다."[2]라고 한 부분이 있는데, 그 제목의 원래 명을 알 수 있게 한다. 또한 다시 재창작되었음을 서술하였다.

1) 「李翰林集序」. "白久居蛾眉, 與丹丘因持盈法師達. 白亦因之入翰林, 名動京師. 大鵬賦時家藏一本, 故賓客賀公奇白風骨, 呼爲謫仙子."

2) 宋敏求·曾鞏 等編, 『李太白文集』, 成都: 巴蜀書社, 1985. 「大鵬賦」 "予昔於江陵見天台司馬子微, 謂予有仙風道骨, 可與神遊八極之表, 因著 大鵬遇希有鳥賦以自廣. 此賦已傳於世, 往往人間見之. 悔其少作, 未窮宏達之旨, 中年棄之. 及讀 晉書, 睹阮宣子大鵬讚, 鄙心陋之. 遂更記憶, 多將舊本不同. 今復存手集, 豈敢傳諸作者, 庶可示之子弟而已. 其辭曰."

그리고 「대붕부」 첫 구절에 나오는 "남화노선南華老仙"은 당唐나라 조정에서 742년에 장자莊子 곧 장주莊周에게 '남화진인南華眞人' 봉호를 내렸다. 따라서 「대붕부」의 재창작 시기는 742년 이후 이백이 하지장을 만나는 시기일 것이다. 「대붕부」는 장자莊子 사상을 바탕으로 정신의 자유를 노래하였다. 이백은 「대붕부」에서 메추라기와 같은 잡새들이 알지 못하는 드높고 초월적인 세계로의 지향과 정신의 자유로운 활보를 형상화하였다. 하지장이 이백을 적선謫仙(인간세상으로 귀양 온 신선)이라고 한 이유는 장자가 『장자莊子』 「소요유逍遙遊」에서 만들어낸 자유로움을 이백은 정신적 자유로움으로 승화시켜 노래했기 때문이다. 「대붕부」에 나오는 '대붕'은 이백 자신일 것이고 '희유조'는 사마승정일 것이다. 굴원屈原의 「이소離騷」 작품을 점화點化하여 신선의 세계를 자유로이 날아다니는 대붕과 희유조를 비웃는 메추라기를 조롱하면서 끝을 맺고 있는데, 이는 이런 자유로운 사상을 세속인들은 이해할 수 없다는 뜻일 것이다. 이백의 정신적 자유로움과 사상적 위대함을 읽을 수 있는 작품이다. 그래서 하지장도 적선謫仙이라고 했던 것이다.

오래지 않아 희유조가 이를 보고는 말하였다. "위대하구나, 대붕이여! 이것이 바로 즐거움이로구나! 나는 오른쪽 날개로 서쪽 끝을 가리고 왼쪽 날개로 동쪽의 황막한 변방을 덮는다. 대지의 줄기를 가로질러 함께 밟고 하늘의 축을 두루 돌아다니며, 황홀恍惚을 둥지로 삼고 허무虛無를 마당으로 삼는다. 내가 부르면 그대가 노닐고, 그대가 부르면 내가 선회하련다." 이에 대붕이 허락하니 서로 기쁘게 따랐다. 이들 두 마리 새가 광활한 천공을 뛰어오르니 울타리에 앉아 있던 메추라기 무리들이 부질없이 비웃었다.3)

「대붕부」의 마지막 장면으로, 대붕(이백)이 희유조(사마승정)를 만나 어울리며 드높은 하늘을 비행하는 장면이다. 「대붕부」는 대붕이 우주를 선회하는 듯 자유로운 정신에 대한 찬가로, 이백의 이상적인 정신의 경지를 형상화한 것이다. 이백의 시문에 나타나는 다양한 풍격 가운데 호방한 문풍이 가장 잘 드러난 부賦이며, 이러한 자유로운 정신의 추구는 그가 평생 동안 추구해 왔던 문학의 세계관이기도 하다. 이런 도교적 배경의 자유분방한 문장력을 지닌 이백을 하지장은 알아보고 당나라 조정에 추천했을 것이다.

지영법사는 당나라 현종의 여동생으로 712년에 출가하여 도사가 되었으며, 방사方士 숭현崇玄을 스승으로 모시면서 이름도 옥진공주로 개명하였다. 그 후 사마승정에게 수도하면서 호를 지영법사라 했다. 중국 안휘성 경정산에 가면 옥진공주의 무덤과 비문 그리고 동상이 있는데, 그 비문의 내용을 소개하면 다음과 같다.

옥진공주의 어머니 두씨竇氏가 조모인 측천무후에 의해 살해되었고, 옥진공주는 고모인 태평공주에 의해 양육되었다. 오빠 현종과 고모 등이 도교를 좋아하여 옥진공주도 그 영향을 받아 두구년화豆蔻年華 곧 13~14세 무렵에 도교의 여관이 되었으며, 지영법사持盈灋師의 도호道號를 받았다. 숭창현의 세금을 받아 생활하였으며, 도교 입문 후에는 천하 명산을 돌아다녔으며, 식자들과 두루 교분 맺기를 좋아하였다. 평민 출신이면서 같은 도우道友인 이백을 총애하여 오빠인 이융기(현종)에게 천거하여 한림학사 벼슬을 내리게 하였다. 이백이 권력자들의 참언을 만나 현종으로부터 사

3) 위의 글. "俄而希有見而謂之曰 "偉哉鵬乎, 此之樂也 吾右翼掩乎西極, 左翼蔽乎東荒. 跨躡地絡, 周旋天綱, 以恍惚為巢, 以虛無為場. 我呼爾遊, 爾呼我翔." 於是乎大鵬許之, 欣然相隨. 此二禽已登於寥廓, 而斥鷃之輩空見笑於藩籬."

금賜金을 받고 도교로 보내졌다. 이 일로 옥진공주는 기분이 우울하여 분노한 후에 상소를 올리고 공주의 직책도 버렸다. 읍사邑司에 근거하여 전하는 이야기이다.

옥진공주는 안녹산의 난 이후 이백이 노닐던 안휘성 경정산에 와서 죽었다(762년). 옥진공주의 비문의 내용을 보면 이백과의 인연을 짐작하게 한다. 그리고 이백이 생전에 7번이나 경정산에 올랐다고 하는데, 그것 또한 옥진공주와의 인연 때문이 아닐까?

어쨌든 이백의 당나라 조정의 출사는 원단구와 옥진공주와의 인연도 무시못할 것이다. 따라서 옥진공주의 천거로 당나라 궁중에 출사했다는 주장도 허무맹랑한 소리는 아니다.

아무튼 도교에 입문한 옥지공주와 이백의 출사는 관련이 있었던 것이다. 이백의 출사는 다만 한 사람만의 추천은 아니고 여러 사람의

중국 안휘성 선성시에 위치한 해발 317m의 경정산 모습이다. 경정산 하단에는 옥진공주의 무덤이 있고, 7부 능선쯤에 태백독좌루가 있다. 경정산의 크기는 인천시 계양구에 위치한 계양산만한 산이다.

경정산 안에 있는 옥진공주의 동상과 무덤, 그리고 묘지석이다. 옥진공주의 동상 뒤쪽 대나무가 많이 나 있는 것이 황고분이고, 오른쪽 검게 보이는 비석이 옥진공주 묘지석이다. 옥진공주가 책을 들고 누군가를 기다리는 모습이다. 책은 아마도 도교의 경전이 아닐까?

도움이 있었던 것으로 보인다. 오균과 원단구, 그리고 하지장, 옥진공주 등등이다.

이백은 궁궐에 입궐한 후 태자빈객 하지장賀知章을 자극궁紫極宮에서 만나, 자신의 시 「촉도난蜀道難」을 보여주었다.

촉도난蜀道難: 촉으로 가는 길의 어려움

아! 위태롭고도 높구나.	噫吁嚱危乎高哉희우희위호고재.
촉으로 가는 길의 어려움은,	蜀道之難촉도지난,
푸른 하늘 오르는 것보다 어려워라.	難於上青天난어상청천.
잠총과 어부 같은 촉나라 왕들이,	蠶叢及魚鳧잠총급어부,
아득한 옛날에 나라를 열었다.	開國何茫然개국하망연.

나라를 개국한 이래로 사만 팔천 년에, 爾來四萬八千歲이래사만팔천세,
진나라 변방과는 사람과 연기도
통하지 않았다네. 不與秦塞通人煙불여진새통인연.
서쪽으로 태백산을 대하여 조도鳥道가 있으니, 西當太白有鳥道서당태백유조도,
가히 아미산 꼭대기를 가로지를 수 있다네. 可以橫絶峨眉巓가이횡절아미전.
땅이 무너지고 산이 꺾기고 장사가 죽어서야, 地崩山摧壯士死지붕산최장사사,
연후에 구름다리와 잔도가
갈고리처럼 이어졌다네. 然後天梯石棧相鉤連연후천제석잔상구
위에는 육용이 해를 되돌린 높은 표지가 있고,
(산이 높아서 6마리 용이 끄는 해수레가 되돌아갔다는 뜻임)
上有六龍回日之高標상유육룡회일지고
아래에는 찌르는 파도 거꾸로 꺾어지고
빙빙 도는 시내가 있다네. 下有衝波逆折之回川하유충파역절지회
황학의 비상도 오히려 이곳을 지나갈 수 없고, 黃鶴之飛尙不能過황학지비상불능과,
원숭이도 건너고자 해도
어디를 붙잡고 가야 할지 근심한다네. 猿猱欲度愁攀援원노욕도수반원.
청니 고개는 어찌 그리 구불구불한가? 靑泥何盤盤청니하반반,
백 걸음에 아홉 굽이 바위산을 감도는데, 百步九折縈巖巒백보구절영암만,
하늘에 있는 삼성을 쓰다듬고 정성을 지나서
위로 쳐다보면 숨이 끊어질 듯하고, 捫參歷井仰脅息문삼역정앙협식,
손으로 가슴을 만지며 앉아서 길게 탄식하나니. 以手拊膺坐長歎이수부응좌장탄.
그대에게 묻노니, 서쪽으로 유람 가서
어느 때 돌아올 것인가?(못 돌아올 것이다.) 問君西游何時還문군서유하시환,
두려운 길과 높은 바위를 등반할 수가 없다네. 畏途巉巖不可攀외도참암불가반.
다만 보이는 것은

슬픈 새가 고목에서 우는 것만 보이고, 但見悲鳥號古木단견비조호고목,
수컷 날면 암컷 뒤따르면서
숲 사이를 둘러 있는 것만 보일 것이네. 雄飛雌從繞林間웅비자종요림간.
또 자규가 달밤에 울고, 빈 산을 수심하는 소리만
들을 수 있을 뿐이라네. 又聞子規啼夜月愁空山우문자규제야월수공산.
촉으로 가는 길의 어려움은, 蜀道之難촉도지난,
푸른 하늘에 오르는 것보다도 어려워. 難於上青天난어상청천.
사람들로 하여금 이 말 듣게 되면
붉은 얼굴이 늙어버린다네. 使人聽此凋朱顔사인청차조주안.
이어진 봉우리들
하늘과의 거리가 한 자도 차지 않거늘, 連峰去天不盈尺연봉거천불영척,
마른 소나무가 거꾸로 걸려
절벽에 의지해 있네. 枯松倒挂倚絶壁고송도괘의절벽.
날아 떨어지는 폭포의 물결
비단과 폭류가 시끄러움을 서로 다투니, 飛湍瀑流爭喧豗비단폭류쟁훤회,
언덕에 부치는 물결이
돌을 굴러온 골짜기에 우레 소리네. 砯崖轉石萬壑雷빙애전석만학뇌.
그 험함이 이와 같으니, 其險也若此기험야약차,
아! 너 먼 길 가는 사람, 嗟爾遠道之人차이원도지인,
어찌 올 수 있을 것인가? 胡爲乎來哉호위호래재.
검각산이 높고높고 또 높고 험해서, 劍閣崢嶸而崔嵬검각쟁영이최외,
한 지아비가 관문을 막으면
만 명이 열 수 없다네. 一夫當關萬夫莫開일부당관만부막개.
지키는 사람이 혹 친한 사람이 아니면, 所守或匪親소수혹비친,
지키는 사람이 변하여 이리나 승냥이가 되리라. 化爲狼與豺화위낭여시.

아침에는 사나운 호랑이 피하고
　저녁에는 긴 뱀을 피하네. 朝避猛虎夕避長蛇조피맹호석피장사.
이를 갈고 피를 빨아 사람 죽이기를
　삼대처럼 한다네.(삼대같이 많다) 磨牙吮血殺人如麻마아연혈살인여마.
금성[성도]이 비록 즐겁다고 말하지마는, 錦城雖云樂금성수운락,
일찍 집에 돌아가는 것만 못하다오. 不如早還家불여조환가.
촉으로 가는 길의 어려움은, 蜀道之難촉도지난,
푸른 하늘에 오르는 것보다도 어렵도다. 難於上青天난어상청천.
몸 돌려 서쪽을 바라보며 길게 탄식하노라. 側身西望長咨嗟측신서망장자차.

아! 위험하고도 높도다. 촉 땅으로 가는 길의 어려움이 푸른 하늘에 오르는 것보다도 어렵도다. 촉 지방에 있었던 고대왕국의 잠총국과 어부국[잠총과 어부는 고대 왕국의 왕 이름임]이 나라를 연 것이 얼마나 아득한가? 중간에 산이 험해서 나라를 개국한 이래로 4만 8천 년까지 진秦나라 변방과 인적 교류가 없었다. 서쪽으로는 태백산이 있어서 새나 날아다니는 길이 있어 겨우 새가 아미산 꼭대기를 가로지를 수가 있었다. 전설傳說에 의하면, 잠총국 왕[촉나라 왕]이 진秦나라 혜왕이 보낸 5명의 미녀를 맞이하려고 5명의 장사를 보냈는데, 미녀들을 맞이하고 돌아오는 도중에 큰 뱀을 만났다. 그런데 그 뱀이 동굴로 들어가는 것을 보고, 그 꼬리를 잡아당기니 그만 산이 무너졌다. 그 바람에 장사와 미녀들은 모두 죽고, 그 무너진 곳이 길이 되었다고 한다. 그런 뒤에 하늘 사다리와 잔도가 차례로 놓이게 되어 지금의 촉도가 된 것이다. 위를 보면 6마리 용이 끄는 수레[태양]도 산이 높아서 돌아갈 정도이고, 아래를 보면 부딪치는 파도가 거꾸로 꺾이어 되돌아가는 시내가 있다. 단숨에 천 리를 나는 황학도 오히려 이곳을 넘어갈 수

없고, 날쌘 원숭이들도 이곳을 넘어가려면 어디를 붙잡고 가야 할지 근심할 정도이다. 청니 고개는 어찌 그리도 구불구불한가? 백 걸음에 아홉 번은 구부러져 암반에 얽혀 있다. 이 고개를 넘어가려면 하늘에 있는 삼성[진나라에 있는 별]을 붙잡고 정성[촉나라에 있는 별]을 지나서 위로 쳐다보면 숨이 끊어질 듯하여 손으로 가슴을 어루만지며 곧장 길게 탄식한다오. 그대에게 묻노니, 서쪽으로 유람 가서 어느 때 돌아올 것인가? 험한 길에는 높은 바위들이 있어 붙잡고 오를 수도 없다오. 다만 보이는 것은 슬픈 새가 고목에서 우는 것만 보이고, 수놈이 날아가면 암놈이 뒤따르면서 숲 사이를 빙빙 돌뿐이라오. 또 들리는 것은 소쩍새가 달밤에 울면서 텅 빈 산에서 수심하는 소리만 들을 수 있을 따름이라오.

촉나라로 가는 어려움은 푸른 하늘에 오르는 것보다 어려워, 사람들이 이런 이야기만 들어도 아름다운 얼굴에 주름살이 생길 것같이 늙는다오. 연달아 이어진 봉우리들은 하늘과의 거리가 한 자도 되지 못할 정도로 높고, 마른 소나무들은 거꾸로 걸려 절벽에 의지해 있고, 날아 떨어지는 폭포의 물결과 쏟아지는 폭포수는 서로 다투듯이 더욱 시끄럽고, 언덕에 부딪히는 물결이 돌을 구르니 온 골짜기에 우레 소리가 들리는 것 같다오. 그 험하기가 이와 같은데, 아! 먼 길 가는 당신은 어찌 다시 돌아올 수 있겠는가? 검각산은 가파르고 높아 한 사람이 이 관문을 지키면 만 명이 열라고 해도 열 수 없다오. 혹 이곳을 지키는 사람이 황실과 친한 이가 아니라면, 지리적 조건을 이용하여 이리와 늑대로 돌변하여 반란을 일으킬 것이오. 지금 사람들은 아침에는 사나운 호랑이를 피하고, 저녁에는 긴 뱀을 피하면서 이곳을 지나야 하오. 맹호는 이빨을 갈고, 긴 뱀은 피를 빨아 사람들을 죽이기를 삼밭에서 삼대를 베듯 한다오. 촉나라 성도가 비록 즐거운

사천성 검각 주변의 지형과 검각(劍閣)의 모습이다.

곳이라 하지만, 일찍 집으로 돌아가는 것만 못하다오. 촉나라로 가는 길의 험난함은 푸른 하늘에 오르는 것보다도 어려우니, 몸을 돌려 서쪽으로 바라보며 길게 탄식을 하노라.

촉도에는 길이 생기게 된 전설이 있다. 촉나라로 가는 길은 험난하여 넘기 어렵다. 그런데 산꼭대기에는 쇠로 만든 소가 있는데, 그 소가 금똥을 눈다고 한다. 그래서 산을 무너뜨릴 수 있는 장사 5명을 보내 그 소를 가져오게 하였다. 그로 인해 길이 개척되어 4만 8천 년 만에 비로소 개통되었다고 한다. 또 다른 전설이 있다. 산을 경계로 하여, 이쪽은 촉 지방에 있었던 고대 왕국인 잠총국과 산 저쪽 편은 진秦나라로 나뉘어져 있었다. 잠총국 왕이 색色을 좋아한다는 것을 알고 진나라에서 미녀 5명을 보내겠다고 하였다. 그래서 잠총국 왕이 장사 5명을 보내 그 미녀들을 데려오게끔 산꼭대기까지 가게 하였다. 장사 5명이 미녀들을 데리고 오는 도중에 큰 뱀을 만났다. 그런데 그 뱀이 동굴로 들어가기에 장사 5명이 뱀 꼬리를 당기니까 뱀은 나오지 않고 오히려 산이 무너졌다. 미인과 장사는 모두 죽었지만 새로운 길이 생기게 되었다고 한다.

전설傳說의 내용처럼 촉도는 험난한 길이었다. 이백은 이런 전설을 바탕으로 세상살이의 위험함과 인생살이의 험난함을 풍자하기 위해

「촉도난」을 지은 것이다. 이백의 기발한 상상력과 낭만적 생각이 녹아 있는 시이기도 하다. 이백이 이 전설의 내용을 용사用事하여, 시를 지은 것으로, 촉도의 험난함을 신화와 역사적 사실을 연관 지어 표현했기에 더욱 더 촉도의 험난함을 함축적으로 드러낼 수 있었다. 그리고 이백의 자유분방하고 웅장한 필력, 풍부한 상상력 등이 잘 구사된 작품이기도 하다.

이백이 「촉도난」을 지은 유래는 몇 가지로 전해지고 있다.

첫째는 현종이 안녹산의 난을 피해 촉 땅으로 가는 것을 만류하기 위해 지었다는 것과, 둘째는 이백의 친구가 촉 땅으로 가는 것을 만류하기 위해서 지었다는 설, 셋째는 이 세상에서 벼슬살이 하는 것 곧 경세제민經世濟民하는 것이 촉도로 가는 것만큼 어렵다는 것을 말하기 위해서 지었다는 것이다. 모두 옛날부터 전해져 오는 제설諸說일 뿐이다. 하지장이 이백을 장안에서 만나 그가 지은 「촉도난」을 보고 적선謫仙이라고 감탄한 것을 보면, 적어도 현종이 촉 지방으로 피난(756년) 가기 오래 전에 지었을 것으로 짐작된다.

한림학사가 된 이백은 정식 직원은 아니고 일종의 계약직이었다. 그래서 처음에는 마땅히 해야 할 일도 없고 직책도 없었다. 다만 현종의 시종 직무를 보필하는 정도였다. 이 당시 이백의 생활을 알 수 있게 하는 시를 살펴보자.

이백이 42세 때 지은 고구려 무용수를 보고 쓴 시이다.

고구려高句驪: 고구려 유민들의 춤을 보고

금화로 장식한 절풍모를 쓰고,	金花折風帽금화절풍모,
백마 타고는 조금 머뭇거리네.	白馬小遲回백마소지회.
넓은 소매 너울너울 춤을 추니,	翩翩舞廣袖편편무광수,

해동에서 날아온 새와 같네. 似鳥海東來사조해동래.

위의 시는 전당시全唐詩 및 악부시집樂府詩集에 실려 있으며 악부樂府 잡곡가사雜曲歌辭의 하나이다. 천보天寶 원년元年(742) 이백의 42세 때 지은 시이다. 장안長安에서 유민인 고구려 무용수의 춤을 보고 느낀 감회를 읊은 시이다. 668년에 고구려가 멸망한 후 그 유민들이 장안으로 흘러들어, 춤추는 모습을 보고 지은 시이기 때문이다. 절풍모 곧 새 깃털을 끼운 고깔모에 금은색으로 장식한 모자이다. 그 모자를 쓴 무희가 백마를 타고 천천히 돌 듯이 느리게 원을 그리면서 춤을 춘다고도 하였다. 이때 백마는 실제 말이 아니고 무용수가 백마로 꾸민 모습일 수도 있다. 그리고 무희는 넓은 소매의 춤옷과 통 넓은 바지를 입고 너울너울 춤을 추니 마치 한 마리 새가 나는 듯한 모습이라고도 하였다. 고구려 유민들의 이국적 춤사위에 받은 인상을 간결하게 표현하면서도 그 춤의 특징을 잘 그렸다. 꽃과 금으로 장식한 모자·백마·넓은 소매 등 고구려시대 때 춤에 사용했던 소품과 의상을 알려주고 있다.

자연 경관을 읊은 시도 있다.

두릉절구杜陵絕句」: 두릉에 올라 지은 절구시(오언 절구)

남쪽으로 두릉杜陵에 올라, 南登杜陵上남등두릉상,
북쪽의 오릉五陵 사이를 바라보네. 北望五陵間북망오릉간.
가을 강물은 석양에 밝게 빛나고 秋水明落日추수명낙일,
흐르는 밝은 빛은 먼 산으로 사라지네. 流光滅遠山유광멸원산.

장안 부근인 두릉에 올라 가을 석양을 바라본 시이다. 두릉은 두보의 선조가 살았던 고장으로, 지금의 섬서성 서안西安 동남쪽 위수 가이다. 그 두릉에 올라 오릉을 바라본 것이다. 오릉은 한漢나라 때 다섯 제왕帝王의 묘역墓域을 이르는 말이다. 고제高帝 유방劉邦의 장릉長陵, 혜제惠帝 유영劉盈의 안릉安陵, 경제景帝 유계劉啓의 양릉陽陵, 무제武帝 유철劉徹의 무릉茂陵, 소제昭帝 유불릉劉弗陵의 평릉平陵을 이르는 말이다. 그리고 한나라 때 낙양의 한량들이 술 먹고 풍류를 즐기던 곳이기도 하다. 43세의 이백이 당나라 궁궐에 입성한 후 두릉에 올라 오릉의 경치와 석양 무렵 위수가의 모습에 감탄하는 장면이다. 입궁 초기의 시라서 그런지 아직까지는 궁중 생활에 대한 실망감을 표현하지 않았다. 다음 시도 살펴보자.

가거온천후증양산인駕去溫泉后贈楊山人: 현종의 여산 온천궁 행행行幸(황제가 대궐 밖으로 행차하는 것)에 시종侍從한 후기를 양산인에게 주다.

소년 시절 초와 한수 사이에 살면서 실의에 빠져 있을 때,	少年落魄楚漢間소년락백초한간,
세상살이 쓸쓸하여 괴로운 얼굴 짓는 적이 많았네.	風塵蕭瑟多苦顔풍진소슬다고안.
관중과 제갈량과 같은 재주 누가 알아주겠는가 말하고는,	自言管葛竟誰許자언관갈경수허,
길게 탄식하고 시무룩하게 다시 문을 잠갔지.	長吁莫錯還閉關장우막차환폐관.
하루아침에 황제으로부터 발탁되었음을 알려오니,	一朝君王垂拂拭일조군왕수불식,
정성을 다하여 고결한 생각으로 충성을 바칠 생각이네.	剖心輸丹雪胸臆부심수단설흉억.
홀연히 밝은 태양이 빛을 돌려 비추어주셔서,	忽蒙白日回景光홀몽백일회경광,
날개가 생겨 곧장 푸른 구름 위로 올랐네.	直上青雲生羽翼직상청운생우익

영광스럽게도 홍도를 나서 황제의 가마를 모시니, 幸陪鸞輦出鴻都행배란연출홍도,
이 몸은 비룡의 천마구(명마)를 탔네. 身騎飛龍天馬駒신기비룡천마구.
왕공이나 대인들도 광채를 빌려주고, 王公大人借顔色왕공대인차안색
금인장과 자색 인끈을 찬 대신들도 나를 좇았네. 金璋紫綬來相趨금장자수래상추.
당시 서로들 교분을 맺으려고
어찌나 분주하던지, 當時結交何紛紛당시결교하분분,
하지만 한 마디 말에 도가 맞는 사람은
오직 자네뿐이네. 片言道合惟有君편언도합유유군.
내가 충절을 다해 황제께 보답하고서, 待吾盡節報明主대오진절보명주,
그런 후에 서로 이끌며 흰 구름 속에 누워보세. 然後相攜臥白雲연후상휴와백운.

위의 시는, 이백이 아직 현실정치에 적응하지 못하는 데에서 오는 불안감과 다소 실망감을 표현한 것이다. 젊은 시절 당나라 조정에 출사하기 위해 노력을 했지만, 세상 사람들은 자신이 관중과 제갈량 같은 능력이 있는 데도 알아주지 않아 속이 상했다는 것이다. 세상 사람들은 이백 자신이 하루아침에 당 현종의 부름을 받고 조정에 들어왔다는 것이다. 그래도 이백 자신은 그 은혜에 보답하기 위해 충성을 다할 것을 맹세하였다. 현종은 나에게 비룡말을 하사하고 고관대작들이 입는 금색 패물과 붉은 수실을 매단 옷가지를 하사하여 이백은 많은 관리들의 부러움을 한 몸에 받기도 하였다. 하지만 현종의 정치 현실과 고관들의 정치 행위에 실망하여 산속에 은거하는 산양인 당신만이 나와 의기가 맞는 사람이라는 것이다. 그래도 공을 세운 후 자연으로 물러나 산양인 당신과 함께할 것이라는 공성신퇴功成身退를 다짐하였다. 역시 이백의 치세관治世觀이 관통하고 있다. 정치가로서 공을 이루고 나면 공을 자랑하지 않고 조용히 물러나겠다는 말이다.

중국 섬서성 임동(臨潼) 여산(驪山)의 화청궁이다.

당 현종과 양귀비의 온천을 위한 행궁인 화청지華淸池는 장안長安(지금의 서안)에서 동쪽으로 약 30km쯤 떨어진 곳에 있다. 화청지가 있는 여산驪山[4]은 산세가 뛰어나고 온천수가 풍부하여 주周나라 때부터 무려 3천여 년간 온천 휴양지로써의 명성을 누려온 곳이다. 주周는 여궁驪宮, 진秦은 여산탕驪山湯, 한漢은 이궁離宮, 당唐은 온천궁溫泉宮 또는 화청궁華淸宮 등의 명칭인데, 모두 여산驪山에 건설된 역대 황제들의 별궁이다. 당나

4) 중국 섬서성 여산(驪山)으로, 강서성 여산(廬山)과는 다르다. 강서성 여산(廬山)에는 여산 폭포가 있고 안녹산 난 때 이백이 피난했던 곳이기도 하다. 섬서성 여산(驪山)은 당 현종과 양귀비가 온천을 했던 곳으로 화청지(華淸池)가 있다.

섬서성 임동 여산의 화청궁 안에 있는 양귀비 동상이다. '연수환비(燕瘦環肥)'는 한나라 때 물 찬 제비처럼 날씬한 미인 조비연과 당나라 때 풍만한 미인 양귀비를 이르는 말이다.

라 태종太宗 정관 18년(644), 이곳에 탕천궁湯泉宮을 지었는데, 당 고종 함형 2년(671)에 온천궁溫泉宮으로 편액의 이름을 바꾸었다. 그리고 당 현종 천보 6년(747)에 여러 건축물을 확장하고 화청궁華淸宮으로 이름을 바꾸었다. 화청華淸이란 '온천의 물이 보글보글 끓어올라 스스로 물결을 이루고, 풍경이 화려하고 아주 맑으며 탕이 고상해 퇴색되지 않는다(溫泉瑟涌而自浪온천슬용이자랑, 華淸蕩雅而難老화청탕아이난로).'에서 이름을 땄다. 당 현종은 양귀비를 대동하고 이곳에 놀러와 겨울을 보냈다고 한다.

이백이 온천을 다녀오면서 또 다른 친구도 만났던가 보다.

온천시종귀봉고인溫泉侍從歸逢故人: 온천궁 시종에서 친구 만나고 돌아오다

한漢나라 성제成帝가 축조한 장양원長楊苑에서, 漢帝長楊苑한제장양원,

화살통을 짊어지고 돌아와 자랑하네. 誇胡羽獵歸과호우렵귀.
양웅揚雄은 왕을 시종侍從하는 은혜를 입고, 子雲叨侍從자운도시종,
장양부長楊賦를 지어 올려 빛나는 영광 있었네. 獻賦有光輝헌부유광휘,
지어 올린 시부를 군왕은 크게 칭찬하고, 激賞搖天筆격상요천필,
은혜를 받자와 어의를 하사받았네. 承恩賜禦衣승은사어의.
그대를 만났으니 내가 황제께 아뢰어, 逢君奏明主봉군진명주,
후일 함께 날아오르세. 他日共翻飛타일공번비.

이백이 화청궁에서 장안으로 돌아오는 길에 옛 친구를 만나, 한나라 때 양웅처럼 자기도 현종의 은총을 받고 있다고 하였다. 한나라 양웅揚雄은 한나라 무제武帝에게 「장양부長楊賦」를 지어 올려, 한漢 무제로부터 은총을 받았기에, 이백 자신도 당 현종에게 글을 지어 올려 칭찬을 받았다는 것이다. 친구는 누군지는 모르지만, 황제에게 내가 추천을 할 테니, 같이 능력을 발휘하여 황제를 돕자고 하였다. 이때까지는 이백과 현종 사이가 나쁘지 않았다.

그런데 이백이 당 현종을 그리워하는 시를 짓기도 하였다.

장상사長相思: 오래도록 그리워하다

오래도록 그리워하니, 長相思장상사,
장안에 있다네. 在長安재장안.
가을날 귀뚜라미 우물가 난간에서 울고, 絡緯秋啼金井闌낙위추제금정란,
엷은 서리 쓸쓸하고, 대자리 빛도 차가워요. 微霜凄凄簟色寒미상처처점색한.
등불마저 희미하니 그리워 애간장 끊어질 듯, 孤燈不明思欲絶고등불명사욕절,
휘장 걷고 달을 바라보며
그저 길게 탄식할 뿐이네. 卷帷望月空長嘆권유망월공장탄.

꽃처럼 예쁜 당신, 구름 끝 저 너머에 있고. 美人如花隔雲端미인여화격운단.
위로 청명한 높은 하늘이 있고, 上有青冥之長天상유청명지장천,
아래엔 맑은 강물의 거센 물결이 있네. 下有淥水之波瀾하유녹수지파란.
하늘은 높고 길은 멀어
 혼백이 날아가기도 괴로워, 天長路遠魂飛苦천장노원혼비고,
꿈속에서도 관산이 험난하여 도달하지 못하네. 夢魂不到關山難몽혼부도관산난.
오래도록 그리워하니, 長相思장상사,
억장이 무너지네. 摧心肝최심간.

위의 시는 이백이 현종의 총애를 기대하는 마음을 비유한 시이다. 한없이 그리운 그대는 장안에 있다. 여름이 가고 가을이 되자 귀뚜라미는 우물가에서 울고 엷은 서리가 가져온 쌀쌀함에 대자리에는 한기가 스며든다. 희미한 외로운 등을 대하니 그리움에 애간장이 끊어질 듯하고 휘장을 걷고 달을 보며 공연히 길게 탄식한다. 꽃같이 고운 그대는 구름 끝 저 멀리에 계시니, 위에는 푸르고 높은 하늘이 있고 아래에는 맑고 맑은 물결이 출렁인다. 이처럼 긴 하늘과 이처럼 먼 길은 혼魂도 날아가기 어려우니, 꿈에서도 날아가지 못할 만큼 관산關山을 지나가기가 어렵다. 그래서 한없는 그리움에 애간장이 다 끊어진다.

이처럼 시 자체가 현종을 알현하고자 하는 이백의 처절한 마음이 담겨 있다. 정말 보고 싶어 애간장이 다 끊어진다고 하였다. 당 현종은 같은 공간인 당나라 궁궐에 거주해도 만날 수 없는 대상이 되었다.

한편으로는 현종으로부터 버림받을 수 있다는 두려움도 있었던 것 같다.

백두음 2수白頭吟二首: 백발을 노래함

제1수	기일其一
금수(촉강)는 동북으로 흘러,	錦水東北流금수동북류,
원앙 한 쌍을 갈라놓았네.	波蕩雙鴛鴦파탕쌍원앙.
수컷은 한漢나라 궁전 나무에 깃들고,	雄巢漢宮樹웅소한궁수,
암컷은 진秦 땅 풀밭에서 노네.	雌弄秦草芳자농진초방.
차라리 함께 만 번 죽어	
고운 날개 찢길지언정,	寧同萬死碎綺翼영동만사쇄기익,
구름 사이에서 헤어지는 것은 차마 못하겠네.	不忍雲間兩分張불인운간양분장.
이때 아교阿嬌는 질투에 사로잡혀,	此時阿嬌正嬌妒차시아교정교투,
장문궁長門宮에	
홀로 앉아 저물도록 수심에 잠겼네.	獨坐長門愁日暮독좌장문수일모.
그 임이 나만을 살뜰히 여긴다면,	但願君恩顧妾心단원군은고첩심,
어찌 황금으로 문장을 사는 것을	
아까워했겠는가?	豈惜黃金買詞賦기석황금매사부.
상여相如가 부賦를 지어 황금을 받아서는,	相如作賦得黃金상여작부득황금,
대장부란 새것을 좋아하여	
흔히 딴 마음 품는 법.	丈夫好新多異心장부호신다이심.
하루아침에 무릉茂陵 여자 맞아들이려 하자,	一朝將聘茂陵女일조장빙무릉녀,
탁문군卓文君은 「백두음白頭吟」을 지어 보냈네.	文君因贈白頭吟문군인증백두음,
동쪽으로 흐르는 물은 서쪽으로 못 돌리고,	東流不作西歸水동류부작서귀수,
낙화는 가지를 떠나면 옛 숲을 부끄러워한다네.	落花辭條羞故林낙화사조수고림.
새삼(기생식물, 토사)은 본디 무정하여,	兔絲固無情토사고무정,
바람 따라 멋대로 기우는데.	隨風任傾倒수풍임경도.
뉘라서 여라女蘿(송라)의 가지로 하여금,	誰使女蘿枝수사여라지,

굳건하게 엉키게 했겠는가?	而來強縈抱이래강영포.
새삼과 여라 같은 풀도 오직 한마음이건만,	兩草猶一心양초유일심,
사람의 마음 풀만도 못하다네.	人心不如草인심불여초.
용수龍鬚(골풀) 돗자리 걷지 마라,	莫捲龍鬚席막권용수석,
거미줄 생기도록 내버려 둬라.	從他生網絲종타생망사.
또한 호박 베개도 놔 두거라,	且留琥珀枕차류호박침,
혹시 꿈에라도 오실라.	或有夢來時혹유몽래시.
엎지른 물 담는다고 어이 도로 그득하랴,	覆水再收豈滿杯복수재수기만배,
날 버리고 가신 임 다시 오기 어려워라.	棄妾已去難重回기첩이거난중회.
예부터 마음 얻고 서로 저버리지 않은 것은,	古來得意不相負고래득의부상부,
지금껏 오직 청릉대青陵臺뿐이라네.	只今惟見青陵臺지금유견청릉대.

제2수	기이其二
금수(촉강)가 동으로 푸르게 흘러,	錦水東流碧금수동류벽,
물결이 원앙 한 쌍을 갈라놓았네.	波蕩雙鴛鴦파탕쌍원앙.
수컷은 한漢 궁궐 나무에 깃들고,	雄巢漢宮樹웅소한궁수,
암컷은 진秦의 풀 섶에서 노네.	雌弄秦草芳자농진초방.
사마상여가 촉蜀을 떠나 무제武帝를 알현할 적에,	相如去蜀謁武帝상여거촉알무제,
붉은 수레 네 필 말이 으리으리하였네.	赤車駟馬生輝光적거사마생휘광.
어느 아침 대인부大人賦를 두 번 보시고,	一朝再覽大人作일조재람대인작,
천자의 마음 홀연히 구름 위로 두둥실 올랐네.	萬乘忽欲凌雲翔만승홀욕능운상.
듣자 하니 아교阿嬌가 은총을 잃고서,	聞道阿嬌失恩寵문도아교실은총,
천금으로 부賦를 얻어 황제의 마음 사자했네.	千金買賦要君王천금매부요군왕.
상여는 가난했던 옛 시절을 잊고서,	相如不憶貧賤日상여불억빈천일,
귀해지고 부해지자 소실을 들이려 했네.	位高金多聘私室위고금다빙사실.

무릉茂陵의 미녀들 모두 구애를 받으니, 茂陵姝子皆見求무릉주자개견구,
탁문군卓文君의 기쁨과 애정은
이것으로 끝이 났네. 文君歡愛從此畢문군환애종차필.
눈물은 두 줄기 샘물처럼, 淚如雙泉水누여쌍천수,
자주비단 옷자락에 하염없이 떨어졌네. 行墮紫羅襟행타자라금.
밤새 다섯 번이나 일어나는 중에
닭이 세 번 울 때, 五起雞三唱오기계삼창,
첫 새벽에 「백두음」을 지었네. 淸晨白頭吟청신백두음.
귀밑머리 흩뜨린 채 긴 한숨을 내어 쉬며, 長吁不整綠雲鬢장우부정녹운빈,
청천靑天에 우러러 호소하니
슬픔과 원망이 깊네. 仰訴靑天哀怨深앙소청천애원심.
기량杞梁의 처의 눈물로 성이 무너졌으니, 城崩杞梁妻성붕기량처,
누가 흙에 감정이 없다고 말하겠는가? 誰道土無心수도토무심.
동쪽으로 흐르는 물은 서쪽으로 못 돌리고, 東流不作西歸水동류부작서귀수,
낙화는 가지를 떠나면
옛 숲을 부끄러워한다네. 落花辭枝羞故林낙화사지수고림.
머리에 꽂은 옥 제비모양의 비녀, 頭上玉燕釵두상옥연차,
이 몸이 시집올 때 지니고 온 것이라네. 是妾嫁時物시첩가시물.
그대에게 드려 그리워함을 표시하니, 贈君表相思증군표상사,
비단 옷소매로 때때로 닦아주었으면 하네. 羅袖幸時拂나수행시불.
용수龍鬚 돗자리 걷지 마라, 莫卷龍鬚席막권용수석,
거미줄 생기도록 버려두라. 從他生網絲종타생망사.
또한 호박 베게도 놔 두거라, 且留琥珀枕차류호박침,
꿈에라도 돌아오실라. 還有夢來時환유몽래시.
비단 병풍 위에 걸린 숙상鷫鸘(기러기) 갖옷, 鷫鸘裘在錦屛上숙상구재금병상,

그대가 걸어둔 후 입어본 일 없어라.	自君一掛無由披자군일괘무유피.
첩은 진루경秦樓鏡(진의 거울)이 있어,	妾有秦樓鏡첩유진루경,
마음을 비춰보면 우물에 　얼굴 비추는 것보다 더 환한데.	照心勝照井조심승조정.
원컨대 가져다 새 사람을 비춰보고 싶으니,	願持照新人원시조신인,
두 사람이 가련한 모습을 보게 되리라.	雙對可憐影쌍대가련영.
엎지른 물 담는다고 어이 도로 그득하랴,	覆水卻收不滿杯복수각수불만배,
상여相如는 　탁문군卓文君이 돌아오는 것을 거절했네.	相如還謝文君回상여환사문군회,
예부터 마음을 얻고 서로 저버리지 않은 것은,	古來得意不相負고래득의부상부,
다만 지금껏 오로지 청릉대青陵臺뿐이라네.	祇今惟有青陵臺지금유유청릉대.

위의 시는 당나라 천보天寶 2년(743) 이백의 43세 때 지은 시로 추정된다. 이 시에서 한 무제와 진아교, 사마상여와 탁문군의 이야기를 바탕으로 버림받은 여인의 원망을 주제로 하고 있지만, 다시 돌아와 옛사랑이 회복되기를 기원하였다. 한나라 무제 때 진아교가 진 왕후가 된 후, 무제가 총애하는 위자부衛子夫에 대한 질투심으로 인한 방자함으로 장문궁에 유폐되었다가, 사마상여의 「장문부長門賦」로 사랑을 되찾게 되었다는 고사이다. 그리고 한 무제 때 사마상여와 탁문군과의 사랑 이야기로, 사마상여가 부귀해진 후 무릉의 여자를 첩으로 맞아들이려고 하자, 탁문군이 「백두음」을 지어 사마상여의 마음을 되돌렸다는 내용이다. 모두 이별의 상황에서 다시 사랑이 회복되었다는 내용이다. 이백도 현종과의 관계가 이들처럼 다시 회복되기를 간절히 바랐던 것이다.

탁문군의 「백두음」을 감상해보자.

백두음白頭吟: 늙음의 탄식

탁문군卓文君

희기는 산 위의 흰 눈 같고,	皚如山上雪애여산상설,
밝기는 구름 사이의 달 같다.	皎若雲間月교약운간월.
듣자니 그대 두 마음이 있다 하니,	聞君有兩意문군유양의,
일부로 와서 이별을 고하려 하오.	古來相訣絶고래상결절.
오늘은 말술[斗酒]을 마시러 만났지만,	今日斗酒會금일두주회,
내일 아침 도랑가에서 헤어지려 하오.	明旦溝水頭명단구수두.
저벅저벅 도랑가로 나아가니,	涉蹀御溝上섭접어구상,
도랑물은 동서로 흐르네.	溝水東西流구수동서류.
처량하고 또 처량하구려,	凄凄復凄凄처처부처처,
시집왔으니 반드시 울지 않으리라.	嫁娶不須啼가취부수제.
원컨데 한 마음의 사람을 얻었으면,	願得一心人원득일심인,
백발이 되도록 헤어지지 말아야 하오.	白頭不相離백두불상리.
대나무 낚싯대는 어찌 그리 하늘하늘하고,	竹竿何嫋嫋죽간하뇨뇨,
물고기 꼬리는 어찌 그리도 간들간들하나요.	魚尾何簁簁어미하사사.
남아는 의기가 중한데,	男兒重意氣남아중의기,
어째서 돈으로 구하려 하오.	何用錢刀爲하용전도위.

탁문군의 이 비장의 시 한 수가 사마상여의 마음을 돌려놓았듯이, 이백도 현종으로부터 마음을 얻고 싶은 것이다. 그러나 이백은 뜻대로 되지 않았다. 사마상여司馬相如는 B.C.179~B.C.117년 중국 전한前漢 때 사천성泗川省 성도成都 사람으로 사마장경司馬長卿이다. 전국시대 조趙나라 재상 인상여藺相如의 삶을 본받고자 이름마저 사마상여로 개명한 인물이다. 사마상여가 임공 땅에서 부자인 탁왕손卓王孫의 딸 청상과부인

탁문군卓文君과 결혼하여 부유하게 되었다. 「자허부子虛賦」에 의해서 무제의 부름을 받았고, 질투심이 많아 한漢 무제로부터 장문궁에 유폐된 진 왕후(진아교)를 위해 지은 「장문부長門賦」가 유명하다. 탁문군卓文君은 임공臨邛 땅 사람으로 본명은 문후文后이다. 17살에 청상과부가 되어 친정집에 머물다가 사마상여의 거문고 소리에 매료되어 그의 처가 되었다. 사마상여가 부귀해져 무산의 처녀로 첩을 들이고자 할 때 탁문군이 「백두음白頭吟」을 읊어 그의 마음을 돌려놓았다.

"금수錦水"는 금강錦江으로 두 갈래로 흐른다. 지금의 사천성四川省 성도시成都市에 있는 탁금강濯錦江 또는 촉강蜀江이다. "아교阿嬌"는 한漢 무제武帝의 왕비인 진陳 왕후皇后의 아명兒名이다. 무제가 어렸을 때 고모의 딸 진아교를 보고, 자신이 만약 진아교에게 장가들면 금으로 집을 지어 그 속에 살게 하겠다고 하였다. 진아교는 왕후가 된 뒤 왕자도 생산하지 못하고 오만하며, 후궁 위자부에 대한 질투가 심하여 결국 장문궁에 유폐되었다가 폐비가 되었다. "사부詞賦"는 사마상여司馬相如가 진 왕후를 위해 지어준 「장문부長門賦」이다. 「장문부」의 서序에 의하면, '진 왕후가 처음에는 한 무제의 총애를 받다가 장문궁에 유폐된 후 사마상여가 글을 잘 짓는다는 소문을 듣고 황금 백 근을 주고 글을 부탁하였으며 이에 사마상여가 「장문부」를 지어주었으며 한 무제가 이 글을 읽고 다시 진 왕후를 총애하게 되었다.'고 하였다.

사마상여가 쓴 「장문부長門賦」의 첫 부분을 보자.

어느 한 아름다운 여인이 있어,	夫何一佳人兮부하일가인혜,
이리저리 거닐면서 스스로를 위로하네요.	步逍遙以自虞보소요이자우.
그녀의 혼은 산산이 흩어져 돌아오지 않고,	魂逾佚而不反兮혼유일이불반혜,
모습은 초췌한 채로 홀로 살고 있지요.	形枯槁而獨居형고고이독거.

장문궁에 유폐된 왕후가 대상의 결여로 괴로워하는 모습이다. 이백의 심정도 이와 같았을 것이다. 대상인 당 현종이, 이백 자신을 마치 장문궁에 유폐시킨 진 왕후처럼 느껴졌던 것이다. 이백은 고사와 탁문군과 사마상여의 이야기를 통해 사랑의 애틋함을 더 곡진하게 표현하였다.

"복수覆水"는 '물을 엎다.'는 뜻이다. 강 태공姜太公의 고사로 "복수불반분覆水不返盆", 곧 '한 번 엎지른 물은 다시 주워 담을 수 없다.'는 뜻으로, 한 번 떠난 마음은 두 번 다시 되돌리기 어렵다는 말이다. 강 태공이 위수 가에서 80년 동안 때를 기다릴 때 가난을 견디지 못하고 집을 나간 아내가, 강 태공이 제나라 제후가 되어 행차하는 길에 나타나자, 강 태공은 물을 쏟아부어 버리면서 한 말이다. 한 번 끊어진 인연은 잇기가 어렵다는 뜻이다. "기량처杞梁妻"는 제나라 기량杞梁의 처와 관련된 고사故事이다. 남편 기량이 전사戰死하자, 그 아내가 통곡하며 "위로는 부모 없고 가운데로는 남편이 없고, 아래로는 자식 없으니 산 사람의 고통이 극에 이르렀다."고 울부짖었다. 그 후 기량의 아내의 눈물과 지나는 행인들이 뿌린 눈물로 10일 만에 성이 무너졌다는 고사이다. "진루경秦樓鏡"은 진秦나라의 함양궁咸陽宮에 정방형의 거울이 있었는데 넓이가 사척四尺이고 높이가 오척 구촌五尺九寸이었다. 앞뒤가 다 비춰서 사람이 서 있으면 그림자도 볼 수 있었으며, 사람의 오장육부와 마음까지 볼 수 있었다고 하는 거울이다.

"청릉대靑陵臺"는, 남조 송宋나라 강왕康王이 대부인 한붕韓朋의 아름다운 처를 빼앗고자 한붕에게 청릉대를 지으라 하고, 다 짓고 나서 한붕을 죽였다. 그의 처는 남편의 주검을 거두러 와서는 높은 누대에서 몸을 던져 목숨을 끊었다. 노한 왕이 누대 좌우에 이들을 나누어 묻게 하였다. 그 후 양 무덤에서 각각 한 그루의 가래나무가 자라 가지가 서로 얽히고 그 위에서 원앙처럼 생긴 두 마리 새가 슬피 울었다고 한다. 갈라 놓으려 해도 떨어지지 않는 두 사람이다. 아마 이백도 현종과의 사이가 이처럼 되기를 바랐을 것이다.

위의 시에서 확인할 수 있는 것은 궁중 초기의 이백은 정치적 능력을 행사할 수 없는 처지였던 것 같다. 단지 궁중 문인의 한 사람으로 잔치 때 불려 나가, 분위기에 맞는 시를 짓는 것이 임무였던 것 같다. 그래서 현실 정치에 참여하지 못하고 언제든지 궁중으로부터 추방될 수 있다는 안타까운 이백의 마음을 하지장은 알고 현종과의 만남을 주선하였고, 한림원에 안치하여 현종의 밀령을 맡아보게 하였던 것이다. 그러나 환락에 빠진 현종은 이미 성세를 이끌 제왕은 아니었다. 정치는 재상 이임보에게, 군사는 변방의 장수 안녹산에게 맡긴 현종은 환관 고력사의 아첨에 빠져 더 이상 군주로서의 모습을 찾을 수 없었던 것이다. 협객심과 의리와 문장력을 갖춘 이백도 마음에 품은 경국經國과 제민濟民은 시도도 해보지 못한 채, 간신들의 농간에 놀아나는 당나라 조정을 보면서 자괴감도 들었을 것이다. 또한 간신배들로 인한 울분으로 인해 술에 취해 하루하루를 보내게 되었을 것이다. 두보의 「음중팔선가飮中八仙歌」에서도 이백을 묘사하기를, "이백은 술 한 말에 시를 백수나 짓고, 장안 시내 술집에서 잠을 잔다. 천자가 불러도 배에 오르지 않고, 스스로 취중의 신선이라 칭하네."[5]라고 하였던 것이다.

장안에서 한림학사로 있으면서 이백과 친하게 지낸 인물은 태자빈객 곧 태자의 스승인 하지장과 우사낭중右司郎中 벼슬을 지낸 최종지崔宗之 정도였다. 훗날 이백이 하지장을 그리워하면서 시를 남기기도 하였

5) 杜甫, 「飮中八仙歌」. "李白一斗詩百篇, 長安市上酒家眠. 天子呼來不上船, 自稱臣是醉中仙."

고, 최종지와의 만남을 이어가기도 하였다.

이백의 한림원 생활은 평탄하지만은 않았다.

한림독서언회, 정집현제학사翰林讀書言懷, 呈集賢諸學士」: 한림원에서 글을 읽다가 감회를 말하여 집현전 여러 학사께 말씀해 올리다

새벽에는 궁궐 안을 종종걸음으로 다니고, 晨趨紫禁中신추자금중,
저녁엔 금문(한림원)에서 조서를 기다리네. 夕待金門詔석대금문조.
책을 보느라 옛 서적을 흩어놓고, 觀書散遺帙관서산유질,
오래된 깊은 뜻 헤아려보네. 探古窮至妙탐고궁지묘.
한마디 말이라도 마음에 깨치면, 片言苟會心편언구회심,
책 덮고 홀연히 미소도 짓네. 掩卷忽而笑엄권홀이소.
쉬파리는 백옥을 더럽히기나 하고, 靑蠅易相點청승이상점,
백설곡 노래는 함께 부르기 어려운 법이네. 白雪難同調백설난동조.
본시 매이는 걸 싫어하는 사람이라, 本是疏散人본시소산인,
누차 편협하다는 질책을 받았네. 屢貽褊促誚누이편촉초.
구름 뜬 하늘은 마침 맑고 상쾌하여, 雲天屬淸朗운천속청랑,
숲과 계곡에서 유람하던 지난날 기억나네. 林壑憶遊眺임학억유조.
혹 때때로 맑은 바람 불어오면, 或時淸風來혹시청풍래,
일없이 난간에 기대 휘파람을 불어보네. 閑倚欄下嘯한의난하소.
엄자릉은 동려계에서 한 평생을 살았고, 嚴光桐廬溪엄광동려계,
사령운은 임해의 산을 올랐지. 謝客臨海嶠사객임해교.
공을 이루면 인간 세상을 떠나서, 功成謝人間공성사인군,
이제부터 낚싯대를 한 번 던져보리라. 從此一投釣종차일투조.

이백이 당나라 장안長安 궁중에서 한림공봉翰林供奉을 지낸 것은 현종玄

宗 천보天寶 원년(742)에서 천보 3년(744)까지, 햇수로는 3년 동안이었다. 이 시는 이때 지은 것으로, 한림공봉으로 있으면서 느낀 바를 시로 지어 집현전 학자들에게 준 것이다. 당시 장안에는 두 곳의 학사원學士院이 있었는데, 한 곳은 시독侍讀 및 내각의 문서를 기초하고 서적을 교감·정리·편찬하는 일을 맡고 있던 집현전 서원이고, 또 한 곳은 황제를 위해 주요 문건을 작성하던 한림학사 서원이었다. 두 곳의 구성원은 모두 5품 이상의 관원으로 학사學士라 칭했다. 황제에게 가까이 갈 수 있는 한림원 학사는 그 숫자가 많지 않았지만, 집현전 학사보다 지위가 높았다. 한림원의 이백이 현종의 조서와 교지를 전담하며 총애를 받은 것으로 알려져 있지만, 사실 현종이 아낀 것은 이백의 특출한 문재文才였고 그 때문에 번번이 그를 불러 시로써 황제의 유흥을 돕게 하였다. 당연히 이백은 하는 일이 자신의 이상인 경세제민經世濟民으로부터 멀어진 것을 느꼈을 것이다. 그리고 황제의 총애를 받는다는 이유로 자신을 질투하는 이들의 모함까지 더해지자 매임 없이 살아왔다고 스스로 토로한 것에서 짐작할 수 있는 것처럼, 이백에게 궁중의 삶이 편안하게 느껴지지 않았던 것이다.

이백이 시에서 말한 백옥을 더럽히는 쉬파리는 당연히 조정의 간신이나 소인배들일 것이다. 음이 높아 따라 부르기 어려운 백설곡은 전국시대 초나라의 고상하고 우아한 곡 〈양춘〉과 〈백설〉이다. 어떤 사람이 쉬운 노래를 부르자 모두 따라 했는데, 수준 높은 곡인 〈양춘〉과 〈백설〉을 부르자 따라 부르는 사람이 수십 명에 불과하였다. 이는 이백의 높은 수준을 알아주는 사람은 없고 참언하는 소인배들은 많다는 것이다. 이처럼 이백은 자신이 품고 있는 뜻을 〈백설곡〉에 비유하여 당나라 조정에서 자신의 높은 뜻을 펼쳐보려고 하였다. 그런데 '쉬파리'를 통하여, 조정의 간신들의 조소를 받아 포부의 실현이 불가능함을 암시적으로 드러내었다. 시의 말미에 엄자릉과 사령운의 삶을 부러워한다고 하였다. 이는 이백도 공을 세운 후 자연 속에서 삶을 살았던 엄자릉과 사령운 같은 삶을 살 수 있다는 것이다. 초지일관初志一貫 공성신퇴功成身退의 자세이다.

현종의 부름으로 당나라 조정에 나오기는 했지만, 이백 자신의 정치적 역량을 발휘할 수 있는 기회는 주어지지 않았다. 단지 조서와 교지를 초안하거나 궁중의 잔치가 있으면 불러 나와 시흥에 맞게 시나 지는 것이 전부였다. 개원 연간에 옮겨 심은 모란이 만개하였을 때 이원의 제자들과 명창 이구년李龜年이 와서 노래를 불렀는데, 술에 취한 이백도 차출되어 시를 짓게 되었다.

「청평조清平調」 3수三首

구름 같은 옷을 입은 꽃 같은 얼굴, 雲想衣裳花想容운상의상화상용,
봄바람 스치는 난간에 맺힌 고운 이슬이라네. 春風拂檻露華濃춘풍불함로화농.
만약에 군옥산 꼭대기에서 만나지 못했다면, 若非群玉山頭見약비군옥산두견,
마땅히 요대의 달빛 아래서 만났을 테지. 會向瑤臺月下逢회향요대월하봉.

한 가지 붉은 꽃에 이슬 내려 향기 엉기니, 一枝紅艶露凝香일지홍염로응향,
구름과 비 있는 무산에서
공연히 애를 끊었구나. 雲雨巫山枉斷腸운우무산왕단장.
묻노니 한나라 궁궐에서 누가 이와 같은가? 借問漢宮誰得似차문한궁수득사,
어여쁜 조비연도 새로 단장했을 때만이라네. 可憐飛燕倚新妝가련비연의신장.

명화(모란)와 경국미녀(양귀비)
둘 다 즐거워하니, 名花傾國兩相歡명화경국양상환,

황제는 오랫동안 웃으며 바라보네. 長得君王帶笑看장득군왕대소간.
봄바람 불 때의 끝없는 한을 풀어주려고, 解釋春風無限恨해석춘풍무한한,
침향정 북쪽 난간에 기대어 있네. 沈香亭北倚闌干침향정북의난간.

양귀비를 볼 때 옷맵시는 채색 구름인 양 하늘거리고 고운 얼굴은 모란꽃 같다. 봄바람이 살며시 불어오면 이슬 먹은 꽃송인 양 농염하다. 만약에 군옥산 산머리에서 못 뵈오면 달 밝은 밤 요대에서 만날 수 있을 것이다. 양귀비를 모란꽃과 무산巫山선녀에 비유하였다. 선녀 같은 존재라는 뜻이다.

농염한 붉은 꽃송이에 이슬 내려 향내 엉키니 구름 속 무산선녀인 양 애간장을 태운다. 옛날 한나라 궁궐에 누가 이리 고울까? 날씬한 조비연趙飛燕이 새로 단장하고 나섰을 때나 비슷할 것이다. 마치 양귀비의 모습은 하늘에서 막 내려온 선녀로 옛날 양왕의 애간장을 태우는 미모라는 것이다. 만약 그 미모를 견줄 사람이 있다면 한나라 때 날씬한 미인의 대명사였던 조비연이 화장을 곱게 했을 때 만이라고 하였다.

명화名花인 모란과 경국지색傾國之色의 양귀비 모두 사랑스러워 황제께선 웃으며 자꾸 바라보고 있다. 그래서 당 현종이 봄날에 느끼는 온갖 시름과 근심을 풀어주기 위해서 양귀비가 침향정 난간에 아름다운 자태로 기대어 있다는 것이다. 현종이 침향정에서 모란과 양귀비를 바라보며 즐거워하는 모습을 그렸다.

청평조清平調는 악곡 이름으로, 침향정전작약개沈香亭前芍藥開[침향정 앞에 모란이 피다]라고도 한다. 당나라 현종 때 처음으로 침향정 앞에 모란을 심었다고 한다. 모란이 만발하자 현종은 모란 감상회를 열었던 것이다. 당시 궁정악단으로 이원제자梨園弟子의 책임자였던 이구년李龜年

에게 현종이 말하기를, "모란과 양귀비를 감상하는데 새로운 노래가 없겠는가?"라고 하니, 그때 이백이 「청평조사淸平調詞」 3수를 지은 것이다. 이미 이백은 술이 취해 몸도 가누지 못할 정도가 되었다고 한다. 당시 환관으로 현종을 최측근에서 모시던 고력사가 이백의 신발을 벗기고, 양귀비가 또는 양국충이 먹을 갈았다는 일화도 전설처럼 전해 오고 있다. 이백이 이 가사를 다 쓴 후, 이구년은 악곡에 맞추어 연주를 하였다고 한다. 이백은 이 한시에서 양귀비의 풍만하고 탐스런 모습을 노래하였다.

그러나 이 시의 제2수 중 "묻노니 한나라 궁궐에서 누가 이와 같은가?(借問漢宮誰得似차문한궁수득사), 어여쁜 조비연도 새로 단장했을 때 만이라네(可憐飛燕倚新粧가련비연의신장)."라는 구절이 동티가 되어, 궁중에서 쫓겨나는 빌미가 되었다. 한漢나라 성제成帝 때 날씬한 미인이면서 기녀 출신인 조비연趙飛燕에게 양귀비楊貴妃를 대비했다는 죄목이었다. 하지만 일설에는 이백이 늘 술이 취해 현종 앞에 오면 고력사가 그 뒤처리를 감당해야 하는 수모 때문에 이 시로 모함하여 이백을 내쫓았다는 설도 있다.

조비연은 장안 사람으로 함양후咸陽侯 조림趙臨의 딸이었다. 춤추는 것이 마치 물 찬 제비가 날아가는 듯한 모습이라 하여 비연飛燕이라는 별호가 붙었다. 어느 날 한나라 황제인 성제成帝가 누님인 양아공주陽阿公主의 집에 갔을 때, 춤추던 조비연을 보고 비妃로 삼았다가 허왕후를 폐하고, 조비연을 왕후로 승격시켰다. 그리고 성제는 조비연의 동생 조합덕趙合德에게 현혹되어 함께 잠자리에 들었다가 갑자기 죽었다. 이에 조합덕은 황제의 살해 혐의를 받게 되자, 그만 자살하였다. 성제에게 후사가 없자 조카가 등극하니, 애제哀帝이다. 애제의 등극에 조비연이 협력했다고 하여 태후에 봉해졌지만 애제가 등극 6년 만에 죽자 조비연도 평민으로 강등되어 자살로 생을 마감하였다.

조비연과 양귀비는 중국 미인 중에서도 날씬한 미녀와 풍만한 미녀로 대비되는 두 사람이다. 그래서 예부터 '연수환비燕瘦環肥'라 일컬어 왔다. '조비연은 날씬하고 양귀비는 풍만하다'는 말이다. 그런데 이백이 양귀비를 기녀 출신의 조비연에 견준 것이다. 이것을 환관인 고력사高力士가 문제 삼았던 것이다. 언제나 술이 취해 오면 자신이 뒤처리를 했던 것이 못마땅했던 고력사는 양귀비에게 고하기를 중국 최고의 미인은 기녀 출신인 조비연이라 했다고 모함하기에 이른 것이다. 어쨌든 이백은 이 일로 당나라 궁중에서 쫓겨나는 빌미를 제공하였고, 그 결과 기나긴 방랑 생활로 이어지게 되었던 것이다.

양귀비는 촉의 사후司後 양현염楊玄琰의 막내딸이었다. 이름은 옥환玉還이다. 어릴 때 부모를 여읜 후 작은 아버지인 하남부사조河南府士曹 양현규楊玄奎 슬하에서 자랐다. 숙부 양현규는 양옥환을 장안으로 보내 영왕寧王의 시녀로 있게 하였다. 이것이 인연이 되어 16살에 현종의 18번째 아들 수왕壽王 이모의 비妃가 되었다. 그런데 그 무렵 현종이 아끼던 무혜비가 갑자기 세상을 떠나자, 시름에 잠긴 현종을 위로하기 위해 조정에서는 화조사花鳥使를 꾸려 후궁을 선택하고자 하였다. 화조사는 미모와 예술적 재능을 갖춘 인물을 찾고자 하였다. 그런 상황에 노래와 춤, 악기 연주에 능했던 수왕의 비였던 양옥환이 눈에 띄었던 것이다. 현종은 예술적 면을 좋아했던 황제였다.

740년 정월에 55세의 현종이 겨울을 나기 위해 여산驪山 화청궁을 찾았는데, 그때 양귀비도 수왕과 함께 온천을 하고 있었다. 이때 양옥환의 나이는 21살이었다. 현종은 이 온천에서 미모와 예술적 재능이 있는 양옥환을 사랑스럽게 보았던 것이다. 특히 양옥환은 호선무胡旋舞라는 춤을 잘 추었다고 한다. 호선무는 빙빙 돌아가면서 추는 춤의

화청궁(華淸宮) 정문과 여산(驪山)의 모습이다. 여산(驪山)의 '여(驪)'자가 '가라말 여'자이다. 뒷산의 모습이 '검은 말 모양을 했다'고 해서 '여산(驪山)'이라 했다고 한다.

형태이다. 환관인 고력사高力士는 이 사정을 알아채고, 영남도호부에서 올라온 상소를 언급하면서 수왕을 어사로 내려보내는 칙서를 내리게 하였다. 이후 현종과 며느리 양옥환과의 불륜이 장안에 소문이 나자 신하들의 상소도 끊이지 않았다. 재상을 지냈던 형주 장사 장구령도 양옥환을 참할 것을 진언하였다. 상황이 점점 악화되자 당 현종은 양옥환에게 태진太眞이라는 도명道名을 내리고 태진궁太眞宮을 지어 도교에 귀의하게 하여, 신분을 세탁하게 하였다. 그런 후 천보 초에 양귀비를 궁중으로 불러들이고 결국 양귀비를 후궁으로 맞이하게 되었다. 왕후는 결석이고 정1품인 후궁 중에서도 최고 자리인 귀비에 양옥환을 앉혔던 것이다.[6] 뿐만 아니라 국정은 이임보와 환관 고력사에게 맡기고, 현종은 환락에 빠졌던 것이다.

화청궁 내부의 모습이다.

현종 때 환관 고력사는 내시성 정삼품 내시감이라는 벼슬자리에 있기 때문에, 그의 정치 권력은 현종 다음이라 보면 될 것이다. 심지어 현종의 아들 숙종이 춘궁의 태자로 있을 때, 고력사를 둘째형으로 불렀으며 다른 왕자들은 영감님 또는 어르신네라고 불렀다. 이처럼 권력을 손에 쥔 고력사는 재상 이임보를 비롯하여 양귀비의 육촌 오빠 양국충·무장 안녹산·고선지 등을 천거하여 권력의 핵심을 모두

6) 후궁 중에서도 정1품은 4명이 있었다. 귀비·숙비·덕비·현비 등이다. 그 다음 정2품 후궁은 9명이다.

자기 사람으로 만들었다. 안녹산은 양귀비처럼 호선무를 잘 추었다고 한다. 이런 관계로 현종도 두 사람을 좋아하게 되었다는 것이다. 현종은 문예에 특별히 관심을 가졌던 황제였다. 안녹산보다 16살 아래인 양귀비는 안녹산을 양아들로 삼았으며, 그 양아들로 삼은 첫 번째 생일 때는 자신이 직접 안녹산을 목욕시켰다는 설도 전하고 있다. 또한 양귀비의 육촌 오빠인 양국충과 안녹산의 충성 경쟁으로 불안을 느끼던 안녹산이 결국 반란을 생각하게 되었던 것이다. 또 다른 설로는 어지러운 국정을 바로잡기 위해 군사를 일으킨 것으로 보기도 한다. 이런 어지러운 시국에 이백이 당나라 조정에서 한림학사직을 수행하고 있었던 것이다.

이백과 고력사에 대한 일화가 단성식段成式의 「유양잡조酉陽雜俎」에 실려 있다.

"이백의 명성이 천하에 알려지자, 현종은 편전으로 이백을 불러 접견하였다. 그런데 정신과 기백이 절묘하고 고상하였으며 뛰어난 모습은 마치 저녁노을과 같았다. 황제는 만승萬乘의 존엄한 지위를 잠시 잊고 신을 벗으라고 하였다. 이백은 발을 벌리고서 고력사에게 자신의 신을 벗기라고 하였다. 고력사는 기가 꺾여 마지못해 신을 벗겨주었다. 이백이 물러나 나가자, 황제는 고력사에게 이백은 정말 곤궁한 궁상窮相이라고 말하였다."[7]

권력의 핵심이었던 고력사를 단번에 망신을 주었던 이 사건은, 결국 이백을 궁중에서 몰아내게 되는 결정적 계기가 되었다. 모든 정치적 권력의 정점에 있던 고력사를 망신주었다면, 그 다음 행보도 대충

7) 이해원, 『이백의 삶과 문학』, 고려대학교 출판부, 2002, 180쪽 재인용.

읽을 수 있는 대목이다. 그런데 이백은 오로지 경세제민經世濟民을 앞세워 간신인 고력사를 골탕을 먹였던 것이다. 이백의 청렴결백한 성품을 읽을 수 있는 일화이기도 하다.

한림공봉(한림학사)으로 지내던 743년에 지은 시를 보자.

장신궁長信宮

달빛이 밝게 비친 소양전인데,	月皎昭陽殿월교소양전,
싸늘한 서리 내린 장신궁이네.	霜淸長信宮상청장신궁.
천자는 옥 수레 타고,	天行乘玉輦천행승옥연,
비연과 군왕이 동행하였네.	飛燕與君同비연여군동.
다시금 즐겁게 노는 곳이 있어,	更有歡娛處갱유환오처,
은총 입고 즐거움이 끝이 없네.	承恩落未窮승은락미궁.
누가 둥근 부채 든 첩을 가여워하랴?	誰憐團扇妾수련단선첩,
홀로 앉아 가을바람 원망하네.	獨坐怨秋風독좌원추풍.

한漢나라 때 성제와 조비연, 그리고 반첩여와의 이야기를 통해 이백 자신의 이야기를 하고 있다. 한나라 성제가 처음엔 후궁인 반첩여를 총애하였는데, 조비연이 입궁하면서 버림을 받고 장신궁에 유폐된 사실을 전하고 있다. 또한 외출 시에도 조비연과 동행하면서 즐겁게 노는 장소로 함께 이동하였다. 그런데 가을바람이 불자, 외면당하는 부채 같은 신세가 되었다는 것이다. 성제로부터 버림받은 반첩여 같은 존재가 이백 자신이라는 것이다. 참소당한 이백의 심정이 처절하다. 철 지난 가을부채가 되었기 때문이다.

이 시기(743년) 변새시를 지은 것도 특이하다.

사변思邊: 변방가신 임을 그리다

지난해 어느 땐지 임이 저와 이별할 때, 去年何時君別妾거년하시군별첩,
남쪽 동산 푸른 풀에 나비 날았지요. 南園綠草飛蝴蝶남원녹초비호접.
금년 어느 땐지 첩이 그대 그리워할 때, 今歲何時妾憶君금세하시첩억군,
서산엔 흰 눈 내리고 진秦땅엔 구름 덮였네. 西山白雲暗秦雲서산백운암진운.
옥문관은 삼천리 머나먼 곳이니, 玉關去此三千里옥관거차삼천리,
편지를 붙이고자 하나 언제쯤 도착할까? 欲寄音書那可聞욕기음서나가문.

변새시는 변방으로 출정 떠나 남편을 기다리는 아내들의 심정을 노래한 시이다. 아마 이백도 변방으로 출정 떠난 남편을 그리워하는 심정으로 현종을 그리워한 것은 아닐까?

결국 이백은 당나라 조정으로부터 버림을 받고 천보 3년 744년에 장안을 떠나게 되었다. 이 무렵(44세) 쓴 시를 통해 당시의 이백의 사정을 살펴보자.

고풍 제15수를 먼저 감상해보자.

고풍오십구수 기십오古風五十九 其十五: 고풍 59수 중 제15수

연나라 소왕이 곽외를 맞이하여, 燕昭延郭隗연소연곽외,
마침내 황금대를 지었네. 遂築黃金臺수축황금대.
극신은 바야흐로 조나라에서 이르렀고, 劇辛方趙至극신방조지,
추연은 다시 제나라에서 왔네. 鄒衍復齊來추연부제래.
어찌하여 청운에 오른 자들은, 奈何青雲士내하청운사,
나를 먼지처럼 버렸는가? 棄我如塵埃기아여진애.
노래와 웃음을 사는 데는 주옥을 쓰지만, 珠玉買歌笑주옥매가소,
인재를 기르는 데는 술지게미와 겨를 쓰네. 糟糠養賢才조강양현재.

비로소 알겠네, 황학이 날아, 方知黃鶴擧방지황학거,
천 리를 홀로 배회하는 이유를. 千里獨徘徊천리독배회.

연나라 소왕은 인재를 등용하여 나라를 부강하게 하였는데, 지금 당나라 황실은 그렇지 못하다는 것이다. 그러면서 먼저 벼슬길에 오른 자들이 이백 자신을 먼지처럼 가볍게 보고 멸시한다고 하였다. 그리고 당시 세도가들은 환락에 많은 돈을 쓰지만, 인재를 기르는 데는 술지게미와 겨 같은 하찮은 물건만 쓴다고 비난하였다. 이런 이유로 인해 이백이 황학처럼 당나라 궁궐을 떠난 사실이 드러나고 있다. 당나라 궁궐을 떠난 이유가 드러난 시 한 편 더 보자.

송배십팔도남귀숭산 2수送裴十八圖南歸嵩山二首**: 배씨 집안 18번째 도남이 남으로 숭산에 가려는 것을 전송하다**

제1수 기일其一

어느 곳이 이별할 만한 곳인가? 何處可爲別하처가위별,
서울 장안의 동쪽 문이라네. 長安青綺門장안청기문.
오랑캐 여인은 흰 손으로 나를 불러, 胡姬招素手호희초소수,
손님을 일부러 술에 취하게 하네. 延客醉金樽연객취금준.
말에 올라 떠나려니, 臨當上馬時임당상마시,
내가 홀로 그대와 이야기하네. 我獨與君言아독여군언.
바람 불어 꽃다운 난초는 꺾이고, 風吹芳蘭折풍취방란절,
해가 지니 참새가 시끄러워지네. 日沒鳥雀喧일몰조작훤.
손들어 날아가는 기러기 가리키니, 擧手指飛鴻거수지비홍,
이러한 정은 이루 말하기 어렵네. 此情難具論차정난구론.
똑같이 돌아감에 이르고 늦음이 없을 것이니, 同歸無早晚동귀무조만,

맑은 물 솟아나는 영수가 바로 그곳이리라.　　穎水有淸源영수유청원.

위의 시는 장안 동쪽 청기문에서 숭산으로 돌아가는 배도남을 전송하면서 쓴 시이다. 배도남을 전송하면서 이백은 자신의 이야기를 하고 있다. '바람이 불어 향기로운 난초가 꺾어지고, 해가 지니 참새소리가 시끄럽다.'는 것이다. 곧 이백 자신을 상징하는 난초는 바람 곧 억압 세력에 부러졌다는 것이다. 그리고 황제를 상징하는 해는 이미 져버리니 참새들이 시끄럽게 지저귄다는 것이다. 이는 황제의 밝은 덕이 사라지니 뭇간신배들이 새떼처럼 떠들어, 이백 자신이 조정으로부터 추방되게 되었다는 것이다. 그래서 이백은 옛날 요 임금께서 천하를 물러주겠다고 하자 자신의 귀를 더럽혔다고 그 귀를 영수에 씻은 허유처럼, 그 맑은 샘물을 찾아가고 싶은 것이다. 제2수도 감상해보자.

제2수　　기이其二

그대 영수의 푸름을 그리워하여,　　君思穎水綠군사영수록,
홀연히 다시 숭산으로 돌아가네.　　忽復歸嵩岑홀부귀숭잠.
돌아가서는 허유처럼 귀를 씻지 말고,　　歸時莫洗耳귀시막세이,
나를 위해 그 마음을 씻어주시게.　　爲我洗其心위아세기심.
마음을 씻으면 진정한 마음을 얻지만,　　洗心得眞情세심득진정,
귀를 씻으면 헛되이 명성을 살 뿐이네.　　洗耳徒買名세이도매명.
사안처럼 끝내 한 번 일어서서,　　謝公終一起사공종일기,
함께 백성을 구제해보세.　　相與濟蒼生상여제창생.

이별하는 배도남이 숭산에 은거하더라도 허유처럼 완전히 세상을

등지지 말고 때가 되면 세상에 나와서 백성을 구제하여야 한다고 하였다. 마지막 구절에 인용한 '사안謝安'은 진晉나라 사람으로, 동산에서 기녀들과 노닐면서 출사를 거부하다가 나라가 위험에 처하자 동산을 나와 백성을 구제한 인물이다. 궁중에서 쫓겨난 이백도 배도남에게 은거만 할 것이 아니라 함께 세상을 구제하자고 제안하였다. 이백이 지닌 공성신퇴功成身退라는 일관된 삶의 모습을 드러내고 있다.

이백이 당나라 조정으로부터 추방된 이유는 여러 설이 있다. 그 하나는 고력사의 모함으로 쫓겨났다는 설이고, 다른 하나는 현종의 부마인 장게張垍의 모함을 받아 추방되었다는 설이다. 한편으로는 술 때문이라는 설도 있다. 모두 이백과 관련 있는 이유이다. 이백이 당나라 조정에 참여하고자 한 뜻은 자신의 정치적 포부인 경세제민經世濟民을 실현하기 위해서이다. 그런데 조정에 들어와 보니, 간신들의 참언과 참소만 난무하고 자신은 정작 국정에 참여할 기회도 얻지 못해, 기대했던 포부의 실현은 고사하고 오히려 모함받는 현실로 인해, 정치적 좌절감을 맛보게 되어 부득이 장안을 떠나게 된 것으로 보인다.

이백이 장안을 떠나면서(744년) 남긴 시도 살펴보자

파릉행송별灞陵行送別」: 파릉에서 노래하여 보내다

그대를 보내는 파릉정,	送君灞陵亭송군파릉정,
파수의 물은 힘차게 흘러가네.	灞水流浩浩파수류호호.
위에는 꽃 피지 않는 늙은 나무,	上有無花之古樹상유무화지고수,
아래에는 상심케 하는 봄풀이 우거졌네.	下有傷心之春草하유상심지춘초.
내가 진나라 사람에게 갈림길을 물으니,	我向秦人問路歧아향진인문로기,
이곳은 왕찬이 남쪽으로 오른 길이라 하네.	云是王粲南登之古道운시왕찬남등지고도.
옛 길은 뻗고 뻗어 서경(장안)으로 향하고,	古道連綿走西京고도련면주서경,

궁궐에는 날 저물고 뜬구름 일고 있네. 紫闕落日浮雲生자궐낙일부운생.
바로 오늘 밤이 애간장 끊어지는 이곳, 正當今夕斷腸處정당금석단장처,
이별가 소리 수심 겨워 차마 듣지 못하겠네. 驪歌愁絕不忍聽여가수절불인청.

장안(섬서성 서안) 동쪽에 위치한 파릉에서 친구를 전송하면서 쓴 시이다. 이곳은 파수灞水가 흐르는 곳이고, 한나라 문제文帝의 릉陵이 있기에 파릉이라 칭하게 된 것이다. 당나라 당시에는 장안 동문에서 나와 길 떠나는 사람과 이별하던 장소이기도 하다. 시의 배경은 봄이다. 그런데 나무 위쪽은 꽃이 피지 않았고 아래쪽은 봄풀이 우거져 있다. 옛날 동한東漢 시절 왕찬王粲의 고사를 통해, 장안을 떠나야 하는 사실이 평탄한 시절이 아님을 암시하였다. 동한 시절에 왕찬이 장안을 떠난 이유가, 장안에 난이 일어났기 때문이다. 왕찬은 남쪽의 형주로 내려가 유표에게 의탁하였는데, 장안을 떠나면서 칠애七哀시를 썼으며, 그 시에 "남쪽으로 패릉 언덕에 올라, 고개 돌려 장안을 바라보네(南登覇陵岸남등패릉안, 回首望長安회수망장안)."라고 하였다. 이는 왕찬이 파릉 언덕에 올라 못내 장안을 떠나야 하는 아쉬움을 드러낸 것이다. 지금 이백도 이 장안을 떠나는 친구를 보내면서 장안을 바라보니 궁궐에 해는 저무는데, 뜬구름이 자욱하게 뒤덮고 있어 궁궐은 보이지도 않는다고 하였다. 그래서 애간장이 끊어지는 것이다. 이미 당나라 조정에는 간신배로 득실거리고 있었다. 고풍 24수에는 당시 장안의 부패상을 보여주는 내용도 있다.

고풍오십구수 기이십사古風五十九首 其二十四: 고풍 59수 중 제24수

큰 수레가 먼지를 날려, 大車揚飛塵대거양비진,
한낮인데도 거리가 어둡네. 亭午暗阡陌정오암천맥.

궁중의 귀인(환관)은 황금 많아, 中貴多黃金중귀다황금,
구름에 닿도록 호화로운 집을 짓네. 連雲開甲宅연운개갑댁.
길에서 투계꾼과 마주쳤는데, 路逢鬭雞者노봉투계자,
의관과 수레덮개가 어찌 번쩍거리는지. 冠蓋何輝赫관개하휘혁.
콧김이 무지개를 찌를 듯하여, 鼻息干虹蜺비식간홍예,
행인들은 모두 두려워 벌벌 떠네. 行人皆怵惕행인개출척.
세상에는 귀를 씻던 늙은이 없으니, 世無洗耳翁세무세이옹,
누가 요임금과 도척을 구분하리오. 誰知堯與跖수지요여척.

이백의 장안 시절의 생활을 짐작할 수 있는 시이다. 온각 비리를 다 동원하여 부정축재를 한 총애 받는 환관의 무리와 닭싸움으로 벼락출세를 한 투계꾼들의 모습과 행태에서 당시 장안의 세태가 얼마나 타락했는가를 보여주고 있기 때문이다. 관리자들은 관리자대로 한길을 휩쓸고 다니고, 총애받는 환관은 환관대로 부귀영화를 누리며, 하다못해 싸움닭으로 출세한 투계꾼까지 날뛰는 세태에 일반 행인들만 죽을 지경인 것이다. 세태가 이러한데도 세상을 깨끗하게 살고자 했던 허유와 소보 같은 은둔자는 물론 요임금과 도둑의 대명사인 도척과 구분 지을 현인이 없음에, 이백은 안타까워하고 있다. 이는 이백 자신처럼 재능 있는 인재가 인정받지 못하는 현실에 대해서 개탄한 것으로 당시의 정치적 부패상을 고발한 시이기도 하다.

장안을 떠나기 전 장안에 머물 때로 어느 3월에 쓴 시를 감상해보자.

월하독작月下獨酌: 달 아래서 홀로 술을 따르다

제1수 기일其一

꽃 사이에 한 병 술을 들고, 花間一壺酒화간일호주,

홀로 술을 따르니 친한 사람도 없네. 獨酌無相親독작무상친.
술잔을 들고 밝은 달을 맞이하고, 擧杯邀明月거배요명월,
그림자를 대하니 셋 사람이 이루어졌다. 對影成三人대영성삼인.
달은 이미 술 마시는 것을 이해하지 못하고, 月旣不解飮월기불해음,
그림자는 다만 내 몸을 따를 뿐이네. 影徒隨我身영도수아신.
잠시나마 달과 그림자를 짝하고서, 暫伴月將影잠반월장영,
행락이 모름지기 봄에 미쳐야 한다. 行樂須及春행락수급춘.
내가 노래하니 달이 배회하고, 我歌月徘徊아가월배회,
내가 춤을 추니 그림자도
나를 따라서 춤을 추는 것 같더라. 我舞影凌亂아무영능란[8].
깨어 있을 때 함께 서로 즐기지만, 醒時同交歡성시동교환,
취한 후에는 각각 흩어지고 만다. 醉後各分散취후각분산.
영원히 무정유를 맺고자, 永結無情遊영결무정유,
먼 은하수와 기약 하노라. 相期邈雲漢상기막운한.

제2수 기이其二

하늘이 만약 술을 사랑하지 않았다면, 天若不愛酒천약불애주,
하늘에 주성酒星이 있을 리가 없고, 酒星不在天주성부재천,
땅이 만약 술을 사랑하지 않았다면, 地若不愛酒지약불애주,
땅에 응당 주천酒泉이 없을 것이다. 地應無酒泉지응무주천.
천지가 이미 술을 사랑했으니, 天地旣愛酒천지기애주,
술 사랑함이 하늘에 부끄럽지 않네. 愛酒不愧天애주불괴천.

8) "능란(凌亂)"이 "영란(零亂)"으로 되어 있는 판본도 있음. 영란(零亂)도 어지럽게 움직이는 모습이다.

이미 청주를 성인에 비유함을 들었고, 已聞淸比聖이문청비성,
또 탁주를 현인에 견줌을 말하네. 復道濁如賢부도탁여현.
성인·현인이 이미 술을 마셨으니, 聖賢旣已飮성현기이음,
어찌 반드시 신선을 구할 것인가? 何必求神仙하필구신선.
석 잔 술에 큰 도와 통하고, 三盃通大道삼배통대도,
한 말 술에 자연과 합치네. 一斗合自然일두합자연.
다만 취한 가운데 얻은 그윽한 경지를, 但得醉中趣단득취중취,
술 마시지 않는 자에게는 전하지 말라. 勿爲醒者傳물위성자전.

제3수 기삼其三

삼월이라 함양성에, 三月咸陽城삼월함양성,
갖가지 꽃들 비단처럼 피었구나. 千花晝如錦천화화여금.
누가 능히 봄에 홀로 근심하는가? 誰能春獨愁수능춘독수,
이 풍경 마주하여 곧장 술을 마시네. 對此徑須飮대차경수음.
빈궁과 영달, 장수와 단명은, 窮通與修短궁통여수단,
조물주가 일찍이 정해 놓은 것이다. 造化夙所稟조화숙소품.
한 동이 술에 죽음과 삶이 같아지니, 一樽齊死生일준제사생,
세상만사가 진실로 헤아리기 어렵네. 萬事固難審만사고난심.
취한 뒤에는 천지도 잃어버리고, 醉後失天地취후실천지,
멍하니 외로운 베개를 베는구나. 兀然就孤枕올연취고침.
내 몸이 있는 것조차 알지 못하고, 不知有吾身부지유오신,
이런 즐거움이 최고의 낙이로다. 此樂最爲甚차락최위심.

제4수 기사其四

궁핍한 근심 천만 갈래이니, 窮愁千萬端궁수천만단,

맛있는 술은 삼백 잔이라.	美酒三百杯미주삼백배.
근심은 많고 비록 술은 적지만,	愁多酒雖少수다주수소,
술을 기울이니 근심이 오지 않네.	酒傾愁不來주경수불래.
술을 성인에 비유함을 아는 바이라,	所以知酒聖소이지주성,
술이 거나해지자 마음이 스스로 느긋해지네.	酒酣心自開주감심자개.
곡기를 끊은 채 수양산에 누웠고,	辭粟臥首陽사속와수양,
뒤주가 자주 비어 안회는 굶주렸네.	屢空飢顔回누공기안회.
사는 동안 술 마시기를 즐기지 않는다면,	當代不樂飮당대불락음,
헛된 명성 어찌 소용이 있으리요?	虛名安用哉허명안용재.
게와 가재가 곧 신선되는 안주요,	蟹螯卽金液해오즉금액,
술지게미 언덕이 바로 봉래산이네.	糟丘是蓬萊조구시봉래.
바야흐로 반드시 맛있는 술 마시고,	且須飮美酒저수음미주,
달빛을 타고 높은 누대에서 취해보리라.	乘月醉高臺승월취고대.

꽃밭 가운데서 술 한 병을 들고 함께 한 이 없어 혼자 마신다. 잔 들어 달을 맞이해 오니 나와 달 그리고 그림자 더불어 셋 사람이 되었구나. 달도 본래 술 마실 줄 모르고 그림자 또한 그저 내 몸 따라 움직일 뿐, 그런대로 잠시 달과 그림자를 데리고 재미있게 노는 것이 봄놀이처럼 즐겁게 놀아야 한다. 내가 노래하면 달은 서성이고, 내가 춤추면 그림자 소리 없이 나를 따른다. 깨어 있을 때는 함께 즐기지만 취하고 나면 제각기 흩어지겠지. 영원히 달이나 그림자같이 인간의 감정이 없는 것들 곧 무정유와 교유를 맺어 인간 세상이 아닌 천상의 세계에서 다시 만나기를 기약한다.

제1수에서 이백은 이제 세상에서는 믿을 사람이라고는 아무도 없다. 그래서 정情이 없는 달과 그림자 그리고 이백 자신 이렇게 세 명을 인위적으로 만들어 놓고 있다. 당나라 궁중으로부터 아니면 현종 주변의 권력자들로부터 외면당한 이백의 소외감이 절로 느껴진다.

하늘이 술을 사랑하여 하늘에는 주성酒星이 있고, 땅도 술을 사랑하여 땅에도 주천酒泉이 있다. 천지가 모두 술을 사랑하여 주성과 주천이란 말도 생겼으니 나라고 술을 사랑함이 어찌 하늘에 부끄러운 일인가? 옛날 삼국시대 위나라 조조는 금주령을 내려 술을 못 마시게 하였다. 그때 사람들은 맑은 술은 성인聖人에 비유하고 흐린 술은 또한 현인賢人에 비유하여 음주했으므로, 성현도 이미 마셨으니 헛되이 신선을 구해 무엇 하겠는가? 술에 취하면 신선이 되고, 석 잔술은 대도大道에 통하며 한 말 술은 자연自然에 합치된다. 이 좋은 술 속의 멋을 깨닫기 위해 술을 마시는 것이니, 술 못 마시는 사람에게는 이 술 먹는 중에 얻는 즐거움을 전하지 말 것이다.

2수는 애주가의 노래이다. 하늘에는 술의 별이 있고 땅에는 술의 샘이 있다. 그리고 성인聖人과 현인賢人들도 다 술을 즐겼다. 술을 마시면 자연의 이치와 합치될 수 있다는 것이다. 그래서 나도 술을 안 마실 수 없다. 술 마시는 정당성을 합리적으로 제시하였다. 그래서 술 마시는 즐거움을 모르는 자에게는 술의 좋은 점을 전하지도 말라고 하였다.

3월 함양성에 온갖 꽃이 마치 비단을 깔아 놓은 듯 아름답다. 이 아름다운 봄에 누가 홀로 근심하는가? 이런 풍경을 마주하면 모름지기 술을 마셔야 한다. 가난함과 부귀영달, 오래 삶과 일찍 죽는 것은 이미 조물주에 의해서 정해져 있다. 그러니 사람의 힘으로는 어찌할 수 없다. 다만 한 잔 술에 죽음과 삶이 같아지니, 세상만사는 진실로 헤아릴 필요도 없다. 술에 취한 뒤에는 천지의 존재마저 있는지조차 모르게 되니, 이 술에 취하는 즐거움이 모든 즐거움 중에서도 최고인 것이다.

제3수의 시적 배경은 장안성 3월이라 꽃이 만발한 때이다. 그런데 이백의 마음은 근심으로 가득 찼다. 출세와 수명은 타고난 것이지만, 세상사 근심은 사람마다 차이가 난다. 그러나 그 근심도 술을 마시게 되면 이 모든 것을 잊게 된다고 하였다. 그래서 모든 것 잊고 술이나 잔뜩 마시자고 했다. 그러면 무아지경에 빠져 즐거움을 누리게 된다고 하였다. 정치적으로 출구를 찾지 못한 이백이 그 괴로움을 술로 달래고 있다.

근심 걱정은 천만 가지요, 맛있는 술은 겨우 삼백 잔이로다. 근심은 많고 비록 술은 적으나, 술잔을 기울이면 근심은 오질 않는다. 따라서 술을 성인이라고 하는 까닭을 알겠고, 그래서 술에 취하면 마음이 절로 한가해진다. 옛날 수양산에서 은거했던 백이·숙제나 공자의 제자 안회(안연)는 가난하여 굶기를 밥 먹듯이 했으나 의인義人이란 명예만 남겼다. 그러나 명예를 이루고도 그들은 즐겨 술을 마시지 못했으니, 그 남긴 허무한 이름이 무슨 소용이 있는가? 게의 집게발 안주는 신선이 되는 금액이요, 술지게미를 모아 놓은 언덕이 곧 삼신산이로다. 신선의 약과 삼신산이 따로 있는 것이 아니라, 맛 좋은 술과 훌륭한 안주가 바로 그것들이다. 그러니 반드시 맛 좋은 술을 마시고 높은 누대에 올라가 달빛 아래 취함이 천하제일의 즐거움인 것이다.

제4수는 술로 근심만 달랠 뿐 아니라 해소까지 하면서 즐기는 내용이다. 음주의 즐거움은 단약을 구해 신선이 되는 것보다도 낫고 헛된 명성을 얻는 것보다도 낫다고 하였다. 그리고 현실의 고민과 괴로움을 해소시켜 주기 때문에 술을 성인聖人이라고 칭하는 것을 알겠다고도 하였다. 그래서 아름다운 술을 구해 마음껏 즐기면서 현실에서 오는 고민까지 달래보자고 했던 것이다.

달 아래에서 홀로 술을 따르는 고독한 이백의 시이다. 당나라 궁중에 들어는 갔지만 정치적으로 뜻을 얻지 못한 이백의 고민과 쓸쓸함이 묻어난다. 양귀비와 환관 고력사의 모함에 의해서 쫓겨나기 직전의 시로, 좌절감이 심하게 나타났다. 꽃 사이에서 술 한 호리병을 가지고 앉아 있다. 그런데 주위에 아는 사람이 아무도 없다. 다만 나와 달과 그림자 셋 사람을 이루었지만 애처로울 뿐이다. 억지로 셋 사람을 만들어놓아 매우 고독한 풍경을 표출하였다. 달이 지기 전까지는 달과 그림자와 함께 이 봄날에 행락을 즐겨야지라고 마음먹었다. 그래서 내가 노래하면 달도 노래하고 내가 춤을 추면 그림자도 춤춘다. 이백은 달이 지기 전까지 억지로 셋 사람의 친구를 만들어놓고 행락을 즐기려고 안간힘을 쓴다. 그만큼 인간 세계에 환멸을 느낀 것이다. 그래서 인간과 인간 사이에 맺는 교유보다는 정이 없는 '무정유'의 교유를 하고 싶은 것이다. 인간관계에서 절망한 이백, 그래서 인간이 아닌 무정물과의 교유가 순수한 교유로 인식했던 것이다. 그래서 달,

「월하독작」의 시의 내용을 표현한 그림과 「월하독작」의 일부 내용인 "하늘이 술을 사랑하지 않았다면, 하늘에 주성이 있을 리가 없고, 땅이 술을 사랑하지 않았다면, 땅에 응당 주천이 없을 것이다[天若不愛酒(천약불애주), 酒星不在天(주성부재천), 地若不愛酒(지약불애주), 地應無酒泉(지응무주천)]."라는 시구를 새겨 놓은 모습이다. 중국 감숙성 주천시에 있다.

그림자와 인연을 맺고자 한 것이다. 그러나 그것마저도 뜻대로 안 되었다. 달이 져 버리면 달과 그림자와도 교유가 맺기가 힘든 것이 인간 세계이다. 이처럼 인간 세계는 너무 절망적이다. 그래서 신선 세계를 꿈꾸게 되었는지도 모를 일이다. 참된 인간관계는 진짜로 변치 않는 무정유의 세계와 인간 세계가 아닌 천상의 세계에서만 가능한 것이다. 궁중에서 갑자기 쫓겨날 이백의 심리적 충격을 읽고도 남음이 있다.

하늘에는 주성酒星이 있고 땅에는 주천酒泉이 있어, 이백은 술을 안 마실 수 없다고 하였다. 그래서 주덕酒德이 신선보다 낫다는 이백의 술에 대한 본심을 드러내기도 하였으며, 술의 효용성으로 술에 취하면 가난과 부귀·장단長短·생사生死·만사萬事·천지天地·자신自身마저도 잊는 최고의 즐거움에 이른다고도 하였다. 그리고 좋은 술을 마시고 높은 누대에 올라 달빛 아래 취함이 천하제일의 즐거움이라고 하여, 음주의 풍류를 한껏 드러내었다. 술을 마시고 이 세상의 근심 걱정을 잊고 즐거움을 누리자는 것이다. 현실적 시련 앞에서의 이백은 술로써 그 근심을 달래고 있다. 신선의 세계를 선호했지만 지금은 현실적으로

한(漢) 무제(武帝) 때 곽거병 장군이 흉노족을 물리친 후 무제로부터 하사받은 술 한 항아리를 혼자 마시지 않고, 우물에 그 술을 부어서 부하 장졸들과 함께 마셨다고 한다. 그래서 지명(地名)이 주천(酒泉)이 되었다. 중국 감숙성 주천시에 가면, 곽거병 장군의 동상과 주천을 볼 수 있다.

도달할 수 없는 곳이다. 그래서 이 세상에 머무는 동안은 술로써 인간 번민을 달래보고 싶은 것이다.

이백이 참소로 당나라 궁중에서 버림받음을 비유적으로 쓴 시가 있다.

고풍오십구수 기삼십칠古風五十九首 其三十七: 고풍 59수 중 제37수

옛날 연나라 신하가 통곡하니,	燕臣昔慟哭연신석통곡,
오월에 가을 서리 내렸고.	五月飛秋霜오월비추상.
서민의 아낙이 하늘 향해 울부짖자,	庶女號蒼天서녀호창천,
거센 바람이 제나라 궁전을 때리더라.	震風擊齊堂진풍격제당.
정성이 하늘을 감동시켰으니,	精誠有所感정성유소감,
조물주도 슬퍼하더라.	造化爲悲傷조화위비상.
나는 뜻밖에 무슨 허물이 있어,	而我竟何辜이아경하고,
궁궐 곁에서 멀리 떠난 신세 되었나.	遠身金殿旁원신금전방.
뜬구름은 자색 궁궐을 가렸으니,	浮雲蔽紫闥부운폐자달,
백일은 다시 광명 찾기 어려워라.	白日難回光백일난회광.
모래더미가 구슬을 더럽히고,	群沙穢明珠군사예명주,
잡초 덤풀은 외로운 향기 풀 비웃네.	衆草凌孤芳중초능고방.
예부터 함께 탄식하노니,	古來共歎息고래공탄식,
흐르는 눈물이 공연히 옷깃을 적시네.	流淚空沾裳유누공첨상.

먼저 연燕나라 추연鄒衍의 고사를 인용하였다. 추연은 죄가 없는데 옥에 갇히자, 오월 하늘에 우러러보며 탄식하니, 하늘에서 서리가 내렸다는 이야기이다. 그리고 제나라 여인의 무고함을 인용하였다. 제나라의 부녀자가 무고를 당하자 하늘을 향해 울부짖으니 하늘에서

천둥 번개가 쳐, 제나라 경공景公의 누대에 떨어져 팔다리를 다치고 바닷물이 크게 넘쳤다는 고사이다. 이렇듯 정성을 다해 하늘에 고하면 하늘도 감동하여 자신의 소원을 들어준다는 내용이다. 그래서 이백도 하늘에 호소하듯 하소연하였다. 뜬구름·모래 더미·잡초 덤풀 등의 간신배와 백일·구슬·고방孤芳 등 충신과 대비하여 자신의 억울함을 표현하였다. 이백 자신이 지금 당나라 궁중으로부터 쫓겨남은 궁중의 간신배들이 자기와 같은 충신을 능멸했기 때문이라고 판단했던 것 같다. 따라서 이백은 이 시를 통해 간신배들의 참소와 현명하지 못한 군주로 인해, 쫓겨남에 대한 억울함을 표현하면서 당시 당나라 궁중의 실상을 적나라하게 풍자하였다.

「등고망사해登高望四海」에서는 "오동나무에 제비와 참새가 집을 짓고, 가시나무에 원앙과 난새가 깃든다."[9]라고 하여, 소인배가 높은 관직에 있고 군자가 하위직에 방치되어 있음을 풍자하였다. 이백은 인재가 적재적소에 배치되지 못한 현실을 개탄하면서 당나라 조정의 앞날을 걱정하였다. 그러면서도 이백은 비록 궁중에서 쫓겨나도 호구지책糊口之策 때문에 세속적인 것과 다투지 않겠다고도 하였다. 「봉기불탁속鳳飢不啄粟」에 "봉황은 주려도 벼를 쪼지 않고, 오직 낭간 열매만 먹는다네. 어찌 뭇닭 속에 섞여서 악착스레 밥술을 다투리오."[10]라고 한 것이 그것이다.

44세 무렵 이백은 지인知人을 전송하면서 쓴 시에 출사에 대한 미련도 드러내었다.

9) 고풍 39, 「登高望四海」. "梧桐巢燕雀, 枳棘棲鴛鸞."

10) 고풍 40, 「鳳飢不啄粟」. "鳳飢不啄粟, 所食唯琅玕. 焉能與群鷄, 蹙促爭一餐."

송채산인送蔡山人: 산에 사는 채씨를 전송하며

내가 본래 세상을 버리지 않았지만, 我本不棄世아본불기세,
세상 사람들 스스로 나를 버렸네. 世人自棄我세인자기아.
한 번 올라타면 끝없이 떠도는 배로, 一乘無倪舟일승무예주,
사방팔방 이리저리 멀리 배 모네. 八極縱遠舵팔극종원타.
연나라 유세객 채택 뛰는 말 기약하니, 燕客期躍馬연객기약마,
(양나라 관상가) 당거唐擧 어찌 감히 비웃으랴. 唐生安敢譏당생안감기.
여의주 얻으려면 용을 놀라게 하지 말고, 採珠勿驚龍채주물경용,
대도大道로 자연스레 돌아가야 하리라. 大道可暗歸대도가암귀.
옛 산에 소나무 사이에 뜬 달 있으리니, 故山有松月고산유송월,
그대 맑은 달빛 완상하기를 기다리노라. 遲爾玩淸暉지이완청휘.

위의 시는 은거인 채씨를 전송하면서 이백 자신의 처지를 설명한 것이다. 이백 자신은 세상을 등지지 않았는데, 세상이 이백 자신을 버렸다고 하였다. 그래서 이 세상을 사방팔방으로 유람할 것이라고 하였다. 전국시대 연나라 채택이 여러 제후에게 유세遊說하였으나 모두 거절당하자, 당시 관상을 잘 보는 당거에게 가서 관상을 보게 되었다. 당거가 채택의 관상은 '코는 납작하고 어깨는 움츠러들고 이마는 튀어나오고 콧마루는 서지 않고 다리는 휘었으니, 그대의 모습은 성인聖人의 모습과 상관이 없는 듯하오.'라고 말하니, 농담으로 받아들이고, '내 수명은 어떻소.'라고 묻자, 43년을 더 살 것이라고 말해주었다. 그러자 채택이 '앞으로 43년 동안 벼슬자리에 나아가 부귀하게 살면 족하다.'고 하면서 호탕하게 웃었다고 한다. 그 후 채택은 진秦나라로 가서 소왕昭王에게 유세하고 정승이 되었다. 아마 이백도 채택처럼 유세를 통한 재출사를 염두에 둔 것 같다. 그래서 여의주를 얻기 위해서

용을 놀라게 하지 않아야 하고 큰 도를 얻기 위해서는 순리를 따라야 한다고 하였다. 이백은 때를 기다리면 언젠가는 재능을 떨칠 날이 올 것을 믿고 재기를 꿈꾸고 있었다.

이백이 744년 장안을 떠나면서 남긴 시도 살펴보자.

수왕보궐익혜장묘송승체증별酬王補闕翼惠莊廟宋丞泚贈別**: 왕익 보궐과 송체 혜장태자 묘승이 헤어지면서 준 시에 답하다.**

도를 배운 지 30년,	學道三十春학도삼십춘,
스스로 희황 사람이라 말하네.	自言羲皇人자언희황인.
수레 타던 지난 날 마치 꿈만 같고,	軒蓋宛若夢헌개완약몽,
구름과 소나무와 길이 친하다네.	雲松長相親운송장상친.
우연히 두 사람과 만나서,	偶將二公合우장이공합,
다시 삼산과 이웃하네.	復與三山鄰부여삼산인.
바닷가의 인연을 기쁘게 맺어,	喜結海上契희결해상계,
절로 하늘 밖 손님 되었네.	自爲天外賓자위천외빈.
내 난새의 날개 먼저 잘렸지만,	鸞翮我先鎩난핵아선쇄,
그대들 용의 본성은 길들일 수 없다네.	龍性君莫馴용성군막순.
순박한 기풍 사라져 옛것을 숭상하지 않고,	朴散不尙古박산불상고,
시대가 그릇되어 모두 참됨을 잃었네.	時訛皆失眞시와개실진.
황량한 개울 물결 밟지 말고,	勿踏荒溪波물답황계파,
넓은 나루터로 가야 할 것이네.	朅來浩然津걸래호연진.
향초로 띠를 한 굴원은 어찌 초 땅을 떠났던가?	蘗帶何辭楚벽대하사초,
도화 핀 곳에서 진秦나라 피할 수 있었지.	桃源堪避秦도원감피진.
세상사 핍박되어 이별하게 되니,	世迫且離別세박차리별,
마음으로는 은거를 기약하네.	心在期隱淪심재기은륜.

드리는 이 시가 분명한 가르침은 아니지만, 酬贈非炯誡수증비형계,
이 긴 말(시)을 허리춤에 새겨두기 바라네. 永言銘佩紳영언명패신.

위의 시는 744년 이백이 당나라 궁중에서 나와 장안을 떠나면서 쓴 시이다. 우연히 종7품 보궐 벼슬자리에 있는 왕익과 혜장태자의 능묘를 관리하는 정9품의 승丞 송체라는 인물을 만나서 답례로 준 시이다. 먼저 이백을 비롯하여 둘 다 신선의 풍모를 지니고 있다고 하였다. 희황은 삼황오제의 한 분인 복희씨이다. 복희씨 시대에는 누구나 편안하고 한가로운 삶을 살았다. 그래서 은거하는 사람들이 이상적인 시대로 삼았던 시기이기도 하다. 그러면서 이백은 이전 당나라 궁궐에서 벼슬살이하던 때가 꿈같이 느껴진다고 하였다. 그래서 구름과 소나무를 가까이 한다고 하여, 은거하면서 유유자적의 삶을 살겠다는 뜻을 보였다. 왕씨와 송씨는 이미 신선 같아 우리의 만남은 신선의 모임 같다고도 하였다. 이백은 자신이 이미 날개가 꺾인 난새이기에, 이제는 재능을 발휘할 수 없다고 하였다. 왕씨와 송씨는 재능이 용과 같아 어느 누구도 제어할 수 없다고도 하였다. 그런데 요즘 세태가 잘못되어 자신들의 재능도 이제는 발휘할 수 없다는 것이다. 그래서 그릇된 세태에 뛰어들지 말고 자유로이 노닐 수 있는 이상세계로 떠나야 한다고 하였다. 전국시대 초나라 굴원도 자신의 충언이 받아들이지 않아 떠났고, 진秦나라 때 어부들도 진시황제의 폭정을 피해 무릉도원을 찾아 나서듯이, 우리들도 이 암울한 현실을 피해 자연 속으로 들어가 세상이 맑아질 때까지 은거해야 될 것이라고 하면서, 이 당부의 말을 잊지 말라고 하였다. 44살의 이백이 왜 당나라 조정을 떠나는지 알 수 있게 한다.

며느리였던 양옥환은 천보 4년 745년 정식으로 당 현종의 귀비貴妃가

되었다. 이백도 당나라 궁중에서 나와, 장안에서 서북 지역인 빈주邠州를 거쳐 방주坊州로 유람 길에 올랐다.

유람(遊覽)의 시절

유람(遊覽)의 시절

넷째 시기(744~755)는 이백의 나이 44세부터 55세까지로, 당나라 궁중에서 쫓겨난 뒤 2번째 유람을 떠나는 시기이다. 이 시기 이백이 유람한 곳은 20대 때에 처음 유람했던 장소와 유사하다. 산동·산서·하남·하북·호북·강소·절강·안휘 등지를 다녔다. 이때 거주지는 산동성山東城 동노東魯 연주兗州였다. 그리고 이 시기에 30대의 두보와의 만남도 있었다.

당唐나라 궁정에서 쫓겨난 이백은 자신이 세상으로부터 버림을 받았다고 생각하고 북해北海(산동성 청주青州)의 고여귀高如貴에게 부탁하여 도록道籙을 받아 정식으로 도사道士가 되었다. 고여귀와 이별하면서 지은 시가 있다.

봉전고존사여귀도사전도록필귀북해奉餞高尊師如貴道士傳道籙畢歸北海: 도록 전달을 마치고 북해(산동성 청주)로 돌아가시는 고존사 여귀 도사를 받들어 보내며

도道는 감추어져 보이지 않고,	道隱不可見도은불가견,

신령스러운 책은
　동천(신선이 사는 곳)에 감춰져 있었네,　　靈書藏洞天영서장동천.
우리 존사님 사만 겁 동안,　　吾師四萬劫오사사만겁,
대대로 이어 전해 내려오셨다네.　　歷世遞相傳역세체상전.
이별할 때 지팡이로 푸른 대나무 남기시고,　　別杖留靑竹별장유청죽,
노래하며 가시는데 자줏빛 안개 밟으시네.　　行歌躡紫煙행가섭자연.
이별하는 마음이야 멀고 가까움이 없으니,　　離心無遠近이심무원근,
늘 옥경玉京을 그리워할 것입니다.　　長在玉京懸장재옥경현.

744년 겨울 고여귀가 산동성 제남濟南에 있는 자극궁에서 이백에게 도록을 전수해주고 떠날 때 전별시로 준 시이다. 도가에서 말하는 도는 오묘하고 신비해서 눈으로는 볼 수 없다고 하면서 그 신비스러운 도가의 법이 4만 겁 동안 전수되어 왔다고 하였다. 고여귀 도사가 이백 자신에게 그 도를 전수하고 북해(산동성 청주)로 돌아가는데, 아마도 앞으로 계속 그리울 것이라고 끝을 맺고 있다. 이처럼 이백은 궁중에서 나온 그해 겨울에 제남시에 위치한 자극궁 곧 노자를 모시는 사당에서 고여귀에게 일종의 도사 자격증인 도록까지 받았다. 이 같은 이백의 행위는 도교에 귀의하겠다는 것보다는 도교를 숭상하는 당나라 황실과 인연의 끈을 이어가고픈 심리일 수 있다. 왜냐하면 이백의 후반부 삶에서도 도사를 만나고 도사들이 사는 곳을 찾아다녀도 이백은 그들과의 은거를 선택하지 않았기 때문이다. 당시 당나라 황실은 도교를 숭상하고 있었다. 과거시험 과목 중에 『도덕경』이 한 과목을 차지하고 있기도 했다.

이 시기 이백의 시는 정치에 대한 비판과 그 비판을 넘어 혐오하기까지 하는 시를 지었다. 이 무렵 이백은 자기보다 11살 아래인 두보杜甫

를 낙양에서 처음 만나고 헤어졌다가 가을에 개봉開封과 상구商丘의 양송梁宋에서 만나 유람을 함께 하기도 하였다. 두보는 지금의 개봉 근처 언사偃師에서 치러질 할머니 범양태군范陽太君의 상喪을 지내기 위해 양송과 언사를 오가고 있었다. 이 무렵 두 사람이 만난 것이다. 44세의 이백과 33살의 두보가 세기적인 만남을 가진 것이다. 당시 그들의 만남이 세기적인 만남이 될 것이라고는 예상하지 못했을 것이다. 두보가 문학적으로 아직 이름을 떨치기 전이기 때문이다. 이들이 만나 유람을 함께 한 기간은 천보 3년(744) 초가을부터 이듬해(745년) 늦가을까지이다. 이들이 헤어진 후 다시 만나지 못했다는 설과 2번 정도 더 만났을 것이라는 설도 있다. 이후 그들이 남긴 시를 보면, 이백은 두보에 대해서 쓴 시가 4편이 전해지고, 두보는 이백에 대해서 쓴 시가 15편 정도 전해지고 있다.

이백은 이때 두보뿐만 아니라 고적도 함께 만났다. 한림공봉(한림학사)의 자리에서 쫓겨난 이백, 과거시험에 낙방한 두보, 유랑하던 고적이 세 사람이 양송 곧 상구와 개봉에서 만나 서로 시를 주고받으며 술로 마음의 짐을 풀었던 것이다.

추엽맹저야귀치주선보동루관기秋獵孟諸夜歸, 置酒單父東樓觀妓: **가을날 맹저택**孟諸澤(하남성 상구현에 있는 늪)에서 사냥하고 밤에 돌아와 선보單父(지명) 동쪽 누각에서 술을 차려 놓고 기녀들을 바라보다

저무는 햇살 짧은 횃불같이 빠르고,	傾暉速短炬경휘속단거,
바다로 내달리는 냇물 멈추지 않네.	走海無停川주해무정천.
바라건대 원구산圓丘山 신선초 먹고,	冀餐圓丘草기찬원구초,
쇠퇴한 몸을 되돌렸으면.	欲以還頹年욕이환퇴년.
이런 일 이룰 수 없으니,	此事不可得차사불가득,

보잘것없는 인생이 뜬구름 같네. 微生若浮煙미생약부연.
명마를 타고 힘차게 달리고, 駿發跨名駒준발과명구,
멋진 활 당겨 활시위 울리네. 雕弓控鳴弦조궁공명현.
매는 힘차고 노 땅의 풀 말라 하얀데, 鷹豪魯草白응호노초백,
여우 토끼 많이 살쪄 통통하네. 狐兔多肥鮮호토다비선.
몰이꾼은 막고 좇아 몰고, 邀遮相馳逐요차상치축,
끝내 성 동쪽 밭을 벗어났네. 遂出城東田수출성동전.
한 번 휩쓸어 사방 벌판 휑하고, 一掃四野空일소사야공,
안장 얹은 말 앞에서 환호성 치네. 喧呼鞍馬前훤호안마전.
돌아와 사냥한 것 모두 바쳐, 歸來獻所獲귀래헌소획,
고기 굽기에 추운 날씨와 어울리네. 炮炙宜霜天포자의상천.
춤추러 나온 두 아름다운 여인, 出舞兩美人출무량미인,
옷깃 날려 구름 탄 선녀 같네. 飄颻若雲仙표요약운선.
머물며 기뻐 피곤한 줄 모르고, 留歡不知疲유환부지피,
날이 샐 무렵에야 겨우 돌아왔네. 清曉方來旋청효방래선.

위의 시는 산동성 선현의 선보를 유람할 때, 쓴 시이다. 가을날에 맹저택에서 사냥하고 밤에 돌아와 선보현 동쪽 누각에서 술을 차려 놓고 기녀들과 연희를 베풀었던 것이다. 이때 선보의 현위가 문인인 가지賈至였다. 그래서 가지賈至가 이백과 두보, 그리고 고적 세 사람을 영접하고 잔치도 베풀었던 것이다. 이백의 호방함과 자유분방함이 사냥하는 모습과 그 후 요리까지 해 먹는 모습을 묘사한 데서 잘 표현되었다.

함께 하던 고적은 동쪽으로 유람 가고, 이백과 두보는 황하를 건너 왕옥산王屋山의 청허동천淸虛洞天에 은거하는 도사道士 화개군華蓋君을 방문

하여 도를 배우기로 하였다. 그러나 그를 찾아갔을 때는 이미 그는 이 세상 사람이 아니었다. 아마도 두 사람이 현실적 어려움을 도로써 벗어나고자 했던 것 같다.

745년 봄에 빈주를 거쳐 방주를 유람할 때 종5품 사마 왕숭을 만나 쓴 시가 있다. 이백의 45세 당시 심정을 알 수 있게 하는 시이다.

수방주왕사마여염정자대설견증酬坊州王司馬與閻正字對雪見贈[1]: 방주坊州(섬서성 방주) 사마司馬 왕숭王嵩이 염공閻公과 눈을 마주보며 시를 지어 내게 준 것에 답하다

떠돌던 사람 동남쪽에서 오니,	遊子東南來유자동남래,
자완自宛(하남성 남양)에서 수도 장안으로 나아가네.	自宛適京國자완적경국.
얽매임 없이 무심한 구름 따라,	飄然無心雲표연무심운,
홀연히 다시 서북쪽(방주)으로 가네.	倏忽復西北숙홀부서북.
예전에 대규戴逵 찾았으나 만나지 않고,	訪戴昔未偶방대석미우,
이번에 혜강嵇康(죽림칠현) 찾아가 서로 만났네.	尋嵇此相得심혜차상득.
근심 찬 얼굴에 새로운 기쁨 피어나고,	愁顔發新歡수안발신환,
잔치 끝나도록 옛 정을 펼쳤네.	終宴敘前識종연서전식.
염공閻公은 한나라 조정의 오랜 신하로서,	閻公漢庭舊염공한정구,
생각이 깊고 재주가 많네.	沈鬱富才力침울부재력.
동궁에서 그 가치를 인정받았고,	價重銅龍樓가중동용루,
궁중에서 명성이 높았네.	聲高重門側성고중문측.

1) 「수방주왕사마여염정자대설견증(酬坊州王司馬與閻正字對雪見贈)」을 개원 연간 이백이 처음 장안에 왔을 때 방주에서 지은 시로 보는 설도 있다.

어찌 기약이나 했으랴 이 같은 만남을, 寧期此相遇영기차상우,
화려한 관사에서 모시고 놀 줄을. 華館陪遊息화관배유식.
쌓인 눈으로 먼 봉우리는 밝게 빛나고, 積雪明遠峰적설명원봉,
차가운 성에 봄기운 갇히네. 寒城鎖春色한성쇄춘색.
그대(왕숭)는 백성들의 명망이 높아, 主人蒼生望주인창생망,
나에게 청운의 날개를 달아줄 주시게. 假我青雲翼가아청운익.
그대의 도움을 얻는다면, 風水如見資풍수여견자,
낚싯대 던지고 황제를 보좌하고 싶네. 投竿佐皇極투간좌황극.

궁중에서 쫓겨난 이백이 여전히 궁중에서 경세제민經世濟民의 뜻을 펼치기를 소망하고 있다. 종5품인 사마 벼슬자리에 있는 왕숭에게 '청운의 날개를 달아 달라'고 도움을 요청하고 있기 때문이다. 백성들에게 명망이 높은 왕숭 그대가 나를 추천하여 청운에 다시 오르게 한다면, 나 이백은 황제를 도와 정치를 하고 싶다는 것이다. 당나라 궁중에 쫓겨난 이후에도 현실 정치에 참여하겠다는 이백의 생각은 변함이 없다.

시에 나오는 "대규戴逵"는 동진東晉 때 왕헌지王獻之(344~386, 왕자유王子猷)와의 이야기에 등장하는 인물이다. 왕헌지(왕자유)가 산음에 살았는데 눈이 내리는 밤에 시흥이 돋아 시를 읊조리자 문득 섬계(소흥)에 사는 대규가 보고 싶어졌다. 그래서 흥을 이기지 못하고 밤새워 대규가 사는 집으로 갔는데, 그만 집 앞에 이르자 흥이 다하여 만나지 않고 집으로 돌아왔다는 고사이다. "혜강嵇康(244~263)"은 죽림칠현으로 당시의 관습에 얽매이지 않고 자유분방한 생활로 산수자연에 묻혀 산 인물이다. 낚싯대 던지고 황제를 보좌하고 싶다고 한 것은 강태공의 일을 용사用事한 것이다. 주周나라 문왕과 무왕을 도와 주나라가 은殷나

라를 멸하는데 일등 공신이 된 강태공처럼, 이백 자신도 당나라 조정에 공을 세우고 싶다는 것이다. 강태공이 위수 가에서 80년 동안 때를 기다렸고, 주나라로 통일된 후 산동성 제齊나라의 제후로 80년을 다스린 것처럼 이백도 그렇게 하고 싶다는 것이다. 왕숭에게 그렇게 될 수 있도록 천거해 달라는 것이다.

사마 왕숭과 이별하면서 쓴 시도 보자.

유별왕사마숭留別王司馬嵩: 사마司馬 왕숭王嵩을 떠나며

노중련은 담소하며 적을 물리쳤는데,	魯連賣談笑노련매담소,
어찌 천금을 바라서인가?	豈是顧千金기시고천금.
도주공 범려는 비록 월나라 재상이었으나,	陶朱雖相越도주수상월,
본래 오호五湖에 마음 있었네.	本有五湖心본유오호심.
나 또한 남양 사람 제갈량같이,	余亦南陽子여역남양자,
이따금 「양보음」을 읊조렸네.	時爲梁甫吟시위양보음.
푸른 산은 편안히 쉬는 것을 받아주었지만,	蒼山容偃蹇창산용언건,
밝은 태양이 저물어 감을 안타까워하였네.	白日惜頹侵백일석퇴침.
한 번이라도 총명한 왕 보필하여,	願一佐明主원일좌명주,
공적 이루고 옛 고향 돌아가고파.	功成還舊林공성환구림.
서쪽으로 온 것은 무엇 때문인가?	西來何所爲서래하소위,
외로운 검(이백)을 지음(왕숭)에게 의탁하려는 것이네.	孤劍託知音고검탁지음.
새는 벽산碧山의 우거진 곳을 좋아하고,	鳥愛碧山遠조애벽산원,
물고기는 창해滄海 깊은 곳에서 노는 법이라.	魚遊滄海深어유창해심.
이사李斯처럼 매를 불러 상채上蔡 지나고,	呼鷹過上蔡호응과상채,
왕맹처럼 삼태기 팔러 숭산 봉우리 향하네.	賣畚向嵩岑매분향숭잠.

다른 날 한가할 때 찾아오시면, 他日閑相訪타일한상방,
산속에서 소박한 거문고 소리 있으리라. 丘中有素琴구중유소금.

위의 시에서 이백은 자기가 지향하는 정치적 이상과 삶의 방향을 드러내었다. 이백은 자신이 닮고 싶은 인물로, 월나라 범려 곧 도주공과 제나라 노중련이다. 이 두 사람은 모두 공성신퇴功成身退한 인물이다. 범려는 월越나라 구천을 도와 오吳나라 부차를 이기게 한 장본인이다. 서시西施라는 미인계를 이용해 강대국 오나라를 정복하고, 그 후 월나라 구천 곁을 떠나 산동성 제齊나라와 도陶 땅으로 가서 장사하여 큰 부자가 되었던 인물이다. 월나라에서 공을 세웠지만 공功 치사致謝하지 않고 그 자리를 떠난 인물이다. 노중련의 고사는, 전국시대 강대국 진秦나라가 조趙나라를 쳐들어오자, 조나라 노중련이 이웃나라인 위魏나라 실권자인 신원연과 담판을 지어 결국 위나라 신릉군이 군대를 이끌고 와 조나라를 도와 진秦나라를 물리쳤다는 이야기이다. 그러자 조나라 평원군이 노중련의 공적을 높이 사 벼슬을 내리고자 하였으나, 노중련이 사양하고 떠났다는 것이다. 그리고 삼국시대 촉蜀의 제갈량諸葛亮, 진秦나라의 이사李斯, 위진남북조시대 중에서도 오호십육국시대에 활약했던 전진前秦의 정치가인 왕맹王猛 모두 책략에 뛰어난 인물이면서 나라를 부강하게 만든 공적이 있는 인물들이다. 이백도 이들처럼 공을 세우고 나라를 부강하게 만들고 싶은 것이다. 그런 후 자연에 은거하고 싶은 삶의 태도까지 드러내었다. 이것이 이백이 열망하고 지향했던 삶이다.

천보 4년(745) 늦은 봄, 이백은 어렵게 도록을 받은 후 도교 사원으로 가지 않고 산동성 동노東魯의 임성任城 집으로 향했다. 이 무렵 두보를 동노東魯에서 다시 만나 제주로 가서, 북해태수北海太守 이옹李邕의 조카

이지방李之芳을 고적과 함께 만났다. 또한 이옹도 배알하였다. 가을 무렵 이백은 두보와 함께 노군魯郡의 북쪽에 살고 있는 은사隱士 범십范十을 방문하기도 하였다. 두보는 이때 이백과 범십과의 우정을 읊은 시를 지었다.

여이십이백동심범십은거與李十二白同尋范十隱居: 이백과 함께 은거하고 있는 범십을 찾다

두보杜甫

이백에게 좋은 글귀 있는데,	李侯有佳句이후유가구,
때때로 음갱(진陳 시인)의 시를 닮았다.	往往似陰鏗왕왕사음갱.
나 또한 동몽(사천성의 산)의 나그네로,	余亦東蒙客여역동몽객,
당신을 형제처럼 여겼네.	憐君如弟兄연군여제형.
취해 잠들면 가을 날씨라 함께 이불 덮고,	醉眠秋共被취면추공피,
손잡고 날마다 함께 다녔다.	携手日同行휴수일동행.
은거 기약한 곳 다시 생각나,	更想幽期處갱상유기처,
돌아와서 북곽 선생(후한, 요부)을 찾았다.	還尋北郭生환심북곽생.
문을 들어서니 고상한 흥취 발하고,	入門高興發입문고흥발,
시중드는 아이 해맑네.	侍立小童淸시립소동청.
황혼에 다듬이 두드리는 소리 쓸쓸하고,	落景聞寒杵낙경문한저,
겹겹의 구름이 옛 성을 대하고 있네.	屯雲對古城둔운대고성.
저번에는 귤송橘頌을 읊었는데,	向來吟橘頌향래음귤송,
누구와 더불어 순갱蓴羹(고향)을 논할까?	誰與討蓴羹수여토순갱.
잠홀簪笏(벼슬)을 논하는 것 원치 않고,	不願論簪笏불원논잠홀,
아득한 창해를 그리워한다.	悠悠滄海情유유창해정.

이백의 좋은 시들은 남북조시대 진陳나라 오언시를 잘 지었던 음갱을 닮았다. 나 두보 또한 사천성 명산현에 있는 몽산으로 이백을 찾아온 나그네인데, 이백 당신을 형제처럼 사랑한다. 술에 취해 잠이 들면 쌀쌀한 가을 날씨라 함께 이불을 덮고 날마다 손을 맞잡고 유람하였다. 은거하자던 기약 생각나 다시 노군 북쪽에 은거하고 있던 범십을 찾았다. 방문하니 고상한 흥취가 일어나고 시중드는 아이 해맑게 반긴다. 황혼 무렵인데 다듬이 소리 쓸쓸히 들리고 낮게 드리운 구름은 옛날 성을 덮고 있다. 지난번에는 굴원이 지었다는 「귤송」을 읊었는데, 지금은 누구와 고향을 그리워할까? 벼슬 같은 세상사 부질없고, 끝도 없이 멀고 푸른 바다를 그리워한다.

북곽 선생은 후한 때 사람으로 요부廖扶이다. 평생 동안 은거하였다. 「귤송橘頌」은 전국시대 초나라 굴원이 지은 시인데, 여기서는 강직한 성품을 상징한다. 귤나무는 뿌리가 깊고 단단해 옮기기가 어렵기 때문이다. 순갱蓴羹은 순채와 국으로, 순갱노회蓴羹鱸膾에서 온 말이다. 곧 순채국과 농어회로 고향에서 먹던 순채국과 농어회를 이르는 말이다. 그래서 순갱은 고향을 그리워하는 정을 상징한다. 잠홀簪笏은 비녀와 홀로, 벼슬을 상징하는 말이다. 잠簪은 벼슬아치의 관冠에 꽂던 비녀이고, 홀笏은 왕명을 받아쓰는 대나무 판이다.

위의 시에서 두보는 이백을 찾아 사천성 명산현 몽산까지 찾아왔고, 이백 당신을 형제처럼 생각한다고 하였다. 그러면 옛날에 은거하자던 생각이 나서 은둔자 범십을 찾았다는 것이다. 은둔자의 집을 방문하기는 했는데, 쓸쓸하고 지난날 함께 굴원의 「귤송」을 읊던 생각이 나서 지금의 처지가 쓸쓸하다는 것이다. 두 사람 모두 마음 한 구석에는 출사에 대한 욕구가 여전히 남아 있다.

이 무렵 두보(두보 나이 33~34세)가 지은 시 한 편을 더 감상해보자.

증이백贈李白: 이백에게 드리다.

두보

가을이 되어 서로 돌아보니
　아직도 떠도는 쑥 신세이고, 秋來相顧尙飄蓬추래상고상표봉,
아직 단사를 이루지 못해 갈홍에게 부끄럽네. 未就丹砂愧葛洪미취단사괴갈홍.
통쾌하게 마시고 미친 듯이 노래하며
　헛되이 날을 보내시니, 痛飮狂歌空度日통음광가공도일,
잘난 체하고 함부로 날뛰은
　누구를 위한 호기입니까? 飛揚跋扈爲誰雄비양발호위수웅.

위의 시는 두보가 가을까지 떠돌면서 뜻을 얻지 못한 두보 자신과 이백의 신세를 한탄하면서 이백에게 드린 시이다. 아마도 벼슬자리에 나아갈 방법은 찾지 않고 매일 술과 흥타령으로 세월을 보내니, 두보가 답답한 생각이 들었던 것 같다. 시의 마지막 부분이 '제발 출사를 위해 노력 좀 해보시오.' 정도로 들리기 때문이다. 위의 두보 시를 통해 미루어 보자면 두보도 세상에 명성이 알려진 이백에게 기대하는 심리가 있었던 것 같다. 그래서 어느 정도의 출사에 대한 기대치도 있었을 것이다. 그래서 도를 닦는 은사를 찾아가기도 하고, 이백에게 쓴 소리도 하는 것이다. 따라서 두보와 이백도 도교에 대한 생각이나 행적도 아마 출사를 위한 한 방편쯤으로 생각하면 될 듯하다.

745년 늦가을 이백(45세)은, 자신의 정치적 뜻을 실현하고자 다시 장안으로 가기 위해 떠나는 두보와 지금의 곡부曲阜 석문산石門山에서 헤어졌다. 이백은 두보와 헤어지면서 이별의 정情을 노래하였다.

노군동석문송두이보魯郡東石門送杜二甫: **노군 동쪽 석문에서 두보를 보내다**

이별주를 마시고도 또 며칠이나, 醉別復幾日취별부기일,
못가의 누대를 두루 올라 굽어보았네. 登臨偏池臺등림편지대.
어느 때 석문(곡부현 위치) 길에서, 何時石門路하시석문로,
다시 금항아리의 술을 나눌 수 있을까? 重有金樽開중유금준개.
가을이 되니 사수의 물결은 낮아지고, 秋波落泗水추파락사수,
새벽빛으로 조래산은 환해졌네. 海色明徂萊해색명조래.
날리는 쑥처럼 각자 길을 떠나니, 飛蓬各自遠비봉각자원,
우선 손 안의 잔이나 마저 비우세. 且盡手中杯차진수중배.

이백은 산동성 곡부현에 위치한 석문에서 두보와 헤어지는 아쉬움을 달래고 있다. 헤어지기에 앞서 이별주를 나누고 있는 모습이다. 산동성 곡부현을 흐르는 사수泗水와 산동성 태안현에 위치한 조래산을 배경으로 두 사람이 이별하였다. 이후 두보는 장안 쪽으로 떠났다.

장안 쪽으로 떠난 두보는 이듬해 봄(746년)에 이백을 그리워하는 시를 보냈다.

춘일억이백春日憶李白: **봄날에 이백을 생각하며**

두보杜甫

이백은 시가 천하무적이라, 白也詩無敵백야시무적,
자유분방하여 생각은 무리와 다르다. 飄然思不群표연사불군.
청신함은 유개부요, 清新庾開府청신유개부,
준일하기론 포참군 같네. 俊逸鮑參軍준일포참군.
위수 북쪽엔 봄 나무 밑에 있는 나, 渭北春天樹위북춘천수,
강동엔 날 저무는 구름 밑에 있는 그대. 江東日暮雲강동일모운.

어느 때 만나 술 한 동이를 비우며, 何時一樽酒하시일준주,
거듭 함께 자세히 글을 논할까? 重與細論文중여세논문.

이백의 시는 천하무적이라 따를 자가 없고, 생각 자체도 속세의 무리들과 다르다. 맑고 참신하기는 남북조시대 북주北周의 유신庾信의 시 같고, 빼어난 재주는 육조시대 송宋나라의 산수시인 포조鮑照 같다. 자기가 있는 장안 근처 위수에는 봄이 와서 나무들이 싱그러운데, 이백은 자기가 거주하는 강동의 황혼 무렵에 장강 가를 거닐고 있을 것이라고 상상하였다. 그러면서 우리 언제 다시 만나 술 한 말을 마시면서 시를 자세히 논해볼까라고 그리움과 아쉬움을 토로하였다.

이백은 746년 봄에 병으로 동노東魯에 머물렀다. 그리고 가을에 두보를 그리워하는 「사구성하기두보沙丘城下寄杜甫」를 지어 보냈다.

사구성하기두보沙丘城下寄杜甫: 사구성 아래서 두보에게 부치다

내가 온 것은 대체 무엇 때문이기에, 我來竟何事아래경하사,
사구성에 한가로이 누워 있는가? 高臥沙丘城고와사구성.
성 주변에 오래된 나무가 있어서, 城邊有古樹성변유고수,
밤낮으로 가을 소리가 이어지네. 日夕連秋聲일석연추성.
노나라 술로도 취하지 않고, 魯酒不可醉노주불가취,
제나라 노래도 공연히 정만 돋우네. 齊歌空復情제가공복정.
그대를 향한 그리움이 문수와 같으니, 思君若汶水사군약문수,
넘실넘실 남으로 흐르는 물에 부치네. 浩蕩寄南征호탕기남정.

사구성은 지금의 산동성 액정으로, 이백의 집이 있던 동노東魯 지역이다. 744년 낙양에서 처음 만난 후 다시 가을에 양송 지역에서 두보

와 고적 두 사람을 만나 유람하였고, 고적과는 헤어진 후 두보와 1년 가까이 유람하다가 745년에 헤어진 후, 1년의 시간이 지나자(746년) 다시 생각났던 것이다. 그래서 이백이 가을 동노에서 머물면서 함께 노닐던 두보를 그리워한 것이다. 그 그리움이 커서 술을 마시고 노래를 들음으로써 그리움을 삭히고 싶지만 뜻대로 되지 않는다. 그래서 산동성을 흐르는 문수汶水의 강물처럼 그리움이 넘실넘실 넘친다고 하였다. 이처럼 두 사람은 서로를 잊지 못했다.

이백은 천보 3년(744) 궁중에서 쫓겨난 후 천보 14년(755) 안녹산의 난이 일어나기까지 10여 년간 당나라 각지를 유람하였다. 젊은 시절 1차 유람은 시가 대체로 협객에 관한 것으로 호방하고 장엄한 감정의 표출이 많았으면서 한편으로는 신선 세계에 대한 동경으로 현실과 초월 세계에 대한 경계선에서 머무는 듯한 인상을 주었다. 그런데 이 무렵 2차 유람은 3년 동안 당나라 황실에서 자신의 뜻을 이루지 못하고 쫓겨난 것 때문인지 현실 비판의 시가 많다. 그러면서 현실 초월의 시도 많이 지었다. 아마도 궁중에서 쫓겨난 후 현실적 좌절이 신선 세계에 대한 동경으로 나타난 것 같은데, 그 이면에는 당나라 황실의 도교 신봉信奉과도 연관이 있었을 것이다. 궁중에서 쫓겨난 후 이백은 생계를 위해 지방의 관리들로부터 시를 지어주고 그 보답으로 얼마간의 노자돈을 받았던 것 같다. 한편으로는 냉대와 멸시 속에 삶을 이어가고 있었다.

이백은 천보 5년(746) 가을에 소흥으로 낙향한 하지장賀知章을 방문하기 위해 길을 나섰다. 오吳와 월越이 있는 절강성으로 가기 전 동노東魯의 벗들과 이별하면서 지은 시가 있다.

몽유천모음유별夢游天姥吟留別」: 꿈에 천모산(절강성 소흥현에 있는 산)에 놀다가 시를 읊으며 이별하다

바다 사람들은 신선 사는 영주瀛洲 말하기를, 海客談瀛洲해객담영주,
안개 낀 큰 물결에 아득하여 가보기 어렵다네. 煙濤微茫信難求연도미망신난구.
월 땅 사람들은 천모산天姥山을 말하기를, 越人語天姥월인어천모,
구름 노을 밝았다 사라지는 중에
  혹 볼 수 있다네. 雲霞明滅或可覩운하명멸혹가도.
천모산은 하늘에 닿아 하늘 향해 펼쳐 있고, 天姥連天向天橫천모연천향천횡,
기세가 오악을 넘어서고 적성산을 압도하네. 勢拔五岳掩赤城세발오악엄적성.
천태산의 높이가 사만 팔천 장丈에 이르나, 天台四萬八千丈천태사만팔천장,
천모산과 대비하면 동남쪽으로 기울어졌다네. 對此欲倒東南傾대차욕도동남경.

나는 오월吳越 지역을 꿈꾸자 하여, 我欲因之夢吳越아욕인지몽오월,
하룻밤에 달이 뜬 경호鏡湖를 날아 건넜네. 一夜飛渡鏡湖月일야비도경호월.
호수의 달은 나의 그림자를 비추고, 湖月照我影호월조아영,
섬계剡溪(소흥 승현)까지 나를 데려다주었네. 送我至剡溪송아지섬계.
사령운이 묵던 곳 아직도 그대로인데, 謝公宿處今尙在사공숙처금상재,
맑은 녹수(강 이름) 넘실대고
  원숭이 울음 들렸네. 淥水蕩漾淸猿啼녹수탕양청원제.
발에는 사령운의 나막신 신고, 脚著謝公屐각저사공극,
몸소 푸른 구름사다리를 올랐네. 身登靑雲梯신등청운제.
산허리에는 바다 위로
  떠오르는 태양이 보이고, 半壁見海日반벽견해일,
하늘에서는 천계天雞의 울음소리 들렸네. 空中聞天雞공중문천계.
온갖 바위와 골짜기로 길은 일정치 않아, 千巖萬壑路不定천암만학로부정,

꽃에 홀려 바위에 기대니 홀연 날이 저물었네. 迷花倚石忽已暝미화의석홀이명.
곰과 용이 우는 소리 바위샘에 시끄러워, 熊咆龍吟殷巖泉웅포용음은암천,
깊은 숲을 전율케 하고
　겹겹 봉우리를 놀라게 하였네. 慄深林兮驚層巓율심림혜경층전.
구름은 짙푸르고 비가 내릴 듯, 雲靑靑兮欲雨운청청혜욕우,
물결은 일렁이며 물안개 피어나네. 水澹澹兮生煙수담담혜생연.
하늘이 터진 틈으로 번개와 우레 치더니, 裂缺霹靂열결벽력,
언덕과 산이 무너지고 꺾이네. 丘巒崩摧구만붕최.
신선 사는 곳의 돌문이, 洞天石扇동천석선,
꽝하고 중문이 열렸네. 訇然中開굉연중개.
푸른 하늘 넓어 끝이 보이지 않고, 靑冥浩蕩不見底청명호탕불견저,
해와 달은 금은대를 비추어 빛났네. 日月照耀金銀臺일월조요금은대.

무지개 옷 입고 바람 말 타고, 霓爲衣兮風爲馬예위의혜풍위마,
구름의 신선이 어지럽게 내려왔네. 雲之君兮紛紛而來下운지군혜분분이래하
호랑이는 비파 타고 난새는 수레 끌고, 虎鼓瑟兮鸞回車호고슬혜난회거,
선계의 사람이여 삼대같이 늘어섰네. 仙之人兮列如麻선지인혜열여마.
갑자기 혼백이 놀라고 요동쳐서, 忽魂悸以魄動홀혼계이백동,
멍하니 놀라 일어나 길게 탄식하네. 怳驚起而長嗟황경기이장차.
꿈에서 깨어나 보니 침상만 남아 있고, 惟覺時之枕席유각시지침석,
방금까지 있던 안개와 노을 풍경 사라졌네. 失向來之煙霞실향래지연하.

세상의 즐거움도 이와 같아서, 世間行樂亦如此세간행락역여차,
예부터 세상만사 동으로 흐르는 물이라네. 古來萬事東流水고내만사동류수.
그대 이별하고 떠나가면 어느 때 돌아올까? 別君去兮何時還별군거혜하시환,

푸른 절벽 사이에서 흰 사슴 방목하여,	且放白鹿青崖間차방백녹청애간,
모름지기 떠날 때는 타고서 명산을 다니리라.	須行卽騎訪名山수행즉기방명산.
어찌 눈을 낮추고 허리 굽혀 권력과 부귀 섬겨,	安能摧眉折腰事權貴안능최미절요사권귀,
나로 하여금 마음과 얼굴을 펴지 못하게 하리오.	使我不得開心顔사아부득개심안.

위의 시는 이백이 46세 때 절강성 소흥으로 떠나면서 지은 시이다. 조선시대 여류시인 허난설헌도 이백의 「몽유천모음유별夢游天姥吟留別」을 보고, 자신이 꾼 꿈속 내용을 시화한 「몽유광상산夢遊廣桑山: 꿈에 광상산에 노닐다」[2)]을 지었다고 했다. 꿈 속 내용을 자유롭게 묘사한 이 시는 조선시대에도 많이 알려진 시였음을 알 수 있다.

위의 시 「몽유천모음유별夢游天姥吟留別」을 4단락 나누어 보았다. 첫 번째 단락은 신선이 산다는 영주산과 절강성 소흥에 위치한 천모산을 대비하면서, 천모산의 웅장함을 소개하였다.

두 번째 단락은 꿈속 내용으로, 천모산이 위치한 오월 지방을 여행하는 장면이다. 어느 날 밤에 경호에 비친 달이 나를 데리고 옛날 동진 때 사령운이 묵었던 섬계(소흥)까지 데려다주었다고 하였다. 그곳은 깨끗한 물이 흐르고 원숭이 울음소리도 맑게 들리는 곳이다.

---

2) 허난설헌, 「몽유광상산(夢遊廣桑山)」. "碧海浸瑤海(벽해침요해, 푸른 바닷물이 목 바다에 스며들고), 青鸞倚彩鸞(청난의채난, 푸른 난새가 오색 난새와 어울리네). 芙蓉三九朶(부용삼구타, 연꽃 스물일곱 송이), 紅墮月霜寒(홍타월상한, 붉은 꽃 떨어지니 달빛이 서리 위에 차갑다)." 허난설헌은 이 시의 서문에 자기가 꾼 꿈의 내용을 밝히고 나서 이백의 「몽유천모음유별(夢游天姥吟留別)」에 비견될 수 없을 것이라고도 하였다. 연꽃 27송이가 떨어졌다는 것은 허난설헌 자기 자신의 죽음을 예견한 작품으로 보는 연구자도 있다. 천재문인 허난설헌이 27세로 요절하였기 때문이다.

사령운이 산에 오를 때 신었던 나막신을 신고 산에 올라 바다에서 솟아나는 해도 보고, 허공에서 들려오는 하늘의 닭소리도 듣고, 구불구불한 산길을 걷다가 꽃에 홀려 바위에 기대어 쉬기도 한다. 그리고 갑자기 날이 어두워지자 곰이 울부짖고 용이 소리를 내며 바위 사이로 흐르는 계곡물 소리는 숲을 떨게 할 뿐만 아니라, 높이 솟은 봉우리마저 놀라게 한다고 하였다. 구름이 모여 비가 오는 듯 싶더니 뇌성벽력이 치면서 산봉우리가 무너지고 동천의 돌문도 큰 소리를 내며 중문이 쩍 열렸다. 그러자 맑은 하늘이 끝없이 드넓게 펼쳐지고 햇빛은 동해바다 삼신산이 있는 금은대를 비춰 빛나게 하였다.

세 번째 단락은 꿈속에서 현실로 돌아오는 장면이다. 화려한 옷을 입은 천상의 사람들이 아름다운 음악 소리와 선계 사람들의 환송을 받으면서 지상으로 내려오는 순간 잠에서 깨어나는 장면이다.

네 번째 단락은 벗들과 이별하는 장면이다. 이백은 현실 세계에서 느끼는 권력과 부귀에 대한 혐오감으로, 이제는 그것들로부터 벗어나고픈 심정을 드러내었다. 이는 이백이 당나라 궁중 생활에서 느꼈던 좌절감의 표현일 것이다. 경세제민이 아니라 단지 부귀영화를 위해 권모술수가 횡횡하는 현실 정치에 대한 환멸감일 수도 있기 때문이다. 그래서 신선이 사는 신선 세계를 더욱 그리워한 것인 줄도 모르겠다. 혹자는 시의 상징성을 부여하여, 이백의 이전 삶과 비유하기도 하였다. 천모산의 웅장한 선경의 모습은 당나라 궁궐의 모습이고, 꿈속에서 노닐었던 모습은 이백이 한림학사로 몸담았던 시절에 비유하기도 하였다. 꿈을 깨고 현실 세계를 떠나고 싶은 마음은 궁중에 쫓겨나서 세상을 떠도는 지금, 이백의 심정일 수 있을 것이다. 이런 마음을 품고 자기를 적선謫仙으로 인정해준 하지장賀知章을 찾아 그의 고향 소흥으로 떠나게 되었던 것이다.

중국 절강성 소흥에 있는 하지장의 고택으로 하비감사(賀祕監祠)의 현판과 그리고 하지장이 하사 받은 감호(경호)의 현재 모습으로, 유람선이 떠 있다.

이백은 천보 6년(747) 회남을 거쳐 회계를 유람하고 월중越中 절강성 소흥 하지장의 고향에 도착해보니, 이미 하지장賀知章은 이 세상 사람이 아니었다.

먼저 병서並序를 살펴보자. "태자빈객 하공이 장안의 자극궁에서 나를 한 번 보고는 나를 하늘에서 귀양 온 신선이라 부르고, 금 거북을 풀어 술과 바꿔 즐겼다. 서글프게 그에 대한 그리움이 생겨서 이 시를 짓는다."[3] 하지장과의 인연을 먼저 소개하였다. 이백 자신을 적선이라하였고, 고위직을 상징하는 패물인 금구 곧 금 거북을 술집에 전당잡히고 술도 사주었다는 것이다. 두 사람이 남다른 친분을 유지했음을 알 수 있다.

대주억하감 2수對酒憶賀監 二首」: 술을 대하니 하지장 비서감을 그리워하다

제1수 기일其一

사명산에 광객이 있으니, 四明有狂客사명유광객,

3) 「對酒憶賀監 二首」 並序. "太子賓客賀公於長安紫極宮一見余, 呼余爲謫仙人, 因解金龜換酒爲樂. 悵然有懷, 而作是詩."

풍류를 아는 하지장일세. 風流賀季眞풍류하계진
장안에서 한번 서로 만났을 때, 長安一相見장안일상견,
나를 귀양 온 신선이라 불렀지. 呼我謫仙人호아적선인.
옛날 잔속에 물건(술)을 좋아하더니, 昔好盃中物석호배중물,
지금은 소나무 아래 먼지가 되었구나. 今爲松下塵금위송하진.
금 거북을 술로 바꾸어 놓고 보니, 金龜換酒處금구환주처,
추억으로 눈물이 수건을 적시네. 却憶淚沾巾각억루첨건.

제2수 기이其二

광객이 사명산으로 돌아가니, 狂客歸四明광객귀사명,
산음 도사들이 맞이하였네. 山陰道士迎산음도사영.
칙명으로 경호의 물을 내리니, 敕賜鏡湖水칙사경호수,
그대로 인해 누대와 연못은 영광이었지. 爲君臺沼榮위군대소영.
사람은 죽고 옛 집만 남았는데, 人亡餘故宅인망여고택,
공연히 연꽃만 피어 있으리. 空有荷花生공유하화생.
이를 생각하니 아득하기가 꿈만 같아, 念此杳如夢염차묘여몽,
처연히 내 마음만 슬퍼지네. 凄然傷我情처연상아정.

소흥의 하지장 옛집 모습의 내부 정경이다.

소흥 하지장 옛집의 하지장의 동상이다.

장안에서 처음 만났을 때, 자신의 재능을 알아봐주어 적선謫仙 곧 하늘에서 쫓겨난 신선이라고 하였던 하지장이 벼슬에 물러나 고향 땅으로 갔는데, 그를 만나러 와 보니 이제는 죽고 없다는 것이다. 술을 좋아해 3품 이상 관리가 관복의 띠에 매는 거북 모양의 금으로 된 장신구인 금구를 술집에 저당 잡히면서까지 술을 사 주었는데, 지금은 소나무 아래 먼지가 되었다는 것이다. 하지장이 고향 땅 사명산으로 돌아가니 고향의 도사들이 다 반겨주었다. 그리고 현종이 경호의 한 부분을 하사하니 집안의 영광이었다. 지금 그곳을 가보니 사람은 죽고 옛집만 남아 내 마음을 아프게 한다. 하지장을 "광객狂客"으로 표현한 것을 보면, 이백과 기질적으로 서로 통했던 것 같다. 광객狂客 곧 미친 나그네란, 행동이 어느 규범에도 매이는 것을 싫어한다는

하지장 고택 앞 정경이다. "손님은 어디로부터 왔느냐"고 웃으면서 묻던 마을 아이들은 보이지 않고, 기념품 상점만 몇 보였다.

하지장이 하사 받은 소흥의 감호(경호)의 모습

의미이다. 이백 역시 자유로운 영혼이었기 때문이다.

비통한 마음으로 금릉(남경)으로 가는 길에 다시 하지장을 추억하면서 「중억重憶」이라는 시를 지었다.

중억重憶: 거듭거듭 생각하다

강동으로 향하고 싶으나,	欲向江東去욕향강동거,
진정 누구와 술잔을 들어야 하나?	定將誰舉杯정장수거배.
회계산에 하노인 안 계시다 하니,	稽山無賀老계산무하로,
다시 노 저어 술 실은 배 돌리네.	却棹酒船回각도주선회.

하지장과의 인연을 짐작하게 하는 시이다. 회계산 아래 사는 하지장과 한 잔 하기 위해 술을 싣고 노 저어 갔지만, 이미 저 세상 사람이 되었다는 말을 듣고 술 실은 배를 돌린다는 내용이다. 이백의 애잔하면서도 서운한 감정이 묻어난다.

하지장이 50여 년의 벼슬살이를 청산하고 86세에 고향 소흥에 돌아와서 지은 한시가 있다.

회향우서回鄕偶書: 고향으로 돌아와서 우연이 쓰다

하지장賀知章

아주 젊었을 때 집을 떠나서 아주 늙어 돌아와 보니,	少小離家老大回소소이가노대회,
고향의 사투리는 바뀌지 않았는데 머리털만 쇠었구나.	鄕音無改鬢毛衰향음무개빈모쇠.
동네 아이들 서로 보고서 서로 알아보지도 못하고,	兒童相見不相識아동상견불상식,
웃으며 묻더라, 손님께서는 어느 곳으로부터 오셨나요?	笑問客從何處來소문객종하처래.

검은 머리로 고향을 떠났다가 흰 머리로 돌아왔다. 동네 아이들이 무심코 던진 말 "손님은 누구신가요?" 고향이 낯설게 느껴진다. 하지장이 느낀 인생무상이다. 이백을 적선으로 평할 만한 내공을 지녔던 인물임을 한 눈에 알 수 있게 하는 시이다.

세월이 흘러 고향 사람도 달라지고 문물도 달라졌다. 그런데 오직 변하지 않은 것은 문 앞의 경호[감호]의 물결만은 그대로였다. 인사는 변해도 변하지 않은 것은 물결뿐이므로, 반갑다기보다는 서글픈 감정이 저절로 일어난다. 노시인의 인생 황혼기의 쓸쓸함이 묻어나는 시이기도 하다.

소흥에서 하지장을 만나지도 못한 채, 금릉(남경)에 도착해보니, 친구 최성보는 추방되었으며, 이적지는 자살하였고, 이옹도 죽음을 당하였다는 마른하늘에 날벼락 같은 소식을 듣게 된다. 당시 실권자 이임보가 권력을 독점하였으며 군사의 대권은 안녹산이 쥐고 있었다. 746년 형부상서 위견韋堅과 군사령관인 농우절도사 황보유명皇甫惟明은 이임보의 참언讒言으로 참형을 당하였다. 참언은 태자를 옹립하여 황제의 자리에 앉히려고 하였다는 것이다. 이 사건에 연루된 사람 가운데 위견과 친한 사이였던 이백의 친구인 이적지가 강서의 의춘 태수로 좌천된 후 압력을 받고 자살하였던 것이다. 또 이백이 궁중에 있을 때 친하게 지냈던 감찰어사 최성보는 형부상서 위견의 선정善政을 칭송하였다는 이유로 호남의 상음湘陰으로 추방되었다. 그리고 북해 태수 이옹과 산동 치천 태수 배돈복도 피살당하였다. 이런 현실에 이백은 조정에 간신만 득실거리고 충신은 모두 사라졌음을 한탄하는 시를 짓기도 하였다.

고풍오십구수 기오십일古風五十九首 其五十一: **고풍 59수 중 제51수**

은나라 주왕은 하늘의 기강을 어지럽혔고,	殷后亂天紀은후란천기,
초나라 회왕도 이미 혼미하였네.	楚懷亦已昏초회역이혼.
이양(들짐승)은 들판에 가득하였고,	夷羊滿中野이양만중야,
조개풀과 도꼬마리가 솟을대문에 가득하네.	菉葹盈高門녹시영고문.
비간은 간하다 죽고,	比干諫而死비간간이사,
굴평(굴원)은 상강 상류로 내쳐졌다네.	屈平竄湘源굴평찬상원.
범의 입을 어찌하여 좋아하는가?	虎口何婉孌호구하완연,
굴원의 누님 여수는 헛되이 만류하네.	女嬃空嬋娟여수공선연.

팽함이 물에 빠져 죽은 지 오래 되었으니, 彭咸久淪沒팽함구윤몰,
이 뜻(굴원의 심정)을 누구와 더불어 논하랴? 此意與誰論차의여수론.

은나라의 주왕紂王이 달기라는 미녀에 빠져 정사政事를 게을리했음을 지적하고, 그 기강의 흔들림은 곧 하늘의 기강이 무너짐에 비유하였다. 그리고 전국시대 초나라 회왕은 굴원의 충언을 듣지 않고 오랜 수교를 맺었던 제나라와 단교하고 진秦나라와 친교를 맺은 후 객사했기에, 이미 판단을 상실한 왕으로 표현하였다. 지금 당나라 현종의 모습이 이런 것이 아닌가를 보여주는 듯하다. 그래서 나라와 조정에는 들짐승과 조개풀, 도꼬마리 등 간신배들이 넘쳐난다고 하였다. 이런 현실에 충언을 올렸다가 살해된 이옹과 배돈복·위견·이적지 등을, 충언하다가 살해되거나 자살한 충신 비간과 팽함·굴원 등에 비유하였다. 시 또한 굴원의 작품인 「이소離騷」의 내용을 모방하였다. "범의 입을 어찌하여 좋아하는가?"는 '조정에 간신배들만 득실거리는데 무엇이 좋다고 벼슬자리에 나아가고자 하는가?'의 의미이다. 그래서 굴원의 누님 여수가 굴원에게 혼자 깨끗한 척하지 말고, 세속과 적당히 어울릴 것을 권하였다. 이백은 이 시에서 「이소離騷」의 내용으로, 굴원의 누님 여수女嬃가 굴원이 너무 강직하게 행동하는 것을 질타한 부분을 인용하여 함축적 의미를 더했다. 남의 작품을 인용하기는 했지만 새로운 의미를 부여했기에 점화點化[4] 곧 환골탈태換骨奪胎가 되었다고

4) 점화(點化)는 환골탈태(換骨奪胎)와 같은 의미로 한시의 작법평어류 용어이다. 남의 작품을 모방하여 자기 작품에 사용하였지만, 그 모방한 작품으로 인해 새로운 의미를 드러낸 경우를 점화되었다고 평하게 된다. 만약 남의 작품을 모방했는데, 새로운 의미를 드러내지 못했을 경우는 도습(蹈襲)이라고 비평하였다. 그리고 처음부터 남의 작품을 훔칠 목적으로 베끼고 새로운 의미도 부여하지 못했을 경우는 표절(剽竊)이라고 비난했던 것이다.

할 수 있다. 팽함 역시 은나라 때 충신으로 물에 빠져 죽은 충신으로, 굴원이 좋아했던 인물이다. "이 뜻(굴원의 심정)을 누구와 더불어 논하랴?"는 굴원 같은 충정을 알아주지 못하는 현실에 답답해하는 이백의 심리인 것이다.

시에 등장한 인물은 은殷나라 마지막 왕인 주왕紂王과 전국시대 초楚나라 왕인 회왕懷王이다. 그리고 은나라 마지막 왕인 주왕紂王께 직언했던 비간比干, 전국시대 초나라 회왕에게 충간했던 굴원屈原이다. 그리고 팽함彭咸은 굴원이 숭배한 인물로 은殷나라 때 대부로 왕에게 충언을 올렸는데 받아들이지 않자 물에 빠져 죽은 인물이다. 여기 제시된 왕은 폭군이거나 어리석은 왕이다. 그리고 그 왕들에게 충언을 올리다 죽은 인물들이 제시되었다. 아마도 이백도 지금 현실이 충언을 받아들이지 않는 시절로 보고 이런 시를 창작하였을 것이다.

47세의 이백은 금릉(남경)에 머물면서 봉황대에 올랐다.

등금릉봉황대登金陵鳳凰臺: 금릉의 봉황대에 올라서

봉황대 위에서 봉황이 노닐더니,	鳳凰臺上鳳凰遊봉황대상봉황유,
봉황 날아가 대臺는 비었는데 강만 절로 흐르네.	鳳去臺空江自流봉거대공강자류.
오나라 궁전의 화초(궁녀)는 깊숙이 길가에 묻혔고,	吳宮花草埋幽徑오궁화초매유경,
진晉나라 고관들은 언덕(무덤)을 이루었다.	晉代衣冠成古丘진대의관성고구.
삼산三山은 푸른 하늘 밖에 반쯤 떨어져 있고,	三山半落靑天外삼산반락청천외,
이수二水는 백로주 가운데서 나누어진다.	二水中分白鷺洲이수중분백로주.
뜬 구름이 해를 모두 가리어,	總爲浮雲能蔽日총위부운능폐일,
장안이 보이지 않아 사람으로 하여금 근심케 한다.	長安不見使人愁장안불견사인수.

남경 시내에 흐르는 진수(秦水)의 현재 모습

봉황 조각상에서 바라본 봉황대 모습이다.

위쪽 누각의 상단 부분만 보이는 것이 봉황대이다.

봉황대의 지금 모습이다.

위의 시는 창작 연대가 정확하지는 않다. 이백의 일생을 돌아보면 이 무렵에 금릉(남경)에 와서 혼란한 장안을 바라보면서 우국충절을 느꼈을 것 같고, 이 시를 지었을 것 같다. 지금 장안에서 벌어지는 일들이, 충신은 귀양 가거나 죽임을 당하고 간신배들이 활개를 치는 현실이기에 이백이 마지막 구절에서 염려한 "뜬 구름이 해를 모두 가리어, 장안이 보이지 않아 사람으로 하여금 근심케 한다."가 이 무렵의 이백의 심정을 대변하기 때문이다.

이백은 천보 7년(748) 지금의 개봉 동남의 양원으로 가기 위해 지금의 안휘성 북부 지방인 호북의 호현을 지나다가 노군묘老君廟 곧 도교의 창시자인 노자老子의 묘를 배알하게 된다. 당 현종은 노자를 신격화하여 태상현원황제太上玄元皇帝로 봉하기도 하였다. 현종은 『도덕경道德經』에 직접 주석을 달아 일반 백성들의 집에 비치하도록 하였으며, 숭현학崇玄學을 세워 도교를 적극 장려하기도 하였다. 뿐만 아니라 도교의 서적들을 과거시험 과목으로 채택하기도 하였다. 이런 시대적 분위기와 환경이 이백을 도교 언저리에 맴돌게 했을 것이다.

천보 8년(749) 이백(49세)은 금릉에 머물면서 산동성 동노東魯로 가는 벗 양연楊燕과 소씨蕭氏에게 안부 편지를 보냈다. 이백은 3년 동안 집을 비워 둔 채 남매만 있는 집 걱정을 안 할 수 없었을 것이다. 이미 이때는 아이들의 친어머니인 허씨도 사망한 후이고 동거했던 유씨도 이미 집을 나간 상태로, 평양平陽과 백금伯禽만 살고 있을 때이다.

「기동노이치자재금릉작寄東魯二稚子在金陵作」: 동노의 두 아이에게 보내려고 금릉(남경)에서 짓다

오 땅 뽕나무 잎이 푸르고,	吳地桑葉綠오지상엽록,
오 땅 누에는 벌써 세 번이나 잠을 잤네.	吳蠶已三眠오잠이삼면.

떠나온 집 동노로 글 써 보내니, 我家寄東魯아가기동로,
구산 밑 밭에는 누가 씨를 뿌렸을까? 誰種龜陰田수종구음전.
봄 농사 분명 때 맞추지 못했을 텐데, 春事已不及춘사이불급,
강호 떠도는 일은 여전히 아득하네. 江行復茫然강행부망연.
남풍은 집으로 돌아가고픈 마음 실어, 南風吹歸心남풍취귀심,
날아다가 주루 앞에 떨어뜨리네. 飛墮酒樓前비타주루전.
주루 동쪽에 한 그루 복숭아나무, 樓東一株桃누동일주도,
가지와 잎 푸르고 무성하겠지. 枝葉拂青煙지엽불청연.
이 나무 내가 심은 것으로, 此樹我所種차수아소종,
떠나온 지 삼 년이 다 되었네. 別來向三年별래향삼년.
도화나무는 지금 주루만큼 자랐을 것인데, 桃今與樓齋도금여루재,
나는 여태껏 돌아가지 못하고 있네. 我行尙未旋아행상미선.
귀여운 딸아이 이름이 평양인데, 嬌女字平陽교녀자평양,
꽃을 꺾고 복숭아나무에 기댈 것이다. 折花倚桃邊절화의도변.
꽃 꺾어도 아비 얼굴 볼 수 없어서, 折花不見我절화불견아,
눈물 마치 샘물처럼 흘리고 있겠지. 淚下如流泉누하여유천.
작은 아이 이름은 백금인데, 小兒名伯禽소아명백금,
누이와 또한 어깨를 나란히 할 것이다. 與姐亦齋肩여저역재견.
둘이 나란히 도화나무 아래로 걸을 때, 雙行桃樹下쌍행도수하,
누가 등을 어루만져주며 또 예뻐해줄까? 撫背復誰憐무배부수련.
이런 생각에 마음이 복잡하여, 念此失次第염차실차제,
마음속이 날로 근심으로 끓는다. 肝腸日憂煎간장일우전.
흰 비단 찢어 먼 곳의 그리운 맘 적어서, 裂素寫遠意열소사원의,
집 있는 문양천으로 띄워 보내네. 因之汶陽川인지문양천.

이백이 현종의 부름을 받기 전까지 산동성 동노東魯 임성에 약 6년간 살았다. 그리고 출사하기 위해 장안으로 올 때 자식들은 남겨두고 홀로 상경하였던 것이다. 그리고 벼슬길에서 떨어져 나온 후, 유랑하였는데, 벌써 동노 곧 산동성 임성에 못간 지 3년이 다 되어 간다는 것이다. 그래서 동노로 가는 벗에게 가족에 대한 안부를 부치고 있다.

아버지의 정情이 물씬 느껴지는 시이다. 내가 떠날 올 때 심은 복숭아나무를 기점으로 하여, 아버지 보듯이 그 꽃을 하염없이 바라볼 딸 평양과 그 누이만큼 자랐을 아들 백금에 대한 그리움이 잘 묻어나고 있기 때문이다. 이미 어머니는 돌아가시고 두 자녀를 돌보던 유씨도 집을 나간 상태이다. 이백은 두 남매만 남은 동노의 집안 사정이 걱정되었다. 그래서 자기가 심어 놓고 온 복숭아나무를 기점으로 집 사정과 아이들에 대한 생각을 상상만으로 풀어놓고 있다. 못 본 3년 사이에 딸 평양은 키가 복숭아나무처럼 자라 그 꽃을 꺾으며 이제나 저제나 돌아올 아버지를 기다리는 모습을 상상하였다. 그리고 아들 백금에 대해서도 이제는 누나만큼 자랐을 것이고 누나와 함께 복숭아나무 아래서 아버지를 기다릴 것이라고, 상상하면서 육친의 정을 드러내었다. 돌봐줄 사람이 없어 오롯이 두 남매만이 이백이 심어 놓은 복숭아나무 밑을 맴돌면서 아버지를 기다리는 모습이 연상된다. 대시인도 우리네와 같은 아버지의 정이 넘치고 있다.

궁중에서 나온 이백은 경제적으로 몹시 어려웠던 것 같다. 그래서 49세의 이백은 경제적으로 의지할 수 있는 외조카 고오를 찾아갔다. 궁중에서 나온 지 5년이 지난 후인지라, 현종으로부터 받은 하사금下賜金도 이미 바닥이 난 상태였다.

증별종생고오贈別從甥高五」: 외조카 고오高五를 이별하면서 주다

옥돌도 못 되는 어목(가짜진주)들은
태산만큼 많아도, 魚目高太山어목고태산,
여번(노나라의 보석) 같은
옥 하나만도 못하다네. 不如一璵璠불여일여번.
현명한 조카는 명월주이니, 賢甥即明月현생즉명월,
그 명성이 궁중에까지 떠들썩하게 알려졌다네. 聲價動天門성가동천문.
우리 집 풍수에 걸맞는 공명을 이룰 수 있으니, 能成吾宅相능성오댁상,
진晉나라 재상 위서보다 못하지 않네. 不減魏陽元불감위양원.
나를 스스로 돌아보면 계책이 부족하니, 自顧寡籌略자고과주략,
공명이 어찌 있었겠는가? 功名安所存공명안소존.
오목이나 한번 던져보려 하니(인생을 건 도박), 五木思一擲오목사일척,
마치 밧줄에 묶인 곤궁한 원숭이 신세여서라네. 如繩系窮猿여승계궁원.
마구간에는 준마가 없고, 櫪中駿馬空역중준마공,
집 안에는 술 취한 이들만 시끄럽네. 堂上醉人喧당상취인훤.
하사금은 이미 오래 전에 바닥난 것은, 黃金久已罄황금구이경,
옛 친구의 은혜에 보답했기 때문이라네. 爲報故交恩위보고교은.
농서로 가게 되었다는 자네 말을 듣고, 聞君隴西行문군농서행,
나로 하여금 마음과 정신을 놀라게 하였네. 使我驚心魂사아경심혼.
그대와 함께 떠돌다가, 與爾共飄飖여이공표요,
눈 내리는 하늘을 각자 날려 다닐 것이네. 雲天各飛翻운천각비번.
강물도 간혹 굽어 흐르기도 하니,
(고씨와 헤어짐) 江水流或卷강수류혹권,
이 심경을 말로써 표현하기가 어렵다네. 此心難具論차심난구론.
가난한 집이라서 손님 대접하기에 부끄럽고, 貧家羞好客빈가수호객,

말솜씨가 졸렬해서 말이 많아짐을 느끼네. 語拙覺辭繁어졸각사번.
삼일 동안 다만 마음이 어수선할 뿐이었고, 三朝空錯莫삼조공착막,
밥상을 대하니 외래 부끄럽고 원망스럽네. 對飯卻慚冤대반각참원.
대장부가 되지 못하는 자신을
스스로 비웃으면서, 自笑我非夫자소아비부,
사는 일이 모두가
애가 타고 고생스럽기만 하다네. 生事多契闊생사다결활.
오랜 세월 동안 쌓이고 싸인 울분은, 蓄積萬古憤축적만고분,
누구에게 속 시원하게 털어놓을 수 있을까? 向誰得開豁향수득개활.
세상천지 하나의 뜬구름 속에서, 天地一浮雲천지일부운,
이 몸은 털끝 같은 존재이네. 此身乃毫末차신내호말.
끝이 없는 경지를 홀연 보게 되면, 忽見無端倪홀견무단예,
태허(하늘)도 담을 수 있네. 太虛可包括태허가포괄.
떠나가는 것에 대해
무어라 말할 것이 있으랴마는, 去去何足道거거하족도,
갈림길에서 또 부질없이 근심만 하네. 臨歧空復愁임기공부수.
그대와 나는 간과 쓸개이지
초나라와 월나라가 아니니, 肝膽不楚越간담불초월,
산과 강으로 떨어져 있어도
한 이불과 휘장을 쓰는 것과 같다네. 山河亦衾幬산하역금주.
구름 속의 용들이 서로 따른다면, 雲龍若相從운용약상종,
명철한 군주께서 틀림없이 거두어 주실 터이니. 明主會見收명주회견수.
그대 성공하여 날 찾아올 수 있다면, 成功解相訪성공해상방,
냇물이 도화로 덥힌 무릉도원으로 와야 하리라. 溪水桃花流계수도화류.

위의 시는 이백이 749년 당 현종 천보 8년에 그의 외조카에게 준 것이다. 고오高五는 고씨 중에 항렬이 다섯 번째라는 뜻이다. 당시 이백은 금릉(남경)에 머물러 있으면서, 극심한 사회적 혼란 속에 장안에서 추방된 자신에게 내려진 참혹한 운명과 그 절망감 속에서 정신적 방황으로 헤매고 있을 때이다.

현종으로부터 받은 하사금下賜金은 바닥난 지 오래되어, 때를 굶어야 하는 처지가 되어 가까스로 외조카를 찾아가 끼니라도 해결하고자 하였는데, 그 생각마저도 뜻대로 되지 않았다. 어렵게 찾아간 먼 친척 외조카 고오도 변변치 않은 살림이었다. 그래서 시원찮은 대접에 아쉬워하는 표현도 있었다. 그러면서 훗날 등용하게 되면 도화 나무 아래에서 노닐고 있을 이백 자신을 찾아오라고 하였다. 출사에 대한 자신감이 많이 떨어진 이백이다. 서서히 자연을 그리워하고 있다.

천보 9년(750) 이백은 금릉을 떠나 낙양을 유람하였다. 또 이 해에 종씨宗氏 부인과 결혼을 하기도 하였다. 이 해에 지은 시도 살펴보자.

양보음梁甫吟: 양보의 노래

길게 양보음을 읊조리나니,	長嘯梁甫吟장소양보음,
언제나 화창한 봄을 보려나?	何時見陽春하시견양춘.
그대 보지 못하였는가?	君不見군부견
조가朝歌의 늙은 백정 여상이 극진棘津을 떠나,	朝歌屠叟辭棘津조가도수사극진,
팔순에 서쪽으로 와 위수渭水 가에 낚시질하였네.	八十西來釣渭濱팔십서래조위빈.
어찌 맑은 물에 비치는 백발 부끄러워하기보단,	寧羞白髮照淸水영수백발조청수,
때를 만나 기운차게 펼칠 경륜 생각하였네.	逢時壯氣思經綸봉시장기사경륜.
삼천육백 허구한 날 낚싯대 드리운 채,	廣張三千六白鉤광장삼천육백구,

기풍과 품격으로 어느새 문왕과 친해졌다네. 風期暗與文王親풍기암여문왕친.
어진 인물의 변신은 어리석은 이는 짐작 못해, 大賢虎變愚不測대현호변우불측,
당시엔 보통 사람과 다를 바 없었다네. 當年頗似尋常人당년파사심상인.
그대 보지 못하였는가? 君不見군불견
고양高陽의 주정뱅이 역이기가
초야에서 일어나서, 高陽酒徒起草中고양주도기초중,
산동의 코 큰 어르신께 길게 읍揖만 하였다네. 長揖山東隆準公장읍산동융준공.
안에 들어 절도 없이 웅변을 토해내니, 入門不拜騁雄辯입문부배빙웅변,
유방은 발 씻어주던 두 시녀 물리치고
질풍같이 왔네. 兩女輟洗來趨風양녀철세래추풍.
동쪽으로 제齊나라 성 일흔두 곳 함락하고, 東下齊城七十二동하제성칠십이,
초와 한을 지휘하니
날리는 쑥대 다루듯 하였네. 指揮楚漢如旋蓬지휘초한여선봉.
미친광이 역이기도 오히려 이와 같았는데, 狂客落魄尚如此광객락백상여차,
하물며 뭇 영웅들을 감당할 장사는 어떻겠는가? 何況壯士當羣雄하황장사당군웅.
나는 용을 타고 어진 군주 뵈려 하였더니, 我欲攀龍見明主아욕반용현명주,
우레신이 큰소리치며 하늘 북을 울리네. 雷公砰訇震天鼓뇌공팽굉진천고.
천제 곁에서 투호하는 옥녀(간신들) 많아서, 帝旁投壺多玉女제방투호다옥여,
하늘은 하루 종일 크게 웃어대며 번개를 치니, 三時大笑開電光삼시대소개전광,
어둠 속에 번쩍이며 비바람을 일으키네. 倏爍晦冥起風雨숙삭회명기풍우.
겹겹이 닫힌 궁문 들어갈 수 없어서, 閶闔九門不可通창합구문불가통,
이마로 빗장 두드리니 문지기가 노발대발. 以額扣關閽者怒이액고관혼자노.
흰 해(태양)는 내 정성을 비춰주지 않고, 白日不照吾精誠백일불조오정성,
기杞나라에 일 없이 하늘 무너질까 걱정했다네. 杞國無事憂天傾기국무사우천경.
알유(간신 비유)는 이를 갈며

사람고기 다투지만,	猰㺄磨牙競人肉알유마아경인육,
추우(충신 비유)는 풀줄기조차도 꺾지 않는다네.	騶虞不折生草莖추우불절생초경.
손으로 날랜 잔나비와 얼룩 범을 잡으며,	手接飛猱搏彫虎수접비노박조호,
초원의 벼랑 바위 밟고도 힘들다고 하지 않네.	側足焦原未言苦측족초원미언고.
지혜로운 이 숨고 우매한 자 날뛰니,	智者可卷愚者豪지자가권우자호,
세상 사람 나를 기러기 털처럼 업신여기네.	世人見我輕鴻毛세인견아경홍모.
힘으로는 남산을 떠밀 만한 세 장사도	力排南山三壯士역배남산삼장사,
제나라 재상은 복숭아 두 개로 살해하였네.	齊相殺之費二桃제상살지비이도.
오초吳楚에서 극맹劇孟 없이 난을 일으키자,	吳楚弄兵無劇孟오초농병무극맹,
주아보周亞夫가 비웃으며 너희 헛일이라 했네.	亞夫咍爾爲徒勞아부해이위도로.
양보의 노래는	梁甫吟양보음,
정녕코 슬픈 소리요.	聲正悲성정비.
장공張公(장화)의 쌍룡검처럼,	張公兩龍劍장공양용검,
신물神物은 합쳐질 때가 있는 법이라네.	神物合有時신물합유시.
풍운이 어우러지면 백정과 낚시꾼도 일어나니,	風雲感會起屠釣풍운감회기도조,
큰 인물은 불안하더라도 마땅히 안정을 찾아야 하네.	大人峴屼當安之대인얼올당안지.

길게 양보의 노래하노니, 언제 화창한 봄을 만날 수 있으려나? 그대 보지 못했는가? 은나라 수도였던 조가朝歌에 살던 백정 늙은이 여상(강태공)이 밥 팔던 극진(하남성 활현)을 떠나서 80세 노인이 되어 서쪽 위수 가로 와서 낚시질했던 일을…. 맑은 물에 비친 백발을 부끄러워하기보단 때를 만나 장한 기운으로 천하를 다스릴 생각하였다. 10년 동안 허구한 날 낚시를 드리운 채 인품으로 슬며시 문왕文王과 친해졌다. 어진이는 호랑이처럼 변함을 사람들은 헤아리지 못한다. 처음에

는 자못 평범한 사람과 다를 바 없다.

그대 보지 못했는가? 한나라 초기를 살았던 고양의 술주정뱅이 역이기는 초야에서 일어나서 화산 동쪽인 산동의 코 큰 어른인 유방에게 길게 읍하고, 안으로 들어와 절도 하지 않고 '그대가 반드시 무도한 진나라를 토벌하고자 한다면 걸터앉아 발을 씻을 것이 아니라 나를 맞이해야 될 것이오'라고 웅변을 토하니, 유방이 자기 발을 씻던 두 시녀를 물리치고 질풍같이 달려와서 역이기의 말을 들었다고 한다.

동쪽으로 제나라 성 72개를 항복 받고 아주 쉽게 초나라와 한나라를 마치 바람에 날리는 쑥대처럼 휘둘렀다. 미치광이 건달 역이기도 이러하였거늘, 하물며 뭇 영웅과 겨루는 장사(이백 자신 지칭)는 말할 필요도 없다. 이백 자신이 역이기보다 뛰어난 기상을 지녔다고 한 것이다.

내가 용을 타고 어진 임금 뵈려 하였더니, 천둥신은 시끄럽게 천둥치고 하늘 북을 울린다. 천제 곁에 투호하는 미인(소인배 무리)들 많아 아침·점심·저녁 세 때 끊이지 않고 크게 웃어 번개를 치게 하니, 어두운 하늘에 갑자기 번개 치더니 비바람 일어난다. 하늘의 아홉 문은 통과할 수 없어, 이마로 빗장을 찧으니 문지기가 화를 낸다. 태양(황제 비유)도 내 정성 비쳐주지 않으니, 일 없는 기杞나라 사람 하늘이 무너질까 걱정하는 꼴로 이백을 무시하고 있다. 그래서 충언을 올리려고 해도 간신들의 방해로 실현할 수 없다. 사람 잡아먹는 알유(간신 비유)는 이빨을 갈며 사람고기 다투지만, 흰 호랑이 추우(충신 상징)는 풀줄기 하나 꺾지 않는다. 이처럼 알유같이 사람을 해치는 간신도 있고 추우처럼 어진 신하도 있는데, 이백은 추우 같은 존재가 되겠다는 것이다. 용사 황백처럼 잽싼 원숭이 손으로 잡고 호랑이도 때려잡을 만하고, 천 길 벼랑에서 발을 헛디뎌도 힘들다 말하지 않는다. 이처럼 이백은 기상도 있다는 것이다. 어진 자는 숨고 우매한 자가 잘난 척하니, 세상 사람들 나(이백)를 기러기 털처럼 가벼이 여긴다. 이는 세상 사람들이 이백을 잘 몰라준다는 것이다. 지금 이백은 큰 뜻을 숨기고 때를 기다리고 있는데, 어리석은 자들이 도리어 호기를 부리며 이백의 재능을 가볍게 본다는 것이다.

남산을 무너뜨릴 만한 세 장사(제나라 공손접·고야자·전개강)를 제齊나라 재상 안영은 복숭아 2개로 죽였다. 오초칠국이 극맹(전쟁에 재능 있는 인물) 없이 난을 일으키니 주아부는 헛된 일을 했다고 반란군을 비웃는다. 양보의 노래 부르니 그 노래 정말 슬프다. 장화의 쌍룡검 신령한 물건도 만남에 때가 있다. 풍운이 어우러지면 백정과 낚시꾼 중에서도 영웅이 일어날 수 있으니, 큰 인물인 이백 자신은 안정을 찾아야 할 것이라고 하였다.

「양보음梁甫吟」은 이백이 50세 되던 해 강서성 여산廬山에서 낙양으로 가면서, 제갈량의 「양보음」을 모방하여 지은 시이다. 제갈량의 「양보음」은 "제나라 성문을 걸어 나가, 멀리 탕음리를 바라보니, 마을 가운데 세 무덤 있어, 나란한 것이 아주 서로 비슷하네. 누구 집 무덤이냐 물었더니, 전개강, 고야씨라네. 힘은 남산을 밀어낼 만하고, 문장은 땅 끈을 끊을 만하네. 하루아침에 참언을 입어, 두 개 복숭아로 세 용사를 죽였네. 누가 능히 이 꾀를 내었던가? 제나라 재상인 안자(안영)라네."로 되어 있다. 이는 제나라 재상인 안영이 간계로 세 용사를 처치한 것을 슬퍼한 내용이다. 하지만 이백은 제갈량의 작품을 모방은 했지만 새로운 의미를 부여했다. 정치적 좌절과 울분을 표출하면서도 언젠가 때를 만나 자신의 포부를 펼 것을 기약하고 있기 때문이다. 이렇게 남의 작품을 모방하여 새로운 의미를 부여하게 되면 환골탈태換骨奪胎 곧 점화點化가 되었다고 평한다.

한漢나라 때 장형張衡(78~139)이 「사수시四愁詩」에서 "내 그리운 이 태산에 있는데, 그를 따르려 하나 양보산이 험하여라[我所思兮在泰山아소사혜재태산, 欲往從之梁甫艱욕왕종지양보간]."라고 노래하였다. 양보산은 태산 아래쪽에 위치한 험한 산이다. 이후 역대 시인들은 이 산을 인생길의 어려운 장애물로 간주하여, 고향에 돌아가지 못함을 한탄하거나 간신들의 모함에 의해 죽임을 당한 신하의 슬픔을 「양보음梁甫吟」에 담아서 노래해 왔다. 제갈량도 참언으로 죽은 세 장수의 죽음을 슬퍼한 것이다.

그러나 이백은 영웅적 인물에 대한 동경을 노래하였다. 그래서 인생의 봄을 기다리는 것으로 시작되고 있다. 이백이 전반부에 인용한 여상(강태공)과 역이기는 젊은 시절 불우함을 견디고 출세한 인물들이다. 이백도 이들처럼 시련을 이기고 언젠가는 다시 황제를 보필할 날이 오기를 기다리고 있다. 또한 제나라 재상 안영과 용맹스런 극맹에 비길 수 있는 세상 다스리는 도道도 지녔는데, 간신들의 방해로 황제에게 다가가지 못하는 자신의 불우한 신세를 한탄하고 있다. 그러면서도 이백은 아직 때를 만나지 못했기 때문이라고 위로하면서, 장화의 쌍용검이 합치듯이 언젠가는 자신이 포부를 펼칠 수 있는 날이 올 것을 기약하는 의연함을 드러내었다.

떠돌이 생활을 계속하던 이백은 산동성 동노東魯로 떠나는 소蕭씨에게 아들 백금의 안부를 물었다.

송소삼십일지노중, 겸문치자백금送蕭三十一之魯中, 兼問稚子伯禽**: 노 땅으로 가는 소씨를 보내며, 겸해서 자식 백금의 안부를 묻다**

유월 남풍이 백사장에 불어오니,	六月南風吹白沙유월남풍취백사,
오 땅 소 달 보고 헐떡여 그 기운 노을 되었네.	吳牛喘月氣成霞오우천월기성하.
물 많은 곳이라 후텁지근해서 머물 수 없고,	水國鬱蒸不可處수국울증불가처,

불볕 더위에 먼 길 가는 수레도 없네. 時炎道遠無行車시염도원무행거.
소 선생 어떻게 강물 길 건너, 夫子如何涉江路부자여하섭강로,
구름처럼 큰 돛 하늘거리며 금릉으로 떠나는가? 雲帆嫋嫋金陵去운범뇨뇨금릉거.
어머니 문에 기대어
백어(소씨) 같은 아들 기다리고, 高堂倚門望伯魚고당의문망백어,
노 땅이 바로 부친의 가르침이 있는 곳이라네. 魯中正是趨庭處노중정시추정처.
우리 식구들 사구 옆에 기거하는데, 我家寄在沙丘傍아가기재사구방,
삼 년 동안 돌아가지 못해
공연히 애간장 끊어지네. 三年不歸空斷腸삼년불귀공단장.
그대 가면 대번에 백금伯禽 알아보리라. 君行既識伯禽子군행기식백금자,
응당 흰 양이 끄는 작은 수레 타고 있을 것이다. 應駕小車騎白羊응가소거기백양.

이 시의 주인공인 소씨에 대해서 알려진 바는 없다. 소씨로 항렬이 31번째일 것이다. 그 소씨가 아들이 있는 동노로 간다는 것이다. 그래서 시 말미에 아들에 대한 안부를 전해달라고 부탁하고 있다. 늦여름 무더위와 오 땅 '천월喘月' 곧 '오 땅의 소는 달만 보아도 해인 줄 알고 헐떡인다.'는 말이다. 그만치 오 땅은 무덥다. 오 땅이면, 아마도 이백이 남쪽 소흥쯤에 있었던 것 같다. 그래서 먼저 오 땅의 무더위를 표현하였고, 소씨가 장강을 통해 금릉으로 떠남과 동노에는 소씨의 어머니가 기다리고 있음을 드러내었다. "의문倚門"은 '문에 기대어 아들을 기다린다.'는 의미가 있기 때문이다. "고당高堂"은 어머니를 나타내는 말이다. "백어伯魚"는 공자 아들의 이름인데, 여기서는 소씨를 의미한다. 그리고 "추정趨庭"은 공자가 아들 백어伯魚에게 가르침을 베푼 것을 상징하는 말이다. 『논어論語』「계씨季氏」편에 나오는 내용으로, 아들 백어가 뜰을 종종걸음으로 지나가니 아버지 공자가 불러 시詩와

예禮를 공부해야 함을 일러 주었다는 내용이다. 이후 "추정"은 아버지의 가르침으로 사용되고 있다. 따라서 소씨는 동노에 부모님을 뵈러 가는 길이고, 그 가는 길에 옆집에 사는 우리 아들 백금도 어떻게 지내는지 잘 살펴봐달라는 것이다. 아마도 흰 양이 끄는 수레를 타고 놀고 있을 것이라고도 하였다. 아버지의 정이 물씬 묻어나고 있다.

이후 이백(51세)은 천보 10년(751) 봄에 동노의 집으로 향하게 되었다. 집으로 돌아온 후 가을 남양에 은거하고 있는 원단구를 만나 잠시 생활을 함께 하는데, 그때 왕창령에게 편지를 보내 함께 석문산에 은거할 것을 권유하기도 하였다. 이백이 절친 원단구를 찾아간 시를 감상해보자.

심고봉석문산중원단구尋高鳳石門山中元丹丘: 고봉이 은거했던 석문산의 원단구를 찾아가다

기약하지 않고 깊은 곳을 찾는데,	尋幽無前期심유무전기,
흥이 올라 먼 길인지도 모르겠네.	乘興不覺遠승흥불각원.
푸른 벼랑 까마득하여 건너기 어렵고,	蒼厓渺難涉창애묘난섭,
백일白日은 갑자기 컴컴해지네.	白日忽欲晚백일홀욕만.
서너 개의 산도 안 넘었지만,	未窮三四山미궁삼사산,
이미 천 굽이 만 굽이를 돌았네.	已歷千萬轉이력천만전.
적막한데 원숭이 소리 들려 근심스럽고,	寂寂聞猨愁적적문원수,
끊임없이 가다 구름 걷히는 것 보네.	行行見雲收행행견운수.
높은 소나무에 좋은 달 와,	高松來好月고송래호월,
빈 계곡 맑은 가을에 어울리네.	空谷宜清秋공곡의청추.
깊은 계곡에 오래된 눈 남아 있고,	溪深古雪在계심고설재,
갈라진 바위틈 찬 샘물 흐르네.	石斷寒泉流석단한천류.

우뚝한 봉우리 하늘로 빼어나고, 峰巒秀中天봉만수중천,
올라가 보려 해도 다 오를 수 없네. 登眺不可盡등조불가진.
원단구가 멀리서 부르고는, 丹丘遙相呼단구요상호,
나를 돌아보며 갑자기 웃네. 顧我忽而哂고아홀이신.
드디어 깊은 골짜기 사이에 이르니, 遂造窮谷間수조궁곡간,
비로소 고요한 사람 한가로움 알겠네. 始知靜者閑시지정자한.
머물며 즐기다 긴 밤 다 새고 留歡達永夜류환달영야,
맑은 새벽에야 돌아가겠다고 말하네. 清曉方言還청효방언환.

약속하지도 않고 깊은 산골짜기에 은둔하는 친구 원단구를 찾아가는 모습부터 원단구와의 친근감을 알 수 있게 한다. 또 그곳의 풍경까지 그리고 있다. 그리고 멀리서 나를 발견한 원단구가 반갑게 이름을 불러주고 웃기까지 한다. 도사가 사는 깊은 산골의 한가로움을 알았지만, 그 한가로움에 매료되어 그곳에 머무르지 않고 새벽녘에 떠날 것이라고 한 이백이다. 단연코 은거의 삶을 지향하지 않았다.

"고봉高鳳"은 후한後漢(23~220) 때 남양南陽 사람으로 자는 문통文通이다. 지금의 하남성河南省에 있는 서당산西唐山에서 은거하였다. 그 고봉이 독서하면서 은거했던 곳에 지금 원단구가 은거하고 있다.

51살의 이백의 마음은 아직도 세상을 구할 뜻이 남아 있었다. 이 무렵 친구 하창호何昌浩가 유주절도사의 막부에서 판관判官을 맡았다는 소식을 접하고 북방 유주행을 결심하였다. 그때 쓴 시를 보자.

증하칠판관창호贈何七判官昌浩: 판관判官 항렬 일곱 번째 하창호何昌浩에게 주며

때로 불현듯 마음 서글퍼져, 有時忽惆悵유시홀추창,
가만히 한밤중까지 앉아 있네. 匡坐至夜分광좌지야분.

날이 밝으며 길게 탄식하며,	平明空嘯咤평명공질타,
세상 어지러움 풀려고 애쓰네.	思欲解世紛사욕해세분.
마음 같아서는 큰 바람 불게 하여,	心隨長風去심수장풍거,
만 리의 구름 흩어놓고 싶네.	吹散萬里雲취산만리운.
부끄럽게도 제남濟南 복생伏生은,	羞作濟南生수작제남생,
구십 넘도록 옛 문장[尙書]이나 외웠네.	九十誦古文구십송고문.
아니면 검을 떨치고 일어나,	不然拂劍起불연불검기,
사막에서 기이한 공훈이나 이루시지.	沙漠收奇勳사막수기훈.
늙어 밭두렁에서 죽으면,	老死阡陌間노사천맥간,
무엇으로 고결한 덕행 드높일까?	何因揚清芬하인양청분.
판관 선생 요즘의 관중과 악의이니,	夫子今管樂부자금관악,
뛰어난 재주 삼군 으뜸이네.	英才冠三軍영재관삼군.
출처를 함께할 수 있다면,	終與同出處종여동출처,
어찌 장저·걸익과 무리 지으랴?	豈將沮溺羣기장저익군.

유주幽州는 지금의 북경 근처이다. 친구 하창호가 유주절도사의 막부에서 판관이 되었다고 하니, 위의 시를 보내면서 그곳으로 가고자 한 것이다. 위의 시 내용을 살펴보면, 51세가 된 이백의 당시 심정을 알 수 있다.

이백은 때로 마음이 울적해지면 정좌를 하고 앉아 한밤중까지 명상에 잠긴다고 하면서, 새벽이 되면 소리 내어 탄식하면서 어지러운 세상사를 해결하고 싶다고 하였다. 그러면서 이백은, 마음 같아서는 큰 바람을 불게 하여 온 세상의 악한 것을 흩어버리고 싶다고도 하였다. 진시황제의 분서갱유焚書坑儒 때 상서죽간尙書竹簡을 벽 속에 감추었던 제남 땅 복생은 90세가 넘어도 고문상서古文尙書를 외워 후세에 전하는 공을 세웠는데, 복생처럼 되지 못할 바에는 차라리 검을 뽑아 오랑캐를 쳐부수는 공이라도 세워야겠다고도 하였다. 그리고 늙어 죽어서 초야에 묻힐 때에 무엇으로 이름을 내세울 수 있겠는가로 반문하였다. 또한 판관 이창호를 '부자夫子'로 높이면서 춘추시대 제나라 재상 관중과 전국시대 연나라 장수 악의 같은 위인이 되어 삼군三軍의 통솔자가 되어야 한다고도 하였다. 그리고 이백 자신도 벼슬길에 나아가 함께 공을 세우자고 하면서, '춘추시대 은둔자인 장저과 걸익 같은 인물과는 달라야 되지 않겠느냐?'고 반문하고 있다. 이백의 출처관出處觀과 우국충정憂國衷情이 잘 드러난 시이다.

한 편으로는 종씨 부인이 유주幽州행을 만류하였던 것 같다. 그래서 종씨 부인이 유주행을 만류하는 것을 설득하고자 「공무도하公無渡河」를 지은 것[5] 같다. 한편으로는 이백이 장안에서 정치적 포부를 펼칠 기회가 박탈당하자 새로운 활로를 찾기 위해 유주행을 선택했을 수도 있다.

공무도하公無渡河: 임이여 물을 건너지 마오

황하는 서쪽에서 와

곤륜산崑崙山에서 넘쳐흐르고,	黃河西來決崑崙황하서래결곤륜,
만 리를 포효하며 용문龍門에 부딪히네.	咆哮萬里觸龍門포효만리촉용문.
물결이 하늘까지 그득하니,	波滔天파도천,
요堯임금은 탄식하네.	堯咨嗟요자차.
우禹임금이 뭇 강물 다스릴 적에,	大禹理百川대우리백천,
아이가 울어도 집에 들르지 않았다네.	兒啼不窺家아제불규가.

5) 곽말약은 야랑으로 유배 가는 도중에 쓴 시로 보았다.

급류의 속도를 줄이고 홍수를 막아,	殺湍堙洪水쇄단인홍수,
온 땅은 비로소 누에 치고 삼도 심었네.	九州始蠶麻구주시잠마.
홍수의 해로움이 이에 없어짐이,	其害乃去기해내거,
바람에 모래 날아가듯 아득해졌네.	茫然風沙망연풍사.

머리 풀어헤친 노인은 미치고 망령들어서,	披髮之叟狂而癡피발지수광이치,
맑은 첫 새벽 물가에 가서 무얼 하려나.	清晨臨流欲奚爲청신임류욕해위.
남이야 상관 안 해도 아내는 만류하네,	旁人不惜妻止之방인불석처지지,
'임이여, 강 건너지 말랐더니 애써 강을 건너는구려.	公無渡河苦渡之공무도하고도지.
호랑이는 때려잡을 수 있으나,	虎可搏호가박,
강을 걸어서 건너기는 어렵다네.	河難馮하난빙.
임이여, 끝내 물에 빠져 바다로 떠내려가네.	公果溺死流海湄공과닉사류해미.
큰 고래의 흰 이빨이 설산과 같은데,	有長鯨白齒若雪山유장경백치약설산,
임이여, 임이여 그 사이에 끼었구려.'	公乎公乎掛罥於其間공호공호괘견어기간,
공후는 임이 돌아오지 못할까 슬퍼하네.	箜篌所悲竟不還공후소비경불환.

우禹임금이 홍수를 다스려 천하를 태평하게 만들었듯이 자신도 이 세상을 위해 정치적 포부를 크게 가지기 위해 유주幽州(북경 근처)로 떠날 것임을 암시하는 듯한 전반부이다. 그리고 후반부는 마치 우리의 고대 노래 「공무도하가」에 나오는 백수광부白首狂夫처럼 물속으로 뛰어 들어가는 것을 만류하는 아내의 모습을 연상시킨다. 이는 유주로 가는 행보가 마치 흰 이빨을 드러낸 고래 속으로 들어감을 비유한 듯하다. 이 무렵 유주는 안녹산이 인재와 군대를 모집하고 있던 중이었다. 혹시 이백도 그 인재 등용에 관심을 두면서 한편으로는 장차

일어날 일을 근심하는 듯한 표현을 하였다. 마치 물속에 빠져 영원히 돌아오지 않는 백수광부처럼, 안녹산의 군대로 인하여 마지막일 수 있기에 아내 종씨가 만류하는 듯한 표현으로 끝을 맺었다.

황하를 건너 하북도 낙주와 광평, 임낙과 한단을 거쳐 마침내 이백은 천보 11년(752) 10월에 유주幽州에 도착하였다. 유주에 도착한 후, 이백의 행적을 알 수 있게 하는 시 한 편이 있다.

출자계북문행出自薊北門行: 계주(북경 지역) 북쪽 문을 나서다

오랑캐 군진이 북쪽 황무지에 늘어서고,	虜陣橫北荒노진횡북황,
오랑캐별이 뾰족한 빛을 발하네.	胡星耀精芒호성요정망.
깃 달린 격서檄書가 번개처럼 날아들고,	羽書速驚電우서속경전,
봉화가 낮에도 연이어 타오르네.	烽火晝連光봉화주연광.
호죽부虎竹符로 변방의 위급함을 구하려,	虎竹救邊急호죽구변급,
싸움 수레 빽빽이 길을 떠났네.	戎車森已行융거삼이행.
영명한 군주는 자리가 편치 않아,	明主不安席명주불안석,
검을 어루만지며 마음을 떨치도다.	按劍心飛揚안검심비양.
수레 밀며 용맹한 장수 내보내자,	推轂出猛將추곡출맹장,
깃발이 잇달아 전쟁터에 등장하네.	連旗登戰場연기등전장.
병사들 위세는 군막을 찌르고,	兵威衝絶幕병위충절막,
살기마저 하늘을 오를 듯하네.	殺氣凌穹蒼살기릉궁창.
병졸들 적산 아래 나열시키고,	列卒赤山下열졸적산하,
자새(만리장성) 옆에 군영을 설치했네.	開營紫塞旁개영자새방.
초겨울 모래바람 거세어,	孟冬風沙緊맹동풍사긴,
깃발마저 찢어져 펄럭이네.	旌旗颯凋傷정기삽조상.
화각(뿔피리)소리는 바다 위 달빛에 슬프고,	畫角悲海月화각비해월,

원정나선 군사의 옷은 서리에 말렸네. 征衣卷天霜정의권천상.
칼날 휘둘러 (신장 지역) 누란왕 베며, 揮刃斬樓蘭휘인참루란,
시위 한껏 당겨 현왕(선우 참모)을 죽이노라. 彎弓射賢王만궁사현왕.
선우單于를 한바탕 토벌하고 나니, 單于一平蕩선우일평탕,
졸개들도 절로 도망가 버렸네. 種落自奔亡종락자분망.
공을 이루어 천자께 보답하고는, 收功報天子수공보천자,
행진곡 부르며 함양咸陽으로 돌아왔네. 行歌歸咸陽행가귀함양.

이백이 유주幽州에 도착한 후, 변방의 모습을 그린 시이다. 곧바로 오랑캐가 쳐들어올 것 같은 분위기이다. 새 깃털을 붙여 긴급을 알리는 화살이 날아들고, 병사들을 징집할 때 쓰는 부절이 급함을 구하니 싸움 수레가 빽빽이 길을 떠난다. 기세가 등등한 병사들은 오랑캐를 쳐부수고 천자께 보고하고 행진곡을 부르며 장안으로 돌아온다는 것이다. 마치 이백이 꿈꾸던 내용으로 마무리하고 있다. 이 시의 전반부를 보면 아마도 이때부터 안녹산이 군대를 모집하고 있지 않았나 하는 추측을 하게 한다.

유주幽州(범양군으로 북경 근처)에 쓴 시 한 편을 더 감상해보자.

북풍행北風行: 북풍의 노래

신령스런 용이 한문(북쪽)에 사노니, 燭龍棲寒門촉룡서한문,
훤하기가 오히려 대낮 같네. 光曜猶旦開광요유단개.
해와 달은 여기에 미치지 못하고, 日月照之何不及此일월조지하불급차,
오직 북풍만이 세차게 불어올 뿐이네. 惟有北風號怒天上來유유북풍호노천상래.
연산의 눈송이는 큰 방석만 하여, 燕山雪花大如席연산설화대여석,
펄펄 날려 헌원대에 떨어지네. 片片吹落軒轅臺편편취락헌원대.

유주 땅 12월에 임 그리는 아낙은,	幽州思婦十二月유주사부십이월,
노래와 웃음 그치고 미간 찌푸리네.	停歌罷笑雙蛾摧정가파소쌍아최.
문에 기댄 채 행인을 바라보며,	倚門望行人의문망행인,
장성 추위 속 고생하는 임 생각에 정말 슬프구나.	念君長城苦寒良可哀장성고한양가애염
이별 시 칼 차고 변방 지키려 떠나면서,	別時提劍救邊去별시제검구변거,
호피에 금박 입힌 이 화살통 남겨 두었지.	遺此虎文金鞞靫유차호문금비차.
통 안에는 한 쌍의 흰 깃 화살이 있어,	中有一雙白羽箭중유일쌍백우전,
거미줄 쳐지고 먼지만 쌓였다네.	蜘蛛結網生塵埃지주결망생진애.
화살만 덩그러니 남아 있어,	箭空在전공재,
사람은 죽어 돌아오지 못하네.	人今戰死不復回인금전사불부회.
이 물건 차마 볼 수 없어서,	不忍見此物불인견차물,
태워 이미 재가 되었다네.	焚之已成灰분지이성회.
황하는 흙을 쌓아 막을 수 있다지만,	黃河捧土尙可塞황하봉토상가색,
북풍한설 이내 한은 풀 길이 없다네.	北風雨雪恨難裁북풍우설한난재.

변새시邊塞詩이다. 이백이 752년 북경 근처 범양군에 들렀을 때 변방가 어느 아낙의 심정을 헤아려 쓴 시이다. 북쪽의 변방은 북풍만이 세차게 불고 있다. 그리고 방석만한 눈이 내린다. 이곳 변방으로 수자리 떠난 남편을 기다리는 아낙은 행인만 바라보아도 남편 생각이 절로 난다. 남편이 수자리 떠날 때 집안에 남겨둔 호피 무늬의 화살통과 한 쌍의 화살은 이미 거미줄이 쳐지고 먼지가 쌓였다. 그리고 변방으로 수자리 떠난 남편의 죽음이 전해지자, 차마 그 유품을 그대로 두고 볼 수 없어 불살라 버려 남편에 대한 미련을 버리려고 하였다. 하지만 그 그리움은 증폭되어 오히려 아낙의 한恨은 북풍한설보다도 더 매섭

다고 했다. 아마도 이백이 북쪽 유주幽州에 왔을 때 추위 속에 떨고 있는 군사들을 보면서 집에 남아 있는 아내들을 생각하여 이 시를 지었을 것이다. 수자리 서는 남편과 기다리는 아내의 고통스러운 삶이 이백의 섬세한 필치로 잘 표현된 시이기도 하다.

이백의 변새시로 유명한 시가 「자야오가子夜吳歌」이다. 남조南朝 때 오나라 땅에 사는 자야子夜라는 여인이 노래를 잘 불렀다고 한다.

「자야오가子夜吳歌」 4수 중 제3수

서울 장안의 조각달 아래,	長安一片月장안일편월,
집집마다 다듬이질 하는 소리.	萬戶擣衣聲만호도의성.
가을바람은 그치지 않고 불어,	秋風吹不盡추풍취부진,
모두가 옥문관을 향하는 정이로다.	總是玉關情총시옥관정.
어느 날 오랑캐 평정하고,	何日平胡虜하일평호로,
낭군은 원정을 마칠까?	良人罷遠征양인파원정.

이 시는 이백이 742년 장안에 들어왔을 때[6] 지은 시라고도 한다. 앞 세 구는 서경敍景으로 당나라 장안의 모습이다. 가을 달밤이다. 차디차게 느껴지는 조각달이 홀로 하늘을 지키는데, 집집마다 겨우살이 준비로 옷 다듬는 다듬이 소리가 낭자하다. 가을바람은 쉬지도 않고 불어오니 멀리 옥문관 너머 변방을 지키는 남편의 안부가 궁금하다. 여기까지는 오나라 지방에 전해지는 노래 곧 자야라는 여인이 잘 불렀던 노래이다. 여기에 이백이 마지막 두 구를 더해 천하의 명시가

6) 「자야오가(子夜吳歌)」는 정확한 창작 시기를 추정할 수는 없다. 하지만 742년 이백이 장안에 들어왔을 때 지은 시로 보는 이가 많다.

되었다. 언제 변방을 괴롭히는 저 오랑캐를 평정하고 남편이 먼 원정길에서 돌아와 함께 살 수 있을까? 집에 남겨진 아내의 소망이다. 가을바람이 불고 달빛도 차가운데, 겨울옷 준비로 장안 안에 다듬이 소리로 가득하다. 불현듯 변방 가 옥문관으로 수자리 떠난 남편이 생각나고, 나도 남편의 겨울옷 준비를 해야 될 것을 깨달으면서 언제쯤 집으로 돌아올까를 간절히 기다리는 여심을 잘 표착한 시이다.

이백은 천보 12년(753) 봄 유주幽州를 작별하고, 남쪽으로 요양 위주를 지나 분주를 유람하고 양송으로 들어갔다가, 가을에 남쪽으로 향했다. 당나라 궁중에서 쫓겨난 10년쯤 될 때 이백의 모습이다.

증최사호문곤계贈崔司戶文昆季: **사호참군**司戶參軍 **최문**崔文 **형제에게 주다**

한 쌍의 구슬이 바다에서 나오니,	雙珠出海底쌍주출해저,
모두 여러 성과 바꿀 만큼 보배로다.	俱是連城珍구시련성진.
밝은 달같이 두 사람 재주 남달라,	明月兩特達명월량특달,
넘치는 광채로 옆사람까지 비추네.	餘輝旁照人여휘방조인.
영특하다는 명성은 장안에까지 널리 알려져,	英聲振名都영성진명도,
높은 평판 이웃 고을까지 진동하네.	高價動殊隣고가동수인.
어찌 저 기산(허유와 소보의 은둔)에 은거했기 때문이랴?	豈伊箕山故기이기산고,
다만 사람들이 그 풍도를 친하게 여겨서라네.	特以風期親특이풍기친.
예전에 나는 스스로 천거하지 않고,	惟昔不自媒유석불자매
삿갓을 등에 메고 서쪽 진秦(장안)에 들어갔네.	擔簦西入秦담등서입진.
용을 더위잡아 타고(천자의 부름) 높은 하늘에 올라,	攀龍九天上반용구천상,
외람되이 세성(중요한 신하)과 같은	

신하의 반열에 들었네. 忝列歲星臣첨열세성신.
평민의 신분으로
붉은 섬돌 궁궐에서 시중들며, 布衣侍丹墀포의시단지
조칙詔勅 초안草案을 부지런히 썼네. 密勿草絲綸밀물초사륜.
재주는 미약한데 누리는 은혜는
두텁고 막중하니, 才微惠渥重재미혜악중,
참언과 계교로 이 몸이 더렵혀졌네. 讒巧生緇磷참교생치린.
장안을 떠나 온 지가 이미 10년이 지났고, 一去已十載일거이십재,
오늘 여기와 다시 열흘이 되었네. 今來複盈旬금래부영순.
새벽에 내린 하얀 서리처럼 귀밑머리 세었고, 清霜入曉鬢청상입효빈,
하얀 이슬은 옷과 두건에서 맺히네. 白露生衣巾백로생의건.
곁에서 본 녹수정은, 側見綠水亭측견녹수정,
문 열렸고 아름다운 대자리 깔렸네. 開門列華茵개문열화인.
천금을 뿌리며 불러 모은 의로운 선비들, 千金散義士천금산의사,
사방 앉은 이들 평범한 이는 없네. 四座無凡賓사좌무범빈.
생각 같아서는
달 속에 있는 계수나무를 꺾었다가, 欲折月中桂욕절월중계,
추위에 떠는 사람들
땔감으로 쓸 수 있게 가져오고 싶네. 持爲寒者薪지위한자신.
길가에서는 사람들이
이미 나를 보고 비웃고 있으니, 路傍已竊笑로방이절소,
하늘 길 장차 무엇으로 열어볼까? 天路將何因천로장하인.
만일 그대들이 산과 같은 은혜를 내려준다면, 垂恩儻丘山수은당구산,
미천한 몸이지만 그 은혜에 보답하리라. 報德有微身보덕유미신.

위의 시는 이백이 유랑한 지 10년하고도 열흘이 되던 날에 쓴 시이다. 한 고을의 하급관리인 사호참군 최문 형제에게 자신의 심정을 드러내 보였다.

너희들 형제는 해저海底에서 캐낸 한 쌍의 구슬 같아, 함께 있으니 성城을 바꿀 만큼의 보배 같다. 밝은 달빛이 두 형제에게서 환하게 비추니, 넘치는 환한 광채가 곁에 있는 사람에게까지 밝게 비친다. 영특하다는 명성은 장안까지 널리 알려져, 높은 평판은 큰 도시에서도 떠들썩하다. 그래 무엇 하러 기산箕山의 고사故事로 은둔자 허유와 소보의 일을 들먹이겠는가? 너희들의 특출한 풍채를 많은 사람들이 직접 보고 싶어 한다. 이는 최문 형제가 허유와 소보 같은 은둔자의 이미지가 있어서가 아니라 그들의 풍격이 있기에 세상 사람들이 친하게 지내고 싶어 한다는 말이다. 이백은 전반부에서 최문 형제에 대한 의례적 찬사를 하였다.

그런데 옛날 말에 중이 제 머리 못 깎는다고 했듯이, 삿갓을 등에 메고 서쪽 진秦 땅(장안)에 들어갔다가, 주변인들의 주선으로 조정에 들게 되었다. 그런데 직책도 없는 대신이 되었다. 포의지사로 조정에 나아가 황제를 모신 자리에서, 조칙詔勅 초안草案을 부지런히도 썼다. 재주는 미약한데 누리는 은혜는 두텁고 막중하니, 누군가가 교묘하게 헐뜯는 일이 있었다. 그래도 나 이백은 그것에 휘둘리지 않고 견고하고도 결백한 심성으로 임했다. 이백이 자신의 이력을 소개하였다.

이처럼 이백은 한림원翰林院 공봉供奉으로 있으면서 봉직한 자신의 자세를 소개한 후, 최 사호의 호사스런 생활을 에둘러 나무랐다.

장안을 떠나 온 지가 이미 십 년이 지나고 있다. 10년 열흘이 지난 지금 새벽에 내린 하얀 서리처럼 귀밑털은 쇠었고, 밤이슬은 옷과 두건에서 마르지 않는다. 그대(최 사호)의 집 녹수정을 바로 옆에서 들여다보니, 문은 활짝 열렸고 바닥은 화려한 대자리 깔아 놓았다. 그곳에는 천금을 뿌리며 불러 모은 의로운 선비들만이 사방으로 둘러 앉아 있고, 나 같은 평범한 객은 찾아볼 수가 없다. 생각 같아서는 달 속에 있는 계수나무를 꺾어다가, 추위에 떠는 사람들이 땔감으로 쓸 수 있게 가져오고 싶었다. 길가에서는 사람들이 이미 나를 보고는 비웃음을 웃고 있으니, 하늘길(장안) 장차 무엇으로 열어볼까? 기회가 되면 추천도 부탁한다고 하였다. 그러나 이면에는 이백 자신을 문사文士로 대우하지 않고 단순한 식객食客 정도로 취급한 데 대한 서운한 감정도 배어 있다. 권불 10년이라 했던가? 이미 당나라 궁중을 떠난 온 지 10년 하고도 열흘이 지나서니 다른 사람들이 대하는 태도도 예전과 다른 분위기였을 것이다.

이백 자신이 최 사호에게 침식을 제공받고 있는 처지에서 그의 녹수정과 같은 호화판 생활에 대하여 질타하지 못하는 안타까운 심정과 제대로 대우받지 못하는 서운한 감정을 시를 통해 드러내었다.

이백은, 746년 이임보의 참언으로 추방되었던 최성보를 선성에서 753년에 다시 만나 경정산을 오르기도 하였다.

경정산에는 옥진공주의 무덤만 있는 것은 아니다. 1987년에 재건된 '태백독좌루太白獨坐樓'도 있다. 이백이 여기 와서 「독좌경정산獨坐敬亭山」 시

안휘성 선성(宣城)의 경정산 모습

경정산 입구의 모습

를 지은 것을 기념하기 위해서 청靑나라 말기에 '태백루'를 경정산 7~8부 능선 지점에 세웠는데, 항일 전쟁 때 불타 없진 것을 오늘날에 다시 세웠다.

독좌경정산獨坐敬亭山

뭇새들 높이 날아가 버리고,	衆鳥高飛盡중조고비진,
외로운 구름 홀로 간 뒤 한가하네.	孤雲獨去閑고운독거한.
서로 보매 둘이 물리지 않는 것은,	相看兩不厭상간양불염,
다만 경정산이 있을 뿐이네.	只有敬亭山지유경정산.

모든 새들도 높이 날아 둥지로 날아가 조용하고, 푸른 하늘에 떠 있는 외로운 구름마저 홀로 떠난 뒤에는 한가롭게 느껴진다. 다만 서로 바라보는 것은 나와 경정산인데, 아무리 바라보아도 물리지 않는 것은 경정산뿐이다. 2구의 "孤雲獨去閑고운독거한"은 도연명의 시 「영빈사시詠貧士詩」 "孤雲獨無依고운독무의"를 모방하였다. 모방하였지만, 모방한 도연명의 작품보다 이 작품에서 의미가 새롭게 부여되었기 때문에 표절剽竊이라 하지 않고 점화點化가 되었다고 하는 것이다.

「독좌경정산獨坐敬亭山」은 53세(753년)의 이백이 경정산에 앉아 무심한 경정산을 유심한 인간이 느끼는 다정함을 수식 없이 지은 시이다. 유랑생활을 하던 이백은, 도교에 입문한 옥진공주의 추천으로 한림공봉의 벼슬을 하게 되었는데, 그 벼슬자리도 간신들의 참언 때문에 오래하지 못하고 3년 남짓하고는 다시 만유漫遊의 길을 떠나야 했다. 유랑의 10년이 다 되어 갈 때, 그는 이 경정산에 와서 자신의 심회를 읊었다. 함께 하던 새소리와 한가로운 구름도 이제는 떠나고 없다. 그런데 경정산만은 처음부터 그대로인 것이다. 옥진공주의 묘지석에 보면, 옥진공주가 이백을 천거했다고 했고, 간신들로부터 참언을 받고 이백이 벼슬에서 물러난 후에는 상소문을 올리기도 하였으며, 또 기분이 울적하고 화가 나서 모든 직책을 버렸다고도 하였다. 그러면서 안녹산의 난 후, 이 경정산에 와서 762년 죽을 때까지 경정산에서 은거하였다고 하였다. 사망 연대가 이백과 동일한 762년이다.

뭇새들이 다 날아가버리듯, 이제는 세상의 욕심을 버리고 나니, 모든 것이 허망한 것 같지만, 그래도 한가롭게 느껴지기도 한다. 나와 경정산은 서로 바라보지만, 둘은 물리지 않는다. 무슨 이유일까? 경정산에 은거하고 있는 도우道友 옥진공주 때문은 아닐까? 자기를 무척 아껴준 옥진공주가 경정산에 있기 때문에 아무리 바라보아도 싫증나지 않고 한가로울 수 있다. 이백이 경정산을 7번씩이나 찾았다는 것은 단지 경정산이 좋아서 그렇게까지 하지 않았을 것이다. 자신의

경정산 7~8부 능선쯤에 위치한 태백독좌루(太白獨坐樓)이다. 이백의 시 「독좌경정산(獨坐敬亭山)」 창작을 기념하기 위해서 청나라 말기에 태백루가 세워졌는데, 항일전쟁 때 불에 타 1987년에 태백독좌루로 재건되었다.

경정산 발치에 위치한 옥진공주 무덤이다.

재능을 알아주고 오빠인 현종에게 천거까지 해준 옥진공주에 대한 사모의 마음도 있었을 것이다. 그래서 이백이 말년에 경정산이 있는 안휘성에 머물고 있었는지도 모른다. 아무리 보아도 물리지 않은 경정산만이 그 이유를 알 것 같다.

위의 내용에서 살펴본 바와 같이, 이백이 당나라 궁궐에 한림공봉으로 천거된 배경에는 옥진공주의 역할이 있음을 확인할 수 있다. 또한 이백이 젊은 시절 도교에 관심을 가졌던 이유도 당시의 시대적 분위기도 있었지만, 천거를 받기 위한 목적도 아울러 있었을 수 있는 일이다. 도교의 귀의한 원단구와 옥진공주와의 관계를 고려해본다면 가능한 일이기 때문이다. 현종은 도교에 많이 경도된 황제였다. 이백이 죽은 후 집안의 아저씨뻘 되는 이양빙이 쓴 「초당집서草堂集序」에 보면, "'그대는 평민의 신분으로, 그 이름이 짐에게까지 알려졌는데, 그대가 도의道義를 수양하지 않았다면 어떻게 이렇게 될 수 있었겠는가?'라고 하였다." 이백이 도교의 도법에도 밝았음을 어느 정도 가늠할 수 있다. 도의가 잘 수양되어 있다고 했기 때문이다. 평민의 신분으로는 그 이름이 황제에게까지 알려질 수 없었다는 말이기도 하다. 도교에 관심이 있고 문장력 있는 인재를 아끼던 현종은 자기 여동생인 옥진공주를 비롯하여 몇몇 도교인들의 추천을 받아 이백을 한림공봉로 임명하였던 것이다. 「초당집서草堂集序」의 현종의 말은 이백이 평생 동안 왜 도교에 집착했는지 알 수 있게 한다.

경정산 아래쪽에 있는 상사천(相思泉)이다. 상사천 가에 이백의 모습이 새겨져 있다. 사상천 바로 위쪽에 옥진공주의 무덤이 있다.

이백은 753년 가을에 안휘성 선성에 위치한 경정산에 와서 친구인 최성보를 만났다. 현종 시절 재상 이임보에 의해 모함받아 쫓겨나 선성에 머물고 있었던 것이다. 이백은 최성보를 만나 경정산에 올라 만남의 기쁨을 노래하였다.

등경정산북이소산, 여시객봉최시어, 병등차지登敬亭山北二小山, 余時客逢崔侍御, 幷登此地: **경정산 북쪽 이소산을 올랐는데, 나는 당시 나그네 신세로 최성보 시어를 만나 함께 이곳을 올랐다**

사공정 북쪽에서 손님을 보내고, 送客謝亭北송객사정북,
그대를 만나 양껏 술 마시고 돌아오다가. 逢君縱酒還봉군종주환.

구불구불한 산길 백마 타고 희롱하다가, 屈盤戲白馬굴반희백마,
크게 웃으며 푸른 산을 오르네. 大笑上青山대소상청산.
채찍 돌려 장안을 가리키니, 迴鞭指長安회편지장안,
서쪽 해가 진나라 관문(장안)으로 떨어지네. 西日落秦關서일락진관.
황제의 도읍은 삼천리 밖이라, 帝鄉三千里제향삼천리,
아득하니 푸른 구름 사이에 있네. 杳在碧雲間묘재벽운간.

안휘성 선성현에 있는 이소산二小山에 최성보와 함께 올라 그 감회를 쓴 시이다. 이백이 사조루가 있는 사공정에서 손님을 보내고 돌아오다가 뜻밖에 감찰어사를 지냈던 최성보를 만났던 것이다. 그래서 마음껏 술도 마시고 구불구불한 산길도 백마 타고 즐기면서 소이산을 올랐다. 정상에 올라, 지는 해를 보면서 서쪽 장안을 그리워하였다. 궁중에서 쫓겨나서 떠돌이 신세가 된 이백의 처량한 모습이 보인다.

최성보와 경정산에 올라, 최성보의 인물됨을 그렸다.

유경정기최시어遊敬亭寄崔侍御: 경정산을 노닐며 최성보 시어에게 부치다

내가 경정산 아래에 살고 있는데, 我家敬亭下아가경정하,
매번 사조의 시를 이어 읊네. 輒繼謝公作첩계사공작.
수백 년 전의 일이지만, 相去數百年상거수백년,
그 풍도가 어제 일인 듯 눈에 선하네. 風期宛如昨풍기완여작.
산에 올라 맑은 가을 달을 바라보며, 登高素秋月등고소추월,
푸른 산의 성곽을 내려다보네. 下望青山郭하망청산곽.
무리 진 원앙과 백로를 굽어보니, 俯視鴛鷺群부시원로군,
마시고 쪼느라 절로 지저귀며 뛰네. 飲啄自鳴躍음탁자명약.

그대(최성보)는 비록 곤경에 빠져
  실의에 차지만, 夫子雖蹭蹬부자수층등,
요대의 눈 속에 있는 학과 같네. 瑤臺雪中鶴요대설중학.
홀로 서서 떠다니는 구름 바라보며, 獨立窺浮雲독립규부운,
그 마음은 적막한 하늘에 있네. 其心在寥廓기심재요곽.
때때로 와서 나를 한 번 찾아주며, 時來一顧我시래일고아,
아욱과 콩잎(거친 음식)을 웃으며 먹었네. 笑飯葵與藿소반규여곽.
세상살이 마치 가을바람과 같아서, 世路如秋風세로여추풍,
서로 만나도 언제나 쓸쓸하였지. 相逢盡蕭索상봉진소삭.
허리에 찬 옥 장식 검은, 腰間玉具劍요간옥구검,
마음으로 나에게 주기로 하였네. 意許無遺諾의허무유낙.
씩씩한 선비를 가벼이 여길 수 없는 법이니, 壯士不可輕장사불가경,
운각(공신각)에서 만나기를 기약하네. 相期在雲閣상기재운각.

이백도 옛날 사조가 선성 태수로 있던 경정산 아래에 살면서, 사조의 시를 읊고 있다. 그러면서 경정산에 올라 아래를 내려다보니 무리진 원앙과 백로가 먹이 활동을 하는 모습도 본다. 이백이 행한 경정산에서의 일상사를 보여주었다. 그리고 최성보가 비록 벼슬자리에서 물러났지만, 여전히 학과 같은 풍모를 지니고 있으며, 세상 사람과 세상은 그를 버려도 때때로, 나 이백을 찾아와 거친 음식도 웃으며 먹는다고 하였다. 그러면서 이백은 최성보와의 맺은 의리를 반드시 지키겠다고 계찰季札의 고사를 들어 다짐하기도 한다. 계찰이 진晉나라로 사신 가면서 서徐나라에 들렀는데, 서나라 임금이 계찰이 차고 있는 검을 탐냈지만, 차마 달라고는 하지 못했다. 계찰은 서나라 임금의 마음을 알았지만, 검이 사신의 의전용이기 때문에 줄 수가 없었다.

계찰이 돌아오는 길에 서나라에 들렀는데, 서나라 임금은 죽고 없었다. 이에 계찰은 자신이 차고 있던 검을 풀어 서나라 임금의 무덤가 나무에 묶어두고 왔다는 이야기이다. 계찰이 마음먹었던 바를 행한 것이다. 이백도 최성보와 맺은 의리를 계찰처럼 반드시 지키겠다는 다짐을 한 것이다. 또한 장래에 관직에 올라 공을 세워 공신각에서 만날 것도 기약하였다. 이백이 40대에 당나라 궁중에서 벼슬할 때 마음이 통했던 인물로 두 사람을 꼽았는데, 그 한 사람이 최성보였다.

이백은 중국 남조 제齊(479~502)의 문학가인 사조謝朓를 몹시 흠모하였다. 사조가 선성 태수로 있던 선성에 와서, 그를 기념하기 위해 만든 사조루에서 시를 짓기도 하였다. 53세 지은 「선주사조루전별교서숙운宣州謝朓樓餞別校書叔雲」도 감상해보자.

선주사조루전별교서숙운宣州謝朓樓餞別校書叔雲: 선주의 사조루에서 교서 숙운을 전별하다

나를 버리고 간,	棄我去者기아거자,
지난 세월은 머물러 있게 할 수 없고.	昨日之日不可留작일지일불가유.
내 마음을 어지럽게 하는,	亂我心者난아심자,
현재의 세월은 번민과 근심이 많도다.	今日之日多煩憂금일지일다번우.
만 리까지 부는 긴 바람이 가을 기러기를 보내고,	長風萬里送秋雁장풍만리송추안,
이것을 대해서 이 높은 사조루에서 술 마실 만하도다.	對此可以酣高樓대차가이감고루.
봉래의 문장과 건안의 풍골,	蓬萊文章建安骨봉래문장건안골,
중간에 소사가 있어 또 맑게 문장을 발표했다.	中間小謝又清發중간소사우청발.
두 사람 다 일흥을 품고 있어서,	俱懷逸興壯思飛구회일흥장사비,

푸른 하늘에 올라 밝은 달을 보고자 한다. 欲上青天覽明月욕상청천람명월.
칼을 뽑아 물을 갈라도 물은 다시 흐르고, 抽刀斷水水更流추도단수수갱류,
잔을 들어서 수심을 녹여보지만
수심이 다시 솟아난다. 舉杯銷愁愁更愁거배소수수갱수.
사람이 이 세상 살면서
세상과 뜻 맞지 않더라도, 人生在世不稱意인생재세불칭의,
내일 아침에는 산발한 머리로
작은 조각배를 희롱하련다. 明朝散髮弄扁舟명조산발농편주.

나를 버리고 간 지난 세월은 붙잡아둘 수 없고, 내 마음을 어지럽게 하는 오늘은 근심이 많다. 만 리 긴 바람에 가을 기러기 보내고 이러한 때 높은 누각에서 술 취하기 좋다. 교서 숙운의 문장은 봉래의 문장과 건안의 풍골이 있고, 중간에 소사처럼 이백 자신은 또 맑게 문장을 발표했다. 두 사람 다 표일한 흥취를 품고 있어서 푸른 하늘에 올라 해와 달을 구경해보고자 한다. 칼을 뽑아 물을 끊어도 물은 다시 흐르고 술잔 들어 근심을 씻어도 수심은 더욱 수심이 된다. 사람이 이 세상 살면서 세상과 뜻 맞지 않더라도 내일은 산발한 머리로 일엽편주 타고서 떠나려고 한다.

사조루는 안휘성 선주(선성)에 있는 누각이다. 선주의 사조루에서 교서 벼슬을 지낸 아저씨뻘 되는 이운李雲과 전별하면서 쓴 시이다. 그런데 이 시를 감상해보면 전별시의 느낌이 없다. 이운은 양귀비를 어릴 적 키워준 육촌 오빠 양국충의 잘못을 거론하다가 좌천된 인물이기도 하다. 제목에서의 '숙叔'은 친척 관계를 나타내는 것이 아니고 공경의 뜻으로 쓰인 글자이다. 지난 세월은 머물게 할 수 없고 내 마음을 어지럽게 하는 것은 현재의 근심과 번민이 많기 때문이라고

하였다. 전별시인데 자기 이야기만 하고 있다. 그러면서 좌천되어 가는 이운의 문장을 높게 평하면서 자신의 문장도 사조에 비유하였다.

이 전별시에서 이백은 자신과 이운의 기상을 낭만적 상상력으로 표현하여 푸른 하늘에까지 올라가서 해와 달을 구경하자고 했다. 그러면서 수심은 칼로 물 베기처럼 베고 베도 끝이 없으며 그 수심을 술로 달래보고자 하나 자꾸 더 솟아난다고 하였다. 이 세상과 자신이 품은 뜻이 맞지 않으면 내가 이 세상을 미련 없이 떠나면 된다고 하였다. 이운과의 전별을 통해 이백은 자신의 과거와 이별하고 있다. 그래서 내일 아침에는 미련 없이 산발을 하겠다고 한 것이다. 이것은 벼슬에 대한 미련을 버린다는 뜻이기도 하다. 이백이 서서히 신선의 세계로 다가가려고 한다.

이백은 753년 겨울에 금릉(남경)으로 와서, 개봉 봉지에서 온 은자를 만나 「금릉강상우봉지은자金陵江上遇逢池隱者」라는 시를 지어, 나그네의 시름을 달래기도 하였다.

금릉강상우봉지은자金陵江上遇逢池隱者: 금릉金陵 강가에서 봉지蓬池 은자를 만나다

마음이 명산에서 놀기 좋아하니,	心愛名山遊심애명산유,
몸도 명산 따라 멀리 다니시네.	身隨名山遠신수명산원.
나부산(도교의 명산)에 마고대,	羅浮麻姑臺나부마고대,
여기로 가면 혹 안 돌아올지도.	此去或未返차거혹미반.
봉지에서 은거하던 그대를 만나,	遇君蓬池隱우군봉지은,
함께 낙성석에서 밥을 먹네.	就我石上飯취아석상반.
빈 말 기쁘지 않고,	空言不成歡공언불성환,
억지 웃음으로 지는 해 애석해하네.	強笑惜日晚강소석일만.
푸른 물 안문산으로 향하고,	綠水向雁門녹수향안문,

노을빛 구름 용산 뒤덮네. 黃雲蔽龍山황운폐용산.
탄식하네. 떠돌이 새 두 마리가, 歎息兩客鳥탄식량객조,
오나라 월나라 배회하네. 徘徊吳越間배회오월간.
함께 얘기하며 손 한 번 꽉 잡고, 共語一執手공어일집수,
객지에 머물며 밤 깊어지네. 留連夜將久유련야장구.
내 자줏빛 비단갖옷 벗어, 解我紫綺裘해아자기구,
또 금릉 술과 맞바꾸네. 且換金陵酒차환금릉주.
술 오니 웃고 다시 노래하며, 酒來笑復歌주래소부가,
흥 달아올라 즐거운 일 많네. 興酣樂事多흥감락사다.
물에 비친 달빛 희롱하는데, 水影弄月色수영롱월색,
맑은 빛인들 근심 어찌하랴. 清光奈愁何청광내수하.
내일 새벽에 돛 달고 떠나면, 明晨挂帆席명신괘범석,
이별의 한 푸른 파도에 가득하리. 離恨滿滄波이한만창파.

선성에서부터 금릉 땅으로 와서, 개봉 봉지에서 온 은자 누군가를 만나서 쓴 시이다. 봉지(하남성 개봉현에 있는 습지) 은자는 항상 명산을 좋아하는 마음을 가졌기에, 그 몸도 명산이 있는 곳이라면 어디든지 좇아다닌다. 그대께서 나부산(도교의 명산)에 있는 마고대로 떠나면 다시 돌아오지 않을 수도 있다. 나 이백은 봉지에 은거하는 당신을 우연히 만나서 낙성석에서 식사를 하는데, 술이 없어 흥이 나지 않는다. 그래서 관념적인 대화만 하다 보니 즐겁지도 않고, 흥이 나지도 않아 억지로 웃으면서 상대하느라, 아까운 시간만 흘러간다. 저 멀리 바라보니 강물은 안문산으로 흐르고 저녁 구름은 용산을 뒤덮고 있다. 이런 좋은 때에 당신과 나 두 사람은 마치 세상을 정처 없이 떠도는 두 마리 새처럼, 오나라 땅과 월나라 땅 사이를 떠돌고 있는 것이

한스럽다. 우리 두 사람 말이 잘 통해서 서로 진정 어린 말을 하고 나면 그 말에 공감하여 서로 손을 한 번씩 잡고 헤어지는 아쉬움에 밤만 깊어진다. 그래서 나 이백은 입고 있던 도교의 법복인 자줏빛 갖옷을 벗어 주고 금릉의 좋은 술과 바꾸어 오게 하였다. 술로 인해 흥이 나자 그 즐거움이 더욱 커진다. 밤은 깊어 물 그림자가 물에 비친 달빛을 희롱하는데 맑은 달빛도 그대와 헤어짐을 애달파하는 나의 수심을 어찌하지 못한다. 이제 내일 새벽에 그대가 돛을 달고 떠나면 이별의 한은 푸른 강물에 가득할 것이다.

이백의 특징인 자유분방함이 있는 시이다. 개봉 봉지로부터 온 은자隱者를 만나 그의 인물됨을 서술한 후, 두 사람의 우정을 그렸다. 밤이 깊도록 손을 부여잡고 이야기하다가 흥을 내기 위해 이백이 입고 있던 자줏빛 도교의 법복을 전당 잡히고 술을 바꾸어 먹는 데서 시흥에 절정을 이루었다. 그래서 내일 아침에는 이별의 아쉬움을 느낄 것이다.

천보 13년(754)에 광릉을 유람하고 위만魏萬을 만나 금릉 진회로 다시 들어갔다가 유람한 후 다시 선성으로 돌아왔다. 이후 위만은 이름을 위호魏顥로 개명하였으며, 이백의 시를 모아 『이한림집李翰林集』을 편찬하기도 하였는데, 지금은 「이한림집서李翰林集序」만 전하고 있다. 『전당시全唐詩』 권261에 위만의 시 「금릉수이한림적선자金陵授李翰林謫仙子」 1편이 전하는데, 위만은 천보 12년(753) 가을에 이백을 만나러 양원梁園(개봉 부근)으로, 동노東魯(산동성) 등지로 다녔지만 결국 만나지 못한 아쉬움을 토로하고 있다. 이런 친분으로 인해 『이한림집』을 편찬하기도 하고 「이한림집서」를 쓰기도 한 것이다.

금릉에서 선성으로 돌아온 후 사조를 흠모하는 시를 남겼다.

중국 안휘성 선성시 북쪽에 위치한 사조루의 현재 모습이다. 이백이 이운과 이별한 곳이지만, 자신의 과거와 이별을 고(告)한 장소이기도 하다.

추등선성사조북루秋登宣城謝朓北樓: 가을날 사조가 세운 선성 북루에 올라

강가 성城은 그림 속의 있는 듯하고,	江城如畵裏강성여화리,
저물녘 산에 올라 맑은 하늘 바라보네.	山晩[7]望晴空산만망청공.
두 줄기 강물은	
맑은 거울을 끼어놓은 듯하고,	兩水夾明鏡양수협명경,
(물속에 비친)두 다리가 무지개 인양 드리웠네.	雙橋落彩虹쌍교낙채홍.
밥 짓는 연기에 귤과 유자나무 차가워 보이고,	人煙寒橘柚인연한귤유,
가을빛에 오동나무 시들하네.	秋色老梧桐추색노오동.
누가 알았으리요, 북쪽 누각에 올라서서,	誰念北樓上수염북루상,
바람 맞으며 사조공을 그리워할 줄을.	臨風懷謝公임풍회사공.

7) '산만(山晩)'이 산효(山曉)로 된 판본도 있다. '새벽 산속에서'.

이백이 사조를 얼마나 좋아하는지를 알 수 있게 하는 시이다. 가을날 안휘성 선성현에 있는 사조루에 와서 그 주변 풍경과 사조에 대한 그리움을 읊고 있다. 저물 무렵 산에 올라 완계宛溪와 구계句溪가 흐르는 강물을 보니 마치 맑은 거울 같다. 그리고 그 거울 같은 물에 비친 봉황교와 제천교는 마치 무지개처럼 아름답다. 동네 풍경은 저녁밥 짓는 연기로 자욱하니 오히려 귤나무와 유자나무가 차가워 보이고 오동나무도 조락의 계절을 맞아 가을 분위기를 느끼게 한다. 이런 사조루에서 300년 전 육조 남제南齊 때 시인 사조를 그리워할 줄 '누가 알겠는가?'로 반문하면서 그의 사모하는 마음을 드러내었다.

사조루 옆에 있는 회사정(懷謝亭)의 모습이다. '사조(謝朓)를 그리워하는 정자'라는 뜻이다. 사조루는 제나라의 사조가 선성 태수로 있을 때 지은 누각이기 때문이다.

이백이 54세 가을 무렵 안휘성에 있는 추포에서 쓴 「추포가秋浦歌」[8]가 있다. 추포는 원래 "당唐나라 때 지주池州에 속한 추포현秋浦縣이었는데 그 현에 추포수秋浦水가 있었다. 현재는 안휘성安徽省 귀지현貴池縣 서남쪽에 위치하고 있다. 이백이 당나라 황실부터 쫓겨나서 정치적 이상이 좌절된 후 쓸쓸함이 배어 있는 시가 「추포가秋浦歌」 17수이다.

8) 「추포가」를 이백 말년에 쓴 작품으로 보는 연구자도 있다.

추포가秋浦歌 17수 중 제1수

추포는 언제나 가을 같아,	秋浦長似秋추포장사추,
쓸쓸함이 사람으로 하여금 근심스럽게 하네.	蕭條使人愁소조사인수.
나그네는 수심을 이기지 못해,	客愁不可度객수불가도,
걸어서 동쪽 대루산으로 오르네.	行上東大樓행상동대루.
바로 서쪽 장안을 바라보는데,	正西望長安정서망장안,
아래엔 장강이 흐르고 있네.	下見江水流하견강수류.
장강의 물에게 부탁하노니,	寄言向江水기언향강수,
너는 내 마음을 알지 못하겠지만.	汝意憶儂不여의억농불.
멀리서 두 손 가득 내 눈물을 전하노니,	遙傳一掬淚요전일국루,
나를 위해 양주로 부쳐주려무나.	爲我達揚州위아달양주.

이백은 당시 금릉에서 양주를 거쳐 선성 부근 추포(귀지)의 나그네가 된 것이다. 가을 추포에서 유난히 쓸쓸함을 느끼고 있다. 그래서 나그네의 수심을 이기고자 추포 동쪽에 위치한 대루산에 올랐다. 그 산에 올라 장안 쪽을 바라보면서 양주 쪽으로 흐르는 장강長江에 내 마음인 눈물을 띄워 보내고 싶다. 양주고사로 유명한 양주는 권력·부·명예가 다 모이는 곳이다. 지나온 여정에 대한 그리움과 그 양주의 부귀영화를 지난 장안의 벼슬까지 그리워하고 있다. 이백은 장안을 떠난 온 지 약 10년이 지났지만, 아직도 장안을 잊지 못하고 당나라 조정을 그리워하면서 다시 불러주기를 기대하고 있다. 이백의 긴 여정과 기나긴 기다림에 인생의 고달픔이 묻어난다.

2수부터 17수까지 소개하면 다음과 같다.

추포가秋浦歌 17수 중 제2수

추포에 원숭이 밤에 슬피 울어,	秋浦猿夜愁추포원야수,
황산도 수심 겨워 백발이 되겠네.	黃山堪白頭황산감백두.
청계는 농수[9]가 아니건만,	淸溪非隴水청계비농수,
농수마냥 창자를 끊는 듯 흐르네.	翻作斷腸流번작단장류.
이곳을 떠나려 해도 갈 수 없고,	欲去不得去욕거부득거,
잠깐 머물려다 오래도록 지체하네.	薄游成久游박유성구유.
그 어느 해에 돌아갈 날인가?	何年是歸日하년시귀일,
눈물이 비 오듯 외로운 배에 떨어진다.	雨淚下孤舟우루하고주.

추포가秋浦歌 17수 중 제3수

추포에 깃털이 아름다운 금타조가 있는데,	秋浦錦駝鳥추포금타조,
인간 세상은 물론 천상에서도 희귀하다네.	人間天上稀인간천상희.
아름다운 산계도 맑은 물을 부끄러워해서,	山雞羞淥水산계수녹수,
물가에 감히 깃털을 비추지도 못하네.	不敢照毛衣불감조모의.

추포가秋浦歌 17수 중 제4수

양 귀밑머리 추포에 와서,	兩鬢入秋浦양빈입추포,
하루아침에 소슬하게 쇠어 버렸네.	一朝颯已衰일조삽이쇠.
원숭이 울음소리 백발을 재촉하니,	猿聲催白髮원성최백발,
길고 짧은 것이 엉켜 실타래가 되었네.	長短盡成絲장단진성사.

9) 농수는 이백이 살던 사천성 농산에 흐르던 강임.

추포가秋浦歌 17수 중 제5수

추포에는 흰 원숭이도 많아, 秋浦多白猿추포다백원,
날리는 눈처럼 날뛰는구나. 超騰若飛雪초등약비설.
나무 위의 새끼 끌고 와서, 牽引條上兒견인조상아,
물속의 달을 희롱하면서 물 마시네. 飮弄水中月음롱수중월.

추포가秋浦歌 17수 중 제6수

수심에 찬 추포의 나그네, 愁作秋浦客수작추포객,
애써 추포의 꽃을 보려 하네. 強看秋浦花강간추포화.
산천은 섬현剡縣처럼 곱고, 山川如剡縣산천여섬현,
바람과 햇빛은 장사長沙같이 아름답네. 風日似長沙풍일사장사.

추포가秋浦歌 17수 중 제7수

취하면 진나라 산간처럼 취해 말을 타고, 醉上山公馬취상산공마,
춘추시대 영척처럼 소뿔에 기대어 노래했네. 寒歌甯戚牛한가영척우.
헛되이 "반우가'를 소리 내어 불러볼 뿐, 空吟白石爛공음백석란,
눈물이 검은 담비 옷을 가득 적시네. 淚滿黑貂裘누만흑초구.

추포가秋浦歌 17수 중 제8수

추포의 천만 봉우리 중에, 秋浦千重嶺추포천중령,
수거령이 제일 기이하다. 水車嶺最奇수거령최기.
하늘이 기울어 돌이 떨어질 듯하고, 天傾欲墮石천경욕타석,
강물은
바위에 붙은 나뭇가지를 스치고 흘러간다. 水拂寄生枝수불기생지.

추포가秋浦歌 17수 중 제9수

청계변 강조江祖의 한 조각 돌이, 江祖一片石강조일편석,
푸른 하늘이 병풍을 쓸어낸 듯 펼쳐져 있네. 青天掃畫屏청천소화병.
돌에 새긴 제시가 만고에 남아서, 題詩留萬古제시유만고,
푸른 글자에 비단 이끼 생겨났네. 綠字錦苔生녹자금태생.

추포가秋浦歌 17수 중 제10수

수천 그루의 석남수(나무)요. 千千石楠樹천천석남수,
수만 그루 여정림(나무)의 숲이라. 萬萬女貞林만만녀정림.
산마다 백로가 가득하고, 山山白鷺滿산산백로만,
골짜기마다 흰 원숭이 우는구나. 澗澗白猿吟간간백원음.
그대는 추포로 오지 말아요, 君莫向秋浦군막향추포,
원숭이 소리에 나그네 마음만 찢어진다오. 猿聲碎客心원성쇄객심.

추포가秋浦歌 17수 중 제11수

나인석 위로는 새들만 날아갈 수 있고, 邏人橫鳥道나인횡조도,
강조석에 물고기 잡는 둑을 쌓았네. 江祖出魚梁강조출어량.
물살이 빨라 나그네 배는 빠르고, 水急客舟疾수급객주질,
산의 꽃들 얼굴을 스치니 향기롭다. 山花拂面香산화불면향.

추포가秋浦歌 17수 중 제12수

강물은 한 필의 비단 같아서, 水如一匹練수여일필련,
이 땅을 넓은 하늘 같다 하네. 此地即平天차지즉평천.
어떻게 하든 맑은 달 탈 수 있다면, 耐可乘明月내가승명월,
꽃구경하면서 술 실은 배에 오르려 하네. 看花上酒船간화상주선.

추포가秋浦歌 17수 중 제13수

맑은 물이 하얀 달을 깨끗이 씻어주고,	淥水淨素月녹수정소월,
달은 밝은데 흰 백로가 날아드네.	月明白鷺飛월명백로비.
총각들이 마름 따는 처녀의 노래소리 듣고,	郎聽採菱女낭청채릉녀,
밤길에 노래 부르며 함께 돌아오네.	一道夜歌歸일도야가귀.

추포가秋浦歌 17수 중 제14수

용광로의 불은 천지를 비추고,	爐火照天地노화조천지,
붉은 불꽃이 연기 속에 어지럽네.	紅星亂紫煙홍성란자연.
달 밝은 밤 낯 붉은 사나이(용광로 일꾼),	赧郎明月夜난낭명월야,
노랫소리 한천寒川에 울려 퍼진다.	歌曲動寒川가곡동한천.

추포가秋浦歌 17수 중 제15수

백발이 길이가 삼천 장,	白髮三千丈백발삼천장,
근심으로 그같이 길어졌구나.	緣愁似箇長연수사개장.
맑은 거울 속의 비친 모습 알지 못하겠네,	不知明鏡裏부지명경리,
어디서 가을 서리를 맞았는지?	何處得秋霜하처득추상.

추포가秋浦歌 17수 중 제16수

추포의 시골 늙은이,	秋浦田舍翁추포전사옹,
물고기 잡고 배 안에서 잠이 드네.	採魚水中宿채어수중숙.
처자식은 흰 꿩을 잡으려고,	妻子張白鷴처자장백한,
깊은 대숲에 망을 치네.	結罝映深竹결저영심죽.

추포가秋浦歌 17수 중 제17수

조파 언덕은 한 걸음 남짓 떨어져 있어,	祧波一步地조파일보지,
말하는 소리 똑똑히 들리네.	了了語聲聞요료어성문.
말없이 산승山僧과 작별하고,	闇與山僧別암여산승별,
머리 숙여 흰 구름에게도 예를 갖추네.	低頭禮白雲저두예백운.

추포에서의 가을날 쓸쓸함을 느낀 이백이다. 추포에서 본 풍경에 자신의 심정을 의탁하였다. 추포의 산수자연과 노동하는 서민들의 생활상을 노래하여 민가풍의 풍미를 느끼게 하면서도 낭만주의 색채를 지닌 시이다. 이백 자신이 10여 년을 떠돌이 생활한 것에 대한 회한과 자신이 이루고자 했던 정치적 이상을 실현하지 못한 데서 오는 근심으로 인해 갑자기 늙어버린 자신에 대한 한탄이 스며 있는 시이기도 하다. 따라서 추포·가을·원숭이·백발 등의 시어로 시인의 내면적 슬픔을 표현하였다.

이백은 천보 13년(754) 겨울 안휘성에 위치한 구화산을 유람하게 된다. 고제高霽와 위권흥韋權興 등과 함께 구화산에 올랐다.

개구자산위구화산연구改九子山爲九華山聯句 병서幷序: 구자산을 구화산으로 바꾸어서 연구로 지음. 병서

청양현 남쪽에 구자산이 있는데 산 높이가 수천 장이며 그 위에 연꽃 같은 아홉 봉우리가 있다. 서적을 살펴 이름을 징험하려(이름의 유래를 살피는 것) 해도 근거할 바가 없고, 태사공 사마천이 남쪽을 노닐 때도 빠뜨리고 기록하지 않았다. 사적이 옛 노인의 입에서 끊어지고 또 어진 현인의 기록도 빠져 비록 신선이 왔다 해도 이를 읊은 것에 대해 거의 듣지 못하였다. 내가 그래서 옛 이름을 지우고 구화라는 명칭을 더하였다.

당시 강수와 한수 지역에서 도를 찾다가 하후회의 집에서 쉬면서 처마를 열고 두건을 제켜 올리고 앉아서 소나무에 내린 눈을 바라보았는데, 이로 인해 두세 사람과 시구를 돌아가며 지어서 장차 후세에 전한다(青陽縣南有九子山, 山高數千丈, 上有九峰如蓮華. 按圖徵名, 無所依據, 太史公南遊, 略而不書. 事絶古老之口, 復闕名賢之紀, 雖靈仙往復而賦詠罕聞. 予乃削其舊號, 加以九華之目. 時訪道江漢, 憩於夏侯廻之堂, 開檐岸幘, 坐眺松雪, 因與二三子聯句, 傳之將來).

모유(근원)가 음양의 기운을 나누어,	妙有分二氣묘유분이기,
신령스런 산에 아홉 꽃을 피웠네.	靈山開九華영산개구화. (이백李白)
층층이 높은 산은 봄 해를 막고,	層標遏遲日층표알지일,
절벽 절반에 아침노을이 밝네.	半壁明朝霞반벽명조하. (고제高霽)
쌓인 눈은 그늘진 골짜기에서 빛나고,	積雪曜陰壑적설요음학,
나는 듯한 물은 햇볕 드는 벼랑에서 뿜네.	飛流噴陽崖비류분양애. (위권흥韋權興)
눈 덮인 나무의 빛은 푸르게 빛나고,	靑熒玉樹色청형옥수색,
신선의 집이 아득히 보이네.	縹緲羽人家표묘우인가. (이백李白)

세 사람이 구화산에 올라 지은 연구이다. 먼저 구자산을 구화산으로 이름을 바꾼 이유를 서문으로 제시하고, 이백·고제·위권흥이 차례로 시를 지었고, 마지막 구는 이백이 한 번 더 지었다. 고제는 당시 은거하던 인물이었고 위권흥은 청량 현령이었던 위중감韋仲堪이다. 위중감의 자가 '권흥'이다. 구화산은 지금의 안휘성 청양현 남쪽에 위치한 산이다. 이백은 구화산을 신선들이 사는 집으로 묘사하였으며, 고제와 위권흥은 구화산의 절벽과 눈 덮인 모습을 그렸다. 이백이 청량 현령 위중감에게 준 시도 있다.

망구화증청양위중감望九華贈青陽韋仲堪: 구화산九華山을 바라보며 청양 현령青陽縣令 위중감韋仲堪에게 주다

예전에 구강九江의 배 위에서,	昔在九江上석재구강상,
멀리 구화봉 바라보았네.	遙望九華峰요망구화봉.
은하수 푸른 물 걸어두어,	天河掛綠水천하괘녹수,
빼어난 아홉 송이 연꽃 피었네.	秀出九芙蓉수출구부용.
손 흔들며 세속을 떠나고자 하는데,	我欲一揮手아욕일휘수,
누구를 따를 수 있을까?	誰人可相從수인가상종.
그대 손님 접대하는 주인 되어,	君爲東道主군위동도주,
여기 구름 소나무에 누웠네.	於此臥雲松어차와운송.

앞부분에서는 옛날 구강의 배 위에서 보았던 구화산의 아름다운 모습을 그렸고, 후반부는 청양 현령 위권홍(위중감)과의 내용을 엮었다. 구화산 모습으로는, 높은 절벽에서 쏟아지는 폭포와 연꽃을 닮은 아홉 봉우리를 묘사하였고, 위권홍과의 내용으로는, 구화산을 보고 세속을 떠나고자 하였는데 자신을 이끌어 줄 사람이 소나무와 구름 사이에 누워 있는 위권홍이라는 것이다. 구름과 소나무 사이에 유유자적하며 살고 있는 신선 같은 사람이 위권홍이기 때문이다. 구화산의 선경과 위권홍의 신선다운 풍모가 잘 드러난 시이다. 당나라 궁중으로부터 물러난 후 10여 년이 지난 지금 이백도 출사에 대한 기대감이 많이 꺾여 있는 모습이다.

이백은 안휘성에서 독서당을 세우고 잠시 머물기도 하였다. 그러면서 경현에 거주했던 지방의 호족 출신인 왕륜과 친분을 쌓았다. 이백이 천보 13년(754) 가을 안휘성을 떠날 때 왕륜은 청익강青弋江까지 나와서 전송하였다. 그때 준 시도 있다.

증왕륜贈汪倫: 왕륜에게 주다

나 이백이 배를 타고 떠나려 할 때,	李白乘舟將欲行이백승주장욕행,
문득 언덕 위에서 답가소리가 들려오네.	忽聞岸上踏歌聲홀문안상답가성.
도화담의 깊이가 천 길이라지만,	桃花潭水深千尺도화담수심천척,
왕륜이 나를 보내는 정에는 미치지 못하네.	不及汪倫送我情불급왕륜송아정.

이백이 왕륜에게 대접을 받은 모양이다. 그러면서 이백이 떠날 때 왕륜은 청익강까지 나와서 답가 곧 발로 땅을 구르면서 박자를 맞추며 손을 잡고 부르는 노래로 송별送別하였다. 이백이 배를 타고 떠나려 할 때, 왕륜이 식솔들을 이끌고 강가까지 나와 이별의 아쉬움을 노래로 달래 주었다. 이백은 감명받아, 도화담의 깊이가 천 길이나 되지만 왕륜이 나를 보내는 마음의 깊이보다도 못할 것이라고 하였다. 두 사람의 우의를 짐작할 수 있는 표현이다.

청나라 때 원매袁枚가 쓴 『수원시화隨園詩話』에 따르면, 전혀 안면이 없는 왕륜이 이백이 곧 안휘성을 유람한다는 소문을 듣고, 그에게 편지를 보내 경천經川 지방에 오라고 요청하였다고 한다.

> 선생께서는 유람을 좋아하시죠? 이곳은 십 리 뻗은 복숭아꽃[十里桃花십리도화]이 있습니다. 술 마시기 좋아하시죠? 이곳에 술집이 만 집[萬家酒店만가주점]이 있습니다.
>
> 이백은 기쁜 마음으로 찾았다. 왕륜을 만나, "도원과 술집이 어디 있느냐?"고 물으니, 왕륜이 대답하기를, "도화桃花는 연못의 이름이고 만가萬家는 술집의 주인 성이 만萬씨이지 술집이 만 집이 있는 것은 아닙니다".

이백은 크게 웃고 며칠 묵고 떠나면서 이 시를 써 주었다고 한다.

두 사람의 낭만성이 서로 친해지는 비결이었나 보다.

755년 봄에 선성 일대를 떠돌면서 고향을 그리워하기도 하였다.

선성견두견화宣城見杜鵑花: 선성에서 두견화(진달래꽃)를 보고

촉 땅에서 일찍이 자규 소리 들었는데, 蜀國曾聞子規鳥촉국증문자규조,
선성에서 다시 두견화를 보네. 宣城還見杜鵑花선성환견두견화.
한 번 울음에 돌아보며 애간장 끊어지고, 一叫一迴腸一斷일규일회장일단,
늦봄 춘삼월에 고향 삼파를 그리워하네. 三春三月憶三巴삼춘삼월억삼파.

두견새 또는 소쩍새 전설을 시화한 시로, 고향에 대한 그리움을 표현하였다. 늦봄 진달래꽃(자규화, 두견화)이 만발한 선성 땅에서 옛날 고향 땅에서 들었던 소쩍새에 대한 전설이 생각났던 것이다. 옛날 촉지방의 왕이었던 망제望帝가 문산汶山 밑을 행차할 때 흐르는 강물에 시체 하나가 떠내려오다가 망제 앞에 와서는 눈을 뜨고 일어나 걸어 나왔다. 이상하게 여긴 망제는 누구냐고 물으니, 형주 땅에 살던 별령鱉靈이라고 하였다. 기이하게 여긴 망제는 그에게 벼슬도 주고 장가도 들게 하여 촉 땅에 살게 하였다. 별령은 재상까지 오르자 아래 사람들을 자기 심복으로 만들고, 자기 딸은 망제에게 시집보냈다. 망제의 장인이 된 별령은 자기 심복들과 짜고 망제를 이웃 나라로 쫓아 버렸다. 쫓겨난 망제는 매일같이 울다가 한 마리 새가 되었는데, 그 새가 두견새 곧 불여귀不如歸이다. 불여귀는 돌아가고 싶다는 말이다. 이 불여귀의 눈물이 땅에 떨어져 꽃이 피었는데, 그 꽃이 두견화 곧 진달래꽃인 것이다. 지금 이백이 선성 땅에서 두견새 소리를 듣고 어릴 적 고향 땅에서 듣던 두견화에 대한 전설이 생각났고, 고향 생각에 진달래꽃 빛처럼 애간장이 타고 있다.

55세(755년) 이백은 어느 선방에 계시는 스님을 찾아가기도 하였다.

심산승불우작尋山僧不遇作**: 산속 스님을 만나지 못하고 짓다**

돌길 따라 깊은 골짜기 들어가니,	石徑入丹壑석경입단학,
솔문은 푸른 이낀 낀 채 닫혀 있네.	松門閉青苔송문폐청태.
적막한 섬돌에는 새 발자국 나 있고,	閒階有鳥跡한계유조적,
선방에는 문 열어 줄 사람도 없네.	禪室無人開선실무인개.
창 너머로 보이는 흰 먼지털이는,	窺窗見白拂규창견백불.
벽에 걸린 채 먼지만 쌓였네.	挂壁生塵埃괘벽생진애,
저절로 나오는 탄식에,	使我空歎息사아공탄식.
돌아가려다 다시 배회하네.	欲去仍徘徊욕거잉배회.
향기로운 구름 온 산에 피어나고,	香雲徧山起향운편산기,
꽃비가 하늘에서 내리네.	花雨從天來화우종천래.
이미 공중에서 울리는 소리 좋은데,	已有空樂好이유공악호,
하물며 푸른 원숭이 소리 애잔하게 들리네.	況聞青猿哀황문청원애.
완전히 세속이 일 끊어버리고,	了然絕世事요연절세사,
이곳에서 유유자적 살고 싶네.	此地方悠哉차지방유재.

깊은 산중에 거처하는 스님을 방문했지만 만나지 못한 아쉬움을 표현한 시이다. 그런데 그 산승이 머무는 그곳은 향기로운 구름이 피어나고 꽃비가 내리는 곳이다. 그러면서 하늘의 음악 소리도 들리고 간혹 산에 사는 원숭이 소리도 들린다. 이런 한가롭고 고요한 풍경에 매료되어 이백도 눌러살고 싶다고 하였다. 10여 년을 떠돌다 보니 이제는 지쳐가는 이백의 모습이다.

755년 초겨울 안녹산이 일어나기 1달 전쯤 쓴 글이 있다. 한 번 살펴보자.

위조선성여양우상서爲趙宣城與楊右相書**: 선성군**宣城郡 **태수**太守 **조열**趙悅**을 대신하여 우상**右相 **양국충**楊國忠**께 올리는 서신**

삼가 아뢰나이다. 작별한 지 수년간이 되었으니, 저는 엎드려 상공이 계신 궁궐을 그리워하고 있습니다. 때는 바야흐로 맹동孟冬의 첫 추위인데, 엎드려 상공 옥체에 문안을 드리며 만복을 기원드립니다. 저는 은혜를 입었지만 재주와 능력은 쇠하여지고 나이만 들어가고 있으니 그저 세월만 연장하고 있을 뿐입니다. 젊었을 때는 말단관직에 있었던 것을 부끄러워하였지만 본래 원대하게 도모하지 못하였습니다. 중년에는 관직에서 해직되어 관계官界를 떠나 전원으로 돌아가 한가한 생활을 하였습니다. 옛날에 상공께서 국법을 관장하실 때 선발되어 승진을 거쳐 높은 지위에 올라 이전의 해직당한 치욕을 깨끗이 씻고 만년에 다시 관직에 오르고 승진하게 되었습니다. 베풀어주신 은혜가 겹쌓여서 실제로 머리에 언덕과 산을 이고 있는 듯 무겁습니다. 이로써 깃 떨어진 새가 다시 깃을 떨쳐 날아가는 듯하고 물 마른고기가 물을 만나 다시 헤엄을 치며 뛰어오르는 듯하며, 대붕이 큰 바람이 떠받쳐 주는 힘으로 날개를 쳐서 하늘 높이 비상하는 듯합니다. 어사대의 관복을 입고 상서성에서 계설향雞舌香을 머금고 엎드려 주대奏對를 하고 정사를 부지런히 돌보면서도 목을 빳빳하게 하여 다른 사람에게 머리를 숙이지 않는다는 소문을 부끄럽게 여겼으며, 절조를 연마하고 청렴과 고결한 절개를 갈고 닦았습니다. 조열은 선후로 세 차례 군의 태수로 나아갔는데, 명성을 추구하지 않아 이룬 공이 없지만 황제의 은택을 펼쳐서 조정의 은혜에 보답하였습니다.

저는 말처럼 울부짖고 뛰어오르며 날뛰었는데, 상공께서 (백락이 명마의 털을 깎고 더러운 먼지를 털어주었듯이) 저에게 관심과 보살핌을 주셔서 능력을 발휘하고 성취할 수 있었습니다. 은 인장과 붉은색 조복朝服으로 어사대에서 공무를 처리하였으니, 영광의 지위에 앉게 되고 벼슬은 현달하였습니다. 또한 제왕의 은총을 받아 근신近臣이 되어 황제의 용안龍顔을 뵙는 자리에 있게 되었습니다. 원추와 해오라기가 서열을 유지하며 가지런히 날 듯 이미 백관들 조회에서 서열에 따라 나란히 서게 되었는데, 다시 상서성에 발을 들어놓고 직분을 맡았으니 모두 상공께서 크게 이루어주신 덕분입니다. 그러나 저는 통금종이 울리고 통금을 울리는 물시계의 물이 다 하였지만, 심야에 다니면서 그만두지 않는 것과 같으니, 그칠 줄 알고 멈출 줄 알아야 욕되지 않고 위태롭지 않은 법인데 실로 옛 현인들에게 부끄러울 따름입니다. 견마처럼 주인을 한없이 그리워하고 있지만, 해가 서쪽 끝 몽사蒙汜로 지듯이 늙어가고 있습니다. 그러나 바라는 바는 고송枯松처럼 세월이 저물어 가더라도 어떠한 풍상風霜에도 고결한 절조를 변치 않는 것입니다. 늙은 천리마는 남은 세월이라도 달리는데, 온 힘을 다하고자 합니다. 이로써 현명하신 우리 황제께 보답하고 아래로는 상공께 은혜를 갚고자 하니 그 간절하고 공근한 정성으로 이에 숨을 죽이며 아룁니다.

엎드려 생각하니 상공께서는, 한 부인이 소호릉少昊陵에서 잃어버린 비녀를 찾듯이 조열을 잊지 않으시고 은혜를 베풀어주셨으며, 초왕楚王은 초택楚澤에서 활을 잃어버리고 찾지 않았지만, 상공께서는 조열의 보궁寶弓과 같은 재능을 잊어버리지 않으시고 찾아주셨습니다. 이에 나이가 들었지만 뜻은 더욱 굳세어지고, 결초보은의 도리를 깊이 알게 되었습니다. 은총의 광휘를 우러르며, 언제나 잊지 않고 보답하고자 하나이다.[10]

---

10) 淸 王琦 註, 『李太白全集』, 中華書局, 1977, 「爲趙宣城與楊右相書」. “某啟. 辭違積年, 伏戀軒屏, 首冬初寒, 伏惟相公尊體起居萬福. 某蒙恩, 才朽齒邁, 徒延聖日. 少忝末吏, 本乏遠圖; 中年廢缺, 分歸園壑. 昔相公秉國憲之日, 一拔九霄, 拂刷前恥, 昇騰晚官. 恩貸稠疊, 實戴丘山. 落羽

755년 이백이 선성 태수 조열을 대신해서 양국충에게 올린 글이다. 대필이라고는 하지만, 난세의 어지러움을 전혀 간파하지 못한 글이기도 하다. 본문 중에 "때는 바야흐로 맹동의 첫 추위"라고 한 부분이 있다. 맹동孟冬은 음력 10월 달이다. 안녹산이 양국충을 토벌한다는 명분으로 11월에 난을 일으켰으니, 약 1달 전쯤 쓴 글이다. 북방 변방을 지키던 안녹산은 거란을 대파하여 공을 세웠는데, 경쟁 관계에 있던 양국충은 남조를 정벌하러 갔다가 오히려 대패를 한다. 이런 정국에 실세로 인정되는 양국충에게 선성 태수 조열을 대신해서 아첨하는 글을 대필했다는 것이다. 긴 유랑생활에 이백의 판단력도 다소 흔들린다. 아니면 벼슬하고자 하는 욕망이 앞서기 때문일 수도 있다.

선성 태수 조열에 올린 시도 있다.

증선성조태수열贈宣城趙太守悅: 조열 선성 태수께 드리다

조나라는 귀한 부절을 얻어 흥성하여,	趙得寶符盛조득보부성,
산하에 그 공적이 남아 있습니다.	山河功業存산하공업존.
삼천의 귀한 손님들이,	三千堂上客삼천당상객,
출입하며 평원군 조승을 보좌하였습니다.	出入擁平原출입옹평원.
여섯 나라에 맑은 기풍을 드날리니,	六國揚清風육국양청풍,
뛰어난 명성이 얼마나 떠들썩했습니까?	英聲何喧喧영성하훤훤.
대현(조열)께서	

再振, 枯鱗旋躍, 運以大風之舉, 假以磨天之翔. 衣繡霜臺, 含香華省. 宰劇慚強項之名, 酌貪礪清心之節. 三典列郡, 寂無成功, 但宣布王澤, 式酬天獎. 某鳴躍無已, 剪拂因人. 銀章朱紱, 坐榮宦達, 身荷宸睠, 目識龍顏. 既齊飛於鵷鷺, 復寄跡於門館, 皆相公大造之力也. 而鐘鳴漏盡, 夜行不息, 止足之分, 實愧古人. 犬馬戀主, 迫於西汜, 所冀枯松晚歲, 無改節於風霜; 老驥餘年, 期盡力於蹄足. 以答明主, 下報相公, 慺慺之誠, 屏息於此.伏惟相公, 收遺簪於少昊, 念亡弓於楚澤. 衰當益壯, 結草知歸. 瞻望恩光, 無忘景刻."

먼 조상의 공적을 무성하게 하시어, 大賢茂遠業대현무원업,

동호부와 죽사부가 선성에 빛났습니다. 虎竹光南藩호죽광남번.

천 장 높이의 큰 소나무(조열) 같아서, 錯落千丈松착락천장송,

오래된 뿌리가 규룡(조열)처럼 서려 있습니다. 虯龍盤古根규용반고근.

가지 아래에는 속된 풀은 자라지 않고, 枝下無俗草지하무속초,

뿌리를 내리고 있는 것은

오직 난초와 창포뿐입니다. 所植唯蘭蓀소치유난손.

남양에 있을 때를 기억해보니, 憶在南陽時억재남양시,

비로소 나라의 선비로 대접받는

은혜를 입었습니다. 始承國士恩시승국사은.

그대가 시어사로 있다가, 公爲柱下史공위주하사,

시어사를 그만두고 전원생활을 할 때입니다, 脫繡歸田園탈수귀전원.

예전에 흰 붓(간관)을 머리에 꽂고서, 伊昔簪白筆이석잠백필,

유주(북경)에서 날뛰는 도적을 쫓아내셨지요. 幽都逐遊魂유도축유혼.

어사가 되어 유주 막부를 보좌하고, 持斧佐三軍지부좌삼군,

서리 같은 위엄으로 유주를 맑게 하셨습니다. 霜清天北門상청천북문.

일이 잘못되어 두 읍을 다스리면서, 差池宰兩邑치지재양읍,

출중하게 서 있다가

다시금 높이 날아오르셨습니다. 鶚立重飛翻악립중비번.

향을 피우는 난대(어사대)에 들어가니, 焚香入蘭臺분향입난대,

초안을 잡은 글에는 향기로운 말이 많았습니다. 起草多芳言기초다방언.

기와 용(양국충) 같은 대신의

한 번 돌아봄이 무거워, 夔龍一顧重기용일고중,

날개 높이 편 것이 훨훨 나는 봉황 같아서, 矯翼淩翔鵷교익릉상원.

적현에서 우레와 같은 명성을 날리고, 赤縣揚雷聲적현양뢰성,

굽히지 않는 절개는 천자께도 알려졌습니다. 強項聞至尊강항문지존.
세찬 회오리바람에 빼어난 나무가 꺾이니, 驚飇摧秀木경표최수목,
현령에서 물러났지만 도는 더욱 두터워졌습니다. 跡屈道彌敦적굴도미돈.
지방관으로 나와 세 군을 담당하시니, 出牧曆三郡출목역삼군,
머무는 곳마다 어진 정치를 펼쳤습니다. 所居猛獸奔소거맹수분.
쫓겨난 사람(이백)이 위衛나라 학처럼 대우받고, 遷人同衛鶴천인동위학,
외람되게 의공懿公의 수레를 올라탔습니다. 謬上懿公軒유상의공헌.
동곽(가난한 선비)의 신발을 신었다고
  스스로 비웃고, 自笑東郭履자소동곽리,
귀한 갖옷을 입은 이들에게 부끄러웠습니다. 側慚狐白溫측참호백온.
한가로이 읊조리며 대나무와 돌 사이를 거닐고, 閑吟步竹石한음보죽석,
신선술을 익혀 아침저녁을 잊었습니다. 精義忘朝昏정의망조혼.
초췌하고 추한 선비(이백)가 된 처지에, 憔悴成醜士초췌성추사,
풍운을 어찌 논할 수 있겠습니까? 風雲何足論풍운하족론.
미후(원숭이)가 흙으로 만든 소를 타고, 獮猴騎土牛미후기토우,
병든 말이 두 끌채를 끼고 끄는 신세입니다. 羸馬夾雙轅이마협쌍원.
원컨대 태수께서는
  희화(태양)의 빛을 빌려주시어, 願借羲和景원차희화경,
이 사람을 위해
  엎어진 사발 속을 비쳐주십시오. 爲人照覆盆위인조복분.
큰 바다가 요동치지 않으면, 溟海不振盪명해불진탕,
어떻게 붕과 곤이 맘껏 다닐 수 있겠습니까? 何由縱鵬鯤하유종붕곤.
바라건대 (그대가) 요직을 맡는 날에, 所期玄津日소기현진일,
그 힘을 빌려
  제 큰 뜻을 떨칠 수 있었으면 합니다. 倜儻假騰騫척당가등헌.

앞부분에서는 조열의 조상인 조양자와 평원군인 조승의 업적을 칭송하고 있다. 그리고 나서 조열의 위엄과 기개를 표현했고, 난초와 창포를 통해서 조열을 따르는 사람들의 인품의 어짊을 표현하였다. 그리고 이백 자신도 하남성 남양현에 있을 때 조열로부터 처음으로 선비 대우를 받았다고 하였다. 또한 이백이 조정에서 물러난 뒤 남양을 지나다가 낙향한 조열을 알게 되었다고 소개하였다. 계속해서 조열이 유주(북경 부근)의 군막에서 막료 일을 보았음을 말하였고, 두 현을 다스리다가 양국충의 눈에 들어 다시 조정에 들어오게 되었음을 말하고 있다. 그리고 조열이 세 군의 태수직을 맡게 되었고 그 중 하나가 선성이라는 것이다. 또한 그가 맡은 군에는 어진 정사를 폈기 때문에 사나운 호랑이도 도망갈 정도라고 칭찬하였다.

후한의 유곤이 홍농 태수로 있을 때 그 고장에 사나운 호랑이 많았다. 그런데 유곤이 어진 정사를 펼치니 그 사나운 호랑들이 새끼를 데리고 강을 건너 도망갔다는 이야기가 있다. 이백은 이 고사를 인용한 것이다. 또한 위衛나라 의공懿公의 학鶴에 대한 고사를 통해 이백 자신이 조열로부터 환대를 받고 있음을 드러내었다. 위나라 의공은 학을 좋아하여 늘 학을 수레에 태우고 다녔다고 한다. 그러면서 이백 자신의 처지를 말하고 있다. 지금 자신의 처지는 가난한 선비인 동곽의 신세이고 신선술을 익혔다고 하지만 신세가 초라해서 풍운은 논할 수도 없는 처지라고 하였다. 또한 벼슬자리에 나아가는 것도 원숭이가 흙으로 만든 소를 타는 꼴이고 병든 말이 수레를 끄는 신세라고 하여, 매우 더디고 힘듦을 표현하였다. 마지막으로 조열에게 이백 자신을 도와달라고 호소하였다. 이백 자신은 엎어진 사발처럼 지금 태양 곧 은총을 기대할 수도 없다. 그러면서 이백 자신을 붕과 곤에 비유하여, 날아갈 수 있도록 조열 당신은 바람과 물결이 되어 달라고 하였다.

이백이 선성 태수 조열을 위해 양국충에게 글을 대필한 이유를 알게 하는 시이다.

당나라 조정도 간신배에 의해 타락하고 이백의 판단력도 흐려 갈 때 755년 11월에 안녹산이 난을 일으켰다. 간신배들의 횡포에 더 이상 있었을 수 없어 범양에서 군사를 일으킨 것이다. 이백은 이때 양원에서 심양으로 피난하였다. 그리고 금릉과 여산, 선성 등지를 떠돌아다녔다.

혼란의 시기 이백과 그의 말년

혼란의 시기 이백과 그의 말년

다섯째 시기(755~762)는 55세부터 62세로, 안녹산의 난이 일어난 시기와 이백이 생을 마감하는 말년이기도 하다. 안녹산의 난이 일어나던 755년(천보 14년) 11월 이때 이백은 금릉(남경)을 여행하고 안휘성 선성宣城에 있었다. 종씨宗氏 부인은 수양睢陽(지금의 강서성 남창)에 있었고, 아들 백금伯禽은 하구瑕丘에 머물고 있었으며, 딸 평양平陽은 결혼한 후였다. 안녹산의 난이 일어났다는 소식을 접한 이백은 곧바로 종씨 부인이 있는 수양(남창)으로 갔다.

이때 당나라 황실은 당 현종이 양귀비에 빠져 정사政事를 게을리하자 변방의 절도사였던 안녹산이 11월에 군사를 일으켜 장안으로 쳐들어왔던 것이다. 난이 일어난 지 1달 만에 동도 낙양이 안녹산의 군대에 넘어가고, 안녹산은 이듬해인 756년 정월 낙양에서 대연황제大燕皇帝에 즉위하였다. 동관을 지키던 가서한의 8만 군사가 무너지자, 놀란 당 현종을 756년 6월에 양귀비를 데리고 촉의 성도로 피난 가다가 마외파 언덕에서 군사들의 요구로 양귀비의 육촌 오빠인 양국충을 죽였다. 그러나 현종을 호위하던 군사들이 국정 혼란의 책임을 양귀비에게 물을 것을 요구하자, 현종은 양귀비의 죽음을 묵인하였다.

안녹산의 난이 일어나 혼란한 시절 쓴 시도 감상해보자. 「증우인 3수贈友人 三首」는 756년 봄에 창작한 시이다.

증우인 3수贈友人 三首: 벗에게 보내는 시 3수

제1수	기일其一
난초가 자라나 문 앞에 있지 못하고,	蘭生不當戶난생부당호,
한적한 뜰의 이름 없는 풀이 되었네.	別是閑庭草별시한정초.
일찍이 서리에 꺾이고 이슬에게 속아서,	夙被霜露欺숙피상로기,
붉은 꽃(젊은 시절)은 이미 먼저 시들었네.	紅榮已先老홍영이선로.
외람되게 고귀한 꽃가지 와 닿아서,	謬接瑤華枝유접요화지,
군왕의 연못에 뿌리를 내리기도 했다네.	結根君王池결근군왕지.
돌아보니 좋은 향기는 없었지만,	顧無馨香美고무형향미,
외람되게도 맑은 바람에 몸을 씻었지.	叨沐清風吹도목청풍취.
만약에 남은 동안 향기 가질 수 있다면,	餘芳若可佩여방약가피,
오래오래 그 향기와 함께하리라.	卒歲長相隨졸세장상수.

제2수	기이其二
소매 속에 감춰둔 조나라 비수는,	袖中趙匕首수중조비수,
칼의 명장 서부인(칼의 장인)에게 산 것이네.	買自徐夫人매자서부인.
옥갑은 비수의 예리함 숨기고,	玉匣閉霜雪옥갑폐상설,
연나라 거쳐 다시 진나라로 향하였네.	經燕復歷秦경연부역진.
거사(진시황 시해)는 결국 이루지 못하고,	其事竟不捷기사경불첩,
비수는 모래 먼지 속에 묻혔네.	淪落歸沙塵윤락귀사진.

원컨대 이 칼을 바치어, 持此願投贈지차원투증,
그대와 함께 이 위기를 물리치고 싶네. 與君同急難여군동급난.
뜻 못 이룬 형가가 떠나버린 뒤에, 荊卿一去後형경일거후,
장사가 대부분 쇠잔해졌네. 壯士多摧殘장사다최잔.
역수 가에서 내가 크게 부르짖으니, 長號易水上장호역수상,
그 물이 나를 위해 큰 파도로 답을 하네. 爲我揚波瀾위아양파란.
우물을 파면 우물물에 이르러야 하고, 鑿井當及泉착정당급천,
돛을 펼치면 강물을 건너야 하며. 張帆當濟川장범당제천.
지조 있는 선비는 오직 의를 중히 여겨, 廉夫唯重義염부유중의,
준마는 채찍이 필요하지 않네. 駿馬不勞鞭준마불로편.
인생에서 자기를 알아주는 친구를
귀하게 여겨야지, 人生貴相知인생귀상지,
하필 금과 돈을 중히 여기는가? 何必金與錢하필금여전.

제3수 기삼其三

세상을 깔보고 업적을 가벼이 여겨, 慢世薄功業만세박공업,
가슴 속 품은 생각 없었던 것은 아니네. 非無胸中畵비무흉중화.
만고의 현자들을 희롱하는 것은, 謔浪萬古賢학랑만고현,
그들의 업적을 아이들 장난쯤으로 여기네. 以爲兒童劇이위아동극.
가산을 마련할 돈을 소광처럼 다 써버리고, 立産如廣費입산여광비,
제왕을 돕기 위해 좋은 계책 품었네. 匡君懷長策광군회장책.
다만 산 북쪽의 찬바람으로 괴로운데, 但苦山北寒단고산북한,
주유가 손책에게 준 큰 집을 누가 알고 있는가? 誰知道南宅수지도남댁.
올해 새로 빚은 술이 바람 타고 위로 퍼지는데, 歲酒上逐風세주상축풍,
양쪽의 귀밑머리 하얗게 변해네. 霜鬢兩邊白상빈양변백.

촉의 유비는 제갈량을 그리워하고,	蜀主思孔明촉주사공명,
진晉나라 왕실은 사안을 그리워했지만.	晉家望安石진가망안석.
때가 되면 다섯 솥의 음식을 벌여놓고,	時來列五鼎시래열오정,
담소 중에 단번에 백만금을 걸게 되었지.	談笑期一擲담소기일척.
호랑이처럼 엎드려 오랑캐 먼지(난)를 피하고,	虎伏被胡塵호복피호진,
어부처럼 노래하며 바닷가에서 노니는데.	漁家游海濱어가유해빈.
해진 갖옷으로 아내와 형수에게 부끄럽고,	弊裘耻妻嫂폐구치처수,
긴 칼로 친구와 친척에게 의지하네.	長劍托交親장검탁교친.
그대가 가문의 뜻을 굳게 잡고 있어서,	夫子秉家義부자병가의,
뭇 공들이 당신에 대비할 수가 없네.	群公難與隣군공난여인.
서쪽 강의 물을 가지고서,	莫持西江水막지서강수,
동해의 신하에게 공연한 약속을 하지 말지니.	空許東溟臣공허동명신.
다른 날 하늘로 올라가서,	他日青雲去타일청운거,
황금을 가져와 주인에게 보답할 날 있으리라.	黃金報主人황금보주인.

위의 시는 친구에게 주는 시인데, 세 수 모두 동일인에게 준 시는 아니다. 제목이 같아 시집을 편집할 때 하나로 묶어 놓은 것이다.

제1수는 이백이 당나라 궁중의 한림공봉로 있으면서 당 현종의 은총을 입은 상황을 소개하면서 내 몸에 남은 향기를 종신토록 지니며 살고 싶다고 했다. 변하지 않은 충절이다.

제2수는 먼저 형가의 고사를 인용하였다. 연나라 태자 단(丹)이 진 시황제를 시해하기 위해 비수를 조나라 사람인 서부인에게서 금 백 냥을 주고 사서 형가에게 주었는데, 형가는 뜻을 이루지 못하고 죽었다는 것이다. 그런데 그 형가가 뜻을 이루지 못한 채 버림받은 칼이, 모래에 묻혀 있다가 지금 자신이 가지고 있다는 것이다. 그래서 그

비수를 친구에게 줌으로써 이 위기를 물리치고 싶다고 하였다. 일을 시작하면 반드시 끝을 봐야 한다고 하면서 의리 있는 충절의 선비를 강조하였다. 당도위當塗尉 조염趙炎에게 바친 시이다. 이백의 전형적인 호협시이다.

제3수는 이백이 한나라 소광과 같은 기개와 황제를 보좌할 수 있는 책략을 가지고 있다고 하였다. 한나라 소광은 벼슬이 태부太傅였는데, "공을 이루고 나면 물러나야 한다. 지금 물러나지 않으면 후회할 것이다."라고 하면서 물러났다. 낙향한 후 왕으로부터 받은 황금을 다 써버리자, 어떤 사람이 후손들을 위해 산업 기반을 마련해 두라고 하였다. 그러자 소광은 "그렇게 하면 자손을 게으르게 만들 뿐이라고 하면서 거절했다."는 고사이다. 그러면서 이백은 삼국시대 오나라 주유와 손책의 이야기를 통해 나에게는 주유처럼 큰 집을 줄 사람이 없다는 것이다. 그래서 지금 이백은 매우 곤궁하다는 것이다. 그러나 세상에는 제갈공명과 사안처럼 인재는 늘 필요하기에 이백 자신도 언젠가는 인정을 받아 호화로운 생활을 할 때가 올 것이라고 하였다.

하지만 지금은 안녹산의 난으로 인해 전국시대 초나라 굴원처럼 연못가에 노닐고 있다고 하였다. 그리고 지금 처지는 마치 전국시대 소진이 진秦나라 왕에게 유세遊說를 갔다가 퇴자 맞은 소진과 같다는 것이다. 퇴자 맞은 소진이 다 해진 갖옷을 입고 집에 돌아오자 아내는 베틀에서 내려오지도 않고 형수는 밥도 주지 않았다는 것이다. 또 맹상군의 식객이었던 풍원은 자신에 대한 대접이 시원찮아서 칼을 두드리면 노래하여 자신의 뜻을 관철시켰다. 이처럼 이백도 지금 자신의 처지가 생계를 이어나가기가 곤란할 정도라는 것이다. 그래서 친척이나 친구에게 의탁할 수밖에 없다는 것이다.

마지막 구절은 『장자』의 「외물」편의 내용을 인용하면서 지금 당장 작은 도움이 절실하다고 하였다. 장자가 집이 가난하여 벼슬아치인 감하후에게 곡식을 빌리려 갔다. 감하후가 백성들에게 세금을 걷은 후 삼백 금을 빌려주겠다고 하였다. 이에 장주는 화가 나서 "내가 지금 오다가 수레바퀴 자국 안에 있는 물고기를 보았는데, 자신은 동해의 신하라며 약간의 물을 부어 자기를 살려달라고 하였다. 이에 내가 지금 오월 땅으로 가서 장차 서강(장강)의 물로 그대를 맞이하겠다고 하니, 그 물고기는 당장 한 바가지 물만 있으면 되는데, 그렇게 못한다니 나를 말라 죽게 하여 장차 건어물 전에서 찾겠다는 것인가?"라고 탄식하였다 한다. 이백은 황제를 보좌할 기개와 재능을 지니고 있는데도 한 번 사용도 못하고 쇠락해 가는 자신의 처지를 한탄하면서 지금 당장 물 한 바가지의 도움이라도 받고 싶은 간절함을 여러 고사를 인용하여 함축적으로 표현하였다. 이것이 안녹산 난 당시 이백의 처참한 생활상이다.

756년 봄, 강남 율양 땅 피난지에서 이백 자신에게 호의를 베풀어준 부풍(섬서성 봉상현 지역명) 출신의 인물을 찬양하면서 쓴 시 「부풍호사가扶風豪士歌」도 살펴보자.

부풍호사가扶風豪士歌: 부풍 호걸의 노래

낙양洛陽 삼월에 오랑캐(안녹산)에 함락되니,	洛陽三月飛胡沙낙양삼월비호사,
낙양 사람들 원망하며 한숨짓네.	洛陽城中人怨嗟낙양성중인원차.
천진교天津橋 아래 핏물 흐르고,	天津流水波赤血천진류수파적혈,
백골이 엉킨 모습 삼대 같네.	白骨相撑如亂麻백골상탱여난마.
나 또한 동으로 달아나 오吳 땅으로 향하니,	我亦東奔向吳國아역동분향오국,
뜬 구름이 사방 막고 길 또한 아득하네.	浮雲四塞道路賒부운사새도노사.
동쪽에 해 뜨고 이른 까마귀 울어댈 때,	東方日出啼早鴉동방일출제조아,

사람이 성문 열고 떨어진 꽃을 비질하네.	城門人開掃落花성문인개소낙화.
오동과 버들 나부끼는 고운 우물가,	梧桐楊柳拂金井오동양류불금정,
부풍扶風 호걸의 집으로 와서 취하네.	來醉扶風豪士家내취부풍호사가.
부풍의 호걸은 천하에 별난 인물,	扶風豪士天下奇부풍호사천하기,
의기가 투합하니 산조차 옮기겠네.	意氣相傾山可移의기상경산가이.
됨됨이가 세도가에 기대지 않으니,	作人不倚將軍勢작인불의장군세,
술 마시면 높은 벼슬아치의 약속인들 대수겠는가?	飮酒豈顧尙書期음주개고상서기.
멋진 쟁반 귀한 음식으로 뭇 손을 맞아,	雕盤綺食會衆客조반기식회중객,
오吳의 노래, 조趙의 춤에 향그런 바람 이네.	吳歌趙舞香風吹오가조무향풍취.
평원군·맹상군·춘신군·신릉군 등은 육국 시절에,	原嘗春陵六國時원상춘능육국시,
마음 열고 뜻 펼치면 주군이 알아줬고.	開心寫意君所知개심사의군소지.
집에는 저마다 식객이 삼천 명,	堂中各有三千士당중각유삼천사,
내일 보은報恩할 자가 누구일까 했었지.	明日報恩知是誰명일보은지시수.
검을 어루만지고,	撫長劍무장검,
두 눈썹을 떨치니.	一揚眉일양미.
맑은 물에 흰 돌은 어찌 또렷한가?	淸水白石何離離청수백석하리리,
내 모자 벗으니,	脫吾帽탈오모,
그대 나를 향해 웃었네,	向君笑향군소,
그대의 술을 마시고,	飮君酒음군주,
그대 위해 노래하였네.	爲君吟위군음.
장량張良이 적송자赤松子를 따라가진 못했으나,	張良未逐赤松去장량미축적송거,
다리 옆 누른 돌(장량)은 내 마음 알 것이네.	橋邊黃石知我心교변황석지아심.

부풍扶風은 옛 지명으로서 당나라 때 장안 근교인 관내도關內道의 봉상

부鳳翔府에 속하였다. 지금의 섬서성 봉상현鳳翔縣 일대이다. 756년 봄 안녹산의 난을 피하여 강남 율양溧陽 땅으로 피난하였을 때, 호의를 베푼 부풍 출신의 인물에게 찬사와 함께 감사의 마음을 전하며, 재능이 있으면서도 현실 정치에 참여하지 못한 불우한 자신의 처지를, 한漢나라의 유후留侯 장량張良에게 빗대어 노래한 작품이다.

전란戰亂의 뒤숭숭한 분위기 때문인지 혹은 술기운 탓인지 산만한 감이 있고, 상대방을 의식한 의례적인 표현도 적지 않다. 이 시를 보면 이백은 영감이 강렬한 감정에 사로잡혔을 때 시적 표현의 빛을 발하였던 것 같다.

검과 눈썹은 이백의 다짐을 표현한 것이다. 큰 칼을 어루만지고 눈썹을 치켜세웠다는 말은 나라를 위한 이백의 충성심을 표현한 것이기 때문이다. 그러면서 「고염가행古艶歌行」에 나오는 수청석자견水清石自見, 곧 '물이 맑으면 돌은 절로 보인다.'는 구절을 인용하여, 이백 자신의 충절에는 거리낄 것이 없음을 드러내었다. 그리고 마지막 구절은 이백 자신이 아직 공을 세우고 신선을 따라 노닐지는 못하지만, 재능만은 한나라 때 유후 장량 못지않다는 자부심을 표현하였다. 장량이 유방劉邦을 도와 한漢나라를 건국했던 것처럼, 이백 자신도 지금의 황제를 도와 나라에 보탬이 되고 싶은 것이다. 안녹산의 난으로 인해 움츠렸던 출사出仕의 의지와 우국충절도 꿈틀대고 있다.

이때 이백은 피난처를 여기저기 옮겨 다니면서 난의 어려운 상황을 모면하고 있었다. 금릉과 추포를 지나 강서성 심양에 도착한 후 가을 무렵 강남인 강서성 여산廬山인 병풍첩屛風疊으로 피난을 하였다. 먼저 추포(안휘성 지주)에서 쓴 시를 보자.

추포기내秋浦寄內: 추포에서 아내 종씨 부인에게 보내다

내가 이번에는 심양으로 갈까 하는데,	我今尋陽去아금심양거,
집 떠나와 천 리를 넘는 곳이네.	辭家千里餘사가천리여.
연잎으로 지붕을 엮어 물가에서 자고,	結荷見水宿결하견수숙,
글 한 줄 적어서 집으로 보내네.	卻寄大雷書각기대뇌서.
비록 같은 곳에서 고초 겪지 않았으나,	雖不同辛苦수부동신고,
각자 따로 살면서 이별을 슬퍼하네.	愴離各自居창리각자거.
내가 추포로 들어온 후,	我自入秋浦아자입추포,
삼 년 동안 북쪽에선 소식 드무네.	三年北信疏삼년북신소.
고운 얼굴 시름으로 쇠약해지고,	紅顏愁落盡홍안수낙진,
흰머리는 뽑을 수도 없게 되었네.	白髮不能除백발불능제.
어떤 사람 양원(하남성 개봉 부근)에서 왔다고 하는데,	有客自梁苑유객자량원,
손에는 오색 물고기(편지) 들려 있었네.	手携五色魚수휴오색어.
물고기배(봉함)를 열어서 비단 글자 얻으니,	開魚得錦字개어득금자,
언제쯤 돌아오나 묻고 있었네.	歸問我何如귀문아하여.
강과 산이 비록 길을 막고 있어도,	江山雖道阻강산수도조,
마음이 하나이니 떨어진 게 아니라네.	意合不爲殊의합불위수.

종씨 부인이 지금 하남성 개봉 근처에 있는 양원에서 보낸 편지를 받고 이백이 그 답으로 쓴 시이다. 비록 몸은 서로 떨어져 있지만, 마음은 하나이기에 떨어진 것이 아니라고 위로하고 있다. 양원梁苑은 한漢나라 때 양효왕梁孝王이 조성한 정원이다.

「추포기내秋浦寄內」와 비슷한 시기에 쓴 시 한 편 더 감상해보자.

추포감주인귀연기내秋浦感主人歸燕寄內: 추포에서 주인집의 돌아가는 제비를 보고 느낌이 일어 아내에게 부치다

초 땅 관문의 나무 서리에 시들자, 霜凋楚關木상조초관목,
비로소 차가운 기운 삼엄함 알겠네. 始知殺氣嚴시지살기엄.
텅 빈 가을 하늘은 넓고, 寥寥金天廓요료금천곽,
아름다운 꽃들은 시들었네. 婉婉綠紅潛완완녹홍잠.
북쪽 제비가 집주인과 이별하느라, 胡燕別主人호연별주인,
쌍으로 앞 처마에서 지저귀네. 雙雙語前簷쌍쌍어전첨.
날아가면서 계속 돌아보고, 三飛四迴顧삼비사회고,
가려다가 다시 바라보네. 欲去復相瞻욕거부상첨.
어찌 화려한 집에 미련이 없을까마는, 豈不戀華屋기불연화옥,
끝내 주렴을 떠나네. 終然謝珠簾종연사주렴.
나는 이 새보다 못하니, 我不及此鳥아불급차조,
멀리 떠나와서 세월이 이미 오래되었네. 遠行歲已淹원행세이엄.
글을 부치려다 나그네 길에 탄식하니, 寄書道中嘆기서도중탄,
눈물이 떨어져 봉하지도 못하겠네. 淚下不能緘누하불능함.

추포의 가을날 북쪽으로 돌아가는 제비를 보고, 나그네 이백도 집으로 돌아가고픈 생각이 들었다. 이제는 세속적인 출세욕도 버리고 제비처럼 과감히 돌아가야 하는데, 아직도 그것이 안 된다. 그래서 더 애잔하다.

이백(701~762)의 결혼에 대한 내용이 위호魏顥의 「이한림집서李翰林集序」에 나온다. "이백이 처음 허씨와 결혼하여 딸 하나와 아들 명월노를 얻었다. 딸은 시집을 갔다가 곧 죽었다. 또 유씨와 동거했는데 곧 헤어졌고, 그 다음에 노魯 땅의 어느 부인과 동거하여 아들 파려를 낳았다.

마지막에 종씨와 결혼하였다."[1] 이는 대체로 이백에 대해 알고 있는 바와 같다. 27세 무렵에 안육에서 결혼한 허씨 부인은 딸과 아들을 낳고 사별하였고, 장안 궁궐에 입성하기 전에 소진의 아내처럼 돈벌이도 못한다고 구박하는 두 번째 동거했던 유씨와 헤어지게 되었으며, 이름도 알 수 없는 세 번째 부인과는 두 번째 아들인 파려를 낳게 되었다는 사실과 50세 이후 여생을 함께 하다가 도교에 귀의한 부인이 종씨 부인이라는 정보를 전해주고 있다.

종씨 부인과의 만남은 이백이 술에 취해 벽에 쓴 시 「양원음梁園吟」이 인연이 되었다. 이백이 어느 날 술에 취한 채 양원(개봉 근처)의 벽에 시를 적었는데, 그 시가 「양원음梁園吟」이다. 어느 날 종씨가 아랫사람과 함께 그 양원의 벽을 지나는데, 이백의 시를 보게 되었던 것이다. 그런데 양원의 관리자가 이백의 시를 지우려 하자, 종씨가 은 1천냥을 주고 그 벽을 사 버렸던 것이다. 이 일로 인해 양원의 그 벽이 천금매벽千金買壁이 되었다. 이 일로 인해 두 사람은 부부의 인연을 맺었던 것이다. 먼저 「양원음梁園吟」을 살펴보자.

내가 황하에 배 띄워 장안에서 멀리 떠나와,	我浮黃河去京闕아부황하거경궐,
돛을 내걸고 나아가려는데 물결이 산처럼 밀려오네.	掛席欲進波連山괘석욕진파연산.
하늘은 높고 물은 넓어 지겹도록 먼 길 건너서,	天長水闊厭遠涉천장수활염원섭,

1) 「李翰林集序」. "白始娶于許. 生一女二男, 曰明月奴. 女旣嫁而卒. 又合于劉, 劉訣. 次合于魯一婦人, 生子曰頗黎. 終娶於宗." 인용한 마지막 구절은 "終娶於宋(종취어송)"으로 되어 있는데, 이는 오기이다. '宋(송)'이 아니라 '宗(종)'이 맞다. 그래서 '宗'으로 정정하였다. 마지막 부인의 성(姓)이 종씨(宗氏) 부인이기 때문이다.

옛 사적 찾다 평대(하남성 상구)에 이르렀네. 訪古始及平臺間방고시급평대간.
평대의 나그네 되니 근심 걱정 많아, 平臺爲客憂思多평대위객우사다,
술을 들며 마침내 양원가를 지어본다. 對酒遂作梁園歌대주수작양원가.
문득 봉지(큰 연못)에서
완공(완적)의 시가 생각나, 卻憶蓬池阮公詠각억봉지완공영,
"맑은 물에 큰 물결이 넘실거리네"를 읊어보네. 因吟淥水揚洪波인음록수양홍파.
큰 물결은 넘실거리고
옛 도읍지(개봉)는 아득한데, 洪波浩蕩迷舊國홍파호탕미구국,
길이 멀어 서쪽(장안)으로
어찌 돌아갈 수 있을까? 路遠西歸安可得로원서귀안가득.
인생의 운명을 알면
어찌 근심할 겨를이 있을까? 人生達命豈暇愁인생달명기가수,
장차 아름다운 술을 마시며
높은 누대에 오르리라. 且飮美酒登高樓차음미주등고루.
더벅머리 아이놈은 큰 부채를 부치니, 平頭奴子搖大扇평두노자요대선,
오월이 서늘하여 청명한 가을 같도다. 五月不熱疑淸秋오월불열의청추.
옥반에 양매 열매를 그대 위해 내어놓고, 玉盤楊梅爲君設옥반양매위군설,
오나라 소금은 꽃 같아 백설보다 희구나. 吳鹽如花皎白雪오염여화교백설.
소금으로 안주 삼아 술 들어 다만 마실 뿐이니, 持鹽把酒但飮之지염파주단음지,
백이·숙제처럼 고결한 일은 배우지 말아야지. 莫學夷齊事高潔막학이제사고결.
옛날 신릉군은 호걸이요 귀인이었지만, 昔人豪貴信陵君석인호귀신릉군,
지금 사람들이
신릉군의 무덤 위엔 밭갈이 한다네. 今人耕種信陵墳금인경종신릉분.
황폐한 성은 비어 푸른 산에 달 비치고, 荒城虛照碧山月황성허조벽산월,
고목은 모두 다

창오(구의산)의 구름 속에 들었네.	古木盡入蒼梧雲고목진입창오운.
양왕(양효왕)의 궁궐 지금은 어디 있는가?	梁王宮闕今安在양왕궁궐금안재,
매승과 사마상여가 먼저 가 서로 기다리지 않으리라.	枚馬先歸不相待매마선귀불상대.
춤추던 그림자와 노래소리는 맑은 못에 흩어지고,	舞影歌聲散淥池무영가성산녹지,
공연히 변(개봉)의 물만 남아 동쪽 바다로 흘러가네.	空餘汴水東流海공여변수동류해.
이 일을 읊으니 눈물이 옷깃을 적시고,	沉吟此事淚滿衣침음차사루만의,
황금으로 술을 사 취해 아직 돌아가지 못하네.	黃金買醉未能歸황금매취미능귀.
연속해 오백(놀이)을 소리치며 육박(놀이)을 놀고.	連呼五白行六博연호오백행육박,
패를 갈라 술내기 하며 해 가는 줄 모르노라.	分曹賭酒酣馳暉분조도주감치휘.
연주로 노래하고 또 노래하니,	歌且謠(가차요)
뜻은 바야흐로 멀고도 멀도다.	意方遠(의방원)
동산에 높이 누웠다가도 때가 되면 일어나서,	東山高臥時起來동산고와시기래,
창생을 구제하려 해도 아직 늦지는 않았도다.	欲濟蒼生未應晚욕제창생미응만.

양원梁園은 한나라 양효왕梁孝王이 조선한 정원이다. 지금 하남성 상구시 남쪽에 위치해 있다. 이백이 당나라 궁중에서 쫓겨난 후 평대까지 흘러들어와 느낀 감회를 적은 시이다. 화려했던 당나라 궁중에서 놀던 때를 회고하면서 다시 그 시절로 돌아가고 싶지만 그럴 수 없는 이백의 신세와 옛날 한나라 때 양효왕과 사부詞賦의 대가였던 매승과 사마상여가 노닐던 곳이 지금은 황폐하게 되어 버린 모습에 인생무상을 느끼고 있다. 그러면서 이 인생무상을 극복하기 위해서는 백이와

숙제의 고결한 정절을 지킬 것이 아니라, 지금 이 순간을 즐겨야 한다고 하였다. 그 옛날 전국시대 때 인재를 거느리던 위나라 소왕의 아들 신릉군의 무덤도 이제는 밭으로 변하지 않았던가? 그러니 모든 것이 헛된 일이로다라고 하면서도 "동산에 높이 누웠다가 때가 되면 일어나서, 창생을 구제하려 해도 아직 늦지는 않았도다."라고 하여, 사안의 일을 인용하였다. 동진東晋 때 인물인 사안謝安이 동산에 누웠다가 조정의 명이 있어도 벼슬자리에 나아가지 않다가 나라가 위태로워지자 결국 출사하여 공을 세웠던 인물이다. 이백도 지금은 당나라 궁중에서 쫓겨나 떠돌이 신세가 되었지만 나라가 위기에 처했을 때는 자신도 사안처럼 현실 정치에 참여해 나라에 보탬이 될 것이라고 술회하고 있다. 아마도 궁중에서 쫓겨난 후의 시이기에 744년 이후의 창작되었을 것이다.

이백이 종씨 부인의 생각을 자신의 시로 표현한 시가 「자대내증自代內贈」이다.

자대내증自代內贈: 아내 종씨 부인을 대신해서 나에게 주다

보배같은 칼로 흐르는 물을 잘라도,	寶刀截流水보도절류수,
잘린 적이 있었나요.	無有斷絶時무유단절시.
첩의 마음은 당신을 따라가니,	妾意逐君行첩의축군행,
끊이지 않고 이어진 게 그와 같습니다.	纏綿亦如之전면역여지.
그대 떠난 문 앞에 풀들이 더북해서,	別來門前草별래문전초,
가을 지난 골목에 봄풀처럼 푸릅니다.	秋巷春轉碧추항춘전벽.
풀은 뽑은 자리에서 다시 자라나,	掃盡更還生소진갱환생,
무성히 가는 곳마다 가득합니다.	萋萋滿行迹처처만행적.
봉황새 울음소리로 서로 알아보았으나,	鳴鳳始相得명봉시상득,

암수 놀라 따로 날아간 뒤 소식 없군요.	雄驚雌各飛웅경자각비.
떠도는 구름은 어디에 깃드는지,	游雲落何山유운낙하산,
한 번 간 뒤 돌아오는 걸 못 보았어요.	一往不見歸일왕불견귀.
대루산에서 왔다는 행상 한 사람,	估客發大樓고객발대루,
당신이 추포에 있다고 알려주네요.	知君在秋浦지군재추포.
양원의 비단 이불은 텅 비어,	梁苑空錦衾양원공금금,
양대에 내리는 비를 꿈에 보았지요.	陽臺夢行雨양대몽행우.
처가는 세 번이나 재상을 지냈는데,	妾家三作相첩가삼작상,
세력 잃고 장안을 떠난 뒤에는.	失勢去西秦실세거서진.
집안에 여전히 풍악소리 울리지만,	猶有舊歌管유유구가관,
처량한 소리 듣는 이웃 쓸쓸해한답니다.	凄淸聞四隣처청문사인.
노랫소리 자줏빛 구름에 들어가,	曲度入紫雲곡도입자운,
마음에 둔 사람이 없어 우는 듯하네요.	啼無眼中人제무안중인.
저는 마치 우물 아래 핀 복사꽃처럼,	妾似井底桃첩사정저도,
꽃 피어도 마주보고 웃을 사람 없네요.	開花向誰笑개화향수소.
당신은 마치 하늘에 뜬 달과 같지만,	君如天上月군여천상월,
한 번 비추려고 하질 않네요.	不肯一回照불긍일회조.
거울을 봐도 나인 줄 모르겠고,	窺鏡不自識규경부자식,
이별한 날이 많아 초췌함이 깊어지네요.	別多憔悴深별다초췌심.
어찌해야 말하는 앵무새 얻어,	安得秦吉了안득진길료,
날 대신해 제 마음을 말하게 할까요.	爲人道寸心위인도촌심.

아내의 마음을, 남편이자 작시자인 이백이 자신의 손을 빌려 표현한 시이다. 이백이 추포를 떠돌고 있을 때 양원梁苑(지금의 하남성 상구시商丘市) 집에 있는 아내를 대신하여 이백 자신에게 써주는 형식을 취했

다. 그래서 양원 집에 있는 아내의 심리를 추측해서 이백 자신을 그리워할 아내의 마음을 추측해서 쓴 시이다. 부부 싸움은 칼로 물베기로 첩의 마음이 지금 그런 심정이라오. 봄풀은 시들었다가 가을인데도 다시 푸른데, 떠난 임은 돌아오지 않는군요. 진목공의 딸 농옥이 피리를 잘 불어 소사와 결혼한 것처럼, 우리도 그렇게 결혼을 했는데 임은 돌아올 줄 모르네요. 추포 남쪽에 있는 대루산 방향에서 온 장사꾼이 당신이 있는 곳을 알려주네요. 비단 이불은 비어 있고 무산신녀와 초왕이 만났던 양대를 꿈에서 보았어요. 당신이 몹시도 그립습니다. 세 번씩이나 재상을 지낸 처갓집은 옛날 법도가 있어 음악을 연주하지만 그 소리가 처량하게 들릴 뿐입니다. 그 곡조가 하늘 높이 울려 퍼져 나아가도 임(이백)은 보이지 않아, 그 소리가 우는 소리처럼 들린답니다. 첩은 우물 아래 도화桃花처럼 아무도 알아주는 사람이 없고 오로지 임을 그리워하는 마음에 모습이 초췌해져 거울을 보아도 자신을 몰라볼 정도입니다. 앵무새라도 얻어서 나의 이런 마음을 임에게 전해볼까 합니다.

애절한 고백이다. 이백 자신의 심정을 아내에게 보내고 있는 듯하다.

이백에게 네 번째였던 이 결혼 생활도 종씨 부인의 도교 귀의로 막을 내렸다. 도교에 심취해 있던 종씨 부인이 761년 이백이 죽기 1년 전 광산鄺山으로 도道를 닦기 위해 들어가 버렸기 때문이다. 결국 두 사람의 애정은 부인 종씨의 도교에 대한 깊은 신앙으로 파국을 맞았다. 이백은 종씨 부인을 따라 도교에 귀의하지 않았다.

여산廬山으로 피난하면서(756년) 지은 시도 감상해보자.

분망도중오수 기일奔亡道中五首 其一**: 피난길에서 쓴 다섯 수 중 첫째 수**

소무는 흉노에게 잡혀 천산 위에 있었고, 蘇武天山上소무천산상,

전횡은 나라를 구하지 못하고
바닷가 섬으로 피했네. 田橫海島邊전횡해도변.
만 겹의 변방의 관문으로 길이 끊어졌으니, 萬重關塞斷만중관새단,
언제나 돌아갈 수 있을까? 何日是歸年하일시귀년.

난이 일어났지만 이 난세를 구할 인재가 없다는 것이다. 소무는 한漢나라 때 충신으로 흉노족에 사신 갔다가 19년간 억류당했던 인물이다. 그리고 전횡은 전국시대 때 제齊나라 사람으로 진秦나라 말기에, 제나라 부흥을 위해 군사를 일으켰던 인물이다. 그런데 한漢나라 유방劉邦이 항우項羽의 초楚나라를 멸망시키고 황제가 되자 전횡은 자신이 처형당할까 두려워 그를 따르는 무리 500여 명과 함께 섬으로 피신하였다가 자살한 인물이다. 이백은 소무처럼 고향으로 돌아가지 못함과 피신하여 자살을 택한 전횡과 같은 처지가 될까 염려하는 마음을 담았다.

분망도중오수 기이奔亡道中五首 其二」: 피난길에서 쓴 다섯 수 중 둘째 수

최정백은 떠나서 어디에 있는가? 亭伯去安在정백거안재,
이릉은 항복하고서 돌아오지 않았네. 李陵降未歸이릉항미귀.
새벽빛에 근심스런 얼굴로 바뀌니, 愁容變海色수용변해색,
짧은 옷이 오랑캐 옷으로 바뀌어서라네. 短服改胡衣단복개호의.

벼슬자리를 버리고 도망가는 관리들을 비판하면서 이백 자신의 근심을 표현하였다. 정백은 동한東漢 때 인물로 최인崔駰이다. 그는 거기장군車騎將軍 두헌竇憲의 주부主簿였는데, 두헌 장군이 그를 멀리하여 장잠현령長岑縣令으로 내보자 자기의 뜻을 펼칠 수 없다고 여겨 고향으로

낙향한 사람이다. 여기서는 안녹산의 난 당시 관직을 버리고 도망친 관리들을 정백에 비유한 것이다. 그리고 한漢나라 무제武帝 때 이릉은 흉노족에 투항한 인물이다. 그를 통해서 안녹산 군대에 투항하거나 동조한 관리들을 비난하였다. 이런 상황을 통해 짐작하기를, 이미 당나라 관리들이 오랑캐 옷으로 바꿔 입었다라고 하였다. 그래서 새벽녘에 일어난 이백은 중원이 함락됨에 근심이 짙다.

분망도중오수 기삼奔亡道中五首 其三」**: 피난길에서 쓴 다섯 수 중 셋째 수**

담소하며 삼군을 물리치는 계책을 가지고도,	談笑三軍卻담소삼군각,
일곱 귀족과의 교유는 드물었다.	交遊七貴疏교유칠귀소.
여전히 내게 화살 한 대가 남아 있지만,	仍留一隻箭잉유일척전,
노중련처럼 편지를 묶어 쏘지는 못했다.	未射魯連書미사노연서.

노중련의 일화를 용사用事하여, 이백 자신도 노중련처럼 적을 물리칠 능력은 있지만 그러한 기회를 얻지 못함을 아쉬워하고 있다. 노중련은 전국시대 제齊나라 사람으로, 진秦나라가 조趙나라의 수도 한단邯鄲을 포위했을 때 진나라에 항복하라는 위魏나라의 사신 신원연新垣衍을 담화로 설복시켜 조나라를 위기에서 구한 인물이다. 20년 후 연나라의 어느 장수가 제나라의 요성을 공격하여 함락시킨 사건이 일어났다. 제나라에서는 전단 장군을 보내 요성을 되찾고자 하였으나 번번이 실패로 돌아갔다. 이때 노중련이 나타나 연나라 장수에게 편지를 묶은 화살을 쏘아 그를 설복시켰던 것이다. 이후 그는 공을 다투지 않고 떠났던 것이다. 이처럼 공을 이루고도 그 대가를 바라지 않고 산수자연에 은둔한 인물이 노중련이다. 이백도 나라를 위해 공을 세우고는 노중련처럼 은거하고자 했던 것이다. 곧 공성신퇴功成身退를 꿈꾸었던

것이다. 노중련처럼 좋은 계책은 있지만 한나라의 일곱 외척[여呂·곽霍·상관上官·정丁·조趙·부傅·왕王 곧 조정의 귀족]과의 교류가 없어 조정에 등용되기 어렵고, 노중련처럼 난을 평정할 수 능력은 있는데, 실행에 옮길 수 없음을 한탄하였다.

분망도중오수 기사奔亡道中五首 其四: 피난길에서 쓴 다섯 수 중 넷째 수

중원의 함곡관이 변방의 옥문관이 되었으니,	函谷如玉關함곡여옥관,
어느 때나 살아서 돌아갈 수 있을까?	幾時可生還기시가생환.
낙양이 역수가 되었고,	洛陽爲易水낙양위역수,
숭산도 연산이 되었네.	嵩岳是燕山숭악시연산.
풍속이 변해 변방 오랑캐 말을 하고,	俗變羌胡語속변강호어,
사람들의 얼굴에는 변새의 모래가 가득하다.	人多沙塞顔인다사새안.
신포서처럼 오직 통곡만 하다가,	申包惟慟哭신포유통곡.
칠일 만에 귀밑털이 하얗게 되었다네.	七日鬢毛斑칠일빈모반.

낙양이 안녹산의 군대에 함락됨을 표현하면서, 이백 자신도 전국시대 초楚나라 신하인 신포서처럼 통곡하고 있다는 것이다. 두련은, 마치 하남성에 위치한 함곡관이 국경의 변방인 옥문관처럼 변해 장안으로 들어갈 수 없는 상황이 되었다는 것이다. 함련도 낙양과 숭산도 이미 안녹산 군대에 점령되어 안녹산의 본거지인 연燕 땅(지금의 북경 지역)이 되었다는 것이다. 경련은 사람들의 말과 풍속도 오랑캐화되었다는 것이다. 미련은 신포서의 고사를 인용하였다. 전국시대 초楚나라 신하인 신포서는 오吳나라가 초나라를 침략해 왔을 때 진秦나라 조정에 가서 도움을 청했던 인물이다. 그런데 진나라에서는 군사를 내주지 않자, 신포서는 진나라 조정에 7일 동안 통곡하였던 것이다. 신포서의

이런 노력으로 초나라를 위기에서 구할 수 있었다. 이백도 신포서와 같은 마음을 가지고 있음을 표현하였다.

분망도중오수 기오奔亡道中五首 其五: **피난길에서 쓴 다섯 수 중 다섯째 수**

끝없는 호수를 바라보니,	淼淼望湖水묘묘망호수,
푸른 갈대 잎이 가지런하네.	青青蘆葉齊청청로엽제.
돌아가려는 마음은 어디쯤에 있나?	歸心落何處귀심락하처,
해는 장강 서쪽으로 지는데.	日沒大江西일몰대강서.
봄 풀밭 가에 말을 멈춘 것은,	歇馬旁春草헐마방춘초,
떠나려니 먼 길 어디로 가야 할지 몰라서네.	欲行遠道迷욕행원도미.
누가 참을 수 있겠는가? 자규새가,	誰忍子規鳥수인자규조,
계속해서 자신을 향해 우는 것을.	連聲向我啼연성향아제.

고향을 떠나서 어디로 가야 할지 모르는 막막한 심정과 객지를 떠도는 나그네의 향수를 그렸다. 피난길을 재촉하면서 바라보니 호수는 일망무제一望無際로 끝이 없고 호숫가의 갈잎은 이제 막 돋아나기 시작하여 파릇파릇하며 그 높이가 가지런하다. 나는 어디로 가야 하는가? 내가 돌아갈 곳 떨어질 곳은 어디인지? 해는 장강 서쪽으로 져 길 가기 힘들 정도로 날은 어둑어둑 저물어간다. 피난길에 지친 말을 멈춰 봄풀 자라는 곳에서 쉬게 한 뒤 다시 길을 떠나 계속 가려니 길은 먼 데다 어디로 가야 할지 모르겠다. 이렇듯 대책 없이 머무는데 소쩍새만 계속하여 쉬지 않고 나를 보고 슬피 울어대니, 객지에서 떠도는 사람의 마음만 처량하게 만든다.

56세 중양절에 쓴 시도 보자.

구일九日: 중양절

오늘은 경치가 좋으니,	今日雲景好금일운경호,
물은 초록빛이고 가을 산은 환하네.	水綠秋山明수록추산명.
술동이 끼고 유하주流霞酒 마시면서,	攜壺酌流霞휴호작유하,
국화 꽃잎 따서 술잔에 띄우노라.	搴菊泛寒榮건국범한영.
외진 곳이라 솔과 바위 고색창연하고,	地遠松石古지원송석고,
맑은 솔바람이 관현악처럼 흩날리네.	風揚弦管清풍양현관청.
술잔에 기뻐하는 내 얼굴 비춰보고,	窺觴照歡顏규상조환안
홀로 웃음 지으며 또 한 잔 기울이네.	獨笑還自傾독소환자경.
산과 달에 취하여 모자 떨어뜨리고,	落帽醉山月낙모취산월,
부질없이 노래하며 벗을 그리워하네.	空歌懷友生공가회우생.

중양절 풍습으로 높은 곳에 올라 국화주를 마신다. 전란 중이지만 강서성 여산廬山 쪽은 그래도 피해가 덜 했던가 보다. 그래서 이백도 여산廬山에 올라 가을 경치를 완상玩賞하지만, 국화주를 홀로 마신다고 하였다. 쓸쓸함이 묻어난다. "산과 달에 취하여 모자 떨어뜨리고(落帽醉山月낙모취산월"는 진晉나라 맹가孟嘉의 고사이다. 맹가가 대사마 환온이 베푼 술자리에 나와서 술을 마실 때 바람에 모자가 날아가도 알아차리지 못했고, 그 일을 희롱하기 위해 환온이 손성으로 글을 짓게 하였다는 것이다. 또한 손성의 글에 답가로 맹가가 글을 지었는데 명문이었다고 한다. 이 같은 고사로 인해 맹가의 "낙모落帽"는 중양절의 연회를 여는 장소로 비유되고 있다. 여기서는 자연에 취했다는 뜻이다. "한영寒榮"은 차가운 날씨에 핀 국화를 이르는 말이다.

여산廬山에서 피난살이 하던 이백은 756년 겨울에 금릉(남경)으로 옮겼다.

이백이 강남을 떠돌 때 당나라 현종은 촉 지방으로 몽진蒙塵을 갔다. 몽진을 간 후 현종은 지금의 섬서의 남정南鄭인 한중漢中에서 재상 방관房琯의 건의를 받아들려 황제의 명의로 주서를 내려, 태자 이형李亨을 천하병마대원수天下兵馬大元帥에 임명하고 삭방朔方·하동河東·하북河北·평로平盧의 절도사를 이끌고 황하 유역을 수복하는 사명을 책임지게 하였다. 그리고 현종은 12월에 그의 16번째 아들 영왕永王 이린李璘을 산남동도山南東道·영남嶺南·검중黔中·강남서도江南西道의 절도사에 임명하고, 강릉대도독이 되어 장강 유역을 지키게 하였다. 이 같은 일은 현종이 권력이 한 곳으로 모이는 것을 분산시키는 정책을 편 것이다. 그러나 이때는 이미 황태자 이형이 숙종으로 당나라 황제에 즉위한 후였다. 이후 재상 방관을 두둔하던 숙종의 좌습유左拾遺 두보杜甫도 결국 숙종의 미움을 받게 되고 당나라 황실로부터 나오게 되는 계기가 되었다. 따라서 현종이 내린 주서는 아들 숙종의 권력을 분산시키는 정책으로, 자신의 권력을 유지하고자 했던 것이다. 그러나 이미 권력은 숙종에게 넘어간 이후이기에, 숙종은 영왕 이린을 인정은커녕 묵인도 하지 않았던 것이다. 영왕 이린은 숙종의 이복異腹 동생이다.

그 당시 역사적 사실을 살펴보면, 현종의 태자 이형李亨은 천보 15년(756) 7월에 영무靈武에서 숙종肅宗에 즉위하였다. 숙종에 즉위한 후 연호를 지덕至德으로 바꾸었다. 그 해 12월에는 강릉대도독江陵大都督 영왕永王 이린李璘은 수군을 이끌고 광릉(양주)으로 내려갔으며, 양송과 기주에서 이백, 두보와 함께 놀았던 고적高適은 회남절도사淮南節度使에 임명되었다.

지덕 원년(756) 12월에 영왕 이린은 군대를 이끌고 강릉에서 금릉으로 내려갔다. 그의 부하 장수 계광침季廣琛의 계책에 따라 강회江淮의 정예군대로 안녹산 군대를 평정하려는 목적이었다. 지덕 2년(757) 정월에 영왕 이린은 심양潯陽을 지나다가, 이백이 강서성 여산廬山에 머물고 있다는 사실을 알고, 책사 위자춘韋子春을 3번씩이나 보내, 자신의 막부에 들어오기를 간청하였다.

당시 이린 막부에 참가하던 때의 이백의 심정을 살펴볼 수 있는 글인 「여가소공서與賈少公書」를 살펴보자.

여가소공서與賈少公書: 가소공賈少公께 올리는 서신

그동안 줄곧 건승하셔서 기쁨이 그지없습니다. 이백 저는 피로가 연속되었기 때문에 떠나서 편안한 생활을 기대하였습니다. 저는 재주가 미천하고 아는 것도 얕아 시대를 구할 만하지도 못하였습니다. 그러니 비록 중원이 혼란 속에 빠졌다고 하더라도 장차 어떻게 중원을 구제할 수 있었겠습니까? 영왕永王의 명은 높고 중대하였습니다. (영왕께서) 강회병마도독江淮兵馬都督으로 임명되어 대군을 통솔하여 양주揚州로 내려가시면서, 저를 부르는 벽서辟書를 세 차례나 보내셨는데, 지위는 낮은데 예우는 중후하였습니다. [수군水軍이 심양潯陽에 도달하기로] 엄수 기한이 임박하여 고사하기가 어려웠습니다. 힘이 되고자 (이린의 막부에) 한 번 나아가서, 사전에 진퇴를 살펴보았습니다.

모름지기 은심원殷深源이 여산에서 10년을 은거하자, 당시 사람들이 그가 출사할지 출사하지 않을지를 살펴보고 강동 땅의 흥망을 점쳤습니다. 사안謝安은 출사하지 않고 동산에서 베개를 높이 하고 편안히 누워 있었는데 백성들이 그의 출사를 기대하였습니다. 그러나 이백 저는 남과 다르게 하여 나의 신분을 높여 보이게 하지 않았고, 고상하고 초탈한 풍모를 떨치기를 부끄러워하였으니, 어부와 상인들과 섞여 놀았고, 은거하였지만 속세를 완전히 끊지는 않았습니다. 어찌 다만 구름이 서린 산골짜기를 팔며 헛된 이름을 구하리오. 저 은심원과 사안 두 사람에게 대비한다면,

실로 마음에 부끄럽습니다. 오직 저의 재능이 막부의 일을 맡기에는 부족하니, 결국은 능력이 없습니다. 그러나 오로지 나라에 보답하고자 하며 현자를 추천하고 나서 스스로 물러나고자 합니다. 이 말이 거짓이라면, 하늘이 정말로 저를 죽일 겁니다. 그대가 깊이 알기를 바라는 마음에 저의 진심을 모두 아룁니다. 장자는 나를 알아주는 사람은 혜자라고 하였듯이 그대가 나를 알아준다는 것에 무슨 이의가 있겠습니까? 조그만 일을 처리하고자 하지만, 황공할 뿐이옵니다.2)

이백은 영왕 이린의 막부에 참여는 국가에 대한 충성으로 생각하고 참여를 결심하게 되었다는 말이다. 그런데 이 글은 학자들의 견해가 다소 갈린다. 「여가소공서與賈少公書」를 지을 때는 영왕 이린이 숙종에게 패한 후에, 이백이 쓴 문장으로 보고 있기 때문이다. 만약 영왕 이린이 숙종에게 패배한 후 쓴 글이라면, 이백은 자신을 변호하기 위해 쓴 글밖에 안 된다. 어쨌든 이백이 일관되게 주장했던 공을 세운 후 자연으로 물러난다는 공성신퇴功成身退의 정신이 기조를 이루고 있다. 이백이 영왕 이린의 막부에 참여할 때 모습이 담긴 시도 있다. 756년 이백의 나이 56세에 쓴 「별내부징別內赴徵」이다.

2) 王琦 注,『李太白全集』, 北京: 中華書局, 1977.「與賈少公書」"宿昔惟清勝. 白緜疾疲, 去期恬退, 才微識淺, 無足濟時. 雖中原橫潰, 將何以救之. 王命崇重, 大總元戎, 辟書三至, 人輕禮重. 嚴期迫切, 難以固辭. 扶力一行, 前觀進退. 且殷深源廬岳十載, 時人觀其起與不起, 以卜江左興亡. 謝安高臥東山, 蒼生屬望. 白不樹矯抗之跡, 恥振玄邈之風, 混遊漁商, 隱不絶俗. 豈徒販賣雲壑, 要射虛名, 方之二子, 實有慚德. 徒塵忝幕府, 終無能爲. 唯當報國薦賢, 持以自免. 斯言若謬, 天實殛之. 以足下深知, 具申中款. 惠子知我, 夫何間然. 勾當小事, 但增悚惕."

별내부징 삼수別內赴徵 三首**: 아내와 작별하고 초빙에 응해 가다 삼수**

제1수	기일其一
왕명으로 세 번이나 부르는데 안 가볼 수 없어서,	王命三徵去未還왕명삼징거미환,
내일은 밝는 대로 오 땅의 관문을 나설 생각이네.	明朝離別出吳關명조이별출오관.
백옥 누각에서는 볼래야 볼 수 없을 테니,	白玉高樓看不見백옥고루간불견,
그리움 일 때마다 망부산(변방의 산)에 올라야 하리.	相思須上望夫山상사수상망부산.

제2수	기이其二
문 나설 때 처자식이 내 옷자락 세게 잡아끌며,	出門妻子强牽衣출문처자강견의,
서쪽(장안)으로 가면 언제쯤 돌아오나 물어보네.	問我西行幾日歸문아서행기일귀.
돌아올 때 요행으로 황금인장을 차고 돌아오면,	歸時儻佩黃金印귀시당패황금인,
베틀에서 안 내려온 소진 마누라 닮지 마소.	莫學蘇秦不下機막학소진불하기.

제3수	기삼其三
비취로 누각 짓고 금계단을 달아놓아도,	翡翠爲樓金作梯비취위루금작제,
누가 홀로 머물며 문설주에 기대 울 것인가?	誰人獨宿倚門啼수인독숙의문제.
밤부터 새벽까지 불 켜두고 잠 못 든 채,	夜坐寒燈連曉月야좌한등연효월,
초 땅 서쪽을 그리며 눈물 마를 날 없겠네.	行行淚盡楚關西행행누진초관서.

영왕 이린의 삼고초려三顧草廬로 막부에 참여하게 되었다는 내용이다. 안녹산의 난으로 여산 피난지에 있는데, 강릉에 있는 영왕 이린의 부름을 받고 아내 종씨와 이별하는 내용이다. 싸움터로 떠나기 때문

에, 만나기가 쉽지 않을 것이다. 그러니 내가 보고 싶을 때는 망부산에 올라 내가 있는 쪽을 보라고 하였다.

그리고 출세하여 돌아올 테니, 혹시라도 전국시대 소진의 마누라는 되지 말라고도 하였다. 소진蘇秦은 전국시대 유세가이다. 소진은 동주東周 낙양洛陽 지역의 가난한 집안에서 태어났는데, 젊은 시절 농사를 짓지 않고 집안일도 돕지 않아 가족들에게 질타를 받고 무시당했다. 그러나 유세가가 되어 천하를 호령하겠다는 야심을 품고 있던 그는 운몽산을 찾아가 초나라의 사상가 귀곡자에게 가르침을 받았다. 이때 장의도 만나게 된다. 유세술을 펴기 위해 각 지역의 제후를 찾아다녔지만 뜻을 이루지 못했다. 그래서 고향으로 돌아오니, 그의 부인이 베틀에 앉아 내려오지도 않고 본체만체하였고, 형수는 밥도 주지 않았으며 가족들 어느 누구도 환영해주지 않았다. 이에 분발하여 각 지역의 제후를 다시 만나 자신의 용병술을 설파하였지만, 어느 누구도 쉽게 자신의 계책을 들어주지 않았다. 마지막으로 연燕나라 문후文侯를 만나 천하 통일 계책을 내놓았다. 이것이 조나라와 연합하여 강대국 진秦나라에 대항하라는 소진의 합종책이다. 이백도 소진처럼 여섯 제후국의 재상이 되어 돌아올 것이니 믿고 기다려 달라고 하였다. 이백의 출세욕이 하늘을 찌르고 있다.

제3수에서는 아내의 기다림을 상상한 것이다. 아무리 좋은 집에 살아도 임이 없는 곳은 쓸쓸함만 있을 뿐이다. 그래서 문에 기대 울기도 하고 등불 아래 외로이 눈물 흘리며 밤을 지새울 아내를 상상하였다. 따라서 이백은 아내가 초 땅 관문 서쪽 곧 영왕이 있는 강릉 쪽을 바라보고 눈물이 다 마를 때까지 울고 있을 것이라고 노래하였다.

만류하는 아내를 뿌리치고 반드시 공을 세우고 오겠다는 이백의 각오가 드러난 시이다. 이 시 내용을 보면, 「여가소공서與賈少公書」는 이백이 자신을 변호하기 위해 영왕 이린이 숙종에게 패한 후에 쓴 글로 보인다. 「여가소공서與賈少公書」에서는 영왕 이린의 제의가 거절하기 어려워 억지로 나아갔기 때문이라고 하였기 때문이다.

757년 재덕 2년 영왕 막부에 있으면서 지은 시가 11수나 된다. 「영왕동순가永王東巡歌」를 살펴보면 이 당시 57세 이백의 심리도 알 수 있을 것이다.

영왕동순가 11수永王東巡歌十一首: 영왕의 동쪽 순시가 11수

제목에 대한 주석으로 "영왕 이린은 당唐 명황(현종)의 아들이다. 천보 15년(756)에 안녹산이 반란을 일으키자 황제의 명령으로 산남·영남·검중·강남 등 네 도의 절도사를 맡았다. 11월 동짓달에 강릉에 이른 이린이 군사를 모아 수만을 얻게 되자, 마침내 강동을 근거로 은근한 뜻을 품고 12월 섣달에 수군을 이끌고 동쪽 순시에 나섰다(題注 : 永王璘, 明皇子也. 天寶十五年, 安祿山反, 詔璘領山南嶺南黔中江南四道節度使. 十一月璘至江陵, 募士得數萬, 遂有窺江左意. 十二月, 引舟師東巡)."라고, 주석을 달았다.

제1수	기일其一
정월(757년) 영왕이 동쪽으로	
큰 군대를 출동하니,	永王正月東出師영왕정월동출사,
천자가 멀리서 용호기를 나누어 주었네.	天子遙分龍虎旗천자요분용호기.
누선에 닻 올리자 풍파가 잠잠해져,	累船一擧風波靜누선일거풍파정,
강수, 한수는 안목지(궁원)가 되었도다.	江漢飜爲雁鶩池강한번위안목지.

제2수	기이其二
삼천(낙양)에 북녘 오랑캐들이	

삼대같이 얽혀 있으니, 三川北虜亂如麻삼천북로란여마,
온 세상 사람들 영가 때같이 남쪽으로 피난하네. 四海南奔似永嘉사해남분사영가.
다만 동산의 사안謝安을 기용할 수만 있다면 但用東山謝安石단용동산사안석,
군왕을 위해 담소하면서 오랑캐를 평정하리라. 爲君談笑靜胡沙위군담소정호사.

제3수 기삼其三

우레처럼 울리는 북소리 무창을 울리고, 雷鼓嘈嘈喧武昌뇌고조조훤무창,
구름처럼 펄럭이는 깃발들 심양을 지나가네. 雲旗獵獵過尋陽운기엽렵과심양.
조금도 범하는 일 없으니 삼오 사람들 기뻐하고, 秋毫不犯三吳悅추호불범삼오열,
봄날 오색 채운을 멀리서 바라보네. 春日遙看五色光춘일요간오색광.

제4수 기사其四

용호龍虎가 서려 있으니 제왕의 고을이라, 龍蟠虎踞帝王州용반호거제왕주,
황제의 자제가 금릉에서 옛 궁궐을 찾아들었네. 帝子金陵訪古丘제자금릉방고구.
봄바람은 소양전에 따스하게 불어주고, 春風試暖昭陽殿춘풍시난소양전,
명월은 지작루(남경)에 돌아와
비춰주고 지나가네. 明月還過鳷鵲樓명월환과지작루.

제5수 기오其五

두 황제가 순수하시며 모두 돌아오지 않으시니, 二帝巡遊俱未回이제순유구미회,
오릉 송백이 사람으로 하여금 애처롭게 하네. 五陵松柏使人哀오릉송백사인애.
제후는 하남 땅을 구원하지 않고 있으니, 諸侯不救河南地제후불구하남지,
재차 어진 왕(영왕)이
멀리서 오시면 더욱 기뻐리라. 更喜賢王遠道來갱희현왕원도래.

제6수 기육其六

단양의 북고산은 오 땅의 관문이고, 丹陽北固是吳關단양북고시오관,

관문의 누대는 구름과 강물 사이에
그림같이 솟아 있네. 畫出樓台雲水間화출루태운수간.

천 봉우리 봉화는 푸른 바다까지 이어지고, 千巖烽火連滄海천암봉화연창해,

강 언덕에는 깃발이 푸른 산을 둘렀네. 兩岸旌旗繞碧山양안정기요벽산.

제7수 기칠其七

영왕의 순행은 삼강을 거쳐
오호五湖에 이르렀고, 王出三江按五湖왕출삼강안오호,

누선으로 바다를 넘으려 양주에 주둔하시네. 樓船跨海次陪都누선과해차배도.

전함에는 용맹한 병사들이
빽빽하게 줄지어 있고, 戰艦森森羅虎士전함삼삼나호사,

원정 나온 배는 일일이 좋은 말을 싣고 있네. 征帆一一引龍駒정범일일인용구.

제8수 기팔其八

강한 바람에 돛을 올려 기세는
되돌리기 어려워, 長風掛席勢難回장풍괘석세난회,

바다를 요동치게 하고
산을 기울이며 오랑캐를 꺾네. 海動山傾古月摧해동산경고월최.

그대 보시게 황제의 아들이 장강을 떠갈 때, 君看帝子浮江日군간제자부강일,

용양 장군이 삼협을 나서던 것과
어찌 그리도 비슷한가? 何似龍驤出峽來하사용양출협래

제9수 기구其九

진시황은 바다에 가려했으나
다리를 만들지 못했고, 祖龍浮海不成橋조용부해불성교,
한 무제는 심양에서 헛되이 교룡을 쏘았네. 漢武尋陽空射蛟한무심양공사교.
우리 왕의 누선은 진시황과 한 무제를
가벼이 여기니, 我王樓艦輕秦漢아황루황경진한,
도리어 당 태종이
요하를 건너려 하신 것과 같네. 卻似文皇欲渡遼각사문황욕도료.

제10수 기십其十

황제(현종)가 어진 왕을 총애하여
초 땅의 관문에 들어가니, 賢王入楚關제총현왕입초관,
장강과 한수를 쓸어
맑게 하고서야 돌아가시리라. 掃淸江漢始應還소청강한시응환.
처음 운몽택에서 붉은 대궐(영왕의 저택) 짓고, 初從雲夢開朱邸초종운몽개주저,
다시 금릉산을 취하여 소산으로 삼으시네. 更取金陵作小山갱취금릉작소산.

제11수 기십일其十一

시험 삼아 군왕의 옥 말채찍을 빌려서, 試借君王玉馬鞭시차군왕옥마편,
옥 장식 자리에 앉아 지휘하여
오랑캐를 평정하리라. 指揮戎虜坐瓊筵지휘융로좌경연.
남풍으로 한 번에 휩쓸어
오랑캐 먼지를 잠재우고, 南風一掃胡塵靜남풍일소호진정,
장안에 가서 천자에게 승리 소식 전하리라. 西入長安到日邊서입장안도일변.

위의 시는 「영왕동순가永王東巡歌」로, 영왕 이린이 동쪽으로 갔다는 내용인데, 영왕의 출정을 찬양하고 있다. 이때 이백도 그의 막부에 참여하여, 함께 행동하였다. 그 때가 안녹산의 난이 일어난 후 1년 3개월쯤 되는 757년 1월이다. 755년 11월에 안녹산이 난을 일으켜 순식간에 낙양을 점령하고 756년 6월 장안을 함락하자 당 현종은 촉 지방으로 몽진을 하였던 것이다. 이후 태자 이형이 756년 7월 12일에 영무에서 숙종으로 즉위하여, 연호를 지덕至德으로 정하였다. 이 소식을 접한 현종은 7월 15일에 태자 이형을 천하병마도원수로 삼고, 16번째 아들 영왕 이린을 사도절도도사四道節度都使 겸 강릉대도독江陵大都督에 임명하였던 것이다.

제1수의 "천자가 멀리서 용호기를 나누어 주었네."는 권력의 정당성을 부여하고 있다. "용호기龍虎旗"는 태자 이형과 영왕 이린에게 각각 직책을 내린 것을 의미한다. 용기龍旗는 천하병마도원수 깃발이고, 호기虎旗는 사도절도도사의 깃발을 상징한다. 누선樓船은 고대에 누각을 3층 높이로 세운 전함戰艦을 이르고, 안목지雁鶩池는 한漢나라 때 양효왕梁孝王이 양원梁苑에 만든 연못으로, 물고기를 기르던 궁원宮苑이다. 영왕의 누선이 한 번 뜨니 세상이 조용해졌다는 말이다. 장강과 한수 일대가 평정되었다는 뜻이다.

제2수의 "삼천三川"은 진秦나라의 군郡 이름으로 한 고조 때에 하남군河南郡이라 했는데, 여기서는 낙양을 가리킨다. 형양, 낙양 일대의 하수河水·낙수洛水·이수伊水의 세 강이 흐르므로 삼천三川이라 명명命名하였다. "영가永嘉"는 서진西晉 회제의 연호다. 영가 5년(311) 전조前趙의 흉노족 군주인 유요는 낙양을 함락시키고 회제를 포로로 잡으니 중원의 사대부들이 강남으로 피난하였다. 이때 죽은 관료와 백성들이 3만 명이었다. 이를 역사서歷史書에서는 영가의 난이라고 부르는데, 천보 15년에 발발한 안녹산의 난도 이와 정황이 비슷했기에, 이백이 그렇게 표현했던 것이다. "사안석謝安石"은 동진東晉의 명장 사안謝安으로, 자字가 안석安石이다. 사안은 일찍이 회계會稽에 은거하고 있었는데, 후진後晉 무제武帝 때 전진前秦의 부견符堅이 큰 군사를 이끌고 침략하자, 대도독 사안은 비수淝水(안휘성 합비현 위치)에서 부견의 군대를 격퇴하였다. 이백은 자기 자신을 사안에 비유하여, 자기 자신도 사안처럼 나라를 위해 큰 공을 세울 수 있음을 드러내었다. 이는 영왕이 사안 같은 자(이백)를 등용하여 난을 평정할 것을 기대한다는 뜻도 있다.

제3수에서는 영왕 일행의 행로를 짐작할 수 있게 한다. 무창에서 심양(구강)을 지나 삼오로 행했다는 것이다. "삼오三吳"는 오흥吳興·오군吳郡·단양丹陽(남경)을 이른다. 그리고 3수에서 이백은 영왕 이래의 군사들이 사기가 충전하여 북소리는 무창을 울리고 깃발은 심양에 나부낀다고 하였다. 또한 군대는 규율이 엄격하여 삼오 지역의 사람들에게 민폐를 끼치지 않아, 다 좋아한다고 하면서 그들의 모습은 봄날 오색의 상서러운 빛이라고 하였다. 이백의 고무된 모습이다.

제4수는 영왕 일행이 금릉(남경) 땅에 도착하여 지작루에 머물고 있음을 드러내면서 사기가 충만되어 있다. 또한 제왕의 땅에 황제의 아들 영왕이 오니, 금릉 땅에 화풍이 다시 불고 명월이 떴다고 하여, 영왕의 은덕을 찬미하였다.

제5수는 현종玄宗과 숙종肅宗은 장안을 떠나 몽진하였는데, 숙종이 북쪽으로 가서 황제로 즉위하여 부자父子간 사이가 회복되지 않고 벌어지니, 오릉의 송백을 볼 낯이 없고 사람들로 하여금 애처롭게 한다고 하였다. 한 마디로 조상들에게 면목이 없다는 말이다. 그리고 각 지역의 제후들은 하남 땅을 구원하지도 못하였는데, 영왕 이린이 군사를 이끌고 와서 안녹산의 세력을 평정하기를 바라고 있다. "오릉五陵"은 고조헌릉高祖獻陵·태종소릉太宗昭陵·고종건릉高宗乾陵·중종정릉中宗定陵·예종교릉睿宗橋陵 등이다.

제6수는 단양 땅(강소성 진강시)이 예부터 군사적 요충지였음을 말한 부분이다. 단양성(지금의 강소성 진강시)과 진강鎭江변의 북고산北固山은 삼국시대 손권의 오吳나라 때부터 군사 요충지였기 때문이다. 먼저 군사 요충지인 단양의 북고산의 경관을 묘사한 후, 영왕 이린의 군대의 위용을 과시하였다.

제7수는 영왕 일행이 오호五湖를 거쳐 양주까지 순행했음을 알려주고 있다. 그리고 싸움배들 주위에는 총총하게 용맹한 용사들이 늘어서 있고, 그 배 안에는 좋은 말들이 가득 실려 있다는 것이다.

제8수는 영왕의 군대가 위용이 있음을 보여준 연이다. 용양 장군은 진晋나라 익주자사 왕준이다. 무제가 오나라를 정벌하고자 왕준에게 용양 장군을 내리고 출정하도록 하였다. 지금 오 땅으로 온 영왕의 군대가 예전에 삼협을 떠나 오나라 지역으로 온 왕준의 군대처럼, 위용이 있다는 것이다.

제9수 역시 영왕에 대한 찬미이다. 영왕이 군사를 출동시킨 것은 진시황제나 한 무제의 순행과는 달리 나라를 구하기 위한 것이라고 하였다. 이는 당 태종이 요하를 넘은 것은 나라를 구하기 위한 행위라고 하여, 영왕의 출군이 당 태종의 구국救國 행위와 같다는 것이다.

10수는 영왕이 현종의 명을 받아 장강과 한수 지역의 반란군을 다 토벌하려는 뜻을 세웠다는 내용이다. 그래서 운몽택과 금릉산에 거처를 정했다는 것이다. "주저朱邸"는 영왕의 저택이다.

제11수는 이백 자신이 공을 세우고자 하는 포부를 드러내었다. 영왕에게서 군사 지휘권을 나누어 받아 공을 세운 후 다시 장안으로 가서 황제를 배알한다는 내용으로, 자신감이 드러나고 있다. 그러나

이는 이백의 생각에 불과하였다. 현실은 반대로 숙종의 군대에 패하여 영왕 이린 군대는 반란 세력이 되었던 것이다.

숙종이 영왕에게 사천성 성도로 돌아가 상황인 현종을 모시라고 하였는데, 영왕은 그 명령을 거역하고 군사를 이끌고 금릉(남경)으로 향하였던 것이다. 이로 인해 반란군이 되자, 안녹산 군대를 격파하기 위해 모인 군사들이 동요하면서 이탈자가 생겨났던 것이다. 영왕의 군대 막부에 있던 이백도 단양에서 파양으로 도망하면서 쓴 시가 있다. 「남분서회南奔書懷」이다.

남분서회南奔書懷: 남쪽으로 달아나면서 심정을 적다

긴 밤은 어찌도 이리 더딘가?	遙夜何漫漫요야하만만,
공연히 백석란(飯牛歌반우가)이란 가사를 노래해보네.	空歌白石爛공가백석란.
영척이 제나라를 구제하지 못했지만,	甯戚未匡齊영척미광제,
진평(한나라 정치가)이 결국 한나라를 돕는구나.	陳平終佐漢진평종좌한.
흉악한 괴수(안녹산)가 황하와 낙수를 쓸어버리고,	攙槍掃河洛참창소하락,
바로 홍구의 반을 갈랐네.	直割鴻溝半직할홍구반.
제왕의 운이 아직 바뀌지 않았는데,	歷數方未遷역수방미천,
구름과 우레로 거듭 어려움이 많도다.	雲雷屢多難운뢰루다난.
천인(영왕)이 백기와 황금 병권을 잡으니,	天人秉旄鉞천인병모월,
호죽(병권)은 영왕에서 빛나네.	虎竹光藩翰호죽광번한.
황금대에서 붓을 잡으며 모시고,	侍筆黃金臺시필황금대,
청옥으로 만든 상에서 술을 받았네.	傳觴青玉案전상청옥안.
가을바람이 일어난 것도 아닌데,	不因秋風起불인추풍기,

스스로 돌아가고자 탄식하네. 自有思歸嘆자유사귀탄.

장수들이 걸핏하면 참소하고 의심하여서, 主將動讒疑주장동참의,

천자의 군대는 홀연 배반하고 흩어지네. 王師忽離叛왕사홀리반.

백사(강소성 의징현 강가)로 오고 나서는, 自來白沙上자래백사상,

단양의 언덕에 북소리가 시끄럽네. 鼓噪丹陽岸고조단양안.

빈객과 말 모는 사람은 뜬 구름과 같이, 賓御如浮雲빈어여부운,

바람을 따라 뿔뿔이 흩어져 사라지네. 從風各消散종풍각소산.

배 안에는 잘린 손가락을

두 손으로 움켜쥘 정도고, 舟中指可掬주중지가국,

성城에서는 해골로 다투어 땔감으로 사용하네. 城上骸爭爨성상해쟁찬.

초조하게 가까운 관문을 나왔으나, 草草出近關초초출근관,

가도 가도 앞으로의 계획은 어둡기만 하네. 行行昧前筭행행매전산.

남쪽으로 달아남이 빠르기가 별똥별 같으나, 南奔劇星火남분극성화,

북쪽의 도적(안녹산 무리)은 끝이 없네. 北寇無涯畔북구무애반.

돌아보니 칠보로 장식한 채찍이 없어, 顧乏七寶鞭고핍칠보편,

추격병이 길가에 눌러앉아

갖고 놀게 할 수도 없었네. 留連道旁翫유련도방완.

금성이 밤에 묘성을 삼키고

(전쟁의 조짐을 보이고), 太白夜食昴태백야식묘,

긴 무지개가 해의 중간을 관통하네. 長虹日中貫장홍일중관.

진秦과 조趙처럼 형제들끼리 군사를 일으켜, 秦趙興天兵진조흥천병,

아득히 세상이 혼란스럽네. 茫茫九州亂망망구주란.

밝은 군주의 은혜에 감사하며, 感遇明主恩감우명주은,

조적(예주자사, 분위장군)의 다짐을

높게 여기네. 頗高祖逖言파고조적언.

강을 건너며 흘러가는 물에 맹서하기를,	過江誓流水과강서류수,
뜻은 중원을 맑게 하는데 있었네.	志在清中原지재청중원.
검을 빼어 들고 앞 기둥을 치니,	拔劍擊前柱발검격전주,
슬피 노래하자니 거듭 논하기 어렵네.	悲歌難重論비가난중론.

남쪽으로 도주하다 쓴 시이기에 밤이 길기만 하다. 그래서 공연히 옛 시인 「반우가飯牛歌」의 한 구절인 '산의 돌이 희어 눈이 부시다.'를 읊어본다. 그러면서 영척甯戚의 고사를 인용하여, 어떻게 해야 할지를 고민하고 있다. 영척은 춘추春秋시대 위衛나라 사람으로 제나라에 벼슬한 사람이다. 『태평어람』에서 『사기』를 인용하여, "영척이 제齊나라에서 벼슬을 하고 싶어, 소를 끌고 그 뿔을 두드리며 노래하기를, '남산 말쑥하고, 흰 돌 눈부신데白石爛, 태어나 요순堯舜의 양위讓位를 못 보았네. 짧은 홑옷 간신히 정강이뼈에 닿는데, 지루하고 기나긴 밤 언제나 아침 될까.'라는 노래를 불렀다."고 하였다.

이백도 영척처럼 당나라 조정에 벼슬하고 싶은 것이다. 그러면서 초나라 항우의 수하였던 진평을 인용하여 결국 한나라 유방을 도와 한나라 건국에 이바지했음을 드러내었다. 지금의 상황은 안녹산의 군대가 낙양을 쓸어버리고 있는데, 영왕의 군대는 내분으로 인해 군사가 이탈하고, 장수들은 언제나 참소받고 의심에 두려워하고 있다. 그러면서 전쟁의 참상을 "배 안에는 잘린 손가락을 두 손으로 움켜쥘 정도고, 성城에서는 해골로 다투어 땔감으로 사용하네."라고 하였다. 또한 앞날도 암담하기만 하다. 그래서 남쪽으로 잽싸게 달아나고 있지만, 안녹산의 군대는 끝이 없다. 그래서 진晉의 명제明帝가 한 것처럼, 칠보편七寶鞭을 이용해 적들을 주저앉혀야겠다고 하였다. 『진서晉書』「명제기明帝紀」에 "진나라 왕돈이 반란을 하고자 하여 명제가 준마를 타고 몰래 왕돈의 진영을 시찰했다. 왕돈이 알고서 다섯 명의 기수를 보내 그를 추격하였다. 도중에 명제는 칠보로 장식한 채찍을 여관 노파에게 주고 추격하는 자가 도착하기를 기다려 채찍을 그들에게 보여주게 했다. 조금 있으니 추격자가 이르러 노파에게 물으니 '간지가 이미 오래 되었습니다.' 하고 곧 채찍을 그들에게 보이니 추격하던 기마병이 채찍을 감상하면서 머뭇거려 명제는 겨우 잡힘을 면했다."[3]라고 한 것처럼, 이백도 안녹산의 침략을 주저앉혀 시간을 벌고 싶은 심정이다.

지금 세상은 두 곳에서 황제의 군대 곧 태자 이형과 영왕 이린의 군대가 일어나 오히려 세상이 어지럽다고도 하였다. 예주 자사이면서 분위 장군이었던 진晉나라 조적의 말을 인용해 세상을 빨리 맑게 하고 싶다. 『진서晉書』에 "조적이 분위 장군 예주 자사가 되어 강을 건너면서 중류에서 노를 치며 맹세하기를 조적이 중원을 맑게 하고 다시 건널 수 없다면 장강에 빠져 죽을 것이다."[4]라고 한 것처럼, 이백 자신도 강을 건널 때 강물에 맹세하기를 '중원을 수복하는 데 있다.'고 하였다. 이는 이백이 영왕의 막부에 들어온 것이 조적과 같은 충성심의 발로이지 반역의 뜻은 없다는 것이다. 그러나 그 기대는 실현되지 못하고 통한의 칼을 뽑아 울분을 토로하면서 슬픈 노래를 부르고 있다.

이백은 경국제민經國濟民의 심정으로 영왕 이린의 군대에 참여하여 난을 평정하고 나라에 공을 세우고자 하였으나, 이린 군대는 숙종의

3) 『晉書』「明帝紀」. "晉王敦欲為亂, 明帝乘駿騎密察敦營. 敦覺, 遣五騎追之. 途中, 帝將七寶鞭與逆旅老嫗, 令俟追者至, 以鞭示之. 俄而追者至, 問嫗, 嫗曰, "去已遠矣." 因以鞭示之, 追騎玩鞭稽留, 帝僅而獲免."

4) 『晉書』 "祖逖为奋威将军, 豫州刺史, 渡江, 中流击楫而誓曰, "祖逖不能清中原而复济者, 有如大江."

명령을 위반하는 꼴이 되어 결국 반란의 세력으로 간주되었으며, 이백의 20일 정도 이린의 막부 생활도 막을 내렸다. 이백이 지금의 강서성 팽택彭澤에 도착하였을 때 체포되어, 지금의 강서 구강九江인 심양의 감옥에 6개월가량 갇혔다가 출옥하였으나, 결국 귀주성 야랑으로 유배 가게 되었던 것이다.

6개월가량 옥중에 갇혀 있으면서(757년) 쓴 시를 보자.

만분사투위랑중萬憤詞投魏郎中: 만 가지 억울한 마음을 써서 위 낭중에게 보내다

바닷물이 용솟음쳐 뒤집어지듯,	海水渤潏해수발휼,
사람들이 고래(반란 세력)의 먹이 됐네.	人罹鯨鯢인리경예.
오랑캐 모래가 모여 사방에 가득하자,	蓊胡沙而四塞옹호사이사색,
연燕과 제齊에 처음 물결이 하늘에 치솟았네.	始滔天於燕齊시도천어연제.
어찌 그리도 육용이 떠돌아다녔던가?	何六龍之浩蕩하육룡지호탕,
백주 대낮에 서촉西蜀으로 쫓겨났네.	遷白日於秦西천백일어진서.
구주九州의 산하는 어지러워지고,	九土星分구토성분,
사람들은 곳곳에서 슬피 우네.	嗷嗷凄凄오오처처.
남쪽의 관을 쓴 군자 종의(감옥에 갇힌 이백)는,	南冠君子남관군자,
감옥 안에서 하늘에 호소하고 울었네.	呼天而啼호천이제.
부모님을 생각하며 얼굴 묻고 울다 보니,	戀高堂而掩泣연고당이엄읍,
피눈물 흘린 땅은 진흙탕이 되었네.	淚血地而成泥누혈지이성니.
감옥에 봄이 와도 봄풀은 자라지 않고,	獄戶春而不草옥호춘이불초,
홀로 원망이 맺혀 정신이 아득하였네.	獨幽怨而沈迷독유원이침미.
형은 구강에 있고 아우는 삼협에 있으니,	兄九江兮弟三峽형구강혜제삼협,
날개가 돋아 함께 날기 어려움을 슬퍼하네.	悲羽化之難齊비우화지난제.
목릉관에 있는 아이들을 걱정하고,	穆陵關北愁愛子목릉관북수애자,

예장(남창) 남쪽에 있는 아내와도 헤어져 있네.	豫章天南隔老妻예정천남격노처.
한 집안의 혈육이 여러 풀 속으로 흩어져,	一門骨肉散百草일문골육산백초,
난리를 만나 다시 함께 지내지 못하였네.	遇難不復相提携우난불부상제휴.
잡목 심고 계수나무 뽑았으며,	樹榛拔桂수진발계,
봉황새를 가둬두고 닭을 귀히 여기네.	囚鸞寵鷄수란총계.
옛날 순임금이 우에게 나라를 선양했을 때,	舜昔授禹순석수우,
백성자고는 밭을 맸다네.	伯成耕犁백성경리.
덕德이 이로부터 쇠해졌으니,	德自此衰덕자차쇠,
나는 장차 어떻게 살까?	吾將安棲오장안서.
나 좋아하는 자 나를 동정하나,	好我者恤我호아자휼아,
나 좋아 하지 않는 자	
어찌 모질게도 위험한 때 배척하네.	不好我者何忍臨危而相擠불호아자하인림위이상제.
오자서의 시체는 가죽부대에 넣어 버려지고,	子胥鴟夷자서치이,
팽월은 젓갈이 되었네.	彭越醢醯팽월해혜.
예부터 영웅호걸들은,	自古豪烈자고호열,
어쩌다 이렇게 되었을까?	胡爲此繄호위차예.
푸르고 푸른 하늘이여,	蒼蒼之天창창지천,
높은 데서 낮은 세상을 바라보소서.	高乎視低고호시저.
만일 내 억울한 이야기를 들었다면,	如其聽卑여기청비,
나를 감옥에서 나갈 수 있게 해주소서.	脫我牢狴탈아뇌폐.
아름다운 옥을 분별할 수 있다면,	儻辨美玉당변미옥,
위 낭중이 백옥 같은 나를 거두어 주소서.	君收白珪군수백규.

숙종肅宗 지덕至德 2년(757) 이백이 심양(지금의 구강) 감옥에 갇혀 있을 때 지은 시이다. 제목이 보여주듯이 감옥에 갇힌 일이 분하고 억울한

일이다. 영왕 이린의 막부와 함께 했던 기간이 몇십 일에 불과했기 때문이다.

먼저 반란 세력으로 인한 백성들의 고통과 쫓겨난 현종의 처지를 소개하였다. 이후 이백 자신의 처지를 소개하였다. 먼저 춘추시대 때 초楚나라 사람 종의鍾儀의 고사를 인용하고 있다. "남관南冠"은 종의鍾儀가 진晉나라에 포로로 잡혀가서 감옥에 갇혀 있으면서도 항상 고국을 그리워하여 초나라의 관冠을 썼다는 고사에서 유래된 말이다. 고향이 그립다는 말이다. 그러면서 부모님 생각과 형제, 처자식 생각으로 심란함을 제시하였다. 그리고 마지막에는 지금 세상은 봉황 대신 닭들이 판을 치는 세상이라고 한탄하면서, 예부터 호걸들이 수난을 당한다고도 하였다. 그러면서 하늘은 내가 억울하게 옥살이를 하고 있는 것을 다 아는 처지이고, 위 낭중께서 옥 같은 이백 자신을 거두어 주기를 바란다고 하였다.

"치이鴟夷"는 치이자鴟夷子로 초楚나라 사람 오원伍員 곧 오자서伍子胥이다. 초나라 평왕平王이 부친과 형을 모함하여 죽이자 이웃 나라인 오吳나라로 도망하여, 오나라 왕 합려와 부차 밑에서 벼슬을 했던 인물이다. 오나라 왕 합려 밑에서 벼슬할 때 아버지와 형을 죽인 초나라를 정벌하기까지 했던 인물이다. 그 후 오나라 왕 합려가 월나라를 치다가 독화살을 맞고 죽자, 그의 아들 부차는 '와신臥薪'하여 월나라를 정벌했던 것이다. 그런데 오나라 왕 부차가 월나라에서 바친 미인美人인 서시西施에 빠져 정사政事를 그르치자, 오자서가 월나라 미인계 서시西施를 죽일 것을 직언하다 오히려 오나라 태재太宰 비嚭의 모함으로 인해 참수되었다. 그때 시체의 일부를 치이鴟夷 곧 '가죽부대'에 담아 강물에 버렸던 것이다. 그래서 오자서를 치이鴟夷 또는 치이자鴟夷子로 지칭했던 것이다.

오나라 오자서처럼, 큰 공을 세웠던 월越나라 범려范蠡는 치이자피鴟夷

子皮로 불렸다. 회계산에서 항복했던 월나라 왕 구천은 오나라 왕 부차에게 살려달라고 애원하여 목숨을 겨우 부지하게 되었다. 모두 훗날을 도모하자는 월나라 책사 범려의 조언 때문이었다. 오나라 왕 부차의 마부가 된 구천은 범려의 말대로 때를 기다리고 있었던 것이다. 이때 범려는 미인계인 서시西施를 오나라 왕 부차에게 바쳐 바른 정사政事에 임하지 못하게 하였던 것이다. 이 범려의 책략과 월나라 구천의 '상담嘗膽'으로 결국 회계산의 치욕과 원수를 갚게 되었던 것이다.

그런데 범려는 승자勝者인 월나라 왕 구천 곁에 머물지 않고 그를 떠났던 것이다. 이것이 오자서와 범려의 차이었다. 월나라를 떠난 범려가 제나라에 가서 사용한 이름이 치이자피鴟夷子皮였던 것이다. 범려 자신과 비슷한 공을 세운 오자서가 그 왕에게 살해되어 가죽부대에 담겨 강물에 던져졌음에 반해, 자기는 그 화禍를 피했다는 생각에서 그렇게 이름을 지었던 것이다.

시 구절 중 "樹榛拔桂수진발계, 囚鸞寵鶏수란총계. 舜昔授禹순석수우, 伯成耕犁백성경리. 德自此衰덕자차쇠, 吾將安棲오장안서" 등은 요堯 임금과 우禹 임금 그리고 백성자고伯成子高에 관한 이야기를 용사用事한 경우이다. 『순자荀子』에 "우禹가 순舜의 자리를 이을 때 백성자고가 농사를 짓겠다면서 제후 자리에서 물러나자 우禹가 그에게 정치에 대해 물었고, 백성자고가 대답하기를, '그 옛날 요임금 때에는 상賞을 주지 않아도 백성들이 부지런하고, 벌을 내리지 않아도 백성들이 두려워하였다. 지금 그대는 상賞을 주고 벌을 내려도 백성들이 어질지 않으니, 덕德은 이로부터 쇠하게 될 것이요, 형벌은 이로부터 일어나게 될 것이다. 따라서 후세의 어지러움은 이로부터 시작될 것이다'.라고 하였다".[5] 백성자고는 자신의

5) 『荀子』. "禹嗣舜位, 伯成子高辭諸侯而去耕田, 禹問其政, 伯成子高說, 昔堯治天下, 不賞而民

털끝 하나도 세상을 위해 사용되기를 거부했던 인물이다. 이는 자기 자신을 위해 권력을 사용하지 않았다는 말도 된다. 세상을 위하고 사회를 위한다고 한 사람들의 행적을 보면, 결국 그 이익은 자기 자신에게 돌아온다는 것이다. 백성들을 위한다고 한 행위들이 잘 되면 그 명예를 얻게 되고, 그 명예로 인해 권력이 생기고 또한 부富도 따라온다는 논리이다. 이처럼 명예와 권력과 부, 모두 자기 자신의 이익으로 돌아오니까 아예 아무 짓도 하지 않겠다는 논리가 백성자고의 논리였던 것이다. 지금은 대중을 위한답시고 정해 놓은 법마저 흔들고 그래서 자꾸 새 법이 만들어져 우리를 옭아매는 오늘날, 우리가 다시 생각해보아야 할 사상이기도 하다. 백성자고의 고민이 오늘날에도 유효한 것이다.

이백이 감옥에 갇혀 있으면서, 위 낭중에게 구원을 요청한 시이다. 이백은 난리 중에서도 나라를 위한 마음이 있고 또한 혈육을 보지 못한 안타까움을 토로하면서 결백한 자기를 풀어주기를 간절히 호소하였다.

예장에 있던 종씨 부인은, 이백이 심양(구강) 감옥에 갇혔다는 소식을 접하고 면회를 왔으며, 또한 이백의 사면을 위해 백방으로 노력하였다고도 한다. 이 무렵 이백이 쓴 시가 있다.

재심양비소기내在尋陽非所寄內: 심양 감옥에서 아내 종씨 부인에게 부치다

옥에 갇힌 내 소식에 통곡하며,	聞難知慟哭문난지통곡,
울면서 관아로 갔음을 알았네.	行啼入府中행제입부중.
감격하니 그대는 채염 같아,	多君同蔡琰다군동채염,

勸, 不罰而民畏. 今子賞罰而民且不仁, 德自此衰, 刑自此立, 後世之亂, 自此始矣."

눈물 흘리며 조조에게 간청하였으리라.	流淚請曹公유루청조공.
오장령에 오른 것을 알았으니,	知登吳章嶺지등오장령,
어제는 죽은 것과 다를 바 없었겠지.	昔與死無分석여사무분.
높고 험준한 돌길 가면서,	崎嶇行石道기구행석도,
멀리 푸른 구름속으로 들어갔겠지.	遙遙入青雲요요입청운.
만났을 때 만일 슬프게 탄식하면,	相見若悲嘆상견약비탄,
애달픈 소리 어찌 들을 수 있으랴?	哀聲那可聞애성나가문.

심양(구강) 감옥에서 처음으로 종씨 부인에게 부친 편지 형식의 시이다. 남편인 이백 자신을 구하기 위해 통곡하면서 관청으로 들어온 사실과 동한東漢의 조조에게 구명하여 남편의 구한 채염처럼 종씨 부인도 이백 자신을 구하기 위해 최선을 다해 간청했을 것이라는 것이다. 그리고 살던 곳 여산廬山에서 이곳 심양으로 오기 위해 오장령이라는 험하고 높은 고개를 아주 힘들게 넘어왔을 것이고, 서로 만나 슬프게 탄식하면 그 애달픈 소리를 어떻게 들을 수 있겠느냐?고 반문하고 있다.

영왕 이린의 막부에 참여하기 위해 집을 나서면서 황금인을 차고 온다고 큰소리쳤던 남편이 감옥에 갇혀 있으니, 통곡할 만도 하다. 동한東漢 말기末期 채염은 조조에게 남편 동사董祀의 석방을 간청했는데 이미 보고서가 떠나 어쩔 수가 없다고 하였다. 이에 채염이 "조공에게는 말이 만 필이나 되고 호랑이 같은 군사가 숲을 이루고 있는데 어찌 발 빠른 말 한 필을 아껴 사지에 몰린 목숨을 구하지 않으려고 하십니까?"로 하소연하니, 조조가 감복하여 채염의 남편을 풀어주었다는 이야기이다. 남편의 구명을 위해 조조에게 간청했던 채염처럼 종씨 부인도 그렇게 동분서주東奔西走했을 것이라는 것이다.

757년 가을 어사중승御史中丞 송약사宋若思가 선성의 태수가 되어 심양(구강)을 지나가게 되었다. 송약사의 부친이 송지제宋之悌로 이백과 아는 사이었다. 734년 송지제가 베트남으로 유배 가던 도중 강하(무한)에서 만나 우의를 다졌던 일이 있었다. 그리고 그때 이백이 송지제와 헤어지면 지어준 시가 「강하별송지제江夏別宋之悌」라는 시이다. 선대와의 이런 인연으로 송약사로부터 이백이 도움을 받았다. 송약사는 강남선위사江南宣慰使(큰 재해나 난리가 났을 때 왕명으로 위문하던 임시직 벼슬) 최환崔渙과 함께 이백의 석방을 도왔다. 한 걸음 더 나아가 송약사는 당나라 조정에 이백을 추천하기 위해 표表를 올렸는데, 이백이 자천自薦하였다.

위송중승자천표爲宋中丞自薦表: 송 중승을 대신하여 자신을 추천하는 글

신臣 송약사宋若思가 듣기에, 천지가 혼탁하면 현인이 은거하고, 구름과 우레가 둔괘가 되면 군자가 경륜을 편다고 하였습니다. 신이 엎드려 보건대, 전 한림공봉 이백은 나이가 57세입니다. 천보 초년(742년)에 오부五府(태부太傅·태위太尉·사도司徒·사공司空·대장군大將軍)에서 번갈아 불렀어도 영달을 구하지 않았기에 응하지 않아, 또한 곡구谷口 정자진鄭子眞(한나라 포중 사람으로 재주가 있어도 출사하지 않은 은사)처럼 그 이름을 경사京師(서울)에 떨쳤습니다. 현종께서는 듣고서 그(이백)를 좋아하여 궁궐로 불러 들였습니다. 그의 문장은 왕업을 빛나게 하기도 하고 왕의 말에 대한 기밀문서를 기초하였습니다. 그의 글은 문아文雅하면서 호방한 것으로 찬양되고 특별히 포상 받았습니다. 그러나 간신들에게 참소 받아 결국 산으로 돌아가서 관직 없이 지내며 글을 지으니 글이 수만 자에 이르렀습니다. 안녹산·사사명 등 역도의 반란을 보고서 여산廬山으로 피난을 가다가 영왕永王이신 이린李璘의 동순東巡(영왕이 강릉에서 강한·강남을 순시한 것)에 부득이 수행하는 중 중도에 도주하여 팽택(지금의 강서성 팽택현)으로 돌아왔습니다. 관청에 출두하여 영왕의 다른 뜻을 모두 이미 아뢰었습니다. 전후로 강남江南의 선위사宣慰使 최환崔渙 및 신은 죄안을 뒤집고 또 뒤집어서 시비를 명확하게 가리고 억울함을 씻고서, 곧바로 상주한 바 있습니다.

신이 듣건대, 옛 제후들은 현인을 추천하면 훌륭한 상을 받고, 현인을 은폐하면 죽임을 당하였습니다. 만약 세 차례 현인을 추천하여 미덕으로 칭송되면, 황제께서 아홉 가지 은전을 하사하셨으니 광영이 되고 사책史冊에 길이 이름을 남겨서 교훈이 되었습니다. 신이 추천한 이백은 실제 조사를 통하여 무고로 밝혀졌습니다. 그는 경국제민經國濟民의 재주를 가지고 있으며, 소보巢父와 허유許由의 절개와 필적하다고 할 수 있습니다. 문장은 이 시대의 문풍을 변하게 할 만큼 뛰어나고, 학문은 하늘과 사람의 지극한 이치를 궁구할 만합니다. 그런데도 이백은 관직을 받지 못했으니, 천하 사람들은 억울해 하고 있습니다.

엎드려 생각건대, 폐하의 일월과 같은 광명은 널리 비추고, 지극한 도리는 편향이 없으시니, 인간 세상에서 보기 드문 비범한 인물을 거두어 주시어 조정을 청명하게 하는 보배로 삼으십시오. 옛날에 상산사호商山四皓는 한漢 고조高祖의 부름을 받았으나 응하지 않았지만, 혜제惠帝를 보필하고자 나왔습니다. 군신君臣 사이의 이합離合 또한 명운이 있으니, 어찌 저 이백의 명성을 천지사방에 드날리게 하는데, 심신이 웅건한 시절을 시들게 할 수 있으리요? 전하는 말에 "은거하는 현인들을 천거하여 등용하자, 천하 사람들의 마음이 조정으로 기울었다."고 하였습니다. 삼가 생각하건대, 폐하께서는 태양이 높은 곳에서 돌며 광채를 내고 있는 듯하니, 그 광채가 흘러 퍼져 엎어진 동이 아래까지 비추어 주시길 바라옵니다. 특별히 청하옵건대, 경사京師(서울)의 관직을 제수해주시어 폐하께서 행해야 할 것은 진헌進獻하고, 행해서는 안 될 것은 폐기토록 주청하여 조정 관리들을 위해 빛나게 하신다면, 천하의 뛰어난 인재들이 목을 빼고 귀속할 줄을 알게 될 것입니다. 간절한 마음 지극해짐을 이루다 표현할 길 없으며, 감히 추천의 글을 써서 듣게 하시고자 하나이다.[6]

이백은 심양(구강) 감옥에 6개월 정도 갇혀 있다가 친구 최환과 지인의 아들인 송약사의 도움으로 풀려났다. 풀려난 후 송약사의 막부에 1~2개월 머무는 동안, 이백은 송약사를 대신해서 자기 자신을 추천하는 글을 지었는데[7] 위의 글이 그것이다. 먼저 이백은 세상에 이름이 나서 오부에서 불렀지만, 한나라 때 은사인 정자진처럼 벼슬자리에 나아가지 않았다고 하면서, 그의 나이 42세 되던 해인 742년에 현종의 부름을 받아 당나라 조정에 들어갔다고 하였다. 당나라 조정에서는 현종의 기밀을 작성하는 중요한 일을 맡았는데, 간신인 환관 고력사와 양국충 등 간신들의 모함을 받아 결국 쫓겨나게 되었다고도 했다. 안녹산의 난 때 강서성 여산廬山으로 피난하였다가 영왕의 막부에 참여하게 되었고, 그 실상을 알자 팽택으로 도주하여 결국 관아에 자수하게 되었다고도 하였다. 이후 선위사宣慰使 최환崔渙과 어사중승御史中丞 송약사宋若思에 의해 석방될 수 있었다고 하였다. 그리고 이백을 천거하는 이유

6) 王琦 注, 『李太白全集』, 北京: 中華書局, 1977. 「爲宋中丞自薦表」. "臣某聞, 天地閉而賢人隱, 雲雷屯而君子用. 臣伏見前翰林供奉李白, 年五十有七. 天寶初, 五府交辟, 不求聞達, 亦由子眞谷口, 名動京師. 上皇聞而悅之, 召入禁掖. 旣潤色於鴻業, 或間草於王言, 雍容揄揚, 特見褒賞. 爲賤臣詐詭, 遂放歸山, 閑居制作, 言盈數萬. 屬逆胡暴亂, 避地廬山, 遇永王東巡脅行, 中道奔走, 卻至彭澤. 具已陳首. 前後宣慰大使崔渙及臣推覆清雪, 尋經奏聞. 臣聞古之諸侯進賢受上賞, 蔽賢受明戮. 若三適稱美, 必九錫先榮, 垂之典謨, 永以爲訓. 臣所薦李白, 實審無辜, 懷經濟之才, 抗巢·由之節, 文可以變風俗, 學可以究天人, 一命不霑, 四海稱屈. 伏惟陛下大明廣運. 至道無偏, 收其希世之英, 以爲清朝之寶. 昔四皓遭高皇而不起, 翼惠帝而方來, 君臣離合, 亦各有數, 豈使此人名揚宇宙, 而枯槁當年. 傳曰, 擧逸人而天下歸心. 伏惟陛下, 廻太陽之高輝, 流覆盆之下照. 特請拜一京官, 獻可替否, 以光朝列, 則四海豪俊, 引領知歸. 不勝慺慺之至, 敢陳薦以聞."

7) 「爲宋中丞自薦表」는 이백의 작품이 아니라고 주장하는 연구자도 있다.

로는 경국제민經國濟民의 재주와 소보巢父와 허유許由 같은 절개가 있는 인물이면서 문장 또한 뛰어났기 때문이라고 하였다. 또 다른 이유로는 이백 자신을 등용하면 조정은 자연히 빛나게 될 것이라고 하였다.

하지만 이백의 간절한 자천도 빛을 발하지 못했다. 친구 최환과 송지제의 아들 송약사의 도움으로 감옥에서는 풀려났지만, 아직 숙종으로부터 아무런 연락을 받지 못한 상태였다. 애가 타다 병까지 얻어 숙송宿松(안휘성 숙송현)에 머물고 있으면서 친분이 조금이라도 있는 사람에게 구원을 요청하기도 하였다. 그 구원자가 장호張鎬이다. 당시 장호는 재상이면서 하남절도사를 겸직하고 있었다. 두 차례에 걸쳐 구명시를 보냈다.

증장상호 이수贈張相鎬 二首: 재상 장호께 드리다 2수

제1수 기일其一

나라의 통치권은 훔치려는 짓거리는
용인되는 것이 아니거늘, 神器難竊弄신기난절롱,
하늘의 이리떼 안녹산이 장안 궁궐을 넘보네요. 天狼窺紫宸천랑규자신.
고조로부터 현종까지
육대에 걸쳐 내려오던 당 왕조가, 六龍遷白日육용천백일,
사방이 오랑캐들의 횡포 때문에
미래가 암울하기만 합니다. 四海暗胡塵사해암호진.
이런 때에 하늘은
장 재상 같은 어진 분을 내려주셨고, 昊穹降元宰호궁강원재,
또한 그대는 경륜經綸(나라 다스리는 재주)을
바르게 펼치시니. 君子方經綸군자방경륜.
그대는 담담하게 호연지기를 기르시다가, 澹然養浩氣담연양호기,

홀연히 일어나 재상의 중임을 맡으신 것입니다. 欻起持大鈞홀기지대균.
빼어난 기골은 높은 산을 닮으셨고, 秀骨象山岳수골상산악,
뛰어난 지모는 귀신에 부합될 정도입니다. 英謀合鬼神영모합귀신.
한漢나라를 도와 홍문鴻門의 위험을 푸시니, 佐漢解鴻門좌한해홍문,
당나라에 태어나 장양의 후신이 되었습니다. 生唐爲後身생당위후신.
옹위하는 깃발과
금빛으로 번쩍이는 쇠도끼를 쥐고, 擁旄秉金鉞옹모병금월,
출전 북을 울리면서 붉은 수레에 올라타고. 伐鼓乘朱輪벌고승주륜.
용맹한 장군은 우레와 같은데, 虎將如雷霆호장여뢰정,
이들을 통솔하여 동으로 순행하셨습니다. 總戎向東巡총융향동순.
제후들은 말머리를 숙여 굴복해 들어왔고, 諸侯拜馬首제후배마수,
용맹한 군사들은 고래를 탄 듯합니다. 猛士騎鯨鱗맹사기경린.
은택이 미치니 물고기와 새들은 기뻐하고, 澤被魚鳥悅택피어조열,
군령을 내려 행하니 산천초목은
다시 봄을 맞은 듯합니다. 令行草木春영행초목춘.
왕의 성스러운 지혜는 때를 잃지 않아, 聖智不失時성지불실시,
좋은 때에 공을 세울 것입니다. 建功及良辰건공급양신.
못난 오랑캐(안녹산 군대)는 논할 필요도 없고, 醜虜安足紀추로안족기,
부녀자의 머리 장식과 두건만 주면 됩니다.
(조롱의 의미) 可貽幗與巾가이귁여건.
바다의 진주를 전부 쏟아, 倒瀉溟海珠도사명해주,
모두 막부의 보배로 삼았습니다. 盡爲入幕珍진위입막진.
풍이가 적복부(광무제 즉위 예언)를 헌납하고, 馮異獻赤伏빙이헌적복
등우는 빨리 황제(후한 광무제)께 달려갔습니다. 鄧生欻來臻등생홀래진.
거의 곤양의

　거사(광무제가 왕망의 군사 섬멸)와 같아서, 庶同昆陽擧서동곤양거,
한漢나라의 위의가 새롭게 됨을
　다시 볼 것입니다. 再睹漢儀新재도한의신.
옛날 관중과 포숙아의 관계였는데, 昔爲管將鮑석위관장포,
도중에 저는 오 땅으로 달려와서
　진 땅과는 멀어졌습니다. 中奔吳隔秦중분오격진.
나의 남은 생애를
　황제의 은혜에 보답하고자 하여, 一生欲報主일생욕보주,
집안 대대로 영광을 누리고자 하였습니다. 百代期榮親백대사영친.
끝내 나의 포부는 실현되지 못하여, 其事竟不就기사경불취,
그 애달픔은 어떤 말로도 표현하기 어렵습니다. 哀哉難重陳애재난중진.
병으로 숙송산 산중에 눕고 보니, 臥病宿松山와병숙송산,
아득하게도 사방에 이웃이 모두 없어졌습니다. 蒼茫空四隣창망공사인.
풍운이 웅장한 뜻을 격발시키지만, 風雲激壯志풍운격장지,
초췌함은 보통 사람들도 놀라게 합니다. 枯槁驚常倫고고경상륜.
듣자니 그대가 하늘에서 오셨다고 하니, 聞君自天來문군자천래,
눈이 크게 떠지고 기운이 더욱 넘칩니다. 目張氣益振목장기익진.
주周 아부와 같은 충성스런 장군이
　극맹과 같은 협사를 얻으면, 亞夫得劇猛아부득극맹,
적국은 텅 비어 사람이 없을 것입니다. 敵國空無人적국공무인.
이를 잡으면서 환공桓公을 대하듯, 捫虱對桓公문슬대환공,
비참함과 괴로움을 논할 수 있기를 원합니다. 願得論悲辛원득론비신.
넓고 넓은 대지가 바야흐로 기운을 뿜으니, 大塊方噫氣대괴방희기,
어찌 푸른 물풀(이백)을
　고취시키는 일을 사양하겠습니까? 何辭鼓青蘋하사고청빈.

이 말이 합당하지 않다면, 斯言儻不合사언당불합,
돌아가 한수의 물가에서 늙겠습니다. 歸老漢江濱귀로한강빈.

제2수 기이其二

나의 원적은 농서지방 사람이고, 本家隴西人본가농서인
선대는 한漢나라 변방의 장수였습니다. 先爲漢邊將선위한변장.
공적과 지략은 천지를 뒤덮었고, 功略蓋天地공략개천지,
명성을 청운 위에 날리기도 했습니다. 名飛青雲上명비청운상.
전장에서 고생하며 싸웠어도
후작에 오르지를 못하였고, 苦戰竟不侯고전경불후,
당시에 자못 서글프게 지냈습니다. 富年頗惆悵부년파추창.
세상에 감숙성 공동산 사람
용맹하다고 전해지고, 世傳崆峒勇세전공동용,
기개가 가을바람같이 장쾌함을 펼쳤습니다. 氣激金風壯기격금풍장.
용맹하고 강직한 기질은 그 후손들에 전해져서, 英烈遺厥孫영열유궐손,
먼 후대에까지 그 정신은 여전히 왕성합니다. 百代神猶往백대신유왕.
15살에 이미 기이한 책을 읽었고, 十五觀奇書십오관기서,
사부辭賦를 지으면 사마상여를 넘어섰습니다. 作賦凌相如작부릉상여.
왕으로부터 용안을 모실 수 있는 총애를 입어, 龍顏惠殊寵용안혜수총,
기린각에서 천자가 계신 곳에
가까이 하였습니다. 麟閣憑天居인각빙천거.
만년의 벼슬길이 채 다하기도 전에, 晚途未雲已만도미운이,
참소讒訴를 당해 넘어졌습니다. 蹭蹬遭讒毀증등조참훼.
진晉나라 말기를 상상할 만큼, 想像晉末時상상진말시,
나라가 무너지고 오랑캐 먼지가 일어났습니다. 崩騰胡塵起붕등호진기.

조정의 관리들은 창끝과 화살촉 앞에
  무릎을 꿇었고, 衣冠陷鋒鏑의관함봉적,
오랑캐 군졸들은 궁궐과 저자거리에
  가득했습니다. 戎虜盈朝市융로영조시.
석륵(흉노 출신으로 후조後趙의 시조)이
  중원을 넘보고, 石勒窺神州석륵규신주,
유총이 천자를 위협했던 일이 생각납니다. 劉聰劫天子유총겁천자.
칼을 어루만지면서 밤에 탄식하고, 撫劍夜吟嘯무검야음소,
웅대한 마음 천 리를 치달립니다. 雄心日千里웅심일천리.
맹세코 오랑캐무리 대장(고래)의 목을 쳐내서, 誓欲斬鯨鯢서욕참경예,
낙양의 물을 맑고 깨끗하게 하고 싶습니다. 澄清洛陽水징청낙양수.
온 세상에 장맛비를 뿌려서, 六合灑霖雨육합쇄림우,
모든 사물이 시들지 않게 하겠습니다. 萬物無凋枯만물무조고.
저는 한 잔 물을 뿌렸을 따름이니, 我揮一杯水아휘일배수,
어찌 변변치 못하다고 스스로 비웃었습니다. 自笑何區區자소하구구.
남의 도움으로 세운 공을 수치로 여기고, 因人恥成事인인치성사,
좋은 계책 세우고자 함을 귀하게 여겼습니다. 貴欲決良圖귀욕결양도.
오랑캐를 격멸시켜도 공을 내세우지 않고, 滅虜不言功멸로불언공,
표연히 방장산에 오르려고 했습니다. 飄然陟方壺표연척방호.
신선 안기생(진인秦人으로 신선이 되었다고 함)의
  신발만이, 惟有安期舃유유안기석,
푸른 바다에 한 구석에 남아 있을 것입니다. 留之滄海隅유지창해우.

제1수에 대한 풀이다.

황제의 자리는 훔치기 어려운 것인데, 안녹산 무리가 황제의 자리

를 엿보았다. 그래서 황제는 촉 지방으로 피신을 하였다. 이런 때에 하늘은 재상 장호 같은 어진 분을 내려주셨다. 그대는 경륜經綸(나라를 다스리는 재주)을 바르게 펼치고 담담하게 호연지기를 길러오다, 홀연히 일어나 재상의 일을 맡게 되었다. 재주가 뛰어나니 우뚝 솟은 높은 산 같은 형상을 하였고, 영특한 책략을 꾀하는 것이 마치 귀신이 재주를 부리는 것 같아서. 천하를 두고 겨루던 초楚나라와 한漢나라가 서로 패권을 다툴 때, 장량張良이 한나라 유방劉邦을 도와 홍문의 회합에서 훌륭한 책략으로 유방을 구해낸 것처럼, 그대 장호는 장량의 후신이 되어 위기에 처한 당나라를 살려낼 것이다. 장호 당신은 숙종을 옹위하는 깃발과 금빛으로 번쩍이는 쇠도끼를 잡고, 출전 북을 울리면서 붉은 수레에 올라타시고, 맹호 같은 장수들과 모든 병장기를 통솔하여 동쪽으로 순행하였다. 제후들은 장호의 말머리에 절을 하고, 씩씩한 군사들은 사기가 충천衝天하여 기세가 등등하다. 그 결과 은택이 백성들에게 미쳐 평온함이 돌아오자, 못난 반군들에게는 여자의 머리 꾸미개나 보내 조롱거리로 삼아야겠다. 그리고 인재를 선발하여 막부의 막료로 삼아야겠다. 한나라 광무제가 황제가 될 것을 알고 미리 적복부赤伏符를 올린 것처럼, 숙종이 황제로 즉위하였다. 후한後漢의 등우鄧禹는 광무제가 군사를 모집한다는 말을 듣고 곧장 달려갔고, 광무제가 왕망王莽의 주력군을 섬멸하였듯이, 장호 당신께서도 당나라 재건에 앞장서 주기 바란다. 장호 당신과 나 이백은 처음에는 관중과 포숙처럼 친한 사이였는데, 지금은 당신은 장안에서 재상의 자리에 올랐고 나 이백은 지금 숙송산에서 죄인의 몸으로 지내고 있다. 그래서 다소 소원한 관계가 되었다. 지금 나를 도와줄 사람은 아무도 없다. 그래서 나 이백은 일반 사람들이 보아도 초췌할 정도로 병든 모습이다. 옛날 서한西漢 시절 경제景帝가 주아부를 보내 난을 토벌하고자 할 때, 주아부는 극맹을 얻어 그 소란스러움을 잠재웠다. 지금 주아부는 당신 장호이고 극맹은 나 이백이니, 나를 등용시켜 주면 좋겠다. 진나라 왕맹이 환온을 대할 때 옆에 아무도 없는 것처럼 이를 잡으면서 대했듯이 나 이백도 당신 장호를 허물없이 대하고 싶다. 그러니 당신도 나를 부담 갖지 말고 나를 좀 이끌어 주시오.

제1수 아래 주를 달기를 당시 난리를 피해 병든 몸으로 숙송산에 있을 때 지은 시라고 하였다. 장호가 군사를 이끌고 와 반군이 점령한 수양睢陽, 지금의 하남성 상구시로 출병할 때, 이백 자신을 써주기를 바라면서 올린 시이다.

먼저 재상 장호에 대한 칭찬으로 마음을 얻고자 하였다. 장호 그대는 하늘이 내린 분이고, 호연지기浩然之氣를 길러 재주가 높은 산 같고, 책략은 귀신같다고 하였다. 또한 초한지에 나오는 장량에 비유하여, 지금 당나라의 위기를 구할 사람은 장량의 후손인 장호뿐이라고도 하였다. 고사와 역사적 사실을 인용하여 이백 자신을 참모로 써주기를 간절히 호소하였다.

한편으로는 반란군에 대한 관대함을 보이면서 지금은 장호에게 새로운 기회가 될 수 있음을 언급하고 있다. 또한 예전에는 관중과 포숙 같은 사이었는데, 지금은 멀어져 한 사람은 당나라 조정의 벼슬자리에 있고 한 사람은 병으로 재야에서 신음하고 있다고도 하였다. 하지만 장호 당신이 나를 구제해주면 다시 당나라 조정을 위해 헌신할 수 있기에 힘써 자신을 구원해 달라고 호소하였다.

제1수에 나온 한시의 시어들을 살펴보자. 고어古語를 사용하여 새로운 의미를 부여하는 시작법을 용사用事라고 한다. 용사의 방법이 많이 사용된 시이다.

"신기神器"는 유방劉邦의 참사검斬蛇劍과 전국옥새傳國玉璽를 한漢나라 조정의 신기神器라고 하는데, 이 시에서 이백은 '나라의 통치권統治權을 상징象徵'하는 것으로 황제의 자리에 비유되었다. '추로醜虜'는 못난 오랑캐로, 안녹산의 반군을 이르는 말이다.

"적복赤伏"은 후한後漢의 광무제光武帝 유수劉秀가 왕위에 오를 때에 하늘로부터 부여받았다는 적색부절赤色符節을 가리킨다. "등鄧"은 등우鄧禹로 후한 때 남양南陽 신야新野 사람이다. 등우는 광무제 유수와 가깝게 지냈다. 신망新莽 말末에 유수를 따라 동마군銅馬軍을 진압하는 데 참여하였다. 그리고 등우는 유수에게 하북河北을 근거지로 하여 민심을 수습하고 기회를 기다려 천하를 취하라고 조언해 신임을 얻었다.

"곤양거昆陽擧"는 23년 신망조新莽朝 때에 발생한 전쟁을 이르는 말이다. 한漢나라 유수劉秀의 군대는 녹임군綠林軍의 9천 명과 구원병 1만 7천 명이 전부였다. 곤양현昆陽縣(지금의 하남성河南省 섭현葉縣)에서 신新나라 왕망王莽의 40만 대군과 싸움이 붙었는데, 2만 8천 명의 유수의 군대가 신나라 왕망의 40만 대군을 대파한 전쟁이다. 이로써 왕망의 신新나라는 망하고 유수는 잃었던 한漢나라의 국권을 되찾아 광무제光武帝가 되었다. 이를 곤양거昆陽擧 또는 곤양지전昆陽之戰이라고 한다.

"영친榮親"은 광종요조光宗耀祖로 가문의 영예를 떨치고 가문을 빛냄을 이르는 말로 어버이를 영광스럽게 하다는 의미이다.

"아부亞夫"는 한漢나라 대장군 주아부周亞夫이다. 한漢나라 문제文帝와 경제景帝 때의 장수로서 기원전 158년 문제文帝 6년에 흉노의 침범을 막아낸 공으로 중위中尉가 되었고, 기원전 154년 경제 3년에 오초吳楚가 반란叛亂을 일으키자 태위太衛가 되어 극맹劇孟을 얻어 이를 물리쳤으며, 기원전 153년 아들이 궁중의 기물을 훔쳐냈다는 일에 연루되어 옥에 갇혔으나 굶어 죽었다. 극맹은 한나라 때 협객이다.

"문슬捫虱"은 방약문인傍若無人한 태도를 이르는 말이다. 옛날 중국 진晉

나라 왕맹王猛이 '남의 앞에서 꺼리지 않고 옷에 붙은 이[蝨슬]를 문지르며 이야기하였다.'는 고사故事에서 나온 말이다.

제2수 풀이다.

나(이백)의 원적原籍은 농서隴西 지방 사람이고, 선대先代는 한漢나라 변방의 장수將帥였다. 우리 조상들은 많은 공적功績과 뛰어난 지략智略으로 천지를 뒤덮었고, 명성을 청운青雲 위에 날리기도 했다. 그렇게 고생하며 싸웠어도 공후나 백작 지위에 오르지를 못하였고, 당시에 자못 서글펐다. 세상에는 감숙성의 공동산에 사는 사람이 용맹하고 싸움을 잘한다고 말만 전해질 뿐이지, 그들의 격양된 용기와 가을바람같이 장쾌한 충성심은 전해지지를 않고 있다. 용맹하고 강직한 기질은 후손들에 전해져서, 먼 후대에까지 그 훌륭한 정신을 갖게 되었다. 나는 15살에 이미 기서奇書를 읽었고, 사부辭賦를 지으면 사마상여司馬相如를 넘어섰다. 그리하여 황제로부터 용안龍顔을 옆에서 모실 수 있는 특별한 총애를 입어, 기린각麒麟閣이 세워져 있는 궁전 안에서 지낼 수 있었다. 그런데 만년의 벼슬길이 채 다하기도 전에 억울하게 참소讒訴를 당하게 되어 궁에서 나와 장안長安을 떠나야 했다. 지금의 시국은 진晉나라 말기末期를 상상할 만큼, 오랑캐가 반란을 일으켜 너도나도 달아나고 있으며, 조정朝廷의 관리들은 창끝과 화살촉 앞에 무릎을 꿇었고, 오랑캐 군졸들은 궁궐과 저자거리에 넘쳐나게 활개를 치고 다닌다. 이러다가 석륵石勒(5호16국 후조의 시조)이 중국 천하를 넘보고, 유총劉聰(5호16국 한韓나라 3대 황제 자칭)이 서진西晉을 멸한 오호십육국五胡十六國 때처럼 되지 않을까 걱정되기도 한다. 나는 요즈음 밤마다 칼을 어루만지면서 탄식하고, 공을 세우려는 큰 뜻으로 대낮에도 천리를 넘나드는 꿈을 꾼다. 맹세코 오랑캐 무리 대장의 목을 쳐내고, 낙양의 물을 맑고 깨끗하게 청소해 놓겠으며. 천지사방에 장맛비를 뿌려서, 모든 사물이 시들지 않게 하겠다. 내가 뿌리는 작은 물 한잔이, 어찌 변변치 못하다고 스스로 비웃었다. 나는 사람들의 기대만큼 일을 이루어 낼 역량이 되는지 스스로 부끄러울 따름이지만, 무엇보다 귀중한 것은 좋은 방안을 마련하겠다는 결심을 갖고자 하는 것이다. 오랑캐를 격멸시켜 말없이 공을 세우고, 표연히 선계仙界에 오르고, 안기생이 남긴 행적行蹟으로, 큰 바다 가에서 유유자적悠悠自適 머물고자 한다.

안기생이 남긴 흔적은 진시황제와의 이야기이다. 안기생이 동해 가에서 약을 팔고 다녔는데, 진시황제가 동쪽을 순시하다가 안기생을 만났던 것이다. 진시황제와 안기생이 나눈 이야기는 신선에 관한 것이다. 그 두 사람은 삼일 밤낮으로 이야기를 나눈 후 금으로 된 옥구슬을 하사하였지만 거절하고, 적옥석 신발만 남겼다는 이야기이다.

첫 번째 호소로 소기의 목적을 달성하지 못한 이백은 두 번째 구원시를 장호에게 보냈다. 이백 자신의 원적原籍은 감숙성 농서지방이며 한나라 때 변방에 장수를 지낸 집안이라고 소개하였다. 변방가 용맹한 집안이었으나 공후나 백작의 지위에는 오르지 못한 불운한 집안이라고도 하였다.

이백 자신에 대한 소개로 15살 때 이미 기이한 서적은 섭렵했다고 하였다. 이는 이백의 독서 경력을 알 수 있게 하는 대목이기도 하다, 기이한 책들을 섭렵했다는 것은 이미 경서經書와 제자백가諸子百家를 다 독했다는 것을 의미하기 때문이다. 그리고 유년 시절 촉 지방을 유람하면서 익주의 문장가 장사長史 소정蘇頲을 뵙고 그로부터 이백 자신의 시부가 사마상여의 글과 비견할 만하다는 칭송을 들었던 것이다. 그 유년 시절의 내용과 40대에 당나라 궁중에서 한림학사(한림공봉)를 지냈던 시절, 그리고 참소로 인해 자신의 정치적 뜻을 펴지지 못한 채 궁중에서 쫓겨났던 일들을 회고하였다.

한편으로는 지금 당나라 상황은 오랑캐들이 판치는 세상인지라 심히 걱정이 된다고도 하였다. 그러면서 이백 자신이 큰 공을 세워 오랑캐 무리를 다 쓸어버려도 공치사하지 않고, 조용히 자연에 들어가 살겠다고 하였다. 곧 유가의 공성신퇴功成身退의 정신이다.

제2수에 나온 시어도 살펴보자.

"인각麟閣"은 역대 제왕들의 초상화를 모셔두는 기린각麒麟閣을 뜻한다. "봉적鋒鏑"은 창끝과 살촉을 의미로, 안녹산의 군대를 의미한다. "신주神州"는 중원의 의미이다.

"석륵石勒"은 중국 5호16국五胡十六國의 후조後趙의 시조始祖이다. 흉노匈奴 갈족羯族의 노예奴隷 출신出身으로 도둑의 두목頭目이 되어, 319년 조왕趙王이라 칭하고, 화북華北 일원을 정복하였고, 귀순한 한인漢人들을 잘 다스린 인물이다.

"유총劉聰"은 중국 5호16국시대 한韓나라 제3대 황제를 자칭한 인물로, 310년 황제 자리에 올랐다. 311년 서진西晉의 도읍인 낙양을 공략하여 함락시켰고, 316년에는 서진을 완전히 멸망시켰다. 그러나 유총劉聰은 잔인한 성격이었으며 주색에 탐닉하였다. 유총이 죽은 뒤 그의 아들 유찬劉粲이 외척 근준에게 죽임을 당하고 한韓나라는 내란이 일어났다. 그 결과 한나라는 근준의 세력을 넘어뜨린 일족인 유요가 세운 전조前趙와 그 후 석륵이 세운 후조後趙의 두 조趙나라로 분열하여 멸망하였다.

"안기석安期舃"은 안기생安期生의 신발을 의미한다. 안기생은 진秦나라 때 사람이다. 신선술神仙術을 익혀 신선이 되었다고 한다. 위의 시는 고사와 인물명을 많이 인용한 시이다. 이런 시작법을 용사用事라고 한다.

이백이 재상 장호에게 두 번에 걸쳐 구원의 시를 보냈다. 장호는 어떤 인물일까? 장호張鎬(?~764)는, 당나라 현종 때 출사했던 인물이다. 현종 때 좌습유左拾遺 벼슬을 할 당시 안녹산의 난이 일어나 현종의 몽진에 함께 하였으며, 현종의 아들이 숙종으로 등극하자 현종이 장호를 숙종의 행재소行在所로 파견하기도 하였다. 숙종 때인 지덕 2년(757)에 중서시랑中書侍郎에 임명되어 중서문하中書門下에서 평장사平章事를 맡았다가, 재상宰相이 되어 하남절도사河南節度使를 겸하였다. 사사명史思明이 항복하겠다고 알려 왔을 때, 장호는 사사명은 '흉악하고 교활한 자이니 다 믿으면 안 된다.'고 상소문을 올렸다. 그 일로 형주대도독부荊州大都督府 장사長史로 좌천되기도 하였다.

이 「증장상호 2수贈張相鎬 二首」는 757년 9월에 송약사宋若思 군막軍幕에서 벗어나 안휘성 숙송산宿松山에 피신하여 있으면서, 당시 하남절도사로 있는 재상 장호에게 구명을 청하고자 보낸 시이다. 제1수와 제2수가 두 번에 걸쳐 보냈다는 것을 말해준다. 이 글을 보낼 때까지만 해도 아직 이백의 죄상에 대한 당나라 조정의 판결이 나지 않았다. 그래서 '물에 빠진 사람이 지푸라기라도 잡는다.'는 심정으로 장호에게 구명 시를 지어 받쳤던 것이다. 재판 과정에서 장호는 직접적으로 관여할 수 있는 위치는 아니었다. 그런데도 그에게 구명을 호소한 것을 보면, 이백이 당시에 느꼈던 심정이 얼마나 다급했는지 짐작이 가고도 남는다.

이백은 결국 숙종으로부터 귀주성貴州省 정안현正安縣의 야랑夜郞으로 유배의 선고를 받게 되었다. 그래서 지덕 2년(757) 12월에 심양(구강)에서 장강 상류인 삼협三峽으로 유배 길에 올랐다. 심양(구강)을 떠나 유배 길에 오를 때 신 판관이라는 지방관에게 준 시가 있다.

유야랑증신판관流夜郎贈辛判官: 야랑에 유배되어 신 판관에게 드리다

옛날 장안의 화류계에 취해 놀 때,	昔在長安醉花柳석재장안취화류,
고관 귀족들과 술잔을 같이 했었지.	五侯七貴同杯酒오후칠귀동배주.
의기는 높아 호걸들을 능가하였고,	氣岸遙凌豪士前기안요릉호사전,
풍류도 남보다 뒤떨어지지 않았다네.	風流肯落他人後풍류긍락타인후.
그대는 아직 홍안이었고 나도 젊은 때라,	夫子紅顔我少年부자홍안아소년,
장안 장대에서 말 달릴 때 금채찍을 휘둘렀지.	章臺走馬著金鞭장대주마착금편.
문장을 써 기린전에 올리고,	文章獻納麒麟殿문장헌납기린전,
노래와 춤으로 호화로운 잔치도 즐겼다네.	歌舞淹留玳瑁筵가무엄유대모연.
그대와 더불어 오래도록 이러리라 말했는데,	與君相謂長如此여군상위장여차,
어찌 난이 일어날 줄을 알았으랴?	寧知草動風塵起영지초동풍진기.
함곡관 오랑캐 침입에 문득 놀라,	函谷忽驚胡馬來함곡홀경호마래,
장안의 도리화는 누구 위해 피었으리오?	秦宮桃李向誰開진궁도리향수개.
내 근심은 멀리 야랑으로 귀양 가는 것이니,	我愁遠謫夜郎去아수원적야랑거,
어느 날에 금닭 걸고 사면되어 돌아올는지?	何日金雞放赦回하일금계방사회.

이백이 유배 길에 오르면서 옛날 알고 지냈던 신 판관에게 보내 시이다. 지금 신 판관이 누구인지는 알 수 없다. 이 시는 지난날을 회고하고 지금의 막막한 처지를 읊었다.

전반부는 회고의 내용으로 젊은 날 장안에서 호기와 풍류를 떨치던 날을 그렸다. 후반부는 유배 떠나는 이백의 어려운 처지이다. 뜻밖의 안녹산의 난으로 인해 장안이 유린당하고 있는 안타까움과 또 귀양길에 오른 이백 자신의 처참한 심정과 떠나면서 사면을 기다리는 처절함을 드러내었다. 아마도 신 판관이 힘 좀 보태서 빨리 사면될 수 있도록 부탁하는 의미도 있을 것이다. 금계金雞는 죄인을 방면할 때 장대 위에 금빛 닭을 만들어 세웠다고 한 대서 유래되어, 사면의 의미로 사용되는 말이다.

"오후五侯"는 다섯 제후를 이르는 말이다. 한漢나라 성제成帝가 자신의 삼촌인 왕담王譚·왕상王商·왕립王立·왕근王根·왕봉시王逢時 등 다섯 사람을 한 날 한시에 제후로 봉했다. 이 고사에서 온 말로, 고관들을 이르는 의미로 쓰였다. "칠귀七貴"도 고관의 의미이다. 서한西漢 때 조정과 깊은 관계를 맺고 있던 일곱 외척을 가리키는데, 보통은 권세와 지위가 높은 사람을 가리킨다. 이 시에서의 '오후칠귀五侯七貴'는 이백과 교유한 고관을 가리킨다.

"장태章台"는 한漢나라 때 장안長安에 있던 거리로, 유곽(술집)이 모여 있던 곳이다. 이후 유곽을 뜻하는 말로 쓰였다. 여기서도 번화한 술집들이 모여 있는 곳으로 사용되었다. "대모연玳瑁筵"은 화려하고 사치스러운 술자리라는 뜻이다. '대모玳瑁'는 원래 바다거북을 뜻하는데, 흑백의 실로 짠 자리를 '대모무늬玳瑁紋'라고도 하였다. "금계金鷄"는 고대에 조칙으로 사면을 반포할 때 사용하던 의장儀仗이다. 이후 시문에서 대사면을 뜻하는 말로 사용되었다. 금계金鷄는 금계방사金鷄放赦의 준말이다.

757년 12월 유배 길에 오른 이백, 이 무렵 몽진蒙塵 갔던 상황제 현종玄宗은 성도에서 장안으로 돌아오는데, 그때 귀환을 환영하기 위해 대사면령을 내렸다. 그런데 이백은 사면에 포함되지 않았다. 유배가면서 남긴 시를 감상해보자.

유야랑문포불예流夜郎聞酺不預: 야랑을 떠돌다 술과 음식이 내려진 반가운 소식을 듣고도 참여하지 못하다

북쪽 궁궐의 고관들 태평성대 노래하는데, 北闕聖人歌太康북궐성인가태강,
남쪽 관을 쓴 군자는

먼 황량한 곳으로 쫓겨났네. 南冠君子竄遐荒남관군자찬하황.
한나라 잔치에서 하늘의 음악 연주한다는데, 漢酺聞奏鈞天樂한포문주균천악,
바람이 불어 보내 야랑까지 도달했으면. 願得風吹到夜郎원득풍취도야랑.

이백이 야랑 유배지로 가는 도중에 들은 사면령에 대한 반응이다. 조정은 사면령에 술과 음식을 내리며 태평한 시대를 노래하고 있는데, 이백 자신은 변방 구석진 곳으로 쫓겨나고 있음을 한탄하면서도 자신에 대한 사면을 은근히 기대했던 것이다. "남관군자南冠君子"는 춘추시대 초나라의 악관 종의鍾儀이다. 종의가 진晉나라 포로가 되었는데 감옥에서도 자기 나라인 초나라의 관冠을 쓰고 초나라 음악을 연주했다는 고사로, 감옥에 포로가 되었다는 의미로 사용되고 있다. 여기서도 이백이 영왕의 일로 감옥에 갇혔다가 지금 야랑으로 유배 가는 자기 자신을 드러내기 위해 사용된 용사用事 작법의 결과물인 것이다.

대사면령에 이백 자신이 해당되지 않아 아쉬운 감정을 표현한 시를 한 작품 더 감상해보자.

방후우은불점放後遇恩不霑: 추방된 후에 은혜가 내려졌지만 은택을 못 받다

하늘이 구름과 우레를 만들어, 天作雲與雷천작운여뢰,
큰 비 내리듯 은덕의 물결이네. 霈然德澤開패연덕택개.
봄바람이 일본에서 불어오고, 東風日本至동풍일본지,
흰 꿩이 월상으로부터 왔다네. 白雉越裳來백치월상래.
홀로 장사에 버려졌다가, 獨棄長沙國독기장사국,
3년 동안 돌아가지 못하다가, 三年未許回삼년미허회.
언제나 궁궐에 들게 하여, 何時入宣室하시입선실,
낙양의 인재에게 다시 물어보실까? 更問洛陽才갱문낙양재.

여전히 이백 자신이 사면령에 포함되지 않은 서운한 감정이다. 757년 12월에 대사면령이 1차로 내려졌고, 758년 2월, 4월, 10월에도 사면령이 내려졌다. 위의 시는 758년 어느 달에 내려진 사면령에 대한 반응일 것이다. 전반부는 당나라 조정에서 대사면령을 내린 것을 구름과 우레에 비유하였으며 이제는 천하가 태평해지니 일본은 은택을 입고 가까운 이웃 나라인 월상(베트남 남부 지역)으로부터는 흰 꿩을 상납받게 되었다는 것이다. 그리고 후반부는 한漢나라 때 가의의 일을 인용하여 이백 자신도 당나라 조정에 복귀하고 싶다는 뜻을 보였다. 한나라 가의賈誼가 젊은 나이에 태중대부太中大夫라는 높은 관직에 오르자 권신들이 배척하여 장사왕 태부太傅로 3년 동안 좌천되었다는 고사이다. 그러나 3년이 지난 후 한나라 효문제孝文帝가 미앙궁으로 다시 가의를 불러드렸다. 이백도 가의처럼 당나라 궁궐로 다시 돌아가고 싶은 것이다. 여전히 출사에 대한 미련은 남아 있다.

이백이 옥에서 풀려나 유배지 야랑으로 향하면서 그동안 도움을 준 부인 종씨와 손아래 처남 종경과 헤어지면서 감사의 정을 표하기도 하였다.

찬야랑어오강유별종십육경竄夜郎於烏江留別宗十六璟: 야랑으로 유배 가며 오강에서 종경을 떠나다

그대의 집안이 성대할 때에	君家全盛日군가전성일,
삼공의 가문으로 얼마나 대단했는가?	台鼎何陸離태정하육리.
자라의 다리를 벤 여와(측천무후)를 보좌하실 때,	斬鰲翼媧皇참오익와황,
오색석을 연마하고 하늘의 벼리를 보수하게 하셨네.	鍊石補天維연석보천유.

한 번 일월의 돌보심을 받으시고는,	一廻日月顧일회일월고,
세 번 봉황지(중서성)에 들어가셨네.	三入鳳凰池삼입봉황지.
세력을 잃고 청문 옆에서,	失勢靑門旁실세청문방,
오이를 심은 것(은둔)이 또 얼마였던가?	種瓜復幾時종과부기시.
그래도 많은 빈객이 모여들어,	猶會衆賓客유회중빈객,
삼천의 빈객이 길을 빛나게 하였고.	三千光路歧삼천광로기.
황제의 은혜로 억울함을 씻어,	皇恩雪憤懣황은설분만,
송백이 무성한 빛을 머금었네.	松柏含榮滋송백함영자.
나는 동쪽 침대의 왕희지 같은 사위는 아니지만,	我非東牀人아비동상인,
그대의 누이는 밥상을 눈썹과 나란히 했네.	令姊忝齊眉영자첨제미.
떠돌아다니며 아직 출세도 못하고,	浪跡未出世낭적미출세,
헛된 이름만 장안에서 떠들썩했다가.	空名動京師공명동경사.
마침 구름 같은 그물로부터 벗어났지만,	適遭雲羅解적조운나해,
도리어 야랑으로 유배되니 슬프다네.	翻謫夜郎悲번적야낭비.
내 아내는 막야검과 같아서,	拙妻莫邪劍졸처막야검,
지금 두 용처럼 서로 따르는데.	及此二龍隨급차이용수.
부끄럽게도 그대가 물길에 고생하며,	慙君湍波苦참군단파고,
천 리 먼 곳까지 와 주었네.	千里遠從之천리원종지.
백제산의 새벽 원숭이는 울음 그칠 것이고,	白帝曉猿斷백제효원단,
황우협에서 나그네(이백)의 발걸음은 더딜 것이네.	黃牛過客遲황우과객지.
멀리 명월협(중경시 파현)을 바라보며,	遙瞻明月峽요첨명월협,
서쪽으로 가다 보면 그리운 마음 더해지리라.	西去益相思서거익상사.

이백이 유배길에 오르면서 강서성 구강 가에서 종씨 부인의 남동생인 종경과 이별하면서 남긴 시이다. 먼저 종씨 집안의 내력을 설명하였다. 잘 나갈 때는 삼공의 가문으로 세 번이나 중서성을 지냈던 집안이다. 그대 선대 종초객은 세 번이나 재상이 되는 과정에서 여러 번 좌천을 당했지만, 여전히 삼천 빈객이 찾아와서 광명은 예전 그대로를 유지했다고 하였다.

나 이백은 왕희지 집안의 뛰어난 왕희지 같은 사위감은 아니지만, 그대의 누님인 종씨 부인은 거안제미擧案齊眉로 나를 깍듯이 모셨다고 회고하였다. 나는 그동안 떠돌아다니느라 출세도 못하고 헛된 이름만 장안에 났다가, 안녹산의 난 때 영왕의 막부에 참여하여 감옥에 갇히고 이제 풀려나 야랑으로 유배 간다고 하였다. 내 아내 종씨 부인은 마침 막야검이 간장검을 따르듯, 나 이백을 따른다고 하였다. 그리고 처남 자네도 부끄럽게도 나를 위해 천 리 먼 길을 찾아주어 고맙다고 하였다.

내가 가는 유배길은 삼협의 백제성 가로 원숭이 울음소리가 들릴 것이고 험하기로 유명한 황우협에서는 발걸음이 더딜 것이다. 멀리 중경의 파현을 가다 보면 헤어진 그대가 더욱 그리워질 것이다.라고 노래하였다.

이백이 야랑으로 유배길을 떠날 때 처남이 와서 이백을 전송하였다. 그래서 이백은 이 시를 통해, 종씨 집안의 내력을 먼저 소개하면서 선조인 종초객의 인품을 찬양하였다. 그리고 이백 자신은 비록 출세도 못하고 유배객이 되었지만, 당신 누나인 종씨 부인은 그런 것에 아랑곳하지 않고 한결같이 나를 섬긴다고 칭찬하였다. 그리고 마지막 부분에서는 이백 자신이 앞으로 유배 가면서 지나야 할 여정을 상상하면서 처남 종경과의 헤어짐의 아쉬움을 그렸다.

종씨 부인 집안에 대한 내력과 종씨 부인의 행적, 결혼한 후 이백의 삶을 알 수 있게 하는 시이다.

유배 길에서의 심정도 밝힌 시도 있다.

유야랑제규엽流夜郎題葵葉**: 야랑의 유배길에 촉규화 잎에 쓰다**

그대가 능히 뿌리 지키는 것을 보니 부끄럽고, 慙君能衛足참군능위족,
내가 멀리 뿌리 옮긴 것을 탄식하네. 嘆我遠移根탄아원이근.
밝은 태양이 만일 나누어 비춘다면, 白日如分照백일여분조,
고향에 돌아가 옛 동산을 지키리라. 還歸守故園환귀수고원.

사면에 대한 기대와 가족과의 만남이 확연히 드러난 시이다. '햇빛 따라 돌며 잎사귀로 자신의 뿌리를 가려서 지키는 촉규화(접시꽃)도 있는데, 나는 부끄럽게도 스스로 지키지 못하고 뿌리째 뽑혀 먼 곳에 옮겨지듯이 야랑夜郎으로 유배되어 가니 참으로 한탄스럽다. 만약 햇빛이 고르게 나누어 비치듯 황제의 은총이 나에게도 미치어 사면된다면, 나는 고향에 돌아가 가족들과 농사를 지으면서 살겠노라.'라고 하였다. 사면령이 내려지기를 기다리는 이백의 속마음을 드러내었다.

동정호를 지나 춘추시대 초楚나라 영왕靈王이 세운 장화대章華臺에서 정鄭 판관判官을 만나서 증별시를 올렸다.

증별정판관贈別鄭判官**: 이별하는 정 판관에게 드리다**

유배를 당했지만 다시 슬퍼 말라며, 竄逐勿復哀찬축물부애,
그대가 처량한 내 신세를 물으니 부끄럽네. 慚君問寒灰참군문한회.
뜬구름은 본래 무심하여, 浮雲本無意부운본무의.
바람 불어 장화대에 떨어지네. 吹落章華臺취락장화대.

먼 이별에 눈물은 부질없이 말라, 遠別淚空盡원별루공진,
오랜 근심에 이미 마음도 꺾였네. 長愁心已摧장수심이최.
삼 년을 못가에서 읊조렸는데, 三年吟澤畔삼년음택반,
초췌한 이 몸 언제나 되돌아올까? 憔悴幾時回초췌기시회.

정 판관이 유배객이 된 이백의 근황을 묻고 있다. 더 이상 슬프지도 않을 것 같았는데 왠지 처량한 신세를 위로해주니 부끄럽기도 하다. 그런데 이제는 떠도는 뜬구름처럼 떠돌 생각으로 장화대에서 정 판관과 이별할 생각이다. 이제는 눈물도 마르고 마음은 감흥이 없어졌다. 그러면서도 전국시대 초나라 충신이었던 굴원을 생각하면서 자신도 굴원처럼 영영 유배객이 될 것 같아 두렵다는 것이다. 마지막 구절 "三年吟澤畔삼년음택반, 憔悴幾時回초췌기시회."는 굴원의 「어보사漁父辭」를 점화點化한 것이다. 「어보사漁父辭」에 "굴원이 이미 추방당함에 강과 못에서 놀고 못가에서 이리저리 거닐면서 읊조릴 때, 안색이 초췌하고 형체와 용모가 메마르고 메말라고 하더니."[8]를 모방한 것이다. 모방을 하였지만 표절은 아니다. 새로운 의미를 부여하였기 때문이다. 시작법 중 남의 작품을 모방하거나 인용하였을 때 새로운 의미를 부여하면 점화點化 또는 환골탈태換骨奪胎라고 하는 작법평어류 용어가 있다. 이백도 유배 길을 헤매고 있기에, 충절가 굴원처럼 영영 유배객이 되지 않을까 염려하면서 자신의 처량한 신세를 드러내었다. 이백 자신이 영왕 이린의 막부에 참여한 것은 나라와 백성을 위한 충절이었는데, 마치 간신배들의 모함을 받고 상강 멱라수 가로 귀양 온 굴원의 신세가 되었다는 것이다. 굴원의 「어보사」를 모방하여 자신의 행위에 정

8) 「漁父辭」. "屈原이 旣放에 游於江潭하고 行吟澤畔할새 顏色이 憔悴하고 形容이 枯槁러니."

당성 부여와 억울함을 잘 드러냈기에 환골탈태가 되었다고 평할 수 있다.

예장(남창)에 있는 아내의 소식을 궁금해 하는 시도 있다.

남류야랑기내南流夜郎寄內: 남쪽 야랑으로 유배가면서 부인에게 부치다

야랑은 하늘 밖이라 떨어져 삶에 원망스러운데,	夜郎天外怨離居야랑천외원이거,
밝은 달이 뜬 누대에 소식은 드무네.	明月樓中音信疏명월루중음신소.
북쪽 기러기 봄에 돌아가는 것 거의 보았는데,	北雁春歸看欲盡북안춘귀간욕진,
남쪽으로 올 때 예장에서 오는 편지 얻을 수 없었네.	南來不得豫章書남래부득예장서.

59세(759년)의 이백이 하늘 밖의 벽지와도 같은 야랑夜郎(귀주성 정안현 북서쪽 위치)으로 유배되어 가는 길에 지은 시다. 야랑은 하늘 밖에 있는 듯 먼 곳이며 그런 곳에 외롭게 격리되어 사는 것이 원망스럽다. 그곳은 멀리 떨어져 있고 외진 곳이라 달빛이 집 안에 비쳐들어도 아무런 소식을 전할 수가 없다. 봄에 기러기들이 북쪽 고향으로 돌아가기에 나는 끝까지 정성껏 쳐다보며 그들을 전송해주었는데, 이번 가을에 남쪽으로 오는 그들은 예장豫章에 사는 당신의 편지를 가져오지 않았다. 그래서 안부가 궁금하다. 아내로부터 소식을 받지 못하는 서운한 감정을 기러기에 의탁하여 표현하였다.

봄철에 이백은 처가 있는 북쪽으로 가는 기러기를 정성껏 전송해주고 소식을 가져오기를 기대했건만, 가을에 예장豫章(남창)에 있는 아내로부터 아무런 소식도 없었다. 마치 가을에 떠났던 기러기 봄에 돌아오기에, 아내로부터 편지도 잔뜩 기대했는데, 아무런 소식이 없다. 그래서 슬프고 실망스럽다.

건원乾元 2년(759) 삼협三峽을 지나며 쓴 시 「상삼협上三峽」도 감상해보자.

상삼협上三峽: 삼협을 거슬러오르며

무산이 푸른 하늘을 끼고 있고,	巫山夾青天무산협청천,
파수(장강)가 이렇게 흘러가네.	巴水流若兹파수류약자.
파수가 홀연 다 갈 것 같지만,	巴水忽可盡파수홀가진,
푸른 하늘에는 닿을 수가 없네.	青天無到時청천무도시.
사흘 아침을 황우협 거슬러 올라가지만,	三朝上黃牛삼조상황우,
사흘 저녁은 가는 것이 너무 더디구나.	三暮行太遲삼모행태지.
사흘 아침 또 사흘 저녁,	三朝又三暮삼조우삼모,
귀밑머리가 실처럼 희어졌네.	不覺鬢成絲불각빈성사.

삼협三峽을 거슬러 올라가는 과정의 험난함을 표현한 시이다. 중경시와 호북성 경계에 위치한 무산巫山은 험하여, 중경시 동쪽을 흐르는 장강은 3번씩이나 꺾여 세차게 흐른다. 그렇게 세차게 흐르는 장강도 다할 때가 있겠지만, 저 푸른 하늘에는 이르지 못할 것이다. 호북성 의창현 서북쪽 골짜기에는 마치 칼을 둘러멘 사람이 소를 끄는 모습을 한 바위가 있는데 황우산이다. 그 황우산은 높을 뿐만 아니라 장강이 이 바위를 끼고 구불구불 굽이져 흐르고 있다. 길이 험난하여 3일 밤낮을 거슬러 올라도 황우산을 벗어나지 못해 머리가 다 셀 정도이다. 유배 길의 험난함을 묘사한 시로, 유배 가는 이백의 복잡한 심정을 이 유배 길에 기탁하였다.

건원 2년(759) 2월에 당나라 조정은 관중關中 지역에 발생한 가뭄으로 대사면령을 공포하였다. 이때는 이백도 사면령에 포함되었다. 유배령이 내려진 지 1년 3개월 만이다. 그때의 기쁨 마음을 「조발백제성早發白

帝城」으로 표현하였다.

조발백제성早發白帝城: 아침 일찍 백제성을 출발하다

아침에 채운 속의 백제성을 떠나,	朝辭白帝彩雲間조사백제채운간,
천 리의 강릉길을 하루에 돌아왔네.	千里江陵一日還천리강릉일일환.
강 양쪽엔 원숭이 울음소리 끝없고,	兩岸猿聲啼不盡양안원성제부진,
가벼운 배는 이미 첩첩 산을 지나왔네.	輕舟已過萬重山경주이과만중산.

아침 일찍 채색 구름 속에 있는 백제성을 떠나 강릉(호북성 형주)까지 천 리 길을 하루 만에 배를 타고 내려왔다. 삼협은 급류라 배가 급하게 지나가는데, 강 양쪽 절벽에서는 원숭이 우는 소리가 그치지 않는다. 그런 강 위를 가벼운 배는 만 겹의 산속을 순식간에 지나왔다.

삼협 백제성 가는 다리이다.

구당협 백제성 가는 길목이다.

1구의 '채운彩雲'은 이백 자신의 사면을 축하하듯이 구름도 아름다운 것이다. 2구의 천 리나 떨어져 있는 강릉 땅을 하루 만에 돌아왔다고 한 것은 역시 사면의 기쁨을 과장적으로 표현한 것이다. 배도 가벼운 배로 표현함으로써 홀가분한 이백의 심정을 대변하였다. 삼협은 절경이다. 이백은 양쪽 경치를 구경하면서 내려왔을 것이다. 하지만 시에서는 양쪽 주변의 풍경에 대한 언급은 없다. 다만 원숭이 울음소리만 들릴 뿐이다. 아주 빨리 돌아가고픈 심정 때문에 경치

구당협의 모습이다.

구경할 여유가 없다. 그런데 원숭이 소리는 안 들려고 해도 자꾸 들린다. 만겹의 산을 벗어나도 원숭이 울음소리는 귀에 쟁쟁하다. 정말로 빨리 돌아가고픈 심정을 강조하기 위해 원숭이 울음소리만 강조한 것이다. 천재 시인의 고달픈 인생 역정과 시적 능력을 동시에 드러낸 시이다.

돌아오는 길에 쓴 시 한 작품 더 감상해보자.

전원언회田園言懷: **전원에서의 회포**

가의는 3년 동안 귀양살이 하였고,	賈誼三年謫가의삼년적,
반초는 만 리를 종군하여 정원후에 봉해졌네.	班超萬里侯반초만리후.
이것이 어찌 흰 송아지 끌고,	何如牽白犢하여견백독,

맑은 물 마시는 것만 같겠는가? 飮水對淸流음수대청류.

전반부에서는 가의賈誼와 반초班超의 일을 인용하였다. 가의는 한漢나라 때 인물로 젊은 나이에 박사에 임용되어 태중대부太中大夫가 되었지만, 대신들의 배척으로 장사왕태부長沙王太傅로 좌천되었던 인물이다. 좌천된 3년을 소개하여 가의의 불행을 이야기하였다. 반초는 동한東漢의 명장이다. 서역으로 종군하여 31년 동안 50여 나라를 부속국으로 복속시킨 공이 있다. 그 공으로 정원후에 봉해졌다. 가의賈誼의 시련과 반초班超의 영달을 대비하면서 이 같은 삶이 '어찌 영수에서 귀를 씻고 소에게 더러운 물을 먹지 못하게 한 허유와 소보가 살았던 은둔자들의 삶과 같겠는가?'로 반문하고 있다. 이는 벼슬자리보다는 자연에 은거하는 삶을 살아보겠다는 의미로 들린다. 인생 부침에서 오는 현실에 대한 불만을 드러낸 듯하다.

후반부는 허유許由와 소보巢父에 관한 이야기이다. 허유와 소보는 요임금 때 인물들이다. 요임금이 지조와 절개로 이름난 허유를 찾아가 자신의 자리를 이어받으라고 하였다. 이에 들어서는 안 될 소리를 들었다 하여, 허유는 흐르는 물에 귀를 씻었다. 그때 소를 몰고 가던 소보가 수양하는 그대(허유)가 어찌 그런 제안을 받았는가? 허유의 교만을 탓하면서 소를 끌고 상류로 가서 물을 마시게 했다는 이야기이다. 이백도 세속적인 혼탁함에서 벗어나 자연 속의 깨끗한 삶을 희망했을 것이다. 그리고 소보처럼, 지조 있는 삶을 꿈꾸고 있었을 것이다.

사면을 받은 이백은 강하江夏(지금의 무한)와 악양岳陽에서 잠시 요양을 하고 심양尋陽(지금의 구강)으로 돌아갔다. 사면 후 강하 일대를 유랑하면서 사촌 아우에게 쓴 준 시가 있다. 이백 59세 때의 시이다.

증종제남평태수지요이수贈從弟南平太守之遙二首: 친척 아우 남평 태수 이지요에게 두 수를 주다

제1수 기일其一

소년시절은 뜻을 얻지 못하여,	少年不得意소년부득의,
실의失意에 빠져 편히 살 곳을 갖지 못했네.	落魄無安居낙백무안거.
낚시의 고수 임 공자를 따라 하기를 원하여,	願隨任公子원수임공자,
배를 삼킬 만한 큰 물고기를 낚아 보려했지.	欲釣呑舟魚욕조탄주어.
평상시에도 술을 마시고 경치 좋은 곳을 좇느라,	常時飮酒逐風景상시음주축풍경,
웅대한 포부는 공명功名 세우는 일에는 소홀하였지.	壯心遂與功名疏장심수여공명소.
난초는 계곡에 피어서 사람들이 파버리지 않았고,	蘭生谷底人不鋤난생곡저인불서,
구름은 높은 산 위에 떠서 공연히 모였다 흩어지네.	雲在高山空卷舒운재고산공권서.
한나라 종실에서는 천자가 타는 사마거를 보내어,	漢家天子馳駟馬한가천자치사마,
붉은 수레로 성도에서 사마상여(이백)를 맞아들였네.	赤車蜀道迎相如적거촉도영상여.
대궐의 구중문을 거쳐 황제 알현하니,	天門九重謁聖人천문구중알성인,
용안이 한번 웃으면 온 천지가 봄이 온 것 같았네.	龍顔一解四海春용안일해사해춘.
궁궐 뜰 좌우에서 만세를 부르며,	彤庭左右呼萬歲동정좌우호만세,
영명한 군주가 은자를 거두심을 절하여 축하했네.	拜賀明主收沉淪배가명주수침륜.

한림원에서 붓을 들고서
　영민한 눈으로 돌아보는데, 翰林秉筆回英盼한림병필회영반,
높이 솟은 기린각을 누가 볼 수 있었겠는가? 麟閣崢嶸誰可見인각쟁영수가견.
황제의 은혜를 입고 처음 은대문을 들어서고는, 承恩初入銀臺門승은초입은대문,
글을 쓰느라 금란전에 나 홀로 있었네. 著書獨在金鑾殿저서독재금란전.
준마에 조각한 등자와 백옥 안장, 龍鉤雕鐙白玉鞍용구조등백옥안,
상아 침상에 비단 자리와 황금 쟁반. 象牀綺席黃金盤상상기석황금반.
예전에 내가 미천하다고 비웃던 자들, 當時笑我微賤者당시소아미천자,
도리어 나를 만나기를 청하여 사귀었네. 卻來請謁爲交歡각래청알위교환.
하루아침에 병으로 물러 나와 강호를 떠도니, 一朝謝病游江海일조사병유강해,
종전까지 알고 지내던 사람
　몇 사람 남아 있는가? 疇昔相知幾人在주석상지기인재.
문 앞에서는 아는 척하고
　문 뒤에서 안면몰수 하니, 前門長揖後門關전문장읍후문관,
오늘 맺은 교분도 내일이면 마음이 바뀌네. 今日結交明日改금일결교명일개.
변치 않는 산과 같은 그대의 마음을
　내가 좋아하니, 愛君山嶽心不移애군산악심불이,
그대 따라 운무 속을 헤맨다할지라도
　기꺼이 하리라. 隨君雲霧迷所爲수군운무미소위.
'지당생춘초'라는 글구를 꿈에서 얻는다면, 夢得池塘生春草몽득지당생춘초,
내가 지은 '못가 누대에 오르다' 같은 시를
　값나게 해주게. 使我長價登樓詩사아장가등루시.
이별 후에라도 〈임해〉와 같은 시를 보내면, 別後遙傳臨海作별후요전임해작,
양선지와 하장유를 만나 함께
　창화할 수 있겠지. 可見羊何共和之가견양하공화지.

제2수	기이其二
동평의 완적과 남평(중경)의 그대는,	東平與南平동평여남평,
예나 지금의 두 보병교위이다.	今古兩步兵금고양보병.
평소 좋은 술을 사랑해서,	素心愛美酒소심애미주,
고을을 다스리는 자리에 연연한 것은 아니었지.	不是顧專城불시고전성.
적관(좌천된 관리)되어 무릉도원으로 가니,	謫官桃源去적관도원거,
꽃을 찾아 어디를 노닐까?	尋花幾處行심화기처행.
진인秦人이 예부터 아는 사이인 양,	秦人如舊識진인여구식,
문을 나와 웃으면서 환영해줄 것이네.	出戶笑相迎출호소상영.

친척 동생 이지요가 남평 태수로 있다가 술을 많이 마셔 무릉으로 좌천된 것을 보고 쓴 시이다. 1구에서 8구까지는 이백 자신의 젊은 시절을 되돌아본 것이다. 9~10구는 자신이 당나라 궁중을 출입할 때의 품격을 말한 것으로, 마치 한나라 때 사마상여를 한나라 조정에서 모셔갔듯이 이백 자신도 당나라 조정에서 그런 대우를 받았다는 것이다. 11~14구는 이백 자신이 궁중에서 보았던 일을 소개하고 있다. 구중궁궐 깊은 곳에서 황제를 알현하고 황제가 한 번 웃으며 온 천지가 봄이 온 것같이 만물이 생기를 띠었다고 하였다. 15~20구는 궁중내에서의 생활 모습을 소개한 것으로, 화려하게 치장한 말을 타고 비단 방석과 상아와 황금으로 장식된 책상 위에서 조서를 썼다는 것이다. 21~26구는 세상사 인심의 감탄고토甘呑苦吐를 토로하고 있다. 궁중에서 한림공봉으로 현종 곁에 있을 때에는 온갖 벼슬아치들이 서로 교류하기를 원하더니, 궁중에서 쫓겨난 후 조변석개朝變夕改 쓴맛을 겪으면서 느끼는 염량세태炎涼世態의 세상인심을 고발하였다. 27~32구는 결론으로 나를 도와줄 수 없다면 일자리를 얻을 수 있도록 좋은 자리

에 있는 사람이라도 소개해 달라는 것이다. 마치 꿈에 좋은 시구를 얻어 명시를 남기듯이 사령운이 창화한 양선지와 하장유 같은 좋은 사람을 소개해 달라고 하였다.

'지당생춘초池塘生春草'는, 남북조시대 송나라 사령운(385~433)이 지은 시 「등지상루登池上樓」에 나오는 구절이다. 봄의 이미지를 나타내는 구절로 널리 애송되는 구절이다. 사령운은 친척 아우 사혜련을 만나야 좋은 시를 지을 수 있었다. 어느 날 시를 지는데 좋은 구절이 생각나지 않았다. 그런데 꿈속에서 "못 가에 봄풀이 돋아나네"를 얻었다는 것이다. 이백도 사령운이 쓴 구절 같은 절창을 꿈속에서 얻는다면, 우리가 서로 헤어진 후라도 세상살이를 하면서 지은 걸작 시가 멀리까지 전해질 것이고, 사혜련의 문우였던 양선지와 하장유 같은 사이가 되어 화답 시를 받아볼 수 있을 것이라고 하였다. 이백 자신과 이지요를 사영운과 사혜련에 비유하였다.

제2수는 친척 동생이 근무 태만으로 남평 태수에서 쫓겨난 것을 위로한 내용이다. 이지요는 완적처럼 술을 좋아하고 부귀공명을 중시하지 않는 인물이라서 아마도 무릉도원에 가면 환영을 받을 것이라고 위로하였다. 이지요가 좌천되어 가는 곳이 무릉이기 때문이다.

이백이 59세 되던 가을 중양절에 파릉산에 올라 동정호를 바라보면서 지은 시이다.

구일등파릉치주, 망동정수군九日登巴陵置酒, 望洞庭水軍: 중양절 파릉에 올라 술을 차려놓고 동정호의 수군을 바라보다

중양절 하늘이 맑아	九日天氣淸구일천기청,
등고하니 가을하늘의 구름도 없네.	登高無秋雲등고무추운.
조화옹이 연 강과 산에,	造化闢川岳조화벽천악,

초나라의 산과 한수가 분명히 보이네.	了然楚漢分료연초한분.
긴 바람이 거센 파도를 치니,	長風鼓橫波장풍고횡파,
파문이 겹쳐서 계속 밀려오네.	合沓蹙龍文합답축용문.
옛날 천자가 나랏일 순행할 때,	憶昔傳遊豫억석전유예,
누선이 분하를 장엄하게 가로질렀지.	樓船壯橫汾누선장횡분.
오늘 고래 같은 자들 토벌하고자,	今茲討鯨鯢금자토경예,
깃발은 얼마나 어지러이 휘날리는지.	旌旆何繽紛정패하빈분.
깃발의 흰 깃털이 술 단지에 떨어지고,	白羽落酒樽백우락주준,
동정호에 삼군이 늘어서 있네.	洞庭羅三軍동정나삼군.
국화잎을 따지는 못하지만,	黃花不掇手황화불철수,
군대의 북소리는 멀리서도 들린다네.	戰鼓遙相聞전고요상문.
칼춤을 추어 떨어지는 해를 되돌리니,	劍舞轉頹陽검무전퇴양,
이때에 해는 저물지 못하네.	當時日停曛당시일정훈.
술에 취해 노래하여 장사들을 북돋워,	酣歌激壯士감가격장사,
가히 요사스런 기운을 제압할 것이네.	可以摧妖氛가이최요분.
속 좁게 동쪽 울타리 밑에 있던,	握齱東籬下악추동리하,
도연명 무리에는 들지 않으리라.	淵明不足群연명불족군.

위의 시는 중양절 날 파릉산에 올라 동정호수를 바라보면서 쓴 시이다. 이 당시 장가연과 강초원이 형주와 양주에서 반란을 일으키자. 그 반란군을 제압하기 위해서 동정호수에 있던 수군을 바라보면서 쓴 시이다. 그래서 그들의 사기士氣를 진작시키고 싶다.

중양절 날 등고登高를 하니 구름 한 점 없고 멀리 초나라 산과 한수까지도 선명하게 보인다. 동정호수의 파도치는 모습을 보니 옛날 한나라 때 문제가 하동 지역을 순행하다가 분수에 배를 띄우고 연회를 베풀었던 고사가 생각난다. 그런데 지금은 반군을 토벌하기 위해 수많은 깃발만 휘날리고 있다. 또한 중양절인데도 국화주도 마실 수도 없다. 전국시대 초나라 노양공魯陽公이 한韓나라와 한참 싸울 때 날이 저물자 창을 잡고 휘두르니 해가 별자리 세 개 만큼 되돌아가서 계속 싸움을 할 수 있게 하였다는 이야기가 있다. 이백도 노양공의 이야기처럼 전쟁의 의지를 고무시키고자 하였던 것이다. 그래서 자연 속에 살면서 전원을 노래한 도연명과 같은 무리에는 속하지 않겠다고 한 것이다. 아직은 이백은 현실 참여 의식이 남아 있다.

60세 무렵의 이백은 자신감이 꺾였다. 이백이 동정호 부근을 노닐다가 쓴 시가 있다.

춘체원상유회산중春滯沅湘有懷山中**: 봄에 원강과 상강에 머물다가 산중을 그리워하다**

원강과 상강에 봄빛이 돌아오니,	沅湘春色還원상춘색환,
바람이 따스하여 안개 낀 풀이 푸르네.	風暖煙草綠풍난연초록.
옛날 상심한 이들이	古之傷心人고지상심인,
이곳에서 애간장이 끊어졌다 이어졌다 했겠지.	於此斷腸續어차단장속.
나는 「회사」의 나그네가 아니라서,	予非懷沙客여비회사객,
다만 채련곡을 좋아할 뿐이라네.	但美採菱曲단미채릉곡.
바라는 바는 동산으로 돌아가는 것이니,	所願歸東山소원귀동산,
내 마음은 이것으로 족하네.	寸心於此足촌심어차족.

원강과 상강은 모두 호남성에 있는 동정호수로 흘러 들어가는 강들이다. 이백이 동정호수 근처를 노닐다가 굴원의 삶을 생각해냈던 것이다. 전국시대 초나라 충신 굴원이 충언을 올리다가 동정호 근처

멱라수 근처에 귀양 오게 되었고, 조국 초나라가 망하게 되자 「어보사」와 「회사」 등의 작품을 남기고 멱라강에 몸을 던져 죽은 충신이다. 그런데 이백은 이 같은 굴원의 삶을 살기보다는 남녀의 사랑을 노래한 채련곡이 더 좋고, 옛날 동진 때 사안이 은거하면서 기녀들과 노닐었던 동산으로 돌아가 살고 싶다고 하였다. 줄기차게 시도했던 출사의 기운은 꺾였다. 유배 갔다 온 이백, 그리고 노년의 이백의 삶은 아름다운 곳에 편히 살기를 희망하고 있었다.

이백이 지은 채련곡을 소개하면 다음과 같다.

채련곡採蓮曲**: 연밥 따는 처녀**

약야계 주변에서 연밥 따는 아가씨,	若耶溪傍採蓮女약야계방채련녀,
연꽃을 격하고 미소로 벗과 속삭이네.	笑隔荷花共人語소격하화공인어.
햇볕은 고운 얼굴을 물에 비추고,	日照新粧水底明일조신장수저명,
향기로운 바람이 소맷자락 나부끼게 하네.	風飄香袖空中擧풍표향수공중거.
뉘 집 젊은 공자들인지 연밭 기슭에,	岸上誰家遊冶郞안상수가유야랑,
수양버들 사이로 삼삼오오 어른거리네.	三三五五映垂楊삼삼오오영수양.
날리는 꽃잎 속 말 울리며 사라지니,	紫騮嘶入落花去자류시입낙화거,
이를 보고 설레다 공연히 가슴만 아프네.	見此躊躇空斷腸견차주저공단장.

남녀 간의 사랑 이야기이다. 이백이 충절가 굴원의 삶보다 평범한 남녀의 사랑이 있는 삶을 살고 싶다고 한 것이다. 굴원이 지은 「어보사漁父辭」는 굴원과 어보漁父와의 대화로 된 글이다. 물고기를 취미로 잡는 노인이 멱라수로 귀양 온 굴원에게 적당히 세상과 영합하면서 부귀영화를 누리며 살지 무엇 때문에 충절을 고집하다가 유배객이 되었느냐고 나무란다. 이에 굴원이 세상의 부귀영화와 타협할 바에는 멱

라수에 빠져 죽는 것이 낫다고 말하면서 마무리가 되는 글이다. 그리고 「회사懷沙」는 '강물로 돌아가다'는 의미로, 죽음을 편안한 마음으로 받아들이고 있다. 굴원이 멱라수에 뛰어들기 한 달 전에 쓴 글이다. 봉황은 새장에 갇혀 있고 닭과 오리가 판을 치는 세상에 도저히 살 수 없음을 노래한 것이다. 노년의 이백은 이런 굴원 같은 삶보다 동진 때 기녀들과 삶을 즐긴 사안 같은 삶을 살고 싶다고 한 것이다.

60세 무렵 강하(무창, 지금의 무한)로 돌아오면서 쓴 시이다.

앵무주鸚鵡洲

앵무새가 날아와 오강(장강)의 물을 지나니,	鸚鵡來過吳江水앵무래과오강수,
강 위의 모래섬을 앵무주라 이름 전하네.	江上洲傳鸚鵡名강상주전앵무명.
앵무새는 서쪽을 날아 농산으로 갔지만,	鸚鵡西飛隴山去앵무서비농산거,
꽃핀 모래톱의 나무는 어찌 이리도 푸른가?	芳洲之樹何青青방주지수하청청.
안개 걷히자 따뜻한 바람에 난초잎 향기 풍겨오고,	煙開蘭葉香風暖연개난엽향풍난,
강 언덕의 복사꽃에 비단 물결 일렁이네.	岸夾桃花錦浪生안협도화금랑생.
떠도는 나그네(이백) 부질없이 먼 곳만 바라보는데,	遷客此時徒極目천객차시도극목,
앵무주의 외로운 달은 누구를 향하여 밝은가?	長洲孤月向誰明장주고월향수명.

이 시는 당 숙종肅宗 상원上元 원년(760년) 봄, 이백이 사면되어 강하江夏(무한)로 돌아가면서 지은 시이다. 앵무주의 봄 풍경을 보면서 「앵무부鸚鵡賦」를 지은 예형禰衡을 자신에 빗대어 지은 시이다. 예형은 중국 후한後漢 말의 인물로, 조조曹操와 유표劉表, 황조黃祖를 능멸하다 강하 태수 황조에게 처형되었다. 그의 나이 26세였다. 「앵무부鸚鵡賦」를 지은 예형

이 묻혀서 앵무주라는 지명이 되었다. 앵무주는 장강長江 한 가운데 있는 섬이었다. 하지만 지금은 존재하지 않는다. 장강을 지나다니는 큰 배에 걸림돌이 된다고 그 앵무주를 파버렸기 때문이다. 이제는 시에서만 만나 볼 수 있다.

무한 지역 장강 가운데 있던 앵무주가, 앵무주의 이름을 갖게 된 이유를 먼저 설명하였다. 예전부터 앵무새가 많이 날아들었기 때문에 앵무주가 되었다는 말이다. 우리 알고 있는 사실과는 조금 다르다. 동한 말기 조조와 예형과의 사건으로 인해 앵무주라는 명칭을 가지게 된 것으로 알고 있기 때문이다. 강하 태수 황조의 아들 황역이 손님들을 초대하여 그 모래톱에서 잔치를 열었다고 한다, 이때 어떤 이가 앵무새를 바치니, 황역이 예형에게 앵무새에 관한 글을 지어 달라고 하자, 「앵무부」를 지었다고 한다. 그 「앵무부」를 지은 예형이 조조曹操와 유표劉表, 황조黃祖를 능멸하다 강하 태수 황조에게 처형되어 그곳에 묻히고 되었고 그때부터 앵무주가 되었다는 것이 우리가 아는 앵무주 유래이다. 이백이 무한에 와서 앵무주를 보고 느낀 감회를 노래한 것이다. 먼저 앵무주의 아름다운 봄 경관을 묘사하고, 떠돌이 신세가 된 자신을 한탄한 것이다.

지금 호북성 무한시 황학산에 있는 황학루에 오르면 앵무주가 있던 장강長江이 한 눈에 들어온다. 그렇지만 장강에 삼각주처럼 있던 앵무주는 없다. 이백이 유배에서 풀려 돌아오다가 강하에 있는 남릉 현령 위빙에게 준 시에는 황학루는 부수고 앵무주를 뒤집어 버리라고 한 구절이 있다. 이백의 말처럼 지금 앵무주는 없다. 그 시를 감상해보자.

강하증위남릉빙江夏贈韋南陵冰: 강하에서 위빙 남릉 현령에게 주다

교만한 오랑캐(반란군)의 말이 날뛰어

모래먼지가 일어나고, 胡驕馬驚沙塵起호교마경사진기,
오랑캐 젊은이(반란군)가 천진교에서
말에게 물을 먹일 때. 胡雛飮馬天津水호추음마천진수.
그대(위빙)는 장액(감숙성)을 다스리며
주천 근처 있었는데, 君爲張掖近酒泉군위장액근주천,
나는 구천리 먼 곳의 삼파로 쫓겨났네. 我竄三巴九千里아찬삼파구천리.
천지는 다시 새로워지고 법령은 관대했는데, 天地再新法令寬천지재신법령관,
야랑으로 유배 가는 나그네는 찬 서리를 맞았네, 夜郎遷客帶霜寒야랑천객대상한.
서쪽의 친구를 생각하나 만날 수 없어서, 西憶故人不可見서억고인불가견,
동풍이 꿈을 불어 장안에 가곤 했네. 東風吹夢到長安동풍취몽도장안.
어찌 이곳에서 갑작스레 만나리라 기대했겠나? 寧期此地忽相遇영기차지홀상우,
놀라움과 기쁨으로 안개 속에
떨어진 듯 아득하고, 驚喜茫如墮煙霧경희망여타연무.
옥퉁소와 금나발 소리가
사방 자리에 떠들썩하지만, 玉簫金管喧四筵옥소금관훤사연,
괴로운 마음을 읊을 수 없네. 苦心不得申長句고심불득신장구.
어제 수놓은 옷을 입은 시어사들이
좋은 술을 기울였는데, 昨日繡衣傾綠樽작일수의경녹준,
병이 들어 복숭아와 자두 꼴이니
결국 무엇을 말하겠는가? 病如桃李竟何言병여도리경하언.
옛날엔 천자가 하사한 대원마를 탔는데, 昔騎天子大宛馬석기천자대원마
지금은 제후의 문에서 느려터진 말을 타고 있네. 今乘款段諸侯門금승관단제후문.
다행히 남평 태수의 활짝 열린 마음을 보고, 賴遇南平豁方寸뢰우남평활방촌,
게다가 그대가 맑은 담론을 펼치니, 復兼夫子持淸論부겸부자지청론.
마치 산에 만 리 구름이 걷혀, 有似山開萬里雲유사산개만리운,

사방의 푸른 하늘을 보는 듯하여
　번민을 풀어주네. 四望青天解人悶사망청천해인민.
사람의 번민은 또한 마음의 번민이니, 人悶還心悶인민환심민,
괴롭기는 늘 괴롭지만. 苦辛長苦辛고신장고신.
근심이 올 때 술 이천 석을 마시면, 愁來飮酒二千石수래음주이천석,
찬 재가 다시 따뜻해지듯이
　봄기운이 생기는 법이네. 寒灰重暖生陽春한회중난생양춘.
산간처럼 취한 뒤에도 능히 말을 타시니, 山公醉後能騎馬산공취후능기마,
유달리 풍류가 있는 어진 주인이라네. 別是風流賢主人별시풍류현주인.
두타사의 구름과 달에는 스님의 기운이 많으니, 頭陀雲月多僧氣두타운월다승기,
산과 물이
　어찌 일찍이 사람의 뜻에 맞았겠는가? 山水何曾稱人意산수하증칭인의.
아니면 피리 불고 북 치며
　푸른 강물을 희롱하며, 不然鳴笳按鼓戲滄流불연명가안고희창
강남의 여자를 불렀다가
　뱃노래를 부르게 했겠지. 呼取江南女兒歌棹謳호취강남여아가도
내 장차 그대 위해
　황학루를 부숴 버릴 테니, 我且爲君搥碎黃鶴樓아차위군추쇄황학
그대 또한 나를 위해
　앵무주를 엎어버리게나. 君亦爲吾倒却鸚鵡洲군역위오도각앵무
적벽에서 자웅을 겨룬 것은 꿈과 같은 일이니, 赤壁爭雄如夢裏적벽쟁웅여몽리,
모름지기 노래하고 춤추며 근심을 풀어야 하리. 且須歌舞寬離憂차수가무관리우.

이백이 유배길 도중에 방환放還의 명을 받고 귀향하던 중 강하 지금의 무한에서 안휘성 남릉현의 현령을 지낸 위빙을 뜻밖에 만났던 것

이다. 그때의 심정을 노래한 시이다. 먼저 안녹산의 난이 일어날 때 그대 위빙은 감숙성 장액시를 다스리고 있었고, 이백 자신은 삼파 곧 사천성 중경시 가릉강嘉陵江 동쪽에서 야랑으로 유배 가고 있었다. 그런데 안녹산의 군대에 함락되었던 장안과 낙양이 수복되고 대사면이 내려져 유배길에서 풀려났으나 여전히 두려운 마음이 있었다. 그래서 위빙 당신을 만나고 싶었지만 만날 수 없었고 꿈속에서나마 장안을 누볐다. 그렇게 만나고 싶던 자네를 이렇게 여기서 만나다니 놀랍기도 하고 기쁘기도 하지만 안개 속으로 떨어진 느낌이기도 하다. 잔치 자리 음악 소리로 떠들썩하지만 괴로운 마음인지라 시로 읊을 수가 없다. 어제 강하의 지방관들이 참여하는 연회에 참여했지만 이미 병이 들어 하소연할 수도 없었다.

옛날에는 당 현종이 하사한 명마를 탔는데, 지금은 제후의 문에서 느려터진 말을 타고 있다. 다행히 남평(중경) 태수인 이지요(이백의 친척 동생)가 마음을 활짝 열었다. 게다가 그대가 맑은 담론을 펼치니, 마치 산에 만 리 구름 걷혀 사방의 푸른 하늘을 보는 듯하여 번민을 풀어주었다. 괴롭기는 늘 괴롭지만 근심이 생기면 술 이천 석을 마시면 외로움과 고통으로 시달리는 마음이 다시 따뜻해지듯이 봄기운이 생긴다. 진晉나라 때 양양 태수를 지낸 산간山簡처럼 취한 뒤에는 말을 거꾸로 타시니 유달리 풍류가 있는 주인(위빙)이다. 강하 황학산에 있는 두타사의 구름과 달에는 스님의 기운이 많아 고요하고 적적하여 지금 여기 모인 사람들이 마음껏 놀고자 하는 뜻에 맞지 않는다. 만일 황학산에 스님의 기운이 많지 않아 사람들의 뜻에 맞았다면, 떠들썩하게 놀았을 것이다. 나와 그대가 대취하여 나는 그대를 위해 황학루를 부수고 그대는 나를 위해 앵무주를 없애버리려 했을 것이다. 적벽赤壁에서 자웅을 겨룬 것은 꿈을 꾸는 것처럼 부질없는 일이니 모름지기

황학산 정상의 모습이다. 옛날 절터가 있었는지 큰 종이 전시되어 있다.

노래하고 춤추면 근심이나 풀어보자.

이백이 유배에서 풀려난 뒤 우연히 강하(무창, 무한)에서 위빙을 만나서 지은 시이다. 먼저 강하에서 뜻밖에 위빙을 만나 기쁨을 노래했고, 이백 자신의 신세를 토로하면서 술이나 잔뜩 마시면서 근심을 잊어보자고 했다. 마지막 부분에서 황학루를 부수고 앵무주를 엎자고 한 것은 이백 자신과 위빙이 술에 몹시 취한 후 제멋대로 해보려는 행동을 표현한 것이다.

이백이 「강하증위남릉빙(江夏贈韋南陵冰)」에서 황학루를 때려 부수고 앵무주를 뒤집어엎는다고 하니, 누군가가 꾸짖었다. 그 시에 답을 한 시가 있다.

후답정십팔이시기여추쇄황학루醉後答丁十八以詩譏予搥碎黃鶴樓**: 정십팔이 내가 황학루를 부수겠다고 한 말을 시로써 꾸짖은 데 대하여 취한 뒤 대답하다**

높은 황학루를 이미 쳐부수었으니,	黃鶴高樓已搥碎황학고루이추쇄,
황학 탄 선인은 의지할 곳이 없어졌네.	黃鶴仙人無所依황학선인무소의.
황학이 하늘로 올라가 상제께 호소하니,	黃鶴上天訴上帝황학상천소상제,
도리어 황학을 쫓아 강남으로 돌려보냈네.	卻放黃鶴江南歸각방황학강남귀.
신명한 태수가 황학루를 다시 고치고 꾸미니,	神明太守再雕飾신명태수재조식,
흰 벽에 새로 그린 황학이 더욱 향기롭네.	新圖粉壁還芳菲신도분벽환방비.
온 고을에서 나를 미친 나그네라 비웃고,	一州笑我爲狂客일주소아위광객,
젊은이들은 가끔 와서 항의를 하네.	少年往往來相譏소년왕왕래상기.
엄준에게 신선술을 배운 이는 어느 집 아들이오?	君平簾下誰家子군평염하수가자,
요동의 정령위라 말들 하네.	云是遼東丁令威운시요동정령위.
그가 시를 지어 나를 흔들어 흥취를 놀래니,	作詩掉我驚逸興작시도아경일흥,
흰 구름 붓을 감돌며 창 앞에 날았을 것이네.	白雲遶筆窓前飛백운요필창전비.
내일 아침술이 다 깨는 것을 기다려,	待取明朝酒醒罷대취명조주성파,
그대와 함께 꽃이 활짝 핀 봄빛을 찾아보리라.	與君爛熳尋春輝여군란만심춘휘.

위의 시는 이백이 왜 황학루를 부수고 앵무주를 뒤엎겠다고 한데 대한 이유를 설명한 시이다. 이백의 황학루를 부수겠다고 한 행위를, 시로 비판한 정십팔은 누군지 알 수 없다. 다만 정씨 형제 중 열여덟 번째라는 것이다. 황학루는 무한 황학산에 있는 누각이다. 1~2구는 자신이 이미 말한 황학루를 쳐부순다는 말의 결과이다. 황학루를 부수어버렸기 때문에 이제는 황학루가 없어져 황학루에 살던 신선은 의지할 곳이 없어졌다는 것이다. 이백은 속세에 신선의 누각이 솟아

있으니 신선을 모르는 속인들에게 이 누각이 어울리지 않는다는 뜻으로 황학루를 없애버리겠다고 말을 한 것이다. 3~4구는 황학의 호소다. 의지할 곳을 잃은 황학이 하늘로 올라가 상제께 호소하니 다시 강남으로 내려보냈다는 것이다. 인간 세상에서 신선을 그리워하는 사람은 항상 있기 마련이라는 뜻이다. 5~6구는 황학루의 재건이다. 설령 황학루를 부순다 한들, 신선을 좋아하는 태수가 나타나 황학루를 지어 아름다운 신선 지향을 드러낼 것이라고 했다. 7~8구는 이백에 대한 항의다. 황학루를 부수라고 했으니 속뜻도 모르는 속인들이 이백을 미쳤다고 비난하고 가끔 젊은이들은 항의도 한다는 것이다. 9~10구는 신선을 찾음이다. 누가 신선술을 연마하여 신선이 되었으냐고 물으니, 요동의 정령위가 신선이 되었다는 것이다. 이백은 신선을 지향하여 도사가 되었던 사람이다. 그러니 세상에서 세속적 가치에 매몰되지 않는 신선 지향을 귀하게 생각한 것이다. 11~12구는 정십팔의 꾸짖음이다. 정십팔이 시를 지어 이백 자신을 꾸짖느라 흰 구름 속에 붓을 날리며 신선을 찬양했다는 말이다. 황학루를 쳐부수는 몰취미를 꾸짖으면서, 황학루와 신선 지향을 두둔했을 것이라는 뜻이다. 13~14구는 술을 갠 후의 기약이다. 내일 아침 술이 다 깬 후에 정십팔과 함께 꽃이 만발한 봄빛 속에 신

벽화로 남아 있는 당나라시대의 황학루 모습이다. 물결치는 모습이 있는 것으로 보아, 당나라 때에는 황학루가 장강 가에 위치해 있었을 것으로 추정된다. 지금은 재건되어 황학산 정상에 우뚝 서 있다.

선 경치를 찾아나서 보자는 것이다. 결국 둘 다 신선 지향을 바라지만, 정십팔이 이백 자신을 오해한 것을 풀어주고, 세속에 찌든 가치관으로부터 신선이 존재하는 세계로 나아가자고 한 것이다. 그래서 인간 세상에 있는 황학루를 부수고 앵무주를 뒤엎자고 했던 것이다.

지금은 황학루가 황학산 정상에 재건되어 있다. 아마도 이백 당시의 황학루는 황학산 정상이 아니라 장강 근처에 있었던 것 같다. 이백 그 당시 황학산을 노래한 시를 살펴보자. 이백 60세 때 시이다.

망황학산望黃鶴山: 황학산을 바라보다

동쪽으로 황학산을 바라보니,	東望黃鶴山동망황학산,
웅장하게 하늘로 솟아 있네.	雄雄半空出웅웅반공출.
사방으로 흰 구름이 생겨나고,	四面生白雲사면생백운,
중봉은 붉은 해에 기대네.	中峰倚紅日중봉의홍일.
바위산이 하늘을 가로지르고,	巖巒行穹跨암만행궁과,
봉우리들도 빽빽하게 솟아 있네.	峰嶂亦冥密봉장역명밀.
누차 듣기로 여러 신선들이,	頗聞列仙人파문열선인,
여기서 신선술을 배웠다네.	於此學飛術어차학비술.
하루아침에 봉래산이 있는 동해로 향해,	一朝向蓬海일조향봉해,
신선술 연마하는 석실은 천 년 동안 비었네.	千載空石室천재공석실.
연단 만드는 아궁이에는 먼지만 나고,	金竈生煙埃금조생연애,
옥 연못은 청정한 기운을 감추었네.	玉潭秘清謐옥담비청밀.
땅이 오래되어 초목만 남아 있고,	地古遺草木지고유초목,
스산한 정원에는 지초와 차조가 늙어가네.	庭寒老芝朮정한노지출.
아아 내가 이곳에 오르기를 바라여,	蹇予羨攀躋건여선반제,
한가하고 표일한 흥취를 보존하려 한 것은.	因欲保閑逸인욕보한일.

황학산에 있는 연못이다.

기이함을 보며 여러 산을 돌아봤지만, 觀奇遍諸岳관기편제악,
이 봉우리에 필적할 만한 곳이 없어서였다네. 玆嶺不可匹자령불가필.
내 마음을 맺어 푸른 소나무에 맡기고, 結心寄青松결심기청송,
영원히 깨쳐서 떠돌이 신세를 마치리라. 永悟客情畢영오객정필.

이 시는 호북성 무한시에 위치한 황학산에 와서 그 느낌을 쓴 시이다. 먼저 황학산의 웅장한 모습을 소개하였다. 그리고 후반부에는 여러 신선들이 이곳에 와서 신선술을 익혔다고 하였다. 그 많던 신선들이 신선술을 익혀 봉래산이 있는 동해로 떠나 신선술을 연마하던 곳이 천 년 동안 비었다고 하였다. 연단을 만드는 아궁이는 먼지만 남아있고 옥 연못도 기운을 잃어버렸다고 하였다. 그래서 지금은 황폐화

되어 잡초만 무성하다고 하였다. 그러면서도 신선의 기운이 있는 땅이라 이백 자신도 이제는 신선술을 익혀 떠돌이 신세를 면하고 싶다고 하였다. 60세의 이백이 모습이다.

앵무주를 노래한 시에는 최호의 「황학루」도 있다. 이백이 「앵무주鸚鵡洲」에서 읊은 내용과 비슷한 내용도 나온다.

황학루黃鶴樓

최호崔顥

옛사람은 이미 황학을 타고 떠나고,	昔人已乘黃鶴去석인이승황학거,
이 곳에는 황학루만 부질없이 남아 있네.	此地空餘黃鶴樓차지공여황학루.
황학은 한 번 떠난 후 다시 돌아오지 않고,	黃鶴一去不復返황학일거불부반,
흰 구름은 천 년 동안 유유히 떠도네.	白雲千載空悠悠백운천재공유유.
맑게 갠 냇가에 한양 땅의 나무들이 뚜렷이 비치고,	晴川歷歷漢陽樹청천역력한양수,
꽃다운 풀은 앵무주 모래톱에 무성하네.	芳草萋萋鸚鵡洲춘초처처앵무주.
해는 저무는데 고향이 어디쯤인가?	日暮鄉關何處是일모향관하처시,
안개 피고 물결치는 강가에서 사람으로 하여금 근심케 하네.	煙波江上使人愁연파강상사인수.

이백이 「앵무주鸚鵡洲」에서 노래한 앵무주의 모습이 최호의 시 「황학루黃鶴樓」에는 더 구체적으로 묘사되어 있다. 맑게 갠 한강(한수)에 한양 땅의 나무들이 물속에 뚜렷이 비치고 앵무주에는 향기 나는 봄풀이 무성하다고 하였다. 그러면서 최호 역시 나그네의 객창감으로 시를 마무리하였다. 무한시 황학산에 가면 이백이 최호의 이 「황학루」 시 때문에 붓을 꺾었다는 각필정擱筆亭이 있다. 최호의 「황학루」 때문에

호북성 무한(무창)의 황학루에서 바라본 장강(長江)의 모습이다. 강 건너편이 한구와 한양 땅이다. 한구와 한양 사이에 흐르는 강이 한강(漢江, 한수)이다. 이백과 최호가 노래했던 앵무주는 보이지 않는다. 그뿐만 아니라 한양 땅 나무가 한강에 뚜렷이 비친다고 했는데, 지금은 빌딩들만 보인다. 격세지감(隔世之感)을 느낄 수 있다.

붓을 놓았다고는 하지만, 최호의 「황학루」를 모방한 시가 이백의 시 중에 한 편 있다. 그것이 「등금릉봉황대登金陵鳳凰臺」이다. 모방은 했다고 하지만 최호의 작품보다는 더 의미가 깊다. 최호는 「황학루」에서 장강 가 황학루를 구경하다가 멀리 앵무주를 보게 되었고, 그 앵무주를 보는 순간 자신의 처지를 생각하게 되었던 것이다. 나도 지금처럼 떠돌다가 비극적으로 죽임을 당한 예형처럼 되지나 않을까 두려움에 사로잡히게 되었고, 그래서 마지

재건된 지금의 황학루 모습이다.

막 구절에 고향 땅과 고향 집이 생각났던 것이다. 그래서 사람으로 하여금 수심愁心에 잠기게 되었다고 하였다.

이백의 「등금릉봉황대登金陵鳳凰臺」에서는 최호의 「황학루」 시에 있던 "앵무주" 자리에 "백로주"가 있고, 마지막 구절 "사인수使人愁" 부분은 동일하다. 하지만 이백은 개인적 감정의 서글픔을 노래한 것이 아니라, 당나라 조정에 온통 간신배가 들끓어 장차 나라에 대한 걱정인 우국지정憂國之情으로 마무리하였다. '온통 뜬 구름이 해를 덮으니 장안은 보이지 않고 사람으로 하여금 근심케 한다.'라고 했다. 이 부분이 최호와 이백의 차이점이라 할 것이다.

황학산에 있는 각필정(擱筆亭)과 각필정 안에 있는 벼루이다.

어쨌든 이백은 황학산 황학루에서 시 한 수首 남기지 못한 것이 서운했던지 후일 다시 와서 「앵무주」라는 시 한 수를 읊고 붓을 씻었다는 세필지洗筆池도 있다. 명시에는 재미있는 일화도 따라 다닌다. 그래서 명시인가 보다.

강하(무한)에서 심양(구강)으로 돌아온 후 이백은 술로 세월을 보내면서 동정호를 유람하기도 하였다. 상원上元 원년(760) 이백은 예순의 나이로 강하로 갔다가 다시 심양에서 강서성 여산廬山의 여산폭포를

장강을 가로지르는 장강대교의 모습이다. 우리나라 서울 한강의 어느 다리와 같다. 다른 점은 소련이 처음 설계하고 짓다가 중국이 완성한 엘리베이터가 다리 양쪽에 있다는 점이다.

둘러보았다. 여산의 향로봉과 폭포 그리고 병풍첩을 구경한 이백은, 여산을 떠나 남쪽으로 길을 향했다. 지금의 강서성 남창南昌인 예장豫章으로 가서 종씨 부인을 만나기 위해서이다. 이백은 이곳에서 군대에 징집당하는 장면을 목격하게 된다.

예장행豫章行: 예장의 노래

북풍이 대마代馬(오랑캐 말)를 불어 보내,	胡風吹代馬호풍취대마,
북쪽 노양관魯陽關(노산의 관문)을 감싸도네.	北擁魯陽關북옹노양관.
오 땅의 군사가 파양호의 비치며,	吳兵照海雪오병조해설,
서쪽 토벌하러 가니 언제쯤 돌아올까?	西討何時還서토하시환.
상료上遼 나루를 반쯤 건널 때,	半渡上遼津반도상요진,

누런 구름 어둡고 낮빛마저 굳었다. 黃雲慘無顔황운참무안.
늙은 어미는 아들을 보내면서, 老母與子別노모여자별,
들풀 사이서 하늘 보고 울부짖네. 呼天野草間호천야초간.
흰 말들은 깃발을 에워싸고, 白馬繞旌旗백마요정기,
구슬피 울며 서로 좇아 나아간다. 悲鳴相追攀비명상추반.
백양白楊나무도 가을 달빛 괴로워서, 白楊秋月苦백양추월고,
서둘러 예장산에서 잎을 떨구네. 早落豫章山조락예장산.
본래 태평한 시대의 사람이라, 本爲休明人본위휴명인,
오랑캐 베기가 애당초 쉽지 않네. 斬虜素不閑참로소부한.
어찌 싸우다 죽는 것을 꺼리랴, 豈惜戰鬪死기석전투사,
군주 위해 흉악한 놈들 쓸어버려야지. 爲君掃凶頑위군소흉완.
정성이 지극하면 바위도 꿰뚫나니, 精感石沒羽정감석몰우,
어찌 험난한 것 꺼리리오. 豈云憚險艱기운탄험간.
누선은 고래처럼 나는 듯 달려, 樓船若鯨飛누선약경비,
낙성만에 거센 물결 일으킨다. 波蕩落星灣파탕낙성만.
이 곡은 연주해서는 안 되니, 此曲不可奏차곡불가주,
삼군三軍의 머리카락 희끗희끗 세리라. 三軍髮成斑삼군발성반.

사사명의 군대가 아직 평정되지 않아 남쪽 예장(남창)에서 군사들을 징집하는 장면을 직접 보고 쓴 시이다. 전쟁터로 끌려나가는 아들의 얼굴빛은 사색이 되었으며 그를 지켜보며 이별하는 어머니는 하늘을 보고 울부짖는다. 전쟁의 비참함이 여실히 드러난 시이다.

'오랑캐 바람이 불어 오랑캐 말[馬]을 보내, 지금의 하남성 노산현의 관문을 사사명의 군대가 차지하였다. 오나라 땅 지역에서 징발된 병사가 파양호에 자신들의 모습을 비추며 서쪽으로 토벌하러 가는데,

언제쯤 돌아올 수 있을까? 강서성 영수현 있는 상료의 나루를 반쯤 건너갈 때 누런 구름이 암담하게 어둡고 징집되는 아들의 얼굴은 무안색이다. 늙은 어미는 하늘을 향해 울부짖는다. 백마는 깃발을 에워싸고는 구슬피 울며 서로 좇아 나가고 백양나무도 가을 달빛이 괴로워서 예장산에서 일찌감치 잎이 떨어졌다. 곧 예장산에 있던 백양나무가 가을에 베어져, 나무뿌리는 그대로 예장산에 있지만 둥치는 낙양궁으로 옮겨져 서로 헤어졌다는 의미이다. 이는 북쪽 사사명의 군대를 토벌하려 가는 병사들이 가족과 생이별을 한다는 의미를 고악부 「예장」의 내용을 점화點化하여 표현하였다. 본성이 착하고 태평성대의 사람이라 오랑캐 죽이는 것을 애당초 못하지만 우리 군주를 위해서는 어찌 죽음을 두려워할 수 있겠는가? 옛날 한漢나라 이광李廣이 사냥을 하다가 호랑이가 누워 있는 것을 보고 화살을 쏘았는데, 다시 살펴보니 호랑이 형상을 한 바위였다. 그래서 다시 쏟아보니 화살이 박히지 않았는데, 모든 일이 정성을 다하면 이룰 수 있기에 어찌 이 험난한 토벌 여정을 꺼려야 할 것이 있겠는가? 싸움하는 배가 고래처럼 날아가니 파양호 북쪽에 있는 낙성호에 거센 물결이 일어난다. 이 슬픈 노래를 출정하는 병사들에게 들려주면 근심과 번민으로 사기가 꺾일 것이니 그들에게 들려주지 말라'고 하였다.

아직도 평정되지 않은 사사명의 군대를 물리치기 위해 남쪽으로 징집되어 가는 병사들의 모습을 그려 가족들과 헤어지는 안타까움과 슬픔을 드러내었다. 또 군주를 위해 힘차게 나아가려는 모습 너머로 전쟁에 대한 공포감과 두려움이 겹치면서 한편으로 전쟁으로 인해 일어날 근심도 아울러 드러내었다.

62세 생을 마감한 이백은 60세 이후 2년 동안의 삶의 행적은 안휘성 선성과 강소성 금릉(남경) 일대를 오가며 말년을 보냈다. 상원 2년(761)

에 사사명史思明이 아들 사조의史朝義에게 살해되었다. 사조의가 하남성 송주宋州를 포위하자, 당나라 조정에서는 이광필李光弼 장군을 앞세워 그들의 남하를 저지하였다. 그리고 이광필 군대가 타파할 세력은 절강성에서 일어났던 난亂이다. 이때 61살의 이백은 마지막 보국의 기회로 알고 이광필의 군대에 가담하고자 하였으나, 중도에 병이 나서 부득이 금릉으로 돌아오게 되었다. 이때 이광필 군대가 정벌하고자 했던 대상은 절강성 원조袁晁의 난이다. 원조가 난을 일으킨 이유는 가혹한 세금 때문이었다. 가혹한 세금을 감당하지 못한 농민들이 대거 참여했던 항거였다. 정말 이백이 보국의 마음으로 이 난 진압에 참여했다면 일관되게 주장했던 경세제민經世濟民과는 거리가 멀어지는 행위였을 것이다. 가혹한 세금으로 인해 봉기한 농민은 타도의 대상이 아니라 보듬어야 할 백성이기 때문이다.

761년 종씨 부인이 도사가 되기 위해 강서성 구강시 여산으로 떠나는 것을 전송하는 시가 있다.

송내심여산여도사이등공이수送內尋廬山女道士李騰空二首: 여산의 여도사 이등공을 찾아가는 아내를 보내다 2수

제1수	기일其一
그대가 이등공을 찾아간다니,	君尋騰空子군심등공자,
응당 벽산의 집에 도달하겠지.	應到碧山家응도벽산가.
물방아가 운모를 찧어 선약 만들고,	水舂云母碓수용운모대,
바람은 녹나무 꽃을 쓸고 가겠지.	風掃石楠花풍소석남화.
만약 유거의 아름다움을 사랑하다면,	若戀幽居好약연유거호,
맞이하여 신선을 즐기시게.	相邀弄紫霞상요농자하.

제2수 기이其二

그대(종씨부인) 재상 가문의 딸이,	多君相門女다군상문여,
도를 배우고 신선을 사랑하네.	學道愛神仙학도애신선.
흰 손은 푸른 아지랑이를 쥐고,	素手掬青靄소수국청애,
비단 옷은 자줏빛 안개를 끌었네.	羅衣曳紫煙나의예자연.
병풍첩(여산)에 이제 한 번 가면,	一往屛風疊일왕병풍첩,
옥 채찍을 쥐고 난새를 타시게.	乘鸞著玉鞭승란저옥편.

종씨 부인이 도사가 되기 위해 당시 재상이었던 이임보의 딸 이등공이 있던 여산 병풍첩으로 떠나는 것을 전송하는 시이다. 아마도 이등공이 사는 곳은 벽산에 집이 있을 것이고 물레방아가 광물을 찧어 운모(신선이 되는 선약)를 만들고 바람은 녹나무 잎을 흔들고 있을 것이다. 만약 그곳을 사랑하게 된다면 신선을 맞이하여 즐기라고 응원하고 있다.

제2수는 종씨 부인은 재상가의 딸로서 도를 배우고 신선을 찬미한다고 소개하였다. 그러면서 흰 손에 청애를 쥐고 자줏빛 안개를 끄는 신선 같은 삶을 살기를 당부하였다. 아내와의 인연을 도교적 배경인 신선 사상으로 끝을 맺고 있다.

종씨 부인도 떠난 후 61세의 이백의 모습도 살펴보자.

숙오송산하순온가宿五松山下荀媼家: **오송산 아래 순 노파 집에서 묵다**

내가 오송산 아래에서 묵는데,	我宿五松下아숙오송하,
적막하여 즐거울 일이 없네.	寂寞無所歡적막무소환.
농가에 가을 일이 괴롭고,	田家秋作苦전가추작고,
이웃 여인은 밤 절구질 소리 쓸쓸하네.	隣女夜舂寒인여야용한.

무릎 꿇고 구황작물로 지은 줄밥을 올리니, 蛫進雕胡飯궤진조호반,
달빛으로 흰 밥상이 빛나네. 月光明素盤월광명소반.
빨래하던 아낙에게 부끄러워지니, 令人慙漂母영인참표모,
거듭 사양하며 먹지 못하네. 三謝不能餐삼사불능찬.

오송산은 지금의 안휘성 동등시 남쪽에 위치한 산이다. 이백이 떠돌다 어느 농가 순씨 할머니 집에서 묵게 되었던 것이다. 그러면서 농가의 어려운 현실과 처량함을 표현하면서도 그곳에 사는 사람들의 순박한 인정미를 드러내었다. 마지막 구절에서는 한신과 표모 사이의 이야기를 통해, 이백 자신은 한신 같은 인재가 되지 못함을 은연중에 드러내었다. 말년 이백의 모습에서 쓸쓸함이 묻어난다. 젊은 시절 지녔던 호방한 기개가 사라졌기 때문이다.

한신과 빨래하는 여인과의 이야기는 사마천의 『사기史記』「회음후열전淮陰侯列傳」에 나오는 고사로, 한신이 벼슬자리에 나아가지 못하고 굶주리고 있을 때 빨래하던 여인이 밥을 먹여주었고, 그 후 한신이 출세하여 그 보답을 하였다는 이야기이다.

대종代宗 상원 2년(761) 가을에 이백은, 금릉을 떠나 안휘성 당도當塗로 갔다. 이백이 61세 되던 해 선성 땅에 머물 때 쓴 시가 있다.

곡선성선양기수哭宣城善釀紀叟: 술 잘 빚는 선성 땅 기 노인을 곡하다

기 노인은 황천에서도, 紀叟黃泉裏기수황천리,
응당 좋은 술 빚고 있으리라. 還應釀老春환응양노춘.
묘 구덩이엔 밝은 해 없는데, 夜臺無曉日야대무효일[9],

9) "曉日(효일)" 대신 "李白(이백)"으로 된 판본도 있다.

술을 누구에게 팔까? 沽酒與何人고주여하인.

기紀 노인이 황천 지하에 가서도 여전히 미주美酒를 담그겠지 저승에는 이백이 없으니 그대 누구에게 술을 팔겠는가? 기 노인은 선성 땅 술 빚는 장인이었다. 그는 생전에 미주로 유명한 노춘주老春酒를 빚었다. 애주가였던 이백도 선성 땅에서 이 술을 마셨을 것이고 또 술 빚는 장인인 기 노인도 만났을 것이다. 그런데 그런 기 노인이 세상을 떠났던 것이다. 그래서 그를 애도하면서 아마도 저승에서도 좋은 술을 빚을 것이라고 애도하였다. 다만 그 술을 마셔 줄 이백 자신이 없어 쓸쓸할 것이라고 하였다. 이 세상에 혼자 남은 이백 자신에 대한 쓸쓸함도 묻어난다. 그래서 그런지 이백은 다음 해에 기 노인의 술을 찾아 저승으로 떠났다.

당도에 도착한 이백은 친척뻘 되는 당도 현령인 이양빙李陽氷에게 몸을 의탁하였다. 그때 준 시 마지막 부분을 살펴보자. "제가 금릉을 떠나, 올 때에 백하정에서, 뭇 봉황새들이 나그네 새(이백 자신)를 가엾게 여겨 여기저기서 서로 슬피 울면서 각자 오색 깃털을 뽑아 주었는데 그 뜻이 무거워 태산도 가볍게 보였지만, 그들이 준 것은 제 큰 씀씀이에 비하면 적어 한 말의 물로 큰 고래에 뿌리는 격이었습니다. 칼을 두드리며 매서운 추위를 노래하니 사나운 바람이 앞 기둥에서 일어납니다. 달을 머금은 천문산에는 새벽이 밝아오고 서리 내린 우저기에는 물이 맑은데, 길게 탄식하며 되돌아가자니 냇물 굽어보며 다만 머뭇거릴 뿐입니다."[10]라고 하여, 도움을 청하고 있다. 이백이

10) 「獻從叔當塗宰陽氷」. "小子別金陵, 來時白下亭. 群鳳憐客鳥, 差池相哀鳴. 各拔五色毛, 意重太山輕. 贈微所費廣, 斗水澆長鯨. 彈劍歌苦寒, 嚴風起前楹. 月銜天門曉, 霜落牛渚淸. 長嘆卽歸路, 臨川空屛營."

금릉 곧 남경을 떠나서 선성 당도로 올 때 금릉의 선배들이 도움을 많이 주었지만, 이백 자신의 씀씀이가 커서 지금은 다시 궁색한 처지가 되었다는 것이다. 그래서 지금 당도 현령인 이양빙에게 풍훤의 고사를 인용하면서 자신을 도와줄 것을 요청하고 있다. 이백의 말년은 우저기 가을밤처럼 처량하다.

보응寶應 원년 762년 11월 이백은 중병에 걸려 병상에서 그의 글을 이양빙에게 맡겼고, 이양빙은 그것을 모아 『초당집草堂集』 10권을 만들었으나, 현재는 전하지 않고 「초당집서草堂集序」만 전한다. 이백은 결국 병을 털고 일어나지 못하고 11월 62세의 일기로 세상을 떠났다.

『논어論語』 「태백泰伯」 편篇 '독신篤信'장章에 "천하에 도道가 있으면 제 몸을 나타내고, 도가 없으면 숨는다."라는 구절이 있다. 이백이 태평성대가 지속되던 현종 초기 개원開元 시대에 출사出仕를 하고자 만유漫遊하였다. 그러나 세상 어느 곳에서도 자신의 뜻을 알아주는 이가 없자, 당시 유행하던 도교에 관심을 갖고 도사 오균吳筠과 함께 섬중剡中(절강성 소흥) 지방을 유랑하면서 옥진공주와의 인연을 맺기도 하였다. 이백은 10세 무렵부터 제자백가와 경서經書를 읽고 사서史書를 공부하면서도 검술을 익혔다. 이런 공부가 있었기에 이백은 유년 시절부터 유자儒者의 뜻을 지녔던 것이다. 『맹자孟子』 「양혜왕梁惠王」 장章에 "사람이 어려서 배우는 것은 커서 (도를) 행하고자 하는 것이다."라고 한 구절처럼, 유자가 어려서부터 배워서 세

안휘성 청산에 위치한 이백의 묘지이다. 당명현 이태백지묘(唐名賢李太白之墓)라고 되어 있다.

상에 도를 행하는 데에는 벼슬길에 나아가는 것보다 빠르고 좋은 길이 없었을 것이다. 지위地位가 없이 세상에 도를 밝히고 세상을 바로잡는다는 것이 쉽지 않기 때문이다. 이와 같은 유자의 관점에서 이백은 줄곧 벼슬하고자 하였다.

20세 이후 중국 천하를 만유하면서 유가儒家의 현실 정치 참여를 위한 적극적 출사 의지를 보이면서 경우에 따라서는 필요에 의한 은거 생활을 하기도 하였다. 『논어』「미자微子」편 '우경耦耕'장, 장자張子의 주註에 "성인께서 인仁을 행하시는 방법은 무도한 세상이라고 천하를 기필(단정)하여 내버려 두시지 않는 것이었다."라고 한 것처럼, 이백도 현실정치에 결코 무심하지 않았다. 불혹의 나이를 넘겨 도사 오균과 옥진공주 그리고 하지장의 추천으로 당나라 황실에 입성하였지만, 현종의 문학 담당이라는 시종 직무로 현실 정치에는 참여할 수 없었고, 또한 간신배들의 참언으로 당나라 조정을 떠날 수밖에 없었다. 현실 정치의 좌절로 다시 시작된 그의 유람은 신선 사상의 추구라는 당시의 풍조를 따르는 형태로 나타나기도 했지만, 처음 지녔던 경세제민經世濟民사상을 잊지는 않았다. 그래서 현실 비판적인 시를 지었을 뿐만 아니라 안녹산의 난 때에는 영왕 이린의 막부에 참여하여 경국제민經國濟民의 정치사상을 실현하고자 하였다. 유자儒者라면 누구나 지녔던 출사의 의지와 애국의 정신이 이백의 삶 전반에 나타나고 있다. 이는 곧 공성신퇴功成身退로, '출사하면 공을 이루고 물러나면 자연에 은둔하는' 삶의 태도로, 역대의 유자들이 지녔던 보편적인 자세이면서 현실 참여의 의식이었다. 그의 절명시를 감상해보자.

임로가臨路歌: 길을 떠나다(임종의 노래)

대붕이 날아올라 팔방을 떨치다가, 大鵬飛兮振八裔대붕비혜진팔예,

중천에서 날개 꺾여 힘이 미치지 못하네. 中天摧兮力不濟중천최혜력불제.
남은 기풍은 만세에 떨치겠지만, 餘風激兮出萬世여풍격혜출만세,
부상나무에서 노닐다 왼 소매가 걸렸다네. 游扶桑兮掛左袂유부상혜괘좌몌.
후대 사람들이 이 소식을 듣고서 전하려 해도, 後人得之兮傳此후인득혜지전차,
공자孔子가 없으니 누가 눈물 흘려줄까? 仲尼亡兮誰爲涕중니망혜수위체.

위 시는 대붕의 비극을 노래한 것이다. 대붕이 하늘로 솟아 사방팔방을 뒤흔들다가 공중에서 떨어져 날개가 꺾였다. 대붕의 남은 힘은 만세에 전할 수 있는데, 세상이 비좁아 왼 소매가 뽕나무 가지에 걸렸던 것이다. 후대 사람들이 이 소식을 전해주려고 해도 공자孔子와 같은 성인聖人이 없어 전할 수가 없다. 따라서 이제는 아무도 이백 자신의 능력을 알아주는 이가 없어 안타깝다는 말이다.

날개 꺾인 대붕은 이상 정치를 실현하지 못하고 좌절한 이백 자신의 모습이다. 『사기史記』 「공자세가孔子世家」에, 애공哀公 14년 봄 노魯나라에서 상서로운 동물 기린이 잡혔다는 소문이 나자, 도가 바로 서지 않은 때에 나타나 잡힌 것을 상서롭지 못하게 본 공자가 눈물을 흐리며 탄식했다는 "공자읍린孔子泣麟"의 고사가 있다. 이를 용사用事한 시로, 자신의 이상을 후세에 전하고자 하는 뜻을 공자 같은 성인은 알겠지만, 지금은 그와 같은 성인이 없기 때문에 눈물을 흘리지 않을 수 없다고 한 것이다. 이백은 유학에서 유자들이 추구했던 '국가를 안정시키고 백성을 구제한다.'는 정치적 이상을 실현하고자 하였지만, 끝내 자신의 뜻을 이루지 못하고 62세의 일기로 병사病死하였다.

이백의 일생을 돌아보면, 그의 삶의 여정은 유가儒家의 현실 참여를 위한 적극적인 출사 의지와 도교 사상에 경도된 삶으로 요약할 수 있다. 이백의 끝없는 출사 의지는 그의 유년 시절의 만유와 당나라

궁궐에서 쫓겨난 후 제2차 만유에서 그 사실을 확인할 수 있다. 안녹산의 난 때는 영왕 이린의 막부에 참여하여 마지막 충절을 불태우고자 하였던 것도 이백의 참여의식을 보여주는 대표적인 예일 수 있다. 한편으로는 도교사상에 경도된 모습도 보였다. 하지만 그의 도교 사상에 경도된 모습은 현실 정치에 참여하기 위한 출사의 한 방편으로 볼 수 있다. 이백이 살았던 당나라 당시의 시대적 풍조가 도교였다. 특히 당나라 황족은 같은 이李씨라 하여 도교(도가)의 창시자인 이담李聃 또는 이이李耳를 당나라 황족의 시조로 받들기까지 하였다. 666년 당나라 고종은 이담에게 태상현원황제太上玄元皇帝라는 존호를 올렸고, 754년에는 현종에 의해 대성조고상대도금궐현원천황대제大聖祖高上大道金闕玄元天皇大帝라는 존호로 바꾸어 불렀다.

이런 시대적 배경으로 인해 당나라 황실에 입성하기 위해서는 도교와 인연을 맺어야 확률을 높일 수 있었던 것이다. 이 같은 시대적 배경으로 인해 이백도 도교에 경도되었을 것이고, 또 도교와 관련 있으면서 당나라 황실과 관계를 맺은 인물들과의 친분도 쌓고자 했을 것이다. 이런 사회적·문화적·시대적 배경에 의해 이백은 도교와 관련성을 맺고자 했던 것이다. 이백 자신의 현실도피적 삶을 살기 위해 도교적 성향의 삶의 태도를 지향했던 것은 아니었다. 이는 이백의 현실적 선택으로 보아야 할 것이다. 이백의 당나라 황실 입성 과정을 살펴보면 이 부분은 더욱 분명해진다. 이백을 당나라 황실에 추천했던 이들이 대부분 도교의 도사와 관련이 있기 때문이다. 오균·원단구·옥진공주 등이 그들이다. 따라서 이백의 일관된 삶은 공성신퇴功成身退 곧 '공이 이루어지며 몸은 물러난다.'는 유가적 삶의 태도였다. 말년에 아내인 종씨 부인이 도교에 귀의할 때도 이백은 함께 하지 않았다. 오히려 난을 진압할 이광필의 군대에 참여하여 마지막 보국의 길을 가고자 했던 것이다. 이는 이백의 지나친 행위일 수도 있다. 난의 대상이 일반 농민들이었기 때문이다. 말년의 영왕 이린의 막부 참여와 이광필 군대의 참여하고자 했던 이백의 행위는 성찰의 대상이기도 하다. 너무 조심하다가 나서야 할 자리에 나서지 못하기도 하고 의욕만 앞세우다 나서서는 안 될 자리에 나아가기도 한다. 스스로 돌아보는 자세가 필요하다는 말이다.

시를 통해 살펴본 이백의 삶 정리

시를 통해 살펴본 이백의 삶 정리

이백李白은 유년시절인 5세 때 60갑자를 외우고 10세 때 제자백가諸子百家와 경서經書를 보았다. 그리고 시부를 짓기도 하고 검술을 익히기도 하였다. 10대의 이백은 허리춤에 늘 칼을 차고 다녔으며, 협객의 무리를 흠모하였다. 뿐만 아니라 『시경』시와 굴원의 「이소」, 악부시 등 시 창작에 필요한 문학 작품도 섭렵하였다.

한편으로는 당시 시대 풍조인 도교에 대한 관심을 드러내기도 하였다. 그래서 도사가 머무는 깊은 산중을 찾아가 배회하기도 하였고, 직접 만나 하루해가 다 할 때까지 이야기를 나누다 홀로 안개 속 산속을 내려오기도 하였다. 은거보다는 출사의 길을 택했던 이백의 10대 모습이다.

20대는 본격적으로 출사에 대한 관심을 드러내었다. 720년 개원 8년에 예부상서禮部尙書로 있던 소정蘇頲이 익주 자사益州刺史로 성도成都에 부임하자, 20대의 이백은 소정을 만나 자신의 포부를 밝혔던 것이다. 소정은 이백을 포함한 사천성 인재를 당나라 조정에 천거했지만 이백은 선택을 받지 못했다. 또한 유주 자사로 부임한 이옹을 찾아갔지만 환대를 받지 못한 듯하다. 그래서 「상이옹上李邕」이라는 시에서 공자의 후생가외後生可畏를 들먹이면서 젊은 사람 앞날이 어떻게 전개될지 모르는데 함부로 무시하지 말라고도 하였다. 20대 초반 이백은 요즘의 아이돌 모습이다. 주변인들을 의식하지 않고 자신이 옳다고 생각하면 실행으로 옮기는 것이 오늘날 신세대와 다르지 않기 때문이다.

당나라 조정이 도교를 장려하던 사회적 분위기 때문인지 여전히 도교적 언저리에 머물던 이백도 24세에 사천성을 떠나 더 큰 세상으로 나오게 되었다. 사천성을 벗어나 형문(호북성 의도현)으로 나오니 고향 산천과 다르게, 드높던 산은 평야를 따라 펼쳐지고, 험준한 산 사이를 흐르던 강은 드넓은 평원으로 흘러들어 유유히 흐른다. 20대 젊은 이백의 앞날을 펼쳐 보이고 있는 듯하다. 20대 중반의 이백은 남쪽 지역을 여행하면서 들은 민요를 악부시로 지어 당시의 남녀 간의 애정관을 드러내면서 악부시의 진수를 보였다.

동정호수를 유람하던 중 친구가 죽자 그 죽은 친구를 위해 돈을 빌려와서 장례식을 치르는 의리도 보였다. 여전히 출사의 기회를 잡지 못하던 이백은 여산에 머물기도 하고 남쪽 소흥에 와서 월나라 구천이 쌓았다던 고소대에 노닐며 인간의 유한성과 자연의 영원성이라는 역사의 무상함을 느끼기도 하였다. 가는 곳마다 술벗은 있어 환대를 받으며 이별의 아쉬움을 시로 남기기도 하였다. 그러던 중 27세 때 호북성 안육에 와서 허어사의 손녀와 결혼을 하였다.

이백은 결혼으로 인해 그런지 그의 시작품에는 결혼 후 출사에 대한 의지가 더 적극적으로 표현되었다. 그래서 관중이나 안영처럼 제왕을 잘 보필하고 세상이 안정되면 춘추시대 월越나라 범려와 한漢나라 장량처럼 산수 자연으로 물러나 여생을 보내고자 하였다. 곧 공성신퇴功成身退의 정신을 밝혔다. 그러나 출사出仕가 뜻대로 되지 않자 그 시름을 술로 달래기도 하면서 지역 유지들을 찾아다녔으며, 협객에 관한 시를 통해서, 치국治國에 대한 이론보다는 실천적 행동을 취한 전국시대 위魏나라 신릉군을 예찬하기도 하였다. 이백의 결혼 생활은 일반인들이 추구하던 개인의 소소한 행복과는 차이가 있었다. 자신의 평소 포부였던 출사를 위해 유람을 행했기 때문이다. 그가 남기 시 중에는 매일 술을 마셔 부부 관계도 평탄하지 않음을 해학적으로 표현한 내용도 있다.

결혼 후 이백은 출사를 위해 관리자들께 추천서를 받기 위한 여러 노력을 했지만, 성과는 없었다. 능력이 있는 데도 쓰이지 못함을 한탄하여, 우리에 갇힌 호랑이와 굴레에 묶인 매에 비유하기도 하였다. 그러면서 조정에 나아가기가 촉 지방으로 가는 길처럼 험난할 뿐만 아니라 인생의 부침이 이미 운명처럼 정해져 있다고도 하였다. 숭산에 은거하는 친구 원단구를 찾아가기도 하였으나, 이백 자신은 원단구처럼 은거를 행하지 않았다. 오히려 더 적극적으로 형주의 지방관인 한조종이나 양양 현위 친척 형님 이호에게 천거를 부탁하였다. 부탁의 이면에는 전국시대 제齊나라 노중련이나 위나라 협객 주해와 후영처럼 나라에 공을 세우고 물러나 자연 속에 살겠다고 하였다. 결혼 후에도 20대 초중반에 보였던 공성신퇴功成身退의 자세가 여전히 유지되고 있다. 따라서 이백은 결혼 후에 보인 제천하濟天下와 공성신퇴功成身退 정신은 유가적 삶의 태도이다. 이는 우리가 일반적으로 알고 있는 이백의 도가적 삶의 자세와는 거리감이 있다. 뿐만 아니라 20대 후반부터는 실천하는 협객의 무리들을 흠모하고 추종하는 시를 지었다.

20대 말과 30대 초반의 이백이 행한 이런 적극적 행보에 어느 누구도 호응해 천거를 해주지 않았다. 그런 현실에 지친 이백은 다시 산속에 은거하는 원단구를 찾아가 그의 삶을 부러워하기도 하였다. 결국 안육에 두고 온 가족들이 그리워 안육에 돌아온 후 736년에 동노東魯 임성任城 지금의 산동성 제령으로 이사하였고, 그곳에서 아들 백금이 태어났다. 산동성의 동노東魯 지역은 춘추시대 노魯나라 땅으로 공자孔子가 태어난 곡부曲阜가 있는 곳이다. 그래서 그런지 유학儒學이 전승되어 오던 땅이다. 그런데 그 유학이라고 하는 것이 알맹이 없는 형식만 중시하여 타파의 대상이 되어 있었다. 그래서 이백은 「조노유嘲魯儒」를 통해 그 곡부曲阜 땅 유자들의 허례허식을 강하게 비판하였다. 다시 천거를 위해 산동성을 떠나 낙양으로 행하면서 738년에 강소성 진강 지역의 운양雲陽에서 운하 건설에 동원되어 혹사당하는 노동자들의 모습을 보고 그들의 아픔을 노래하기도 하였다.

안휘성 채석기까지 흘러들어온 30대 말의 이백은 동진 때 인물인 사장군謝將軍 이야기를 떠올리면서 「야박우저회고夜泊牛渚懷古」를 짓기도 하였다. 옛날 동진 때에는 사장군 같은 인물이 있어 세곡을 나르던 뱃사공 원굉같이 신분은 천해도 능력만 있으면 언제든 등용의 기회가 왔는데, 지금 당나라에는 인재를 알아보는 사장군 같은 인물이 없어 이백 자신과 같은 인재가 등용되지 못하고 있음을 한탄하였다. 천하에 천리마는 많은데 그 천리마를 알아보는 백락 같은 인물이 없다는 것이다. 39세의 이백은 28세 때 황학루에서 양주로 떠나보낸 맹호연을 찾아 은거지 양양 녹문산까지 갔지만 만나지 못하고 「증맹호연贈孟浩然」 시를 남기고 돌아왔다.

40세의 이백은 여전히 세상을 구제한 제갈공명과 관중을 흠모하였다. 그래서 40대 초반에는 와신상담臥薪嘗膽의 주 무대가 된 오나라와 월나라가 있던 소흥 지방을 여행하면서 공성신퇴를 실천한 범려의 행적을 더듬기도 하였다. 당나라 궁중에 입조하기 전에는 공을 이루고 물러나지 않은 역사적 인물들을 나열하여 시를 짓기도 하였고 오랫동안 옥진공주의 별장에서 머물면서 출사의 기회를 모색하기도 하였다. 그런 중 742년 가을에 드디어 당나라 조정으로부터 입조하라는 조서가 내려왔다.

42세에 입조한 이백은 초기에 비교적 평온한 나날을 보내던 것 같다. 태자빈객 하지장에게 세상살이의 고달픔을 노래한 「촉도난蜀道難」을 전하기도 하고, 고구려 유민들의 춤사위를 감상하는 시를 남겼으며, 두릉에 올라 풍경을 노래하기도 하였다. 한편으로 현종의 총애를 받아 다른 고관들로부터 부러움과 시기를 한 몸에 받기도 하였다. 총애는 받지만 현실 정치에 참여할 수는 없었다. 이백이 당나라 궁궐에 들어온 것은 문장을 짓기 위해서지 정책을 입안하는 관리직은 아니었기 때문이다. 이백의 고민은 여기서 시작되고 있었다. 공을 세우고 자연에 물러나기를 바랐는데, 공을 세울 기회도 주어지지 않았다. 황제의 옆에서 시흥을 돋우는 문객일 뿐이었다. 그것도 황제는 술자리가 아니면 만날 수도 없는 존재이다.

궁중 생활 2년 차쯤에 「장상사長相思」를 지어 현종을 그리워하는 마음을 담았다. 그리고 한나라 무제와 진아교, 그리고 사마상여와 탁문군과의 사랑 이야기를 통해 버림받은 여인이 사랑을 되찾은 사건을 시적 소재로 삼았다. 이런 이백의 시작 태도는 자신도 현종과의 관계가 잘되기를 바라는 의미일 것이다. 이백의 이런 시작품을 통해 미루어 볼 수 있는 것은 지금 당나라 궁궐에 들어온 한림학사(한림공봉) 이백이 현종과의 만남이 원활하지 않다는 것을 보여준 것이다. 이미 당나라 조정은 쉬파리로 가득 차 있었던 것이다. 이런 조정에 환관 고력사와 귀비 양옥환까지 이백을 모함하자 이백은 결국 견디지 못하고 당나라 조정을 떠나게 되었던 것이다.

744년 당나라 조정을 떠난 이백은 33살의 두보를 여름쯤에 낙양에서 만나게 되었고, 두 사람은 1여 년 동안 함께 유람을 다니다가, 산동성 곡부현에 있는 석문에서 이별주를 나누면서 헤어졌다. 745년 두보는 장안 쪽으로 갔고 이백은 강동 쪽으로 떠났다. 이후 이백은 지금의 산동 역성인 제주齊州로 가 노자老子의 묘를 모신 자극궁紫極宮에서 도사 고여귀高如貴에게 도록道籙을 받고 도사道士가 되는 의식을 거행하였다. 이 같은 이백의 행적은 진짜로 도사가 되기 위한 행위보다는 도교에 빠진 당나라 황실과 연줄을 대기 위한 행위였을 수도 있었을 것이다. 이후 이백의 행적은 당나라 조정에 나아가기 위한 노력이 더 있었기 때문이다. 인간 세상과 인연을 끊고 산속에서 도를 닦는 삶과는 일정한 거리감을 두었다.

이백은 예전에 자신을 적선謫仙으로 인정해주고, 퇴임해서 고향 소흥으로 낙향한 하지장을 찾아 남하하였다. 47세의 이백이 소흥에 도착해보니, 하지장은 이미 이 세상 사람이 아니었다. 옛날 당나라 조정에 있을 때 금구를 저당 잡혀 술을 마실 정도로 나를 환대했는데, 이제는 소나무 아래 흙이 되었음에 슬퍼하였다. 이백이 옛정을 잊지 않는 의리를 보인 행보였다. 하지장의 죽음에 슬퍼할 겨를도 없이 장안에 돌아와 보니 간신인 재상 이임보의 권력 횡포로 많은 지인들이 죽거나 유배되었던 것이다. 그로 인해 우국지정의 시를 짓기도 하였다. 어지러운 시국에 떠돌던 이백도 동노에 남겨두고 왔던 두 자녀가 생각났던 것이다. 그래서 동노로 떠나는 지인에게 안부와 시를 보내기도 하였다. 이백 자신이 집 떠날 때 심은 복숭아나무를 매개체로 하여, 아이들이 복숭아나무를 보면서 아버지 이백을 생각하고 아버지 이백은 복숭아나무를 기점으로 두 아이들을 그리워하고 있다. 어느 가정의 아버지의 모습이다. 대문호인 이백도 우리네 아버지와 별반 다르지 않았다. 혈육의 정을 그리워하고 있었다.

당나라 궁궐로부터 쫓겨난 지 3년이 지날 무렵 이백의 삶은 초라하였다. 어렵게 찾아간 먼 친척 외조카로부터 대접도 제대로 받지 못했다. 그래서 이백은 불평을 늘어놓는다. 3일 동안 머무르고 있는데 외조카 고오는 말이 많았으며 상차림도 형편이 없었다. 이런 대접에 이백은 오히려 자기 자신이 부끄럽다고 했다. 얼마나 밥상이 형편이 없으면 대접받는 사람이 부끄럽고 원망스럽다고 했을까? 그런 후 이백은 자기 스스로의 행동에 대장부가 아니라고 하면서 자기 자신을 비웃고 있다. 시선詩仙의 솔직함이 오히려 감동을 준다.

첫 번째 허씨 부인과 사별하고 두 번째 동거하던 유씨는 떠나가고, 세 번째 동거하던 이름도 알 수 없는 여인은 파려를 낳고 사망하였다. 그래서 50세 되던 해에 이백은 종씨 부인과 결혼하였던 것이다. 결혼 후에도 여전히 출사에 대한 미련으로 유람을 다니면서 출사의 기회를 엿보았다. 51살의 이백은 친구 하창호何昌浩가 유주절도사의 막부에서 판관判官을 맡았다는 소식을 듣고 유주행을 결심하고 그를 만나기도 하였다. 그러면서 친구 하창호를 춘추시대 제나라 재상 관중과 전국시대 연나라 장수 악의 같은 위인이 되어 삼군三軍의 통솔자가 되라고도 하였다. 그리고 이백 자신도 벼슬길에 나아가 함께 공을 세우자고 하면서, '춘추시대 은둔자인 장저과 걸익 같은 인물과는 달라야 되지 않겠느냐?'고 반문하기도 하였다. 출사의 의지가 분명하였다. 그리고 이백이 유주에서 본 것은 장차 일어날 안녹산의 난을 예감한 것이었다.

당나라 궁중에서 쫓겨난 지 10년이 지나자, 주변에서 대하는 태도도 예전 같지 않음을 드러낸 시도 있었다. 이백은 그런 서운한 감정을 표현하는 시에서도 방만한 정책을 펼치는 지방관을 나무라기도 하였다. 금릉과 선성 지역을 오가면서 여전히 출사의 기회를 엿보던 이백도 차츰 자신이 처한 현실과 본인의 처지를 인식하기 시작하였다. 그래서 가끔 산수자연을 그리워하기도 하고 늙음을 탄식하기도 하였다. 또한 깊은 산중에 사는 스님을 찾아갔을 때는 오히려 그 풍경에 반하여 그곳에 머물고 싶다는 의견을 피력하기도 하였다 이처럼 출사 의지가 꺾여갈 때쯤 755년 11월에 안녹산의 난이 터졌다.

난이 터지자 이백은 먼저 가족들을 챙기기 시작하였다. 그래서 종씨 부인이 거주하는 곳으로 인편을 보내기도 하였고, 스스로 아내에게 주는 편지 형식의 시를 짓기도 하였다. 종씨 부인에 대한 애정은 특별했던 것 같다. 그래서 종씨 부인과 함께 난을 피해 강서성 여산廬山으로 피난하기도 하였다. 그때 지은 시에는 난세를 구할 인재가 없음을 한탄하기도 하고, 벼슬자리를 버리고 도망친 관리를 비난하기도 하였다. 그리고 이백 자신은 위기에 처한 나라를 구하고 산수 자연에 은거한 전국시대 제나라의 노중련과 초나라의 신포서처럼 이 난세를 구하고 싶은 심정을 드러내기도 하였다.

한편으로는 이 피난길이 어디로 행해야 할지 막막한 심정을 노래하기도 하였다. 피난 중에 맞이한 중양절도 쓸쓸하기는 매 한가지였다. 피난 중에 있던 이백은 당나라 6대 현종의 16번째 아들이면서 7대 황제로 즉위한 숙종의 이복 동생인 영왕 이린의 군대에 참여하게 되었다. 이린 막부에 참여하게 되자 종씨 부인은 만류하였지만, 이린의 삼고초려三顧草廬를 핑계 삼아 참여하지 않을 수 없음을 피력하고, 반드시 공을 세우고 돌아올 것을 다짐하였다. 그러면서 성공하고 돌아왔을 때, 소진의 아내처럼 냉대하지 말라는 당부까지 하였다. 또한 이백은 공을 세워 장안의 황제를 뵙는 것을 꿈꾸기도 하였다. 그러나 영왕 이린 군대는 반란군이 되어 이백도 지금의 강서성 팽택彭澤에 도착하였을 때 체포되어, 지금의 강서 구강九江인 심양의 감옥에 6개월가량 갇혔다가 출옥하였으나, 결국 귀주성 야랑으로 유배당하였다.

이백은 귀양길에서 몇 편의 시를 남겼다. 연줄이 있는 관리에게는 사면을 부탁하는 내용이었고, 757년 12월과 758년 2월, 4월, 10월에 있었던 대사면령에 이백 자신이 포함되지 않아 아쉬움을 토론한 시도 있었다. 그리고 유배 떠날 때 자신을 송별하러 온 처남에 대한 고마움과 가족들에 대한 안부를 묻는 시, 그리고 예장에 있는 종씨 부인으로부터 오지 않은 소식에 대한 궁금증 등에 대한 시들을 남겼다. 또한 유배길의 험난함을 노래한 시도 있었다. 귀주성 야랑으로 유배길에 오른 지 1년 3개월이 지난 759년 2월에 관중지역의 가뭄으로 인해 대사면령이 내려졌고, 이백도 삼협 백제성 근처에서 마침내 사면을 받게 되었다. 사면의 기쁜 마음을 「조발백제성早發白帝城」에서 하루에 천리길을 달려 왔다고 표현하였다.

유배길에서 벗어난 이백은 59년의 인생을 살아오면서 인생의 부침에 따른 삶의 결과인지 아니면 고달픈 삶 때문이지 관리로 나아갔다가 영욕을 보는 것보다는 자연에 은거하여 자신이 살고자 했던 삶을 살고 싶다고 노래하기도 하였다. 59세의 이백은 중양절 날 파릉산에 올라 현실 참여의식을 드러내기도 하였다. 파릉산에 등고하여 본 동정호수의 모습은 수군을 훈련하는 모습이었다. 이때 장가연과 강초원이 형주와 양주에서 반란을 일으키기 때문이다. 이백은 이 모습을 보면서 자연에 파묻혀 산수 자연을 노래한 동진시대 도연명과 같은 삶을 살지 않겠다고 선언하기도 하였다. 나라가 위태로울 때면 충절의 의식이 꿈틀대는 이백이었다.

어느덧 60세가 된 이백은 이제는 쉬고 싶었다. 그래서 이 무렵의 시는 현실 참여 의식보다는 자연과 더불어 사랑을 느끼면서 살고 싶다고 했다. 그래서 충절가 굴원의 삶보다 동진 때 기녀들과 향락적 삶을 산 사안의 삶을 부러워하였다. 또 무한에서 우연히 만난 남릉 현위 위빙에게 서로 대취하여 황학루를 부수고 앵무주를 뒤엎자고 제안하기도 하였고, 누군가 그 같은 일에 꾸짖으니 그기에 답을 한 시도 있었다. 그 답가에는 인간 세상에는 신선이 존재할 수 없기에 불필요한 황학루를 부수고 진정한 신선이 있는 세계로 나아가기 위해 그와 같은 일을 행하고자 했던 일이라고 하였다. 그리고 황학산은 옛날부터 신선술을 닦던 곳이기에 이제는 신선술을 익혀 떠돌이 신세도 면하고 싶다고 하였다. 자꾸 신선의 세계로 들어가고 있다. 60세의 이백은 예장(남창)에 있는 종씨 부인께 가는 길에 반란군을 제압할 군인을 징집하는 장면을 보고 전쟁의 비참함을 고발하기도 하였다.

운명하기 1년 전인 이백의 61세 때는 절강성에서 농민들의 난이 있었다. 이백은 그 난을 평정하기 위해 이광필 군대에 참여하고자 하였으나 중도에 병이 나서 금릉으로 돌아올 수밖에 없었다. 이백은 보국의 행위로 참여하고자 하였지만, 그 난의 성격을 살펴보면, 난의 주동자는 타파의 대상이라기보다 보듬어야 할 대상이었다. 가혹한 세금으로 더 이상 물러설 곳이 없었던 농민들이기 때문이다. 삶의 말년까지 보국의 길을 찾았던 이백이지만, 농민의 난을 제압하기 위한 출정은 역사의식이 다소 떨어진 판단이라 할 수 있다.

61세 때에는 50세부터 함께 했던 종씨 부인이 도사가 되기 위해 벽산으로 떠나고, 이를 이백이 응원하였다. 종씨 부인이 떠난 후 이백은 여전히 떠돌이 생활을 하면서 어려운 생활을 이어갔다. 안휘성 동등시 오송산 아래 어느 농가 순씨 노파 집에서 묵으면서 어려운 살림에 밥 한 그릇 얻어먹는 것조차 민망해하였다. 자신은 옛날 한신처럼 출세하여 그 보답을 갚을 수 있는 처지도 못됨을 밝히면서 스스로 부끄러워하였다. 그리고 술을 좋아했던 이백은 안휘성 선성 땅

술 빚는 장인 기 노인을 찾아갔지만 이미 이 세상 사람이 아니었다. 그래서 기 노인을 위해 애도의 시를 남기기도 하였다. 62세의 이백은 노쇠하고 병든 몸을 이끌고 안휘성 당도에 있는 친척뻘 되는 당도 현령 이양빙을 찾아가 자기 글을 맡기고 762년 11월에 영면하였다. 말년의 시는 출사에 대한 자신감을 잃고 자연 속에 노닐고 싶다는 내용이었다.

마무리하면서

마무리하면서

이백李白의 일생을 그가 남긴 한시漢詩를 통해 살펴보았다. 1,100여 수 중 일대기를 살필 수 있는 시로 선정한 작품은 134제題 176수首 정도였다. 20대 젊은 이백은 포부와 자신감이 넘쳤다. 이런 자신감은 그의 문장력과 협객심을 기른 데서 나왔을 것이다. 그래서 10대와 20대의 시에는 검술을 배웠다는 내용과 협객들을 찾아다녔다는 내용이 자주 보인다. 또한 협객을 찬양한 시를 많이 창작하였다. 시에 나타난 협객들은 노중련, 신릉군 등 30대 이백은 이들 협객처럼 공을 이룬 후에는 물러나 산림에 은거하고자 하였다. 그래서 춘추시대 월나라 범려나 전국시대 조나라 노중련같이 공성신퇴功成身退한 인물들을 좋아하였다.

출사出仕했던 40대 초반의 이백은 당나라 궁중에서 실망감만 안고 물러나야 했다. 자신이 맡았던 한림공봉(한림학사) 벼슬은 현실 정치에 참여할 수 있는 직책도 아니었다. 임시직으로 현종의 주변에서 시 작품을 짓거나 황제의 취흥을 돋우는 역할에 불과했다. 또한 궁중에서 본 환관 고력사의 횡포나 양귀비의 호사스러운 사치와 육촌 오빠 양국충의 월권 등에 실망만 하고 당나라 궁중에서 나오게 되었다.

궁중에서 축출된 후 이백은 다시 2차 유람을 떠나게 된다. 2차 유람에서 나타난 이백의 특징은 당나라 궁중에서 쫓겨난 후 곧바로 도교에 귀의하고자 했다는 것이다. 이는 진짜로 도교에 귀의하거나 자연에 은거하기 위한 목적은 아니고 오히려 당나라 조정에 복귀하고자 했던 이백의 심리가 더 컸을 것이다. 당시 당나라 궁중은 도교 사상에 이미 경도되어 있었기 때문이다. 42세 때 이백이 당나라 궁중에 들어갈 때, 당 현종이 한 말을 되새겨 보면 이해가 될 것이다. 평민이었던 이백이 어째서 당나라 황실에까지 알려졌고 또 현종 자신의 귀에 이백 이름이 들리게 되었는지를 밝힌 내용이 이양빙의 「초당집서」에 나온다. 그 내용에는 이백이 도교의 도의를 잘 안다고, 여러 사람들이 추천했기에 현종이 이백을 불렀다는 것이다. 처음부터 문장만 잘 지어서 이백을 등용한 것은 아니라는 말이다. 이로 보아 이백이 당나라 조정에 들어갈 수 있었던 가장 큰 이유는 도교의 도의를 잘 알았기에 가능했던 것이고, 문장력은 그 다음이었다. 그래서 당나라 조정에서 쫓겨난 후부터 도사를 찾아다니고 도록을 받고 도사가 되기 위한 행위를 하였던 것이다.

이백이 당나라 궁중에서 나온 44세 이후의 삶은 재차 등용되기 위한 몸부림이었다. 당나라 황실과 친분을 맺고자 도록을 받아 도사가 되기도 하였고 또 도교와 관련 있는 인물들과의 지속적인 친분을 유지하기도 하였다. 그 중 대표적인 인물 중의 한 명이 현종의 여동생인 옥진공주이다. 옥진공주의 무덤이 있는 안휘성 경정산의 묘비에는 옥진공주가 이백을 오빠인 현종에게 소개했다는 기록도 있었다. 출사를 위한 노력으로 도교에 의지한 것만 아니라 추천을 받기 위한 노력도 있었다. 그리고 안녹산의 난이 일어났을 때 공을 세우기 위한 한 방편으로 영왕 이린의 막부에 참여하기도 하였다. 이런 일련의 일들이 모두 출사를 위한 행위였던 것이다. 이백의 이와 같은 삶에는 공성신퇴功成身退라는 삶의 지향점이 관통貫通하고 있었다.

이백이 일관되게 주장했던 공성신퇴의 정신을 지녔던 인물로는 월나라의 범려와 조나라의 노중련이었다. 그리고 책략이 뛰어나 나라를 부강하게 만든 인물로는 삼국시대 촉의 제갈량과 진秦나라의 재상 이사李斯, 그리고 오호십육국시대의 전진前秦의 왕맹 등을 예로 들었다. 한편으로는 공을 이루고 물러나지 않아 몸을 망친 사람으로 춘추시대 오吳나라의 오자서伍子胥, 전국시대 초楚나라의 굴원屈原, 그리고 서진西晉의 육기陸機 장군과 진秦의 이사李斯를 들었다. 이사는 책략이 뛰어나 나라를 부강하게 만든 인물이면서 물러나지 않아 몸을 망친 그룹에도 속하는 인물이다. 이백은 위의 사람들의 행적을 참고하여 자신은 반드시 공성신퇴를 이루려고 하였다.

이백이 제시한 인물 중에 공을 이루고 물러나지 않아 몸을 망친 인물로, 충절가 굴원이 있다. 굴원은 단순히 공을 이루고 물러나지 않아 몸을 망친 사람들과의 행적과는 다르다. 굴원은 조국 초나라가 위기에 처하자 바른말을 하다가 상강 가로 쫓겨났고, 또 조국 초나라가 망하려고 하자 차마 망함을 볼 수 없어 「회사懷沙」와 「어보사漁父辭」를 짓고 멱라수에 몸을 던져 생을 마감한 인물이다. 이런 충신을 이백은 단지 공을 이루고 물러나지 않아 몸을 망친 인물로 보았다.

이백의 삶을 한시로 살펴본 대로, 공성신퇴 일념으로 벼슬자리에 나아가고자 했다. 그래서 지방의 관리들에게 추천서를 요구하기도 하고 도교에 귀의해서 도록을 받기도 하였다. 그 과정에서 무리한 방법으로 출사하고자 했던 부분도 있었다. 영왕 이린의 막부에 참여했던 일과 인생 말년에 이광필 군대에 참여하고자 했던 일들이 유자의 선비정신으로 보면 정당한 행위는 아니었다. 굴원에 대한 비판도 선비정신의 관점에서 바라보면 정당한 행위는 아니다. 초나라 회왕이 올바른 판단을 하지 못하고 진秦나라의 속임수에 넘어가자, 굴원은 자기의 모든 것을 걸고 바른 말을 올렸던 것이다. 그 결과 상강 가로 추방된 것이었다. 추방되고도 들려오는 소리는 초나라가 위기에 처했다는 소식이었다. 그래서 조국이 망하는 꼴을 볼 수 없어 상강 가 멱라수에 몸을 던졌던 것이다. 이런 충정의 굴원을 비판했다는 것은 정당한 평가는 아닌 것이다. 이는 모순된 평가라 할 수 있다. 약간의 모순된 점이 이백이 살았던 그 시대의 한계라면 한계일 수 있다. 이백 시대는 유학보다는 도교가 주류였기 때문이다. 따라서 이백은 경세제민과 공성신퇴에 삶을 목표를 두고 일생을 살았지만 그 소망이 이루어지지 않자 말년에는 벼슬을 버리고 고향으로 돌아갔던 장한처럼 세월을 즐기려 하였다. 그래서 이백의 말년은 신선의 삶을 그리는 것으로 나타났다.

이백이 주로 활동했던 시기는 당나라 6대 황제인 현종과 7대 황제인 숙종 시대이다. 이백의 전반부 인생은 현종 황제의 시기로, 안녹산의 난이 일어나기 전의 성당盛唐의 기간으로 문화의 전성기를 누리던 때이다. 그리고 안녹산의 난으로 인해 쇠락의 길로 접어드는 시기가 후반부의 삶이라 할 수 있다. 따라서 이백이 활동했던 시기는 문화의 전성기와 쇠락이 교차되던 시기였다. 그래서 그런지 이백의 시에는 낭만적인 요소와 현실주의적 요소가 모두 나타나고 있다. 안녹산의 난이 일어나기 전인 젊을 때의 시작품은 낭만적 작품으로 자유분방하면서도 열정과 환상적 상상력으로 사회적 이상과 개인적 이상을 노래하기도 하였다. 그 이상에는 협객으로서의 의리를 중시하는 삶의 태도도 있었고 술로써 삶의 고뇌를 털어내고 즐거움도 술로써 풀어내고 있었다. 그러나 안녹산의 난 이후에는 당대 현실의 문제점과 현실 참여적 작품을 창작한 것을 보면, 이백은 낭만주의면서도 현실주의의 문학을 한 작가라고 할 수 있을 것이다. 그는 끊임없이 현실 참여적 자세를 보였는데, 그것이 출사의 의지이면서 공성신퇴의 정신으로 대변할 수 있다. 따라서 이백은 신선사상을 추구했던 낭만적 시인이라기보다는 낭만과 현실주의를 아우르는 작품을 생성한 작가라 할 수 것이다.

이백의 시문학에는 내용면으로는 도교풍의 환상적인 면과 시대 현실을 반영한 정치적 상황·우국충절·음주향락 등이고, 풍격상으로는 호방하면서도 청신하여 낭만성이 느껴진다. 하지만 현실참여적인 면도 있었다. 그리고 이백의 시 전반에 나타나는 것은 술이다. 그의 시 전반부는 호협의 시가 후반부는 신선에 관한 시를 비롯해 출사出仕를 위한 시가 주를 이루고 있다는 특징도 있다. 이런 여러 가지 특징 중에서도 이백의 시를 관통하고 있는 것은 공성신퇴功成身退의 정신이었다. 이는 도교적 경향보다는 유가적 경향이 더 짙다는 것이다. 따라서 이백은 시선詩仙에다가 선비정신에도 투철했던 문인文人이라 할 것이다.

그러나 당나라 조정은 인재를 쉬지 못했다. 『중용』에 나오는 구절로 '천하국가도 다스릴 수 있고 관직도 사양할 수 있으며 시퍼런 칼날도 밟을 수 있'는 호연지기浩然之氣가 있는 이백을 당나라 조정은 쉬지 못하였다. 만약 당나라 조정이 이백 같은 충절의 인물을 등용하여 적재적소適材適所에 배치했다면, 당나라의 국운은 달라졌을 것이다. 아마도 당나라는 8세기 최고의 세계화된 나라가 되었을 것이다. 8세기 당나라는 이미 세계화된 나라였기 때문이다. 외국인들을 위한 배려와 문화가 싹트고 있었고, 게다가 오늘날 아이돌 같은 신세대 이백도 있었다. 이백의 일생을 통해 알 수 있는 것은 위정자의 안목이 어떠해야 하는가를 보여준다고 할 것이다.

시詩로써 살펴본 이백의 일생은 우리네 아버지처럼 가족에 대한 애정도 있었으며, 보다 나은 사회를 위해 꾸준히 노력하는 면을 보이기도 하였다. 그 노력에는 유가의 선비정신에 기인하여 어디에 처해도 현실을 잊지 않는 자세를 보였으며, 자신의 능력을 보여주기 위해 시를 짓거나 추천서를 올리는 등 적극적인 행보를 보였다. 따라서 이백은 우리 주변의 노력하는 지성인의 모습 그 자체였다.

부록

1. 연보

701년 이백 키르키스스탄 쇄엽碎葉 아크베심에서 출생(측천무후 장안長安 원년元年 701년, 키르키스스탄 쇄엽 이식쿨 호수 서쪽의 토그마크 서남쪽인 아크베심에서 출생).

705년 이백 5세 때 사천성 강유 청련향으로 이주.

710년 제자백가와 경서 등 섭렵.

712년 이백 12세 때 현종 즉위.

713년 연호를 개원開元으로 바꿈.

720년 익주도독부장사 소정 배알, 유주자사 이옹 알현.

724년 사천성 강유 청련향을 떠나 유람 시작.

725년 현종의 도교 스승인 사마승정司馬承禎 만남.

727년 이백 27세 호북성 안육에서 고종 때 재상을 지낸 허어사의 손녀와 결혼 안육安陸에 10년 정착.

728년 딸 평양平陽 안육에서 출생.

730년 이백 첫 장안 입성.

731년 환관 고력사高力士가 신하 곽국공과 왕모중 살해 이후 당나라 국력 약화.

734년 형주장사 한조종 배알.

735년 양귀비가 수왕 이모의 비로 간택되어 당나라 궁중으로 들어옴.

736년 이백이 안육에서 동노東魯(지금의 산동성 제녕)에 이사하여 임성에서 살았음(지금의 산동성山東省 연주兗州로 이사하여 20여 년을 살았음).

737년 아들 백금伯禽이 동노東魯에서 태어남.

738년 강동江東과 오월吳越 등지 유람.

739년 양주揚州, 소주蘇州 등지 유람.

740년 이백이 40세 되던 해, 동노東魯에서 허씨 부인이 병으로 사망함.

742년 천보 원년으로, 이백이 오균과 옥진공주 등의 추천을 받음.
하지장과의 만남이 이루어짐.
가을 현종의 부름을 받고 한림공봉翰林供奉에 제수됨.

743년 환관 고력사와 양귀비의 모함을 받음.

744년 천보 3년 현종이 국정을 재상 이임보李林甫에게 위탁함.
이백(44세)이 장안의 당나라 황실을 떠남.
궁중에서 쫓겨난 후 10월 제주齊州의 노자老子 사당 자극궁紫極宮에서 도록을 전수받고 도사가 됨.
여름에 낙양에서 두보와의 만남이 이루어지고 가을에 두보와 고적 등과 양송梁宋 지방을 유람함.

745년 현종의 며느리였던 양옥환을 현종 자신의 왕비로 삼음.
산동성 연주兗州와 제남濟南 등지를 유람하던 두보와 고적 등과 이별함.

746년 이백 병으로 동노東魯에 머물면서 「사구성하기두보沙丘城下寄杜甫」 시를 지어 두보를 그리워함.

747년 봄에 양주揚州에서 금릉金陵(남경)을 여행하고 여름에 월越 지방 여행함.

748년 749년, 계속 금릉金陵에 머묾.

750년 금릉金陵에서 가을에 낙양洛陽을 유람함.
이백 50세에 종宗씨 부인과 결혼.

752년 이백이 가을에 유주幽州(지금의 북경 근처)로 가서, 안녹산이 군사를 모고 훈련하는 광경을 목도함.

753년 가을에 선성宣城, 겨울에 금릉金陵에 머묾.

754년 선성宣城과 추포秋浦 지역에 머묾.

755년 천보 14년 11월 범양에서 안녹산의 난이 일어남.

이백은 양원梁園에서 심양尋陽으로 피난 갔음.

금릉과 선성 등지에 머묾.

756년 천보 15년 1월에 낙양 함락, 6월 장안 함락, 현종 촉 지방으로 몽진蒙塵, 이백 여산廬山에 피난.

7월 12일 현종의 태자 이형李亨이 영무에서 숙종으로 즉위, 연호 지덕至德, 7월 15일 현종이 태자 이형이 숙종으로 즉위했다는 소식을 듣고, 태자 이형에게 천하병마도원수 임명하고, 영왕 이린에게는 사도절도도사 겸 강릉대도둑 임명함.

12월에 현종이 나라를 안정시킨다는 명목으로 영왕永王 이린李璘을 강릉대도독으로 임명함.

757년 이백이 757년 2월에 영왕永王 이린李璘의 막부에 들어감.

약 20일 정도 이린 막부 생활을 함.

이후 이린의 군대는 반란 세력이 되어 이백은 붙잡혀 심양의 감옥에 투옥됨.

어사중승 송약사와 재상 최환의 도움으로 감옥에서 풀려남.

757년 12월 지덕 2년에 귀주성 야랑으로 유배가 결정되어, 심양(구강)에서 장강 상류인 삼협三峽으로 유배 길에 오름.

758년 야랑으로 유배 가는 길에 강하(무한)에 머물다가 겨울에 삼협三峽으로 떠남.

759년 삼협(구당협 백제성 부군)의 무산에서 사면령을 받음.

760년 사면 후 강하江夏, 악양岳陽 등지를 유람함.

761년 임회에 주둔하던 이광필의 군대에 종군하려고 하였으나, 병을 얻어 포기함.

762년 이백은 762년 11월 안휘성 당도(지금의 안휘성 마안산시)에서 62세의 나이로 병사病死하였음.

2. 옛 지명 알아보기

옛 지명: 현재 지명

강릉(江陵): 호북성 형주(강릉)

강하(江夏): 무한(武漢)

건강(建康): 금릉(남경)

건업(建鄴): 남경(南京)

경정산(敬亭山): 안휘성 선성현 위치

광릉(廣陵): 강소성 양주(揚州)

금릉(金陵): 남경(南京)

금성(錦城): 사천성 성도(成都)

남평(南平): 지금의 중경

농서(隴西): 지금의 감숙성(甘肅省) 임조현(臨洮縣)

단양(丹陽): 당시는 윤주(潤州)이고 지금은 강소성 진강시(鎭江市), 강녕현(江寧縣)임

동로(東魯): 지금의 산동성 연주시(兗州市)

면주(綿州): 사천성

면주 창융(昌隆): 지금의 사천성 강유

방주(坊州): 지금의 섬서성 황릉현(黃陵縣)

백사(白沙): 지금의 강소성 의징현(儀徵縣)

백제(白帝): 지금의 중경시 봉절현(奉節縣)
비수(淝水): 안휘성 합비현
부풍(扶風): 섬서성 봉상현
북해(北海): 지금의 산동성 청주(青州)
삼파(三巴): 사천성 동부 지역
삼협(三峽): 장강 삼협으로 사천성 봉절(奉節)에서 호북성 의창(宜昌) 사이에 있는 구당협(瞿塘峽)·무협(武俠)·서릉협(西陵峽)을 이르는 말, 중경시를 지나는 장강(長江)의 협곡임
수양(睢陽): 지금의 하남성 상구시(商丘市)
숙송(宿松): 안휘성 숙송현
선주(宣州): 안휘성 선성
성기(成紀): 지금의 감숙성 진안현(秦安縣)
섬계: 절강성 소흥시 조아강 상류
섬중: 지금의 절강성 소흥(紹興)
신평(新平): 당나라 때 빈주(邠州)로, 현재 섬서성 빈현(彬縣)임
쇄엽(碎葉): 키르키스스탄 비슈케크 동쪽에 위치한 토크마크에서 서남쪽 8km 떨어진 아크베심 지역
오송산(五松山): 지금의 안휘성 동릉시(銅陵市) 남쪽에 위치
운양(雲陽): 강소성 단양(丹陽)
아미산(峨眉山): 사천성 아미현 남서쪽 위치, 3092m
안육(安陸): 호북성 안육
안주(安州) 응성(應城): 지금의 호북성 응성
야랑(夜郎): 귀주성 정안현(正安縣)
양양(襄陽): 지금의 호북성 양번(襄樊)
양원(梁園): 하남성 개봉 부근

양원(梁苑): 지금의 하남성 상구시(商丘市)

양주(揚州): 강소성 양주시

유주(渝州): 사천성 중경(重慶)

유주(幽州): 범양군, 지금의 북경 근처

여산(廬山): 강서성 구강시 근처의 산

영양(潁陽): 지금의 하남 등봉(登封)

예장(豫章): 강서성 남창(南昌)

임성(任城): 지금의 산동(山東) 제녕(濟寧)

장간(長干): 강소성 남경시 진회하 남쪽

장풍사(長風沙): 안휘성 안경 장강변

창융(昌隆): 사천성 강유(청련향)

추포(秋浦): 안휘성(安徽省) 귀지현(貴池縣) 서남쪽에 위치, 지금은 안휘성 지주시(池州市)

태백봉(太白峰): 태을산, 태일산. 지금의 섬서성 주지현 남쪽 위치

태원(太原): 북경

파(巴): 지금의 중경시와 호북성 경계 부근

파릉(巴陵): 악주(岳州)로, 지금의 호남성 악양시(岳陽市)

파수(巴水): 지금의 중경에서 삼협에 이르는 장강(長江) 구간

패릉(覇陵): 지금의 섬서성 서안 동쪽 위치

형문(荊門): 호북성 의도현

황우(黃牛): 지금의 호북성 의창시(宜昌市) 북서쪽에 있는 협곡

3. 인용된 시 연령대별로 정리한 것

10대

「결객소년장행(結客少年場行)」: 협객의 어린 시절을 노래함

「방대천산도사불우(訪戴天山道士不遇)」: 대천산 도사를 방문했는데 만나지 못하다

「심옹존사은거(尋雍尊士隱居)」: 옹 존사 은거지를 방문하다

20대

「등금성산화루(登錦城散花樓)」: 금성[촉의 성도]의 산화루에 올라

「상이옹(上李邕)」: 이옹에게 올립니다

「등아미산(登峨眉山)」: 아미산에 오르다

「아미산월가(峨眉山月歌)」: 아미산 달을 노래하다

「도형문송별(渡荊門送別)」: 형문을 건너와서 송별하다

「파녀사(巴女詞)」: 파수 지역 여인의 노래

「강하행(江夏行)」: 강하의 노래

「추하형문(秋下荊門)」: 가을에 형문으로 내려가다

「등여산오로봉(登廬山五老峰)」: 여산 오로봉을 오르다

「금릉주사유별(金陵酒肆留別)」: 금릉 주막에서 작별하다

「광릉증별(廣陵贈別)」: 광릉에서 헤어지며 주다

「망여산폭포수(望廬山瀑布水)」: 여산폭포수를 바라보면서

「월중람고(越中覽古)」: 월나라 옛터를 둘러보며

「소대람고(蘇臺覽古)」: 고소대에서 옛터를 둘러보며

「정야사(靜夜思)」: 고요한 밤의 고향 생각

「산중문답(山中問答)」: 산속에서의 문답

「증내(贈內)」: 아내에게 주다

「협객행(俠客行)」: 의롭고 씩씩한 기개가 있는 사람의 노래

「황학루송맹호연지광릉(黃鶴樓送孟浩然之廣陵)」: 황학루에서 맹호연을 광릉(양주)으로 보내면서

30대

「등신평루(登新平樓)」: 신평누에 올라

「증신평소년(贈新平少年)」: 신평(新平) 젊은이에게 주며

「송우인입촉(送友人入蜀)」: 촉 땅으로 들어가는 벗을 보내며

「기원(寄遠)」 十二首 其十一: 멀리 부치다, 12수 중 11수

「장진주(將進酒)」: 술을 들게

「증종형양양소부호(贈從兄襄陽少府皓)」: 친척 형님 양양 현위 이호께 드리며

「양양가(襄陽歌)」: 양양 지방의 노래

「강하송우인(江夏送友人)」: 강하에서 벗을 보내고

「강하별송지제(江夏別宋之悌)」: 강하에서 송지제와 헤어지다

「수최오낭중(酬崔五郎中)」: 낭중 최종지에게 화답하다

「제원단구산거(題元丹丘山居)」: 원단구의 산속 거처에 쓰다

「옥진선인사(玉眞仙人詞)」: 옥진 선인의 노래

「춘야낙성문적(春夜洛城聞笛)」: 봄밤에 낙양성에서 피리소리를 들으며

「태원조추(太原早秋)」: 태원의 초가을

「오월동노행답문상옹(五月東魯行答汶上翁)」: 오월 동노를 노래하여 문수가의 늙은이에게 답하다

「조노유(嘲魯儒)」: 노(魯) 땅의 유자(儒者)를 조롱하다

「정도호가(丁都護歌)」: 정도호의 노래

「영양별원단구지회양(潁陽別元丹丘之淮陽)」: 영양에서 원단구와 헤어지고 회양으로 가다

「야박우저회고(夜泊牛渚懷古)」: 밤에 우저 강가에 배를 대고서 회고하다

「증맹호연(贈孟浩然)」: 맹호연에게 주다

40대

「독제갈무후전서회증장안최소부숙봉곤계(讀諸葛武侯傳書懷, 贈長安崔少府叔封昆季)」: 제갈량전이란 글을 읽고 그 회포를 장안 현위 최숙봉(崔叔封) 형제에게 드리며

「행로난(行路難)」: 인생 행로의 어려움

「서시(西施)」

「천태효망(天台曉望)」: 천태산에서 새벽을 바라보다

「옥진공주별관고우, 증위위장경이수(玉眞公主別館苦雨, 贈衛尉張卿二首)」

「남릉별아동입경(南陵別兒童入京)」: 남릉에서 아이들과 이별하고 장안으로 들어가며

「촉도난(蜀道難)」: 촉으로 가는 길의 어려움

「고구려(高句驪)」: 고구려 유민들의 춤을 보고

「두릉절구(杜陵絶句)」: 두릉에 올라 지은 절구시

「가거온천후증양산인(駕去溫泉后贈楊山人)」: 현종의 여산 온천궁 행행(行幸, 황제가 대궐 밖으로 행차하는 것)에 시종(侍從)한 후기를 양산인에게 주다

「온천시종귀봉고인(溫泉侍從歸逢故人)」: 온천궁 시종에서 친구 만나고 돌아오다

「장상사(長相思)」: 오래도록 그리워하다

「백두음 2수(白頭吟二首)」: 백발을 노래함

「한림독서언회, 정집현제학사(翰林讀書言懷, 呈集賢諸學士)」: 한림원에서 글을 읽다가 감회를 말하여 집현전 여러 학사께 말씀해 올리다

「청평조(淸平調)」 3수(三首)

「장신궁(長信宮)」

「사변(思邊)」: 변방가신 임을 그리다.

「고풍오십구수(古風五十九) 기십오(其十五)」: 고풍59수 중 제15수

「송배십팔도남귀숭산 2수(送裴十八圖南歸嵩山2수)」: 배씨 집안 18번째 도남이 남으로 숭산에 가려는 것을 전송하다

「파릉행송별(灞陵行送別)」: 파릉에서 노래하여 보내다

「월하독작(月下獨酌)」 4수: 달 아래서 홀로 술을 따르다

「송채산인(送蔡山人)」: 산에 사는 채씨를 전송하며

「수왕보궐익혜장묘송승체증별(酬王補闕翼惠莊廟宋丞泚贈別)」: 왕익 보궐과 송체 혜장태자 묘승이 헤어지면서 준 시에 답하다.

「봉전고존사여귀도사전도록필귀북해(奉餞高尊師如貴道士傳道籙畢歸北海)」: 도록 전달을 마치고 북해(산동성 청주)로 돌아가시는 고존사 여귀 도사를 받들어 보내며

「추엽맹저야귀치주선보동루관기(秋獵孟諸夜歸, 置酒單父東樓觀妓)」: 가을날 맹저택(孟諸澤, 하남성 상구현에 있는 늪)에서 사냥하고 밤에 돌아와 선보(單父, 지명) 동쪽 누각에서 술을 차려 놓고 기녀들을 바라보다

「수방주왕사마여염정자대설견증(酬坊州王司馬與閻正字對雪見贈)」: 방주(坊州, 섬서성 방주) 사마(司馬) 왕숭(王嵩)이 염공(閻公)과 눈을 마주보

며 시를 지어 내게 준 것에 답하다

「유별왕사마숭(留別王司馬嵩)」: 사마(司馬) 왕숭(王嵩)을 떠나며

「노군동석문송두이보(魯郡東石門送杜二甫)」: 노군 동쪽 석문에서 두보를 보내다

「사구성하기두보(沙丘城下寄杜甫)」: 사구성 아래서 두보에게 부치다

「몽유천모음유별(夢游天姥吟留別)」: 꿈에 천모산(절강성 소흥현에 있는 산)에 놀다가 시를 읊으며 이별하다

「대주억하감2수(對酒憶賀監 二首)」: 술을 대하니 하지장 비서감을 그리워하다

「중억(重憶)」: 거듭거듭 생각하다

「등금릉봉황대(登金陵鳳凰臺)」: 금릉의 봉황대에 올라서

「기동노이치자재금릉작(寄東魯二稚子在金陵作)」: 동노의 두 아이에게 보내려고 금릉(남경)에서 짓다

「증별종생고오(贈別從甥高五)」: 외조카 고오(高五)를 이별하면서 주다

50대

「양보음(梁甫吟)」: 양보의 노래

「송소삼십일지노중, 겸문치자백금(送蕭三十一之魯中, 兼問稚子伯禽)」: 노 땅으로 가는 소씨를 보내며, 겸해서 자식 백금의 안부를 묻다

「심고봉석문산중원단구(尋高鳳石門山中元丹丘)」: 고봉이 은거했던 석문산의 원단구를 찾아가다

「증하칠판관창호(贈何七判官昌浩)」: 판관(判官) 항렬 일곱 번째 하창호(何昌浩)에게 주며

「공무도하(公無渡河)」: 임이여 물을 건너지 마오

「출자계북문행(出自薊北門行)」: 계주(북경 지역) 북쪽 문을 나서다

「북풍행(北風行)」: 북풍의 노래

「증최사호문곤계(贈崔司戶文昆季)」: 사호참군(司戶參軍) 최문(崔文) 형제에게 주다

「독좌경정산(獨坐敬亭山)」

「등경정산북이소산, 여시객봉최시어, 병등차지(登敬亭山北二小山, 余時客逢崔侍御, 幷登此地)」: 경정산 북쪽 이소산을 올랐는데, 나는 당시 나그네 신세로 최성보 시어를 만나 함께 이곳을 올랐다

「유경정기최시어(遊敬亭寄崔侍御)」: 경정산을 노닐며 최성보 시어에게 부치다

「선주사조루전별교서숙운(宣州謝脁樓餞別校書叔雲)」: 선주의 사조루에서 교서 숙운을 전별하다

「금릉강상우봉지은자(金陵江上遇逢池隱者)」: 금릉(金陵) 강가에서 봉지(蓬池) 은자를 만나다

「추등선성사조북루(秋登宣城謝脁北樓)」: 가을날 사조가 세운 선성 북루에 올라

「추포가(秋浦歌)」 17수

「개구자산위구화산연구(改九子山爲九華山聯句)」 병서(幷序): 구자산을 구화산으로 바꾸어서 연구로 지음. 병서

「망구화증청양위중감(望九華贈靑陽韋仲堪)」: 구화산(九華山)을 바라보며 청양 현령(靑陽縣令) 위중감(韋仲堪)에게 주다

「증왕륜(贈汪倫)」: 왕륜에게 주다

「선성견두견화(宣城見杜鵑花)」: 선성에서 두견화(진달래꽃)를 보고

「심산승불우작(尋山僧不遇作)」: 산 속 스님을 만나지 못하고 짓다

「증선성조태수열(贈宣城趙太守悅)」: 조열 선성 태수께 드리다

「증우인 3수(贈友人 三首)」: 벗에게 보내는 시 3수

「부풍호사가(扶風豪士歌)」: 부풍 호걸의 노래

「추포기내(秋浦寄內)」: 추포에서 아내 종씨 부인에게 보내다

「추포감주인귀연기내(秋浦感主人歸燕寄內)」: 추포에서 주인집의 돌아가는 제비를 보고 느낌이 일어 아내에게 부치다

「자대내증(自代內贈)」: 아내 종씨 부인을 대신해서 나에게 주다

「분망도중오수 기일(奔亡道中五首)」: 피난길에서 쓴 다섯 수

「구일(九日)」: 중양절

「별내부징(別內赴徵) 삼가다수(三首)」: 아내와 작별하고 초빙에 응해 가다

「영왕동순가 11수(永王東巡歌十一首)」: 영왕의 동쪽 순시가, 11수

「남분서회(南奔書懷)」: 남쪽으로 달아나면서 심정을 적다.

「만분사투위랑중(萬憤詞投魏郎中)」: 만 가지 억울한 마음을 써서 위 낭중에게 보내다

「재심양비소기내(在尋陽非所寄內)」: 심양 감옥에서 아내 종씨 부인에게 부치다

「증장상호(贈張相鎬) 2수(二首)」: 재상 장호께 드리다 2수

「유야랑증신판관(流夜郎贈辛判官)」: 야랑에 유배되어 신 판관에게 드리다

「유야랑문포불예(流夜郎聞酺不預)」: 야랑을 떠돌다 술과 음식이 내려진 반가운 소식을 듣고도 참여하지 못하다

「방후우은불점(放後遇恩不霑)」: 추방된 후에 은혜가 내려졌지만 은택을 못 받다

「찬야랑어오강유별종십육경(竄夜郎於烏江留別宗十六璟)」: 야랑으로 유배가며 오강에서 종경을 떠나다.

「유야랑제규엽(流夜郎題葵葉)」: 야랑의 유배길에 촉규화 잎에 쓰다

「증별정판관(贈別鄭判官)」: 이별하는 정 판관에게 드리다

「남류야랑기내(南流夜郎寄內)」: 남쪽 야랑으로 유배가면서 부인에게 부치다

「상삼협(上三峽)」: 삼협을 거슬러오르며

「조발백제성(早發白帝城)」: 아침 일찍 백제성을 출발하다

「전원언회(田園言懷)」: 전원에서의 회포

「증종제남평태수지요이수(贈從弟南平太守之遙二首)」: 친척 아우 남평 태수 이지요에게 두 수를 주다.

「구일등파릉치주, 망동정수군(九日登巴陵置酒, 望洞庭水軍)」: 중양절 파릉에 올라 술을 차려놓고 동정호의 수군을 바라보다

60대

「춘체원상유회산중(春滯沅湘有懷山中)」: 봄에 원강과 상강에 머물다가 산중을 그리워하다

「앵무주(鸚鵡洲)」

「강하증위남릉빙(江夏贈韋南陵冰)」: 강하에서 위빙 남릉 현령에게 주다

「취후답정십팔이시기여추쇄황학루(醉後答丁十八以詩譏予搥碎黃鶴樓)」: 정십팔이 내가 황학루를 부수겠다고 한 말을 시로써 꾸짖은 데 대하여 취한 뒤 대답하다

「망황학산(望黃鶴山)」: 황학산을 바라보다

「예장행(豫章行)」: 예장의 노래

「송내심여산여도사이등공이수(送內尋廬山女道士李騰空二首)」: 여산의 여도사 이등공을 찾아가는 아내를 보내다 2수

「숙오송산하순온가(宿五松山下荀媼家)」: 오송산 아래 순 노파 집에서 묵다

「곡선성선양기수(哭宣城善釀紀叟)」: 술 잘 빚는 선성 땅 기 노인을 곡하다

임로가(臨路歌): 길을 떠나다(임종의 노래)

4. 참고문헌

久保天隨 譯註,『李白全詩集』 上·中·下, 誠進社, 1978(昭和53年).

詹鍈 主編,『李白全集校注匯釋集評』, 天津: 百花文藝出版社, 1996.

宋敏求·曾鞏 等編,『李太白文集』, 成都: 巴蜀書社, 1985.

安旗·薛天緯 注釋,『李白全集編年注釋』, 巴蜀書社, 1990.

王琦 注,『李太白全集』, 北京: 中華書局, 1977.

牛寶彤,『李白文選』, 北京: 學苑出版社, 1989.

도서출판 형원 편집부,『이태백 한시 모음』(10수) 권5, 형원, 2021.

도서출판 형원 편집부,『이태백 한시 모음』(10수) 권4, 형원, 2021.

신하윤,『이백 시선』(중국시인총서: 당대편103), 민미디어, 2001.

신하윤·이창숙 옮김,『영원한 대자연인 이백』, (주)이끌리오, 2004.

申夏閏,「李白散文譯註(Ⅰ): 書類「上安州裴長史書」」,『中國語文論譯叢刊』 26, 2010.

안치, 신하윤 외 역,『이백(영원한 대자연인)』, 이끌리오, 2004.

윤인현,『오래된 미래』, 경진출판, 2021.

이병한,『이백시선』, 민음사, 1975.

이백 시문연구회,『이백시전집 5: 한적』, 지식을만드는지식, 2021.

이백 시문연구회,『이백시전집 6: 회사』, 지식을만드는지식, 2021.

이창룡,『이백』(문학의 이해와 감상19), 건국대학교 출판부, 1974.

이해원, 『이백의 삶과 문학』, 고려대학교 출판부, 2002.
이해원, 『이백 명시 감상』, 차이나하우스, 2015.
이영주·임도현·신하윤 역주, 『이태백 시집』 권1~7, 學古房, 2015.
이원섭, 『이백시선』, 현암사, 2003.
예추이화 역해, 『이태백 문집』, 박문사, 2019.
장도연, 『천하제일 중국한시』, 한솜미디어, 2009.
정승희, 『이백 시 다시 읽기』, 명성서림, 2012.
趙得昌·趙成千, 「李白「代壽山答孟少府移文書」 역해」, 『中國學論叢』 54, 2016.
趙成千·趙得昌, 「李白「爲宋中丞自薦表」 역해」, 『中國語文論叢』 76, 2016.
趙得昌·趙成千, 「李白「上安州李長史書」 역해」, 『中國學論叢』 56, 2017.
趙得昌·趙成千, 「李白의「秋於敬亭送從姪耑遊廬山序」와「送黃鐘之鄱陽謁張使君序」 역해」, 『中國學論叢』 89, 2018.
주경민, 『독·불 시인들, 이백(李白)시며들다』, 유페이퍼, 2022.
최병국, 『두보와 이백 시선』, 한솜미디어, 2015.
편집부, 『이백』, 시대문예출판사, 2003.
황선재 역주, 『이태백 명시문 선집』, 박이정, 2013.
허세욱, 『이백』(혜원세계시인선8), 혜원출판사, 1987.

지은이 **윤인현**

서강대학교 국어국문학과에서 문학박사 학위를 받았다. 연세대 선비학당과 전통문화연구회에서 經書 공부를 하였으며, 西溟 鄭堯一 선생으로부터 四書를 師事하였다. 가톨릭대와 서강대, 그리고 인하대, 웅지 세무대에서 강의를 하였으며, 한국한문학회 총무이사와 감사도 역임하였다. 지금은 근역한문학회 지역이사를 맡고 있으며, 인하대학교 교수로 재직 중이다.

〈저서〉

『한국한시비평론』(아세아문화사, 2001)
『한국 고전비평과 고전시가의 산책』(역락, 2004)
『한국한시와 한시비평에 관한 연구』(아세아문화사, 2007)
『한국한시 비평론과 한시 작가·작품론』(다운샘, 2011)
『한문학 연구』(지성人, 2015)
『한문학의 이해와 연구』(경진출판, 2021), 『오래된 미래』(경진출판, 2021) 외 다수

〈논문〉

「용사와 점화의 차이」(1998)
「이규보의 굴원불의사론에 나타난 역사의식의 문제점」(2006)
「남명의 출처와 문학을 통해 본 선비정신」(2008)
「한국 시가론에서의 시경시 이론의 영향」(2009)
「다산의 한시에 나타난 선비정신과 자연관」(2011)
「『논어』에서의 시경시」(2014)
「고려·조선 유자의 만시 연구」(2014)
「이규보 설(說)에서의 작가의식」(2015)
「한시를 통해 본 허난설헌의 지향의식」(2017)
「중국과 한국의 굴원론」(2019)
「4차 산업혁명시대에 필요한 인간상」(2021)
「문과 시를 통해 본 불우헌의 선비정신과 자연관」(2022) 외 다수

이백의 **시**에 나타난 **자서전**

1판 1쇄 인쇄_2023년 02월 15일
1판 1쇄 발행_2023년 02월 25일

지은이_윤인현
펴낸이_양정섭

펴낸곳_경진출판
등록_제2010-000004호
이메일_mykyungjin@daum.net
사업장주소_서울특별시 금천구 시흥대로 57길(시흥동) 영광빌딩 203호
전화_070-7550-7776 팩스_02-806-7282

값 26,000원
ISBN 979-11-92542-29-4 03800